失われたスクラップブック

エヴァン・ダーラ
木原善彦＝訳

幻戯書房

ロゴ・イラスト——丸山有美
装丁——小沼宏之[Gibbon]

失われたスクラップブック

万人を、ありとあらゆる万人を尊ぶことが真理である。

——キェルケゴール

どうか私の話を聞いていただきたい。どうすれば、
この吹き散らされた麦の一粒一粒を一つの穂に集め、
このばらばらの手足を一つのからだにもどせるか。

——『タイタス・アンドロニカス』

——そうです、はい、もちろん
——では、医学に関してはどうですか……？
——あのですね、はい、そうです、それも当然……
——では法学は——？
——もちろん
——では林学は　そちらの方面は——？
——それも大いに
——では——？
——それもとても……
——ひょっとして——？
——言うまでもなく——！
それ以外にも海洋音響学、量子伝記文学、心理地理学、さらにそれらの下位分野も　でも僕が興味を持っていないのはですね、筆記板《クリップボード》先生——いえ、潰瘍《キャンカー》先生、いえ、ぼやき《マーマー》先生、いえ、キャロルと呼ん《コール・ミー・キャロル》で先生、皆さん——皆さんの質問なんです　僕を型にはめようとする皆さん、皆さんが手にお持ちの鉛筆だって六面あるでしょう　手元をよく見てください！　僕が興味あるのは、ほぼ唯一興味あるのは、興味を抱くこと、それ自体なんです、だから、皆さんがそうやって還元主義的に探りを入れようとするのは僕という屋敷に備わっているいくつもの部屋を立ち入り禁止にする試みとしか思えない
——最も感銘を受けた本を教えてください——職業適性相談員が自殺する物語です、括約筋《スフィンクター》先生、奇妙な作業ですよ、何に〝なる〟かを決めるなんて　どちらかというと、何にならないかを決めているようなものじゃないですか　だからどうぞお構いなく、僕を縮こまらせようとする皆さん、だって、次におっしゃることは見当がつきますから　僕はもうすぐ現実に引き戻される、避けがたい壁を認めざるをえなくなる、最後には、節度という微妙な力を思い知ることになるとか結局、こうおっしゃるんでしょう、子供は赤ん坊みたいな発作的行動をコントロールするようになって初めて目的ある振る舞いができるようになると　目標を目指すというのは実は、目標を目指す以外、あらゆることをあきらめるってこと　で

も踊り続けましょうよ！　どうしても目移りしてしまう性分、この生得的な性質をうまく利用したらどんなことができるのか、考えてみましょう

――しかし、それが現実的でないことは自分でも分かっているでしょう　ほら、この網掛け部分を見れば――

僕の未来がどんな姿をしているかが分かるって言うんでしょう　ありえませんよ、先生　いいですか、ひびだらけの山羊髭《ゴーティー》先生、もしも僕が椅子取りゲームが好きだと言ったら、一生、荷物の積み卸し場で働けとおっしゃる？　先生のオフィスに来る途中、ホッピー公園で石につまずいたって言ったら、生まれつき僕は削岩機を使う運命だったと言う？　課題統覚検査《TAT》やスタンフォード＝ビネー検査や職業適性検査は、生まれつき課題統覚検査やスタンフォード＝ビネー検査や職業適性検査の好きな人を対象にやればいい　料理の仕出しより古典語学の方を好むかどうかなんて訊かないでください、どちらもすごく面白そうに思えるんですから　僕は法廷で証言する疫学者にも、男性用洋品店の売り場監督にも、どちらにもなりたいんです――一〇号から一三号のソックスが２みたいな形をした小さなハンガーにずらりと掛かっている様子を想像してみてください

――なるほど、それもいいでしょう　しかし、分かっていると思いますが――

――しかし時間はもう、少ししか残されていない……

じゃあ当然、問題は順番をどうするかということですよね、どういう順にすればいちばん楽しめるか　その点、実は優先順位があるんです　最初にやりたいこと、やってみたいことの中でもとりわけ初めに取り組みたいこと　たとえば僕は昔から遠心分離器を触ってみたいと思っています　あれってすごくやりがいがありそう　牛乳から脂肪分を分離する、エンジンオイルを再生利用する、血漿《けっしょう》から血小板を取り出す――立派な仕事だと思います　興味の尽きない遠心分離器の世界を少し味わった後、次は人類学の分野で仕事をしたい　その領域なら、はっきり言って、僕にできることがいろいろあると思う――実を言うと今すぐに、理論的にも実際的にも重要

な貢献をする自信がある　そう、尋問者の皆さん、これは本当の話です　というのも僕は、いかなる機関にも属さない研究者として、独力で新たな人間の定義を考案したからです——ええ、人間とは何かという定義——今までに提案された中で最も厳密な定義を　他の指と向かい合わせにできる親指なんて忘れてください、道具の使用なんてどうでもいい、言語能力や抽象的思考は脇へ置いてください——ああいう定義は明らかに不充分です　僕の定義は、正確さ、包括性、優雅さにおいて、一時しのぎでしかないそれらの悪あがきを容易に乗り越えています　つまりこうです　人間とは、してはならない所で小便をする動物だ　そして、この考え方が世に出れば、この確固たる新たなる理論的枠組みが普及し、功績が認められれば、僕の住むエドワーズヴィルはきっと人類学の世界で、オルドバイ峡谷[001]同様の名声を得る　そして、リーキー夫妻の功績としては、五十七年に及ぶ炎天下でのフィールド調査よりも、お漏らし《リーキー》という名前の方が真実に近かったことが明らかになる　ビリー・カーター[002]の尿管の方が原人ルーシーの下顎骨《かがくこつ》よりも重要だと見なされるようになるでしょう　これこそがいわゆる進歩、これが前進だ　一歩、また一歩と足を前に出すこと　それが達成であり、それが進展と考えられる……でも違う　それは進歩じゃない、それは達成じゃない、むしろその反対です　僕はランニングマシンの上に乗っているだけで、足を前に出してもどこにもたどり着かない　何も動かすことができない　ベネット通りを越え、セミノール通りを越え、サンセット通りを過ぎ、店のショーウィンドーが傷んだ木造家屋に変わり、メドー公園の緑に変わる　でも何も変わらない、何も場所を移すことはない　僕はどこへも行かない　僕は距離をシミュレーションし、移動の真似事をするだけ　行動はただ静止を補強し、努力は無力の基礎を築くだけ……

……そしてその間、歩みを一歩進めるごとに、頭の中で〝フォトグラファー〟[003]が鳴り響く　絶え間なくウォークマンのヘッドフォンから聞こえるその調べ　いい曲だ、グラスがマイブリッジに捧げたオマージュ　最大の効果を得るための

ミニマリズム　反復するリズムが果てしなく繰り返すその音楽は、動かない波、定常波に似ている　あなたはそれを聞く　発現したメロディーではなく、波の変化と不変を　上から聞くのでなく、中で聞く　最近の僕はメドー公園に何時間も座り、無限に曲を延長するためにカセットテープを何度も裏返し、ずっと聞き続ける　曲が響く、ひたすら響く、途切れることなく、ためらうことなく、反復で消耗することなく、逆に豊かになる　慌ただしくせわしない曲が、突然、僕の目前にある光景のＢＧＭに変わる　それがどんな場面であっても　さまざまな角度に傾けられた老人の帽子、公園の草をコーデュロイ風に毛羽立たせる風、水飲み場に立ち、背を丸めてボタンを押し、口をすぼめる子供たち　音楽はぴったりな伴奏として、不思議と、すべての風景に完璧に合う　流れる音に変換された視覚の精神　さらに、事態は逆にも作用する　僕の見る風景は常に、波のようなフォトグラファーの絶え間なきうねりの完璧な実例として機能する　僕の視界にあるすべての出来事と仕草――くるくると回る自転車のスポーク、芝生を転がるピンク色のボール――は、この聞こえない音楽の、隠された命令から生じているように見える　視覚と音は、僕が今までに想像したことのない粘着的な性質を持っている

……

……実際、それは図《ず》と地《じ》の問題、その二つをいかに統合するかという問題だ　風景を、その中にそびえ立つ炎の形の糸杉に結びつけること、クリスティーナと一緒に世界を思考すること[004]　パターンを粒子に分解すること……そしてたとえば僕はそうした探求にぴったりの人間だ　僕はウォークマンとコードでつながれた肉体に冴えないデニムとスウェットとスニーカーをまとい、ほとんど人目に付くことなくスプリングフィールドの街路を早足で歩くだけの存在か、あるいは、家を飛び出した、猫背気味の内気な十九歳か　人物描写は誰に尋ねるか次第　僕か、あるいは僕以外の誰かか　図と地　しかしマイブリッジ以来、誰が地に目をやるというのか？　そして、クリスティーナは脚が不自由だったこと

――

道を譲れ

しかし僕はグランド通りを横切り、続いてカタルパ通り、そしてベネット通りを渡り、掃除の終わっていないバーベキュー屋と無人駐車場の前を過ぎ、ヘビメタ雑貨店のごちゃごちゃした汚いディスプレーウインドー、デンズ・ニップ・インというホテル、フォー・ローゼズというコンビニを通り過ぎる　やかましい建物や通りはほとんど僕の目に見えていなかった　通りかかった五番のバスが吐き出した排気ガスが、息を止めていても、僕の中に一気に流れ込む　文明よ、おまえから逃れるのは不可能だ　鼻をつまんでも染み込んでくる　僕は大学に行く意欲が持てず、メキシコ料理店シンコ・デ・マヨに就職した　レンジでチンした調理済みタコスを客に出すのに耐えられなくなると、スターン電機に転職した　角を曲がった先にあるDCプリチャー電機がまったく同じ商品をいつでももっと安く売っているのを知りながら電動車庫シャッターや十七機能四枚刃ブレンダーを売るのに耐えられなくなると、レイダー薬局に移った　客がドアを出た途端に店主が残酷な言葉を発するのに辛抱しきれず、今度は家に帰ってM・C・エッシャーの版画集を眺めた　光沢のあるセロファンで覆われた重厚なその本は、切りばめ細工の歴史に関する解説から始まっていた　ビザンティン様式のモザイクから、エッシャー、そしてその後継者へ　もちろん僕は知っている、エッシャーがさげすまれていること、過度に商業化されていること、子供だましにすぎないこと、あれは芸術でないこと、権威者に相手にされなかったことを　しかし腰を下ろし、ページをめくっていると、複雑なリソグラフが僕を引き込み始めた　次元をゆがめ、より合わせるエッシャーの技にますます見とれ、もう一ページ繰ったところで、僕は自分がここにたどり着く運命だったことに気づいた　外の世界、超越した世界に　ど真ん中にありながら、欠けている世界　新たな存在を通して目に見えない世界を発見する　主張によって、自己主張によって姿を消す　超越した世界、外の世界

……

……だから今、文明よ、僕は電子のようにおまえの周りを回る　おまえの喧噪と産業、おまえの平凡さと協調の中で僕は小さな点、負の電荷を帯びてぐるぐると回る点だ　統計以外の意味では測定可能な存在でない僕はいたるところに存在し、ゆえにどこにも存在しない　僕はこの八日、ずっと誰にも気づかれずに暮らしてきた　ウォールナット通り地区を歩き、バスを待つふりをしてグレンストーン通りに立ち、スポンジ状になったパンの食べ残しをゴミ置き場で探し、簡易食堂のテーブルに残された食べさしのチョコレートケーキを食べ、ついでにそこでトイレを使うけど、警官に呼び止められたことは一度もない　サイレンを鳴らされたり、尋問のために署に連行されたり、身分証をチェックされたり、保安装備を身に着けたいかつい男からさりげなく鋭い目を向けられたりしたことは一度もない　彼らのせいで僕が自らの軌道を変更したこともない　つまり彼らは僕の不可視性を完全に認めたわけだ……こうして今、僕はついに非存在へ向かう自分の傾向を徹底し、予想だにしなかったレベルにまでその完成度を高めた　この世で今、僕が持つ唯一の機能は自分がいかに些末な存在かを証明する受け皿になること　僕にまとわりつくあらゆる経験は新たに消しゴムでこする行為に他ならないそして経験は尽きることがない……

……たとえば五日前の夜のこと　僕が家に戻ろうと思ったのは、家を離れてから丸三日が経った五日前のことだった――様子を見るのが目的だ　かつてわが家と呼んでいた中心点で何が起きたかをどうしても見たいという気持ちがあっただから、繁華街をうろついて夕方を過ごした後――存在しない通りへの道順を尋ねるゲームで時間を潰したのだが――十時を回ったところで、家に向かった　人気《ひとけ》の少ない街区をたどるように急ぎ足で回り道していると、都会的な無関心の公共空間から、柔らかい質感を持った**近隣**への粒子的変遷が感じられた　そこで僕は歩を緩めた　ようやく自宅のある街区にたどり着くと、まるで誰かを尾行しているかのように暗い角を曲がり、必死に息をこらえ、小股でじわじわと前進し

た　ついに二階建ての家の前で向き直ると、旋回する僕の目に映ったのはこんな風景だった　家の前に、回転灯を備えた緊急車両は一台も止まっておらず、親戚が集まってもおらず、郊外的静寂の移ろいに包まれた灰緑色の塩入れ型家屋《ソルトボックス》と、それを囲ういつもの暗い葉叢《はむら》があるだけ　何も変わっていなかった　普段との違いは何もなし　動揺は皆無　僕が目撃したのは**活動中の**不可視だった……

……それから数分、僕は外で、通りの反対側にある木の陰に隠れ、じっと見ていた　そして、中に入るしかないと腹を決めた　それが単なる見せかけだけなのかを確認し、僕の不在の具体的兆候を探らなければならない　だから、ゆっくりと摺《す》り足で用心深く家に近寄り、石膏《せっこう》ボードで囲われた玄関に忍び寄った　でも玄関の錠はいつものように容易に開き、玄関ホール脇には見慣れたコート用クローゼットがあった　さらに進むと、リビングの敷物は相変わらず、母がテレビを観るときに腰掛けるカウチの前はひどくすり切れ、プラスチック製で金属の脚が付いたサイドテーブルにはいつもと同じ母の灰皿が置かれていた　要するに何の違いもなく、何の変化もなし　丸三日、僕が留守にしていたことを感じさせるところは何もない　部屋の物、家具、そのすべてはまだいつもの場所にあり、僕の不在によってまったく変わっていない　僕の不可視性の痕跡は――いかなる種類の痕跡も――皆無……

……しかしそのとき疑問が生まれた　どうして変化がなければならないのか？　どうして何かが変わるというのか？　母はレークランド地方病院の夜間管理人補佐として働いているから、週に六日夜は留守で、残業も多い　こうして、その静かな夜のわが家の状況は、当たり前となっていた伝統の範囲内だった　この十年、母と僕は互いの顔を見ずに何日か過ごすことが日常茶飯事だった　相補的なスケジュールで暮らす僕たちは、回転扉で正反対の仕切りに入ったように、ワルツで有名なシュトラウス一族も見とれそうなピルエットを演じていた　もちろん、時々は顔を合わせたし、母が灰皿に押しつけて半分に折れた吸い殻やカウチに放り出した雑誌に気づくこともあったし、冷蔵庫は常に満杯になっているのが当

てにできた　しかし僕たちの軌道は実質、決して交わることがなかった　だからその夜、何も変わらぬ家の変わらなさにショックを受け、そこに立っていたその瞬間、僕は自分がなすべきことを悟った　僕は紙箱入りのオレンジジュースを冷蔵庫から出し、台所のカウンターの、金属製の流し台の縁に置いた　流しの中に落ちそうなぎりぎりの位置に　そしてタバコの焼け焦げがある、ダリア模様のビニール製テーブルクロスがかかったキッチンテーブルから椅子を一つ引き、それをリビングまで持っていき、部屋の中央に置いた　おそらくこれなら母も気づくだろう、と僕は思った――きっと気づくはずだ　その後、僕は家を出、扉を閉め、優しくなでるような風と夜闇の中に戻った　閉鎖でなく奥行きから生じる沈黙の中、ひんやりとしたそよ風は暗い軽さを持っていた　要するに僕はまた外に出た　外の、完成した不可視性の中へ……

駐車違反車撤去区域

最近、レコード屋のウィンドーを覗《のぞ》いたり、ごちゃごちゃした新聞屋台の前を通り過ぎたりするとき、僕はよく考えるもしも誰かに名前を呼ばれたら、果たして僕は振り返るだろうか、と　自分を呼ぶ声に反射的に体が動くか、それとも、ひょっとしたら見とがめられたかもしれないという動揺を食道のあたりに感じるか　どちらもなさそうな気がする　その種の特定性はどんどん薄れているようだ（ゆえに、ほとんど気に懸けることもない）　しかし話はそこで終わらない　僕はもう、自分を一般性に埋もれさせることもできない　いなくなったことに誰も気づいていないのだから、一家出人としての気分を味わうのは難しい　他者志向的な性格は、顔のない世界ではかなり厄介な問題になる……

……この状況は二、三年前の夏に似ている――あのときはたしか十五歳だった――僕は自転車に空気を入れるため、アンディーのガソリンスタンドに行った　当時、乗っていたのは、泥よけのない十速仕様、赤のラレーで、変速機はぴかぴか、しっかり手入れもしていた（早めの誕生日プレゼントとしてもらった品だった）　その夏の午後はずっと、リッター・スプリングズ公園の丘を上り下りし、緑の斜面や傷んだあずまやを行き来して過ごした　しかし、しばらくすると自転車のペダルが徐々に重くなり、ある日、公園でタイヤをチェックして、空気が抜けているのに気づいた　だから帰りにアンディーのガソリンスタンドに立ち寄った　店には作業場の外に真っ赤な空気ポンプがあり、一回十セントという掲示は一応出ていたけど、それは実際の請求というより、なじみのない客への脅しのようなものだった　だから僕は誰にも声を掛けず、空気入れの近くまで行き、汗ばんだサドルから降り、スタンドを立て、楽しい儀式に取り掛かった　自転車の車輪を前後ともノズルが下に来る位置まで回して、ホースを取りに行った　ホースは丸い束にして、下顎《したあご》のような形をしたポンプの受け台に引っかけられていた　僕は落ち着いた手つきでホースの先を手に取り、片膝をつき、ノブを前輪につないだ　するとすぐに、車輪が四十五ポンドの気圧で膨らみ始め、自転車のフレームが目に見えて持ち上がった　もう一度言うけど、それは楽しい手順だった　複数の作用を僕が連結し、情熱的に排出される空気でポンプの先がシューシュー、カチャカチャと鳴った　とそのとき、どこからともなく現れた誰かが僕の腕をつかみ、引っ張り、後ろを向かせた――あまりに突然のことだったので、思わず手を離したホースがシューシューと地面を這《は》った　一瞬、僕が十セントを払わなかったからアンディーが怒ったのかと思ったが、男の乱暴な手は僕の顔をつかみ、徐々に手が下りてきて、口と顎を過ぎ、喉を締め上げた　喉の皮はひりひりと痛み、声も上げられなかった　振り回された僕の目にアンディーが見えた　年老い、やせこけたアンディーが作業場脇の事務所から飛び出した　アンディーは立ち止まり、興奮気味に僕の方を見、おずおずとためらった　そして、取り乱したようなしかめ面を浮かべ、ゆっくりと両手を挙げた……

……僕をつかんだ男は、反対の手に拳銃を持っていた　視野の端にそれが見えた次の瞬間、その冷たい硬さが僕のこめかみに押しつけられた　押しつけられた拳銃の硬さは絶対的で、有無を言わせず、骨を砕く力を持ち、その冷たさは完璧で永遠だった　男は次に、僕をアンディーに対する盾にした　アンディーの目は手と同じく大きく開かれていた　沈黙の中で、ホースから空気が漏れる音が聞こえ、次に声が聞こえた**おい**、そして**落ち着け**、そして**その子を離せ**　そのガンマンは僕の喉と首をつかんだまま後ずさりし、僕にはアンディーが苛立《いらだ》ち、真っ赤になった頬をさする様子が見えた　しかしそのとき、四四号線から赤のステーションワゴンが入ってきて、ガソリン給油機に近づくと、ガンマンは僕を硬い胸板に引き寄せ、喉をさらに締め上げた　アンディーは汗だくで歯ぎしりをし、給油機と僕らを交互に見やり、ガンマンは荒い息をしながら**くそ……くそ……**と繰り返し、僕の喉の皮膚はひりひりと痛み、こめかみは不規則に金属製の銃身から離れたり、また痛みを伴って当たったりを繰り返し、僕はこれって実は結構面白い状況なんじゃないかと考えていた　まるで映画の世界にいるみたいだし、実際結構面白かった　この状況にもどこかいいところがある　ところがそのとき、赤いステーションワゴンの運転手が窓から身を乗り出して、**よう、アンディー**と声を掛け、同時にアンディーが苛立ちを増し、何も言わずに事務所の方へ後ずさりを始めた　と突然、ステーションワゴンがエンジンを吹かし、バックで給油機をかわし、猛スピードで四四号線に出て行った　車の姿が見えなくなると、僕は男が持つ拳銃の弾丸のことを考えた　僕は目の前に、驚くほど正確な弾丸の断面、大きく拡大されているけれども細部まで正確な横断面を思い描いた　先の尖った発射体が、こぢんまりした筒の中で筋状、縞《しま》状に光を反射する　次に考えたのは、弾丸が空間に飛び出る場面だ――鉛玉が発出し、ゼノンの矢となり、純粋な連続体と化し、柔らかな肉にめり込む場面　そんな傷を負うのはどんな感触だろうか、学校でシャツの裾をめくり、腹に巻かれた包帯を見せびらかすのはどんな気分だろう、と考えていると、**ハアァァ**と恐ろしい力が僕を前方へ突き飛ばし、僕は鞭《むち》打ち状態で地面にくずおれ、顔全体で泣きだした　わずかの間《ま》の後、アンディーがそばまで来て、陽光を遮る形で突っ立ったまま、**お**

い、大丈夫か？　おい、大丈夫か……？と繰り返した　しかし僕には手も触れなかった　いや、しゃがむことさえしなかった　情けない格好で地面に倒れた僕は肩越しに、道路の先に止まっている灰色のセダンに向かってガンマンが走るのを見た　男が助手席のドアから乗り込むと、車は走り出した　奇跡的なスピード展開で事件は終わった　それで終わり　すべてが終わり、万事、平常に戻った　アンディーは警察に電話することさえ望まなかった――彼によれば、警察はこういう事件には関心がないらしい　彼はただ僕が立ち上がるのに手を貸し、ズボンに付いた砂利を払ってくれただけで、事務所へ戻った　僕はもちろん無事だった　ガンマンは僕を突き飛ばしただけだったから　手の力は強かったが、それでけがを負わされたわけではなく、もちろん弾丸も使われなかった――もちろん、撃たれたわけじゃない……そういうことはまったくなかった　だから僕はただ、見えない空気を自転車タイヤに入れ終わると家に帰った　こうして人質としての僕の経歴は終わった――尻切れトンボな形で、あっという間に、完全な不完全性の中で　自らの潜在能力を十全に発揮した非出来事、そして、現代の不可視性における素晴らしき新潮流――

扉開放厳禁

僕は通路をうろつく……陰になった通路をうろつき、サーカス色の箱入りシリアルが積まれた棚を過ぎ、コンビーフ缶詰、幽霊ビニールに包まれた食パン、ぴかぴか光るビッグ・ジムのパンケーキミックス、上品ぶったペパリッジ・ファームのビスケット、ニンジンと豆を使ったごちそうを眺める……こんな小さなマーケット、単なる街中のデリカテッセンなのに猛烈な商売合戦……皆が叫んでいる、**私を手に取って**、そして**私を選んで**、そして**私を買いなさい**……そして僕は言われた通りにする……言われた通り、手に取る……というのも、今ではそれが僕の生活手段だからだ……だから僕は通路を歩く、商品のバリケードの間を歩き、自分の不可視性を活用する……波が伝播するように、完璧に不可視な定常波のように、商品の塹壕《ざんごう》の間を移動する……取るに足りず、目にも見えない僕が、手を伸ばし、バリケードの一部を崩し、商品を一つ手に取る……クラークのチョコレートバー……ベイビー・ルースのチョコバー……ドレークのケーキ……拳《こぶし》まである長い袖やスウェットシャツの脇にある穴にそれを一つ一つ隠す……そして外へ、店の外へ出る……そして見る……左右を見る、しかし決して後ろは振り返らない……どこを見るときも完全に平静に……というのも、それが不可視性の用途だから……確認された不可視性の使い道……というのも、不可視性は乱されることがなく、些末《さまつ》性は気に留められることがないから……そう、僕は今、この状況を活用できる……新しい技を存分に発揮できる……僕は自分自身の盾になれる……捕まるはずがないのを知っているから……定義上、僕は捕縛不能……僕はいたるところに存在し……ゆえにどこにも存在しないから……

……実際、昨夜がそんな感じだった……というのも、家を出てから、家を離れてから八日が経った昨日は、きっと捕まらない、いや、絶対に捕まらないという確信、完全な確信を持って行動できたからだ……だからまた十時に、見慣れた住宅地の道路リズムの中を歩いていた　僕は再び、一戸建てが並ぶ一角を伝播し、見知った影と沈黙の木々を通り過ぎた　またしても家は——僕の家は——静かだった　またしても角の街灯が家の壁の板や継ぎ目に灰色のグラデーションを投げかけ、夜の風がしだれた枝ともつれ合った　しかし玄関マットはまだ扉の前に敷かれたままで、家の中の——僕の家の——階段はいまだに、影と黒の縞模様に溶解しながら、二階へとつながっていた　にもかかわらず僕は周囲を見回した……流しに置いたオレンジジュースの紙パックはわずかに軽くなって冷蔵庫に戻され、リビングに移動しておいた椅子はキッチンテーブルの下にきちんと戻されていた——再び普段の状態を取り戻した椅子は、ほとんど目に見えなかった……要するに、家は静かで、片付き、普段通りだった　要するに、家庭的調和はまったく乱されていなかった　要するに家は——僕の家は——見事な連続性を見せていた……

……だから、僕は再び行動した　再びやることにした——自分の不可視性が消去されるのをみすみす見逃すなんてできなかった　リビングを見回し、カウチのサイドクッションを取って床に置いた　母が灰皿テーブルの横に座ったらちょうど真正面になる場所だ　それから台所に行き、流しの横の水切りにあった青いプラスチシン製のグラスを取り、カウンターの上に置くと横に倒れたので、そのままにした　それから僕は去った、立ち去った——でも、家を出るときに戸棚からユーフレイティーズのクラッカーを一袋取り出し、ボウルからリンゴを二つ取った　リンゴのおかげでスウェットがたるみ、揺れたが、気にしなかった　母は僕が取ったものに決して気づかないだろう　きっと、それらがなくて困ることもない　誰も、警察でさえ、なくなったものがあることに気づかない……

……そうして僕はメドー公園に戻った　そこでは宇宙が目に見え、真っ暗な中でも緑が緑に見え、夜の暗い風が僕の耳元で鳴った……家（僕の家）を出るとき渇望していたのは公園の彫刻された広がりと距離の可能性だった　ゾーンに区切られた開放性が僕には必要だった——僕は一瞬でそこに行きたかった　だから、跳ねるような足取りでサンシャイン通り、セミノール通りを過ぎ、動く人影が見えたときにはさらに早足になった——犬の散歩をしているその男は以前、スターン電機の客だった　黒っぽい襟のコートを着た男が、伸びる綱で犬を引っ張って歩かせていた　一瞬、男は顔を上げ、早足で歩く僕を間違いなく見た　しかし楽しい決意につながるようなためらいも、認識も、記憶のフラッシュバックもなかった　僕らはただ、隣人としての盲目的な儀式に従って会釈を交わし、すぐに目を逸《そ》らした……そして僕は思った　彼がこのあたりに住んでいるのを、僕は知っていたんだっけ？……

……こうして僕はまた外——向こう側、よそ——にいて、静かな公園でくつろいで《アット・ホーム》いる　今の僕は落ち着いている　僕は今、お気に入りのベンチに腰掛けている　なぜお気に入りなのかと言うと、人の背骨にゆったりと沿う曲線にデザインされたそのベンチからは、公園の三辺が丸々見渡せるからだ　静かな夜だということが納得できる距離まで見渡せる……そして実際に静かだ……実を言うと家、僕の家に戻ったとき、そのまま部屋で一眠りしようかとも考えた……少なくとも二、三時間、軽く仮眠するだけ　そうすればあらゆる柔らかさを味わえることは明らかだった――柔らかな布団にくるまり、足を伸ばして寝られる……リビングの硬いカウチで寝ても、充分にくつろげる　でもそれは無理だった　不可能　自分がその場にいる、様子を確かめるという目的以上にその場に居座る、というのは僕の意識からすれば到底認められない……分かるかな、ある種の状況においては、自分の姿が自分にさえ見えない方が都合がいいこともある……だから僕はまたここで、外で、お気に入りの暗いベンチで膝を抱え、デニムとスウェットとスニーカーを丸めた塊になる　だから今は好きな場所にいて、存在する不可視性の一部と化し、存在しない不可視性の一部であることをやめる……だから僕は座り、目を光らせる……そして僕のいる場所、消音された夜に座っているその場所からは、絶えることのない人影が行列のように見える……商店街を歩く人、暗い街区に消えていく人、左右を見てから通りを渡る人、周りを見ずに通りを渡る人……通り過ぎる車のヘッドライトに照らされ、あるいは頭上の街灯の黄色い明かりにぼんやりと浮かぶ人々は、影に包まれ、多様で、物思いに耽《ふけ》り、波のように、定常波のように落ち着きなく動く……僕はお気に入りのベンチで温かさを求めてさらに体を丸め、彼らを眺めながら、その中に僕と同じ家出人が混じっていないか、うごめく影たちの中でどれが家出人だろうかと考える……しかし僕には誰がそうなのかも、正当な家出なのかどうかも分からない　僕は人の家出に何も言えない……だって、この状態を終わらせるには、状況を突然逆転させるには、わずか一瞥《いちべつ》、たった一度、目が合うだけで足りるのだから　こちらが向こうを見……向こうがこちらを見るだけで……そうすれば相互浸透、純粋な相互浸透が成り立ち、図と地が真に反転する……しかしそんなことは起こりそうもない、きっとそうはならない、だから僕はウォークマンを耳に掛け、暗い公園のベンチから立ち上がり、歩く、ひたすら歩く、一歩一歩、さらに深い闇に足を蹴り出し、一歩、また一歩と歩く、ひたすら歩く、永遠に歩き、歩き続け、歩き、続け、ずっと、ずっと、ひたすら続け、果てしない車の往来が一台、また一台と、俺の遅刻にお構いなしに、俺を無視して途切れなく続く　でも、そのとき俺は、面白いと思った何かを待っているとき——たとえば、郵便局の列に並んだり、そのときの俺と同様に州間高速道路の合流待ちをしたりするとき——そして、本当に急いでいるとき、というか、本当に焦っているときは、どれだけ苛《いら》ついても状況はまったく変わらないし、どれだけ体に力を入れても無駄だし、頭の中で**ほら、頼むよ！　俺が遅刻してるのが分からないのか**？といくら大きな声で叫んでも意味がないし、要するに、どうあがいてもまったく事態は改善しないということだ　悲しいことに、世界は沈黙の訴えに無関心だ　どれだけ困っていようと、悩んでいようと、窮地に陥っていようと、それを口に出さない限りは誰も構ってくれない　そんなはずはない、と時々希望を持つこともあるが、それが現実だ　そして、その現実が目の前にあった　車は一台、また一台と途切れなしに走っていた——無垢《むく》で無関心な、猛烈で果てしないラッシュ　何てことだろう、日常的な遅刻という些細な状況がこれほど人を苛立たせ、これほど狼狽させるなんて、と考えていたとき、車の流れにわずかな隙間が現れ、俺はその機会を逃さず、思い切りアクセルを踏んで高速の流れに乗った……

　こうして俺はようやく出発した　約束の時間は七時半だったが、車のデジタル時計は金色のバックライトに黒い数字で、すでに八時一分を示していた　これはまずい　実際、約束の人物にこちらから頼み事をしておきながら、遅刻でさらに迷惑をかけるわけにはいかない　でも、彼は電話口では感じのいい人物だったし、すごくおおらかに思えた　だからきっと、少なくとももう少しは待ってくれるだろう、と俺は思った　見知らぬ他人を悪く思いそうにない感じ——奇特な雰囲気——だったから　そうは言っても、急がなけりゃならな

い　だから、アクセルを踏み込み、左車線に入り、加速し、時速一〇五キロか一一〇キロまでスピードを出した——少なくとも、俺にとってはかなり劇的な速度だ　それから、丘を覆いつつある暗がりを照らすとともに、前を走るニッサンをどかすために、ヘッドライトをオンにした　すると実際、幸運にも、前の車が車線を譲った　けど俺がヘッドライトをともした直後、対向車線を走っていた茶色のセダンがすれ違い際に、同じようにライトをオンにした　単なる偶然だと俺は思った　それか、意図せざる忠告への反応か　でも俺は高速を走るときのいつものお気に入りの瞬間を思い出して愉快な気分になった　というのはつまり夜に高速を走っているとき、虚無の中を進んでいるみたいに感じられるほど周囲が真っ暗闇で、実質的に座標のない空間を走っているときの話だ　もちろん少しは明かりがある——ダッシュボードから漏れるミルクみたいな光とか、こちらのヘッドライトから前に伸びるぼやけた光とか——けれども、そうした光は孤独感、孤立感を高める役にしか立たない　そんなふうに車で夜の暗い峡谷を走っていると、どこからともなく現れたかのように遠方の空に光点が見え始める——次にそれが、今まで隠れていた丘《ビュート》の背後、あるいは、蛇のように曲がりくねったカーブの向こうから現れたことが分かる　そして当然ながら、それが車だと、別の人の乗った車だと判明し、再び安心して光が徐々に明るくなるのを見る　明かりはゆっくりと粒子状に泡立つオレンジ色の雲に変わり、冠毛のようなまばゆい土埃《ぼこり》に成長する　さらにしばらくすると、冠毛雲は広がりと明るさをともに増し、散乱と指向性を同時に増し、成長を続け、近づき、さらに明るくなり、何かとんでもないことを起こす直前の火山のように見えたかと思うと、その瞬間——シュッ——対向車のヘッドライトが臆病なロービームに切り替わる　安全で、正常で、合理的な光　すると当然、こちらもロービームに切り替え、対向車が通り過ぎるのを待つ　向こうの車が通り過ぎ、またいきなり完璧な夜闇が戻ってくると、手の力を抜き、ハイビームに戻し、またはるか前方に目を据えてドライブを続ける　それでおしまい　しかし話はそれで終わらない——というのもその間ずっと、一つ一つの動作をほとんど自動的にこなしたにもかかわらず、意識、あるいは潜在意識においてはそこで一つのやり取りが行われたこと、コミュニケーションが成立したこと、良き秩序が生まれたのを知っているからだ　そして、それがいかに無意識であろうと、また次のやり取りを待ちわびる……

　十二番出口に着いたとき、ダッシュボードの時計は八時二十六分を示していた　電話で指示された通り、エルブリッジ方面を指す標識に従ったが、特徴のない道沿いには簡易食堂らしきものは見当たらず、三、四キロ走ったところで引き返し、高速道路を挟んだ反対側で、アルミ板を壁にしたロードハウス——話にあった通り、ティムの店というネオンのともる建物——を見つけた　道を間違えたせいで余分にかかった時間は七、八分だったが、遅刻の言い訳が必要になったときのために、これを利用することに決めた——非難をかわす方策はいつでも、用意しておくに越したことはない　食堂の駐車場に入ると、他にも車やＲＶやトラックが何台か止まっていて、店の小さな入り口から左に三台目のトヨタにもたれかかる男の姿が見えた　長身で脚が長く、なで肩のその男はまるで、短気を表す道路標識のような格好で両手を腰に当てていた　約束では食堂の入り口で待ち合わせることになっていたが、この男に間違いないと俺は思った　俺は車を止め、真っ直ぐに男の方へ近づいた

——おたくがデイブ？と、俺は数歩離れたところで声を掛けた

——こんばんは、と男が言った

——ああ、と俺は言った　気持ちのいい夜だね……

彼はじっと動かず、車にもたれていた

——あの、と俺は言った　遅刻して申し訳ない　話し好きな大家さんが急にうちに来て——

——おいおい、と彼は言い、陽気な笑みを浮かべた　俺が何か文句でも言ったか……？

　こうして俺たちは握手を交わし、笑顔で絆《きずな》を深めた　デイブは思っていたより色白で長身だったばかりでなく、髪型は

まったく予想外のポニーテールで、オレンジ色っぽい髪の束が格子縞のシャツの背中にまで垂れていた　ジーンズはかなり年季が入り、首に掛けた金のネックレスにはルーン文字らしき形象が刻まれていた　俺はデイブの人の良さがすごくうれしかったから、すぐに、晩飯をご馳走《ちそう》したいと切り出した

――今いる安食堂でなくても、おたくの好きな店でいいから、と　デイブは申し出に感謝したものの、待ち時間にすでに、店のサンドイッチと自家製フライをつまんだと言った　もしも揚げ物が好みなら、ここの自家製フライは悪くないぞ、と

しかし彼は、少し言いにくそうにこう続けた　時間がずいぶん遅くなったから、そろそろ別の場所に行かなくちゃならない　八時四十五分にビデオ撮影の予定がある、と　俺の記憶では、デイブはビデオの撮影が仕事だと言っていた

――悪いね、と彼は言った　けど、決まった時間に現場に行かなくちゃならないタイプの撮影だし、たぶんもう、人を待たせてるから

――分かった、と俺は言い、うなずいた　いいよ――気にしないでくれ

しかしその後、デイブが気を利かせてくれた　撮影にはあまり時間がかからない――たぶん一時間ほどで済む――から、一緒に来ないかと俺を誘った　その後で話をしようと　俺は喜んで同意し、握手をしてそれぞれの車に乗り込んだ――デイブのトヨタは左後部の窓がプラスチック板で覆われ、粘着テープが貼られていた　俺は後に続いて州間高速五一号線に戻り、北の、トロイ方面に向かった　その頃にはあたりは完全に真っ暗で、直感とデイブのブレーキライトだけを頼りに十分以上走った　それからデイブが方向指示器を出し――本当に気の付く男らしく、かなり早めに、出口の何百メートルも手前で出してくれた――俺は後に続いて高速を下り、二一号線に乗り、その後、くねくねした道を走り、それが数キロ続いた　あたりはほとんど真っ暗だったが、今走っているのが木々のうっそうと茂る地域、おそらくリールフットレイク州立公園の一角なのは明らかだった　それから突然、デイブの方向指示器がまたともり、かなり速度が落ち、俺は彼に続

いて道路から外れ、小さな空き地に入り、二人ともそこに車を止めた　車を降りたとき、俺はデイブがフォグライトを消していないのに気づいた　俺たちはフォグライトの明かりを頼りに空き地の奥、オークとヌマミズキに囲われた半円形の草地へと進んだ　その先には純粋な闇の果てしない広がりがあり、動くものは何もなく、とても静かだった

——映画の世界へようこそ、とデイブが言い、再びほほ笑んだ

しかし今回の笑みは皮肉というより、畏怖に満ちていた　というのも、森の奥の闇に目が慣れるにつれて、世界にゆっくりと光の花が開くのが見えてきたからだ　まるで視覚のボリュームつまみを徐々にひねっているかのように、無数のまばたきと斑点が空き地の周縁に続々と現れ、瞬間的な点滅を繰り返しながら漂った　それは今までに見た蛍の群れの中でいちばんの密度だった

——すごいだろ、と言う声が闇から聞こえた　マックス・プランクが夢に見たエッチな風景に迷い込んだみたいだ

それはデイブの相棒、ジャーゲンだった　俺はまもなく木々の背後から姿を現した彼と握手をした　ジャーゲンは見た目には、デイブにそのまま年を取らせた感じで、髪はやや黒く、体格はややがっしりしていたが、格子縞のシャツを着るセンスは一緒だった　デイブがもう少しきちんとした紹介をしてくれた後、ジャーゲンはただ一言、ようこそと言った　するとデイブが早速仕事に取り掛かろうと言った　それを合図にジャーゲンは空き地の隅に置いてあった道具を取りに行った　つかみやすいよう首の近くに取っ手状の輪が付いた一ガロンサイズ（一ガロンは約三・八リットル）の瓶を二本と、水槽の脇に立てかけられているのをよく見かけるタイプのものを少し大きめにした感じの網が一本　彼は片方の瓶と網をデイブに渡し、にっこりしながらうなずいた

——さあ、がんがん取るぞ、とジャーゲンが言った

でも俺はわけが分からなかったから、デイブに尋ねた

——なあ、と俺は言った　たしか映画を撮るとかって言ってなかった？

――ビデオな、と彼は訂正した
――ああ、と俺は言った
――実際――そうなんだ、とデイブが言い、少し声を上げて笑った　俺たちはダイアーズバーグのとある電器屋に雇われて、ちょっとした撮影をすることになってる
――網で？と俺は言った
――最初は網を使う、とデイブが言って、ほほ笑んだ　電器屋が販売促進に使うビデオを撮影する、その作業の一環さ
――ふうん、俺は言った
――結構、面白い企画なんだ、とデイブが言った　散髪屋なんかで昔、ボウルの中にジェリービーンズが何個入っているか、みたいな当てっこゲームがあったのを覚えてるかな
……？
――うん
――で、リバーっていうその電器屋のオーナーが同じようなことをやろうと思い立った
――へえ……
――で、いろいろと考えた末に、蛍の数を当てようってのを思いついた
――ふうん、と俺は言った
――うん、とデイブが言った　リバーは店の前のショーウィンドーにソニーの六〇インチ巨大モニターを飾ってて、俺たちに与えられた任務は、画面いっぱいに雲のように群がるチカチカ虫を八分間のビデオに収めること　それをビデオでループ再生して、延々と流し続ける　きっと面白いことになるぞ
――網膜を酷使することこの上なし、ジャーゲンが言った　ビデオで群れを見ているときに虫ころが一匹光るのを見た場合、それが前に光るのを見たやつなのか、さっきと違うやつなのかさっぱり分からない　数えるのは大変だ……
――商売のアイデアとしてもなかなかだ、とデイブが言った　リバーには商才がある　というわけで、俺たちは二晩か三晩、ここへ来て出演者を集め、うちに戻って撮影をする
ウォークインクローゼットを蛍用スタジオとして使うんだ

ベータカムをセットして、後は蛍を自由に飛ばすだけ

――でもな、一つだけ気をつけなくちゃならないと俺は思う、とジャーゲンが俺の方を振り返ってほほ笑みながらデイブに言った　つまり、チカチカ虫の光はすごく強力らしいたとえば、蛍を食べすぎたカエルは体が光り始めるっていうんだ　だから、蛍ばかり撮影してるとカメラにも何か影響があるんじゃないかと思う

――たしかに、とデイブが言った　将来の露光に影響するかも

その言葉とともに、捕獲隊は散った　デイブは空き地の片隅へ向かい、ジャーゲンはその反対側の、木の葉が頭上を覆う場所へ進み、それぞれに仕事に取り掛かった　デイブの車のフォグライトから漏れる明かりによって、ジャーゲンが素手で空飛ぶ光と格闘している姿と、デイブが網を振り回す様子が見えた　ぶつぶつ言う声と足音が響き、瓶のキャップを外したり、はめたりする際にガラスがすれる音が聞こえたそれが二、三分続いた　蛍はおそらくすでに何匹か捕まっているのだろうが、実は俺はそれに確信が持てなかった　俺の立っている場所からだと、透明な瓶の中に虫がいるのか、その向こう側にいるのかが分からなかったからだ

――これはすべて、交尾の儀式の一環だ、とジャーゲンが言った

――それは自分のことだろ、とデイブが言った

――昔の俺はそうだけどな、とジャーゲンが言い、手を上から振って、拳を握った　ここで飛び回ってるのは全部雄自然界ではよくあることだが、どんな生き物でも、雄は雌に比べると使い捨てメンバーだ　雄が飛び回るのはピカピカ娘と出会うため　雌にとっては楽なもんさ　雌は地面近くの比較的安全な場所で、草につかまってじっとしてる　雄は約五秒半に一度、〇・三秒のウィンクをし、雌は約二秒遅れで、こっちへおいでという光をともす　だから、やはりここでも大事なのはタイミングなんだ　この点滅リズムが仲間の蛍を集め、同時に、違う種類の蛍との交わりを防いでる

――典型的だな、とデイブが言い、ヒュッと網を振った

雄が動き回って、雌は着陸灯を照らすだけ
二人は捕獲を続け、灌木《かんぼく》に分け入り、見えない枝を折り、瓶のキャップをはめ外しした　しばらくすると、ジャーゲンが闇を手でつかむ際に、自分の口で効果音――漫画のような、鼻にかかったニューッという音――を添え始め、かたやデイブはさらなる空気を網でとらえ続けた　しかしそれをじっと見ていると、ある意味、感動的に思えてきた　ジャーゲンが手を伸ばす先にある光が次の瞬間に無に変わったかと思うと、デイブが網を向ける先にあった完璧な虚無があっという間に生きた火花に変わる　このハンターたちにとって、存在と不在はある意味、無関係、あるいは少なくともさらに大きな連続性の一部にすぎないように見えた　デイブとジャーゲンは明らかに、これらの虫が単なる視覚的存在でないことを理解していた　それは、変化への献身として見事であると同時に、信念に基づく行動として心強くもあった
――まったくこの、光ったかと思うとまた消える虫どもと来たら厄介だ、とジャーゲンが言った
――だな、とデイブが言った　今こっちにいたかと思ったら、次はもうこっちにいる
――まるでバーチャル昆虫だな！とデイブが言った
――でも思うんだけどさ、ひょっとして俺たちの考え方が間違っているのかもしれない、とジャーゲンが言った　こいつらは実は、もともと光ってるんじゃないか――光ってるときの方が、実は本来の状態なんじゃないか
――ふうん、とデイブが言った　じゃあ、こいつら本当は明かりを消しているってことか
――そういうこと　一瞬、隠れるわけさ
――闇を発してる――
――内なる空虚を投影している――
――繰り返す、周期的な鬱……
――それなら、こいつらのことを発光虫と呼ばずに、消灯虫と呼んだ方がいいな――
――その通り……
――あるいは、天然滅光器――

――火の虫《ファイアフライ》ならぬ、空飛ぶ消火器《フライイング・エクスティングイッシャー》――

――火消しブンブン――！

――あるいはひょっとすると――

――あるいはひょっとすると、見かけと違って、こいつらは本当はずっと光り続けているのかもしれない、とジャーゲンが言った　でも、何か未知の悪意あるメカニズムが世界に存在して、大気中の未知の力によってその永遠の灯火《ともしび》が周期的に飲み込まれているのかもしれない――

――てことは、奴らは妨害されてる――

――無礼な妨害を受けている――

――光り輝くという、神に与えられた権利を奪われて……

――じゃあ、こいつらは――かわいそうに――被害者ってことか――

――そう　獰猛《どうもう》なる暗闇の犠牲者――

――それなら、これは生体発光というより、生態掩蔽《えんぺい》だ――

――その通り　環境による抹消――

――ラジオの局名告知みたいな、自然の自己アピール――

――謙虚であれ、という自然の教訓……

――実際、そう考えることでこの虫の効率性が説明できるかもしれない、とジャーゲンが言った　こいつらはすごく燃焼効率が良くて、その筋では冷光と呼ばれてる　発光器という名の小さな細胞構造内で、何か、悪魔にちなんだみたいな名前のすごく妙な酵素[005]と基質を使って、すごくゆっくりした酸化反応を起こしている　その結果が、実質一〇〇パーセントという高効率の発光だ　熱として無駄に排出されるエネルギーはほとんどなし……

――それなら、蛍は俺たちのヒーローだ――

――その通り　見習うべきお手本だ――

――俺たちの自我理想――

――全国放送のトークショーの司会役みたいな――

――大規模広告キャンペーンの顔――

――ていうか、子供はみんな、家族から引き離して蛍に育ててもらうのがいい――

――みんな、マッカーサー基金の天才賞をもらって……

そのとき突然、急ぎ足で近づいてくる足音が聞こえた　次の瞬間、デイブが大股で空き地に現れ、俺の脇を通り過ぎた　彼は瓶と網を持ったまま、真っ直ぐ車に向かい、運転席側の窓から手を入れてフォグライトを消してから、俺の方へ戻ってきた

――気をつけないとな、と彼は言った　あのバッテリーはまだ、三、四か月前に替えたばかりなんだ

――ふうん、と俺は言った　妙だな、点《つ》いてることに全然気がつかなかった

――おそらく暗闇に目が慣れてたせいだ、と、灌木の中から現れたジャーゲンが言った　目の中で明るさが補正されてたんだろう

――うん、とデイブが言った

デイブとジャーゲンはそれから空き地の真ん中に移動し、獲物をチェックした　おそらくフォグライトが消されたおかげで、ようやく初めて、二人の瓶の内部に派手な光が集まっているのが見えた　その様子は、アニメ映画ファンタジアのアベマリアが流れる部分で、顔のない修道僧たちが手に持っている、ぼんやり輝く明かりに似ていた　それは美しく、印象的だった

――で、何匹捕まえたんだい?と俺は訊いた

――あ、さあな、とデイブが言った　何匹くらいだ、ジャーゲン……

――およそ、そうだな、四、五十匹

――んん、そんなもんかな

――ああ、とジャーゲンが言った　これだけいれば充分

……

しかし、俺はわけが分からなかった

――じゃあ、どうするわけ、と俺は言った　後で、家に帰ってからちゃんと数え直すってこと……?

空き地を夜風が吹き抜けた　空を背景に浮かぶこずえが揺れるのが見えた　しかし、視線を戻すと、デイブが少しおどおどしているのが分かった　彼はそこに立ったまま、地面に

視線を落としていた　それから十秒ほどして、やっと彼が返事をした

――まあ……と彼は言った　そんな感じ……

二本の瓶に詰められた蛍が発する明かりで、ジャーゲンも下を向いているのが分かった　それではっきりした　デイブもジャーゲンも、俺と目を合わせないようにしているのだ　デイブが爪先で草をいじり始めたのを見て、俺はさらにわけが分からなくなった

――だって、いつかの時点で正確に数を数えることが必要になるだろ、違うのかい?と俺は言った

デイブは俺をちらっと見、また視線を落とした　ジャーゲンは思わずクスクスと笑い、またすぐに笑いを抑えた

――おい、何なんだよ?と俺は言った　ていうか、何匹使うか考えてないのか――?

――いやあ、と、表情筋の痙攣《けいれん》をこらえながらジャーゲンが言った　考えてるとも……

――当然、考えてる、とデイブが下を向いたまま、笑いながら言った

――じゃあ、何匹？　一体何匹を――

――一匹!と、デイブが言った途端、二人は一斉に吹き出した

二人はしばらく大笑いし、地面を蹴り続けた

――二人とも、こっちは真面目に訊いてるのに――

――おいおい、まさかおたく、数当てゲームに参加する気か?と、まだ笑いながらデイブが言った

――まさか、と俺は言った

――だって、もし参加するのなら教えるわけにはいかないからな、とデイブが言った

――やっぱ、何も教えない方がいいかもしれないぞ、とジャーゲンが言い、鼻を鳴らした

――おい……二人とも……と俺は言った　何なんだよ?

――あのな、そのリバーって男は本当に、ものすごく頭が切れるんだ、とジャーゲンが言った

――本当に、とデイブが言い、ようやく顔を上げた　あの

な、リバーは早い段階から、ちょっと面白い工夫をしたいと考えていたのさ――

――本当に、とジャーゲンが言った

――それでもって、あるアイデアを思いついた、とデイブが笑いの合間に言った　そのアイデアというのは一種のジョークというか、変化球みたいなものだけど、たった一匹の蛍を繰り返し撮影するというやり方なんだ

――で――

――で、モニター画面では蛍の巨大な群れが見えて、みんなが八百匹とか、百六十一匹とか、三千二百万匹とか、予想するんだけど、実際にはたった一匹が光っているだけ――！

デイブとジャーゲンがさらに大笑い

――そして、本当の数字を発表するときには、無数の画像を合成できる新型スイッチャーシステムの販売促進に、そのネタを使うつもりなんだ、とデイブが言った　ほとんど無制限に多重録画ができるシステムさ

――そういうこと、とジャーゲンが言った　元々は日本人がハイビジョンテレビのために開発したシステムだけど、今では消費者向けモデルが発売されるようになって、それがまあ、すごいんだ……

――てわけで、この企画そのものが、まあ、傑作だ……

――本当に、とジャーゲンが言った

そしてまたデイブとジャーゲンが笑い出した　一分近くかかってようやくそれが収まると、二人はまた地面に視線を戻したが、しばらくは必要に応じて、断片的な思い出し笑いを漏らした　その後、ジャーゲンが蛍瓶を二本持ち、後ろポケットに網を挿し、デイブが車の鍵をいじりだした　俺はそのとき初めて、近くのオークのてっぺんに満月が昇っていることに気づいた

――なかなか面白そうな企画だ、と俺は言った

――ああ、とデイブが下を向いたまま言った　まあな……

それから俺たちは、帰る準備をした　ジャーゲンは瓶と網を車に積み――彼の車は空き地のすぐ先に止められていた

――デイブは俺に、自宅まで車で先導するから家で話をしよ

うと言った　デイブがのろまなエンジンをかけるのと同時に、俺は自分の車に乗り込み、空き地に別れの一瞥を送った　すっかり夜に慣れた目には二つのものが見えた　一つは、点描画のような闇が実は一面のオーラに覆われ、全体が気前良く照らされていたこと　もう一つは、数ワット分の居住者がいなくなったにもかかわらず、空き地内のうごめきはまったく変わりがなかったこと　俺たちは必要なお宝を手に入れるためにやるべきことをやったが、空き地自体にとっては、俺たちが来たという事実は存在しないに等しかった……

　デイブとジャーゲンの車がすぐに動きだし、俺は後に続いた　俺たち三人はブレーキライトとエンジン音と微妙な車間距離でコミュニケーションを図りながら、優雅な隊列を組んで山道をくねくねと進んだ　風はやみ、空の雲はすっかり消え、木々に囲まれた長い山道を下っていると、夜が優しく、近く感じられた　しかし、延々と続くカーブを抜け、本能に逆らってずっとカーラジオを点けずにいると、徐々にあることが気懸かりになってきた　ある事実が明らかになったからだ　つまり、三台の車それぞれが事故に遭う可能性がかなり高いということ　先頭を走るデイブは雄鹿や巨大インパラと衝突しかねないし、真ん中のジャーゲンはいつ何をするか分からない前後両方の自動車に挟まれている　同様に、俺は後方が予測不能な危険にさらされているばかりか、何か思わぬことがあればジャーゲンかデイブ、あるいはその両方に衝突するというさらに大きな危険がある　これは不公平に思えた　俺は一瞬、速度を落とし、他の二台との間に距離を置き、衝突の危険を減らそうかと考えた　しかし、すぐに気づいた　間隔を開ければ、先頭を走るデイブと同じ危険を呼び込むことになる一方で、最後尾を走る危険はおそらくあまり減らない　考えてみれば、微妙な兼ね合いだ　だから結局、俺はそのまま、あまり間隔を空けずに最後尾を走り続けた——とはいえ、およそ十五分後にやっと、こぢんまりしたデイブの家に着いたときには結構、ホッとしたのだが

　——家に着いたぞ、と、デイブが歩いて俺を出迎えに来ながら言った

俺は道路に駐車し、ささやかな芝生を横切ってデイブ宅の玄関まで行った　乱雑だが心地よさそうな感じのその家は二階建てで、下見板がはがれかかり、上を木に覆われていた　木造のポーチでは、玄関扉から優に一メートル少し外れた場所にドアマットが敷かれ、あちこちの隅や隙間にクモの巣が張り、中でも、扉のすぐ脇の窓と空《から》の植木鉢の間にはいちばん立派な網が掛かっていた　デイブが玄関のかんぬきを外し、家の中と外、両方の明かりをともした　彼に続いて家に入ると、幅は狭いが奥行きのある玄関ホールが見えた　壁面には琥珀《こはく》色の壁紙が貼られ、木を切ってニスを塗った、明らかに手作りの低いベンチが二脚、壁際に置かれていた　さまざまなビデオ用ケーブル、照明器具、収納ケースなどが入り口付近に散らばり、そこには黄色の汚れたワークブーツが数足交じって置かれていたが、どれも疲れたようにアッパー部が折れていた　その後、ジャーゲンが左右の人差し指に光る瓶をぶら下げて入ってきた

――チェルノブイリ乳業からのお届け物です、と彼は言った

玄関ホールの奥にある、地下につながる扉をデイブが開け、明かりを点けた　彼がジャーゲンと俺の前を歩き、三人で派手な靴音を立てながらタイル張りの階段を下りた　地下はそこそこ広いけれども天井の低い空間になっていて、埃と落ち葉のにおいがした　タイル張りの床に椅子がいくつか置かれ、折り畳み式の卓球台が壁際に片付けられていた　地下スペースの真ん中には、現在建造中と見られる小さな新しい部屋があった　奥の壁から突き出た縦横の梁《はり》が未完成の檻《おり》を形作り、その周囲に、数種類ののこぎりとドリル、そして蓋の付いた缶がかなりの数、散乱していた　俺の見る限り、缶の大半は樹脂やニスなどの入ったものだった　建設現場の反対側には、ウォークインクローゼット兼防音スタジオがあった　それは一見、取っ手付近が手垢《てあか》だらけの、何ということのない扉にしか見えなかったが、二メートル半ほど離れた壁の下部にある穴から電気ケーブルの太い束が出ていた　デイブとジャーゲンはクローゼットのそばまで行き、三十秒ほど専門的な話

をしてから中に消え、用意を始めた　クローゼットの奥から物を動かす音が聞こえた　俺は頭を下げて中を覗こうとしたが、ほぼ完全な闇の中では、手前にいるジャーゲンが金属製スタンドに絶縁テープを巻いている様子以外、何も見えなかった

——俺はこの撮影が好きなんだ、と彼が俺に言った　仕事が簡単だからな　カメラ用意、アクション、て言うだけでオーケー

さらにもう一度、短い技術的な話し合いがあった後、ジャーゲンがまず撮影を担当して、その間にデイブと俺が話をすることになった　デイブが親切に、俺を自室に招いた

地下室を出た後、二階まで階段を上がると、デイブが新たにいくつか明かりをともした　俺はそのとき、ずっと尋ねそびれていた質問を思い出した

——なあ、デイブ、と俺は彼の後を歩きながら言った

——え、と彼は言った

——あのさあ、一つ訊きたいことがあるんだけど

——何だ、と彼は言った

——あの、と、階段を上りきったところで俺は言った　さっきから気になってたんだけど、一匹だけを撮影するという話なのに、蛍をたくさん捕まえてたのはどうしてかな

——ああ、とデイブが言った　単純なことさ

彼は部屋の扉を開け、明かりを点けた　それから、礼儀正しく俺が中に入るのを待った

——つまり、蛍ちゃんたちはあまりビデオ向きじゃないってことだ、と彼は言った

——え？と、俺は入り口で立ち止まって言った

——蛍はカメラが苦手みたいでね、と彼は言った　なぜかはよく分からないが、どの蛍も撮影が始まるとすぐに、流れ星みたいに光を失ってしまう

——へえ、と俺は言った

——そうなんだ、とデイブが言った　十秒か二十秒で光らなくなることもある、だからこっちは蛍を瓶から出すと同時に大慌てでさ　ひょっとすると電磁場とかそういうことと関係

があるのかもしれないが、やっぱりまだよく分からない

——ふうん、と俺は言った

——けど、心配ご無用、とデイブが言った　光が消えたらテープを切るから問題はない　継ぎ目が見えることはないその点、蛍は便利だ

——うん、と俺は言った

——それに、ジャーゲンは蛍の扱いがうまい

——なるほど

——でも、誤解しないでくれ、と彼は言った　一度に一匹を撮影するという点に変わりはないからな

デイブの部屋は散らかった寝室で、空間の大半をベッドが占領し、整えられていない寝具の表面は波立つ湖のようだった　鍵と硬貨と紙切れが散乱する鏡付きのタンスが一つの壁を占め、別の壁際には大きな木製のテレビ台があった　デイブは俺に、ベッドの向こうにある椅子に座るよう促した　ベージュ色でクッションのあるその椅子の肘掛けは、手首の当たる部分がぼろぼろにすり切れていた　そこにいったん腰を落ち着けると、セルゲイ・エイゼンシュテインというキャプション付きの、額の広いスラブ人の顔写真がタンスの側面に貼られているのが目に入った

——さてと、とデイブが言った　時間を取らせて済まなかった

——大丈夫、と俺は言った

——で、とデイブが言った　彼は何と言ってたわけ……？

——誰の話？と俺は言った

——君のおじいさん、と、デイブがたばこに火を点けながら言った

——どういうこと？と俺は言った

——つまり、どうして君のおじいさんは——

——ああ、と俺は言った　違うんだ、おじいさんは何も……申し訳ない　俺が電話ではっきり言わなかったから——

——じゃあ、早速、はっきりした話を聞かせてもらおう、と彼は言った

彼が近寄り、俺の方を向いてベッドに座った　俺は椅子に

座ったまま姿勢を正し、少し前に身を乗り出した

――じゃあ、早速、と俺は言った　まず尋ねたいのは、あなたは今でも音楽の研究をしているのかってこと

――ああ、うん、と彼は言った　もちろん

――なるほど　じゃあ――

――実はそれに関してうれしい知らせがあって、結構長い充電期間を経て、やっと最近、全米音楽学研究という雑誌に論文が載ることになった

――へえ　それはおめでとう

――ありがとう　あまり専門的な内容じゃないんだが、かなり昔からずっと考えてきたことを書いたんだ

――なら、本当にいい知らせだね

――そうさ、と彼は両手を膝の上で組みながら言った　実は自分でも結構うれしくて

――ひょっとするとそれ、俺の話と少し関係があるとか？と俺は言った

――残念ながら、まったく関係はない、と彼は言った　でも俺にとってはずっと前から気になっていた重要な問題を解く試みなのさ

――聞かせてほしいな、と俺は言った

――ええと、と彼は長い息を吐きながら言い、ベッドから立って、細長い灰皿にたばこの灰を落とした　論文が扱っているのはかの鬼才、ベートーベン　君も知っているかもしれないが、ベートーベンは晩年、変奏曲に取り憑《つ》かれた　一八一八年以後の作品の五二パーセント超が、変奏曲、あるいは変奏曲的な素材を含んでいる――あれほど強迫的に革新を続けてきた人物にしては驚くべき数字だ　もちろん、そのいちばんいい例が一八一九年のディアベリ　ディアベリは――あ、いや、そのあたりの話は君も知ってるかな――

――詳しくは知らない

――そうか　ディアベリというのは楽譜の出版をやっていたそこそこ有名な人物で、自分の会社で新しい作品を出版したいと考えていた　そこで、五十人の作曲家にある簡単なワルツの主題を送り、変奏曲を作ってほしいと依頼した　五十

曲全部を一セットにして売るつもりだったんだな　当時にしては、ずいぶん面白い商売の仕方だ　シューベルトも参加者の一人として変奏曲を書いた　十一歳のリストも　そして、ベートーベンは三十三曲作った　いったん作曲しだしたら、あの怪物はとどまるところを知らなかった　制御不能って感じさ——晩年はほとんどすべての作品においてそんな感じ変奏曲が繰り返し曲全体の焦点を形作り、生成の中心になる作品番号一〇九のホ長調ピアノソナタ、そして、作品番号一一一のアリエッタ、そして作品番号一二七、変ホ長調の魅惑的なアダージョを含む、晩年の弦楽四重奏曲五つのうち四曲、そしてあのスリリングで、手に汗握る嬰《えい》ハ短調のアンダンテその時期の曲を見れば、例は無数にある……

　彼はベッドの端から長辺の壁沿いに置かれた棚までの間を行ったり来たりし始めた　棚の上にはマルチコンポーネントステレオが置かれ、休眠中のＬＥＤディスプレーがまばたきしていた

——そこで、俺は考えるようになった　ベートーベン、音楽の新しい領域を切り開いたあの英雄がどうして突然、こんなふうに内向きに変わったのか、どうして限られた素材を子細に再考するような強迫的プロジェクトを始めたのか——あるいは、今時《いまどき》の表現を使うなら、どうしてこれほどリサイクルに夢中になり、同じ話を繰り返し繰り返し物語るようになったのか　それが俺の論文の根幹にある問題だ

——うん、と俺は言った

——たしかに謎だ、と彼は続けた　どうしてあの巨人は故意に、拡張を進歩と見なす西洋的な思考を逆転させ——**もっともっと**という、俺たちの中にあるファウスト的な神話を打ち壊し——内省的になり、いまいましいほど引きこもり、あるいは俺が論文で書いたみたいに、周囲に線を引いたのか限られた領域内で無限を生成しようという努力　まるで、歴史を進歩と見なす思考にあらがい、直線的な時間の流れを否定しようとするかのように……

　彼は部屋の中央にあるダイニングテーブルからさまよい出ていたラタンの椅子を押し戻し、自分も元の位置に戻った

椅子の脚は松材の床にこすれ、耳障りな音を立てた
――そこで、俺はその理由を推測した、と彼は言った　最初は伝記的、あるいは歴史的な説明を考えた　たとえば、いちばん長い間俺が答えだと考えていたのは、とても気に入っていた甥《おい》、カールの養育権を得るためにベートーベンが長年、法律的な問題に関わり合っていたという事実だ　そうした面倒くさい法律的手続きをお手本にして、静態内での変化、どこにも移動せずに前進するというパターンを見つけたんじゃないか　次に考えたのは、ベートーベンの難聴がますますひどくなった結果だという可能性だ　その結果、徐々に外の世界から切り離され、自分の中に引きこもり、内的な変化に目が向くようになったんじゃないか　あるいは、ヨーロッパ全体にナショナリズムが台頭してきたこと――どうしようもないほど多様な人々を無理矢理、人工的な共通性に基づいた単位に押し込めるという事態――への反応だったんじゃないか　元々フランス革命とナポレオン戦争への反応として生じたナショナリズムに対して、かの作曲家は幻滅を覚えていたから　そしてその後、こうした方向からのアプローチでは駄目だと分かって、物理学の領域から引っ張ってきたアトラクターという概念を使って考えたりもした　さっきも話したけど、専門的な論文じゃないからね
――なるほど、と俺は言った
――けど、そうして長い間、何か月もかけて思索を積み重ねた挙げ句、いわば国内戦線で、あるひらめきが生まれたところで俺には息子が一人いるってことはもう話したんだったかかな――
――いいえ
――そうか、実を言うと、家の中はこんなだが、子供が一人いる　性格も頭もいいやつで――時々怠けるのが玉に瑕《きず》だけど――電子工学とか素人向けの相対性理論とか、その手のことに興味を持ってる　しかしつい二年ほど前までは、音楽に対してあまり興味を示さなかった――もちろんティーンエージャーなら誰でもある程度、音楽を聴いたりはするが、それ以上じゃなかった　ところが、さっき言ったように、お

よそ二年前のある日、マイケルが友達のリッキーを連れて、学校から帰ってきた——二人はリトルリーグ以来の付き合いだ　妙に盛り上がった感じで、一緒にそこの、マイケルの部屋に入ってった　興奮気味におしゃべりする声が聞こえた　しばらくすると、閉めた扉の向こうからベッドのバネがきしむような奇妙な音が響いた　アコースティックに掻《か》き鳴らす、つまり、アンプにつないでいないエレキギターの音だ　次に聞こえたのは、楽しそうな悲鳴のコーラス、そして、生き生きしたコミックソング——俺の記憶が確かなら、それはネズミとシラミを歌った面白い歌だった

　彼はどうやら無意識の様子で、ベッドの端に立ち、一本の指でゆっくりと足板をなでていた

——マイケルは翌朝には、俺にドラムセットをねだっていた　俺は何とかやり過ごそうとして、おまえ、演奏したことないだろうって言ったが、これから覚えるんだって言い返された　ドラムなんて高いし、音もうるさいって言ったら、すぐに、構わないって言った　その調子の会話が二、三分続いたよ　まあ、ただの気まぐれだ、スクールバスに乗ったらもう忘れてしまうだろうと思ったんだが、なかなか冷める様子がなかった　ある夜、マイケルがナイロンチップのドラムスティックを持って学校から帰ってきて、一晩中、さまざまな音色を探るようにベッドの周りの物を叩《たた》き、いろんな音を出した　マットレス、毛布、枕、そして、高い音でアクセントを加えるために壁　そして翌日には、レコードを何枚か持ち帰った　プリテンダーズとか、スティーリー・ダンとか、なかなかいい趣味だと思う　そして次の水曜には近所のスイート・アンド・スリムっていうフローズンヨーグルト屋でバイトを始め、バイト代の八割をウォークマン購入資金として蓄えだした　正直言って、その熱意と努力には感動した　でも同時に、手放しで喜んだわけじゃない　結局、息子の興味の対象はただのドラムだ——ディートリヒ・ブクステフーデの好みの楽器とはちょっと違う　でも、そうは言っても音楽は音楽だ、と俺は自分に言い聞かせた　ドラムのおかげで音楽熱に火が点いたんだから、と

彼は一二メートル離れた部屋の反対側に行き、暗い隅にある小さな流し台で手を洗った　その後、そばの棚から白いタオルを出し、手を拭いた

――でも、ついに俺も抵抗しきれなくなって、息子の新たな熱意に多少報いてやっても悪くはないと思うようになった　そこで、たしかある火曜、晩飯の席で、デザートに移る頃合いを見計らって俺は切り出した　今度の土曜、セントジョゼフ通りにあるサウンドマスターっていう楽器屋に行って、どんなものがあるか見てみようって　息子はうれしそうな声を上げ、俺の肩に手を回し、頬にキスをしてから自分の部屋に駆け込んで、一晩中、マットレスの協奏曲を鳴らしてた　正直言って、俺もうれしかった　その週はずっと、二階でいい音が響いてた　マイケルは陽気でうきうき　毎晩、寝る前に必ず、俺にお休みを言いに来た

――そして土曜になり、楽器屋に向かう車の中で、俺は基本的なルールを息子に確認させた　夜の十時以降は練習しないこと　学校の勉強をおろそかにしないこと　死ぬまで俺に感謝すること　マイケルはすべての条件を即座にのんで、再び俺をハグした　そして、ついにサウンドマスターに到着　メサニー通りにある大型店で、マイケルにとってはいわばディズニーランドだ　中華食材店のアヒルみたいにずらっと吊《つる》されたギター、何列にも並べられた大小のアンプ、フルセットか簡易セットで組み立てられたドラム、とてつもなくすすけた、白いタイル張りの床　俺が店の扉を開けた途端、マイケルはドラム売り場に直行し、陳列してある品々を眺めた　正直、俺も結構、すごいなあと思ったよ　マイケルは最初、ドラムに手を伸ばすのをためらっている様子だった　並べられたスタンドやシンバルやタムに近寄りはするものの、まるでそれが聖なる品々であるかのように、ただじっと見つめていた　輝かしい好奇心と神聖な物への畏怖を抱いて　あれほどの畏怖と期待に満ちた息子の顔は見たことがなかった　俺はすごく心を動かされた　けれど、すぐに店員が現れた　それは驚いたことに中年の男で、妙に気さくに、ボブと名乗った　そして、ボブは――彼の言葉通りに再現すると――ご用件を

お伺いしましょうか、何でも伺いますよと言った　俺はその男が感じのいい店員だと思ったから、マイケルに自分で説明をさせた　息子はすごくうれしそうに、ＴＡＭＡの五点セット――二つのラックタム、一つのフロアタム、シンバルは三つ――を探していると言い、できれば虎柄デザインがいいと付け加えた　ボブは、いいねぇ、お子さんは趣味がいいですね、と言った　彼は俺たちを、すぐそばに飾ってあったシンバル二つ付きＴＡＭＡ五点セットへと案内した――三つ目のシンバルはおまけに付けてもいい、と彼は言った　しかし、そのセットはピンクシャンペン色だった　虎柄を取り寄せるには八から十週間かかる――それは大丈夫！とマイケルが口を挟んだ　その唐突さは、顔から発する幻想的な光輝によって容易に説明可能だった　俺がじっと見ていると、マイケルは優しい手つきでシンバルの縁をなで、ドラムの輪をこすり始めた　息子はゆっくりと抵抗しがたくそちらに引き寄せられていき、ハイハットを倒しそうになった　魅了とはまさにこのことだ――実際、俺もすっかり見とれていたんだが、そこでボブがおもむろに、ガムを噛《か》みながら、値段はおよそ千九百ドルになると言った

彼は部屋に二本ある柱の一つにもたれかかっていた

――俺は目を閉じた　気分は最悪　面倒なことになるのは分かってた　でも無理だ　君にも分かるだろうが、俺の稼ぎは限られてる　だから俺は、悲しい気持ちで恐る恐るマイケルの肩に手を置き、優しくドラムから引き離そうとした　ちょっと他のものも……と俺は言った　最後まで言う必要がないことははっきり分かっていた　マイケルが他のドラムセットを見ているときも、その視線は下に落ち、目は内側に向いた　けど、欲しいのはあれなんだ、と息子は言った　あれがそうなんだ――あれしかない　そして次には、でも父さん、そして、約束するから、そして、これから二年間バイトをするから……俺は販売員に少し時間をくれと言って、マイケルの肩に腕を回した　それから状況の深刻さを充分に認識しつつ、俺はやむなく、恐ろしくかつ明白な事実を口にした　千九百ドルという金額は、始めたばかりの趣味にかけるには大

金すぎるし、その興味だっていつまで続くか分からない、とすると彼が、でも父さぁぁぁんと、最後の音節に長く重いビブラートを置いて言い、乱暴な態度でそっぽを向いた後、陰鬱に黙り込んだ　しかしそのとき販売員が近づいてきて、一つ提案がありますと言った　彼は俺たちをもう少し店の奥、キーボードコーナーの前へと案内し、床にピラミッド《ジッグラト》状に置かれた黒いドラムセットを指さした　このキットは金具から皮にいたるまですべて、ＴＡＭＡと同じ部品で組み立てられている、と彼は説明した　ＴＡＭＡの製品を作っているのと同じ人たちが、同じ工場で、すべて同じ材料を使って作ったものだ、と　ただ一つ違うのは、こちらのドラムセットはパワープラスというブランドで売られている点　それを除けば、二つのセットは完全に瓜二つで、しかもこちらの値段はわずか八百九十五ドル　ああ、はっきり言って、その販売員の提案を聞いて、俺は驚くと同時に喜び、感動さえした——商売人は普通、そんな秘密を客に打ち明けたりしないから　俺は販売員にもっと詳しい話を聞こうとしたが、振り向いたらマイケルが毒を食らったような顔をしてた　土気色の無表情な顔ですすけた床を見つめていた　だから俺は販売員に礼を言い、考えさせてほしいと言った　それからマイケルの腕を取り、店を出た

彼はまた一本、胸のポケットからたばこを取り、ちぎり取った紙マッチで火を点け、それに大きな呼気が続いた

——家に帰る車の中は、ずっと暗い余韻を引きずり続けた　けど、父さん、と彼は言った　けど、父さん、と言った後、けど、あっちが欲しいっていう俺の気持ちはどうなるんだよ？　そして、俺の意見は聞いてくれないの——俺のドラムだろ　そしてその後、パワープラスなんて使ってるバンド、一度も聞いたことがない——てか、そもそもパワープラスなんて聞いたことない　クレーグ・ノーデンが使ってるのはＴＡＭＡ、ニール・カートもそう、連中は好きなドラムを叩いてる……そして最後に、心臓の止まるような怒鳴り声、**俺の欲しいのはＴＡＭＡだ！**という一言とともに罵《ののし》り言葉が飛び出して、息子はふてくされ、黙り込み、家に戻って

も、そのまま自分の部屋に入って、扉をバタンと閉めた　その夜は一度も、マットレスを叩く音が聞こえなかった

　彼は火の点いたたばこを持った右手をじっと見た

——まあ、率直に言って、この結末はいろいろな点で、俺にとってかなり厄介だった　それ以後、ここでの暮らしはすっかり台無しさ　マイケルはつっけんどん、そうじゃない日は口もきかない　朝はばたばたと学校に出掛けて、夜は帰ってきたら、適当なものを食って部屋に閉じこもる　俺とトイレの順番を争うこともなくなり、レコードも聞かなくなった　他方、俺は自分のレコードに集中できなくなった　大地の歌を聴きながら椅子に掛けていても、耳に入るのは、なぜなのか？　なぜこうなるのか？　何が起きているのか……？という言葉ばかり　そして俺は考える　考える　繰り返し繰り返し、ただ果てしなく、事態を頭で反芻《はんすう》する　それが何日も続いた　時々、レコードが終わった後、音のしないステレオの前に何時間も座り、ありうる答えをひねくり回したこともある　けれど、俺はそのすべてを却下した　考え抜いたつもりの合理的な説明には、ことごとく非が見つかった　そして俺は、マイケルを懐柔しようと不断の努力を続けた——バーベキュー料理を買って帰ったり、夜更かしを大目に見てやったりして、状況の改善を望んでいる意志を隠すことなく見せた——にもかかわらず、断絶はさらに鮮明に、さらに大きくなった　マイケルは俺の質問を無視するとき、ためらいさえ見せなくなった　俺たちは同じ空間を共有しながら、違う宇宙に暮らし始めていた……

　——それで、その調子で二週間ほどが経ち、俺はもうたくさんだと思い、すべてを終わらせる、すべてをはっきりさせる、わけの分からない状況を少しでもましにすることにした　だから、次の金曜日、マイケルが学校にいる間に、俺はサウンドマスターに行って、例のドラムセット、パワープラスを買った　オプションとなる三つ目のシンバルも付けた　それから午後、半日かけて、まるでショールームに飾るみたいに格好良くドラムを組み立てた　金具とスタンドはぴかぴかに磨き、バスドラムの上に二本のスティックを置いた　すごく

インパクトのあるセットだったから、きっとマイケルの頑な心も揺り動かすだろうと俺は思った　息子の方だって緊張状態にうんざりし始めているのは明らかだったから、和解するきっかけさえ与えればきっと飛びつくに違いない　こうしてその晩、俺はここの椅子でマイケルの帰宅を待ちながら、トービーのパッサカリア論を読もうとしてたんだが、全然集中できなかった　そして八時近くなってようやく、玄関でマイケルが鍵を開ける音がした　そう、その時点で俺の中でアドレナリンが一気に分泌されて、喉はからから　扉が突然、半分まで開いて止まり、マイケルがドラムセットを見た瞬間は、もう心臓がどきどきさ　息子は家に入ってきて、真っ直ぐ俺のところまで来た　俺の立っている場所まで真っ直ぐにそして無感情な、飾らない言葉で礼を言い、俺の背中まで手を回してハグした　それから、もう演奏するには時間が遅いからと言って、自分の部屋に向かった　実際、かなり夜遅い時刻だった　それから部屋の扉を閉め、翌日には出て行った

――出て行った？と俺は言った

――サウスキャロライナ州にいる母親のところに引っ越したんだ　やつが出て行ってから俺が二日間大騒ぎしていたら、そこに電話がかかってきた　ウォークマン購入資金に蓄えていた金でバスのチケットを買ったらしい

――ふうん、と俺は言った

彼は乱れた小さな毛束を耳にかけた　目は灰色の窓をじっと見据えていたが、その先には、俺が見る限り、何の特徴もない空間しかなかった

――まあ、と彼は言った　まともな音楽には不協和音が不可欠だ

その頃には、たばこは指の先まで燃え進んでいた　彼は扉の脇にある書き物机に置かれたペンキ缶の、がたつく蓋でそれを消した

――それでその後、マイケルが母親のもとで暮らすことが決まった後、俺にはいわば、以前より少し多くの自由時間ができた　一連の不幸な出来事を振り返る時間がたっぷりと与えられた　かなり長い間、俺は積極的に思索を続けた　俺は

こだわり続けた――絶え間なく、何度も何度も、ひたすら事件を振り返った　でも、そうしているうちに、奇妙なことに、頭の中でベートーベンに関する問いがぐるぐると回り始めた　そして最終的に、俺の置かれた状況と音楽的な関心との間に何かのつながりがあるんじゃないかと思うようになった　それから二、三週間で、徐々に思考が形になった　晩年のベートーベンが変奏曲に関心を持ったのは、従来言われていたように、展開部を削ぎ落とすとか、調性を変えないとかいうことよりも、問題解決の手順という問題なんじゃないか　言葉を換えると、ベートーベンにとって変奏曲とは、音楽を使って何かを考え抜く手法ではないか　主題的推測の各側面や意義、弱点などを異なった角度から随時検証するための、一種のポパー的な方法　また別の言葉で言うなら、変奏曲は俺の思索とよく似た感じで、より高次の理解に向けた探求、何らかの中心的真実に向けた反復的な手探り、追い込みなんだ　しかし変奏曲はまた、究極的には真理が決定不能だという常套句の例証にもなっている　だからこそ、変奏曲には軽いフットワークが必要なんだ　俺たちは行きたい場所に決して到達できない　変奏曲を使った手探りの探求が不要になることはない　音楽が存在しなくなる地点にはたどり着けない

――それに関して俺はこう言う　それでいいじゃないか、と　だから晩年のベートーベンにとっては、幻の中に存在する完成よりも、奮闘と徒労の美しさの方が重要だった　というのも人はその努力に比例して美しいからだ　ベートーベンはそう言っているような気がする

――それがあなたの論文のテーマですか

――その通り　うれしいことに、論文はかなり好意的に受け止められてね　副編集長みたいな人からお褒めの言葉をいただいたよ

――ブラボー

――ありがとう　それに実際、あの論文にはいいところがある　専門的問題を非専門的な語彙で論じている点さ――論文は、できれば常にそうである方が好ましい

――うん、と俺は言った

――ああ、と彼が言い、息を吐いた　でも、もちろん、それで息子が戻ってきたわけじゃない……

彼が俺に近づいてきて、ベッドの縁に腰掛けた　その重みでベッドから空気が漏れる音がした

――でも、あなたとマイケルはまた、話をするようにはなったんじゃないの？と俺は言った

――たまに、と彼は言った　電話で

――それなら、あれを送ってみようと思ったことは？と俺は言い、部屋の中央に居座るドラムセットの円盤や円筒を指さした

――それはない、と彼は言った　やはり、その後の展開が読めないからね　それに、俺としてはここに置いておくのは構わない　たとえ触ることがなくても　あれは一種の記念碑だと思ってる

――ふうん、と俺は言った

――畜生畜生畜生畜生、と彼は言った

――え？と私は言った

――あのさあ、俺は本当に今、一つのことを証明したいと思ってる、と彼は言った　それはつまりこうだ　俺がこの人生に求めているのは一つのこと、たった一つのことだ　世界の中で、俺にとって意味があるのはただ一つのこと……俺はそれを求め、焦がれ、欲望し、切望し、熱望する　すべての経験に実質と手応えを与える存在、あらゆる意味の源泉――すべては、このおんぼろスプリンクラーが回ることにかかっているんだ！……

彼は芝生に腹這いになったまま、おそらく伸び放題の芝の葉にくすぐられているであろうその鼻の先にある小さなスプリンクラーヘッドをいじっていた　スプリンクラーは小さな円形の基部と二つのアームを支える一本の短いパイプという二つの部分から成り、腕に当たるところは、自慢の二頭筋を曲げ伸ばしするミニチュア版の重量挙げ選手のようだった　私の位置から見ると、人がいじってどうにかなる部分はなさそうだったが、ニックはひたすら作業を続けた――人差し指でスプリンクラーのアームを回転させたり、装置全体を手に

取って振ってみたり、しつこく何度もホースを挿し直したり

――オーケー、と彼は言った　オーケー……さあ、これで最後にしよう……

彼は体を起こし、急ぎ足でホースに沿って歩き、ガレージ横から出ている蛇口のところまで行った　彼はもう一度全体に目をやってから一拍置き、手荒に蛇口をひねった

――畜生、と彼は言った　スプリンクラーは回転せずに水を山なりに飛ばしていた　それは私の目には、過剰なテストステロンが原因でミニ筋肉マンの二頭筋が破裂した姿に見えた

私はニックに好感を持った　頭のはげ方――前頭から伸びるピンク色の円が頭頂の樹木限界線を越えている形――はあまり見かけないタイプの遺伝的パターンで、ぶかぶかの袖をまくることで腕の細さが際立っていた　喉仏のすぐ上に髭《ひげ》の剃《そ》り残しがあるところや、やせ細った足に何も履いていないところも気に入った　彼は立ち上がり、水を止め、家の裏口に向かって歩き出した

――中に入ろう、と彼は言った

彼は私が入るとき網戸を押さえていてくれた

――で、と彼が言った　さっきの話だと……

――ああ――そう、と、暗い廊下を進みながら私は言った　たしか私がどういうきっかけでこんなことを始めたかを説明する途中だったような……

――ああ、と彼は言った

――うん、と私は言い、廊下の脇に寄って、ニックに先に行かせた　それで、たしか話の途中だったと思うんですが、私の子供時代、七歳か八歳の頃、祖父がうちの近くに暮らしていた時期があったんです――記憶が間違ってなければ、車で一時間足らずのところにね　うちに近いから祖父がそこを借りたということではないと思うのですが、母はせっかく近くに暮らしてるんだからと言って、だいたい二週間に一度、土曜に車で会いに行きました

――うん、とニックが言った

――それで、しょっちゅう、そのまま午後はずっと祖父の

家で過ごしてました——母はおしゃべりしたり、縫い物をしたり——しばらくしたら、私は一人ですることもなく放っておかれたし、祖父と話すこともあまりなかったから、いつも庭に出て、持って行ったがらくたで遊んでいました　でも、ある日の午後、家の中を探検しました　そしてそのとき、祖父の寝室で見つけたんです

——ふうん、とニックが言い、廊下の端にある部屋の入り口で立ち止まった

——はい、と私は言った　祖父はその本をほったらかしにしていて、古いブーツや箱なんかに交じってクローゼットの床に落ちているのを私は見つけました　今でも覚えていますけど、初めて見たときはとても興味を引かれました　大きくて茶色でぼろぼろ、古びた硬い革の表紙が付いていて、全体に汚れ、すり切れ、年季が入ってた　片側に三つの小さな鳩目があって、汚れた黒い紐《ひも》で綴《と》じられていました

——うん、とニックが言った

——私はそれを見た途端に興味を持ちました　寝室にあった古い革製の旅行鞄の上にそれを置いてめくってみました　すごかった　本当に古くて、古いにおいがして、ページをめくるたびに埃のにおいが舞って、黄色い紙の断片が千切れて舞い上がりそうな感じがしました

やっとニックが向き直り、部屋に入った　部屋は廊下から見るより奥行きがあった　窓から入る午後のまだらな光に照らされたその部屋は、何かの作業場かアトリエのようだった　いくつかの不揃いな戸棚とファイル用キャビネットが三面の壁に並び、変わった形の製図台が二つ置かれていた　片隅にコルクボードが二枚掛かり、白いタイル床の真ん中に同じタイプの回転椅子が二つ漂っていた　一方のテーブルの脇に置かれたゴミ箱には大いに活用されている形跡があった　ニックは頭上の明かりをともした後、私に一方の椅子を勧め、自分は他方の椅子に座った

——オーケー、と彼は言った　話の続きを

——はい、と私は言い、キャスター付きのきしむ椅子に腰を下ろした　それで、いまだに自分でもどうしてなのか分か

らないのですが、なぜかそれが気に入りました　それからは祖父の家に行くたびに二階に上がって目を通すようになった楽しかったんです　あの本はとても広い領域をカバーしている感じがしたし、何て言うか、生命にあふれているみたいに思えた　八歳の子供の目にも、写真とか、新聞の切り抜きとか、そういう、祖父がそこに貼り付けたものたち、いろいろな形や大きさや配置のものたちすべてが一つの命を物語っているように思えた　たくさんの中身、たくさんの現実的な活動に満ちた生活、いつもと同じ自動的な移動や行動とは違う生活　とにかく溌剌《はつらつ》とした感じ……

――うん、とニックが言った

――それに、本が変化するという事実も気に入りました――変化が可能という事実　当時、祖父はまだ時々遠出をすることがあって、帰ってくると新しい写真が増えていました本は祖父同様、経験を集めながら生きているみたいで、明らかに前もって計画されたり、宿命づけられたりしない形で祖父とともに進化していた――しかしそうは言っても、すべては祖父の直接的投影、彼の本質の直接的投影です　だから私の一部はこう信じていました　その本はある意味でおじいちゃんを生かしている――いろいろなものが本に加えられ続ける限り、祖父は存在する、永遠にでも存在することになるのだ、と……

――うん、とニックが言った　へえ……

――それで、そう、話はだいたいそういうこと、と私は言った

――なるほど、とニックが言った　すごいな　ありがとう

――以上です

――分かった、とニックが言い、座ったまま少し背筋を伸ばした　じゃあ、まず言っておきたいんだけどさあ、私は君からの電話でかなり興奮したよ

――そうですか、と私は言った

――本当に、と彼は言った　受話器を置いた途端、君から聞いた話を思い返して――

――すごい

——ああ　で、翌日、しまってあった古い箱やら何やらを出してきた——そんなことは一度もしたことがないのに——そして、中を掘り返した　大変だけど楽しい作業だったよ

——すごい

——あのさあ、うちの父は、何でもかんでもしまっておくタイプの人間だったもので——

——やっぱり——

——他の人間なら紙切れ以下の価値しかないと思いそうな物まで大事にとってある　でもさあ、よく考えてみると、これが実に民話というか、純粋な民間伝承みたいになっていて——

——そうですね

——つまり、このあたりのインコが糞《ふん》を落としたことさえ覚えていないような古新聞から切り抜いたへんてこな地域記事もあったし——結婚、出産、開業なんかを伝える記事さ

——それに、プライアー・クリークの消防団が最後に使った馬を売却したときの競売のこととか　それに、ジョークのコレクション　たくさんあったよ、薬局でもらった領収書の裏に走り書きして、ひとまとめにしたものが

——ふうん、と私は言った

——というか、こんなものに何らかの価値があるなんて誰が考えただろう?とニックが言った　でも、**彼**は知っていた

……

良い感じだ　ニックが私の話に興味を持ったようだ　これなら話が早い

——ところで、とニックが言った　イエスがユダヤ人だとどうして分かる?

——はい?と私は言った

——イエス・キリストがユダヤ人だとどうして分かる?とニックが繰り返し、にやりと笑った　これも今回見つけたジョークの一つだ

——ああ、と私は言い、横を向いた　さあ……よく分かりません

——母親が彼を神だと信じ、父親がその母親を処女だと信

じたから

ニックが笑い、私はいまいちな反応をごまかすために椅子を回した　しかし、ニックの笑いが一段落するのを待って横を向いている間に、今私たちが腰を落ち着けている部屋に異常なほどたくさんの棚が備えられていることに私は気づいた　ほとんどすべての壁面、わずか一〇センチほどの隙間しかない部分にさえ金属製の腕木で支えられた棚があり、戸棚とキャビネットが置かれた場所以外の壁面を埋め尽くし、キャビネットの大半は半開きのままだった　さらに、どこの棚にもきれいに揃えた紙の山が積まれていた　ニックが話し好きなのは明らかだったので、私は次に、その話題を切り出すことにした

――で、あなたはどんなことを?と私は言った　何をなさっているのか、尋ねても構いませんか?

――ああ、いいよ、と彼は言った　今やっているのは細胞分裂

――それは誰でもやっていますよね、と私は言った

――というか、とニックが言い、ほほ笑んだ　実はアニメの仕事をしてる――アニメ映画を

――ああ

――うん　今やっているのは中割り《インビトウイーナー》

――はい?と私は言った

――私は中割りを担当してる　原画担当が描いた絵の間を埋める動きを作画するのさ

――そういう仕事があるなんて知らなかった、と私は言った

――うん、とニックは言った　サイレントの時代からある　スタジオの偉いさんたちは、かなり早い時期から、給料の高い主任アニメーターがアニメ映画の絵を一から十まで描く必要がないことに気づいてた　少なくとも二〇年代にはすでに、動きの印象を決めるのはいわゆるキーフレームと呼ばれるものに限られると分かった――たとえば、野球の投手をアニメにする場合、投手が振りかぶっている絵があって、次に、投げ終わった状態で腕を目一杯前に伸ばした絵がある

この二つがキーフレーム　だから、俺みたいに給料の安い連中が間を埋める絵を描いて、必要に応じて動きを肉付けする

――それなら相当な数の絵を描かなければならないんでしょうね

――それほどでもない　作業の量は多いけど、画面上で連続しているように見せるのには絵と絵が多少隔たっていても構わない　微分なんかとはわけが違う　これなんか――

　彼は跳び上がり、近くの棚から二センチ半の厚さの紙束を取った　それから私の後ろに来て、私の肩の上から腕を回し、束の端に親指をかけて、私の顔の前で紙をぱらぱらとめくった　それはズートスーツとパナマ帽を身につけて二本足で立つアレチネズミ――まるで、ネズミ界のキャブ・キャロウェー――を描いたアニメの、一続きの鉛筆スケッチだった　ぱらぱらとスケッチをめくると、アレチネズミがメレンゲを踊るのが見えた――満足げな顔でつんと鼻先を上向け、目を閉じ、指を鳴らし、白い紙の表面でスピンするたびに指先から小さな動線が延びている　ニックは最後までぱらぱらを終えると最初に戻り、連続する絵を一枚一枚ゆっくりと私に見せ、図柄の違いを確認させた　少なくとも私の目には、一つの絵と次の絵の間に劇的な隔たり、ほとんど橋渡しができそうにもない隔たりがあるように見えた

――いいシーンだ、とニックが言い、絵を棚に戻して、また座った　どういうことか分かっただろう　脳は、二つの図柄の間に充分な類似性を認識しさえすれば、どちらも同じキャラクターだと理解する――機械的にそう判断する　そうしておなじみの視覚の持続性を借りることで動きを融合し、連続場面《シークエンス》が生命を得る　個々の絵で不可能に思える差異が、勢いある流れの中に埋没する

――ふうん、と私は言った

――実際、チャック・ジョーンズがワーナーのアニメスタジオ、別名シロアリ屋敷《ターマイト・テラス》での思い出を語った笑い話がある　新米の中割りにいつもいたずらを仕掛けてたって話だ――やられた中にはきっと、例のすごく手先の器用なアニメーター、ベニー・ウォシャムもいただろう　彼らは新人に中割

りを描かせる　たとえば、バッグズ・バニーがバンジョーを掻き鳴らす場面　それからそのスケッチを撮影して、連続場面の出来映えを確認する――これはペンシルテストと呼ばれる作業で、実際に絵を撮影するんだ　ところが、新人には秘密で、場面の途中に、その、バッグズがかわいい雌ウサギとエッチしてる絵を放り込んでおく　そして、できあがったペンシルテストを実際に新人に見せ、仕上がりを確認させる　みんなの目の前でいたずらの絵が映し出されるんだが、当の本人は余計な絵が挟まったことに気づきもしない　一瞬だから、おかしなことにはまったく気づかず、ただ静かに画面を見つめる　場面が終わってから、みんなが新人に感想を聞くと必ず、いい出来だった、いい感じ、問題ないと思う、と答える　そこでもう一度、フィルムを再生し、楽しいラブシーンで絵を止めると、新人がぎょっとするという仕掛けさ

――わあ、と私は言った

――だからさ、中割りにとんでもないものが混じっていても全体の流れには影響がないってこと

私にはニックがこの仕事をとても気に入っているのが分かった　話をすればするほど、話にいっそう熱が入り、彼の中割りの間隔がさらに広がり、彼は回転椅子に座ったままで体を前後に揺らし、両手を大きく振り回した　まるで今にも彼が背後の秘密の場所から体重の六倍ある巨大ゴムハンマーを取り出し、興奮のあまり、私の頭を叩きそうな気がした　しかし、私はこの興奮に付き合わなければならない

――つまり、かばのガバチョを観ている間に、大量の識閾下《サブリミナル》なセクシー映像が映し出されているかもしれないってことですか

――てわけでもない、とニックが言い、椅子の背にもたれ、ほほ笑んだ　俺たちにもある種の職業倫理ってものがあって、出来心でそれを無視したりしないよう、通常、作業はしっかり監視されている　俺が今作っている絵はすべてのコマが、最低二度のチェックを受ける　これは科学を扱う映画だから、正確さを求められる

――科学を扱うアニメ映画？と私は言った

──そうだ　科学の領域では、物事をわかりやすくするためにアニメを使うことがよくある　正確な表現が可能だからさ　世間のみんなは白雪姫が世界初の長編アニメだと思っているけれど、もっと前の一九二三年にフライシャー兄弟が相対性理論に関する教育アニメを制作していたし、それ以来、たくさんの教育アニメが生み出されてきた

──シュレーディンガーの猫を演じるシルベスターとか

──その通り、とニックが言った

──それで、今やっているのはどんな仕事？と私は言った

──タルサにある小さなスタジオからフリーランスで引き受けた仕事、と彼は言った　細胞分裂に関する三分間の映画の中割りを描く

──すごい

──ああ　スタジオは南部教育基金との間で大きな契約を結んだ　だから、すごく重要な仕事なんだ──今後二十年間、子供の頭の中で回り続ける教育用映画　でも、今のところ順調だ　完成が待ち遠しい

──面白そうですね

──うん、とニックが言った　はっきり言って、今のところはすごくいい　というか、今やってるのは有糸分裂に関わる部分で、それは人間とアメーバを一直線に結ぶ絆の一つだから、下手な失敗は許されない

──まさしく

──実際、美しいと言ってもいい、とニックが言った　この小さな、たった一つの細胞の話を物語る作業──生命力と成長のエクスタシーの中で、細胞がうごめき、奇跡的に核を分割して、自身の正確な複製を造り、二つの同等な娘核に分かれる……驚くべき出来事　幻想的な出来事だ……

──うん、と私は言った

──というか、俺がアニメーターから受け取る原画は、丸とか、のたくった線とか、斑点みたいなんだが、それが実は細胞膜と染色体と紡錘体を表してる──生体組織の、生命の微小構造を表す抽象的な図形……

──うん……

――そして、俺がそのプロセスに手を貸すわけだ！　鉛筆と技とテクノロジーを使って、生命活動《アニメーション》をアニメにする　まあ、はっきり言って、中割りの仕事としてはこの上なくスリリング　アイデンティティーからアイデンティティーへの移行を橋渡しする仕事だからね

――分かります――

――というか、安っぽい神学のようなものさ　自分を失った途端に自分を見つける、みたいな――そして、結局また、それが新たな自分だと気づく……それだけじゃない、自分が増殖しているんだ……同一性と差異の反覆……分割の否定……隔たりという肉体的恐怖がついに、決定的に否定される……昨日がいい例だ　スタジオから有糸分裂後期の原画の束が送られてきたんだが、この段階が本当にすごい　中期の段階で、娘染色体が細胞中央に集まり、超自然的に赤道面に整列する　この驚くべき集合の直後、不可解にも、染色体が分かれ始める――魔術的な共時性で分裂する　再編に向けた奇跡的情熱の中で自らの世界を引き裂き、自己主張を打ち出し、過去を切り裂きながら不死の未来という夢を生み出す　そして周囲では生命物質が激しく自殖し、無限のアイデンティティーを本能的に生産し、永続性を永続化する　微小管が細胞質内で自由にさまよう分子を捕まえて成長し、あるいは自分の一部を細胞質に戻すことで収縮し、この絶え間ない流入と流出の中で結集し、分散し、媒体と混合し、媒体から出現し、その変化に合わせてエネルギーと力を得、自己を滅却してこの相互浸透的な攪拌《かくはん》に加わり、与えることと受け取ることの間にある区別を消し去り、ストップ！……そこで、ストップ――ストーーーップ――！さあ――つかめ……つかむんだ……そして、つかみ取れ……取るんだ……俺は……やった……良かった……無事だ……この手に……良かった、無事に取り戻した……無事に……ふぅ……ふぅ……ふぅ、今回はもう少しで落とすところだった　まったく、危なかった　本当にひやひやした　だって、マニュアルには普通、どのくらいの力加減で固定したらいいかなんて書いてないから　本当に、実際の場面をまったく考えていない　きっと連中は、

え、アンテナ、簡単簡単、立てりゃいいんだろ、とみんなが思うと思ってる　けど、実際は全然違う、微妙な加減が必要な場面がたくさんある　指向性も考えなくちゃならない、支えのことも、風の力も考えなくちゃ駄目だし、屋根の上でアンテナを支えられるほど丈夫な場所を見つける必要もある　だから、最初に考えるよりずっとずっと難しい作業だ　けど、今夜は多少、その、もたつきはしたものの、ここに、煙突に沿う形でアンテナが固定できて良かったと思う　ここならアンテナの下のところをしっかり固定できるし、高さも他よりは数センチ余計に出せる　これは重要なポイント　AMは簡単だ――電離層でも反射するし、地表波として伝わるから、かなり広い範囲で受信できる　ところがFMは――注目すべき動きがあるのはFMだ――見通し線でしか伝わらないから、アンテナは高けりゃ高いほどいい　特に俺が求めているような目的の場合は　こいつの購入資金を貯めるのに八か月もかかった（回転装置だけでも六十ドル――ガルル……）　けど、モノはいいから今までよりたくさんの局が聴けるはず　これってある意味、面白い　背が高けりゃ高いほど、遠くまで手が届く　高さが広さになる　今の俺には、手に入るものなら何でも必要だ　最近普通の電波に乗っているものはあまりにも中身がないから、あらゆる手段で手に入るものをすべてゲットしなくちゃならない　空中から搾り取る必要がある　ラジオの黄金時代と呼ばれた三〇年代、四〇年代がどんなだったか、俺には想像もできない　つまみをちょっとひねればいろいろなラジオ番組がシャワーのように、滝のように流れ出て、リスナーはそこに身を浸し、体でその水を飲んでいた時代　いつだって、絶え間なく流れるラジオには、偉大なドラマやコメディーがあった　例の歌は真実だ　テレビがラジオスターを殺した《ビデオ・キルド・ザ・レディオ・スター》って歌　五感の間で戦われた長きにわたる戦争において強力な焦土作戦を繰り広げてきた視覚が、ラジオに対して一種のテクノロジー版グレシャムの法則を動員し、悪貨が良貨をほぼ駆逐してしまった　しかしこっちはラジオだ　いつも強調しておきたいと思うのだが、ラジオは生きた媒体、交換の媒体だ！　てか、この豊かさに抵抗できる人がいるだろうか――スイッチを入れて、横になり、柔らかさに包まれ、われを忘れる　そこで働いているのは、声の力と、言葉と、コミュニケーションへの本能だけ　リスナーは目を閉じていても、開いていても、はるか遠くまで連れて行かれる　てか、この豊かさは、俺の持っている復刻レコード、五十年近く前の番組を収めたレコードを通してでも伝わってくる　すごいと思わないか　半世紀　かたや今から五十年後に誰がインナー・リソースなんて覚えているだろう――両親が今晩、俺に見せたがっているあの連続テレビ番組　番組から何かが得られるかもしれないとか言って蒸気ショベルでぶちのめされた方がましだって俺は答えた　タイトルからして、内なる能力《インナー・リソース》　てか、これってどうかしてる　こんなのは相手と築くコミュニケーションじゃなく、相手に投げつけるコミュニケーションだ　実を言うと、俺は今夜、喜んで両親に居間を明け渡した　その点、何の文句もなく　おかげで俺はここに上がってこられた　たそがれる明かりの中、余計な目に見られることもなく　目という愚かな器官を逃れて　まったく、目なんて感覚泥棒だ　情報を発するより、人を欺くことの方が多い　六〇年にニクソンとケネディの間で行われた討論会後のアンケート結果がいい例だ　誰が勝ったか――？

――テレビ視聴者の答え　ケネディ

――ラジオ聴取者の答え　ニクソン

俺たちの観点から言うと、これは少しまずい例かもしれないけど、それでもやっぱり　同時代の評論家はみんなニクソンの方がちゃんと質問に答えたと言っていたし、当然、それが重要視されるべき点のはずだ　それとは別に、イギリス人ジャーナリスト、サー・ロビン・デーの調査によると、誰かが嘘をついているとき、ラジオ聴取者の方がテレビ視聴者より五割近く高い確率で嘘を見抜ける　だから間違いない――疑問の余地はない　耳には、目に見えないものが見える　見せかけの向こうにあるものが見える　ある人の姿を見ることは、ある意味、その人を限定する行為だと俺は本当に思う　他方で、人の声を聞くことは、その人の可能性を広げる行為

だ　ラジオで活躍した偉大な声優を思い起こしてみるといい　ビー・ベナデレット、ルビー・ダンドリッジ、そしてもちろん、メル・ブランク　あの人たちは週に六本の番組に出て、しかもそれぞれの番組で――よくは知らないけど――八つの声を使い分けたりしてたた　当時は一人の人間が森になれた――一つ一つの枝、一枚一枚の葉が汚れなき真実を伝えていた　レイモンドはそれを理解してた　俺は以前、やつと一緒に自分の部屋に上がって扉を閉め、テレビとステレオを切ったものだ　そして、気を楽にしてくつろぐ　俺がベッドに横になると、あいつは蝶みたいに畳んだ腕で頭を支え、床に寝そべった　チョコパイとか、たまにはエンゼルパイとか、たいていはそのどちらでもなかったが、何かのおやつが前もって用意してあった　言い方を変えると、俺たちは静寂を、本当の静けさを成し遂げ、おいしいものを食べ、ポスターや写真の貼ってない天井を見つめた　そして、学校での出来事をあれこれと話したり、何でもないことで冗談を言い合ったりした　レイモンドがたまたまその気になったら――わざと突然やるんだが――口でドラムロールの真似を始める　大声で、劇的に――ドルルルル……そして俺は、まるで予定外のキューに反応してるみたいに――慌てて、じゃなく、落ち着いて、朗々とした声で――エド・ハーリヒーの物真似を始める

――ただ今より、一九八七年六月六日のビッグ・ブロードキャストをお送りします――！

すると、レイモンドのドラムロールがさらに盛り上がって、次にまた俺の番

――オークランドン、KTGEのスタジオから生でお届けしております　今夜のスペシャルゲストは……あ、あれはミスター・キツェルを演じるアーティ・アウアーバックか――？

するとレイモンドが完璧な物真似を披露する

――んんんんん――ありえなくはないですな――！

そして再び俺

――それにあれは、MBS「私がモーガンです」のヘン

リー・モーガンじゃないか――？

するとまた、レイモンドのそっくり物真似

――こんばんは、どなたか……

次に俺

――あれは偉大なるエズラ・ストーン演じるヘンリー・オールドリッチか――？

するとまたレイモンド

――ママ、今行く――！

楽しかった　何時間でもずっと続けられそうな気がした　蔓状に絡まる声の中で迷子になった二頭の樹上生物　レイモンドの物真似は傑作だったから、俺はケラケラ、ゲラゲラと笑った　チョコパイもうまかった　俺たちはただ天井を見つめ、自由に声に遊ばせた　でも正直言うと、俺にとって、そうしていることには別の意味、別の側面があった　というのも、ラジオごっこの最中、芝居して、笑って、ふざけている最中、俺は時々、少なくともふとした瞬間に永遠を発見した、あるいは少なくとも、永遠の感触を味わったと感じることがあったからだ――そんな言い方を許してもらえるなら　でもマジで、あれは永遠の瞬間だった　楽しみの中で不安を宙吊りにし、時間が握る操り糸を浮かれ気分でチョキンと切ることで時間から引き離され、完全に自由になる　素敵だった　この伝統、この豊かなコミュニケーションとやり取りの歴史が簡単に衰退した、実質的には死に絶えたのが信じられないと俺が言うのにはそんな実感も関係してる　俺に言わせれば、それは一種の専制だ――実際には決して専制と呼ばれることのない専制　俺たちはそれを自然で、避けられないものとして受け入れざるをえない　でも俺はどうしてもそれが気に入らない　レイモンドも同じだった　二人ともそれを嫌ってた　でももちろん、俺たちにできることはほとんどない　受け入れなければならないことは分かってた　でも、あるとき、レイモンドと俺はそんな流れに対する防御策を確立しようとした　あるいは少なくとも、穏健な対抗策を考案しようとした　で、考えたのがこれだ　俺たち二人は独力で、ラジオというメディアを本格的に蘇生させる計画を立てた　俺の寝室で丸二晩かけて、バニラウエハース一箱をつまみながら考えた　俺たちはネットワークを訪れて、新しいラジオ番組の企画を提案することにした　ここ何十年、存在しなかったタイプの番組　このプロジェクトでラジオというメディアが完全に再生すると保証するつもりだった　商業的にも好機だが、俺たちは余計な企画権料《ロイヤルティー》を要求する気はなかった　それは週一回放送のラジオドラマを復活させるという計画だった　長さは三十分　舞台は中規模都市　登場人物はいろいろ　タイトルはブロンドの世界　毎回、テーマ曲の前に——テーマ曲はまだ未定だったが——番組プロデューサー、つまりレイモンドか俺がナレーションをやって、登場人物は全員、おバカなブロンドだ、あるいはそういう設定になっていると説明をする（レイモンドは番組関係者全員がブロンドってことにしたがっていたけど、俺が拒否した　ご都合主義に思われそうだったからだ）　そして、その後、ドラマが始まる　物語の中身は後で考えればいいと俺たちは思った　実際、内容はそれほど重要じゃない——別に、大ヒットする必要はないから　とはいえ俺たちは、このシリーズがラジオの再生を意味すると確信してたし、それより重要なことに、ネットワークがこの案に飛びつくと思ってた　きっとネットワークとスポンサーが競って権利を買い取ろうとするだろうし、ネクタイを緩めた大物と一緒にきれいな重役室でたばこを吸いながら会議するのも目前だと思っていた　俺たちは本気で、この計画に夢中になっていた、本当に　企画書のためにアイデアを書き付け、ちゃんとした書式にまとめようとさえしてた　ところがちょうどその頃、約一年前のことだが、レイモンドの体調が悪化して、計画を進められなくなった　残念なことに本当に残念　きっと素晴らしいシリーズになったはず、さげすまれたメディアを真に再生できたはずなのに　けど、その頃からレイモンドに会う機会が減りだした——あいつが自分の時間を持てるのはわずか、二週間に一度くらい——そして、俺はその頃、ある種の話題は避けた方がいいと思うようになった　だから計画のことは口に出さなかった　レイモンドは一度だけ、俺が一人で計画を進めても構わないと言ってくれた

ことがあったが　けれど、俺がその件に二度と触れなかったのは正解だったと思う　何か新しいものを一緒に聞くために復刻レコードを買い続けたのも正解だった——当時凝っていたのはフレッド・アレンだ　彼が遊びに来るときのために少なくとも一枚は新しいアルバムを用意するようにしていた　あいつがそれを楽しみにしていることは知っていたから　俺は念のため、あいつが家に来た翌日には、新しいアルバムを買いに出掛けた　俺たちは部屋に上がり、横になった　その頃には前ほど会話に元気がなくなっていたが、レコードを聞いていればそれでよかった　それで気が紛れたし、嫌な沈黙を打ち消すことができた……

……あの後しばらくして、同じ学校に通うネヴィルってやつから電話があった　レイモンドの友達だと言ってた　俺の電話番号はレイモンドの家族から聞いたんだろう　とにかく彼から電話があって、みんなで集まりたいから、俺にも参加してほしいって　それで俺たちはある晩、ネヴィルの家に集まった　やつの両親は留守だった　俺は他に用事があって、到着するのが最後になった　呼び鈴を鳴らすと、ネヴィルが玄関まで来て、俺を中へ案内してくれた　クローゼットと鏡の前を通り、リビングへ　隅のテーブルにポテトチップとチョコの詰め合わせパックとオレンジソーダがあって、広めの部屋——ビリヤードテーブルでも置けそうな広さ——の壁際に置かれたソファと椅子に六、七人が腰掛けていた　大半は学校で見覚えのある顔だ　そこにはペギー・マッデンって女の子も交じっていて、彼女はレイモンドと話をするようなタイプとは思えなかったし、死んでも俺とは口を利かない雰囲気の子だった　でも彼女もそこにいて、俺の知らない二人の男と一緒に、静かにソファに座ってた　ネヴィルは他の連中を紹介してくれなかったので（きっと忘れていたんだろう）、ペギー・マッデンからいちばん遠い位置のソファに俺が腰を落ち着けたとき、何となくもやっとした空気が漂った　部屋はあまり明るくなかったし、話し声もそれほどにぎやかじゃなかったから、俺は急に、自分がガムを噛む音が目立っているんじゃないかと気になりだした　でも他の男二人が、一人の履いているスニーカー――あるいは欲しがっているスニーカー――の話を始め、次に〝チアーズ〟ってテレビ番組に話が移り、徐々に話題がレイモンドに変わって、ようやくそこで、みんなほっとした空気になった　すると部屋が徐々に静まり、さらに動きがなくなり、ようやく彼に関する言葉が染み出した　少しずつ、かなりゆっくりしたペースで、誰もが思い出を語り出し、レイモンドが言っていた冗談を再現し（やっと誰かが思わず笑ったときには少しほっとした）、ちょっとした出来事やら何やらを物語った　俺はその最中に、面白いことが起きているのに気づいた　みんな、しゃべるときにただ独り言を言っているみたいだったんだ――つまり、誰か特定の聞き手に向かってしゃべっているのじゃなく、自分の言葉を暗いリビングに向かってつぶやいているだけ　声は宙吊りのまま、孤独にそこに存在しているだけ、けれどもなぜか逆説的に、その孤独性がすごく人を引きつける　だから俺はまた気を緩めて耳を傾けた　レイモンドが大学卒業後にノバスコシアに引っ越して小動物の飼育場をやる計画を持っていたという話を、アレックスってやつが語った　次に女の子、たしかスーザンって子が、レイモンドと一緒に英語の授業をサボって、校庭の反対側にあるハンドボール壁の陰に隠れて、メンソールたばこを吸った話をした　次にペギー・マッデンが話したのは、クラシックカーの図面のこと――本のレポートを書こうとしていた彼女に、レイモンドがフォード、オールズモビル、レオロードスターの設計図をくれたらしい　耳障りな声をした別の男は、レイモンドが両親の車庫をお化け屋敷に改造する計画を持っていたことを話し始めた　レイモンドは入場料を取る予定で、デザインのスケッチも描いていた　描かれていたのは着ぐるみ、不気味な照明装置、可動式の糸に吊したゴム製の昆虫　そしてまた別の思い出話、それからさらに別の思い出話……

……俺は耳を傾けた　気を緩めて話を全部聞いた　そして、みんなの語る話に感心したことを、俺は認めないわけにはいかない――裏のないその率直さ、レイモンドの話を始めた途端、ふざけたり皮肉を交えたり利口ぶったりすることなく、その状況を避けようともしなかったみんなの態度　でも同時に、今聞いている話をどう理解したらいいのか分からずにいたというのも正直なところだ　実際、信じられないような話ばかりだった――だって、正直、そのときまでレイモンドにそんな出来事や関心があったなんて聞いたことがなかったし、それに近い話も耳にしていなかったから　そしてこれはまた――こんな言い方をしてよければ――どこか奇妙でもあった　てか、元々俺はレイモンドが無限の広がりを持った人間みたいに思えるところが好きだったんだが――限りないユーモアのセンスとか物真似のレパートリーとか――どうやら彼の限りなさは、俺の知らない方面に伸びていたようだ　正直、俺はそれを知って少し動揺した――反面、少しうれしかったけれど　実際、そうしてリビングに座り、さまざまな声が静かな部屋を彩るのを聞いていると、以前見たある映画が何となく頭に思い浮かんだ　タイトルは羅生門　俺はなぜか、映画のラストで泣いた　映画が終わってほしくない、話に決着をつけてもらいたくない、と思ったのを覚えている　映画がずっと続いてほしい、さらに別のバージョンにつながってほしい、また別の人物が登場して、新たな観点から話を物語ってほしい、と思った　だから映画が必然的に結論に達し、劇場に明かりがともったとき、俺はすごく動揺した　家に戻る途中も必死に涙をこらえ、拳を口に当てていたのを覚えている　だからネヴィルの家で過ごしたあの夜、俺はソファに座って、他のみんなが次々に話をするのを聞きながら心に決めた　俺はその場にいる人間の中でただ一人、何も言わないでおこうと　思い出話はしない、レイモンドとの経験は話さない、と　ただみんなの話を聞くだけ、そうやって参加するだけ　だって、そうすれば、俺が何も言わなければ、ひょっとしたら映画が――レイモンドという映画が――終わらないかもしれないから　そうすれば、ひょっとすると、終われなくなるかもしれないから　だから俺は黙っていた　じっと話を聞きながら、その間ずっと自分に言い聞かせた　今晩いちばん重要な貢献をしているのは俺かもしれない、何も言わないのがいちばんの貢献かもしれない、と　そう、もし俺がレイモンドのために他に何もしてやれないとしても、少なくとも沈黙を捧げることだけはできる——もしも俺の骨髄があいつが必要としているのと違っていても、もしもそれが適合しないとしても、俺にも可能な貢献の仕方がある　これが俺にできることだ　仮にそれが、ただ単に集まりに顔を出し、そこで何もしないでいるだけのことだったとしても　うん、俺は絶対に、彼を終わらせる役はやりたくない……

……けれど、俺はそれもまた、音に内在する悲しさの一つだと思う　欠陥をはらんだ音の本質　結局のところ、音はとても儚《はかな》い　それは単に空気を突いただけの、頼りない波の連続にすぎない——柔らかく波打ち、チョコパイのように丸く、媒体《メディア》に命を預けた存在　硬さと直線性と永久性を持った光とはまったく違う　音はただ消滅する　虚無の中に放散し、曲線を不定形に変換し、大気を突き抜け、方角無き宇宙に至る　これもまた一つの悲しさだ　というのも、多くのものが失われるから　多くのものが失われる　実際、今も、俺が立っている場所でその過程が進行するのが見える——ここ、屋根の上で　だって、こうして屋根に登って、たそがれる空を見ていると、世界中の音の波が静かに拡散していくのが見えるような気がするからだ——すべての音が力なく遠方の雲に吸い込まれ、すべてを一様化する夜の中に消えていく……そして俺はここで、迫る暗闇の中、背中に風を受けながら、しっかりしたスレートの端で足を踏ん張り、再び仕事に取りかかり、考える　こうして取り付けた新しいアンテナで、どんな新しい情報が聞けるだろうか、と

——うん……

——では、以前、何もそういうことは——

——ええ、まったく　こういうことに関わったのは今回が初めてです

——では、以前からそういう傾向があったわけでもなくて

——

——ああ、それは……少しは……頭の中では……

——ほお……どうぞ……聞かせてください……

——その、ずっと前から、心の片隅で疑問を持っていまし

た　でも、今まではそれを無視してきたし、それで問題なかった

――というのもですね、こんな言い方をしてよければ、その、代用教員の方が過激な政治活動を始めるというのはそれほど頻繁にあることではないので――

――でも、過激ということではありませんよ――全然　ていうか、一緒に行動するという呼び掛けがすべて過激ってわけじゃありませんよね……？

――ええ、もちろん――

――ですよね、そこが妙なところで……

――ええ、私は別に――

――実際、私のやったことの根幹にあるのは非常に保守的な本能なんじゃないかと――

――ほお……？

――ええ　わが国が意味するとされているものの中心付近にある要素　つまり、民主主義――純粋な民主主義です

――なるほど……

――少なくとも私はそう考えています

――オーケー……結構です……しかし――少しだけ時間をさかのぼって、ことの始まりについてお伺いしたい　オクラホマ新聞で記事を読まなかった人にも、一体何があったのかを理解していただくために、事件のあらましを

――オーケー

――では　始まりはどういうことだったのですか　アイデアの出所は……教えてください

――ああ、それは単に、生きていることから生じる務めみたいなものです

――うん

――でも、最初に動きだす直接のきっかけになったのは、家で十時のニュースを観ていて、選挙戦の報道を目にしたことだったかもしれません

――うん――

――つまり、毎晩毎晩、選挙戦で何があったかをテレビで観て、何が起きているか、候補者が何を言っているかを聞い

ていました　毎日、同じ戯言《たわごと》の繰り返し、ぞっとするような、侮辱的な戯言です……ていうか、そもそもそんな番組を見せられるのが侮辱的だから、とても観ていられなくて……

——ええ　それで——

——それで、私はカウチに座り、縫い物をした——自分の服を作るのが趣味なんです　それか、いつものように夕食後、ブレイヤーズのコーヒーアイスを食べた——けど、これはちょっと余談ですね　その後、馬鹿みたいなスペクタクルが演じられる様子が全国あちこちから中継される　PR以外のことは一切やらない候補者たちの映像　たとえば、ほら、風船に囲まれた中で、計算し尽くされた大げさなスピーチをやったり、旗を作る工場を訪れてみたり、いつもと同じ見え透いた言葉を繰り返したり——あるいは、あのときは候補の一人、軟体動物みたいな男が、どうやら自分が弱腰に見られていると考えたらしくて、戦車に乗った写真を公開したり[006]

——

——あぁあぁ、そうでした……あれは間抜けでした——

——それにあの広告ときたら　あの、恥を知らないわざとらしさ、愚かしさ、卑劣さ　気取ったポーズ、へつらい、歪曲——すべて、隅から隅まで……そう、私たちはすでに、こうした言葉で言い尽くせないものをよく知っています　けれども、それを最も痛感するのは、現在の政治プロセスに対して私が感じる不快感、ぞっとするほど完璧な嫌悪をどうにかして言葉にしようとするときです……ていうか、毎晩そんな様子をテレビで観ていると、吐き気がするようになった　肉体的な症状が出始めたんです——緊張とか胸の痛みとか、本当の症状が　そして私はそこに座ったまま考えた　これは間違ってる　これはあるべき姿じゃない——この耐えがたい、くそみたいな状況は　あ……失礼……失礼しました　でも、これはケーブル放送だから大丈夫ですよね？……

——〔笑いながら〕どうぞ……遠慮なく続けてください……

——オーケー……それで、そういうことだったんです　私は目の前で起きていることが信じられなかった　八年にわたる三流映画俳優[007]の時代が終わったと思ったら、今度は大統領選挙自体が大がかりな詐欺のように仕組まれている　ほとんど想像を絶するような技術でコントロールされ、組織化された選挙　最も重要な民主主義の儀式どころか、倒錯した民主主義　分かっていますよ、これは恐ろしくナイーブな考え方だし、ちょっと馬鹿げていると　きっと世間の皆さんも、ローマの大競技場が閉鎖されて以来、私と同じことを考えてきたのでしょう……でも、私はそういう感情を自分が持てるとは知らなかった――誰からもそんな話を聞いたことはありませんから……ひょっとすると、だからこそ、その気持ちが強くなったのかもしれません――よくは分かりませんが、いったんそんな感情を持ち始めると……今もそれを少し考えただけで、気分が悪くなってきました――

――もしも危なくなったら、どうか、マイクとは違う方向に顔を向けて――

――はい……とにかくそれが始まりです――理解できない肉体的な反応が……

――しかし、それがどうして……つまり、誰だって政治にはうんざりしているわけですが……でも、あなたがああしたことを始めた理由は――

――うん――

――あなたはどうして、戸別訪問をお始めになったんです……

――ええ、いらいらしながらテレビの前に座っているうちに、こんな気持ちを抱いているのは私だけじゃないはずだと思うようになりました――少なくとも私と同じ程度に苛立ちを覚えている人が他にもいるはずだと　そのとき私はふと、数年前に見かけた記事を思い出した　投票パターンに関する記事です　そこで翌朝、詳しいことを確かめるために図書館に行ったら、すぐに探していた情報が見つかった　米国統計概要に載っていました　火を見るよりも明らかな結果です　詰まるところ、地滑り的勝利という大袈裟な言葉や国民の圧倒的信頼という喧伝にもかかわらず、レーガン氏が一九八〇年の選挙で獲得したのは選挙民のわずか二六パーセントにすぎない　八四年の結果もそれとほとんど変わりません　ですから、どうしてこれが民主主義と呼べるのか、と私は思い始めた――一般的意志の表明とか、集団的運命の実現とか言っても、そんな数字を見れば――

――誰も投票に行きませんからね

――その通りです　補聴器とコンタクトレンズ、ヘアリキッドと肩パッドで身を固めた男が選挙に勝ったのは、投票権を持つ国民の約半数が選挙に行かなかったからだ　その人たちは、選挙に参加するのとは違う方向を向いていた　これも別に新しいことじゃありません　でもなぜか私は、先ほど言ったようにその意味を感じるようになっていた……最初は変な感じです――お分かりだと思いますが――最初は、何かの感覚か感触かひらめきが体の内側で動き始め、要塞に潜り込もうと触手を伸ばし、ついにいちばん弱いところを突いて根を張る――そこから、純粋に何らかの意味を持ち始め、混乱を生み、すべてを変えるようになる……

――うん……

――そういうことです　それから二、三週間のうちに、私には分かってきた　自分ではそれを世俗的啓示と呼んでいます――目から鱗《うろこ》が落ちた　今もそのイメージは残っています、しっかり焼き付いている――啓示は私の胸に宿り、今でも私の心の方位磁針《コンパス》に影響を与えています　たとえば、啓示を受けた直後、スーパーマーケットで通路の左右に並ぶカラフルな箱や袋を見たとき、あるいはレノ通りを車で走りながら、番地の書かれたカラフルな庭付きの家を見たとき……突然、すべてがいつもと違って、遠い世界のように、とても悲しい風景に見えた……そして私は思った　ああ、何てことだ、と……

――ふうん――

――すると今度は仕事にまで影響が出だした――そこにまで影響が来た　私は主に歴史を教えているんですが、たしか一か月ほど前、ミンコの学校に二、三週間行ってきました　フランス革命を扱うことになっていたので、私はメモを取ったりして授業の準備を始めた……ところがです　何か気持ち悪い　何かが私の良心を掻き乱すのです　それで私は、よく分からないけれど、何か別の切り口があるかもしれないと思うようになりました――ひょっとすると、フランス革命を共通善の偉大な瞬間として紹介するのは間違いかもしれない、と　社会契約論とか、啓蒙の時代とか、特権に対する平等の勝利だとかいう考え方も含めて　そうではなくて本当は、フランスがアメリカの独立戦争に手を貸したり、七年戦争を戦ったりしたことから来る財政難の破局的結末として見るべきだあるいは近代化におびえた国民の集団的自殺行為として解釈すべきなのではないか　フランス革命の真の永続的帰結は、合理的大規模戦争と警察国家の紀元元年を記すこと　反対する者はすべて裏切り者であり、ゆえに死ななければならないという思想に基づいた新時代――言葉を換えるなら、それは数学原論《プリンキピア・マテマティカ》から強制収容所《グーラーグ》にいたる道筋に敷かれた、速度抑止帯にすぎない

――ええっと、ちょっと――ちょっと待ってくださいね

……それは誰の――

――あ……今のは忘れてください……でも私は本当に、そんな馬鹿げた考えにとらわれていたんです……

――それで――

――ていうか、私が子供たちに教えていることが正しいと、どうして確信が持てるのでしょうか――そう、一体私は子供らに何を話しているのか――何を教えているのか……？　それが本当に気になり始めました……

――じゃあ、それが――じゃあ、そのことが戸別訪問のきっかけになった……一軒一軒、家を訪ねてらしたあの行動、例の記事によると、ご自分では戸別訪問とお呼びになっていましたね……

――はい、それも戸別訪問を始めたきっかけの一つです……私はたぶん世の中に存在する別の潮流、そこに存在するに違いない別の動きに触れてみたかったのだと思います――自分で直接それらに触れ、見極めてみたかった……

――で――

――で、やっと腹をくくった、取り掛かることにしたんです　決断はある夜、眠る直前に訪れた　私がベッドの中で、

何をやろうか考えていたら突然、心理的抵抗が消えてなくなった……やれるという手応えを感じました、直感的に……だから翌日、学校から戻った後、早速始めたんです　黄褐色のブラウスと黒っぽいスカートを着ました　間違った印象を与えないよう、本当にニュートラルな衣服を心がけました　髪はビクトリア朝風にピンで束髪に結った　これもまた――理由はお分かりでしょう　そしてまた、私は自分が暮らしているのと同じ建物ではやらないことに決めていました――大半の住人は現状でもろくに普段の挨拶さえしませんけど、見覚えのある人が多いですから　ですから私は以前の接触や印象が仕事の邪魔にならないよう、知り合いのいないウォー・エーカーズに行った　それが始まりです　つい二週間ほど前の話　私はただ、夕食時の直前、多くの人が在宅していそうな時間帯に出掛けていって、よそのうちの呼び鈴を鳴らしただけ

――では、あなたはそこで――何と言ったんです……どんなふうに――というか、最初にどう切り出したのか――

――簡単です　私は玄関に出て来た人に尋ねました――大人が出てきた場合ですけど――十一月の選挙に投票する予定がありますか、と　もしも答えがイエスなら、私は礼を言って、次に行く　でも答えがノーなら、その件で少し話がしたいから時間をもらえませんかと尋ねる

――しかし、何か――クリップボードとかをを持って行ったんですか？　ほら、あの小さな、よく分からないけれど、写真付きの身分証みたいなものとか――

――もちろん、そんなものはありません　当たり前でしょう？　どこの組織にも所属していないんですから

――それなら、あなたは――その相手の人たちもなかなか話を聞いては……言い方を換えると、単にあなたが話をしたがっているというだけですよね

――その通りです　いけませんか　他にやりようがない私は実際にはすぐに、しゃべりにくさを克服しました　二軒目が終わった頃には、すっかりリラックスして、少し楽しむことさえできた　二軒目以後は、喉がからからになることも、

心臓がばくばくになることもなかった……コミュニケーションの邪魔になる、そんなぎこちなさを取り除いたことで、しばらくはかなり気分が楽でした

――でも、当然、抵抗もあったでしょう……

――抵抗といっても、私に対するものではありません――私はそんなふうには考えない　そう、たしかに投票棄権者の大半は話をしたがりませんでしたが、同時に、多くの人が対話を始めるのさえ拒んだのです　何度も何度も、行く家、行く家で、人が呼び鈴に答えては、丁重に私の話に耳を傾けるでもみんな、すみませんと言って扉を閉じる

――それは歓迎されているとは言いがたい

――でも私はそれを個人的な拒絶として受け止めることもできなかった　まだ何も言っていないし、最初の質問もぶつけていないのですから　だからみんなが抵抗しているのは――そして、おそらくあなたがおっしゃっているのも同じことだと思いますが――みんなが抵抗しているのは何かまったく異なったものに対してです　それこそまさに私が探りたかったものなのです

――では、あなたは誰か――誰かあなたの話を聞いてくれた人が――

――いいえ　最初の七軒は誰も話を聞いてくれませんでした――考えてみたらすごい統計です　揃いも揃ってみんなが急に、他に用事ができたと言うのですから

――しかし最後に訪れた家は違う――そうですよね？　例の――

――そうです　その家　投票に行かないという八軒目の家　そこでした　はっきり言っておきますが最初は何も、普通と違う様子はありませんでした　ええ、感じのいい家で、手入れの行き届いた生け垣があって、玄関の上の軒《のき》には温度計が据えられ、窓には手縫いらしきカーテンが掛かっていました　場所も、並木道沿いの閑静な一角でした

――でも、その後――

――そして私が上品に呼び鈴を鳴らすと、中年の男性と二十歳くらいの息子さんが一緒に玄関に出て来た――二人は中

心に寄った乳灰色の目元がそっくりでした　彼らは網戸越しに私の話をとても礼儀正しく――二人の間で一言二言やり取りがあった以外、まったく口を挟まずに――聞いてくれました　父親が網戸を開け、中の方が落ち着いて話せると言って、招き入れてくれたときは、何というか、うれしかった　それに私は家に入ったとき、すごく興奮していました　本当の意味で初めての接触、初めての肯定的反応でしたから　私が中に入ると、二人は玄関と台所の間にあるちょっとした食事スペースの椅子に私を掛けさせました　いい感じで　父親はその空間の三辺に組み込まれたベンチの一角に座り、ランプのような、熱のこもった灰色の目で私を見つめた　それから私に質問をしました　どうしてみんなの家を訪ね回っているのか、私は何者なのか、誰と一緒なのか、どこから来たのか――そんな質問を　だから私はそれまで考えていたことを話し、家々を回っている理由を説明しました　彼はじっと、すごく親切な感じで話を聞いていたんですが、そこに息子さんが近づいてきて、いきなり散水用ホースを私の体に巻き付け、椅子に縛ったんです　その後、彼は私を完全に、胸から足まで縛り上げた　父親はそこに座ったまま、私を見つめ、時折、体を前に乗り出して、灰色の大きな目で私の顔をじっと覗き込んだ　私の体――腕と脚と胴体――が緑色のホースでぎゅうぎゅうに縛られた段階で、父親が警察に電話をかけました

――ふうん……

――はい……

――では……では、一体――何を考えていたんです、その……縛り付けられたとき――

――実はただ、ふうん、と思っただけで……これは面白いぞ……こんなのは本当に予想してなかったぞって……

――でも、それって――怖くなかったですか？　暴れたりしなかったのですか、その――

――別に　だって彼が電話した相手は警察ですから　だからこれからどうなるのかと興味津々でした

――しかし、いろいろな罪状で告発が――

――違います、告発はされてない――父親にも、息子にも、警察にも　はっきり言って、あれはすべて、オクラホマ新聞のでっち上げ　告発すべき事実なんてなかった　私は身分を詐称したわけでもなければ、不法に家宅に侵入したわけでもない――とんでもない！　言っておきますが、記事に書かれていたような発言は一切していません　あれはまったく私の言葉ではありません……

――新聞がよくやることですね

――本当なら私を拘束する根拠も存在しなかった　警察は私に二、三、質問をして、コーヒーを一杯おごってくれた後、家に帰した　でも、一人の警官がこんなことを言ってました　次に同じようなことをやるときは、よく考えてからにした方がいいって

――うん　ここでちょっと念押しですが、今日のこの放送は生でお届けしています　コメントやご質問は四〇五－二九五－四三五五までお寄せください……さて、では、私にはまだ疑問なのですが――少し話を戻して……私にとってやはり疑問なのは、なぜなのかという部分です――あなたは何を知りたいと思っていたのか……

――うん……ていうか、まだよく分からないんです、自分でも……でもたぶん、何かを証明したかったのだと思います

――しばらく前から何となく感づいていたあることを

――どうぞ続けて……

――ええと、この二か月、吐き気のする、本当にうんざりする政治的プロセスの茶番が繰り広げられるのを見ていて、私はふと、これには何かの理由があるに違いないと思いました　候補者のアドバイザーやらコンサルタントやらが総掛かりでやっている、この恐るべきスペクタクルが単なる付随的なものであるはずがない　だから私は思った　政党はおそらく無意識のうちに、信者を引きつけるだけでは不充分だと気づき、不信心者を排除しなければならないと悟った――反対派は無力化し、武装解除しなければならない、と　だから実質的に、これは複数の政党が協力できるまれなケースです

――過半数の選挙民の参加を妨げようと、無言で協力し合っ

ているのです
——しかし、あなたはまさか、本気でそんなことを——
——そうですよ　いけませんか？——それが帰結ですから
……
——しかし——
——いいですか　民主党と共和党の間にはほとんど違いなんてありません　これは紛れもない事実です　激しい競争のせいで、これら二つの政党が可能な選択肢の両極を代表しているように見えている——二党を超える現実的な選択はないように見える、けれども実際、二つの党は同じ政治テーマについて最小の違いしかない選択肢を提示しているだけ　でも私にとって興味深いのは、共和党も民主党も一致して、投票棄権者は無視すべきと考えている点です——投票という儀式に参加しないと決断した人間は、地球の縁からこぼれた声と見なされる
——しかし、それは——おそらく——憲法に定められたことだから——
——憲法に定められ、以来、それで得をする人々によって引き継がれてきた　投票しない人々は——実質、国民の過半数ですが——集団的な暮らしに関わる決定に無関心であるか、あるいは、それを考える能力がないと仮定されてきた　明らかにそういう理屈があった　しかし私は戸別訪問をやってみて、それが正しくないことがすぐに分かりました　私の前で扉を閉じるとか、私の前から立ち去るとか、人がそういう、普通ならやりにくい無礼な態度を取るのは、真に政治的な情熱の表現、絶対に引き込まれたりしないぞという意識的選択の表現なのです　しかし、私たちはそんな情熱の存在を認めようとしないし、それを無視するように訓練されている
——うん……
——政治的には私たちはまるで、ファラデー以前の時代を生きているようなものです——私たちを取り巻く人間的場《ば》は不可視の力線に覆われ、さまざまな活動に満ちているはずなのに、皆、それがただの空っぽの空間だと信じている
——ふうん

――それで思い出したんですが、ルビンの壺ってありますよね――壺のシルエットの絵、ていうか、今にもキスしそうな二つの横顔を見るまでは壺に見える絵　この二つ目の絵の解釈は最初からそこに存在している――それは間違いないそして、いったんキスの絵を見たら、どうしてもキスの絵に見えてしまう　図柄が目に飛び込んできて、最初にそれが見えなかったとはとても信じられない　私には、今の政治状況がそんなふうに見えるのです……ていうか、壺なんてもう要らない　私は今後、キスの方を見ることに決めました

――では……もし私の勘違いでなければ……あなたがおっしゃっているのはつまり――

――つまり思うに、最小の違いしかない投票という状況は、心の問題でなく、計測の問題です　投票しないというのは、決断の欠如ではなく、一つの決断なのです――投票棄権はゼロというより、マイナス一に近い　だから、絶対値は普通の一票と同じです　私は実際、投票棄権を、基本的なアメリカ的自由の行使だと考えるようになりました――第五の自由と言えるかもしれない　それは伝統に深く根ざすもので、愛国的とも呼べるかもしれません　清教徒《ピューリタン》のことを考えた場合も……

――しかし、あなたはまさか――

――ご存じですか　ある人物がこんなことを言っています　投票棄権は実は、別次元への投票、別世界への投票なのだが、私たちはその世界を見る能力を失ってしまったのだ、と……

――ええと……それで――

――けれど、私にとって、それは別のことの一部なのです　静寂の中に喧噪を聞き取る力　存在する沈黙と存在しない沈黙との違いを見分ける力　ある種の状況において、ノーを肯定と見なす力

――なるほど　では、お聞きしたいのですが――繰り返します、私どもの電話番号は四〇五‐二九五‐四三五五です

――では、教えてください　私はまだその……起源に興味がある　一体どうしてです――今みたいな……そういうお気持

ちになったのはどうしてだとお思いになります……

――ああ、ただの常識でしょうか……一度、輪から一歩、外に踏み出せば、誰の目にも明らかですよ

――しかし……オーケー　オーケー……しかし、どうして――あれ、電話かな？　え……？　ああ……オーケー……では……では、聞かせてください　ひょっとすると何か、よく分かりませんが、以前にも予兆みたいなことがあったのではないですか――以前に、何か……よく分かりませんが……

――ええ、自分でもそんなふうに考えたことがあります　さっきもお話ししましたが、直接的な予兆とか、明らかな前置きというのはまったくなかったので　政治の勉強をしたこともありませんし、政治活動に参加したこともないし、そもそも政治にそれほど関心を持ったこともない　大学時代でもです

――では、今回のことは……

――しかし最近、先週のある夜のことです、ふと思い浮かびました――キッチンテーブルに向かって、例の緑色の粘つくホースが腕の上から体を縛り付けた感触を思い出していたら――なぜかそのとき、思い浮かんだ　私の祖父はちょっとした面白い人物、かなりの変わり者だったのですが、ひょっとすると、その祖父が……

――うんうん……

――はい……とにかく、祖父を思い出しました……面白い変人です　体が丈夫で、怒りっぽいウェールズ人　頭のてっぺんから乱れた長髪を垂らして、鼻はあぐらをかいていて……どんなことでも自分流のやり方でやった……あまりにものびのびと、自然に、好きなことをやってたものだから、それが普通に見えた　少なくとも本人にとっては……

――それで……

――祖父は音楽家でした　でも最初、若い頃はスコットランドの織物工場を経営していて、どうやらかなりのお金を稼いだみたいです　それにその時期、従業員のためにかなり人間的な労働条件と生活環境を整えていたおかげで、ちょっとした名声を得たらしい――当時、そんな職場はなかったから

本当に時代の先駆けですね　従業員の住居と衛生状況を改善し、労働時間を縮め、従業員の子供全員に教育を受けさせた　ほとんど儲《もう》けのない値段で物を売る雑貨店も開いた　そして祖父の事業はかなり有名になった　大使が訪れたりもした　オーストリア皇太子とか主教とか、そういう人がたくさん来た

——なるほど、なるほど

——うん……でも、彼は後に、それをすべて放棄しました

——きっと何かがあったのでしょう——そしてアメリカにやって来て、ある実験的で先進的な共同体の設立を手伝いました　町はその後、啓発的改革のお手本ともなった——

——ふうん

——はい　たしか中西部のどこかでした　祖父はあまりその話をしたがらなかった　どうやらうまくいかなかったみたいなんです　町はわずか数年で閉鎖され、どうやら、嫌な感情だけが人々の間に残された　後に、多少話を知っている人がその話題を持ち出すと、祖父はただ、あの町は基本的理念を放棄したとだけ言っていました　今でも祖父の声が聞こえる気がします　あのすごくリズムのある、ウェールズ訛《なま》りの声　**基本的理念**……

——うん……

——だとしても、アメリカで初めて、無料の図書館とか、幼稚園とか、町立学校とかを作ったのはたぶんその町ですから、大したものです　でも、その経験は祖父にとって少し辛かったみたい——幻滅したみたい——計画通りに事が進まなかったという意味で　結局、彼はわが道を行くようになりました……

——なるほど

——でも結局、祖父はまた人生をやり直し、ミュージシャンとして地方巡業を始め、国のあちこちを旅しながら歌を歌い、演奏をして生活費を稼ぎました　クラシックバイオリンがかなりうまかったんですが、町の閉鎖以後は、ドブロ[008]をフォークギターばりに掻き鳴らすようになった　金属でできた胴体と、アコースティックに弾いたときの独特の響きが気

に入ったんでしょうね　それで、中西部の町が失敗した後、祖父はほとんどずっと放浪の生活でした　ドブロで金を稼ぎ、町から町へと渡り歩き、歌を歌う……

——でも、どうやって……具体的にはどう——

——ああ、歌を作るんです　その大部分はローカルニュースの断片　そうやって、町から町へといろいろな出来事を伝えた　歌の内容はたとえば、もうすぐグランドジャンクションでヒルダとフランクが結婚するだとか、大麦の値が急落しただとか、生まれたての娘を抱えた一家がスチールヴィルの火事で焼け出されただとか、そんな話　これは一九三〇年代、砂塵《さじん》嵐の時代のことですよ　だから、バラバラになった人々には情報源があれこれあるわけじゃない　だからこそ、祖父は歓迎された——町を回る情報屋、アメリカの語り部　彼はいつも、何か月も続けて家を留守にした　一度は丸二年、旅に出たきりでした

——いろいろと違った町を訪れて——

——はい　とにかくあちこちを回っていました　たとえば太陽の照りつける大草原の町、山奥の村、子供よりも釣り船の数が多いような川縁の村　そんな場所にたどり着いたら、まず適当な広さの公共スペースを探し、ドブロのケースを開け、おもむろに演奏を始める　私が聞いた話ではだいたいいつも二十分か三十分歌い、二十分ほど休憩して、また始めるというリズムでした　祖父は旅から戻ると——どこであれ、その時点で家のあった場所に、という意味ですが——たくさん自分の写真を持って帰ってきました　時には地方新聞の切り抜き、あるいはその場で誰かに撮ってもらったスナップ写真　どれもすごい写真でした　髭を伸ばし、だぶだぶのシャツを羽織った祖父　ドブロを吊すコードが短くて、窮屈そうに胸の上の方で楽器を抱える祖父　彼の前に半円を描くように立ち、一心に耳を傾ける聴衆——彼の歌にすっかり聴き入っている人々　感動的です　私が覚えている一枚の写真で、彼は公園のあずまやの近くに集まった人の前で歌っている——別の写真では、薬局の瓶やビーカーの並ぶウィンドーの隣にいる——また別の小さな写真では、秋祭りのゲーム

コーナーの脇で、傷んだ芝生に仁王立ちしている　聴衆は二人の場合もあるし、六十人のときもある　けれども彼はそこにいて、目を閉じ、太陽に向かって顔を上げ、髭の生えた堂々たる喉を前に突き出す……

――なかなかワイルドなおじいちゃんだ

――はい　あまりたくさん話ができなかったのが残念です　よく理解していた方だとは思いますが、私はまだ小さかったから　でも、その頃には祖父もまた年を取り、少しおとなしくなって、動きもゆっくりになっていました　とはいえまだ元気たっぷりで、体つきもまだ衰えていなかった――大理石というより切石って感じ――背丈もかなり……私は今でも彼に会いたいと思う……

――では、あなたのお考えでは、ひょっとするとおじいさんが――

――ああ……はい……かもしれない……分かりませんが……だって、妙なんです　私はつい最近まで、あまり祖父を思い出すことがなかったから

――では結局……電話ですか――？　もしもし――？　もしもし――？　違います　オーケー、それは、違います……では……では、今後について……何か今後のプランはお持ちですか――今の方向性で――

――実はあります　できれば今やっていることを続けたいと思っています……

――何か具体的に――

――ああ、もちろん、方法はいくつかあります　つまり、最もやりたいのは、私が沈黙させられた多数派《サイレント・マジョリティー》と呼んでいる人々を何とか世間にもっと認識してもらうこと、そして、議論のただ中に持ち込むことです　私は何か新しい種類の政治集団、あるいは組合を立ち上げたいと思っています　少なくとも何らかの形で、投票棄権者がカウントされる組織を　もしもお手本を探すとすれば、あの、自分の子牛に焼き印を押さなかったテキサスの牧場主、一匹狼のマヴェリックみたいな路線でしょうか　ところで私はこの集団を〝マイナス1《ネガティブ・ワンズ》〟と名付けてもいいなと思っているのですが、間違った音節に

強勢を置くと、〝消極的な連中〟という意味に聞こえてしまうので――

――オーケー……オーケー　今ちょっとこちらに――お電話のようですね――はい……？　オーケー……もしもし　もしもし……もしもーし――つながってますか……？　駄目……？　つながってる……？　誰かいますか……？　いない……？

……ええ、実は、います……

……はい、います、誰かが……

……はい、実は……

……ここには誰かがいます……

……ここには私がいます……

……私は間違いなくここにいる……

……そしてあなたもここにいる……

……しかしあなたはここにいるのか？……

……いるのか？……

……あなたは聞いているのか？……

……あなたはそこにいるのか？……

……そう、あなただ……

……その通り、あなただ……

……あなたは聞いているのか？……

……あなたはそこにいるのか？……

……そう、あなたは聞いている……

……あなたはそこにいる……

……そして私はここにいる……

……そして、あなたにとっては、それが問題だ……

……まさにそれが問題だ……

……なぜなら今、あなたは混乱しているから……

……混乱し困惑している……

……そして今、少しおびえてもいる……

……そう――おびえている……

……私のヘッドセットを装着した彼は何をしているのか？

……

……一時停止《ポーズ》、あるいは停止《ストップ》……

……あるいは取り出し《イジェクト》のボタン……

……でも、ベルトからぶら下がるマシンを確認する必要はない……

……いろいろなボタンを押して無駄な時間を費やす必要もない……

……なぜなら、そんなことをしてもまだ、私はここにいるから……

……そして、あなたもそこにいるから……

……ほら――あなたがさっきまでやりかけていたことをやめた、その場所に……

……あなたが姿を消そうとしていたその場所に……

……雑誌屋へ出掛ける途中……

……長距離バスの待合室で、頬に優しい、湾曲した椅子に腰掛けながら……

……コピー用紙を揃えながら……

……栄養不足の本を飛ばし読みしながら……

……なぜなら、あなたがどこにいようと……

……どこにいようと……

……私はその場所にいるから……

……私はあなたを探り当てた……

……それはあなたが恐れていたこと……

……あなたがずっと恐れていたこと……

……それがこれだ……

……あなたは誰かに捕まった……

……誰かがついに、あなたをとらえた……

……あなたの居場所を探り当てた……

……要するにそれが、あなたの恐れていたこと……

……だから今、あなたはやりかけていたことをやめ、周囲を見回している……

……慌てた様子で……

……そして、音楽プレーヤーを見つめ、ボタンをいじる……

……焦った様子で……

……そして考える　これは誰だ？と……

……どうなっているんだ？と……

……こいつは俺の頭の中で何をやっているんだ？と……

……しかし、リスナーよ、私はある目的を持って、ここにいる……

……ある大義を抱いてここに来た……

……ある理由のために、あなたの砦を破った……

……そう　私はあなたの城門を破壊した……

……私はもう、あなたを囲む個人的城壁の内側にいる……

……私が伝えに来たメッセージはこれだ　**われわれのチャンスが到来した……**

……われわれの唯一のチャンス……

……ラジオのアナウンサーが放送学校で最初に学ぶのは……

……放送中、たった一人の人間に向かってしゃべるのをイメージすることだそうだ……

……たった一人の人間……

……それが最も好ましい口調……

……だから私はその通りにする……

……私はたった一人の人間に向かってしゃべるふりをする

……

……その一人というのがあなただ……

……その格言はおそらく、無許可ラジオにも当てはまる

……

……だから、そのふりを続けよう……

……でも、これは無許可ラジオではない……

……全然違う……

……この海賊放送はウォークマン向けだ……

……それが真実……

……そう、頭を連結するための放送……

……あなたの頭……

……私の頭……

……ウォークマンの頭《ヘッド》……

……というのも、これは非営利の、携帯音楽プレーヤー向け放送だから……

……あなた自身の個人的ネットワーク……

……ウォークマンを通じて聞く海賊ネットワーク……

……ただ頭から頭へ……

……頭へ……

……どうした　疑っているのか？……

……いや、疑うのはやめなさい……

……あるいは、考えられないと言うのか？……

……ループに穴が存在するなんて……

……いいや、考えられなくはない……

……単にインターフェイスを作るだけの問題だ——波と微粒子の間のつながりを……

……ただそれだけのこと……

……音波と、脳波と、カセットテープに付着した磁気素材の粒子との間のつながり……

……酸化鉄、二酸化クロム、コバルト被着酸化鉄……

……完璧に均等な散布度……

……それを五十マイクロインチ〈約一・二七ミクロン〉のギャップ間隔を持つ携帯プレーヤーの再生ヘッドで読み取る際に生じる驚くほどの残余を……

……情報配列として受信すれば——……

……でも、これ以上は言わない方がよさそうだ……

……やめておこう　これ以上は言わない……

……誰かがわれわれの活動を破壊行為、侵入行為と見なす可能性があるから……

……心理音響学的犯罪……

……今のところ、国内法、国際法、条約などで違法とされてはいないが……

……何があるかは誰にも分からないから……

……というのも、今までにも抵抗があったから……

……反対があったから……

……忘れてはいけない　われわれはこちらの送信機をわずか四分余りで完全に解体し……

……普通のアマチュア無線機と見分けのつかないものに改造できる……

……週末用スーツケースの大きさ……

……そして、まったく目立たない機械……

……誰にも、何にも、目を付けられることのない装置……

……そんなふうに設計されている……

……だから、無駄な抵抗はやめなさい……

……二度と……

……われわれは沈黙しない……

……われわれはこの周波数を使い続ける……

そして、ある一つの単純な理由のために、この行為を続ける……

……なぜなら、これはあなたの周波数だからだ……

……それだけの理由……

……なぜなら、あなたがついに見つけたと思った途端……

……回避の手段を……

……逃げ道を見つけたと思った瞬間……

……われわれはあなたを探り出した……

……われわれはあなたを見つけた……

……他の誰もあなたを捕らえられない場所で……

……他の誰もあなたに近づけない場所で……

……あなたが逃げ込んだ内なる世界で……

……私はあなたを探り当てた！……

……では、ここでニュースです……

……今日、ワシントンの……

……あ——その前に、テレタイプのスイッチを入れさせてほしい……

……それが大事だから……

……ニュースの信頼性のためには……

……カチャカチャカチャカチャカチャカチャ……

……今日、ワシントンの疾病管理センターで会見が開かれ

……

……広告に発がん性があるという発表が行われました……

……発表によると、少量であれば無害ですが……

……一日八万件の広告を消費した場合……

……これは先進国においては日常的な被曝線量なのですが

……

……かなり高い発がん性が確認されたとのことです……

……さらに文書によると、被曝の結果、良心にがんが生じる確率も高まり……

……およそ七八パーセントの症例で……

……品格に、非定型な転移を引き起こします……

……これらはすべて、手術不可能であることが判明しています……

……これを受け、全米広告協議会は本日、疾病管理センターの発表は根拠がなく、まったく証明がなされていないとして、六千八百万ドルをかけた反対キャンペーンを始めると表明しました……

……しかし、その四時間後、キャンペーンを取りやめるとの発表がなされました……

……理由は明らかにされていません……

……その後、開かれた記者会見で、〝国立ありえる病センター〟のスポークスマンが、広告協議会の動きを歓迎すると発言しました……

……カチャカチャカチャカチャカチャカチャ……

……ニューヨーク州ロチェスターで、同市に本社を持つゼロックス社に関連する通信研究所が……

……言葉の流れからエネルギーを生み出す計画を発表しました……

……セマンテック２０００と呼ばれるこの計画は地熱発電モデルに基づいたものになると、ゼロックスのスポークスマン、ヴァーノン・デュークは記者らに語りました……

……本日公表された概略によると、この計画は、言葉を発する人から受け取る人へいたる流れの中からエネルギーを取り出そうとするもので……

……発話者が言葉に込めた意味の量と、常にそれよりも量の少ない、聞き手が言葉から引き出す意味との差を利用するとされています……

……デュークは記者に次のように語りました　今回初めてわれわれの手によって、不注意、無理解、無関心といったものを生産的に利用することが可能になるのです……

……デュークはさらにこう述べました　将来はたとえば、自動車の相乗りに関する短時間のおしゃべりによる発電で、窓型換気扇を四時間も動かすことができるでしょう……

……ゼロックスのスポークスマンはさらに、この計画は将来、応用の余地が指数関数的に広がることは間違いないと付け加えました……

……カチャ……

……以上、ニュースでした……

……次のニュースは……

……私の好きなタイミングでお届けします……

……当然のことながら……

……私が自分一人で決めた時間に……

……あなたがまったく予想していない時刻に……

……当然のことながら……

……ですから、私の決然たる自律にあなたの哀れみを……

……では、ここでニュースを……

……種類の違うニュース……

……ローカルニュース……

……要するに、売れないニュース……

……そしてそれゆえに、実際にはニュースの値打ちがない

……

……けれどもなぜか、愛着を覚えるニュース……

……明らかに何の価値もないにもかかわらず……

……その内容はこれ……

……あなたも覚えているかもしれない……

……その通り……

……あなたも……

……あなたも覚えているかもしれない　三週間ほど前のこと……

……あなたのお気に入りの海賊ＤＪが、特に記憶に残るウォークマン放送の途中で突然……

……予告なしに沈黙せざるをえない場面がありました……

……沈黙し、あなたを一人置き去りにしました……

……一人きりに……

……つまり、孤独に……

……戸惑いの中に……

……心を支える入力《インプット》もなく……

……必要な割り当ても受け取れないまま……

……丸一日……

……安全に放送が再開されるまでの間……

……あれはこちらの上層部の決断でしたが、あのようなことは二度とあってはなりません……

……われわれは、あなたがいかにか弱い存在か、知っているから……

……いかに困窮しているか……

……いかに非力か……

……そこまではすでに判明している……

……そこでわれわれは、長い長い議論の末、移転を決断した……

……引っ越すことに決めた……

……誰にも見つからない場所に……

……誰にも……

……決して誰にも……

……今、あなたの頭に浮かんだ者にも見つからない場所……

……しかし、引っ越しとなれば考慮すべきことがたくさんある……

……考慮すべき重要なことが……

……放送のやり方を変更する必要が生じる……

……勤務態勢の変更や……

……その種のあれこれの変更が……

……われわれが特に、確信を持てなくなったのは……

……標的となる聴衆の問題……

……いくら逃れようとしてもわれわれがその耳に忍び込む

……

……幸福な選民《エレクト》……

……だから、あるミッションが計画された……

……偵察任務……

……われわれがどの程度市場に浸透しているかを……

……見定める任務……

……任務遂行役に選ばれたのは……

……適任の私……

……数日にわたるハイレベルの会議と協議の結果、私が選ばれた……

……どこまで信号が届いているのかを確認する役……

……聴衆の層の厚さを――この表現であなたに伝わるだろうか――調べる役……

……（きっとあなたには伝わるだろう）……

……結局、ミッションに取り掛かったのは、この前の火曜……

……たまたまその日は――あなたも覚えているだろうか――天気が良く、空気が澄み、風もなかった……

……つまり、大気の条件はこの上なく良かった……

……信号が限界まで遠く伝わりそうだった……

……私はこのスタジオで始めた……

……探知不能なこのスタジオで……

……試験信号の準備を始めた……

……適当な書類の内容を読み上げ、レヴォックス３１８０のテープレコーダーに吹き込んだ……

……無限リピート機能の付いた、四ヘッド、放送仕様の録音装置……

……私は短い組み立てマニュアルを適当に選び、読んだクロンキット社の移動式バーカウンターの組み立て方……

……数々の特徴をうたう高級品　四つの車輪付き、備え付けのナッツ受けがあり、どんな家庭用蛇口にもつなぐことのできるホースが付属しているホームバー……

……スタジオが最近、購入したばかり……

……自分たちで使うために……

……今私が座っているこの場所……

……あなたに語り掛けているこの場所で、同じマイクに向かい……

……レヴォックスのテープレコーダーにマニュアルの中身を吹き込んだ……

……それから、試験メッセージを無限リピート再生にセットした……

……でも、驚く必要はない……

……リピートボタンを二度押すだけでオーケー……

……そんなもの……

……電気的無限なんてそんなもの……

……次に私は信号を電波に乗せ……

……あなたが今楽しんでいるこの電波に乗せ……

……出発の用意をした……

……私はウォークマンを手に取り、スタジオの操作盤、モニター、照明のスイッチを切り、扉をロックし、建物を出た……

……裏口から出て、スタジオ所有のトヨタに乗り、頑固なバックミラーの角度を直し、エンジンをかけ、出発した……

……最初に車で走ったのは――……

……ああ……

……うん……

……私がうっかり通りの名を言うと思った?……

……きっとそうだろう……

……でも、それほど甘くはない……

……決して甘くはない……

……では、簡単にこうしよう　不特定の時間……

……不特定の、とある車で……

……不特定の方角へ走ると……

……州間高速八〇号線に出た……

……リンカーンとオーロラの間のどこか……

……まさにその場所……

……そこから西に向かった……

……真っ平らな平原の広がる方角へ……

……長時間にわたる上層部の熟考の結果、選ばれた計画……

……信号への干渉を最小にするための道順……

……こうして私は——どう言えばいいのだろう——……

……出発した……

……小さな農場を通り過ぎた……

……一面にヒマワリが咲く畑……

……その次は、使われていない牧草地が果てしない地平線まで広がっていた……

……次に現れたのは、点々と葦毛《あしげ》の馬がいる芝原……

……馬の大半は、平行に並んで立っていた……

……鞭のような尻尾を、蠅《はえ》のたかる鼻先に向け……

……蠅のたかる鼻先を、鞭のような尻尾に向け……

……以下、その繰り返し……

……その後、通り過ぎたのは……

……別のもの……

……その筋で風景と呼ばれているもの……

……ススキの草原という風景……

……さらにまた、ススキの草原……

……さらにまた、ススキの草原……

……さらにまた……

……このあたりにはススキの草原がたくさんある……

……あなたもよく知っているように……

……州間高速の最初の直線を走りながら……

……私は自分の声が聞こえてうれしかった……

……耳に心地の良い声……

……小さく情熱的なウォークマンを通して……

……音質の低下をまったく見せることなく聞こえる声……

……（だぼＢを仕口《しぐち》２に取り付ける）……

……（二本の長い支柱の間にパネルＣを差し込む）……

……減衰はまったくなし……

……つまり、そこはまだ……

……可聴領域……

……私の信号は音が大きく、明瞭だった……

……そして表現力豊か……

……格別に表現力豊か……

……実際、もしも自分で認めてよければ……

……私の信号の音はかなり……

……魅惑的だった……

……その点、あなたもきっと理解してくれるだろう……

……よく理解してくれるだろう……

……でも、今回……

……私の信号の音が魅惑的に聞こえたのは……

……私に対してだ……

……信号の所有者であると同時に創作者……

……捏造者であると同時に製造者が……

……初めて自分の信号を耳にしている……

……離れた場所で……

……車に乗りながら……

……というのも、その経験は微妙な点で、かなりの喜びを生んだからだ……

……実際、かなりの喜びを……

……耳で聞くことから生まれるあらゆる喜び……

……歯切れのいいk音の生き生きした破裂音

……余韻の残るs音の、なびくような歯擦音……おちゃめなaのくすぐったさ……

……巧みに調音されたt……

……きっと分かってもらえると思う……

……だから、われわれの任務には付加的な意味があった

……この美声がどこまで届くかを確認する任務……

……注意深く聞いていると……

……目立たないよう、鼻からすっと吸う息の音でさえ……

……私の声が……

……耳に心地良い……

……どこまで美的な充足感を伝えられるかを確認する任務

……私の言っている意味があなたに分かってもらえるだろうか……

……こんな言い方を許してもらえるなら……

……あなたならきっと許してくれるだろうが……

……こうして私は走り続けた……

……時速八〇キロ程度のおとなしいスピードで、州間高速八〇号線を走った……

……窓を大きく開けたまま（ねじ山のあるコネクターに蛇口のような取っ手をつなぎ）……

……目の前で風景が変わった……

……種まきが終わったばかりの、広大な畑を通り過ぎた……

……粘土質の茶色い土が耕されてできた畝が、はっきりと見えない遠方まで続き……

……しばらくすると高速の横に、ひょろ長い金属製のアーチ形屋根が現れ、宙に吊ったノズルから畑に水を垂らしていた（蝶ナット4を鞘Cに固定する）……

……さらに三、四キロ先で、妙な光景が目に入った……

……広い農場の真ん中に、家と納屋と貯蔵施設が寄り集まった小さな場所があり……

……高く細い木々の陰になっていた……

……一頭の馬が、農家の窓台に置かれた植木箱の中身を食べているように見えた……

……さらに車を進めると、馬の胴の向きが変わり……

……馬が単に鼻先を窓ガラスに押しつけているだけなのが分かった……

……暑さを和らげるために……

……しかしそれは興味深い風景だった（丸いボルトBを、小さな方のボルト穴に入れる）……

……その頃には、出発してから約四十五分が経ち……

……太陽はコバルト色の空に高く昇り……

……気が付くと私は少し喉が渇いていた（内側の張り出し部をクランプ2で挟む）……

……しかし私はそのとき思い出した　次に店があるのは三〇キロ先の町だという警告的な道路標識を少し前に見かけたのを……

……しかし見かけたのは少なくとも十分前だ……

……だから私は唇をなめ……

……運転を続けた……

……間もなく、小さなヘンダーソンの町に着いた……

……静かな町……

……ガソリンスタンドが二軒、不必要なモーテルが一軒、
教会堂が一つ、そして……

……エトセトラ……

……しかし、われわれは最終的に、望むものを見つけた
……

……必要としていたものを……

……紫煙の漂うカーメリーナの店の、暗いボックス席で
……

……冷たいコーラの大瓶を（ボルト穴の横にある、鞘Ｃに）……

……カーメリーナに感謝……

……というのも、われわれのミッションを再開するには

……

……重要なミッションを再開するには……

……あなたが必要だったから……

……その後、また高速道路に戻った私は、自分の声が賞賛すべき粘り強さを見せていることをウォークマンで確認した……

……驚くべき粘り強さ……

……果てしない八〇号線を二時間ほど走った後も、信号の強さはまだ変わらなかった……

……出発したときと同じ強さ……

……私の滑舌（パネルC）、厄介なmとはかないthは、明瞭さと表現力を保った……

……微妙な表現力を……

……それはまるで、一六〇キロ離れた場所であるにもかかわらず、スタジオにある音源のすぐ隣にいるような感じだった……

……それはまだ、すぐ耳元でささやくように完璧な声だった……

……（長いねじ2）……

……実際、車の運転を続け……

……信号のリズムを聴き……

……その繊細な律動に身を任せていると……

……信号は徐々に……

……とりわけ文脈に合致しているように思えてきた……

……実際、私の信号はますます目の前にあるものに合わせたナレーションに思えてきた……

……情景を理解しやすくする、適切なナレーション……

……博物館で四ドルで貸し出している携帯音声ガイドのように……

……ワイヤーフェンスで囲われた馬の放牧場の端にある、壊れかけのゲート（ゴム製の衝撃吸収板を、下の衝撃吸収板ホルダーに差し込む）……

……モンドリアンが描いた四角形のような、途中まで収穫が進んだトウモロコシと大麦の畑（蝶ナット4）……

……実際、数キロ先のセブンイレブンで車を止めたときにも、その効果は続いていた……

……クラークのチョコレートバー（大ボルト）……

……しかし、それだけではなかった……

……というのも、その後、しばらくして……

……さらに一時間ほど高速を走り……

……さらにいくつかの小さな寂れた町を通り過ぎた後……

……私はふと気づいて驚いた……

……いつの間にか私は……

……自分の信号に合わせてしゃべり始めていたのだ……

……つまり、記憶を頼りに、耳から聞こえる言葉を口でしゃべっていた……

……完璧にタイミングを合わせて……

……開けた窓の外にどんな風景が見えていようとも……

……二つある上部の留め具をボルト穴横の金属スリーブにはめ……

……つまみを押し込む……

……すると、そのときから……

……私には分からなくなった……

……まったく分からなくなった……

……自分がしゃべっているのか……

……それとも、信号のささやきが聞こえているだけなのか……

……要するに、区別が付かなくなった……

……内面化と……

……外在化との区別が……
……流入と……
……流出……
……あるいは、言葉を換えるなら……
……二つが同じになった……
……実質的に同じに……
……唇と耳が……

……共同し……
……一体となり……
……二人三脚で……
……正確かつ喚起的なナレーションをする……
……描写している風景にぴたりと合致するナレーションを
……

……大きなボルト穴……

……実際、ナレーションは常に適切だった……

……魔法のように適切だった……

……ただし、さらに一三キロほど進んだところで……

……私は考え始めた……

……どうして目の前に、何も出来上がっていかないのだろう、と……

……四時間経っても、信号はまだ澄んでいた……

……微妙なニュアンスとぬくもりを保ったまま……

……私はもちろん……

……うれしかった……

……あなただって喜ぶのではないか？……

……しかし、時速八〇キロを機嫌良くキープしながら……

……さらに三〇キロほど進んだところで……

……私は考え始めた……

……あることを……

……私は疑い始めた……

……懸念と不安が意識にのぼり始めた……

……私は実際、少し……

……気をもみ……

……多少……

……苛立った……

……というのも、気になりだしたからだ……

……真剣に気になりだした……

……ひょっとすると、高速がずっと直線に走っているせいで……

……信号が驚くほどよく伝わっているのではないかと……

……というのも、事実、あのあたりの高速八〇号線はとりわけ長く直線が続くからだ……

……具体的にそれがどこであるかはさておき……

……ひょっとすると、障害物なしに長く続く州間高速道路が、私の信号にとって都合のいいルート、トンネルのように機能しているのではないか……

……そして、気まぐれな影響を及ぼしているのではないか……

……影響を及ぼさないことによって……

……私たちのポリシーは、あなたも知る通り、徹底的に探ること……

……信頼できる情報を……

……不自然に障害物のない高速道路が影響している可能性は厄介だった……

……キャスターとしての私にとって……

……かつ、リスナーとしての私にとって……

……だからそこで——その場で直ちに——われわれは試してみることにした……

……効果の有無を試すテストを……

……実験を台無しにする変数が存在する可能性を除外するために……

……それはこんなやり方だった……

……私がさらに三、四キロ先まで行くと……

……周囲に広がり始めた森の一角が高速の脇に迫る地点にたどり着いた……

……おそらく、州の保養地域だと思う……

……にもかかわらず……

……目の前の森は鬱蒼《うっそう》とした木々に覆われていた……

……私は何も恐れず高速を下り、すぐに、かぐわしい森に入った……

……道のない森……

……道がないどころか、他に車のいない森……

……車どころか、何もない森……

……原生林以外には……

……私は長い間、高くそびえる木立の間を縫って走った

……

……あちこちに茂る灌木をかわし、落ち葉のカーペット、折れ積もった枝を踏み……

……そうしながら、さらに……

……森の奥へ……

……さらに奥へと入った……

……そうしているうちに、逸脱的な午後の陽光が散らばり

……

……さらにまばらになり……

……太陽の光がますます私から去り……

……行く手を遮る地形と物体の密度が増し……

……スピードダウンを余儀なくされた車が……

……何の前触れもなくますます発作的に、ますます大きく前後に揺れ始めた……

……行く手に増す、こぶとへこみのせいで揺れ始めた……

……それは未知のルート……

……人跡未踏のルート……

……しかし、それでも……

……クランプで挟んだ張り出し部の下に二つ目の断熱鞘を押し込む……

……最初と変わりない音量……

……私の信号は衰える素振りを見せていなかった……

……聞こえなくなる様子を見せなかった……

……道をこれだけ外れても……

……だから私はさらに進んだ……

……森の奥へ……

……さらに奥へ……

……流れる影と土の臭いが激しく入り混じる森の中へ……

……自動車の侵入を経験したことのない木々の間をくぐり

……

……通り抜けられない藪《やぶ》をかわし……

……さらに深く緑の中へ分け入った……

……さらに何分も、何十分も……

……そして……

……そして……

……ポプラの木をかわした後……

……前方一八メートルほどの場所に……

……私は見た……

……深い緑の中の窪地で……

……ちらちらする木漏れ日を浴びる姿を……

……一人の男……

……ひざまずく男……

……かかとに尻を付けてひざまずく男……

……ひんやりした空気を受け取るために上向いた顔……

……閉じた目……

……穏やかに閉じた目……

……私は彼を見、慌ててブレーキを踏んだ……

……そして、すぐ、エンジンを切った……

……一つには、彼の邪魔をしたくなかったから……

……というのも彼は、身動き一つしていなかったが、何かをしている最中に見えたから……

……祈りのようなことを……

……男は五十代半ばに見えた……

……白髪の混じるぼさぼさの巻き毛が……

……細長い頭皮に張り付いていた……

……丸みのある赤ら顔に、缶切りみたいな形の小さな鼻……

……黒っぽい、継ぎの当たったシャツに、汚れの目立たない緑色の、継ぎの当たったズボン……

……彼を見ていると……

……車の中からじっと見ていると……

……魅了されたみたいにじっと見つめながら……

……沈黙を保っていると……

……彼が何かをしているのが見えた……

……微妙な仕草……

……しかし、何かを……

……というのも、さらにずっと、より注意深く見ていると

……

……男は座った状態で、左の前腕を胸の前に斜めに構え

……

……まるでレオナルド・ダ・ヴィンチの聖ヨハネみたいな格好をし……

……左手を首に近い胸の上部に置き……

……揃えた人差し指と中指で鎖骨をトントンと叩いているのが見えた……

……二度続けて叩いた後、一秒ほどの休止が続くという一定のリズム……

……トントン……

……続いて一秒……

……トントン……

……続いて一秒、エトセトラ……

……これが数分間ずっと続いた……

……その間、私は一八メートル離れた場所で……

……じっとそれを見続け……

……徐々に興味が湧いてきた……

……大いに興味が湧いた……

……そして、興味が限界まで達すると、ドアを開け、ウォークマンを車に置いたまま、外に出た……

……森でひざまずく男の邪魔をしないよう、細心の注意を払いながら……

……幸いなことに、私がドアをそっと閉じたとき、赤ら顔の男はじっと動かなかった……

……そして静かにしていた……

……トントンと叩く二本の指以外は……

……その間、彼の周りで風が木の葉を宙返りさせ……

……陽光の断片を彼とその周囲に投げかけた……

……そして、節度を欠かない主権はありえるか？と男が言った……

……驚き、動揺した……

……そう、私は驚いた……

……というのも、男はまったく動いていなかったからだ……

……目も開いていなかった……

……だから私は二、三歩、歩み寄った……

……二、三歩だけ……

……そして繊細に、おびえたみたいに尋ねた　**何ですって**？と……

……すると男が言った　良かった……

……良かった、と言った……

……それから目を開け、立ち上がり……

……リラックスした様子で両腕を伸ばした……

……それから一度、さっと手でズボンの埃を払った後……

……男は向こうを向き、森の中へ歩きだした……

……そして、霞《かすみ》の彼方に遠ざかりながら……

……振り返りもせずに……

……彼は言った……

……付いてきても構わないと……

……だから後を付いていった……

……跳ぶように彼の後を追った……

……それが私の取った行動……

……だってそれ以外に、私に何ができただろう……

……最初、私は彼に追いつこうと急いだ……

……しかしその後、距離が近くなると、数歩後ろを付いて歩くことに決めた……

……男は私が思っていたよりも、はるかに身長が低いことが分かった……

……そして、熟れた桃の果肉のような肌の色……

……がっしりした肩……

……分厚い手……

……跳ねるような足取り……

……生き生きした、跳ねるような足取り……

……けれども、少し左右に体がねじれ……

……息に混じる摩擦音が目立つ……

……何週間も前から探しているのだ、と男が言った……

……元気なステップを緩めることなく……

……木々の枝をまたぎながら……

……何ですって?と私は言った……

……本当に、と彼は言い、水平に伸びる枝を押しのけた

……

……そして体を反らし、その枝の出る木の幹を見上げた

……

……とはいえこの三、四年、ずっと探し続けていると言っても間違いじゃない、と彼は言った……

……まだ、木を眺めながら……

……なるほど、と私は言った……

……他方で私は気づいた……

……男の声には少しぶっきらぼうなところがあると……

……私は三、四年前に初めてあれを見つけた、と男が言った……

……ぶっきらぼうに……

……なるほど、と私は言った……

……そして、正直言って、とてもうれしかった、と男は言った……

……本当に、とてもうれしかった……

……あれほどジョン・ケージの顔にそっくりな白いキノコには、めったにお目にかかれない……

……そうでしょうね、と私は言った……

……そうだ、と男が言った……

……あれをまた見つけなければ、と彼は言った……

……と同時に、彼は勢いよく歩きだした……

……さらに森の奥へと……

……私はその後に続いた……

……だってそれ以外に、私に何ができただろう……

……私たちは明かりの少ない森を歩いた……

……彼が前、私が後ろを歩き、枝や棘《とげ》を掻き分け……

……左右に目をやった……

……足元では落ち葉が忍び笑いするような音を立てた……

……そして、青白くねじれたキノコが木に生えているのを見つけるたびに……

……立ち止まり……

……詳しく調べた……

……キノコは定期的に見つかった……

……かなり頻繁に……

……どうやら白いキノコは……

……このあたりの穏やかな気候に適しているらしい……

……わずか数分、森を探検しただけで見つかった白いキノコは面白かった……

……小さな渦巻きとへこみ……

……それは小さな段々畑を思い起こさせた……

……表土が流されてから長い年月が経った段々畑……

……すると男がキノコを見据えながら言った……

……とても、とても興味深い、と……

……私の理解するところでは、ある種の食用キノコは食べられる……

……ああ、と私は言い……

……うなずいた……

……でも、私に見分け方を教えた人が全面的に信頼できるわけではない、と男は言った……

……なるほど、と私は言った……

……すると男がまた歩きだした……

……何の予告もなく男は私に、砂利底の浅い川を越えさせた……

……私のスニーカーは水浸しになり……

……その後、中がぬるくなった……

……それから、直径一二メートル程度の小さな開けた場所に出た……

……男は空き地の縁にある木の根元でしゃがんでは……

……一本一本、詳しく調べ……

……また歩きだした……

……右手のさらに深い茂みの中へと……

……そしてかぐわしき二十分間、私たちは活動を続けた……

……森の奥、さらに奥へと進みながら……

……一度、棘のある枝の下をくぐった後、どれだけ進んだかを確認しようと後ろを振り向いたとき……

……ふと興味が湧いた……

……というか、興味が湧くと同時に、不安がよぎった……

……というのも、男の熱心な探求は、手順やパターンという点でほとんど不規則に見えたからだ……

……危険なほど不規則に……

……そこには実際、明らかに何の手順もパターンもなかった……

……男はただ、藪の中をうろついているだけ……

……左へ……

……次に右へ……

……次はそのまま真っ直ぐに……

……目的のものを狙う様子もなく……

……体系的な方針もなく……

……事実、男の進み方は完全にでたらめだった……

……目印も残さず……

……地図も描かず……

……明らかに男はそんなことを気にしていなかった……

……しかし、われわれが先に進むにつれ……

……私は気づいた……

……自分が……

……実際、少し不安になり始めていることに……

……実際、少し不安であることに……

……だから、そんな彷徨《ほうこう》をさらに六分ほど続け……

……キノコ探しをやった後……

……私は勇気を出して……

……口を開いた……

……男がニレの木の向こうからこちらを覗いたとき、私は言った　ちょっとお尋ねしたいのですが……

……あなたはお分かりですか……

……今私たちがどこにいるのか?……

……もちろん……

……男は木を調べながら言った……

……もちろん……

……私たちがいるのはここだ……

……ああ、と私は言った……

……他の場所にいるはずがない、と男は言い……

……左に一八メートルほどの場所にある柳の木立へ向かった……

……私は後を追い続けた……

……その主な理由は……

……この時点で……

……まさにこの時点で……

……よく分からなくなっていたからだ……

……他にどこを目指せばよいのか……

……男は次に、柳の木立の真ん中で立ち止まり、一方の手を腰に当て……

……その格好で近くの木々を眺め始めた……

……そのとき、ちょうどそのとき……

……私は勇気を振り絞った……

……あなたは……

……こんな……

……ところで……

……暮らして……

……いるんですか？……

……と私は言った……

……こんなところ、ではない、と男が答えた……

……ここ、だ……

……ああ、と私は言い……

……うなずいた……

……そう、ここが私の宿だ、と彼は言い……

……木々の梢《こずえ》を見上げた……

……宿？と私が言った……

……その通り、と男が言った……

……私を守ってくれる唯一の構造物……

……一神論者を寄せつけない、唯一の構造物！と、梢を見上げたまま、彼が言った……

……誰？と私は言った……

……あなたの同胞たちのことだ、と今度は少しとげとげしい口調で男が言った……

……ああ、と私は言った……

……内在論の敵！と彼が叫んだ……

……人間を孤児と見なす人々……

……時間を一方通行だと考える人々……

……彼らは決してここまで来ない、と彼は言った……

……それが、座標軸から自由になることの大きな利点の一つだ、と彼は言った……

……彼は少しほほ笑み、口を少し開き、不揃いな歯を見せ……

……その後、森の別の部分へとまた歩きだした……

……私は後を追った……

……木々を過ぎ、さらに多くの木々を過ぎ……

……その間ずっと……

……私の不規則な足音が、男のもっと元気なリズムとシンコペーションするのが聞こえた……

……それで、一神論者がどうしたんですか？と私は、後ろから男に近づきながら言った……

……どうしたんですかって？と男が声を荒げ……

……立ち止まり、私に向かって顔をしかめた……

……それならいっそ、どう素晴らしいか、教えてもらおう……

……官僚主義の素晴らしさ……

……化粧品産業の素晴らしさ……

……コンセプトアルバムの素晴らしさを……

……そうだ、と彼は言った……

……座標軸と階層　一神論が組み立てるのはそればかりだ、と男はわめいた……

……致命的な垂直性！……

……人格と構造の不健康な整列……

……感情と欲望のフェティッシュ……

……歴史的に、一神論には一つの意味がある、と男は続けた……

……たった一つの意味……

……帝国だ、と彼は言った……

……私たちが知る一神教は基本的にアクナトンに起源を持つ　エジプト第十八王朝、アメンホテプ三世の息子だ……

……一神教は新たな王国で発展を見た　それはエジプトが初めて自国出身の支配者の下に統一された時代で、支配はナイル川第四瀑布からユーフラテス川上流にまで及んだ……

……ちょうどその頃、アクナトンが自らの治世時代に――いわゆる**共通**紀元とやらの十七世紀前の話だ――自分は、最初の普遍的な神、すべてを結び付ける神の唯一の息子であり、その化身だと宣言をした……

……**アトン**、と男が言った……

……元は太陽神、それが今度は、唯一神だ……

……その後、アクナトンは他の崇拝儀式すべての抹消に取り掛かる　それと同時に、人間に関わる真実は彼自身の好みと合致しなければならないと宣言する……

……実際、アクナトンは自分の外見を、絵に描かれる人間の不変的規範と定めた――王族ばかりでなく、平民の規範としても……

……こうしたことの結果、エジプト学者ジェームズ・ヘンリー・ブレステッドはアクナトンを、人類史上最初の個人と呼んだ……

……最初の個人……

……しかし、間違いなく一つ、アクナトンが最初期に気づいたことがある……

……とその男は言った……

……アクナトンは気づいた　エジプトにいる無数の臣民が皆、ただ一人の男だけを崇拝し、貢ぎ物をし、税を払ったなら、それほど都合のいいことはないと……

……それは非常に都合がいいと……

……しかし、ここにその手は及ばない！と男は言った……

……私がこの悪夢によって植民地化されることはない……

……間違いなくそれは当てにできる……

……そう言って、男はまた歩きだした……

……真っ直ぐ、左に約一二メートルほどの場所にある木立に向かって……

……私はすぐに追いつき……

……背の高いニレの樹皮を男が両手でなでているのを見た
……

……両手を滑らせるように、優しくなでるのを……

……ざらざらした、粗い樹皮を……

……そのとき男が、まだ木をなでながら言った　アインシュタインの言葉を忘れてはならない……

……忘れてはならない……

……アインシュタインがベルリン大学で言った言葉を……

……一九二六年春のセミナーでの発言……

……われわれが何を観測するかは、理論によって決まる
……

……理論……

……彼はそう言った……

……アインシュタインの言葉を頭に刻みなさい、と男は言って、次の木に移り……

……また、ゆっくりとなで始めた……

……頭に刻み、夢を描きなさい、と男は言った……

……私と同じように夢を描きなさい、と彼は続けた……

……それほど途方もない夢というわけではない……

……椅子取りゲームの夢だ、と彼は言い……

……次の木を調べに移動した……

……椅子取りゲームの夢だ　最初は、居心地の良い部屋で一脚の椅子に一人の人間が腰掛けている状態で始まる……

……部屋で腰掛ける一人の人間……

……次に音楽が始まり……

……曲が続いて……

……演奏が止まると同時に、最初の人の隣に別の人が椅子を置き、そこに座る……

……そしてまた、音楽が始まる……

……そしてまた、演奏が止まると同時に、別の人が椅子を持って現れ、座る……

……そうして、三人が並んで座る……

……同じ部屋の中に……

……するとまた、音楽が始まる……

……そして、同じ要領でゲームが続く……

……同じ要領で……

……皆が部屋に座るまで……

……皆一緒に……

……全員が腰掛けるまで続く……

……そして皆がほほ笑む……

……そして音楽が鳴る……

……そして全員が勝者だ……

……彼らが聴いている曲は何だ?と男が続けた……

……あなたはここで、初めてそれを聴いた……

……大霊の音楽……

……そして男は、また別の木に移動した……

……私はそこで立ち止まり……

……薄暗い静寂の中、静かに立ち尽くし……

……足先で落ち葉や木切れを蹴り……

……掻き混ぜ……

……パリパリと音を立てた……

……顔を上げると、男が右の方へ歩いて行くのが見えた……

……だから私は、慌てて彼を追った……

……慌てて追い、追いつき、言った　ちょっとすみません

――……

……誰だ？　男は振り向き、燃えるような目を私に向け、吐き捨てるように言い……

……また向き直って、歩きだした……

……すみません、と、私はその場に立ち止まったまま言った……

……すみません……

……でも、と言いながら、私はまた歩きだし……

……再び彼に追いついた……

……でも、古代ギリシア人はどうなんです？と私は言った……

……それにローマ人は？　それにヒンドゥー教、神道、ミトラ教、道教、ヴィシュヌ派——実際、キリスト教、ユダヤ教、イスラム教という聖書に基づく三宗教を除いて、ほとんどすべての宗教が……

……私がそう言ったところで、男は大量の唾を吐いた……

……そのどれも、神を一人に限定していません、と私は続けた　けれども、道徳面でも行動面でも、決して彼らが模範的だったとは言えない……

……軍備拡張主義、奴隷制、看過しがたいカースト制、汚職と情実、拡張主義と女性虐待、それに——……

……分かっている、と、男が歩きながら、静かに言った

……

……分かっている……

……それに、と私は続けた　アクナトンの宗教と改革が、彼の死の直後、ほぼ完全に放棄されたというのは誰でも知っています……

……分かっている、と男は言った……

……分かっている……

……そして彼はゆっくりと立ち止まった……

……そう、と男は言った　あくまで一つの考え方だ……

……そして彼はまた、元気な足取りで次の木立に向かって歩きだした……

……落ち葉の積もった地面で、足を摺《す》るように……

……私は動かず……

……彼の足音が森の茂みに吸い込まれ、消えるのを聞いていた……

……私は後を追わなかった……

……彼は一人になりたそうだったから……

……少なくともしばらくの間……

……だから私はその場にとどまり……

……考えた……

……そして静かに、森に広がる無数の葉と枝と木々に反射する、数えきれない光を確かめた……

……しかしそのとき、私はふと考えた……

……ふと考えて、不安になった……

……私はふと思った　私は今、本当の意味で……

……迷子だ……

……要するに、完全な迷子……

……というのも、その森の中……

……私のいる場所から……

……どうすれば戻れるのか、まったく分からなかった……

……車を置いた場所まで戻る方法が……

……私は道順を完全に見失っていた……

……方向の手がかりにできる目印が何もなかった……

……要するに、私は待たなければならないということだ

……

……私は待つしかない、そして願うしかない　あの男が

——……

……あの男が——……

……要するに、これは窮地だ……

……これは不安な状況……

……それどころか……

……少し恐ろしい状況……

……こうして、恐ろしき不安に直面した私は、できることは一つしかないと考えた……

……たった一つ……

……それは状況に拍車をかけること……

……さらに奥へと進めば、結局それが……

……外へとつながるのではないかと期待すること……

……だから私は、周囲を見渡し……

……大きく息をし……

……もう一度、大きく息をし……

……歩きだした……

……一人で……

……たった一人で……

……私は右手二〇メートルほどのところにある木立を調べることから始めた……

……立派な枝振りの……

……いい香りのする木立……

……その間を歩きながら、樹皮を調べた……

……一本、一本……

……周囲を歩き、熟視し……

……さらにまた周囲を歩く……

……しかし、そんなことを数分やっただけで、私は気づいた……

……本来の目的とは違うことに気づき……

……不安になった……

……というのも、私は確信が持てないことに気づいたからだ……

……まったく確信が持てない……

……今調べている木が……

……初めて見ている木なのか……

……あるいは、すでに調べた無数の木々の一本なのか……

……要するに、私はまったく確信が持てなかった……

……自分が移動しているのかどうか……

……つまり、多少なりとも進んでいるのかどうか……

……どこかへ向かって進んでいるのかどうか……

……というのも、どの木もすべて、違って見えたから……

……と同時に、同じに見えたから……

……要するに、これは窮地だ……

……とはいえ、他の選択肢は限られているので、私は続けた……

……一本の幹から次の幹へ……

……さらに次へ……

……白くて丸っこいキノコを探しながら……

……だって、他にどうしようがあっただろうか？……

……その後、予想外のことが起きた……

……まったく予想外のことが……

……モミらしき太い木にできたこぶを調べていたとき……

……視野の片隅で、隣の柳の木から白っぽいものが生えているのが見えた……

……左手、一メートルほどの場所に……

……だから私はそこへ行った……

……真っ直ぐそこへ行った私は……

……驚いた……

……大変驚いた……

……というのもそれは実際……

……幹から垂れた唾液が凍りついたような、白いキノコの塊だったからだ……

……しわとへこみに覆われたその卵形の物体は……

……実際、よく似ていた……

……人の顔に……

……球根形の鼻、くぼんだ目、口のように波打つ影の線

……

……スポンジ状物質の表面にある他のでこぼこは、まるで

……

……キノコの頬とキノコの額に刻まれたしわを思わせた

……

……当然のことながら……

……私は喜んだ……

……驚くと同時に喜んだ……

……実際、ほとんど信じられない気持ちだった……

……**これだ！**……

……少しだけ気になったのは……

……私の目には、そのキノコがジョン・ケージというより、俳優のウィリアム・デマレストに似て見えた点……

……にもかかわらず、私は体を起こし……

……宿主たる木に手を当て……

……胸に高揚と期待が満ちる感触を味わった……

……そして、私は男を探した……

……彼が二五メートルほど離れた場所で、別の木の前にかがんでいるのを私は見つけ……

……声を掛けた……

……おーい！と私は呼び掛けた……

……こっち！と私は男に呼び掛けた……

……おーい、こっちでいい物を見つけましたよ！……

……すると彼が顔を上げ、答えた　何を？……

……そこで私は言った　あなたの言っていたキノコを見つけました！……

……ここの木で、あなたの言っていたキノコを見つけました！……

……何をしたって？と彼は答えた……

……あなたの言っていたキノコを見つけたんです！と私は叫んだ……

……すると男が言った　ああ、頼むから……

……今度は、むしばまれた人間の希望と同じ模様の樹皮を見かけときに声を掛けてくれ……

……そして彼は木の向こうに消え……

……森は静寂に陥った……

……そして一瞬のうちに……

……不安を抱かせる一瞬のうちに……

……あっという間に……

……男の姿が見えなくなった……

……要するに、男が去った……

……去り、見えなくなった……

……しかし、三十秒ほど後に……

……遠くのニレの木の左右から白い手が現れ……

……黒い幹に這い上がるのが見えた……

……ただし、その時点で……

……私が心配していたのは……

……私が心配しえたのは……

……道を探すことだけ……

……そこから出る道を……

……つまり、私はできることをやった……

……私は自分の役割を果たした……

……しかし、それは何のためだったのか?と私は考えた

……

……何のため？……

……私がやったのは単に……

……と私は思った……

……車を失うことだけ……

……完全に、すっかりと、車を失うことだけ……

……そして私は思った　私はあの男に時間を割いた……

……自らすすんで時間を割いた……

……感謝されることも期待せず……

……礼も期待せずに……

……そしてそれと引き替えに……

……私は無力なまま、落葉性の深淵に見捨てられた……

……果てしない密度の木々のただ中……

……どの方角を見ても、木ばかり……

……それも、いまだに方角というものに何らかの意味があるならの話……

……というのも、その時点で……

……私にとっては……

……方角など意味を持たなかったから……

……というのも、その時点において、森の中で……

……方角は、ほとんど存在を主張できる立場になかったから……

……というのも私にとって……

……その場に存在するのはただ……

……未分化だけ……

……木々と未分化……

……そして、その真ん中にある不安の塊……

……要するに……

……私にとって……

……森が持つのは、中へ向かう方角だけ……

……外へ向かう方角はなかった……

……そして、すべての場所が中心……

……そして、どこにも存在しない周縁……

……**何時間もかかるかもしれない**……

……自分がそう考えるのが私に聞こえた……

……アドレナリンの突発的分泌の合間に……

……とそのとき、何の前触れもなく……

……何かが聞こえた……

……私の外から何かが聞こえた……

……**あっちだ**……

……そう聞こえた……

……聞き覚えのある、穏やかな声……

……声のする方向に目をやると……

……ポプラの陰から覗いているのが見えた……

……手……

……一本の白い手が……

……私の左の方を指し示していた……

……そこで私は、手が示す方向に目をやった……

……視線は最初、背の高い柱のような木立の間を掻き分け

……

……少しだけ森が切れた場所を見つけた……

……森の中の空き地のような空間……

……そして私は見た……

……落ち葉の積もる木陰に……

……ぽつんと……

……トヨタ……

……私のトヨタ……

……間違いなく、私のトヨタ……

……そう、当然……

……私は喜んだ……

……ほっとし、喜んだ……

……思考力、方角、意味――一瞬ですべてが戻ってきた……

……そして私は車に近づいた、急いで車に駆け寄った……

……そして、運転席側の窓の上、屋根の縁を手でなで……

……そのままサイドミラーまで手を下ろし……

……息苦しい右前のポケットから解放された鍵束の、じゃらじゃらという幸福な音を聞いた……

……そして私は素早く、男に別れを告げた……

……彼はもうすっかり、木々の共同体の中で見えなくなっていた……

……しかし私は返事を待たなかった……

……そう、待たなかった……

……というのも、すでに車に乗っていたからだ……

……扉を閉め、快適な空間で……

……バケットシートのへこみに腰を落ち着け……

……でこぼこのあるハンドルに手をかけ……

……ワイパーの腱《けん》に引っ掛かった、寂しそうな一本の木切れにほほ笑んでいた……

……私はイグニションに鍵を差した……

……いつもやり慣れた鍵を差す動作、そして、カチッという感触……

……それがうれしかった……

……私は鍵をひねり、少しアクセルを踏み、エンジンをかけた……

……それもうれしかった……

……リアウィンドーから後ろを見るために体をねじる動作

……

……それもまたうれしかった……

……少し負荷の掛かるうれしさ……

……というのも、車の震動が下から伝わってきたからだ

……

……震動とエンジン音……

……出発の用意が整い、震動と音に力がみなぎる……

……こうして私は、ウォークマンを装着し、ルームミラーを確かめるため、視線を上げ……

……ギアに手をかけ……

……そこで止まった……

……その場で動きを止めた……

……私は素早くエンジンを切り……

……車の音が完全に止むまで待ち……

……さらにもう少し待った……

……そして耳を澄ました……

……一生懸命耳を澄ました……

……そして装置を振ってみた……

……しかし間違いなかった……

……何もなかった……

……何も存在しなかった……

……信号は止まっていた……

……信号は消えていた……

……ウォークマンから聞こえてくるのは静寂だけ……

……静寂、耳鳴り、森の静けさ……

……しかし、いちばん目立つのは……

……静寂……

……私は唖然《あぜん》とした……

……驚き、唖然とした……

……こんなことは予期していなかったから……

……だから私は、外に響く虫の声、鳥の声に囲まれたまま、車の中で……

……自分がどこへ行ったのか、考えた……

……ウォークマンはまだ動いている……

……すべての発光ダイオード、モーター、電磁スイッチは生きていた……

……私はそのすべてをチェックした……

……しかし、私の声は沈黙していた……

……だから私はバケットシートで自分の沈黙に耳を傾けながら、どう考えればよいのか分からずにいた……

……まったく分からずにいた……

……けれども間もなく……

……気づいた……

……いつの間にか自分が感銘を覚えていることに……

……深い感銘を……

……そう　テープレコーダーに隠されたすごい能力に深い感銘を覚えた……

……どうやら、レヴォックスの開発者は想像以上に頭が良かったようだ……

……夢にも思わなかったほどに……

……というのも、彼らは明らかに今回のような状況を予見していたからだ……

……明らかに……

……彼らは明らかに、テープレコーダーに何らかの自動停止機能を組み込んだのだ……

……繰り返し再生モードに……

……過剰反復、忘却、濫用を防ぐため……

……ヘッドを保護するため……

……実際、この状況の説明は……

……それしか考えられない……

……この自動停止機能は、おそらく……

……レヴォックスの機構の奥深く……

……本当の奥……

……消費者の目には決して触れない深みに置かれているに違いない……

……明らかに、レヴォックスの開発者は、番組を無限にリピートしたいと思う人は現実にはいないと考えたのだ……

……永遠に続いてほしいと望む人はいない、と……

……それはコマーシャルであって没入ではない、と彼らは理解していた……

……だから、制限回路を取り付けた……

……装置内部に……

……装置のために……

……その情報を消費者に伝えることなく……

……われわれのささやかな幻想を壊さないように……

……要するに、彼らが設計したのは……

……人工的な、隠された機構……

……装置の内部にあるのは……

……われわれを……

……われわれから守るための機構……

……われわれは当然、それに感謝するしかない……

……とはいえ、おかげでウォークマンが少し入力に飢える可能性はあるのかもしれない……

……こうして私は、帰路に就いた……

……静寂の中……

……自らの沈黙の中……

……すなわち、その間、自由……

……自由に準備を進めることができた……

……あなたのために、この番組の準備を……

……この刺激的な娯楽番組の準備……

……あなたのために……

……というのも、あなたもよく知るように……

……われわれがこんなことをしているのはすべて……

……あなたのためだから……

……人々を団結させ……

……単純な喜びを共有させる……

……コミュニケーションの魔法を通じて……

……というのも、今やっているこれは魔法だから……

……そして、初の……

……本物のコミュニケーションだから……

……というのも、この放送は……

……すべての音節と溜め息は……

……あなたもよく知るように……

……あなたの周りにいるすべてのウォークマン装着者が楽しんでいるものだから……

……リスナーの皆さん、想像してみてほしい　この奇跡的結び付きを想像してほしい……

……想像し、歓喜してほしい……

……そう、歓喜……

……というのも、それが力だから……

……それがパワーだから……

……海賊コミュニケーションの……

……それは浸透する……

……そして結び付ける……

……砕き……

……そして縛る……

……必然的に……

……議論の余地なく……

……実際、確かめてみるがいい……

……周りを見てみるがいい……

……そう、見るのだ、リスナーたちよ、周りのウォークマンを付けた仲間を見るがいい……

……今いる場所がどこであれ……

……計量用コンベアーの前であれ……

……バス停のベンチであれ……

……コインランドリーであれ……

……どこであれ……

……周囲のウォークマン仲間を見るがいい……

……そして……

……そして戦慄《せんりつ》せよ……

……そう、戦慄……

……というのも、実感するからだ　ついにあなたは知る

……

……あなたたち……

……あなたたち全員……

……ウォークマンを着けたあなたたち全員が……

……結びついたことを……

……団結し、連携したことを……

……皆で**一緒に**、個別に耳を傾けていることを知る……

……**そうだ！**……

……しかし、ちょっと待て——……

……待て……

……何か聞こえる……

……聞こえてくるのは何だ？……

……まさか、聞こえてくるのは……

……聞こえてくるのは疑いか？……

……そんな結び付きが可能だというのを疑っているのか？

……

……つまり、定義上、不可能だと？……

……よろしい……

……よろしい、それなら……

……あなたに見せてあげよう……

……確証を……

……あなたと周囲のウォークマン仲間との結束を示す鉄の確証を……

……必要なのは……

……ジェスチャー……

……一人でできる、簡単なジェスチャー……

……ちょっとした、秘密のショー……

……すべての疑念を取り払うための……

……すべての疑念……

……ウォークマン仲間がついに、結束したことについて

……

……無敵の結束……

……同じ海賊信号を聞くという交差結合……

……沈黙の結束……

……だから周囲を見よ……

……ウォークマン仲間を探せ……

……エスカレーターで……

……たばこの自動販売機の脇で……

……どこにいようとも……

……そして、あなた方が結びついているという真実を見せるのだ……

……海賊的結束を……

……普遍的なウォークマンの合図を共有することで示せ

……

……左手を右胸の上部に当てなさい……

……温かく波打つ胸に左手を平らに当て……

……人差し指と中指で鎖骨をトントンと叩く……

……トントン……

……続いて間《ま》……

……トントン……

……続いて間、エトセトラ……

……そして、向こうが合図を返すのを待て……

……誰も決して知る必要がない……

……あなた方が結びついていることを……

……誰も……

……決して……

……けれども、あなた方は知る……

……あなた方全員が知る……

……ついに……

……決定的に……

……そのことを……

……あなた方が使う秘密のジェスチャーの名は……

……ファラオのタップ……

……さあ、どうぞ……

……やってみなさい……

……早速、やってみなさい……

……早速、ファラオのタップを試せ……

……秘密の、沈黙のネットワークを見せるのだ……

……そう……

……**そう**……

……よろしい……

……できた……

……よくできた……

……しかし……

……しかし、これは何だ？……

……目の前で起きている、これは何だ？……

……あの紳士……

……向こうの……

……雑誌コーナーにいる、ウォークマンを着けた紳士……

……青いサージのスーツを着た男……

……彼はあなたがやったファラオのタップに応えない……

……応えないどころか、反対を向いてしまった……

……あなたのジェスチャーを認めた素振りさえ見せず、反対を向いた……

……認めた素振りをまったく見せずに……

……これはどういうことか……

……どういうことだ？……

……どう説明すればいい？……

……彼の沈黙をどう説明する？……

……協力者がコミュニケーションしようとしないのはなぜだ？……

……日頃の訓練のせいで、彼にはそれができない？……

……彼の規範がそれを許さない？……

……そうなのか？……

……そういうことなのか？……

……あるいはひょっとして……

……ひょっとして彼は、私たちの海賊連合のメンバーではないのか……

……あのウォークマンは秘密の周波数を彼にささやいていないのか……

……彼は実は、何も変わった音声を耳にしていないのか？……

……では、少し待て……

……**待て！**……

……ひょっとして、まさか……

……まさか、ひょっとして――……

……あなたにも私の声が聞こえていないという可能性がありはしないか？……

……たった今、あなたが私の声を聞いていない可能性……

……要するに、あなたのヘッドセットがまだ乗っ取られていない可能性……

……私がまだ、あなたの城門を攻め落とせていない可能性……

……基本的に何かがうまくいっていない可能性……

……ひょっとして、そもそも不可能なのか？……

……ひょっとして、そうなのか？……

……ひょっとして？……

……では、そうでないことを証明するがいい……

……さあ、証明しなさい……

……証明を試みるがいい……

……ひょっとしてあなたは、頭の中で聞こえるこの声が他人の声でないと思っているのか？……

……そう思っている？……

……それなら自分で止めてみるといい……

……その通り、止めてみなさい……

……止められるものなら止めてみなさい……

……逃げられるものなら逃げてみなさい……

……さあ……

……やるがいい……

……逃げるがいい……

……逃げられるものなら逃げてみなさい……

……その通り　逃げろ《ラン》……

……逃げろ《ラン》……

……歩くな、走れ《ラン》……

……これを聞いているあなた……

……その通り、**あなた**……

……これを聞いているあなた……

……逃げてみなさい……

……聞こえないと思っている声から、逃げられるものなら逃げてみなさい……

……真実ではないと思っている声から、逃げられるものなら逃げてみなさい……

……逃げろ……

……走れ……

……そうだ……走れ……

……走れるものなら、走れ……

……このろくでなしども！……でも、違う……待て……ちょっと待って……ちょっと聞いてくれ……今ちょっと、言いたいことがある、言わなきゃならないことがある、絶え間のない、切りのないタワゴト、こんな中で、考える余地があるのか……果てしのない決まり文句と提案を突きつけられて、俺は一体——俺じゃなくたって——何を話せばいい、何の話ができる……過去の話、現在の話、優しさ、従順さ、限りなくもろいものの話　ラヴェル——そう、ラヴェルの話、俺はその話がしたい、誰か人気者をモデルにして考えるのは便利だ　本当に便利　俺の住んでるパーマハイツから車を走らせるときも、それを感じる　アクセルペダルの上で足が苛立ち、あばらが何だかめまいを起こし、早く行きたい、劇場に行きたいと思う　車まで先を急いでいるみたいに感じる——あのトヨタでさえ熱狂を聞きつけ、すっ飛ばしているみたい　そして、八十五番通りを走り、ユークリッド通りの角を曲がり、劇場、古き良きアタナジアン劇場が目に入ると、そこに誰もいなくても——人の行列もなく、リムジンも並んでなくて、ダフ屋もおらず、幸福そうな人や、派手な衣装を着た人がいなくても——そんなときでも、空気中に何かが漂っているのが感じられる　通りを歩いている無関係な人間、明かりのないひさしの下をたまたま通りかかった人、しかし何らかの意味で黒い文字の書かれた大きな垂れ幕に反応している人々にも、それを感じ取ることができる

胸が張り裂け、腹を抱える

さあ、急げ

そして

現代人の心象風景
その裏通りを駆け抜ける
圧倒的な舞台

その隣に

ケニング・フラック最高の一時間（半）
白熱の力演、漆黒の名演

さらに五つか六つの宣伝文句　この種の劇評に慣れたケン（ケニングの愛称）でも、今回の反響には少し驚いたようだ　二度の公演延長　どちらも全席売り切れ　話題作を見るために誰もが殺到しているらしい　ただし俺的には、彼が二年前にやった前回のショーの方がもう少し上　もう少し笑えたし、もう少し変化があった　今回演じる役は前ほど新鮮味がない――でも、それは俺の個人的意見だ　だからひょっとすると、

ひょっとするとこれほど大騒ぎになっているのは、こういうショーは今回が最後だとケンが宣言したことが原因なのかもしれない――もちろん、彼と一緒に仕事をしている俺たちはもはや、これでおしまいという彼の決まり文句を信じてはいない　うん、ケン自身は本気なのかもしれない――もちろんまた遠からず、映画界で運試しをし、いつもと同じ挫折を味わうだけだろう　なあ、あんたは暗すぎて映画に不向きなんだよ、演技がぶっ飛びすぎて劇場ではいいんだろうけど、スクリーンに向かない、スクリーンでその演技ってのは考えられない、でも、まあ、お疲れ様、たまには散歩もいいんじゃないか……そして彼は予想通り、ここに戻る　元の場所に舞い戻る……

……しかし、やつがまた一人芝居をやると思っていた人はあまりいないだろう　だって、ケンにとってはそれほど大変な仕事だから　ストーリーを書いて、それに磨きをかけて、一つ一つの台詞に命を吹き込む、その作業は彼が全部一人でやる　一瞬たりとも人任せにはしない　リハーサルの時も、

演出家以外の力は借りない……何から何まで　だから、今回のショーがラストだと宣言してケンがマスコミを騒がせたのは正解だったと俺は思う……何はともあれ、イベントを盛り上げる　当然さ　彼にはほら吹きのイメージはまったくないけど、何かの舞台をやるときはまず最初に、広報係を演じなきゃならないことはやつの身に付いているんだ……

……実際、ショーにそういう場面を加えたらきっと面白いんじゃないか　駆け出しの俳優か何かの役、すごく貧乏な俳優が別名を使って自分を宣伝するという役　だから、客は彼が電話でキャスティング係と話すのを見る　彼が熱心に自分の別名を売り込む姿を　そしてその後、オーディションに落ち、依頼人として自分をクビにせざるをえなくなる……ウケるかも……俺は下から赤と紫の照明を当てる〝叫ぶ人〟と〝ダブルドリブル〟の間に挟めばよさそうだ――本当にぴったりかも……マジであいつに提案しようと思う、マジで……けど、ストーリーの良し悪しにかかわらず、自分以外の人間からの提案をあいつが受け入れるかどうかは分からない　てか、あまり受け入れそうにない　たぶん今までには一度もやったことがないんじゃないかな　たしかに最近は少し、細かいことにこだわらなくなって、完璧主義者というくそみたいな幻を崩し始めたとはいえ　実際、水曜の晩もそうだった　俺たちみんながケンの、何て言うか、リベラルな姿勢に驚かされた……ケンはいつも通り本番前に余裕を持って、予定時間きっちりに楽屋に入った　そこには俺と音響のビリー、それからメーク係のナタリーがいた（恐れを知らぬ演出家マリオはもうとっくに次の仕事現場に移っている）　ケンは、メークは終わっていたが、まだ私服を着ていた　いつものデニムとブーツだ　俺たちはみんな、あれやこれやの話をしてた――話題の中心はナタリーのとこの大家さん――とそのとき突然、ケンがデニムの上着ポケットから、コカインの詰まったキャンディー缶を取り出した　当然、それでナタリーの大家さん話はおしまい　自然消滅　単に新たに聖なる物体が登場したからじゃなく、その唐突さのせいで　てか、ケンのポリシーでは、ショーをやっている期間、薬物は一粒たりとも御法度《ごはっと》で、はっきり口に出したことは一度もないが、スタッフにも同じことを期待しているんだと誰もが思ってた　ところが、これだ　参った　しかも大量　みんな笑いだした　とにかく信じられなかったからさ……俺たちみんな、脳からよだれを垂らしながら突っ立ってた　するとケニーが、床に目をやったまま、キレそうな口調でこう言った

――おい、何だよ……舞台は今週でおしまい、そうだろ……？　そして彼は隅のテーブルに向かい、腰を下ろす　俺たちは、まあ言えば、同じ軍隊の兵士だ　意見の相違は認められない　だからビリーとナタリーと俺は椅子を持って彼の周りに集まり、準備の様子を見守り、強烈なクスリを一緒にやった　そうしているうちに徐々にクスリが効いてきて、顔を上げたら互いの輝く笑顔の中にいろいろな言葉が見えた　もうすぐケニーの言う〝俺たち最後のコラボ〟も終わりだ、とか、まあケニーがやりたがってるんだから、とか、うわっ効くなぁこれ、とか……それぞれがたっぷりと吸飲を終え、ついでに、ビリーがどこかから取り出したアブソルートウオッカをじっと見つめ――当然の流れだろ？――その周りで一緒にケラケラと笑っていると、舞台監督のエリックが本番十五分前を告げに来た　ケニーが慌ただしく立ち上がり、残りの俺たちは散り、戦闘配備に就いた　俺はすぐに照明操作盤の前に陣取り、最初の合図《キュー》をチェックした　その頃には、かなり本格的にクスリが回っていたが、俺のノリは、少しずつ座席を埋め始めた客の興奮とうまくマッチしてた　客は皆、そわそわしてる　今から、偉大なるケニングによる『フラック！』の演技が始まるからだ　ホールは徐々に人でいっぱいになり、人いきれが満ちてくる　上品な身なりと能動的な感受性、エアコンの効いた会場に漂う控えめな期待　と突然、俺のヘッドセットから合図《キュー》が聞こえる　俺が会場の照明を落とすと同時に、音響名人ビリーがうなりをあげるギターリフを流すと、客が驚いたように静かになる　次にビリーが派手なドラムのイントロを鳴らすと、俺は身構える　激しい音楽が小休止し、猛烈に速い四分の四拍子のファンクが始まると同時に、俺は舞台奥の壁に貝殻形の明るい緑の照明を投げか

ける……

……するとケニーが照明なしに、不気味なシルエットで登場する　正確に六歩、豹《ひょう》のような忍び足で舞台中央の立ち位置まで移動し、客に背を向けたまま立ち止まる　そのままそこにとどまる　ただじっとそこにとどまり――目に見えないものに追い立てられていながらも、身動き一つせずに――やがて、彼の黒い影が突然、かかとを起点に四度、五度、六度と上下し始める　俺が彼に幻想的な琥珀色の光を当てると、彼は勢いよく向き直り、ギターを掻き鳴らす格好を始める　ビリーのサウンドトラックにあるヘビーメタルのような激しい演奏だ　それから少し、過熱した曲に息を合わせた後、ブルース・スプリングスティーンばりのジャンプをし、着地と同時に急に、オレンジと黄色の環境光の中、静かになる　トレードマークの黒のジーンズとTシャツ姿の、小柄で細身の男……

……すると、いきなり第一部の演技が始まる　ほとんど体は動かさず、鼻にかかった、気の小さそうな声で、資材室のコピー機が頻繁に壊れることに文句を言っている――パネルを開け、くしゃくしゃになった紙をその内臓から取り出さなければならなかった、ともう四度も同じことをやらされた、と彼は言う　温かい金属部から汚れた紙を引きはがす　そして毎回、同じ作業　機械の紙詰まりを取り除き、解剖の終わった怪物の腹を閉じ、リセットを待ち、原稿の山をセットし直し、また同じように紙が詰まるのを力なく見つめる　しかし、いよいよピンチだ、と彼は言う　ボスのジェイクに頼まれた、二枚の社内文書のコピーを早く終わらせなければならないとにかく急いで　もうすでに四時間前に出来上がっていなきゃならないコピーだから　エクイタブル保険でこの仕事に就いたのはつい最近のことだと彼は説明する　仕事に就けたのは超ラッキーだった　というのも、母が子宮がんと診断された二日後に、二週間分の退職手当を渡されてフィリップモリス社を首になって以来、この七か月ずっと仕事を探していたからだ　だから彼は、四度のコピー機故障の末、ジェイクの文書を角のコピー屋に持っていくことに決める　自分でプロの店に持っていって、コピーをしてもらい、費用は自腹で払うのだ　そこで彼はこっそり、建物の従業員用エレベーター――内側一面に衝撃吸収剤が貼られたエレベーター――に乗り、裏口を出る　彼はゴミ箱の置かれた角を曲がってキンズマン通りに出る　上司なんかに姿を見られたくなくて、午後の日差しの中、エクイタブル社のビルの前を走って通り過ぎる　コピー屋まであと二軒という所で突然、彼は足首に何かを感じ、立ち止まる　下を見ると、浮浪者が足首をつかんでいる――段ボールとゴミでできた家に寝そべった浮浪者が手を伸ばし、ケンの足をつかんだのだ　するとケンは当然、男を振り払おうとする　足を振り回し、男に向かって叫ぶ――おい、ちょっと、おい――けれども、反応の鈍い体は手を離そうとしない　一人、舞台に立つケンはジェイクの書類原稿を抱えたまま路上で焦り、当惑する　書類はすっかり折れ、しわだらけになる　彼は戦慄を覚える　というのもまるで、このホームレスの人間としての最後のジェスチャーがケニーのアーガイル柄の靴下を握ることのように思えるからだ　そんな調子――そうして、ケニーはまた、新たに芝居に戻るいつもと同様、客は彼について行く　即座に、完全に、彼と一体になり、一挙手一投足をともにし、交差結合した一つの神経ネットワークのように一斉にどっと笑い、次に神経質な笑い声を上げ、そして喉を締め付けるような、一種の恥と恐怖から成る声、その後、真の不安、そして再び笑い声……要するに、みんな楽しんでる　ハッピーな時間　観客は俺と同様にラリってる……

……その後もケニーは、次々と場面を変えながら、客をリードし続ける　次は〝リサイクル屋〟――ここでは俺がしっかり目を光らせなきゃならない　俺は黄色と藤色の混合光でケンを追うとともに、彼が登っていることになっているゴミの山に光を当てないよう注意する必要がある――その次が〝改善者〟　これがまた、いい　全体的な雰囲気として今晩もいい感じ、パンチの効いた、いいショーだ　笑うべきところで笑いが起き、静まるべきところで静まる　客が本気で食いつく鉄板ネタは〝地獄のコインランドリー〟の場面に出

て来る　クアーズの五百ミリリットル缶を立て続けに一気飲みするネタだ　最初の缶を三分の一飲んだあたりで観客が口笛を吹き、熱狂的な歓声を上げ、二本目を開けて――すごくゆっくりと――缶を傾け始めると、客の興奮は絶頂に達する……その後、〝皮膚科医〟が無事に終わり、〝生物多様性〟も無難に終わり、〝ロバート・ウィルソン〟で俺は一息入れる[009]　円筒形の静止照明で、空色の薄明かりを照らすだけ動きもないし、明かりの強弱もない　しかしちょうどこの場面で、特に考えられる何の理由もなく、妙な事態が進行していることに俺は気づいた　さっきも言ったが、ケニーは今、ロバート・ウィルソン――彼の計算された子供っぽさ、寡黙な自己中心性、謎めいた雰囲気――を演じている　ところが、ウィルソンらしい動きと言葉を演じている最中――つまり、ロバート・ウィルソンの中に――〝改善者〟の一部が紛れ込み始めた　ケンは最初、いきなりウィルソン的仕草から少し脱線し、顎をひねる改善者の動作を見せ、その後続けて改善者の癖で、顔全体を使ったまばたきをした　もちろん観客は誰もそれに気づかないが、俺の目にははっきり分かった明々白々　正直言って、少し妙な感じだった　単なる工夫ということはありえない　ましてや誰にも言わずに試すなんてケニーはきっちりしたやつだからそれはない　でも、次の演技〝強欲《マモン》〟に移ったとき、同じことがまた起きた　強欲が舞台奥に這いつくばっているとき――本当に笑える場面なのだが――〝改善者〟の一部がまた混じりだした　しかも、今回はさらに強力だ　再び顎をひねり、大きなまばたきをするのが二度、三度　そして、頭の横っちょを激しく引っ掻く、改善者の仕草　改善者の、銃密輸人らしい太くしゃがれた声の痕跡　俺は操作盤の前に座ったまま、**んんん？**と思った……ケニーらしくない　こんなふうにキャラが混じるなんて　いつもの彼なら、キャラは木彫りの彫刻のようにはっきりくっきりしてる――ところが、ほら、また　改善者の大きなまばたき　しかも、だんだんと目立ち始めているようだ　もちろん改善者こそ、批評家がいちばん注目したキャラだし、だから必然的に観客もこれにいちばん大きく反応するわけだが、まだ誰も何が起きているか気づいていないようだ——そして、うわっ、また改善者だ　今度は〝穴居人〟の最中に　そしてまた、〝墓場〟でさらにはっきりと　どうなってるんだ　改善者が墓場で何をやってる？　実のところ、改善者が他のケニーのキャラすべてに混ざるのを見ていると、少し滑稽に思えてきた——特に〝墓場〟　有機石鹸《せっけん》を批判するあのくだりで顎をひねったり、しゃがれ声でしゃべったりしたら台無しだ　でも、ケニーは一つの役から次の役へとショーを続け、自分がやっていることに気づいた様子はない、あるいは、構う様子はない　俺だって嫌な気分になったわけじゃなく、気分は相変わらず上々だ　だから思った　気にするな、続けろって　だから俺は〝改善者〟用の照明を、今やってる〝自由の戦士〟に混ぜてみた　俺は舞台左奥に改善者用の金色散乱光をフェードアップし、舞台手前、ローンチェアーのあった場所にスポットライトを当てる　得られた効果はまさに傑作　舞台が瓦解するさまを視覚的に再現できた　そして俺が席でその様子を楽しんでいると、勘のいいビリーも何が起きているかを察し、音響操作盤を使って仲間に入り、〝改善者〟で使う軍靴の行進音とカケスのさえずりを音に加えた——俺はそれを聞いて、ビリーの野郎が操作盤の前で腹を抱えている姿を思い浮かべた　必死に笑いをこらえ、体をよじっている姿を　それでも客は誰もおかしなことに気づいた様子がない　反応はいつも通り　笑うべき場所で笑い、顔をしかめるべき場所で顔をしかめる　恍惚《こうこつ》は途切れることがない　舞台が進行しても、ビリーと俺は改善者から借用した音と照明を挟み続け、一方、ケニーはすでに、実質的に一人のキャラになっていた　続くキャラと会話のすべてに、改善者の逸脱的動作やチック、立ち方やしゃべり方がほぼ完全に混じった　そして、もう駄目、俺は床に転げ落ちそう　笑いをこらえすぎてみぞおちが痙攣しだした　ビリーがどうやってこらえているのか、想像がつかない　とそのとき突然、客席からうなり声みたいなものが聞こえた　オーケストラのどこかから発せられるみたいな、喉を絞った大きな怒鳴り声

でも俺は知らん
俺は知らん

俺はすぐにわれに返り、操作盤の前で立ち上がった　うなり声があまりに大きかったからだ　俺は周囲を見回した　どこかで、何かまずいことが起きたのは明らかだった——何かまずいことが**本当に**起こった　舞台上でケニーの演技が止まったのが見えた　彼は普通に立ち、素《す》に戻っていた　俺が客席の様子を見ようと舞台袖に駆け寄ると、舞台から七、八列目にいる男性客の姿が見えた　おそらく三十代後半、体格が良く、ベージュのスーツを着ていたが、シャツの襟が開き、ネクタイが横に寄っていた　男はオーケストラボックス横の通路に立ち、両腕を左右に大きく広げ、劇場の壁にうなじと背中を打ちつけ、繰り返し繰り返し壁に体をぶつけた　そして目を見開き、歯をむき、吠えた　声を限りに絶叫していた

それに、おまえに何が分かる

何が
それにおまえに何が
おまえに何が

観客は最初、これもショーの一部だと思ったらしい　席に座ったまま、男の方を見て笑ったり、隣の席の人と笑みを交わしたりしていた　しかしそれが本物であること、演技でないことがすぐに明らかになり、誰もが跳び上がって、わめく男から逃げようとした　悲鳴と恐怖　そして、反対側の出口への殺到　群衆はできるだけ男から遠ざかろうと押し合いへし合いだ　その後、誰もが互いにつまずき、互いを小突き、押し、狭い席の間で狂ったようにぶつかり合い、通路をふさいだ　混乱のただ中を、ガードマンが突っ切ろうとするが、反対向きに押し寄せる人の波に捕まってしまう　青い制服が両腕を振り回し、退却する観衆を押し分ける

二度目のチャンスなんてありはしない

そのとき俺の右肩の背後に、舞台裏方の一人ケヴィンの息を感じた　彼も様子を見に出てきたのだ　俺たちはただそこに立ち、男を見ていた　壁にうなじを打ちつけ、わめくだけの哀れな野郎　ただわめくだけ　腕と上着とネクタイを振り乱し、完全に取り乱して——脳を混沌に乗っ取られた、哀れな男

永劫《えいごう》回帰なんてありは

ケヴィンは恭しい口調で、同じような話を読んだことがあると言った　人が突然、発狂する話——ある人々の脳は許容範囲すれすれに設定されていて、ある日、何かのきっかけでその弱点を突かれると、肝心な結び目がほどけてしまうのだ、と

なぜなら一度失われたものは

決して戻っては

ついに、アタナジアン劇場のガードマンが群衆を掻き分け、わめく男の前にできた空間に出た　反対側に客が逃げたことでできた空っぽのスペース　ガードマンが両手を上に向け、ゆっくりと、**本当に**ゆっくりと哀れな負け犬に近寄り、話をして落ち着かせようとする　でも、男が壁際からガードマンに飛びかかり、ガードマンは後ろ向きに座席に倒れ込む　劇場内は本当に緊迫する　男はすぐに壁際に戻るが、誰もが本気で殺気立つ——そこにケニーが現れる　舞台の方からゆっくりと男に近づいてくる　胸の前に両手を差し出し、男に近づく　彼は男をなだめ、落ち着かせようとしながらじわじわと近寄り、優しくゆっくりと声を掛ける

——オーケー、さあ、ほら……落ち着いて……落ち着こう……

なぜなら埋もれてしまったから

　俺の血に埋もれてしまったから

——オーケー、さあ、落ち着こう……大丈夫だから……

　俺は埋《うず》めてやる

　おまえを俺の血に埋めてやる

ケンが近づく　やつはすごく冷静で、そばまで行くと額の汗をぬぐい、冷静に話しかける

——その海岸は小石が多く、歩くたびに足を取られるが、沈むことはない　空が海を飲み込むこの場所で、私はよろよろと時間の縫い目に向かう　そこはたどり着けない場所なのだと分かるところまで、私に近寄らせてほしい　このゆっくりとした落下、私の進歩は、消失と透明性——不透過性の透明性——に到達するための運動なのだと言ってほしい　私の苦しみが大きくなるのは、私が小さくなる一方で苦しみの大きさが変わらないからだと言ってくれ　恐怖の中にある優しさ——か弱き私の永続性——を私に見させてほしい　歩みが滑落に、差異が凡庸に変化するこの無限から力を引き出すのを許してほしい　私の根気強さに力を与えてほしい　変化が見分けられないほど素早く動く時間を、確かな存在として見届けるのが私の役割であることを示してほしい　あなたは、想像を超える私の縁に落ちた影だ　到達可能であってほしい、しかし不可能でありなさい　無限に拡大された私の有限性を証明しなさい　私は苦しむ限りにおいて存続するのだと教えてほしい　私の消失を永続的なものに変えてほしい……

——てわけで、うん——信じられる？——私はまた木を植えてる、でも今回は言語でできた木——語根も根っこの一種でしょ（へっへっへ）——（うぅ……）——けど、本当の話　きっとあなたには気まぐれに見えるだろうけど、支離滅裂に見えるだろうけど、私と同棲してた男がちょっと軽薄なやつだってことが分かってね——想像通り？——また気分転換に、マニアックな男や音楽とは無縁の生活をすることにした——チョムスキーはちょうど正反対の存在だったから好都

合ってわけ　情熱的だけど控えめ、限りなく正しいんだけど違う意見（見解？）や議論に対して常にオープン――だから私は彼とともに仕事／研究／学習／進化をするようになった――音素って面白いのよ！――本当の話　普遍文法《ユニバーサル・グラマー》という概念を提唱したのは（たぶんだけど）チョムスキーが最初（ユニバーサル以前には、パラマウントとか、二十世紀フォックスっていうのがあったんだけど）（失礼）（冗談）――つまり、生まれ持った、言葉をしゃべる能力、つまり、人間の生物学的所与の一部としての言語能力のこと――そして、彼がそんなことを言いだしてからおよそ三十年経った今もまだ、その説は確立してない　いまだにそれを信じたくない人がいる　でも私は信じる、私は彼を信じて、言語の樹形図を刈り込む――

――親愛なるロビンへ　私は彼女が大好き　息のつけない彼女の手紙も　この手紙は後で読む　一気に読むのがもったいない――量が多すぎる、栄養価が高すぎる　私たちは考え方がよく似てる　ただ、彼女の方が常に活動的に動き回る一方、私はハンツヴィルにじっとしたまま、時計の音が監獄の柵であるかのように、あるいは影を表現するエッチングの網目模様であるかのように、あるいは空虚であるかのように振る舞う　私は時々考える　彼女の気まぐれは心の乱れが原因か、それとも内なる自信が原因か　それは強さの表れか、弱さの表れか　何はともあれ、理屈抜きで、私は彼女に弱い　彼女は普段決して使われていない道路を使い、思わぬ場所から私に連絡をよこす……

……昔からそうだった　高校の頃、午後に遠くまで二人で散歩をするときも、道はいつも彼女が選び、私は何も言わなかった　私にとってそれは常に正しい道で、いちばんラッキーな道だった　というのも、いつもロビンが私の二、三歩前を歩いていたから　バードスプリング湖の近くの、シャボンソウやノラニンジンの茂る草むらで彼女が地面に体を投げ出し、大の字になると――彼女は〝太陽に降伏している〟のだと言った――私も大の字に横になった　後で服の汚れを叱られるのは分かっていたけれど　他の女の子が相手なら――

ランチタイムとか、トイレの順番待ちのとき——宇宙に存在するすべてのものについて会話してもほんの数分でネタが尽きるのに、ロビンと一緒だと半日しゃべっていても飽きないし、それでもまだ全然話し足りなかった　私のイメージの中で、ロビンはジェットコースターみたいだった　彼女の笑顔と魂は楽しそうに軽々とハードルや障害を乗り越え、急カーブや急上昇や急下降を痛快な娯楽に変えた　彼女には、獰猛な親密さもあった　説明不要という独特な雰囲気　それは彼女がオバーリンに行ってからも変わらなかった　その後、彼女はめったに町に戻らなかったけど、私たちは手紙のやり取りを続けた　とどまることを知らない彼女の移動の詳細——シアトルにあるアドラー学派の施設、ニューメキシコとユカタンの考古学的発掘現場、ユージーンにあるバイク乗りの溜まり場、そして数々の男遍歴——は、私たちが瓜二つ、似たもの同士だという印象を強めただけだった　経験の違いは、ものの考え方がまるっきり一緒だということを裏付けただけだった　ロビンはマヤの雨の神《レインゴッド》の仮面から数世紀分の砂をブラシで払い落とす興奮を詳細に語り、私は彼女の気持ちを正確に知った　彼女は同棲相手が別の女とシャワーを浴びていた——しかも、アレルギーを持つロビンの低刺激性石鹸を使って——という話を書いて寄こし、私はまるで現場にいるかのように、喉と胸を締め付けられる感覚を味わった　私たちの表面的な相違はただ、一体性の揺るぎなさを示すことによって、深い場所での同一性を確証するだけだった　というのも、私たちの間では距離と相違は無に等しかったから……

……これこそが親近感というものだ　でも、皮肉なことかもしれないけど、この限りないオープンさと気の置けないやり取りにもかかわらず、二人の間にある親近感が私たちの話題に上ったことは一度もない　中学で初めて会ったときからずっと、私はロビンにそのことを、私の気持ちを話したかった——彼女と一緒にいるときの私の気持ち、彼女に対する私の気持ちを　でも、ずっと言い出せなかった　思わぬ結果をもたらすのが怖くてずっと言えなかった——実際、もし口に出していれば、そうなっただろうと思う　私たちが互いに完全に理解し合っていることを言葉にしたら、二人の一体感の性質が微妙に変化するかもしれない　それは高すぎる代償だというのもその時点から、私たちの間にあるものが一種の無反省な無邪気さを失う、あるいは少なくとも、自然発生性の一部を失ってしまうから　ある種の接触は、私がロビンとの関係でいちばん大事にしているものを台無しにする――気楽さと曖昧さ、無理のない軽快さ　これらは一度失えば元には戻らない　気の置けない関係が、絶えず気を使う関係に変わる　これを元に戻すのは、処女を取り戻すのと同様に無理なことだ　親密であり続けるためには、残念ながら、安全策として一定の距離を保つことが必要　だって、何らかの深みを持った絆にはどうしても常に、疎遠になる可能性という亡霊がつきまとうから　というのも人と接触するっていうのは、相手を変えるということだから――それは間違いない　それで思い出したのはある放課後、二十年前にアナッタ通りを歩いているときにロビンから聞いた話　一つの言葉、紙に書かれた見慣れた言葉を適当に選んで、しばらくそれを見る、目を離さずにじっと見つめる、するとすぐに、時にはわずか一、三秒ほどで、その単語の綴りが間違っているように見え始める、あるいは文字がおかしく見えたり、他の点で何かがおかしく思えてくるって話　だから私は一度、この上なく見慣れた単語で試してみた　愛　ラテン語初級で最初に習う動詞すべての人が知っている単語　わずか五秒後には、私が前から知っていたのと同じ単語と思えなくなった　それは妙に形がおかしく見え、まるで私が普段正しいと思って使っている以外の発音が無数にあるように感じられた　単語が生んだ不協和……

……実際、つい先週、妙にそれと似た出来事がオフィスで起きて、考えさせられた　それは木曜で、私たちは町の反対側に移転する用意をしていた――先月、ヘンリーがサンマイクロシステムズの地域代理店契約を取ってきたので、ついでにもっと広いオフィスに移りたいという長年の計画をいよいよ実行に移すことになった　だからオフィスの中は、机と机の間に段ボール箱とキャスター付きの大きなゴミ箱があちこ

ちに置かれていた　ジョーンとジェス、マデリンと私は古いファイルやメモ、伝票や何かを引き出しから出し、ゴミ箱に放るか、段ボールにしまうかしていた　あるとき——たしか三時半頃——ジェスがコーヒールームに行き、次に戻ってきたとき、前の晩に最終回を迎えた短期連続テレビ番組の話になった

——あれって悲しい話よね、とマデリンが言った

——私、最後は大泣き、とジョーンが言った

私には二人の言いたいことが分かった　その番組は本当にとんでもないお涙頂戴物で、今時はやりの闘病物語ながら、三日にわたる放送でかなりの視聴者を惹きつけていた　中心となるのは六歳で白血病を発症する、ヒラリーという名の少女顔はまん丸で、愛らしい子だ　物語はお決まりのパターンに従って、悲しき世界の隅々を訪れ、特殊な病院や小児病棟、そして病気に苦しむ他の家族らを描く　私は予想通り物語の感化を受け、最終回が終わった後、骨髄移植ネットワークのフリーダイヤルが画面に表示された際にはティッシュペーパーをまとめて手に取り、慌てて筆記用具のある電話台のところまで行った　ついでに、財政的援助も受け付けているというナレーションまでメモに書き付けた　実際、私は番組を見ている最中、二日目の晩あたりからそんなことを考えていた　私はこの不幸な人たちのために何かをしてあげたい　ドナーが足りないことは番組の中で強調されていたから　私にもできることがここにある、と私は思った　これによって私は、本当に必要とされている場所で、真に意義ある形で役に立てる　これなら私もできる——ぜひやりたい　だから番組の最後にその情報が示されたとき私は満足し、その夜はぐっすりと眠った　でも翌日、ジェスとマデリンが番組の話を始め、机から雑紙を引き出しながら延々とその細々した部分についてしゃべりだすと——

——それに、あの台所の場面、覚えてる?——

——あの表情ね——

——実は私、今考えてることがあるんだけど、いつかドナーに——

——私は自分のやる気が萎《な》えるのを感じた　衝動は霧消し、私が何らかの貢献をする可能性は面倒でつまらないものに変わった　それは決してエリート意識ではない——私はもちろん番組がドナーの増加につながるのをうれしく思った——けれども、私の衝動はどこか意識の周縁に追いやられた　その日、午後の仕事が終わる頃には、同じ言葉に繰り返しさらされた結果、非常に意味のある努力だとまだ思い続けていたし、私の血液型が珍しいタイプであることは分かっていたけど、自分がその行為に参加するというのは、率直に言って、まったく考えられなくなっていた……

……実際、こういうことはよく起こる——まるで言葉が、他人の言葉の群れが私の言葉を圧倒し、私の居場所がなくなるような感じ　どうして、どんなメカニズムによってそうなるのかは分からない　でも、そうなると——そしてそれは頻繁に起こるのだが——今度は新たに、まだ陳腐でよそよそしいものに変化していない別の言葉を求める気持ち、真剣な切望を感じる　つまり、私自身の言葉、他人の圧倒的な言葉の中で自分独自の言葉を求める気持ちを　でも、いざそんな言葉、自分の言葉を探してみると、そんなものは存在していないみたいだと気づく　私の言葉はすべて、ほんの少し考えただけで、すごくよそよそしく感じられ、他人が作ったものだという印象がすごく強まる　だから、私の意識で起きていることは私の経験で、他人が生み出したものではないのだなんて、どうして言えるのだろう　私はよく思うのだけど、私は自分で思考しているというより、自分の思考を立ち聞きしているんじゃないか　他人の間で交わされる会話に私が耳を傾けている、つまり他人が私を思考しているのではないか　だって本当のことを言うと、私の中から湧き出していると思える言葉は一つもないから　思いがけない悲鳴、心から出る驚きの言葉でさえ、他人に決められたものだ　事実、まさに感情が最も高ぶったとき——私がいちばん深い反応領域に入り、最奥の私になったとき——最も個人的で自然発生的に感じられるはずの私の言葉がこの上なく借り物みたいな、限りなく陳腐な決まり文句になる　うわ、最悪《オー・マイ・ゴッド》！　見て、あれ！

信じられない！　でも、**私の言葉って何？　私自身の**考えって何？　時々、私は自分が〝中身〟ではなくて、〝導管〟だと感じる　乗り換え地点、コンデンサー、波に生じたパターン　あるいはせいぜい私は、新鮮な知覚を閉め出すために、皆に認められた硬さの部品を組み上げる煉瓦《れんが》職人にすぎない　これは青臭い考え方か？――分からない　でも、青臭いんじゃないかという考えはどこから湧いてきたのだろう　私はせいぜい自分の自我を――あの石炭を――一種の刺激物と見なしている　流動的な文化を意識の中で真珠のように凝結させる刺激物　私は表現されるのでなく、蓄積される　源から切り離され、受け入れられた歴史に浸された存在　私は自分が、人に不快感を覚えさせる未知だと感じる　私は自分がなぜ同じ靴を二日続けて履かないか知らない　私はどうして自分が人に旅行が好きでないと言うのか分からない　私は自分がどうしてアパートに食料を買い置きしないのか知らない　私はどうして行列の順番待ちで自分があれほど苛立つのか知らない　私はどうして自分が、マサッチオの楽園追放を見ると気持ちが高ぶるのに、同じ場面を描いたミケランジェロの絵は何とも思わないのか、分からない　私はどうして今の仕事をすることになったのか分からない　私はどうして自分が常に人当たりのいい人間という外見を維持するよう努力しているのか知らない　私はどうして自分を気に懸けているのかさえ知らない　でも、こうした疑問と、それを構成する言葉もまた、他人から取ってきたもののように――万引きしたみたいに――思える　悲しみを表現する自分の言葉さえ悲しみを表現する他者の具現化で、その体系の一部、メビウス的文化の一部にすぎず、その支配をさらに裏付けるだけだ　他人の言葉が私の苦しみの中身を決定づけるから、私がとりわけ望むのは、自分独自の苦しみ方を見つけること、悲しみの中で自分の表現を見つけること　だから私はそれを自分のプロジェクトと定める　創造的な企てにする　絶対的に個人的な悲しみ方を見つけること　おそらくそれが、私に残された最も重要な仕事　でも、この話をするときに**私**とか**私自身**とか言うのもよくない　だって、それは大胆すぎる断定になるか

ら　三人称の〝彼女〟を使う方がより良い、より正確で、より分別がある――あるいは男性形の〝彼〟、そっちの方がもっと一般的　だから本当はこう言うべきだ　彼は目を覚ます　彼はバスルームに行く　彼は鏡に向かって顔をしかめ、大きなまばたきをする――そう、この方がいい　たしかにこれが正しい　彼はレバーをひねり、トイレの青い便器に水を流す　彼は目やにを取る　彼は歯を磨く　彼は缶から泡を取り、オレンジ色のプラスチック剃刀《かみそり》で髭を剃る　顔にアフターシェーブローションを塗ると、檜《ひのき》のような臭いが鼻をつく　彼は左の脇に制汗剤をスプレーし、次に右脇にスプレーする　彼は両腕を広げたまま、脇の冷たさが収まり、完全に乾くまで待つ　衣装だんすからラルフローレンのパステルブルーのシャツを出し、濃い青色で銀のような縦縞模様の入ったポールスミスのスーツをクローゼットから出す　彼はシャツをくるんでいる洗濯屋の紙帯を外し、張りのある生地が彼の肩、三頭筋、腹、彼の体を包むのを感じる　彼はボタンを留め、しわを伸ばし、襟を留め、スーツの重みを感じる　スーツは彼の肩で直角に折れ、腰の部分で斜めの線を描く　彼は座り、しゃがんで、柔らかなソックスと、滑らかで傷のない靴を履く櫛《くし》で髪をとくと、髪は自然にいつもの形に落ち着く　彼はプラスチック製の黒い櫛をチェックし、ひっくり返し、その乳歯を使って眉を整える　机の上から小さな封筒を取り上げ、そこに約束されたものを思い出す　ロストロポービッチ、ドボルザーク、ベートーベン　彼は装身具、アナログ時計、硬貨、鍵、財布を手に取り、ポケットにしまい、仕上げにネクタイを絞る　彼は首を少し振って、首回りの落ち着きを整え、木製の扉を開き、カーペットが敷かれた廊下の、張りのある平坦さへと踏み出す……

……そして階段を下り、椅子に座り、背の低いグラスに入った果物ジュースを飲む　彼が目を合わせないまま愛想良く挨拶をした雑役夫《ハウスボーイ》が差し出した皿には、温かい牛肉ソーセージと固めに調理した卵が載っており、加えて、ポットには熱々のコーヒーが入っていた　彼は脚を組み、右手に「ワシントンポスト」紙を持ったまま、左手をトースト立てに伸ば

した　彼は食べる　そして布ナプキンで唇をぬぐい、それを空いた皿に投げた　椅子の脚が白い床タイルできしむ　暗紅色のアタッシェケースを持つと、ダチョウ革の持ち手が手になじむ　彼はいくつかの扉を開け、異なる音のする空間に移動する　日差しが顔を温め、胸を温める……

……三点シートベルトが彼を抱く　彼は左右を確認しながらゆっくりとバックし、歩道の左右に目をやり、段差を下りて通りに出る　滑らかな沈黙の中、片手で車を運転するよ　その車のフェンダーに反射する光がまぶしい　彼はサングラスをかけようとするがかけない　ハイウェーを下り、町に入り、角を曲がる　そしてホテルの駐車場を見つけ、そこに入るエンジンを切らず、鍵は差したまま、ドアも開けっぱなしで後は係員に任せる　彼は受領証を受け取る　そして何も言わず、真っ直ぐにホテルに入る　エレベーターの前まで進んだ彼は、ベルが鳴り、光がともった瞬間、わずかに胸郭が持ち上がる感覚を覚える　扉が左右に開き、エレベーターが彼の足を受け入れる……

……階上に上がると、ピンク色がかった新ロココ調の化粧漆喰と木部で飾られた廊下を進む　彼は扉を、さまざまな感情が結びついた扉を一度ノックする　中に入ると、そこにはたくさんの人、電球、書類の置かれたテーブルがひしめき合っている　人々が彼に挨拶をする　彼は人々の肩を握り、人々の手を握る　本物のコーヒーとは相性の悪いニッケル製コーヒーテーブルを囲んで三人組が話を弾ませている席に彼は黙って加わる　そしてまた黙って席を立ち、脇の寝室で白熱した議論を戦わせている六人組に加わる　彼に穏やかな質問が向けられる　彼は穏やかに質問に答える　穏やかな質問の合間に、彼は鏡で自分の姿、自分のシルエットを確認し、そばにある二枚貝形の燭台からの光を楽しむ　それからクッションのある椅子に座る　アタッシェケースを開き、ページ番号の打ってある書類をめくり、見出しを目で追う　コーヒーとデニッシュを食べようかと思うが、やめる　彼は肩を叩かれて立ち上がる　しわのない上着の肩を直し、ボタンを留める　廊下では、彼手足の緊張をほぐすため、手首を二度ひねる　廊下では、彼の前を数人が歩き、彼の後に数人がついてくる　彼は最初のエレベーターに乗る　階下で、二つ目のエレベーターから仲間が降りるのを待ってから、彼が先頭を歩く——彼が先頭、皆がその後に続く　にもかかわらず、彼の経路は決まっている　廊下の角を曲がり、無人で真っ暗の厨房を抜け、スイングドアを通るとすぐに、人の声が聞こえる　人の声が静まるのが聞こえる　彼は一度、手首をひねる　そして一度、爪先を浮かす　それから低いステップを三段上がる　演台に書類を置く　束ねられたマイクが目の前にあるのを彼は見る

——皆さん、ようこそ　われわれの声明は短いものです　今週、連邦控訴裁判所が出した二件の判決、すなわちボストンで審理されたパーマー対リゲット&マイヤーズ裁判、およびアトランタで審理されたスティーヴン対アメリカンブランズ裁判はともに、これまでの歴史的判例に連なるものであり、法を遵守する企業がアメリカ国民の求めるサービスを提供する権利を認める判決であります　わが国の高等裁判所でわずか三日を隔てて下された二つの判決は、偏見に対する理性の勝利、疑わしい訴訟に対する正当なビジネスの勝利、そして否定派に対するアメリカの理想の勝利でもあります　今回の裁判所の判断は、一九六六年一月以来、連邦法により義務づけられたたばこパッケージの警告ラベルが、棄却された二件の訴訟が依拠していた州の製造者責任法よりも優先されるというものであり、これはアメリカの消費者の知性に対する信頼を表すと同時に、アメリカ人の一人一人が自分で選択する権利を持つのだという信念を確証していると弊社は考えます　たばこは今や、自由主義市場において正当で揺るぎのない地位を勝ち得ており、すでにさまざまな場面で示されているように、今後は警告ラベルがこの種の訴訟を未然に防ぐことになるでしょう　では、もしも質問がありましたら……

——

——いいえ、考えておりません

——

——いいえ、まったく

——

――われわれは今回の判決によって、原告の主張できる内容がかなり限定されることになると考えます

――

――もちろんです　判決後、直ちに見られた株式市場の反応は当然、たばこ会社の財政的健全性に対する脅威がなくなったという確信の広まりを反映しています

――

――いいえ、まったく

――

――いいえ、もちろんそのようなことはありません　喫煙が病気を引き起こすと結論づけている研究はいずれも、その逆を示す重要な証拠を無視しています

――

――公衆衛生局長官が署名した報告書に関わった研究者たちは都合のよい証拠ばかりを選び、自分たちの結論に反する研究の成果を無視しています

――

――そのような実験の持つ意味については、著名な医師および研究者が疑義を差し挟んでいます

――

――その点については、ロンドン大学で独立に研究をなさっている権威、アイゼンク博士がおっしゃる通りだと私どもは考えます　つまり現存する証拠に関わる大きな問題は、それが因果関係ではなく、相関を示しているだけだということです

――

――因果関係があるとする理論は単に理論であり、それを越えるものではありません

――

――いいえ　統計からは因果関係は分かりません　統計は単なる事実です　疫学的調査は各要因間、たとえば喫煙と病気の間に統計的連関があることを示すにすぎず、連関が因果的かどうかを決定づけるわけではありません

――

――そうです　たとえば喫煙は、飲酒、女遊び、転職などさまざまな行動と相関があることが分かっています　では、これらの行動は喫煙が原因だと考えてよいのでしょうか？　そうお考えになる方はまずいらっしゃらないでしょう

――

――いいえ、そうではありません　一般の人々は日々、あるレベルの情報を信じた人々が唱える因果関係理論を聞かされています　われわれの主張はつまり、われわれが因果関係を認めたり、皆さんに最終的な結論をお示しする前に、別のレベルの知識、別の次元の知識が必要だということなのです

――

――喫煙と健康に関わる統計とその解釈については、説得力のある疑念が差し挟まれています

――

――喫煙が仮に病気を生じさせるとしても、その役割について科学はまだ何の知識も得ていません

――

――喫煙は病気を生じさせるかもしれないし、生じさせないかもしれない　われわれはそれについて何も知りませんし、誰かがそれを知っているとも思いません

――

――喫煙がさまざまな病気の進行に関わっているかどうかは判明していません

――

――たばこの煙が非喫煙者に病気を引き起こすという証拠はほとんどありません――少なくとも、科学的にそれを証明するデータはまったくありません

――

――スイスでは過去四半世紀に女性の喫煙者が増えましたが、同じ時期、女性の心臓病発症率は大きく減少しています

――

――無濾過《むろか》たばこ煙を用いた動物実験では、問題の心臓と肺に関わる病気を再現するのに失敗しています　実際、煙を吸った動物の中には、煙を吸わない動物より長生きした個体

もいます

――

――喫煙母体における周産期胎児の高死亡率は、高収入家庭では見られず、低収入世帯でのみ観察されています

――

――いいえ　統計では具体的連関は分かりません　フランスの有名な生理学者クロード・ベルナールの言うように、私は統計の利用を拒むわけではない、ただ、そこから一歩も踏み出そうとしない態度を批判しているのだ、ということです

――

――喫煙者の二つの肺は同じように煙にさらされています が、同時に両肺にがんが生じるケースはまれです

――

――いいえ……いいえ　それらの数字については私たちも目を通しています　けれども、それらはあくまで意見、判断であって、科学的事実ではありません

――

――そうは言えません　たばこは喫煙者が病気にかかる、いや体調を崩す数多くの原因の一つに過ぎません　たばこを吸う人と吸わない人の間にはしばしば、重要な違いがあります――遺伝的なもの、体質的なもの、生活パターンの違い、日常的ストレスの違い　喫煙は嫌煙論者が言うような健康リスクではないかもしれません　なぜなら、少なくとも他の要因にも同じだけの可能性があるのですから

――

――再びアイゼンク博士の言葉を引用します　肺がんと冠動脈疾患にはほぼ間違いなく遺伝的素質の存在が認められ、同様に、問題の病気の罹患率と性格との間にはかなり強い相関が認められる　そういうわけで、喫煙が因果関係を有する要因ではない可能性があります

――

――科学的な理解が深まるにつれ、現在喫煙が原因とされている病気を引き起こしていると疑われる別の要因が次々に浮かび上がっています　そこには、大気汚染、ウイルス、食

品添加物、職業的危険要因、ストレスなども含まれます　体質仮説も考慮に入れながらこれらの要因を考え合わせると、生活習慣の方が喫煙それ自体よりも重要な因子だということもありえます

——

——いいえ　われわれが健康に対する影響を否定する代わりに、疑問を差し挟んでいるというのは間違いです　私たちはただ、科学的な調査を通じて正しい知識を追求する権利、私たちなりの観点からものを見る権利、一般の人がそれを知る権利を求めているだけです

——

——たばこに依存性があるという主張は常識に反しています

——

——われわれは単に、自己責任という理想を信じているだけです　喫煙を促進しているわけでもありません　われわれはそれを個人的選択の問題だと考えます

——

——人は自分の行いに責任を持つべきだという考え方は今でも生きているというのが私どもの考えです

——

——たばこ業界は若い人の喫煙を望んでいません

——

——人は選択肢を求めます　何をすべきか強制されることは望みません

——

——喫煙は純粋に個人的選択であり、やめる気になればその瞬間からやめられます

——

——いいえ、違います　私どもが一般の人に喫煙を勧める代わりに喫煙権を声高に唱えているというのは間違いです　われわれは喫煙に関する事実が判明するまでは、誰でも自分で決められる状況が望ましいと考えているだけです

——

――もちろん、クープ博士の発言は存じ上げています　どのバージョンがお好みですか？――たばこはわが国の健康の前に立ちはだかるダントツ一位の脅威？　あれは明らかに事実の歪曲です　客観的評価に目を向けるなら、私たちが知る限り、現在の大統領選でどの候補もこの問題を取り上げていません　このことが問題の大きさがどの程度かを示しているのではないでしょうか

――

――いいえ、まったく　あれは明らかに、科学的な一貫性よりも政治的な意図を優先した公衆衛生局長官の職権乱用です　長官は実際、自らの立場を利用して露骨なプロパガンダを繰り広げています

――

――過去数世紀にわたってたばこに対する一方的な攻撃が何度も行われていますが、それもまた、事実というより、喫煙に反対する偏見に基づいたものです

――

――われわれの見方によれば、彼は単に科学を歪曲して政治に利用しているだけです　現在の知識においては誰も答えを知らない、これこそが科学的事実です

――

――有害性の証明は、たばこの煙と同様、なかなかつかみ所がなく、困難な作業です

――

――動物を使った多くのたばこ煙吸引実験は肺気腫の再現に失敗しています

――

――いいえ、それは間違いです　私たちは問題点が証明されていないという主張をあの手この手で繰り返しているわけではありません　あらゆる議論がそうですが、この問題にも多くの側面があります　われわれはただ、議論を開かれたものにしたいと考えているだけです

――

――それらの病気の原因を突き止めるには、さらに多くの

研究が必要です
――
――肺がんの原因とそのメカニズムを知るには、さらに多くの研究が必要です
――
――原因とメカニズムを確定し、たばこ論争に結論を出すには、さらに多くの研究を行うしかありません
――
――正直申し上げて、私の知る限り、喫煙がその病気を生じさせたと完全に、絶対的に論じる医学的な研究は、誰も行なっていませんし、いかなる場所でも行われていません　この点は間違いない　こうして皆さんの前で話すとき、私の良心には一点の曇りもありません　もしもたばこが何らかの意味で人体に有害だと決定的に証明する証拠を私が見たり、内心でそう思ったりしていれば、この件に関わることはありません
――あ、こんにちは……そこの君、こんにちは、どうぞ中へ
――
――いいや、全然　この時間でも大丈夫――正規の時間は単なる便宜的なものだから　私がいるときに来てくれてよかった……
――
――うん　さあ、どうぞ――入りなさい　こっちに腰掛けて　今、邪魔なものをどけるから……
――
――さあ……
――
――うん　うん　会えてよかった　久しぶりだね
――
――うん
――
――それは心配ない　問題ない　私の講義ノートをコピーしてあげるから……君が取っているのはどの授業だったかな

――？

――

――じゃあ、六つの授業全部　心配要らない――ちゃんと君に渡すから　で、もしも質問があれば、何か話があれば

――

――

――うん　そうでしょう

――

――気持ちは分かります　それで、ひょっとして……よく分からないけれども……ひょっとしてしばらくゆっくりしてみたらどうだろう、今学期の間は休学にするとか……？

――

――うん　もちろん、休みが必要という意味ではありません　大学に来ている方が気が紛れるでしょうからね　勉強に没頭できる

――

――うん

――

――結構親しかったのかな……つまり、その――

――

――もちろん

――

――うん　きっとまだお若かっただろうに

――

――うん　で、君のお母さんは、お母さんはまだ――

――

――うん

――

――そうか

――

――じゃあ、もしも何か私に――

――

――うん

――

――それがいい　じゃあ――何を……私は何を……？

――

――分かった

――

――うん、うん

――

――いいや　もちろん

――

――その通り

――

――もちろん

――

――君の論文のテーマは何だったかな……ど忘れしてしまって――

――

――オーケー……

――

――しかし、どうして――というか、君は今までに――？

――

――しかし、その分野はたまたま今、ちょうど盛り上がっていて――

――

――じゃあ、メッツの著作はいくつか読んだかな　映画と精神分析とか　ノエル・キャロルの著作とか――？

――

――ぜひ探してみなさい　学術雑誌にもたくさん面白い論文が載っているから――

――

――リータ・E・キング図書館に当たってみなさい――あそこならほとんどの雑誌が揃っていると思う

――

――それで、もしもあそこにないようなら、私の持っているものを貸してあげよう

――

――でも最近は、とてつもなく面白い研究がフランスで生まれている　フロイトを映画に応用する研究とか　きっと大いに参考になると――

――

――その通りだよ　映画を観るときに作用する、ナルシシズムのメカニズムなんか――

――

――まさにそう　われわれはスクリーン上に……原初的な象徴的関係《ラポール》が映し出されるのを見る……

――

――そう　メッツが鏡像関係と呼んでいるのもそうだ――

――

――オーケー……

――

――オーケー……

――

――しかし、この種のアプローチについてはトドロフの批判がある……

――

――そうだ　トドロフはこのことをかなり力を入れて論じている……

――

――その点よりも、むしろ――

――

――しかし、特に中心になっているのは、中世の聖書解釈と精神分析の間にある並行性だ　前者においては、すべての物語は同じ基本テーマ、つまり、人間の堕落とキリストの犠牲を通じた最終的救済というテーマの変奏として解釈される　後者においては、すべての物語はオイディプス劇の語り直しと見なされる

――

――その通り　ハムレットからパルジファル、そして北北西に進路を取れにいたるまですべての物語は、同じ基本的物語を異なる手法で組み立てたものと考えられる

――

――そう　トドロフはこの種の批評に通底する神学的プロジェクトを看破したわけだ

――

――その通り

――

――しかし、そうは言っても、トドロフ自身がフロイト的概念の内部で研究をやっていたんだけどね

――

――でも、それは、われわれが映画を観るメカニズムを扱うとても強力な手立てであることは間違いない――

――

――それでもやはり、フロイト的枠組み――

――

――しかし、ちょっとだけメッツに話を戻すと――

――でも、もう興味がなくなってしまいました　それだけの話です

――

――本当に、ただ何となく、興味が――

――

――もちろんです　でも、このテーマはもう、よく分かりませんが、以前ほど面白みを感じないというか――

――

――もちろんです

――

――うん

――

――いいえ……そういうわけではありません

――

――ああ、その理由はたぶん……

――

――はい

――

――かもしれません

——

——ええ、問題は……最近、エイゼンシュテインを少し読みました——映画史総論です　それで——

——

——はい　それで思ったんですが、彼のモンタージュ理論、映像のぶつかり合いがもたらす生産性の話は——

——

——そうです　その——

——

——はい　観客が意味の生成に参加するという話も

——

——そうです　たとえて言えば、〝物語があなたに何をしてくれるかを尋ねるのでなく、あなたが物語のために何ができるかを考えてください〟って感じですよね……

——

——そう……愛国主義的っていうか……

——

——それにちょっと、ニールス・ボーアを思い起こさせる……

——

——でも、ここのところ私が考えていたのは、モンタージュに対するエイゼンシュテインのこだわりを説明するにはもっといい方法があるんじゃないか、少なくとも普通の見方よりももっといい考え方があるんじゃないかということで

——

——そうです——構成主義、あるいは俳句、あるいはマルクス主義的弁証法、あるいは彼が幼い頃によく喧嘩《けんか》をしていたという両親、そういうものと彼の作品を結び付けたりしないアプローチ——そういうものとは別に——

——

——そうです　私が考えているのはピアジェとの関連です

——

——その通りです　エイゼンシュテインはカットの中に、

二つの並置されたショットの中に映画的な意味が生まれると考えました――

――

――だから、その点を何かの形でピアジェに比較できるんじゃないかと思ったんです……

――

――はい　彼は子供を相手にいろいろな研究をしました　子供たちは中間段階を無視する、あるいはそこに無関心だという研究

――

――そうです　背の低い太めのグラスに入れた水を背の高い細めのグラスに移したら、子供は必ず、後のグラスの方が水の量が多いと言う――

――

――はい　で、それをある種のモンタージュと、そこで生じる劇的効果と比較するんです

――

――その通りです　あるいはスーパーマンでもいい――リチャード・ドナー監督のやつじゃなくて、それより古いトマス・カー監督のやつ　つい昨日、テレビで観たんです　クリプトン星が今にも爆発しそうな場面で、ジョー＝エルの顔が映る　最初は普通なんだけど、カットの後、驚きの混じる顔になり、次のカットの後は絶叫している――あれってすごくドラマチックですよね　徐々に驚きが増すのより、はるかに

――

――

――それはとてもピアジェ的だと思います　それに、エイゼンシュテインが映画について語っていることとも合致していて、モンタージュを通じて知覚をぶつけ合うことでそこに橋ができ、独自の言語が生まれていると思うんです……

――

――その通りです　モンタージュを通じてバーチャルな存在に意味をもたらすわけで――

――しかし当然ながら、映画理論とピアジェの間にはもっ

と基本的な結び付きがある……[010]

——

——ああ、そうだ

——

——そこまでさかのぼる……もちろん

——

——要はカットという概念の問題だ　スクリーン上に何らかの不連続を加えること　これは非常に過激な出発点だった

——

——ああ、そう、最初期からだ　グリフィス以前、ポーター、あるいはメリエスまでさかのぼる

——

——そう　観客はその手のことに慣れていなかったのだからね　最初期に映画の観客が目にしたのは連続する場面、あるいは寸劇、その後、芝居を映画化したもの、劇映画が生まれた……

——

——その通り　それは新生児に関するピアジェの研究と関連している——新生児は物体がずっとそこにあるという感覚を持ち合わせていない　まず、それを学ぶ必要がある

——

——その通り　子供にボールを見せた後、ボールと子供の間に衝立《ついたて》を置くと、子供はもうボールがそこにあるとは考えない

——

——うん　しかし、子供にとってボールは単に見えなくなっただけでなく、もはや存在もしなくなったというところがポイントだ　子供は手を引っ込め、衝立を脇にどけようとさえしない　ボールは子供にとって、文字通り存在をやめたわけだよ——あるいは、ピアジェの言葉を借りるなら、子供はまだ対象の永続性という概念を獲得していないということだ……

——

——その通り

――

――だから、初期の映画制作者や興行主はカットが生む効果について懸念を抱いていた　ある瞬間に何か――あるいは誰か――が画面に映っていて、次の瞬間にはそれがない　これによって観客が戸惑うのではないかと彼らは心配した　観客にはこれが理解できず、腹を立て、劇場を飛び出し、二度と戻ってこないのではないかと思った……

――

――その通り　物が消え去る《アウエー》とき、それはどこに行くのか

――要はそういうこと　大きな問題だ

――

――それもピアジェ、やっぱりピアジェ　だから、もしもどうしてもテーマを変更したいなら、論文の考察範囲をもっと拡大する方向で考えれば――

――

――しかし、そうした方が議論がはるかに面白くなると

――

――

――本当に――いや、本当に　だから、ぜひその方向で

――

――

――もちろん　ここに――どこかこの辺に――関連する論文があるはずだから、今度、そのコピーを君に――

――

――いやいや、気にしなくていい　君にあげるから、早速、取り掛かってみるといい　およそこの時期、クランベリーが届く頃に、俺は考えるようになった　こんなことが毎晩起きればいいのにって　毎晩、同じことが起きればいいのにな　サランラップの機械が故障する――故障して直らない――たびにここに来れるなら、毎晩故障すればいいのに　俺はこういうことをするのが好き、とにかく大好きだから　袖をまくって、ベルトの縁で爪を少しきれいにして、ラインに加わり、そこのスタッフに混じり、トムとかボビーとか、他の暇人と一緒にラッピングエリアで仕事をする　その効率性、

タイミングを揃えた動き　工場全体が肘と肘を接しながら、テンポ良く、スムースに、規則的に、途方もない生産性で動くその様子……そしてそのにおい　ぜひとも客にも嗅いでほしいあの**におい**　翌朝、客が商品を買うとき、あのすごさはかけらも残っていない　コンベアーベルトに載って来たマフィンが、ベルトが引っ繰り返ると同時に、並んだカップから外れ落ちる――汽船の外輪みたいなその動きによってほんとびっくりするような熱い香りが、ラインに立つ人の顔の前に立ち上ってくる――オートブラン、バナナルバーブ、いちばんいいのはダブルダブルチョコレートの香り　マフィン自体もホカホカで形も最高　表面はケーキみたいな肌理《きめ》で、形はトランペットに取り付ける消音器みたい　見ているだけで口に唾が溜まる　両手でマフィンをくるむように持ち、甘い香りのする熱い塊を顔に近づける場面を想像する――口いっぱいにほおばり、その濃密でしっとりとした甘さをじっくり味わう……甘みを噛み締めるとき、口全体、鼻の奥全体、毛穴にまで香りが染み渡る……しかし、朝になってマフィンが総菜屋や食堂に配達される頃には、そうしたにおいはすっかり死に、冷め、乾き、消えている　実際、外の人間はこのにおいのかけらにさえ触れることがない　だから俺は、ラップ包装がマフィンのすごさをさらにそぎ取っていることに気づいたとき、しばらくの間、少し悲しい気分になった――ぴったりと芯に巻き付いたサランラップを引き出し、千切り、その上からマフィンをつかみ、全体をくるむとき、焼きたてのすごさが透明なしわしわの光沢の中に完全に封じ込められる……でも、ラッピングマシンが壊れたんだから、その仕事をやらないわけにはいかない　誰かがやらないと　だから俺は、余計なことは忘れ、作業に参加するチャンスを与えられたことに感謝した……

……別に、普段の仕事が嫌いなわけじゃない　そうじゃない　普通に気に入ってる　ていうか、大好きだ　深夜勤のときは棚卸しとか積み込みとか――自分では何でも屋のつもりで――いろんな雑用を手伝うことがある　その仕事に文句はない――ただ与えられた仕事をこなし、家に帰ってクアーズを一本か六本飲み、仕事を忘れる――でも基本的には、建物の中を動き回ったりせず、自分の持ち場で八時間を過ごすだからあの夜、ラッピングエリアから離れた隅の作業スペースで初めてあの男を見かけたときも、特に気に留めなかった以前に見かけたことはなかったけど、男はきっといつもあそこにいんだろうと思っただけだ　ひょっとすると俺とは勤務時間が違うのかもしれないし、彼はパートタイマーなのかもしれない――よく知らないけど、あそこは、何て言うか、あまり細かいことを気にしない会社だから　でも、ラッピングマシンが直って――ロニーと素敵なレンチのおかげ――俺が自分の持ち場に帰りかけたとき、たまたま男の姿が目に入った　男が何か妙なことをやってるのはすぐに分かったから、俺は少し様子を見た　立ち止まって男を少し見、彼が顔を上げないのを確認して、俺は彼がいる場所から六メートルほどのところにあるエレベーターに乗り、奥の陰に隠れ、さらによく見た　しかしその位置からでも、男が何をやってるのか判然としなかった　ていうか男はがらくたを――純粋なゴミやがらくたを――作業場のあちこちに散らかしていた　床にも、中央の作業台にも、背後の棚にも、左手にある大きめの組み立て台の上にも、右手に置かれたオーブンの足元にもがらくたが散らばり、積まれていた――男は何かを探す様子でその間を動き回っている……その光景はどことなく地獄の風景に似て見えた　ほっそりした黒のジャケットを着、黒髪をべとつかせ、薄い髭を生やし、がりがりにやせた男が、中央の作業台の上からぶら下がる琥珀色の埃っぽい光のテントの中でゴミの山をあさる……男自体がいかれた様子で、やってることもまともな感じがしなかったから、俺はそれ以上男に構うことなく静かにその場を離れ、機械の故障がなければずっといたはずの、元の職場に戻った　でも当然、同じ夜にロノー工場長を見かけたときには思わず、こんばんは、工場長、あの人は一体誰なんです?と訊いていた……

……返事はこうだった　男はヒューイ（別名、ミスター・ビッグ）の友達で、何かの取り引きをしたらしいから、何をやってるにせよ放っておけということだ　あの変人に構うなというのがお偉いさんからの通達　どうやらやつは一週間か十日ほど前からほぼ毎晩姿を見せ、ゴミ屋敷を組み立て、ゴミの選別をしているらしい　へえ、オーケー、結構だ、こっちには関係のないこと、俺は俺で送り状を照合する仕事があるから、工場の隅で誰が便所を組み立てようと俺には無関係だ……あなたはあなた、私は私　でもそいつは、本物の**キ印**に見えた——だからその日、もっと後になって、俺は二階の男子トイレに行くことにした　それは男のゴミガーデンのそばにあるので、陰に隠れてもっと様子をうかがうことができそうだからだ……どのみち男は気もそぞろで、自分の仕事にすっかり没入しているようだったが　並べたゴミの間を歩き、選別し、一部を中央の作業台に運び、選ばれたクズをひねくり回し、立て、並べ、台の周りを回り、燃えるような目で違った角度からゴミ山を眺める……そして次の夜には、ゴミが増えた　男がまた新たなゴミを持ち込んだに違いない……

……ゴミゴミってどんなゴミ？——自転車の泥よけ、曲がったブラインドの羽根、横に大きな傷のあるゴム引きの仏像、新聞紙、使い古しの電池、ビール瓶、ブリキ製のカマロ、柵板、写真、薬瓶、潰れたたばこの空き箱、電気ケーブル、切除されたテーブルの脚、ギターの弦が入っていたビニール袋、紐のないブーツ、ファストフードの包装紙の山、タイヤの切れ端、テープがはみ出したオーディオカセット、表紙の取れたペーパーバック、取っ手の取れた引き出し、切断手術《ロボトミー》を受けたクリップボード、傘の残骸《ホロコースト》から取り出した骨、片方だけの靴下、腹筋している形に折られたトランシーバー……

……そんなゴミ、それ以外にも　彼はそうしたゴミを、まるで貴重な物を触っているみたいに繊細な手つきで慎重に扱う——俺はその結果、ミスター不可思議の様子を見に二階のトイレに行く口実を作るため、頻繁にウォータークーラーを訪れるようになった　もちろん向こうがこっちに気づいたわけじゃない　彼は本当に、驚くほど脇目も振らなかった　ていうか二日目の夜、その排泄物《はいせつぶつ》コーナーを三度目に訪れた後で起きたことをぜひ聞いてもらいたい　俺は腎臓分泌液をトイレに貢ぎ終えた後、エレベーター内の影の国《シャドーランド》に身を潜め、男を盗み見た　男は得意の踊りに没頭している様子だった　散らばったゴミの間をうろつき、適当なものを拾い、目をぎらつかせながら中央の作業台で組み立てる……と突然――要注目――彼が拳で台を叩き、凍りつき、視線をハイビームに切り替え、手元のゴミ山に向かって怒鳴った

――こん畜生……こん畜生――畜生！

誰かが声を聞いているとはちっとも思わずに……要するに、どこかにトリップしたみたいな、奇妙な世界――しかもそれだけじゃない　話はまだ続きがある　彼はクズに向かって叫び終わった後、鋏《はさみ》を持ち、後ろの棚から灰色のゴムシートみたいな物を一枚取って、ゴミ山をぴったりと覆う大きさ、九〇×一二〇センチのサイズに切った――男はゴミの山を丸ごと持ち上げ、そのままくそオーブンに突っ込んだ！　くそそのときまで俺は、彼が大きなベーキング皿にゴミを並べてたとは気づかなかった　でも男がオーブンの温度つまみをいじり、調理の間、作業場をうろつき始めると、俺は慌てて持ち場に戻り、ロノーに話をしないわけにはいかなかった

――一体あれは何？と俺は言った　ていうか、一体どうなってるわけ――

――いいか、あのオーブンには高性能排気システムが付いてる　心配は要らん

――でも、そういうことじゃなくて――あの**男**……

――いいか　ヒューイがやつにやらせろと言ってるんだから、やらせりゃいい　ヒューイが邪魔するなと言ってるんだから、邪魔はすんな

それを聞いても俺はただ、また一直線にウォータークーラーに向かっただけ……しかし、とりあえずはまた持ち場に戻ることにした――どうせ、やつのゴミ調理には時間がかかるんだから、そうだろ？――だから俺は階下《した》に戻り、加工エリアに届いたばかりのブドウ糖シロップの樽を必死になって運んだ――あのでかい樽を押したり引いたりして動かすにはコツが要る　俺はそこで一階の仲間たちと一緒に仕事をし、気分良くやり遂げた――ただし最初は、あの男のことが何度

も頭をよぎって気が散ったせいでなかなか集中できなかったけど　でもしばらくして、三十五分ほど経つと、俺はまた、エレベーター内の影空間に戻り——その頃にはもう、自分の膀胱を紙吹雪で歓迎したい気分だった——再びいかれた男を見た　すると、見よ、彼はまだやっている　時計をチェックし、大理石模様の大学ノートに何かを書き付け、作業台に向かって立ったまま、気持ち悪くなるほど汚れた左手の人差し指と中指の甘皮を噛んでいた　しかしそのとき——ちょうどそのとき——彼は再び時計をチェックし、大きく息をした後、タオルを二枚手に取り、オーブンの蓋を開け、ゴミ皿を取り出し、素早く作業台に移した　その途端、男は真剣な顔に変わり、あるいはどう表現したらいいのか、**思索的**な表情に変わり、顎に手を当て、視線はゴミに据えたまま作業台の周りを歩き、自分が作ったものをじっと眺めた　しかし俺は一体何が出来上がったのかと訊きたかった　この浮浪者みたいな灰色の醜い下痢状の集合体　男が念入りに並べたゴミを、溶けたゴムの層が完全に覆っている　はっきり言って俺の目には、半分光沢のある岩のように見えた　火を吐く大地から飛び出たマグマの塊……要するにこの男は、すっかりいっちゃってる　完全にあっちの世界でゴミのパルメザンを作っている……

……しかし彼はその後、数日間、同じ作業を続けた　自分だけの深遠なる空間に暮らす孤独な男　奇妙奇天烈《きてれつ》の世界に閉じ込められた男　俺がそばを通りかかるたびに——一晩に五回か六回——うんこ先生はいつも淡々と作業を進めていた　部品探しと組み立て、精神病的に微細な位置の修正、あるいは鉛筆を使ってノートに書き込み　しかし時折、運が良ければ、彼が罵っているのを聞くことができた

——畜生、畜生——こん畜生——！

あるいは

——情けない……情けないくそ野郎——！

そう言った途端、男はくそをオーブンに放り込み、勢いよく蓋を閉めた　そしてその後の四、五日で徐々に、作業場の棚にずらりと彼の立派な落とし子、調理済みの子供たちが並び

だした　どれも互いにそっくり　テレビの料理番組か何かで、巨大な腫瘍状の料理が出来上がったけれども世界がその覆いを取るのを恐れているかのように見えた　そして、まるで世界そのものがどこかへ出掛け、この変人を一人きりにしてしまったかのようだった　なぜならこの惑星の誰一人として彼の存在に気づいているようには思えなかったし、俺が彼の話をしても、特に誰も興味を持っていそうになかったからだ　だから俺も最初の頃は頻繁に男の話をしたが、間もなくまったく触れなくなった　もちろん興味がなくなったわけじゃない――実際、ちょうどその時期に休暇を取ってしまったのを後悔したくらいだ　なぜならやつに付き合うのは楽しかったし、やつの料理がどうなったかを知りたかったから　でも休暇を交換する相手を見つけられないうちに、あっという間にその時期になってしまい、少しだけ名残惜しくはあったが、さすがに変人の作業の進捗を確かめるために休暇中に職場に顔を出すことまでする気はない――ていうか、やれやれだ……それで結局、二週間の休暇に入った　二週間とは言っても、カウントされるのは九日間　週末の四日間に加え、一日は労働休日《レーバーデー》だ　なかなかいい休暇だった　昼夜逆転の生活はすぐに普通に戻り、人間的時間に寝起きするようになった　俺は太陽の顔を拝めたし、昼間のテレビ番組も見、髭は剃らず、ロッジと一緒に改造自動車レースに出掛け、グダグダし、野ウサギ狩りをし、ボトルを二、三本空け、女の尻を追いかけ、少し年を取り、かなり醜くなり、またグダグダ……

……そして、再び工場に戻り、留守の間に変人王陛下がいなくなったのを知ったとき、俺は落胆する心構えが充分にできていなかった　つまり、通りから拾い集めたくそはまだ作業場に散らかっていたが、乾いた焼き肉はなくなり、男も消えていた　ロノーが教えてくれたのは、もう約束の期間が終了したということと、やつのことはさっさと忘れた方がいいということだった　くそ……謎なんて何の値打ちもないことは分かってる、でもたまには……――言い方を変えよう　ちょっとくらい、何ていうのか、謎解きみたいなものがあってほしかった……でも、そうやって気落ちしたのはそれが仕事に戻った初日でいろいろと不満が溜まってたせいもあると、俺には分かっていた　だからそんなことは忘れ、普段の仕事のリズムに戻った　職場に戻るのは悪くない　トムもジュリアンもスニフターもすごくいいやつらだし、当然最初は少し抵抗があるけど、惑星の自然な時計に逆らい、違うリズムに体を合わせるのもいいものだ　整理整頓……配送トラックの荷下ろし……棚卸し……注文書の仕分け……ジェフのオフィスの掃除……送り状のチェック……送り状の署名……

……そして実際、気分はかなり上々だったので、休暇が明けて四日目の木曜に販売部門のボブが俺に朝、仕事の帰りに特別配達を頼みたいと言ってきたときも二つ返事でこう言った

——了解

本当のことを言うと、ボブが言ってたように〝帰り道〟に配達先があるわけではなかったけど、俺は気にしなかった

注文の品はわが社特製バナナウォールナッツとブルーベリージンジャーのマフィンをトレー二つ分で、俺が帰る時間には、ボブの机の上に用意できていた　当然、悲しいほどにおいは失われていたが、ちょうど後部座席に載る感じで、しゃれっ気のない茶色いボール紙のトレーに収まる姿はなかなか素敵だった　配達先は学校を改装した建物で、フォーサイス通りにあった　ボブに言われた通り裏口に回ると、これまたボブが言った通り〝ネクサス〟という小さな斜体字の看板があった　その看板は、仕上げの終わっていない煉瓦壁にもたせかけてあり、まったく場違いな感じがした　俺は看板のすぐそばに車を止め、うちの工場が生んだ特上の果実を落とさぬよう、不安定なトレーを支えながら、うつろな響きのする扉をノックしたときには結構いい気分になっていた　間もなく聞こえてきたのは、近づいてくる足音、そしてゴミ箱を蹴飛ばすような音　そこで俺は呼び掛けた

——ミンディーズ・マフィンからのお届け物です

扉が突然開き、襟の細いブルーベリーブルーのジャケットを着た男が現れ、俺の先に立って、人気《ひとけ》がなくて不気味だけれども妙に見慣れた感じのする学校の廊下を通り、明かりが

なくて、ほとんど調度もない事務所に案内し、昔、教頭が使ってたみたいな灰色の金属製デスクにマフィンのトレーを置かせた　男は小切手を取ってくると言って、別の扉から出て行った　で、男はなかなか戻ってこなかったから、俺は建物のがらんとした廊下に出て、周りを見た　二、三人が、俺のことにはお構いなく忙しそうに動き回っていたから、少しの間、目を合わせないようにして様子をうかがった　そして、懐かしい学校のにおい――埃っぽくて、どことなくスニーカーみたいなにおい――を味わい、半分が窓になった扉が摩耗した廊下に並ぶ光景や、黄ばんだ壁に残ったセロテープの切れ端を眺めているうちに、建物の正面側にもっと明るい部屋がありそうなことに気づいた　だから、掃除のしようがないほど薄汚れた廊下をそちらに向かって歩き出した　すると、えっ……？

……それは、例の変人が焼き上げた赤ん坊たちだった！

――でも、今はそれが台座の上に置かれ、その台座は、大きくて優美な部屋のきれいにオレンジ色に塗られた壁に沿って並べられ、一つ一つが天井に取り付けられたアーク灯の放つ細い光線に照らされていた　俺のすぐそばにあったオーブン仕上げの岩には――俺にはそこに並ぶ他のやつとまったく区別が付かなかったけど――台座のところに白いカードが添えられ、そこにはこう書かれていた

孤独の発明

（四七五度　四〇分）

そして、最後の行には二千五百ドルという数字があった！

てことは、この焼却ゴミの正体は……？――正体は……？

……でも、正体が何であれ、台座に載ったくそ岩を実際にしげしげと眺める必要はなかった　どうせ見るべきものなんて何もないんだから　だから俺は壁沿いに次のやつがある所まで移動した　丸っこい灰色の物《ブツ》は台座の上で取り澄ましていた　前にも言ったけど、やっぱりどれを見ても同じに見える　そして

臨界質量
（四〇〇度　五〇分）
三千五百ドル

三千五百……！――これって一体……ていうか、こんなの買うやつがいると……？
……しかし、防腐処理された溶岩は全部、そんな感じだった　どれもこれも、部屋にあるもの全部　俺は〝善なる大地〟と名付けられたものを見、次に〝ブルース〟、そして少し口紅を塗ってあるらしき〝抽象的真理〟と名付けられたものを見た　そして〝歴史は勝者によって書かれる〟というタイトルのもの　この砕石舗装みたいな、でもすごく気取ったくそを俺がどう思ったかを言う必要はないだろう　とそのとき
――こんにちは
俺は凍りついた――ほんとに凍りついた……それは**あいつ**だった！――しかも、首元にはすごく、すっごく細いネクタイ――！
――やあ、と俺は言った
――ていうか、やっぱり壁はもっと暗い色調にしたほうがよかったと私は思うんだ、と彼は言った　つまり光の加減、反射を考えてね……でも、ここのフレデリックの野郎が、いやぁ、それは駄目ですよって……
何だって？――やつは俺を誰かと勘違いしてるのか？……俺はとりあえず、〝あんた、頼むから、そのピタッとしたおしゃれなスーツを着たまま、元の穴倉に戻ってくれ〟と言いたくなる衝動を抑えた　すると
――今夜のオープニングイベントには来れる？――みんな、六時か六時半ごろには集まると思うけど
これまた難問　でも返事をしないわけにはいかない　だから
――できればそうしたいけど……でも、んん、無理っぽいかな　大事な睡眠時間を削ることになっちゃうから

――そうだね、と彼は言い、少しあざけるように笑った
マフィンちゃんを焼く仕事があるんだよな
サランラップの筒で殴られた気分……しかも、偉そうっていうか、半分、人を馬鹿にしたような口ぶり……一体、何様のつもりなんだ、こいつ……？　てか、まじで……
……実際、問題はそのひょろひょろ男の態度だった　その日の午後、何とか寝つこうとするときも、その態度が俺の頭から離れず、しばらく眠れなかった　あの変人が鼻持ちならないほど格好をつけていて、しかもその態度ときたら、やっていることと全然そぐわない――特に、作っているのがとんでもないくそだってことを考えたら　てか、あんなことしてるくせに、あの態度はないだろ？……でもあいつからは、何をやってるときでも根っこにあの姿勢が感じ取れる　実際、よく考えたら、やつがやってることの源にはあの態度があるような気がする　あの男とくそ作品　まるで、創作姿勢を霊感代わりに使っているみたいな感じ　だから、あいつが作ったものからは感受性じゃなく、閉鎖性や不動性が感じられる
……俺みたいな仕事であの態度を取ってたらどうなるか、俺は考えた　もちろんクビに決まってる　俺の仕事では、偉そうな態度をする余地はない　だって、そんなことをしたら何もはかどらない、仕事にならないからだ――自分の部署で自分の仕事をし、しなくちゃならないこと、言われたことは何でも全部やる……そんなふうに歯車になりきるのは、時にはいいものだ　すでに回路を流れている電流に接続することで自分のエネルギーを増幅し、自分一人じゃありえないほど生産的になり、要求の流れから力を引き出し、流れが途切れないよう調子を合わせる――俺は以前その様子を、あるやつに、〝壁とボール〟って説明したことがある……たとえば荷下ろしとか、積み込みとか、棚卸とか、あるいは書類のチェックでもいいけど、さまざまな仕事を柔軟にこなさなきゃならないとき、俺は自分が液体になったみたいに感じる――適応力があって、非定型で、必要な場所に流れ込み、必要な潤滑性を供給し、また次に必要とされる場所へ移動する……でも、この図式に偉そうな態度を持ち込んだら、その途端に流れが

完全に止まる　何もはかどらないし、溶けたゴムがへんてこ作品を覆い尽くした――あの朝、俺が見た光景――みたいにすべての機能が封じ込められてしまうだろう……

……だから俺はやつのことを、自分とは正反対のポリシーの持ち主として頭から追い出した――〝除糞《じょふん》〟とはまさにこんな厄介払いを言うんだろう　ところが、それから一週間ほどして、フレディーに言われて裏の倉庫に台車を取りに行ったときのこと、送り状の束を尻のポケットに突っ込みながら歩き、建物の隅にたまたま目をやったとき、俺は自分の目が信じられなかった　天井が見慣れた感じに明るく照らされていたんだ　まじで　とりあえずは、そんなのありえないと思った……だから、フレディーの助手に台車を渡しに行った後、俺は急いでその場に戻った――小便の言い訳なんてくそ食らえだ――すると、またやつがいた　やつが舞い戻り、新たなゴミをたっぷり仕入れた作業場を回っていた　男はまたくずの検分をし、すごい形相《ぎょうそう》で皿の上にゴミを組み立て、しばらくじっと見つめ、怒りに満ちた息を吐き、作品をにらみつけた

――何だ――何なんだ？……一体何が望みだ……？

要するに、前と同じ悪罵の場面――やがて突然、できた傑作をオーブンに放り込む代わりに、彼がゆっくりと顔を上げ、**俺**を見た

――あ、と俺はやつに言う　いや、邪魔するつもりは――

――作業の邪魔をするのは危険だって知らないのか、と彼が言う　神聖なる作業を……

――ああ、すみません　俺は――

――なぜ危険かというと、これは復讐《ふくしゅう》だからさ　芸術は復讐だ……

やはり俺が以前思った通り　いっちゃってる　完全にいかれてる……

――あの、お邪魔してすみませんでした――

――ああ、何だ、と彼が言い、レンズキャップを崩れかかったゴミの山の上に落としテーブルを回って俺の方に近づいてくる　で、マルタ、何の用だ……？

——あの、別に何も、と俺は言う　ていうか、あなたの仕事は終わったんだと思ってたんですが——

——いいか、私はこんなに頑張って、こんなに頑張って、こんなに頑張って、**こんなに**頑張ってるのに……返ってくる反応はどうだ？——無、皆無、ゼロ、虚無……

——それは残念——

——みんな、どうでもいいのさ　誰も見てない、誰も知らない、誰も何も感じない……衝動は当然、それに対する反動があることを前提にしている　でも衝動は、遮られると鉤爪に変わる　その爪は内向きに伸び、毒を分泌する……

ほらな……？　ほらな……？　こいつ、完全にいかれてるだろ……？

——いいか、私が昼間ずっと食料品の配達をやってるのは、夜、ここへ来てこの作業をするためだ……でも、ここに来たくて来てると思うか？　好きでこんなことをしてると思う……？

——それは、えっと——

——ほんとはやりたくないんだ　だからこそ、配達の途中でくそを拾い集め、トラックの後ろに積んでる　ガチャン、ドカン——再利用……だから展示会をやる　私なりの反撃、**げいじゅつ**を　でも、それが何になる——遮られた流れ、不毛な無限はまったく顧みられることがない……

——ん……

——オープニングにやって来た鑑定家連中は私の作品より、君の持ってきたマフィンに関心を抱いていたよ——連中があそこに来たのも、そもそも食い物が目的なんだ　テーブルのそばでやつらが仲良く笑ってる姿を君にも見せたかった

——くだらない世間話と気取った笑い声……私が注ぎ込んだものは……注ぎ込んだものはすべて……

——な、なるほど……

——ああ、君なら分かってくれるだろう……でも、連中には見えるのか、分かるのか、感じられるのか——あいつらは私の作品が気に入らないわけじゃない、あいつらには見えていないんだ……見たくないと思っているから……だから最初

の一歩を踏み出さない　知っているもの以外は全然認めない　ニューヨークかロサンジェルスに住んでいないような芸術家は存在しないのと同じ……やれやれ――そんなのは亡霊と同じ！　一度、アトランタで展覧会をやって、芸術ニュースに取り上げてもらう努力をしてみるといい――ぜひやってみなさい　どんなにすごい肩書を持っていても無駄　大げさな記者会見をどれほど大々的に準備したって誰も来やしない　はっきり言って、これはきついなんてもんじゃない　やる気がなくなるなんてもんじゃない　面目丸つぶれさ……

――ふうん

――だって、猿だって死ぬんだぞ　赤ちゃん猿だって、誰かの体と充分に触れ合っていないと死ぬ――それはちゃんと実験で証明されてる　研究所でやった実験さ　充分な時間、赤ちゃん猿に触れてやらないと、文字通り息絶える……元気がなくなり、衰弱し、無感覚の世界に消えていく……

――へえ……

――けっ、だから、また配達に、貧乏に、便所みたいに狭いアパートに戻る……

――ふうん……

――そういうわけさ……一度死んでしまえば、その後は、まあ……

要するに、男が暮らしていたのは、俺が想像していたよりももっと遠い国だったってこと――というのも、そのすぐ後、というかその直後、彼はまたへんてこ料理に取り掛かったからだ――ゴミ選び、組み立て、凝視――まるで俺がもう、そこにいないみたいに　そして俺はこんなことはたくさんだと後になって思った　変人の国に暮らす男のことはもう忘れよう　実を言うと、もしもそんなことが可能ならだけど、やつに少し手を貸してやってもいいと思うところが俺の中にないわけじゃなかった　少しあの窮状から救ってやりたい、多少値段をまけてくれるなら、台座に載ったクリスピーを一つくらい買ってやってもいい……でも、俺は自制した　自分にブレーキをかけ、考えた　え――あのくそを買う？　冗談じゃない――やつを増長させるのはやめた方がいい　頭のおかしな男のために俺ができるのはそれくらいだ　てか、あんなくそを欲しがるやつなんているのか――あんなの、高熱男の助けを借りなくたって、俺のアパートに転がってるものと一緒だ　だから俺は思った　オーケー、おしまいだ、やっぱり前に考えていた通りにしようって　変人は放っておく　やつのことはこれっきり忘れ、近づかないようにする……だって、はっきり言って、急にあいつに対する興味がなくなったから　興味が失《う》せ、彼がただ哀れに見えた……やつに対する世間の声を聞け、と俺の頭の中で声がした　この件に関しては世間の判断が正しい　そちらに理がある……地球上で俺以外に誰も彼に関心を持たないのには理由がある　ギャラリーに来た連中だって同じだ　彼らは俺の知らないことを知っている……やつのことは忘れよう……右から左へやり過ごそう……

……それができればよかった　それほど簡単ならよかった

……というのも、一週間ほど二階の隅にある作業場の明かりに目をやることさえせず、くそ料理人を無視し、気分よく過ごした後、翌木曜の夜、カールの店に寄ったら、果たしてそこにやつがいた……いつもと同じ細身の黒い上着、いつもと同じ姿勢で一人、バーに立ち、顎を上に向け、グラスを傾けていた　その姿は、少なくとも俺の目には場違いに見えた　友好的な煙の中にある、黒い一点の染みみたいに　すると

――旦那《ムッシュ》……旦那《ムッシュ》……！

くそ　見つかった

――いらっしゃいませ、旦那《ムッシュ》――いらっしゃい《ビアンヴニュ》　さあ、ぜひ――ぜひ――ご一緒に……再生のお祝い《ラ・フェート・デ・ラ・レクラマシオン》を……！

ああ、やれやれ……

――さあ、こちらへいらして、偉大なる祝宴にご参加ください……

彼はルーディにグラスをもう一つ持ってくるように言い、必死に守っているピッチャーから俺にも一杯、酒をついでくれた

――ありがとう、と俺は言った　でも、これって何の――

――この店のスペシャルドリンクさ　特筆すべきブレンド

だ　私の付けた呼び名は――ジャジャーン――〝トラック運
転手の早死に〟　材料はペルノーとロビタシンと……
勘弁してくれ……でも、味はなかなかだった
――ありがとうございます、と俺は言った　でも俺、
ちょっと……人を待ってて――
――いや、君、まさか私と一緒に祝ってくれないのか……
は……？
――そうだ　お祝いだよ――再生のお祝い……
――ええ、もちろん、俺は――
――本当だぞ、義人殿（ツァディーク）、真実だ　ついに証明された――
解放された！……野蛮な群衆の手からついに解放されたんだ
――……
――よかったですね、それは――
――金ももらえる――アメリカ合衆国兌換紙幣で一万ドル
副賞でカメラ、スポーツウェア、家庭用品、ショルダーバッ
グ　ついに認めてもらえた……
もしこれ以上俺に絡むようなら、おまけに俺から一発食ら

わせて
――それもこれも全部、私が――君ではなく私が――すべ
ては私が写真を撮ったおかげだ　その写真とはつまり――
ジャジャーン！――W・W・バークレー社二十七年の歴史に
おいて現像された一億枚目の写真……
男はそのタイミングに、グラスに残った酒を飲み干した
彼は悪魔のように甲高い笑い声を上げ、またグラスを満たし
た　隣に座っている、俺の知らない髭面の男は、馬鹿騒ぎを
無視しようと必死の様子だった
――いい知らせみたいですね、と俺は言った　コンテスト
みたいなものでしょう――？
――〝いい〟どころか、最高さ、助手君、最高の知らせ
……だって、何の努力もなしに、因習に黙従する必要もまっ
たくなく、私はやり遂げたんだ、いいかい、初めての作品売
却を！――キャリア的には、これは大変な重要性を持つ……
――でも、俺にはあまりよく――
――それどころか、対話者君、作品売却よりももっとい

い　なぜなら、W・W・バークレー社が用いた選考方法は私自身の手法が正しいことを証明しているからだ　回収と無作為な選択という私の手法を肯定している　私が売りに出したのでないものを買おうっていうんだからね！──完璧だまったく一緒　私と同じことをやってる……！

──それって──

──ほらな、必要なのは、カーペットを巻いた木切れを実験室に置くこと　そうすれば勝手に猿がそこに体を擦り付ける……赤ちゃん猿が生き延びるのに必要なのはそれだけ　木切れとカーペットで充分……

そして彼はまた、一杯あけた　俺は男をじっと見た──節くれだってできた体に、ほっそりした布きれを巻き、薄いグラスを手に持ち、油性鉛筆で描いたみたいな髭の背後でほほ笑む男　その姿を見て俺が考えたのはただ、やめちまえってことだけだった　まじで足を洗った方がいい　とっととやめて、あとは全部ゴミにしてしまえ……彼がもう一杯やるのを見ていると、その姿が悲しく見えてきた　悲哀以外の何もの

でもない　存在の偉大なる連鎖における、最も弱い輪　怒っているときのあいつが哀れだとしたら、勝ち誇っているときのやつは悲劇的だった　そしてまた、あるレベルでは、やつが自身のすべてを自覚しているように思えた　彼自身、自分で作った作品の筋が悪いこと、それをどう作り変える努力をしても欠陥を再確認するだけだということを知っているかのようだった　やつの暮らしている変人世界は自分で作ったものだが、外部世界と距離を置くだけが目的ではなく、自己が漏れ出すのを防ぐ目的もあった　あいつの自己が漏れたら、その結果、どんなことになるかは、彼自身にも容易に予想ができたからだ　哀れな変人は一つ一つの言葉が自分の絶望的状況を表しているのを知ったせいで、コミュニケーションの言語に対する依存が強まってしまった──世間の人はきっとそれを感じ取り、さらに自分と距離を置くことになる、と彼は自覚していた……要するに、あいつは自分で墓穴を掘ったわけだ　永遠に勝ち目のない男　だから俺は、それはそれでいいと思った　やつには望むものを与え、近寄らないのがいち

ばん　やつのことは無視するだけじゃなく、忘れるように努力するべきだ　やつの欲望を認めた上で、内なる亡命を許してやるのがいい……

……だから俺は何とかやつを振り切り、急いでカールの店を出て、仕事にも向かわずに自宅に帰った　俺は職場に電話し、ファヒータで腹を壊したと言って休みを取った　それからすぐに外に出掛け、ほぼ一晩中ずっと、ハープス湖の周囲を車で走った　その後、家に帰り、ベッドに倒れ込んだ　金曜の夜はウィリー・Zの店に入り浸って、テーブルサッカーをやったり、クアーズ先生のカウンセリングを受けたりし、土曜の昼間は総菜屋のサンドイッチを食って、きれいなスーツを着たスポーツニュースの司会者がしゃべり、ほほ笑むのを見た　土曜の夜になると、また外に出掛け、オコーニーフォレストまで行き、疲れたところで、後部座席で眠り、イートントン経由で遠回りして戻り、家に帰り着いたらまた頭からベッドに飛び込んで、二、三時間、泥のように眠り、それからミンディーズの工場に出勤した　その日の仕事は順調だった　いつもの顔ぶれがいて、すべてはいつも通り――生産性が高く、手応えもたっぷり　急いで処理しなきゃならない冷凍ラズベリーの注文が大量にあって、それも問題なく片付いた　その調子が火曜まで続き、水曜になり、万事順調だった――仕事に行き、家に帰る――そして木曜、裏のゴミ置き場に段ボールを持って行く用事ができたとき

――何か面白いジョークを知ってるかい……？

びっくりして振り返ると、そう……やはり　やっぱり　彼はゴミと同じように汚れたゴミ容器のそばで、汚れた煉瓦塀にもたれかかっていた……やっぱり

――俺は知ってる　まず一つ　イエスがユダヤ人だとどうして分かる……？

――ええと――

――母親は彼が神だと考え、彼は父の職業を引き継いだから

男はそのタイミングで咳《せき》をしたが、笑いはしなかった　そして顔を上げ、横を向き、また執拗に俺を見た

――何だ、と彼は言った　面白くないか……？

――うーん……前にも同じようなネタを聞いた気が……

――じゃあ、ダドリー、もう一つ別のジョークがある、と男が言い、右のかかとを煉瓦塀に繰り返し打ち付けた　私が保証する、これは傑作だ　しかも、斬新　必ずしも新しくはないけれどね

――オーケー……

――でも、話にインパクトを持たせるために――つまり、もっと身近な雰囲気にするために――ちょっとアレンジを加えて、一人称で話すことにしよう　そうすれば、そこに参加しているみたいな、事件に巻き込まれているみたいな気分になるだろうから――いいかな？……

――いいですよ

――よし、と彼は言った　こんな話だ……ある日、私は女王陛下御用達W・W・バークレー社のぴかぴかのオフィスに赴いた　あれは何て言うんだろう、身元確認？　そんな目的のために　日時は火曜日の朝十時半　その時間に来るようにと魔法のお手紙に記されていた　だから私は、無菌できれいなオフィスタワーに行き、駐車場の目立たない一角に車を止めた　タワーのロビーには自慢の木製パネルが飾られていた　私はもちろん場所をわきまえて、スーツを着ていた　私を出迎え、挨拶をする人がいたけれども、主だった人々は八階の、壁がなくて窓だけがある角のオフィスに座っていた　ガラス製のデスクの上に銀の水差しが置いてあって、一億という数字が大きく書かれたポスターがあちこちに貼ってあった　男たちはにこにこしながら一人ずつ自己紹介をし、皆、私に握手を求めた　そのうちの二人は〝ボブ〟と名乗った　そこから後は、青いスーツを着た男がずっと話を仕切ることになる　その男が私の写した写真を取り出して、これは何です？と尋ねた　それは〝ブルース〟と〝抽象的真理〟だと私は答えた　すると彼が、それは素晴らしい、そうだと思ってました、でもそこが少しまずいのです、と言った　そして、販売促進キャンペーンについて長々とした話が始まった――広範囲かつ大規模なキャンペーンにはすでに六百二十万ドルが注

ぎ込まれているという話――その細かな仕組み　でも、その大変な努力を無駄にしないために、経営陣としてはあらゆる不測の事態に備える必要がある　今回のコンテストに関して公式発表を遅らせている理由はそこにあるのです　なぜなら一億枚目の写真がポルノであったり、冒瀆《ぼうとく》的な作品だったりする可能性があるから――

――ふうん――

――しかし問題ありません、大丈夫です、と青スーツが言った　どんなものでもいい、別の写真をご提出ください、あなたが――〝あなた〟っていうのは私のことだよ――お持ちの写真ならどんなものでもいいですから　提出いただいたら、手続きが進められます　その種の無害な差し替えは規則でも認められている　そう聞いて、私は言った　でも、写真はそれしか持っていません　作品が万一売れたときのために写真を撮っておいただけだから、そういう写真しかありませんって　すると連中は、それは承知していますって言った　そしてこう尋ねた　いつ撮ったものでも構いませんから、別のフィルムに写った写真を提出する気はありませんか、と　カメラなんか持ってない、これだって画廊に借りたんだと、私は言った　私は写真を拾い集めたり、再利用したりするだけで、新しいのを撮ったりはしないと言った　するとやつらが言った　うむ、これはちょっと問題だ　問題だし、残念なことだ　われわれは選考過程の公平性を確証するために第三者機関と契約をしているから、と　連中は互いに顔を見合わせ始めた　私は何とか事態を収拾するために、ジョン・クーガー・メレンキャンプ[011]のボタンを付けた作品の写真を使ってみてはどうかと提案することも考えたが、連中はすでに次の話に移っていた　しかし当然、お約束通り、賞金と副賞の品々はお渡しします　ただし、残念ながら――でも、その時点で私は怒鳴りだした　おい、あんたら、金は要らないからそっちで取っとけ、プレゼントとやらも要らねえ、お言葉も要らねえ、すっこんでろ、くたばりやがれ、って　するとやつらはさっと立ち上がった　でも、私は連中に指一本触れさせなかった　やつらの手は一切借りずに廊下に出て、ビルにおさらばした――

彼はまだ煉瓦塀を蹴り続けている足下に目をやった　体を支えるために、両手も壁に付けていた　俺は何かを言ってやりたかったが、何も言えなかった

――な、ダドリー、と、丸一分が経過してから男が言った　すごく面白い話だろ……？

――うん、悪くない、と俺は言った

――うん、と彼は言った　ピアノマンには生きづらい時代だな……？

――うん

――でも、と彼は言って、塀を指で叩いた　これで少なくとも、次の作品に使う新しいゴミが手に入った……

彼は肩で塀にもたれ、遠くに目をやり、また下を向いた

俺は早く持ち場に戻らなきゃと思った……

――でも本当にショックなのは、と彼が言った　たった一つの会社が一億の写真をプリントしたってこと……とても桁外れだと思わないか……？

彼は大きく息を吐き、俺の方はまったく見ないで塀から離れた　そして両腕を上げて背伸びをしてから工場に戻っていった　俺はその後に続いた　俺たちはオフィスと、ひんやりした倉庫スペースを通り過ぎた　俺は男がいつもの作業場に向かっていることに気づいた後も、一メートルほど後ろをついていった　すぐに男は持ち場に着き、俺はエレベーター内の影に隠れた　男はおなじみの作業を再開し、目の前にあるものを眺め、いつものように、漂着ゴミの選別を始めた　しかしゴミの中から延長コードを拾い上げる動作の途中で急に手を止め、作業台の方を向き、両手をそこについた　それから一瞬、あたりを見回し、作業場を見渡してから、作業台に目を落とした　一瞬の沈黙の後、彼は突然、顔を上げ、そこを離れ、男性用トイレ――俺のトイレ――に向かい、中に消えた　少し後に再び姿を現したときには、顔ははっきりと赤らみ、髪は濡れ、整えられていた　俺は身構え、ゆっくりとオフィスの一角に向かう男を尾行した　男はロノーが電話を切るのを待って、声を掛けた　俺が立っている場所からだと何

をやっているのかよく分からなかったし、断片的に聞こえる話はとても信じがたい内容だったが、やつはロノーに仕事を世話してほしいと頼んでいたようだ　つまり、ここの人間にはすでに顔なじみもいるし、工場の機械の扱いも分かっているし、その技能もある――そんな話だ　実際、そうなったロノーは男を雇い、男は仕事を得た　要するに、ロノーは物分かりのいいやつだった　俺はというと、この上なくハッピーだった……でも、違う……やめてくれ……やめにしてほしい……夢と挫折の繰り返しは終わりにしてくれ　俺にだってちょっとだけ、ほんの少しだけ言いたいことがある　だって、これだけは言っておきたい、本当に、言っておかなくちゃならない、だからお願いだ……お願いだから聞いてほしい……ここで、とりわけここで、とりわけこのタイミングでラヴェルについて話しておきたい、ラヴェルの話がしたい――音楽のことじゃなく、ラヴェルの生涯、特に彼の生き方の話を……だから、ラヴェルの話をさせてほしい――ほんの少し、ラヴェルの話を　こうして列に並んでいる間に私が頭で考えているのは、お願いだから、おばさん、ここのレジが詰まってるのはあなたのせいよ、おばさん、さっさと小切手帳を出しなさい、お願いだから早くして！ってこと　おばさん、私の口の中で舌が何かを言いたそうにしてるのが分からない？　私の足が小刻みにステップを踏み、もぞもぞしているのを見たら、何かが伝わってこない？　私の心臓で青い波が立っているのが耳に入らない？　おばさん、いつまでも鞄からがらくたを掘り出してないで、さっさと免許証を見つけてよ、私は急いでるんだから――私は現金で払う用意ができてるのに！　私は支払いさえ終われば、すぐに出発する　私はすぐに彼のもとに向かう　脚が慌て、足が急ぎ、自動ドアが開くより早く外に飛び出る　心の中の風がスカーフをなびかせ、私を背後から押す　風が両脇から私を持ち上げ、ぎこちない足取りを滑らかに変える　ところが、今はまだ行列の中で動きが取れない　前にも後ろにも人　私が沈黙の合図をいくら送っても、この遅々とした歩みがいささかも早まることはない　差し迫った筋肉のうねりは、ここでは何の意味も

持たない　レジ係はのんきに身分証の番号を書き写し、何も知らない購入品どもは袋に収められないまま、カウンターの上に散らかっている　だから私はガラス扉と、その下に敷かれたセンサー付きのマット、そしてそこにつながる横長の窓に貼られた売り出しポスターに目をやる　するとまた、舌が緊張し、明るい気分が戻る……

……そしてようやく、世界が私の背後に向かって流れだす――縁石の上に取り付けられたランプ、ダッシュの記号みたいに切れ切れな車線、亀みたいにのろい車、中央分離帯の不細工な灌木――私はそのすべてを後方に飛び去らせる　道はすいていて、日差しは心地よく、行くべき場所に行くにはこの胸の高鳴りに従うだけでいい――太陽神経叢《みぞおち》につながる透明な糸が私を引っ張る　私はほとんど座席から浮き上がりそうになりながら、そこへと導かれる　でも今は、まだ目的の場所に着いていないから、まるで距離に密度が、粘度が存在するかのように感じられ、それに逆らっているみたいな、距離の密度にあらがっているみたいな気がする　だから私はアクセルを踏む　すると車が加速する　距離の終点にたどり着こうとするけど、そうはいかず、まだ着かないので、私は時間の靭性《じんせい》で息ができなくなる――距離の残虐性、痛ましき同時性の欠如によって窒息しそうになる　だから私は速度を常識の範囲内にとどめ、他の車の間や脇を抜けながら、無思慮な思慮にふける　早く私を彼のもとに行かせて　お願い　いつ車がエンストするか分からないし、スカートが汚れてしまうかもしれないし、私が普通の空気に耐えられなくなるかもしれない　でも、そんなことは考えない　だってもうすぐ彼に会える　一緒にいられる　私が豊かな存在に変わる――髪の先と指先から色が流れ、ランタンみたいな光を発する……

……ドアが開くと、私は彼のきらめく腕の中に心地よく収まる　彼の口づけが私の首に甘美な蜘蛛《くも》をちりばめ、私は捕まり、体を支えられる　私が考えられるのはただ、やっと私の離散《ディアスポラ》が終わったということだけ　そして一言も発することなく、体のもつれをほどくこともなく、私たちは一体になったまま四本足で、玄関からリビングまで移動する　部屋のブラインドは下ろされ、コーヒーテーブルはどかしてある　私は彼の温かなこめかみに手を当てる　私は汗ばみ、身震いし、彼は私を、海の底のように柔らかなカーペットに優しく横たえる　彼は私から離れない　温かく触れあったまま、肘をつき、私の首元に顔を寄せ、私は彼のまつげが擦れるのを感じ、激しい息遣いを聞き、彼の激情を神に感謝する　私と一緒に横たわる彼には存在感と密度があるけれど、重みは感じない——私に体重をかけないようにしているから——私の首元から徐々にシャツの下へ口づけを移す彼は、周期的な食《しょく》を伴う灼熱の影だ　彼は私の鎖骨を少しずつ冷やしては、熱い息で一気に飲み込む　私の体の脇に添えられた手は断固として力強く、止めようのない探査を続ける　しかし彼の手が小刻みに私の胸へと容赦のない移動を始めると、その力強さが硬質な繊細さに変化する　彼が圧力を弱め、シャツを軽くなでると指先が繊維と擦れてささやくような音を立てる　間もなく彼が服の上から、輪を描くように私の乳首を愛撫《あいぶ》すると、稲妻のような快感が走る　その後、ありがたいことに彼がシャツの下に指先を差し入れる　温かく、しっかりした、孤独な指先に続いて、手の全体が入ってきて、手のひらが私の胸に錨《いかり》を下ろす　彼は私の乳首を見つけ、それを手のひらで囲み、指先を頂に登らせ、繊細な手つきで上空から刺激を操る　他方の手が魔法みたいに私のシャツのボタンを外すときも、最初の手は胸を放棄しない　それは胸にしがみつき、そのすべてをつかみ、固まり、動こうとしない　しかしスカートからシャツの裾を引き出すためにようやく仕方なく手が動くときには、すでに他方の手が胸に来ている　その手は前の手よりも荒々しく意地悪で、つかみ方もより強く、深く、動きも滑らかだ　彼の愛撫が体の中にまで染み通り、私を誘い、体の奥から震撼させ、その後、シャツがはだけ、むき出しになった反対の乳房、左の胸を彼の唇がすする……

……そして、私の柔らかさが彼の中を流れ、切望として私に環流し、虎のような舌が乳首を下から抱き込むと、私は体をのけぞらせる　舌は優しくこすり、伸び、縮み、肌理《きめ》を作る　乳首をなめる彼の舌がソプラノの感情を生み、口づけが円を描きながら乳房の頂まで登り、低音を響かせる　それから彼は吸い始める　彼が唇を使って乳首を少し吸い込むと、私は彼と一緒になる、彼の中に入る　ささやかで完全な挿入彼は続ける——柔らかくて硬い私の小さな粒、私のピンクを彼がつまむ　完全に従順　まったくなすがまま　私はすっかり彼の中に入ってしまいたい、体全部を挿入したいと思う柔らかな体が必死にそう願う　でも、彼の指に力が入り、私の脇腹を滑り降り、お腹へ、その斜面へと移動すると、彼の手が陽炎《かげろう》に変わる　彼が私の腰を食《は》み、回り、掬《すく》い、私の体がうずく　彼の動線はすべて、必然的な結論へと向かう　私は彼の名を呼び、止まり、名を呼び、止まる　その声が彼にも聞こえるのを私は知っている　口づけの合間に漏れる二人の息は雨混じりの雷のようだ　彼がスカートのウエストに断固たる指を二本差し入れると、私の温かな腰が降参してスペースを空け、手をそこに居座らせ、そこにじっと居座らせる

……

……私は彼の全身を感じ取れるまで、たくましくて温かいその背中に手のひらを強く押しつける　すると私たちは一つのシステムになる　私たちは一続きになり、二人を結ぶ感覚の滑走奏《グリッサンド》をゆっくりと分かち合う　彼の心音が自分のもののように聞こえ、彼の焦りが自分のもののように感じられる私たちは共有結合によって、電荷を帯びた未知の新たな物質になる　私の肌、液状の皮膚も二人を隔離すると同時に融合させる　皮膚はつかの間、二人で共有する辺境《フロンティア》だ　しかし、彼が私の下腹にある谷間に長く震えるようなぬくもりのあるキスをすると、私も彼の皮膚を越えたことを実感する　私は彼の皮膚という障壁を越え、彼の内部に生きる　というのも、もはや連結部が明確ではないからだ　私には彼の反応がすべて、一〇〇パーセント感じられる　私が高まるとき、彼が震えるのを私は感じる　この重なり合い、この混乱は崇高なる回路だ　それは私に新たな輪郭、新たな表面を与え、私を新たな次元に拡張する　私は彼への贈り物に文字の並べ替えパズルを買っていたのだが、スカートのポケットに入ったそのプラスチック的な硬さが今、脚に当たるのを感じる　小さな

枠の中で無意味な文字列が果てしなく動き続けるパズルだ　今の状況はそのパズルとはまったく違う　というのも今、ここに彼といるときは、すべての配置が調和し、すべての並びに意味がある　私たちの体は意味を増幅し、一つ一つの動きや仕草が、無限に存在する意味の新たな表現になる　最終的に、もつれ合いに戦略は必要ない　私はただ、彼の口づけを喜んで受け入れるだけ　彼は私の顔、唇、目の縁から喉の頂、激しい鼓動にまでキスを浴びせる……

……そして、私は彼の髪を拳でつかみ、彼が再び下りてくるのを感じる　彼のキスが私の鎖骨という速度抑止帯を越え、私の肌、胸の皮膚を味わう　私は舌と唇で、彼が吸っている甘く塩辛い肌理を感じる　私の温かな肌の驚き　そして、彼がまた私の胸に登り、舌が描く銀色の道をたどったかと思うと、立ち止まってかじるように口づけをし、最後に再び乳首に登頂し、硬い舌先でなめ、硬くて優しい手でつかみ、支える　舌と手は穏やかに協調する　手が掻き回し、舌が弾く　彼は反対の手を私の背中に回し、体全体を抱き、ありえないほど私を彼の中に引き入れる　彼は私の胸をなめ、唇の中へ、口の中へと吸い込む　柔らかな硬さが柔らかさと押し合う　彼が舌を硬くして私の乳首全体を繊細に愛撫すると、私はその舌と歯のなすがままに、体全体を彼の中に入れてしまいたくなる……

……でも私は、彼の口を引き離す　そしてスカートのボタンを外し、スカートとパンティーを脱ぎ、カーペットの上に蹴飛ばす　私が寝そべると、彼の黒髪が私の視野を満たす　彼が下りてきて、胸の谷間にキスをし、そのキスがまるで風に流されたかのように胸の斜面のあちこちを漂いながら、麓《ふもと》まで下りる　私のあばらが描く曲線を滑り下りるとき、彼のキスは※印みたいに感じられる　刻印され、棘《とげ》のある記号　さらに詳しい説明、別次元でのさらに深い意味へと誘う記号　それから、彼の舌が私の柔らかな腹部に触れると、私の感覚が微妙にきしみ、私は震え、ほんの少し揺らめく　彼の舌が左に移動し、また戻るが、常に少しずつ低い場所に移動し続ける　私は彼の乱れた髪をつかみ、彼は私の脇腹をゆっくりとなめ始め、腹を横切ってまた胸に戻る　その舌は密封材となり、途中にある私の裂け目を閉じ、壊れた殻をつなぎ合わせ、バラバラな私を一つにする　そしてついに、彼は手を下す　大きく、硬く、力強い手が一瞬、宙を漂ってから、ゆっくりと優しく、一本の指を差し入れる　すると彼が私に入る　ようやく私の中に、私の液体の中に、硬さが入ってくる……

……そして彼が私を掻き回し、私の中で滑り、私は切なる思いにあふれ、頭を起こして彼の顔をつかみ、キスし、なめる　でも、そのとき彼が急に私から離れ、私の両足の間にひざまずき、私を見る　彼はそのまま、少しの間じっと見る　その骨張った顔は真剣で、熱望に満ちている　それから彼が私の膝を引き、滑らかな動作で私の両脚を肩にかける　彼が私の脚を上下に、力強く手荒にさすり始める　彼の手が私の内股沿いに膝から尻に滑る　それから彼が片手で私の右脚を持ち、ほとんどすするように口づけを始める　大きな口を開け、私のいちばん柔らかな部分、私の股間にキスする　それから彼がゆっくりと下りてくる　手と口づけがゆっくりと私の上に下りてくる　私は招く、私は促す　無言で、息も継がずに　彼が私の中心に近づくと、私の両脚が大きく、燃え上がるように開く　私の肌はすべて彼のもの、彼だけのもの　彼のキスが私を無視して体の反対側、逆の脚に跳び移る　彼がまた、長く温かな舌を左の太ももに当て、タンギングを始める　彼は私のそばにいるのに、まだ私には触れておらず、ただ悠長に太ももに舌を沿わせている　と突然、彼が入ってくる　私の内側に到達する　彼の舌が膣の内側をなで、掻き混ぜ、なめる　私がそのしびれるような高揚を歓迎すると、彼は体を完全に伸ばし、カーペットにその長躯を横たえる　リビングルームの反対から見たら、彼の体は私に向かう滑走路のように見えるだろう　彼の舌が押したり、円を描いたりしてあそこを刺激し、湿潤を探り、チェックし、標本を採る　私は彼の方へ体を押しつける　彼の顔全体に向かって体を開き、彼をくるみ込み、温かな液体が混じるのを感じたいと思う　彼の舌が私を耕し、引っ掻き回し、熱心で無目的な捜索をひたすら続ける　私も彼に体を押しつけ、不可能な超越的挿入を成し遂げようとする　彼の舌が跳ね橋となって私のよどんだ堀に架かる　あるいはソユーズのように、重さのない二つの宇宙船が空虚な闇で軌道を描き、ドッキングする　それは私が雑誌で見かけた写真そっくり　半分になった宇宙船二つが合体して一つになるイメージにそっくりだ　両方の電気系統がつながり、別々だった二つの大気が奇跡的に混じり合う　そう、一緒にいくというのは、つなぎ目なしに混じり合うというのはこういうこと　昨日みたいに　昨日、立ち寄った新聞屋台　十九番街の新聞屋台　私がアバランチ日報を買いに寄った小さく薄暗い屋台には、派手な雑誌があふれかえっていた　雑誌が天井からすねの高さまで壁の棚にずらりと並べられ、カウンターに積まれ、裏まで続く水平な棚にも広げられていた　アバランチ日報を取ろうと手を伸ばしたとき、雑誌の表紙の色合いとそこに写った顔に目が留まった　私は何も考えず機械的に、たまたまそこにあった「ローリング・ストーン」誌を手に取った　表紙はヴァン・ヘイレン　彼らの目は猫の目みたいに着色されていた　大判な雑誌をぱらぱらとめくり、文字のデザインや派手なグラフィック、ベリンダ・カーライルとポール・スタンレーの写真などを眺めているとき、いきなり――突然の戦慄とともに――自分の死の予兆を感じた　それでもページをめくり、派手な衣装、怖い目つき、乱れた髪を眺め、無垢な紙面を見ていると、何か、熱と恥から成る拳のようなものが私の胸と喉をつかみ、息が苦しくなった　そのとき目の前にあったのは、建設作業員がヨーグルトを食べている写真だった　私には自分がこう考えるのが聞こえた　これは無垢じゃない、これは無邪気じゃない、ここにある角度や側面や姿勢はすべて最大の効果を得るために計算し尽くされたものだ、と　さらにこう考えるのが聞こえた　この人たちは、目に見えない訴求力を持つ心理操作をするために莫大な金をかけて最高の専門家、欺瞞《ぎまん》のプロを雇い、これを作っているのだ、と　私がたまたま視線を移した所にはバージニアスリムの広告があって、夏っぽい青のドレスを着た、かわいい少女が大写しになっていたが、それを見た瞬間、燃えるような恥が私を貫き、首と顔を炎が包ん

だ　何でも鵜呑みにする大衆に笑顔でつけ込むことの恥ずかしさ　私には自分がこう考えるのが聞こえた　私たちが自由だと考えているのはこんなことが目的なのではない、と　笑顔で人を残忍に欺いたり、信じやすい人々をだますために膨大な金や労力やアイデアを注ぎ込んだり、何の役にも立たないものばかりを作り、どうしようもなく必要なものをまったく作らなかったり——自由はそんな目的のためにあるんじゃない　今や世間では、こんな欺瞞が当然だと、あるいは必要だと見なされ、あるいはやむを得ないと考えられている　そう思うと私は力が抜けた　私は死んだ　私はもう、この世界の一部じゃない　でも、私の中で別の声が言った　これは単なる広告だ、と　こんなのは、二ドルの紙切れに描かれたささやかなる野心にすぎない　埋め立てに使われる際にいちばん重要な意味を持つだけのゴミだ　でも、そうだとしても齟《そ》齬《ご》が大きすぎると、また別の声が言った　記号が言っている意味と私がそこから聞き取る意味との齟齬が　要するに、齟齬が大きくなりすぎて私は迷子になった、裂け目に落ちてしまったということ　見かけと実在の分離があまりに大きく、私にとってあまりに痛々しくなり、私は消える　新たな悲しみに裂かれた私は、「ローリング・ストーン」誌を棚に戻し、また歩き出そうとした　でも、なぜかその場を去らず、襟ぐりの深い豹柄の真っ赤なドレスを着たシガニー・ウィーバーの表紙につられて、そばにあった「ヴァニティーフェア」誌を手に取った　私はまた雑誌の最初の数ページをめくった　ＧＵＥＳＳのジーンズ広告、カルヴァン・クラインのエタニティの広告、クリスカの服の宣伝　そこに写る美しい人々は苦悩を模倣していた　その後、言葉が浮かんだ　私の頭に素早く、執拗に、言葉が届いた　私の気持ちの真の音を表す言葉が　無駄に終わった　実験は無駄だった　人類は存続に値しない　すっかり手遅れだ、と……私は暗澹《あんたん》たる気持ちで雑誌を棚に戻し、気を落ち着かせた　そして一歩を踏み出した途端に、泣きだしそうになった　目の前には何十種類、何百種類の同様の雑誌、わけが分からないほどたくさんの雑誌が、果てしなく積極的に何段にも何列にも並んでいる　そのすべてがさらなる欺瞞、インチキな存在への入り口になっているということが、そのとき頭に思い浮かんだ　一見、それらは統御できない多様性をはらんでいるように見えるけれど、明らかに、実質的にはどれも同じことを言っている　**嘘、歪曲、どうでもよいものの世界へいらっしゃい　自分の存在を不適格だと感じ、恥じなさい　他人の力を受け入れ、あなたの好み、考え方、秘密の願望を形成し、決定づけてもらいなさい　自分がそこから疎外されていると感じるために、大いなる神話を内在化しなさい　自分が何ものでもないことに気づきなさい　あなたは零《サイファ》だ　標的、宣伝活動の対象、だましやすいカモ、しかし究極的には何ものでもない、まったく取るに足りない存在　自分を嫌いになりなさい　それと同時に、嫌っている自分も取るに足りない存在だということを忘れてはいけない**　こうしたメッセージが圧倒的な分量と一貫性で伝えられているせいで、疑念を持つことも抵抗することもほとんど不可能になってしまっている　惨めな抵抗は、純粋な反対として体験されるのでなく、自分の非力さを確かめるだけに終わる　雑誌はそんな魔方陣だ　その変わりやすい魅力的な文字たちは、果てしない醜態、無数の小さな身体切除を助長する　でも、私が見たものは正しい、それが根本にある真実だと分かってはいたものの、すぐに、そんなことを考えた自分が後ろめたくなった　まだら色の光に死のメッセージを見いだしたのは私の咎《とが》だ、私の中にある病《やまい》だ、とだって、光は悲しくない　というか、悲しいものであるべきではない　正しいせいで罰せられる、真実を見抜き、正しくものを見たせいでひどい目に遭うというのは辛く、魂を鞭打たれる思いだった　要するに私はもう、光の娘ではなくなっていた　私は決定的に影の産物と化し、人の目が光しか見ない場所に闇を見いだした　これは意図されたことではないはずだ　明らかに、誰かが計画したことではない——私を通して、光でなく影に語らせるなんて　両親が出会ったときに二人がどの写真を見ていたか、私は知らない　でも当然、それは影と光の相互作用、ものを言い、黙り込む粒子の産物だ　そうでなければ、祖父はそれを取っておいたり、大事にスクラップブックに収めたりしなかっただろう　でも、私は明らかにその影から生まれ、その光を殺そうと努力し、苦しんできたいいや、これが誰かの計画であるはずがない　病の探求者、自家中毒者、光の敵を生み出すなんて　こんなことを望む人がいるはずがない　これが誰かの計画であるはずがない　それに、まさか僕が左手をなくすことになろうとは思ってもみなかった　あれは十二、三年前、当時の僕は大学を卒業したてで、腹は出っ張っておらず、人をとりこにする笑顔を持っていた　ある晩、ウェストベルトライン通りにあるマザーズ・コインランドリーで知り合いとおしゃべりしていたときのことだ　組んだ脚の上に何気なしに垂らしていた左手に、相手が何度も視線をやるのに僕は気づいた　だから、僕はさりげなく姿勢を変えて左手を見た　すると、少し甘皮が削れ、爪を噛んだ跡があった　僕はどうしていいか分からず、手そのものを取り去ることにして、頭の中に片付けた　すると一応、落ち着いた

それからしばらくして、二十歳くらいの若い銀行員が小銭を赤い筒に入れる手を止め、僕の額にあるV字形の生え際に目をやったことがあった　だから僕は生え際を取り去り、頭の中に片付けた　同じ週の後半に、移民で肌の浅黒い仕立て屋が、スーツの採寸で僕の肩幅を測った後に慌てた様子でそっぽを向いたので、僕は肩を取り去り、頭にしまった　その後、肉屋で前に並んだ十八くらいの若い女性が駐車違反の切符を切られていないかチェックするために振り向き、僕の右の耳たぶがそこにちゃんとついていることを確認したので、僕は右耳を取り去り、頭にしまった　おかげで耳は一つだけになったけれど、シア・パーフェクション美容院の洗髪台で、シャンプー係が僕の耳たぶから三本の黒っぽい巻き毛が生えているのを見つけたから、僕は残る耳たぶを三本の黒っぽい巻き毛とともに頭にしまった

さらに七か月ほどが経った頃、ケアリーズ湖の畔にタオルを敷いて座っていたら、二十一くらいの若い女性が僕の太もも細さと、おそらくその白さをじろじろ見ていたので、僕は太ももを取り除き、頭にしまった　さらに四か月してカル

フーン郡の祭りで、木炭《チャコール》を使う似顔絵師が客引きをしようとして、僕が前を通り過ぎたときに鼻に手を当てておどけた仕草をしたので、僕は鼻を取り、頭にしまった　そのわずか二、三日後だったと思う　パフォーマンスというタイトルの映画を観ているとき、エネルギッシュな場面でちらっと映ったミック・ジャガーの陰嚢《いんのう》は僕のとは色が違った――より黒っぽくて、紫色がかっていた　だから僕は陰嚢を取り、頭にしまった　それから、トロンコズ・リストランテで中に案内されるのを待っていたとき、僕は左肘にできた白っぽい湿疹が人目につかないように腕を組んでいたのに、三十八歳くらいの女主人がそれに気づいたように見えた　だから僕は肘を丸ごと取り除き、頭にしまった

その後すぐ、ジェルヴェ通りでプランターのそばに立っていた二十二くらいの若い女性に近寄り、楽しい会話でもしようと思ったとき、右の手首から四センチほどの場所にあるほくろが少し盛り上がっているのに気づき、それを取り除き、頭にしまった　それから約四か月後、僕のホンダ・シビックのダッシュボードからカセットプレーヤー兼FMラジオを外して、より安全なトランク内に付け替えようとしていたとき、右脚が自然に内向きに曲がった――つまり、両脚が平行でなくなった――だから、僕は右脚を取り除き、頭にしまった

さて、僕はくどい説明をするタイプじゃないし、不必要に脱線するタイプでもないから、その後は細々《こまごま》したさまざまな事情で次の部分を取り除き、頭にしまったと述べるにとどめよう――上腕三頭筋、首の後ろのしわ、爪先の皮、ペニス、右手の爪にできた星、血管、背中と臀部《でんぶ》との間にある角度、右手の残りの部分、じっとしているときに唇から放たれる緊張感、まぶた　したがって今では、姿見を覗いても、取り除いた部分はまったく見えない　服をすっかり着ているときも、上着を脱いでいるときも、下着だけのときも、裸のときも、それらの部分はもう存在しない　目に見えない　どこにもない　でも、それらは安全な場所にしまわれ、完全に取り除かれているにもかかわらず、たまに――駐車場を歩いていると

き、エスカレーターに乗るとき、あるいは実際、かなり定期的に――それらがまだ存在しているみたいに、まだ元の場所にちゃんと残っているみたいに感じることがある　言葉を換えると、僕はそんなとき、偽の五体、幻の完全性を再生させる　すると絶対に、間違いなく存在しないにもかかわらず、なくなっていた部分の感触がオーラのような敏感さを伴って戻ってきたように感じられる　さらには、どう表現すればいいのか、何となく頭が少し重く、大きくなったような気がして、首の上でバランスを取るのが難しくなる　だから、頭が何となく前に傾く格好になり、頭蓋骨を支える筋肉と肩の筋が張る　何かをやっているときでも、じっとしているときでも、そういうことが起こる　すると問題は、大きくて重い頭をどうするかだ　僕が頭にどう対処するか　あるいは、頭が僕にどう対処するか　そこで僕は考える　いつか、ひょっとすると近いうちに、ひょっとすると今すぐに、これは情報だと認めることになるのではないか、と　これは間違いなく情報だ……経験的で、確証可能で、個々に立証可能な情報……どこかから来て、どこかへ行く情報……でも今ここで、一瞬の間だけ、情報が私を通じて分節化し、形を取る……一瞬、貯留し、その後、私を通じて永遠に生きる……だって私は聞いたことがある……（音が意味になり、外部が内部になる）……（心理学が生物学になり、それが化学になり、それが物理学になる）……だって私は話を聞いたことがある……情報に関する話……金門橋で自殺をする人はほぼ例外なく、海に向いた側ではなく、陸に向いた側から、人間のいる方を向いて飛び降りるという話……これは本当の話、これは立証可能、これは情報だ……でも、それは何かから離れようとするジャンプなのか、それとも何かへ向かうジャンプなのか……いいや　この問いは不適切だ……でも、ジャンプであることは間違いない……そう、飛び込み、ジャンプ……情報への飛び込み……意味への飛び込み……**本人たちは何も知らないが**、信号対雑音の比率を引き上げる飛び込み……（でも、トンプソンは知っていた、本当に　私たちの音楽は異なっていても異なっているように聞こえない、どれも同じに聞こえる、と）

……こうして、飛び込む人たちは隠れた連続性、隠れた決定論を見いだす　時間によってひどく屈折した連続性　仮に写真を集められたとしても、低速度連続撮影でなければとらえられない連続性　そう、飛び込み自殺をする人々は皆、流れになること、水のようになること、人間でできた滝になることを求めている……苦悶《くもん》するばらばらな肉体から、恥を知らない一塊の情報に変わる……丈夫なデータの世界へ……力強く……証明可能な……次元を超えた……肉と縁のない世界……恐れられている辺境《フロンティア》に一縷《いちる》の悲しい望みを賭けて……こうして人は自覚することなく、自らの主張を後世に伝える……無自覚だが決然とした合流……情報としての意味を盲目的に、執拗に訴える——実体を意味と引き替えにする絶望的な行為……だから他の場所では、状況が異なれば……だから場合によっては……もしも銃を持っていれば……装弾した銃を口にくわえている場合は……その場合、銃口はどこに向けられているのか？……狙いはどこか？……どの中心、何の象徴、何が集中する場所に向けられているか？……それを知るのが重要だ……それを知るのが不可欠だ　口に突っ込んだ銃はどこを向いているか……なぜなら私は、自己中心的に振る舞うときはいつも、その場所にいるのだから　盲目的に自分勝手、恥知らずに自己中心的、自分に対して大甘　私が自分勝手なのは、それがいい、有益だと思っている——私は高度自己耽溺主義を信奉している——というだけの理由ではなくて、同時にその前提として、自分にそれだけの値打ちがあると信じているからだ　結局のところ、今日も一日、生産的でいい日だった　午後ののんびりした静けさの中、庭の樺《かば》の木から伸びた影がゆっくりと机の端から滑り降りた頃、大規模な並列処理システムに関する、繰り返しの多い奇妙な本を編集していた私は、三つの長い段落の編集を終えた　カリフォルニア大学サンタクルーズ校の教授を務めている著者は、レーモン・クノーを少し読みすぎたようだった　原稿は手動タイプライターで書かれていたのでやはり少し読みにくかったが、比較的きれいで、ありがたいことに行間が一行あけてあった　あまり気が散ることもなく、コーヒーカップも二度空《から》にした

だけで済んだ　こうして今日の午後は、真の満足を覚えながら、黒いタイプ文字が這い回る隙間に赤鉛筆を唐草模様のように走らせた　良き教授の読みやすい文章を引き締める作業が、輝かしい新品の誕生日鉛筆のデビューとなった　それは私が自分のために買った誕生日プレゼントだったが、自慢の#1¾ 012を買った昨日は私の誕生日ではなかった　本当の誕生日は十月だ　でも、うちの娘レベッカが五か月半になるのは毎日のことではないと考えた結果、多少のお祝いをする口実ができた　さらに、せっかくのお祝いなのだから私もそのおこぼれにあずかってはいけない理由があるだろうか、と私は考えた　さっきも言った通り、私は協同的利己主義の信奉者だ　でも、鉛筆という贈り物を買うのとそれを受け取るのではどちらがより利己的なのか、私はまだ判断がついていない……

……その結果、私は夕方五時半に、妙な理由付けで自分を甘やかしていた　アプリコット風味のカフェイン抜きコーヒーを大きなカップに注ぎ、それをキッチンテーブルに置き、近くの椅子に足を載せ、「レッドブック」誌を広げた——数ある月刊誌の中でアートに関する記事は、間違いなく「レッドブック」がいちばんだ　それから、すべての仕上げにスカートのポケットからトランシーバーを取り出し、テーブルの上の、ナプキンラックの前に置いた　これこそ贅沢というもの、これこそ今の私に必要なものだ、と私は思った　トランシーバーが物理的に私から離れた場所にあるというだけで気分が良かった——ポケットの中でその重みがしばしば負担に感じられていたから　そしてそれが目の前のテーブルに置かれた姿を見るのも気分が良かった　濃密な灰色の持続音は、レベッカが穏やかに眠っていることを意味していた　それはつまり、私も安心していいということだ　レベッカはとても寝付きが悪い　寝入るまで気難しく、気まぐれ　でもありがたいことに、いったん寝付くと容易には目を覚まさない　それがまた愛しい　この子がすやすやと休んでいるのは私の努力のおかげだと——またしても利己的に——思っているせいか、私は寝静まった娘と一緒にいる時間が好きだった実際、私は時折、眠っている娘に本を読み聞かせることがあった　照明を落とした部屋でベビーベッドの脇に座り、ゆっくりと、一方的な言葉を娘と共有する　取るに足りないこのコミュニケーション行為はもちろん、少しでも長く娘と一緒にいる口実に過ぎなかった　でも私はその時間が大好きだった　なぜならレベッカの静かな反応は私にとって、この上なく表現力豊かで、胸に響くものだったからだ　本を読むときに私が聞きたかったのは、娘の静かな息、穏やかな空気だった　それはまるで大きな洞窟に響くみたいに私の中で反響し、しばしば私は愛に打ち震えた　だからそのとき、最後のコーヒーをぐいっと飲み干した後、私はさらに自分を喜ばせようと決意した　私は椅子に上げていた両脚を下ろし、軽く素早い足取りで静かに階段を上がった……

――ダーリン、と私は静かに抑えた声で言った　私たちに手紙が来たわよ

……私はベビーベッドに近寄り、娘のリンゴのような顔と享楽的なまつげを見た　厚手の寝具にくるまった娘は暖かそうだった　息は規則的で、唇はむにゃむにゃと動いていた　私は静かにコール天張りの茶色い椅子をベッド脇に寄せ、腰を下ろした　そばに寄るというのはさらに静かな声でしゃべらなければならないことを意味していた――それこそが私の望んでいたことだ

――そうなの、と私は言った　でも実は、私たちに届いたっていうのは間違いで、本当はあなた宛ての手紙　ほら――宛先はあなたになってる……

……濃密な静けさの中、私は娘に封筒を見せた　住所の上にはレベッカの名前、彼女の名前だけが書かれていた　その日の午後、郵便受けから取り出すときから胸が高鳴った　そんなことをするなんて、いかにもロビンらしい

――ほらね　だから、これはあなたの手紙

……私は封筒に収められた数枚の便箋を取り出し、あまり音を立てないよう、静かに広げた　手紙はいつものように手書きだった　斜めに角度のついたロビンの書体　私は静かに咳払いをし、読み始めた

――じゃあ、始めるわよ……親愛なるレベッカへ――うわぁ、どう、これ――さて……親愛なるレベッカへ……ちびっ子ちゃん、高貴なる新生児殿、今日は変身《トランスフォーメーション》の話をしましょう……もちろん変形《トランスフォーメーション》生成文法の話じゃないから、心配しないで　個人的な、酵素的な、社会生物学的な変身の話……あなたの忠実なる文通相手、書簡筆者、別名、ロビンおばさん《アンティー》の変身物語――あら、アンティーの綴りがa、n、t、iになってる――これじゃあアンチね――本当はa、u、n――ま、いっか！……本当なの、本当なのよ――あ、ダーリン、早速だけど休憩した方がいいかも――

……実際、私はあの子がどれほどハチャメチャかを忘れていた　私は便箋を膝に置き、陰気な静けさの中で腕と肩を伸ばし、再び態勢を整えた　気まぐれなロビン　ぬくぬくと眠るレベッカに対して、表現力豊かなロビン　その対照はこの上なく印象的だ　でも、キッチンにあるトランシーバーに伝えられるのは私が読み上げるロビンの言葉だけだ、とベビーベッドの手すりにテープで固定した二台目のトランシーバーを見ながら私は思った　彼女の言葉だけが階下《した》にあるぴかぴかの装置から聞こえ、レベッカの幼い雄弁は伝わらない　機械的な世界はある種のコミュニケーションを禁じている、と私は思った　ちゃんとした聞き手がいなければ、本質的な信号はすべて失われてしまう　でも階下の様子を想像してみると、何だか滑稽な感じがした　静寂、トランシーバー、言葉　泥棒がその声の聞こえる部屋に入ってきたら、一体どう思うだろう、と私は考えた

――オーケー、じゃあ、続きを読むわよ……さて、本当なの！――さて――ロビンおばさん《アンティー》が最近夢中になっているのは何でしょう？――当ててみて――やり甲斐のある、革新的な仕事……そう、プロジェクト　私をさまざまな研究、さまざまな探求、さまざまな理解、そしてさまざまな面白さへと誘うプロジェクト……ごめんなさい……でも本当に、公的現実の凍《い》てついた海の下を探る最新の調査の一環として、チョムスキー――わが導きの糸、わが感動の源――が私に、ヨルダンのイルビッド――あなたの好きな街ね――にあるアル・

ヤルムク大学での出来事に関するレポートを作成するように言いました　そこでは数か月前、十数人の教授と大学幹部が、学生デモを支持したというだけの不当な理由で解雇されたのです……換言すると、学生と彼らを扇動した教員が汚い手口で黙らせられたということ　そんな無茶なこと、考えられる？……私にとっては、とても興味深く、衝撃的な犯罪行為　でももちろん、止めようのないすべての情熱について文章を書き、口頭で語り、キャンペーンを張っているチョムスキーにとってはいつもと同じパターンの出来事……親友国家コスタリカにおける民主主義の濫用、インドネシアの東チモール侵略および虐殺に対するアメリカの支援、報道の自由と称されている選択的黙視と偏見……私は最近、ろくでなしのマスコミをマスゴミと呼ぶようになりました……孤立無援のパレスチナ人を囲む悲惨な状況、そのほかにもいろいろなチョムスキー流の批判……騒々しい野次や誹謗《ひぼう》にもかかわらず、彼は主張と支援をやめない　チョムスキーは言語学の街に引っ込んでればいい、というもっともらしい中傷　そちらの世界なら、どんな異議申し立てでも認められるから、と　つまり、言語学者は、専門的な知識を持っている自分の庭にだけ構っていればいい　そのほかの事柄は理解できるはずもないし、口出しもすべきじゃない、と……でも、チョムスキーの偉大な知性はとても黙っていられません　世界が言葉を必要としているときは、不正が唯一の表層構造になった場合はしゃべらずにいられない……チョムスキーの深層にある普遍的関心は、無関心以外には何も排除しないのです　彼の完璧な寛大さはとても情熱的な民主主義的本能に源を発しているの　暖炉のようなそのぬくもりは周囲にいる人間を温め、刺激します……私は間違いなく彼から火を奪いました……もちろん、それは無料で与えられる火だったけど……

……ふぅ　再び休憩の時間　私の頼りない舌だと一息でそれだけ読むのは大変だった　私はそれから立ち上がり、伸びをし、後ろの鏡台まで行き、小さなランプのコードを引いた　明かりを覆う黄麻布の笠には道化の大きな顔が描かれていた　手紙を読む間、私は部屋の中で深まる闇と競争していた　それから、また椅子に戻り、例のオックスブリッジの学監のことを考えた　毎晩毎晩、眠っている息子にヘロドトスを読み聞かせ、後に古典ギリシア語習得に特別な能力を示すかどうかを試したという教員　興味深い実験だ――でも、ロビンの手紙を一晩読んだ程度でレベッカが何らかの能力を身に着けるとは思えなかった

――さてと　第三ラウンド　さて……でももちろん、チョムスキーの言語学研究と政治活動との結び付きは石油科学時代以前みたいに明らかです……つまり、あなたのママが親友の私に――ありがとう、ロビン――大昔に教えてくれたことだけど、あの柔軟な六〇年代に、たくましきフンボルト教授の言語学的伝統に立ち戻り、言語**運用**と言語**能力**との区別を擁護し、後者に取り組むことを選択したのがチョムスキーでした……つまり、チョムスキーが言ったのは、言語学者が注目すべきは、欠陥だらけで、断片的で、だらしのない話し言葉でなく、言語活動を可能にする脳の構造だということ……というのも、不完全で限られた言語的インプットにさらされただけの場合でも、いつでもどこでも人は必ず、驚くほど複雑で多彩な言語能力を獲得するのを彼は知っていたからです……完全な文を文字通り無限に産み出し、理解する能力……そして、それを生得的能力と呼ぶ意味……つまり、チョムスキーの完璧な言い回しを借用するなら、われわれの悟性の精妙さは経験において提示されるものをはるかに超越しているということ……あるいは、私なりの不完全な言い回しを使うなら、私たちは割れた破片から結晶を再構成するということ……私たちはそれをどうやって学ぶのか……ていうか、少なくとも私は、破片の修復を学校で習った覚えがありません……あなたはどう？……チョムスキーはそれに、奇跡みたいな言語能力に驚嘆します……堕落し、不正確で、息切れした話し言葉の欠点をあれこれあげつらうのじゃなく、言語能力のすごさを讃えます……それだけじゃないのよ、オムツをした夢の浮き船ちゃん、それは音声学のレベルでも、物理的音声を発するレベルでも当てはまる……私たちは奇跡的としか思えない能力を発揮する……つまり、あなたがこれから向か

おうとしている栄光について考えてみて、前言語段階にある王女様、言葉の時代に突入したときにあなたを待ち受けている素晴らしい世界を想像してみて……何の努力も必要とせず、延々と、甘美な音声が口をついて出て来る……破擦音、摩擦音、声門閉鎖音……ソースをたっぷり振りかけた、音と意味の断片……それを一つ一つ物理的に生み出すことは驚くべき動きと協調を表象している……微視的レベルで行われる作業を見れば、その精妙さに言葉を失わずにはいられない……でも本当のこと、本当のこと「私なんて一顧だにしていただく価値はございません」という単純なフレーズを発する過程でさえ、キーロフバレエ団でイリーナ・コルパコワが収めた全業績をしのぐ身のこなしと技を要するし、ネット際のイワン・レンドルもそれには敵わない……チョムスキーはそのすごさを知り、感じ、感銘を受け、取り憑かれ、私にまで影響を及ぼしました……そして、バブバブちゃん、自分の中にその豊かな可能性を見いだすのはとても楽しくて、うれしくて、新鮮なこと……ごめんね……ほんと、タイミングが悪い……

……実際には、そのとき電話が鳴って、私はホッとしていた　楽しい手紙の朗読に区切りを付けるきっかけが外から来たのはありがたかった　だから、二度目のベルを聞いて、ベビーベッドから椅子を遠ざけ、座面に手紙を置き、ベッドの脚に軽く爪先をぶつけながら扉に向かった　そして、レベッカがまだ眠っているのを確認してから部屋を出た　廊下を挟んで反対にある寝室に入った私は、まるで空気が変わったみたいに、濃密で、音を吸い取るようなマットとリネンの存在を感じた　ここは明らかに休息の場所だ　私は明かりをつけないことにした

――もしもし、受話器を取って私は言った

――もしもし　どことなく金属的な響きのある男の声がそう言い、次に沈黙が続いた

――もしもし、と私は繰り返した　もしも――？

――つい最近、ご近所に、と声が遮り、再びきしむような沈黙が訪れた

――すみません　どちら様で――？

――新しいお店が誕生し、ご利用いただけるように――

……ああ、と私は思い、耳から受話器を遠ざけ、しゃべり続ける明るい声を聞いた　向こうは、自動的に電話をかけてセールスをする装置だ　そういう機械があるという話はどこかで読んだことがある――一度ならず　いつかうちにも掛かってくることがあるのかなと思っていた　私は興味があったので、少し聞いてみることにした　でも、定期的に掛かってきてほしいと思うようなものではなかった

――手の届きにくい軒や庇《ひさし》はどんなものでも大丈夫、当社にお任せください　統計によると、自宅をお持ちの方の七十パーセントが必要な樋《とい》のお手入れを怠っているそうですが、もしも樋が詰まったり、汚れが溜まったりすると、嫌な害虫が発生することがあり、また、金属の腐食が徐々に進行した場合には――

……もう充分、と私は思い、受話器を置いた　充分という以上だ　変な電話、しかもこのタイミングだと皮肉に聞こえる　でもどことなく不気味でもある　無作為にかけられた電話なのに、その口調はまるで狙ってかけているかのようだ

変な取り合わせ　こうして私はレベッカの部屋に喜んで戻った　抑えた明かりと静けさは乱されていなかった　私はベビーベッドの上にかがみ込み、娘がそこにいるのを確かめた――すやすやと眠る、美しい赤ん坊　でも、そうして見下ろしているとき、私の利己心がめらめらと燃え上がり、娘を取り上げずにはいられなかった――少しだけ、その温もりと重みを感じるために　だから、私は少しの間、娘の感触、その温もり、明確な物理性を味わった　それからまたベッドに戻し、布団を掛け、娘が軽くしゃっくりをしたときにはそっと声に出さずに笑った　その予期せざる小さな爆発を耳にすると、私はいつも胸がきゅんとなり、どきどきした　ちっぽけな切迫性　私は娘の胸を一度さすり、温もりと平和が再び娘を包むのを見た

――さてと、どこまで読んだっけ？と私は言った

……私はまた椅子に腰を下ろす　動いた際に手紙は散らかったが、ほぼ音を立てることなく、ほぼ何の困難もなしに読み

さした場所を見つけた
――オーケー　さて、ここね　**では**――ここからさらに多くのことが明らかになる　いい、よく聞いてね　たぶんあなたはもう分かっていると思うけど、たとえばリリーちゃん、タビーちゃん、あるいは子供に対して言語能力という基準を当てはめたら――ロビンったら、相変わらずね――かくして早い話が、要するに、結局のところ、私たちのいわく言いがたいほど豊かな生得的能力を充分に理解しているチョムスキーはほんの少し足を踏み出して政治の領域に理解を広げるだけで真の普遍主義者になったのです……そして生物学的必要性から政治的な研究に飛び込むことになりました――
けどもう充分　レベッカのしゃっくりは今のが三度目　手紙の残りは大したことが書いてないから後回しでいい　私はそれを椅子の上に置いて立ち上がり、ベビーベッドの中に落ちていたおしゃぶりを見つけて、すでに目を覚ましていたレベッカにくわえさせた　娘は手足をずっとばたばたさせてすっかり目が覚めたことをアピールしていた　私はこの変化をいつも楽しんでいた――娘が崇高なる静寂からじたばたする興奮へとギアを切り替える様子を　でも娘はなぜかおしゃぶりをくわえようとせず、唾と一緒に吐き出した　もう一度くわえさせようとしても、やはり口から押し出され、頬の上を転がった　まあいいや、と私は思った　しばらく様子を見よう　私はそばまで行って笑顔を見せ、頬にキスをした　それから少し離れて一本の指で胸をさすり始めた　しゃっくりという些細な攪乱《かくらん》　私たちはそんな些細な攪乱に自動的に一生懸命に反応する　私たちが大きく強く作られているのは小さなものに尽くすためだ　私は笑顔で胸をさすり続けるうちに自然と鼻歌を口ずさむ――ちゃんとしたメロディーのない、その場で思い付いた曲を低い声で　娘もそれを気に入ってくれそうな気がした　実際、しばらくするとレベッカは静かになり、またまどろみ始める　そのとき再びしゃっくり　私は娘を抱き上げた
――あらら……ロビンの手紙を読みすぎたせいかしら？と私は言った

私はキルトでぬくもったレベッカの体を肩に抱き上げ、もう一度おしゃぶりをくわえさせようとしたが駄目だった　レベッカは嫌がって顔を背けた　だから私はただ彼女を抱き締めたまま背中をさすった　するとありがたいことに、それが効いたようだった　私の顎のところにあった娘の左手から力が抜け、息遣いが繊細かつリズミカルになった　そこでまたしゃっくり　でも今回、私はふと思った　今のは普通のしゃっくりじゃない　耳元で聞くと普通よりも音が低く、胸の奥から出る咳に似ている　それにしゃっくりよりも少し後を引く感じがある　それは普通のしゃっくりよりも大がかりに体を支配し、微妙に切れが悪い　私は娘を抱いたまままゆっくりと部屋の中を歩き始めた

——そうだ、ダーリン、ねえ　呪文を唱えるわよ　しゃっくり、しゃっくり、飛んでいけ

部屋の中をしばらく歩いていると、娘の呼吸がスースーというつもの音に変わる　明らかに寝入ったようだ　よかった、と私は思った　眠れば大丈夫　顎のところにある手から力が抜け、娘は深く息を吐いた　いい調子だ　ところがまた、娘が雷のような咳とともに目を覚まし、私は何かが明らかに少しおかしいことに気づく　この咳——しゃっくりじゃなく、咳だ——はどこかおかしい　何かを絞り出すような、喉が詰まるような感じがある　私が肩の上で体を揺すってやると、娘は泣きだす——いや、泣こうとする　というのも、時々むせるように咳が出て、泣こうとしてもそれが途中で妨げられるからだ　だから私は娘の息に意識を集中する　娘は息と体のリズムがおかしくなったようだ　私は娘をベビーベッドに戻した

——**オーケー**、さて、ダーリン　とりあえずこれを止めなきゃ　治してあげるからね

私は洗面台に置いてあるアップルジュースの瓶に手を伸ばすが、中は空《から》だ　そこで娘には、何となく使えそうに思えたので人差し指の関節を見せる——そうすれば少し口を開けそうな感じがしたからだ　でも駄目だった　その頃にはもう、発作を起こしたように泣いたり咳き込んだりしていて、その

二つの切り替えもできていなかった　泣き声が極限まで高まったかと思うと、激しい咳がそれを遮った　横に立って両手で肩を抱きながら娘を見下ろし、なぜかとても遠くにいるように思っていると突然、私の中で何かが少しおかしくなった気がした　当惑というか混乱というか　私という存在の底の浅さを感じ始めた　未知の敷居みたいなものを越えた感じ　そこを越えると、母親としていろいろ読んだり準備をしたりしてきたことが役に立たなくなった　娘の泣き声は私が扱いを知っている普通の声、いつもの声じゃなかった　娘の咳も通常とは異なっていて、どこか別の場所から何かが侵入してきたようだった　純粋に何かがおかしいのかもしれない、と私はふと思う　そのとき声が聞こえていることに気づく　私の体の中から出る低い声、単調な声だ　お願い、レベッカ、お願い　お願いだから咳をしないで　お願いだから**やめて**　でもそのとき、ちょうどそのとき、娘がまた咳をし、私は反射的に娘に触れていた手を引っ込める　娘を動かすのがいいのかどうか、私には分からない　体に触れていいのかどうかさえ分からない　私は少しでも体を動かしたら問題を悪化させるかもしれないという可能性を考えて怖くなる　体を動かしたら自然な自己治癒の過程を妨げるかもしれない　でもどうしようもない、娘に触れずにはいられないので、私はそうする　私は娘を抱き上げた　娘が必死に息をするのを聞き、体を引きつらせるのを感じながら、階段を下りる……

私はキッチンテーブルに敷かれた柔らかい食卓マットの上にレベッカを寝かせた　それから両手でスカートのしわを伸ばし、アップルジュースを冷蔵庫から出し、食器棚からレベッカ用の哺乳瓶を一本取る　緊張で手とカウンターの上に冷たいジュースを少しこぼしながら、瓶の半分くらいまで中身を移し替える　でもレベッカはそれを飲もうとしない　飲み口の下で首を横に振るだけだ　吸う状態まで落ち着かない私は瓶を横に置き、自分の顔に貼り付いた髪を直す　そのとき娘の泣き声が少し弱まっていることに気づいた　でも同時に、咳の方はひどくなっていた――先ほどまでよりもさらに体の奥から、さらに頻繁に出てきて、一回ごとに娘の体を少し折り曲げているようだった　そして咳を一回するたびに一瞬、泡のような唾が喉からあふれ、娘は苦しそうに顎を突き出すようにした　それと同時に、熱くて冷たい風が私の中を吹き抜け、両腕と額が瞬間的に硬直して、私は動けなくなった――体が動かず、頭が真っ白になり、何をすればいいのか分からなくなった　そのとき再び自分の体の中から響く声に気づいた　お願い、やめて　レベッカ、お願いだから　お願いだから咳をしないで　でも、そう思っても私には何もできない、何をしても娘を助けられないという無力感が湿った炎のように私を襲う　疑念、パニック、恐怖に満ちた混乱が頭の中で猛威を振るう　娘が苦しんでいる　ひょっとしたら深刻な状況かもしれない――娘の体がはっきりと表現することのできない苦痛を私は感じることができた――でもこれ以上、効果的に対処するための知恵は私にはない　娘が目の前で苦しんでいる　娘の試練を目の当たりにして、その小さな体が引きつるのを見ながら、そこで何が起きているのかも知らず、どうすればいいのかもまったく分からず、自分が間違ったことをしてしまうのではないかと不安になる　私にできるのは時々自分のスカートを握り締めたり、その手を緩めたりすることだけ　私の耳に聞こえるのは、〝お願いだから、レベッカ、お願いだから咳をしないで〟という声だけ　すると黒い雲、石油火災みたいな黒い雲に似た炎の雲――風に巻き上げられて渦を巻く雲――が視界の隅を覆い始める　不信、無力、憤怒の火災雲　雲に包まれるのが怖くて私は逃げようとする　そしてカウンターの角に手をぶつける　でもその場所から、冷蔵庫の横の壁に取り付けられている電話が見えた　私は急いでそこまで行き、受話器を取って、冷蔵庫に緊急連絡先をテープで貼っていたクローヴィス高原病院の番号を回す……

　するとあっという間に電話がつながる　でも一刻も猶予はない　私は向こうの言葉を聞かずにこちらの用件を伝える

――もしもし、と私は言った　**もしもし**　すみません、至急お願いします、至急、救急車を――

　しかし向こうはまだ話を続けている　向こうの話を聞かな

いと話は始まらないようだ　だから私は黙る　必要なら聞こう　向こうの前置きを最後まで聞くことにしよう
――銅には強度と耐久性があるので長年使用できますが、より軽くて経済的なテフロン製の樋《とい》なら装飾としても見栄えがし――
そのとき突然、ブワッ　炎の雲が膨れ上がり、私を包んだ　こんなの嘘だ、と私は思った　現実のはずがない　これは映画の世界だ　私はほとんど倒れそうになりながらキッチンの壁にもたれる　でもすぐに立ち直って電話のある場所まで行って受話器をいったん戻し、念を入れて確実に接続を切る　それから受話器をもう一度耳に当てた
――たとえば私どもが新しく発売した薄黄緑の庇《ひさし》の場合、縁《へり》が貝殻のように――
私はもう一度乱暴に受話器を戻す　そしてキッチンを出るべきなのか残るべきなのか判断が付かないまま――でも胸がこんなにドキドキした状態で、心臓がこんなに焼けつきそうな状態で何ができるだろう――大きな足音を立ててレベッカの前を通り過ぎ、一段飛ばしで階段を上がった　寝室に駆け込み、明かりを点けると、恐ろしいことに寝室の電話もつながりっぱなしになっていることが分かった　それでも一応、確認のために受話器を取ると同じ金属質な男性の声が聞こえたので、フックボタンを何度も押し、指先を使って小さな穴の奥のそれ以上押せないところまで押し、丸いボタンを押さえたまま、耐えがたい五秒、六秒、十秒を待った　それでもまだ、しつこい声が聞こえた――止めることのできない声が毎回、炎の雲を切り裂いて私を包み続け、私は〝畜生、**畜生**〟と叫びながら部屋を飛び出し、階段を駆け下りた　でもキッチンに入ると、また電話のところに戻る前にうれしいことに気づいた　レベッカの咳がかなり収まり、泣き声もほとんどやみ、体の動きも落ち着いていたのだ　近づいてみると娘の顔は土気色で、表情はこわばっていた　唇は蛍光色を思わせる淡い色に変わっていた　すると炎の雲がまた襲いかかってきて私を包んだ　私の頭の中には〝駄目〟という言葉しかなかった　駄目　こんなのありえない　こんなことが起こる

はずない——何をどう考えてもありえない　私はかがみ込んでレベッカの体をつかみ、肩まで抱き上げ、その腰のあたりを手のひらで押した　何度も何度も、徐々に力を込めて　でも反応はなかった　ほとんど動きもしなかった　私の首元にある娘の手は冷たくなっていた　それ以上叩いても無駄　もう叩けなかったのでキッチンテーブルに寝かせてそのこめかみをなでると、私の肩と顔と胸の中で恐ろしく熱い炎が燃え上がった　私は娘の脇にひざまずき、気を失わないよう自分に言い聞かせながら考えた　いいえ、こんなの嘘だ、ありえない、こんなに突然起こるはずがない、と　そのとき自分が呪文を唱えるようにこう言う声が聞こえた

——お願い、レベッカ、お願い、**お願い**……

そして私はいきなり立ち上がり、キッチンの電話のところまで走った

——**もしもし**——！

——ですからお客様にぜひご利用いただきたいのがこちらの——

——もしもし、**もしもし！**、私はそう言いながら、指先が痛くなるまで何度も人差し指でフックボタンを押し、叩き続けた　そのたびにプラスチックがカチャカチャ言い、ベルは音を立てた

——もしもし！、お願い……**誰か！**、**お願い**、電話に出て！　**もしもし——お願い、緊急事態なの——！**

——お客様がお住まいの地域でも私どものサービスがご利用いただけるようになりましたので——

私は受話器を叩きつけるように置いてレベッカのところに戻り、またその脇にひざまずいた　炎の雲が私を包むように頭の上まで燃え上がると、炎に閉じ込められた私は何も感じなくなる　私はまた娘をなで始める　胸、肩、冷たくなって動くことのない手　私はどうしようもなく自分の中から涙があふれ出すのを感じる　膝は痛み、息をするのも難しい　炎の雲が日食のように私を覆い隠し、空気も遮断される　私は黒い雲の隙間から少しでも息を吸おうと必死になる　でも私には分かっていた　私は雲と戦わなければならない　雲を追

い払わなければならない　だから私は肘と腕を使って雲を分け、炎の雲を打ちのめし、追い払う　私は腕に抵抗を感じながらそのモクモクとした塊を必死に押し返す　そうして必死に追い払う雲の間から、わずかな光が見え、空気を吸うことができる　その先に見えるのは、テーブルに横たわるレベッカの姿　その向こうにはナプキンラック　テーブルの上で倒れたトランシーバーからは何の音も聞こえない……でも俺には寄せ木細工がある、うん、そうだ、それがある　実際、ブラジルシタン《パリサンダー》の木目を使っていい作品を仕上げたところだ　八角形とペン先みたいな形　そういう細工——ステレオ棚の側面を自分で作った　しかも本当に出来がいい　近いうちにあの棚をリビングに置くことにしよう　ああ、そうだ、せっかくだからついでに、年季の入ったマランツのアンプは新しいものに換えよう　イコライザー内蔵のがいいかも　ちょっといいやつ　そうすれば素敵だ　でも、もちろん今はまだ釣りの真っ最中　言うまでもなく、場所はいつものようにキワニス公園の船着き場　狙いはニジマスとかブラウントラウトだ　釣り具のブランドはロアリングフォークがいい　はっきり言って、よく釣れることは間違いない　けど俺はペロペロキャンディーの包み紙から作ったルアーを使ってる　高速六号線沿いのピーナツ・シャックで売ってるやつ　色がすごく派手で、どうやらニジマスはキャドベリー社のレモン味が好きらしい　間違いない　ちなみに俺も大好きだから好都合　実際、世界ではいろんなことがうまく組み合わさってるものだ　いつもそう……

……でも、ほら、知らなかった　アンジェロが初めて来たときにはまだあまりいろいろ知っていたはずがない　誰も知らなかったはずだ　これは、そう、二年前の冬の話　ちょうど雪の季節、隣に住んでたフォレスターさんの一家が東部の進学校で教えることになったと言って引っ越していってから四か月後くらい　もちろんトレーラーや段ボール箱や引越し業者の姿は見たが、まだアンジェロには会ってなかった　ていうか、初めて顔を合わせたとき、引っ越し中に見かけた顔だと気づいたけど、そのときには作業員の一人だと思ってた

それはさておき　彼は最初の何日か挨拶にも来ず、俺はそれをどう考えたらいいのか分からなかった——同じ街区《ブロック》には家が二軒しかないっていうのに　だから二度目の土曜日に彼が来たときは本当にうれしかった　明るい日だった　雪に太陽が当たってあたりは明るかった　彼はベルを鳴らし、すぐに自己紹介をして、新しく八〇四番地に引っ越してきましたと言った　感じのいいしゃべり方だ　セントジョン中学校で数学を教える仕事に就いたってことらしい　へえ、と俺は思った　明るい笑顔が素敵で比較的清潔そうだったので、俺は握手して挨拶の礼を言い、またいつでも来てくれと伝えた　そして近所のことを少し話した〝ジーノのマーケット〟のレジ係は時々釣り銭をごまかすぞ、みたいな話だ——そして何か装飾的な木工が必要なときは俺に依頼してくれたら手頃な値段でやると約束したら、ああ、じゃあ必ずお願いすると言った　ところがそのとき、彼は自分のことをもう少し話すんじゃなくて、それか家族の話をするとかじゃなくて、ただここに引っ越してきたことに満足してると言った　そして、ほら、ちょっと脇によけて、通りに向かって大きく腕を振ってこう言った

——実は私は一人じゃないんだ

なるほど、そう、一人じゃなかった　というのも、彼が広げた腕の向こう、歩道の脇には新品の噴射式除雪車が置かれているのが見えたからだ　真っ赤でぴかぴか　農作業用の大型トラクターを小さくしたみたいな感じ　なかなかの見ものだった　それは認めよう　だから俺はしばらく眺めてからこう言った

——こりゃすごい

俺は誇らしげな彼を少しの間満足に浸らせた　だってほら、いかにも〝すごいだろ〟って顔でずいぶんうれしそうにしていたからだ　そうしたのはどうやら無駄じゃなかったみたいで、彼の方からその場でちょっとした申し出があった　すごく親切な申し出だ　彼は笑顔を一度も絶やすことなしに、その新しい噴射式除雪車でうちの前の歩道と車寄せをきれいにすると言ってくれた　近所付き合いとしてそうするだけだか

ら、もちろんお金は要らない　ついでに玄関まで道をあけようって　俺はそれを聞いて丁寧に礼を言った　だってそれはすごく親切な申し出だから　噴射式除雪車を持つ隣人が親切にもそれを使って雪をどけてくれると言うんだ　こっちとしては何の文句もない　だから俺たちは笑顔を交わし、また握手をした　俺は笑顔のまま、除雪車に向かう彼に手を振った　そして玄関の網扉越しに外の様子を眺めた　彼はエンジンをかけ、歩道を何度か往復し、邪魔な雪を邪魔にならない場所に吹き飛ばした　手際がよかった　時間はたっぷり四十分ほどかかったが、除雪がすっかり終わる前にコーヒーとショートブレッド半パックを差し入れしたら、彼はエンジンだけ止めて除雪車に乗ったまま、その場で全部を平らげた　要するに太陽の光の下、口から白い息を吐き、雪掻きの済んだ道を眺めたわけで、本当に気分がいい出来事だった　それは間違いない　疑いようのない事実だ……

……とはいえ、その後数日間、彼の姿を見なくても、正直言って特に何とも思わなかった　その雰囲気、分かるだろ親切なのはいい隣人だけど、いちばんいい隣人は距離を保つ人、みたいな感じ　新しい隣人はきっと引っ越し後の片付けもあるし、自分の用事もあるだろうから、あまり姿を見なくても全然不思議には思わなかった　だからその九日後、仕事を終えて帰宅したとき――俺はグランド通りで害虫駆除みたいな仕事をしていて、それが終わるのは大体五時か六時だ――家の前の歩道と車寄せの雪が再びきれいになくなり、断崖のようになった雪がそこだけ途切れているのを見て、彼がまた親切にしてくれたことに少し驚いた　本当に驚いた　けど、うれしかった――それは認める――そしてまた、玄関までの道もあけておいてくれたのを見たらさらにうれしくなった　だって作業自体もずいぶん丁寧だったからだ　二回目なんて全然やる必要はないのに、彼はきっと、自分のところの雪掻きをしたついでにまたあの第一印象を強めてやろうと思ったんだろう　いや、本当にありがたいと思った　すごく親切なことだ　だから家に入る前に、礼を言おうと思ってそのままアンジェロの家まで行って呼び鈴を鳴らした　でも家は留

守だった　残念なことに　引っ越しが片付いた家もちょっと覗いてみたかったのに……

……でもしばらくすると雪が融け、冬が去り、太陽が戻ってきて――ちなみに俺が二度目の除雪の二、三日後に家の前で荷物を抱えているアンジェロを見かけて礼を言ったときには、彼は満面の笑みを見せた――俺はいつものように仕事をこなし、日々を過ごした　当然だ、いつだって人生は止まっちゃくれない　あれこれのことをいつまでもうじうじ考えちゃいられない　それはちょうどインフルエンザにかかった頃でもあった　ある日、夕食時に呼び鈴が鳴って、出てみたらアンジェロだった　彼は前みたいにフレンドリーに挨拶と握手をして、暖かな春の話を始めた　そして前の日に町に出かけた折に、計算間違いをして芝生の種を買いすぎたと言っただから、もしよかったら買いすぎた分をもらってくれないか、来年まで置いておくわけにはいかないし、と　だから俺は応えた

――そりゃあ、うん、ありがたい

実際、ありがたいと思った　すると彼は本当にうれしそうな笑顔を見せて言った

――オーケー

その声の響きはチャイムのようだった　俺が網扉の内側に立って見ていると、彼はきびすを返して俺に手を振った後、腕に抱えた小さな袋に入った種を鶏の餌みたいにうちの庭にまき始めた　種の配分まで心得ているその道のプロのように、庭を行ったり来たりしながら　俺は彼がこちらを向いたタイミングにこう言った

――いや、そこまでしてもらわなくても――

――いいんだ、と彼は遮った　ついでだから

それから彼は〝気にしなくていい〟という感じで手を振ってこっちに背を向け、種まき作業に戻った　俺はそのとき、思わず眉を上げ、少し顔をしかめた　でも、〝まあいいか、やりたいならやらせておけ〟と頭の中から声が聞こえた　俺はその通りだと思った　だから扉を閉め、今のことは忘れようと決めた　もう考えないことにした　ちょっと変わり者

だってだけのことだ　いろいろと彼なりのやり方があるんだろう　でも、彼が外で作業をしてるっていうのに、自分は部屋に戻ってスープを温めてるのは少し変な気がした　ていうか、ちょっと申し訳ないと感じた　ひょっとしたら、お返しを求められるかもしれない　中に招き入れた方がいいだろうか　でも、あいつのやることはどこか予想できないところがあるから、放っておいた方がいいって気がした……

……でその後は普通　うん、そう、普通に、穏やかな毎日が続いた　でもまた、ことは起こった　一週間ほど後だっただろうか、ある日の夕方、アンジェロが——きっと灌木に隠れて俺の帰りを待っていたに違いない——車を降りた俺の方に駆け寄ってきて、いきなり、うちの芝生に**肥料**をやりたいと言った　ああ、ジーンズに青のウィンドブレーカーという姿の彼を俺は見て、そのうれしそうな笑顔を見つめながら言った

——けど、それって一体……一体何のために——

——いやあ、ただ**好き**なだけさ、と彼は大きな声で言った　こういう仕事が好きなんだ、それにどうせ自分の庭に肥料をまくなら、ついでにおたくも——

——でもまさか、お金を取ろうってんじゃないだろうな、この調子で続けているうちに——

——**おいおい**、やめてくれ、とアンジェロは言った　それは何か秘密の相談をしているみたいな口調で、顔は笑顔だった

で、俺は自分の家の庭に目をやり、次に彼の家の庭を見た　どちらも本質的には同じ芝生だが、ツツジの灌木と彼の家の車寄せで区切られていた　それから彼と俺の両方の家を見比べた　どちらも同じ時期に建てられたもので、同じような様式の郊外の二階建て、仕上げには松材が使われていた　つまり、細かな違いを除けば、この二軒は大きな芝地に建てられたそっくりな家だと気づかされた　だから俺は遠くを見ながら言った

——でも、もしもこの調子でいろいろやってくれるってことなら、いちいち俺に訊かなくてもいい　黙ってやってくれ

て構わないよ

で、俺は家に入った　それが無礼だったとは思わないし、自分がなぜ腹を立てていたのかもよく分からないが、その三十分ほど後にアンジェロが肥料をまき終えたうちの庭から立ち去るまでは何だか気持ちが落ち着かなかった　俺はその三十分間、明かりを消したまま、リビングにある背もたれの高い肘掛け椅子に座って、庭を歩き回るアンジェロの足音——普段なら聞こえないはず——を想像して過ごした　その後は夕食に何を作るか、決められなかった　どうして自分がそれほど取り乱したのか分からないが、ひょっとすると男っての は、偽りの選択肢を与えられる状況に腹が立つのかもしれない　アンジェロは儀礼上こっちがノーと言えないことを分かっていた　だって俺にとってはありがたい話なんだから　けど親切な行いも、断る選択肢がないときにはありがた迷惑になる　そうだ　新しいことをするときにはいつだってあれこれ考えなきゃならない、そうだろ　だからやりたきゃ勝手にやればいい、頼むから俺に何も**言わないで**くれ……

……で、実際そうなった　それに続く数か月、特に定められたスケジュールもなしにアンジェロは俺の要望に応えた　彼が実際に作業をしている姿は見なかった——というか、彼の姿を見ることもめったになかった——が、ある夜、俺が仕事場から帰宅すると、俺たち両方の家の芝生が刈ってあるのが見えた　縁の方まできれいに刈られていた　芝生が水面のように滑らかに見えた　その数週間後には、敷地の境界にある灌木がまっすぐきれいに切りそろえてあった——実際、彼の家との境界にある灌木ばかりじゃなく、反対側にある灌木まで刈り込んであった　そっちは彼の家と関係ないのにだ　はっきり言って、おかげでうちの庭はずいぶんきれいになった　それは間違いない　それからまたしばらくして、一か月ほど経った頃だったか、彼は自分のところとわが家の両方で、玄関までつながる道に装飾的な白い石を敷いて家の前を明るく浮き立たせた　そう、これもまた素敵だった　そんな装飾は考えたこともなかったが、おかげで色のコントラストが生まれた　ああ、そう　すごくおしゃれな演出だ　要するに、俺にとっては、その、最初の頃は抵抗があったけど、とてもありがたい結果を生んだってこと　毎晩家に帰るのが楽しみになった……

……だからその後一週間ほどしてから、俺は彼のところに行って礼を言おうと思った　久しぶりにアンジェロに会いに行ってみようって　車は車寄せに停まっていた　俺の機嫌が戻ったことも知っておいてもらいたかった

——ああ、ありがとう、と彼は俺の礼に応えて、網扉の向こうに立ったまま言った　わざわざお礼を言いに来てくれるなんて

——そりゃそうさ、と俺はうなずきながら言った　いろいろやってくれたことに感謝してる　おかげですごくきれいになった

——前にも言ったけど、全然手間じゃないんだ、と彼は言って、いつもの笑顔を見せた　お手伝いできてうれしいよ

——ああ、と私は言った

——ていうか、うちの側にある灌木だけしか手入れできないなんてやっぱりおかしいじゃないか、と彼は明るく言った　学校から帰る時刻にはまだ外は明るいんでね、そこから庭仕事をするのは苦じゃないって言うか……

——へぇ、と俺は考え事をしながら言った　そうなんだ……

俺は後ろを振り返り、ほどよい大きさの二つの庭を見た　どちらも間違いなく素敵だった　まるで何かの基礎訓練を経たかのように、緑色できれいで整っていた　でも、これを正当化するためにアンジェロが使った理屈はあくまでも向こうの都合だ　俺が同意する必要はないし、その成果を見る必要もない　俺は単なる隣人　彼が俺のためにそんなことをしているのはある意味、俺には無関係だ、とそのとき俺は気づいた　彼には彼の都合がある　だから勝手にやらせておけばいい　几帳面な連中は何でも几帳面にやらないと気が済まないんだろう　連中は思い立ったらそれをせずにはいられないんだ　うちの一族にもちょっとそれに似たところがある　祖父母の代だ　だから放っておくのがいちばんだってことは分か

る　そういう人はそういう人　それに人に何かをしてもらって文句を言うなんてことはできない……

……てわけでうちの庭はすっかりきれいになった　うん、本当に　そしてまた二週間か三週間後――けど、このへんからだんだんと日付の記憶が曖昧になる――芝生の上、左手の灌木のそばにおしゃれな小鳥用水盤《バードバス》が登場した　本当の話、白い石でできた水盤が緑の芝生にきれいに映えていた　おかげで緑が深く見えた　その後アンジェロは小鳥用水盤の家寄りに、小さな日本産の華奢な木を二本植えた　すごく繊細な感じの木だ　その間ずっと、十日か十二日ごとに芝は滑らかに刈り揃えられていた　おそらく芝刈り機もすごくいいやつを使ってるんだろう　で、はっきり言って俺にとっては、毎晩家に帰るのが楽しみになった　ちょっとした冒険気分だった　次にアンジェロがいつ手入れをするのかは決して分からない　俺は車で家に近づきながら庭を見て、何か変わっていないかを確かめる　驚かせてくれという期待で頭の中はいっぱいだ　でも、何も変わっていなくてもがっかりしないように自分に言い聞かせた　がっかりするのは筋が違う　それに、変化が微妙で気づきにくいこともあった　たとえばあるとき、アンジェロがありがたいことに窓の外側を掃除してくれたことがあった　でもそのときははっきり言って、窓をいつ掃除してくれたのかよく分からなかった――何週間も前に掃除してくれていたのかもしれなかった　それに、ひびが入っていた屋根のタイルを彼が交換してくれたのかどうかは、今でもはっきりしない　交換してくれたのかもしれないと俺が気づいたときには別のタイルが傷み始めていたみたいで、結局よく分からなかった　とにかく俺は早い段階から、やつとは距離を保つことに決めていた　もちろん通りで会ったときには温かく接する――手を振ったり、普通に挨拶をしたり――けど、あまり深く立ち入らないのが利口だと思った　アンジェロはこっちが愛想よく手を振ってニコニコしていればそれで満足そうだったし、こっちもそれ以上のことをする必要を感じなかった　なので俺たちの間であまり言葉が交わされることはなく、毎日が過ぎていった――ただし彼が壁にペンキを塗ったときに、どうしてあの色を選んだのか訊いてみたいと思ったことはある　とはいえ、塗り替えが終わって、しばらくそれで暮らしているうちに、錆《さび》茶色がだんだんと魅力的に見えてきたのも間違いない　それは本当に田園風の雰囲気に見えたので、俺はそれもそのままにした……

……その後も家は全体的にいい感じだった――細かいところではたとえば、裏の勝手口の脇に置かれた、おしゃれで新しい緑色のゴミ入れとか　実際、何だか無性に家が誇らしく思えてきて、去年の秋の初め頃、ついにキャシー・ワトキンズ――お得意さんでバツイチの女――を夕食に誘う展開になった　ラ・カシータで食事をどうかなって誘ったら、彼女はいつものように笑顔を見せてくれた　俺は昔からあの笑顔が好きなんだ　で、その日が来て、彼女を車で迎えに行ったんだが、俺はわざとクレジットカードを家に忘れていったんだ　それで家にカードを取りに戻って、車で待っててくれと言ったら彼女はその通りにした　楽しい夜だった　キャシーはチミチャンガ〔米国南西部などで人気のある、揚げたブリトー〕を注文して、食事の後、俺は彼女を家まで送った　彼女は家のことを何も言ってなかったが、楽しい夜だった　それからまた別の客、ヴィッキーを食事に誘って、そのときは回りくどいことはせずに、レストランに向かう途中で家の前を通り、歩道の脇に車を停めて、ここが家なんだと話した　彼女は気に入ったようだった　でも、三分か四分経った頃にはヴィッキーはさっさと店に行きたそうな様子を見せた　それに助手席に座ってた彼女は家を見るときと俺の話を聞くときで一八〇度首を回さなきゃならないから、俺が何かをしゃべるたびに注意が逸れてしまった　俺はそこを離れる前に、家の車寄せに入って車をUターンさせたが、その間、彼女はじっくり庭を見ることができた　その方法なら、アンジェロの家の前を通る必要もなかった　その後は一緒に、すごくうまい中華を食べた……

……でもその頃、季節はすっかり秋　昔からそうだが、俺のやってる商売が暇になる季節だ　だからいつものように、毎日夕方は少し早めに切り上げるようになって、また冬の太鼓腹が戻り始めた　夜が長くなると家でゴロゴロする時間が増えて、これまたいつものように、また冬が終わればちゃんと太鼓腹がへこむのかと不安になり、それだけでもうっとうしいのに、恒例の季節的な悩みにまで苦しめられることになった　本当に頭の痛い問題　いっそのことこんな商売から足を洗って、何か別の仕事、もう少し楽しい仕事を探そうかって悩みだ　それである日の夕方、早い時間にリビングに座って、今回こそそうしよう、静かな冬の時間を使ってもっと俺向きの仕事を始めようって思っていたら、通りの方から何かが倒れるような大きな音がして、その後に金属的な物音が響いたその後は静寂　玄関まで飛んで出て扉を開けると通りの反対側、アンジェロの家の先でバイクが倒れて道端の木にぶつかっているのが見えた　バイカーは大の字になって家の前の歩道に寝ていた　俺は慌てて駆け寄った

――おい――大丈夫か？と俺は隣にしゃがみ込んで言った　革のジャケットを着た男は落ち葉の上に倒れていた

――くそ――うぅ、畜生、としか男は言わなかった

男はヘルメットを脱ぐと、ひどく具合が悪そうな表情を見せた　髪は乱れ、擦り傷があった　年齢は二十六か二十七くらい　俺より六つか七つ下だ

――立てるか――肩を貸そうか――

――脚が言うことを聞かない、と彼は顔をしかめていらだたしげに言って体を折り、膝をつかんだ

――救急車を呼んでくる、と俺は言ってその場を離れた

俺はすぐに家に入って救急車を呼び、また急いで外に戻った　最初にしたのはバイクを起こして木にもたせかけることでもその頃には、周りに他の人も何人か集まっていた　車で通りかかった中年のカップルに、通りを曲がった先に住んでいる老人たち　みんなが手を貸そうと申し出たが、俺はもうすぐ救急車が来ると説明して、とりあえずその到着を待つことになった　バイカーは通りに寝たまま――俺たちは男を動かさないことに決めた――男は時々すすり泣き、つらそうな表情を見せた……

……数分後に救急車が現れ、バイカーを担架で連れ去ると、他の見物人たちは別れを告げて散っていったが、俺は警

察が来るまで残ることにした　救急隊の話では、すぐに警察が来て事情が聞かれるだろうってことだった　だから俺はバイクと落ち葉のところに戻って時間をつぶしたが、警察に元の状態を見せなきゃならないから落ち葉を蹴飛ばしたりしないように気を付けた　あっという間に起きてあっという間に終わった事故のことが頭の中でよみがえった　でもそうやって待っている間にちょっとしたことに気づいた――そして、バイカーの名前とか搬送先の病院名とか、そんな事情を警察に話している間もずっと気になり続けた　ていうか、それが気になりだしたらずっと目が離せなくなって、警察と話を続けるのも難しくなってきた　というのも、そのとき俺が立っていた場所からだと、はっきりと違いが見えたからだ――小さな違いだが、それでもやっぱり違ってた　**はっきり**した違い　つまり俺はそこに立ったまま、何かがスリップするような音を耳にした話なんかを続けようとしてたんだが、そのとき目の前にあるものが信じられなかったんだ　庭の境界にある灌木にもペンキの塗り方にも違いがあった　つい最近、二、三日前に熊手を掻けてくれたところにも違いがあった　実際、あらゆるところに必ず違いがあった　そのときまた別のことに気づいた　二軒の家の間で何度も目を行き来させてよく見比べてみると、アンジェロがすべての点で自分の家の方を丁寧に仕上げていることも明らかになった　間違いない　火を見るより明らかだった　彼は自分の家を微妙に贔屓《ひいき》していた　灌木は少しだけ――でも分かる程度に――向こうの方が大きくて、手入れも丁寧、玄関までつながる白い小石も明らかに――**明らかに**――直線的に敷かれていた　壁のペンキもすごくきれいに、均一に塗られて、うちの方にあるようなむらが見られなかった――特に寝室の窓の上がそうだし、雨樋に跳ねたペンキもそうだ　日本産の木も、あちらの方が大きくて見栄えがいい――枝が多く、幅が広く、格好いい――それに小鳥用水盤もうちのはどうしてあんなふうに少し傾いているんだろうと前から不思議だったが、向こうのはまっすぐ立っている　言いだしたら切りがない　はっきり言って違いはいくらでも挙げられる、だって違いはそこら中にあったからしかも目に見える違いだ　今までは些細なことと見逃していたかもしれないが、どれもはっきりと見て取れる差だった　一つ一つがすべて明らか　そう、はっきり言って、トラックにはねられたみたいな衝撃だった、ああ、まさに　だから警察が去った後、さらに数分の間、俺は外に残って二軒を見比べていた　鼓動は激しくなり、風に舞う落ち葉が足首をくすぐっていた　それから俺は怒りに満ちた足取りで家に戻り、扉を激しく閉じた……

……俺は真っ暗なキッチンに座っていた　かなり長い時間じっとしていたので、その間に日が暮れたに違いない　でも何も食べる気にならなかった　全然だ　食欲なんてなかった　だからカウンターの上の果物鉢からリンゴを二つ取って手で回したり、両手で転がしたりした　家にいたくはなかったが、外に出る気も起きなかった　ていうか、その晩は何もする予定がなかった　もちろん〝ブラック・ナゲット〟に出かけてモルセンのビールを飲む選択肢はいつだってある　でもそんな気分じゃなかった　店は煙いし、離れた場所じゃないと車を停められない日もあったからだ　それにその日は肌寒かった　冬がすぐそこまで来ていた　それに何と言っても、その日はアンジェロと鉢合わせしたくなかった　彼が自分の家の前にいるかもしれない――それは誰にも予想できない　とはいえ、理由が何であれ、彼がうちに立ち寄る可能性だってあった　それも誰にも予想できない　**俺**に分かるわけがない　とにかく俺は何かをやろうと思って、それか、どこかに行こうと思ってキッチンテーブルから立ち上がったが、そのとき両手でもてあそんでいたリンゴの片方を落とした　リンゴはリノリウムの上でクシャッと音を立ててから、パーチの調性体系の下で転がった　新しいものが生まれる場所　音が癒やされ、合理性、物理的な正しさを取り戻す場所　三百年もてあそばれ、ねじ曲げられていた音が健康とバランスを再び取り戻し――

――すみません、できればその――

――いいですか　風船ガムのメーカーは新しい味を市場に出して何百万ドルも稼ぐわけですよ――人々は新しい経験、

経験の拡張、人生を補強するものに飢えている　でもパーチが導入したのは新しい音です、新しい**音色**、聴覚的可能性の新しい領域、とても比較できないほど豊かな経験――

――すみません……

――私たちの国には純粋に偉大な作曲家がいたわけです、**アメリカの**偉大なる作曲家が驚くべき音を生み出し、画期的な音で空気を震わせた　だから当然誰でも――当然私もその豊かさを広めるために全力を注ぎたいわけで――

――ですから、すみません、それが今回の件とどう関係があるのか、さっぱり――

――だから、話してるじゃないですか、もう少し辛抱して話を聞いてください　今その話をしてるんです――聞くという問題のことですよ　いいですか、パーチは自分の作品を通じて音楽をより物理的なものに変えたんです、本人の言葉で言うなら〝肉体的〟なものにね　彼が人間の声、一人だけが発する孤独な叫びにこだわったところに、それがいちばんはっきり現れています　同時にパーチは自分自身の声を見つけなければならないとも感じていました　西洋音楽の伝統という足枷《あしかせ》、何世紀もの間、私たちの音楽思考を陰から支配してきた力を振り払う必要があった　ペルゴレージやラフマニノフにとっては問題なかった西洋の伝統が、ハリー・パーチにとっては恐ろしい障害として機能したわけです　パーチは特に、音楽を新たな感性と知性の融合へと開こうとしていたので、生涯でそれを成し遂げるために派手な音楽＝劇場スペクタクルをいくつも生み出した　パーチ自身は自らの手法を〝周囲に存在するありふれた材料から音の魔法を見つけ出し、それを現実化するために、見た目も美しい楽器を作る原始人〟になぞらえた　彼によると原始人は〝日常的な言葉や経験、儀式や芝居の中で音＝魔法と視覚的な美を融合させて、人生に大きな意味を与えていた〟……のです……

――**すみません……**

――いいから、**聞いてください**――**聞いてくれませんか？**

……当然、パーチは独自の飛行経路を取って、見晴らしのいい場所に飛び出すことになりました　彼は自分の楽団を作って、彼らに独自の音楽技術を叩き込んで、歌手や楽器演奏者に伝統的音楽の縛りを断ち切ることを教えて、まったく**新しい**世界を探らせた　そして彼は――パーチ自身は――その音楽的解放のための楽器を作り出したんです　実際、自分の楽団に演奏させるためにまったく新しい楽器を考案し、製作しました　パーチは最初、普通のビオラやギターの指板を長くするようなことをしていたんですが、その後はあらゆるタイプの新しい楽器を作りました　音楽の可能性を切り開くまったく新しい入り口となる楽器を作って、瓜の木《ゴード・ツリー》、青い虹《ブルー・レインボー》、ダイヤモンド・マリンバ、キタラ――キ・タ・ラです――みたいな名前を付けました　そうした楽器がどれも、シンセサイザーなんかが登場する何十年も前に、驚くような新しい音の言語を生んでいたのです　パーチが作った楽器そのものもしばしばとても美しいものでした――あなたにもぜひ見てもらいたいのですが、中には木でできた大きな祭壇みたいなものや、鉢やぶら下げたグラスみたいなものもあります――一部はとてもきれいなので、美術館に展示されているんですよ、彫刻作品みたいに　サンフランシスコやニューヨークの美術館　ホイットニー美術館とか――

――はい、でも、それが今回の件と――

――**お願いです**――あなた方はさっき、供述が欲しいとおっしゃったじゃないですか！……だからこれがそうです　これが私の供述ですよ……

――……オーケー……オーケー　じゃあ続けてください　でも手短に願います　できるだけ手短に　オーケー、ピート、メモを頼む……

――ありがとうございます……じゃあ　パーチは権威ある音楽家でした　彼は頭の中でいろいろなものを思い描き、今までに誰も聞いたことがないものを**聞いた**――特に音楽の領域でね　つまり**調性**　パーチの天才はとりわけその部分で大きく花開きました　西洋の音階にはもちろん、たとえばドからシまでの間に、半音を隔てた十二の音が含まれます　一般に、この十二音階の区切りは自然なものだ、あるいは物理的に決まっていて絶対に変えられないものだと考えられていますでもそれは実際には恣意的な区切りでしかありませんわずか数世紀前に定まったものが、ずっと厳格に守られてきただけなんです　十二音階　そんなものは**意味がない**　特に世界にはもっとたくさんの音があると知ってしまえば、そんなものには意味がなくなる　実際、音楽の歴史を振り返ると、調性について他にもあらゆるアプローチが試みられてきたことが明らかになります　一オクターブにもっとたくさんの音を割り当てるやり方がいくつもあった　たとえば十六世紀にはヴェネツィアの僧、ツァルリーノ――ツァ・ル・リー・ノ――が提案した二種類の鍵盤には、一オクターブに十七音あるいは十九音が割り当てられていました　そして世界の他の場所では、今日《こんにち》でも、音楽的にもっと気前のいい伝統がいくつも存在しています　たとえばインドの調性は、西洋のオクターブに相当する範囲に二十二のシュルティ――シュ・ル・ティ――があることを誇っています　しかしそれでも、私たちの潜在能力の限界からはほど遠い　実際、偉大なるカール・E・シーショア――海岸《シーショア》というのと同じ綴りです――は著書『音楽の心理学』の中で、フェヒナー尺度の丁度可知差異《ちょうどかちさい》を用いた実験の結果、人間の耳は一オクターブの中で**約三百の音**を聞き分けられたと言っています　だから西洋の全音階主義という雑な刻みで音楽から奪われたあらゆる可能性のことを**考えてみてください**　ちなみに私たちには**直感で**それが分かってる　西洋の画一的な文化からこぼれ落ちているものを私たちは**本能的に**知ってるんです　考えてみてください　たとえば音楽でいちばん直接的に、いちばんアナログ的に感情を表現するときにどうするか　**ビブラート**を使いますよね　でも、ピッチ間の厳格な区切りを壊すのがビブラート　音階の細切れ状態を一時的に滑らかにつなぐのがビブラート　西洋の音階の線的スペクトルの間にある音を曲げ、分断に終止符を打つることによって、私たちの最も豊かで心の奥底にある感情を呼び起こす　私たちは最も人間的なものを隙間に見いだすんです　私たちが量子でなくなる地点、抑制を解かれる地点で初めて――

――すみません――

――そしてパーチはこれを本能で察知していた、彼はそれを**聞いたん**です、だから何のためらいもなしに、一九三〇年に始まる偉大な作品群の基礎となる四十三の音階を生んだパーチの耳にはクロネッカー的な狂った伝統が教えるよりも**たくさん**のものが聞こえていたからです〝私たちに与えられた唯一の体系〟と彼が呼ぶ美的検閲の外にあるものを聞いていた　その上、パーチが作った音階は等分平均律だった　それは**単なる**音階であって、調和的共存という幻想を維持するために西洋音階が要求する音の乱れを含んでいなかった――

――すみません……**すみません**……オーケー　お話はこれで充分うかがいました　おっしゃりたいことは充分に――

――何です　パーチの話は聞き飽きたっておっしゃるんですか――いや、ひょっとして**興味**がないとおっしゃるんでしょうか……?

――すみません、あのですね――今のお話はあまり――

――パーチはあまり**有名**じゃないから興味がないって――彼は重要人物じゃないっておっしゃるんですか?……

――あの、すみません――そういうことではなくてですね

――今のお話はあまり――

――いや、だから**それが**理由だったんです、そのために講義を行なったわけですよ……いいですか?　あなたがお聞きになりたいのはそれですよね　落ち着いてよく聞いてください……あのですね、私がこうしてあれこれ話しているのは、『アメリカーナ百科事典』にもパーチの項目が立っていないからです、あのバート・バカラックでも載っているのに……でも、あのバッハでさえ、メンデルスゾーンがベルリン・ジングアカデミーでマタイ受難曲のコンサートを開いて評判をよみがえらせるまではほとんど忘れ去られた存在になってましたからね　あの作品の初演から丸**百年**後のことでした――

――いい加減にしてください!……さっさと要点を――

――オーケー……オーケー　お願いです――落ち着いてください　落ち着いてください――**お願いしますよ**……もう一度最初から話します　とにかく私が今日あの講義をしたのは、パーチの死後十一年を記念してのことだったんです　私はキャ

ンベル図書館で七年前からパーチに関する講義を行なっています　それはもちろん、自分がその大義に少しでも貢献したいと思ってのことです　コンサート団体のパンフレットとか音楽学会の雑誌とかに手応えのない文章を書くよりももっと直接的なことがしたくてやっていることです――だってパーチはアイヴズよりも先の未来を見て、四十年にわたって全米でコンサートを開いていたんですから……ええ……オーケー……オーケー……落ち着いてください……でも分かるでしょう、事態が動きだすには一定の臨界質量が集まらなきゃならない……なのに毎年集まるのは広いホールにわずか五、六人です　そのうち二人はたまたまふらりと入ってきただけで、別の二人はその会場で開かれるイベントには内容にかかわらず必ず参加する人　そして今日、私がパーチは現代のティモテオス[013]――ティ・モ・テ……ああ、もういいです――だという話を始めたときのことです　ティモテオスというのは古代ギリシアの人で、当時使われていた音階に新しく四つの音を加えようとしたせいでスパルタから追い出された人物なんですが、現代の偉人について説明するためにその話を引き合いに出そうとしたらいきなり、**いきなり**ですよ、二人の若者――**若者**です――が立ち上がって、うるさい靴音を立てながら出て行ったんです……

――で……

――で、終わり

――え――で、供述はどうなったんですか、あなたの供述は――

――今のが供述です

――すみません、いいですか……一体何がしたいんですか

――いいですか、私たちは辛抱強く話を聞きました……でしょ――だからちゃんと事実を話していただかないと、業務妨害であなたを召喚することになりますよ――具体的にはあなたが通報した理由を――

――いや、だから説明したじゃないですか……何です――それじゃあ充分じゃないと――

――**すみません**――

――オーケー……オーケー……そこまでおっしゃるなら……そういうシステムになってるのなら仕方ありません　さて　私が講義を終えた後のことです――オーケー？　お聞きになりたいのはその話ですよね？――パーチの曲の録音をいくつか流した後、質問はありませんかって尋ねたんです　とは言っても、二つか三つしか出ませんでした　それで私はありがとうございましたって言って、講義メモとレコードを片付けました　そして二人の年輩女性が会場から出て行くのを見送って、図書館の事務室にも挨拶に立ち寄ってから家に向かいました　徒歩ですから、ニューバーン通りとマーチン通りを渡ってガーナー通りに出たときです　マーチン通りと交わるところで、映画の撮影をしているみたいな人たちが見えました　映画のロケみたいな感じの――

――そうです　コマーシャルの撮影でした

――やっぱりね　それでほら、ちょっとだけ立ち止まって見ていたんです――技術者とかロケバスとか、路上駐車されたトラックとか光拡散板《ライト・ディフューザー》とか、他にもよく分からないケーブルなんか――そのときですよ、ちょうどそこに立って神話的光景が繰り広げられるのを待っていたときに、例の若い男が目の前に現れたんです　たぶん二十二歳か二十三歳――やせぎすで、青いTシャツを着てました――そして脇にクリップボードを挟んでました　彼は私の前を通るときに――何の特徴もない男で、私を気に留めることもなく前を通り過ぎたんです――少しだけ微笑んでいるように見えました　自己満足というのか、悦に入っているような表情を浮かべているようでした　それを見たら私の中で何かが切れた　だから殴りかかった――

――いや、**お願いします！**――余計な話は省いてもらえませんか……？

――すみません……何――何のことです？――誰が――？

――いいから、ほら――もう**たくさんです**……わけの分からない話は**たくさんだ**……

――……おい、ピート、今何て――？

――いや、私は――私はその――

——いや、誰——何が——？

——いいから黙ってくれないか？　くだらない話はやめろ

……そんな話はよそに置いておけ——！

——でも——

——おい、ピート——どうした……ていうか——

——**お願いだから黙っててください**！……いい加減、どれだけ我慢しろって言うんですか？……私があなたなら**今すぐ**ここを出ていきますよ、こんな下手な言い訳を延々と聞かされるのはうんざりです……くだらないたわごとばかり……馬鹿みたいな、退屈な話……新ピタゴラス主義のくだらないたわごと……いや、もうたくさんですよ——そう言っておくだけで充分！……お遊びは終わり……くだらないお遊びはおしまい……真実への**漸近線**みたいな話も要らない——いや、そう言うだけでも傲慢で心配性な相対主義者ってことになるのかな……でも私はそうは思わない……だって肯定的な意味で絶対というものがもう存在しないとしても、否定的な意味での絶対は今も存在するはずだから……いや、今のはあまりにも直接的な言い方だったかもしれない、自分の**感情**を表現するのに**工夫**が足りなかったかも……美的効果のためにもっとカモフラージュが必要だったかも……それは、まあ、残念……私が人生から学んだことはあまり多くない　でも、否定的な意味での絶対が存在することは確かだ……光は曲がる、光は回折する、光は拡散する、しかし暗闇は持続する……光が迷子になって消えた後も、暗闇は残る……それが基礎、それが土台だ……あなたにこれだけは私から言っておこう　この黒い身体を見ろ……

……で、残るのは何か？……私は結局どうなるのか？……結局はラヴェルの話になる　かの作曲家、彼の生涯、彼の物語、彼の苦しみについて私が知っている話を語ることになる……ラヴェルの物語を語り継ぐ……奇跡を起こす人、ラヴェル　比類ない音を生む魔法使い、驚くほどの感情洗浄力を引き出す人、分析を拒み、分析を打ち砕く生きた音楽を呼び起こす人……論破不可能なラヴェル　私が彼を通じてしゃべっていることを知れば彼はどれほど愉快に思うだろうか……きっと彼は歌の中で大きな声を上げただろう……『ボレロ』――自分が捨てた作品、自分では認めなかった作品――が彼の代表作みたいになっている現状を知ったらきっと、同じように愉快に思うだろう……ラヴェルと言えば『ボレロ』……唯一誰でも知っている彼の作品……そんなものだ　一人の作曲家に一つの作品――そこで思考停止……そこで人は黙る……悲劇は入り組んでいる……『ボレロ』は持続、包括性、そして不確定性をテーマにした作品だから……もしも可能ならラヴェルに言ってやりたい、私の夢を教えてやりたいと思う　大昔に捨てた夢だけど、作曲家になる勉強をするという夢　そして他の人がモーツァルトの『レクイエム』やマーラーの『交響曲第十番』を〝完成させた〟みたいなのと同じように、ラヴェルの『ボレロ』を完成させたいという夢　つまりあれを拡張させて、続きを書く……あれを無限に続ける……かつて試みられたことのない、新たな楽器の組み合わせへ……かつて試されたことのない、輝かしい管弦楽編成法へ……だってそれは**すでに**そこにあるから……もう**存在**している……**それはまだ続けられる**……

……でも無理だ　あの楽天的なタンゴの続きは書けない……私は結局、作曲を学ばなかったから……頭の中に楽譜はない……私は偉大な演奏家でもない……歴史の本体はあなた方だと人は言うが、そんなふうに言われる筋合いはないと思う……というわけで結局、ボレロを完成させることはできない　私にできるのはただ作品を生きるだけ……一小節ずつ、一区切りずつ……私は規則に従う……教科書通りに演奏する……私は綿密に予定を組む……毎朝印刷工場に行き、クレジットカードの支払いをして、世間のニュースに遅れずに付いていく……私は自分に期待されていることをする……自分の役割を果たす……毎日毎日、違う話を同じように繰り返す……その結果は、何をやろうと、どれだけ辛抱強かろうと、失望の変奏曲ってところが関の山……こちらが寄せている暗黙の信頼は報いられることがない……あなたが今何を考えているかは分かっている　で、何か変わったことはないのか？って……そう、分かってる……でも、抜本的変化なんてない……

……だからとりあえず、聞いて　私は最近、棚の上、箱の中、机の上などに散らばってた日記をまとめた……（今まで一箇所にまとめたことはなかった）……そして成人してから十七年分の詳しい記録を見直したら、六十六人の男の名前が出てきた……若い男から大人の男まで……**六十六人**……途方もない数……考えられないほど次々と……果てしない出会い……しかも私はその全員を覚えてる……六十六人……私は理想の体形だってよく言われる……だから引き金は自動的に引かれる、自然にそういう展開になる……男はみんな自分の趣味を理解してた……みんな自分が求めているものを分かってた……それが私なんだと私は信じた……でも信頼の構造は非対称だった……私の寛大さはいとも簡単に裏切られた……私は男を褒めた……**どの相手もリハーサルじゃなく、本気の付き合いだった**……そして出会いのたびに自分をさらけ出した……自分をさらけ出したのに進展はなし……そう、それだけは言っておきたい……だってその証拠は今でも私の中にあるから……たとえばビルがそう　優しい目をして忍耐を語り、私をジャズ喫茶に連れて行き、ニンジンスティックをかじっていた彼は突然、電話をかけてこなくなった……そしてラブレス医療センタービルに入っている錠前屋のヴァーノンはこっちが好きになる前に君の気持ちが伝わってきたと言って夕暮れのドライブに私を誘ってくれたけど、週一ペースで会うのじゃ物足りないと私が言ったら重すぎると言われた……旋盤工らしい手で私の肩甲骨あたりを優しく愛撫してくれたハグ好きのジミーは、私が彼のフライドポテトをつまもうとしたらその手をはたいた……メイソンはあの調子なら、今の彼女とはもうすぐ別れると十年くらいは言い続けただろう……そしてトミー・Jには互いを思いやる気持ちが大事だと一晩中言い聞かされて、一緒に成功するのが至上命令だという話がいつの間にか、彼に三百五十ドルを貸す話に変わっていた……

……私はモリスのことも信じていた　塵《ちり》一つないアパートの中を大股でゆっくり歩く様子からして信頼できる人間だと

密かに思っていたのに、あるとき電話がかかってきて何の話かと思ったら、藪から棒に、元妻と再婚することになったけどまたいつでも気軽に電話してくれって言った……その次のメルヴィンは大学に戻りたがってた　電子工学を学び直したいって　そうやって必死に私の気を引こうとしていた　回りくどくてずるいそのやり方を私は笑った　でも結局、こっちが根負けして彼を抱き寄せてまんざらじゃないそぶりを見せたらそれっきり……そして長年新聞屋台で働いていたモーリス　毎朝気さくにシカゴ・トリビューンを渡してくれてた彼がある日ついにおずおずと私をコーヒーに誘った　目はずっとカウンターを見たまま、一度も顔を上げなかった　私は驚いて笑った　でも結局、彼は店に現れず、その後は二度とその話をしなかった　彼はそれから何も言わなかったけど、その指には、以前私が気づかなかった指輪がはまっていた……そしてネルソン　私が助産師になるためにエルパソで勉強したいという夢を話したら、彼は興味なさそうにスポーツ新聞に手を伸ばした……それから次はマニーの話　彼は一度、私がのんびり長風呂しているところに電話をかけてきた——で、風呂を上がってから折り返しの電話をかけて、体を清潔にしてからじゃないと人と話ができないのって言ったら、彼は一瞬黙り込んでから少し笑い声を交えて声高にこう言った　ああ、なるほどねって……次に思い出すのはT・G・エディー　彼は販促の仕事をしてるって言ってたけど、本当はカーペットを洗濯する会社の電話営業だった　そしてレストランで話しているとき、自分が話している最中は**絶対に**途中で口を挟むなと言った……その次に書いてあったのは自称〝ジャマー〟のこと　輝くような笑顔とすごく広い肩幅　彼は一度いとこの家で私の髪に砂糖を振りかけて、〝ほら、こいつってすごい素敵《スイート》なんだぞ〟って言った……そしてトロイ　髭面の彼はジュディス・ジャミソンのファンで、いつも積極的差別是正措置《アファーマティブ・アクション》を擁護していたくせに、決して私に心を開かなかった……そしてマック　夜にトロンボーンが吹けるように、昼間はドライクリーニング店で配達をしていた彼はいつも、家の電話は故障してるか、調子が悪いって言ってたけど、電話帳で番号を調べてかけてみたら女の人が出た……それからジュニア　女は思想を持っていなくて物語を語ることしかしないって男はよく言うけど、あなたもそう思うって尋ねたら、彼は別にそれでいいんじゃないかって笑顔で応えた……そしてささやき屋のマイケルのこと――でもこんな話はもうたくさん、もう要らない　突然火花を散らしてくれる男、共感と反応を引き出す男、人生に深く関わってくる男を見つけるまでにどれだけたくさんの出会いが必要なのか　つまり人はある種の自己愛的な悲しいダンスを求めてる……私が求めているのもまさにそれ……

　でもやめた　もうそんなものは欲しくない……**全然**……それはもう過去の話……使い物にならない過去……だって私はもう、単に象徴の交換や絆の代用物じゃ満足できないから……あれは過去にうまくいかなかった戦術……あれは単なる小手先の技術で、最後にがっかりすることは間違いなかった……だってそれ以上のものがあるって私は知っていたから……暗号化されていないつながり、媒介物のない接触は**実際にある**――それが存在すると私は**知っている**……それが存在するのは間違いない、私はそうだと信じるしかない……私が望むのはそれ――それこそが本当に私が昔から求めていたもの……象徴や戦術の終わり……純粋な結び付きは存在しないと感じてそれを埋め合わせるものを必死に求めていた状態に**終止符**を打つ……

　……でもそれに気づくのにずいぶん長い時間がかかった……驚くべきことに、私は最近になってようやくそれに気づいた　気づいたのはわずか二、三か月前のことだ……くだらない苦痛ばかりを味わって、人生の半分くらいを過ごしてからのこと――ね、私はあなたの心が読めるの――私の頭が整理されたのはつい最近……悔いの残る些細な出来事がきっかけだった――その詳細を聞かせてあなたを退屈させようとは思わない――そのとき付き合っていたのはスティーヴンという名前の男……でも私に訪れた悟りは決定的で明確だった……うまくいかない戦術を試したり埋め合わせを求めたりするのはやめなきゃならないという悟り……今後はそういうものの**向こう側**に行かなきゃならないという悟り……というのも、私は自分がいつも機械的にそういう力、物語の力に動かされていることに気づいたからだ　毎回毎回、失望へと向かう抗しがたい自己決定の衝動に……だから私は物語の縛りを断ち切らなければならない、常にメッセージの中身を裏切る暗号の秩序を徹底的に破壊する必要がある……要するに、レイモンドが目の前に現れた段階では機が熟していたということ……だってレイモンドは明らかに、そういう努力に値する相手だったから　それは一目で明らかだった……そう、彼がそれを必要とする人物、それを理解してくれる人物だってことは完全に明らかだった……レイモンド――背が高くて、性格がよくて、そのよさを大げさに言い立てたり、褒めそやしたりする必要のない人……一緒に階段を下りるときには私の手を握り、**私の**話を真剣に聞き、人の意見に耳を傾ける人……共感こそが、共感だけが進化した魂の証拠だと言った男――そして知性というのは思想や物事の間につながりを見つける能力ではなく、人と人との間につながりを見つける力だと言った……大事なことを知っている男……彼は高校の教師だった　十二年生[014]に選択科目で社会学を教える教育者　そして自分でカリキュラムに導入した科目、都市研究を教えていた……ルイス・マンフォード[015]とデュルケームの信奉者――社会市場だ、社会市場を忘れちゃいけない、というのが彼の口癖だった――彼は大学の教壇に立つために大学院に進学したがっていた……彼には野心があった……彼には存在感があった　一緒にいるとこっちを圧倒してくるような温かな存在感　そのしっかりした体格やがっちりした肩からではなく、思慮深い落ち着きから生まれる人格的な堅牢《けんろう》性……彼は母親と三人の姉に育てられていたので、女性に慣れていた　男女間の敵意や絶対的な距離みたいなものが彼の場合は緩くて心地よかった……彼はあらゆるタイプの無礼を嫌った……そして〝無礼〟を最も腹の立つ単語だと言って、決して人に無礼だと言われることがないように気を付けていた……ある意味、感じやすい人だった……そしてあまり頻繁ではなかったが、彼が声を上げて笑うときには、彼の普段の努力が報いられた、何か驚くべき発見をしたんだということが分かった……私たちはロマス街道のガソリンスタンドで、給油前にレジの前で列に並んでいるときに出会った……言葉はほとんど交わさなかったが、彼には私の電話番号を渡していた……私はその日ずっと彼のことを考えた　彼の渋くて温かな声と、率直で落ち着きのある態度……次の夜に電話がかかってきたときには、私たちは気張らず、自然に思い浮かぶことについて果てしなくおしゃべりをした　まるで互いに自動操縦のスイッチを入れたみたいだった……まるで二人は昔からの友達で、気心の知れた相手と腹蔵のない話をしているみたいだった……いや、もっと言ってもいい　だってそれだけじゃなかったし、とてもいい感じだったから……そして私はそのいい関係を維持したいと思った　その関係を壊したくない、それをマンネリに陥らせたくない、と……だって彼にはそれだけの値打ちがあったから　明らかに彼にはその値打ちがあった……明らかに彼の方もそれを理解してくれてた……

……それから間もなく、ある火曜日の晩、私たちはイタリアンレストランに行った　それが初めてのデート……それから二日後の夜、私たちは映画に行き、その後、新アールデコ様式の食堂に遠出した……それから一緒に散歩し、おしゃべりし、指先を触れ合うなどして、セックスは先延ばしにしただって私たちは互いの気持ちが分かっていたから……だって私は自分の物語に支配されたくなかった、その否定しがたい決定論に屈服したくなかったから……だから翌日、仕事が終わった後、私はもう一度よく考えるために散歩に出た……四十五分歩いてオールドタウンあたりの、見せかけだけの二階建てが並ぶにぎやかな地区を回り、十二番通りを進んで州間高速道路四〇号線を越え、サンフェリペ教会の前にある公園で腰を下ろした……私はフランシスコ会が建てた琥珀色の教会に面するベンチでバロック風の黒い肘掛けから延びる鉄製の渦巻き模様に親指を掛けて、公園の東にある観光客向けのメキシコ料理レストランを見た……店のすぐ外は地元の行商人が車を停められるように白線で区切られていた……私は家に戻る頃には、自分がすべきことが分かっていた……というのも、そのときチャンスを手にしていたからだ　チャンスを与えられていた……明らかにその頃合いだった……ついに私を理解してくれる人が現れた　過去に繰り返してきたパターンに終止符を打ってくれる人が見つかった　私は自分の物語を破壊して、ついに自由になれる……実際、レイモンドもそれを望むはず　それを要求するはず　ちゃんと話に耳を傾けてくれた人だから、私が懲罰的な自己拘禁を終わらせればそれを喜んで受け入れてくれるはず——私が脱出速度[016]に達するためのエネルギーを彼ならきっと与えてくれる！……だって彼は分かってくれる……ていうか、レイモンドの前では、今までと同じパターンに埋もれたままなんて耐えられない　今までみたいに抜け殻でいるのは嫌、私の中にある本質を隠していたくない……そう、レイモンドの前では本当の私を、生まれて初めて完全にさらけ出したい……彼もきっと、分裂と混乱の終焉、象徴と戦術からの逃走を歓迎してくれるはず……最初の二言三言を口にすれば、あとはそれほど多くの言葉を費やす必要がない　だって私たちはともに互いを理解するだろうから……だから私は次の木曜の晩に、彼に話すことに決めた　その日は、カウボーイが集まるという噂の店——でも、めちゃくちゃではない——〝キャラバン・イースト〟に行くことになっていた……そして私は何を話すかをあまり前もって準備しないことに決めた　過度に話を整理しないことにした　というのも、プレゼンや営業トークみたいなのはこの話にふさわしくない、というか、言いたいことの正反対みたいな気がしたからだ……だから効果的なしゃべり方を狙ったりせず、言いたいことを正直に言う以上のことはしないと決めた　飾らず、率直に……というのも様式《スタイル》は病だから　そして巧妙な言い回しは中身の敵だから……そしてその夜、飾り気のない服を着た私は扉を開けた……

……レイモンドが入ってきて、私たちはすぐに抱き合った……ハリスツイードのブレザーの下にあるぬくもりとがっしりした体が私を安心させた……いつもと同じようにとてもいい匂いがした……ラッカーの下に木目を感じるような匂い……私は彼をリビングのソファーまで案内し、飲み物はどう、と訊いた……でも彼が望んだクランベリージュースはなかったので、とりあえずは要らないと彼は言った……そして近況についてあれこれ話しているうちに、まだ切り出すつもりはなかったのだけど、思わず口をついて出た……いったん切りだしてしまうとあとは流れに任せた……普段と同じ点描画みたいな話し方はしたくなかったので、波に乗った……それから数分間はずっと、自分が渦になったみたいな気分だった……空《から》になる感じ……私はとにかく真実を伝えようとした真実を言おうとしているときに決まって真実のふりをして現れる見せかけではなく、人格という人工物を完全に破壊し、自己を捨てて飛び込むのだ……永遠に人の目に触れてはならないと思っていた世界、いつも光を当てないようにしていた世界に……そこに入ると自己が悲しみになる……そこで私は他のすべての人から遠ざけられて、死ぬまで孤独を味わわされる、そんな恐怖の世界……そこでは意識と分析が過去の幸福な思い出を毒し、不幸な思い出はそのまま薄めることなく残され、その結果、奇跡的な力を保ち続ける……そこで悟りを得ると、現世で秀でたりあるいは生き延びたりするのに必要な野心や残虐性が持てなくなる……そして私は彼に話した私は自分の考えを口に出せない、他の人に話すことができない、だってそんなことをしたらみんなに伝染《うつ》ってしまうからだ、みんなが**私に**、私の病気に感染してしまう、と……だって私は悪性の病原体だから……それだけじゃない　私の話を聞いている人が**感染しない**、私の話を**理解しない**かもしれないという、さらに大きな恐怖もある　だって私たちの間にある隔たりは大きすぎて、何もそれを乗り越えることができないから……そして私は彼に話した　私にはごくシンプルな人生の儀式に参加することさえできない、と　人と話したり交わったり、服を着たり挨拶をしたり仲良くしたり、そんな日常の楽しみを得ることができない　というのも私はいつもそんな行為を否定し、軽視しているから……悟るというのは一種の罪で、私はそれに対する罰を受けている、私の美点は私の命取りなのだ、と私は言った……でも密かにその呪いに誇りを持っていた……私は人生で一度も、何かとちゃんと関わっていると感じたことがない……ここは自分にとって意味のある文脈だ、自分の居場所はここだ、などと思ったことが一度もない……つまり私のいるべき場所、純粋な場所がどこかにあると感じたことはない――どちらかというと、自分のいるべき時代から引き離され、歴史のプロペラ後流の中に巻き込まれたみたいな感じ……そして私と同じように感じている人が他にもいるはずだという話をした　大体同じように感じている人がいるはず　でも私たちが仮に互いを見つけたとしても、あまりどうってことはなさそうだという話をした……だってもう遅すぎる……ほとんど意味がない……私が頑張れば頑張るほど目標に達するのが難しくなるという恐怖必死になった分だけどうしようもなくゴールは遠ざかる……まっすぐに立ち上がろうと努力すればするほど、背骨が歪んでいく感じ……流砂のようなこの感覚にはうんざりする……私の自己定義の大元をたどるとそこに行き着いてしまうという恐怖……その純粋な破壊力に私の起源がある……そんな話をした……私はそんな話をした……

……そして話すことがなくなったとき、彼はすでに私の肩に腕を回していた……最初、私が話しているときには、手を伸ばして私の手を握り、指をなでた……その後はソファーの横にひざまずいて私の顔を見上げた……その後、肘掛けに腰を下ろした……そして話が終わったときには私の横にいて、グッと肩を抱き寄せ、こめかみと頬にキスをした……最初彼は何も言わなかった　ありがたいことに　というのも私は自分が裸になったみたいで怖かったからだ　自分がうつろになって、人の言葉を聞いたらどうにかなりそうだったから……私は息切れして、鼓動が激しくなっていた　まるで動きだしたバスに走って飛び乗ったみたいに……でも彼は私をしっかり抱き締めた……一度だけ、ほんの一瞬だけ、彼が震えたような気がした……彼がすぐそばで発した言葉が私の耳の中で揺らめいた　君の傷が癒えますように……

……しばらくして私たちは気を取り直し、黙ったまま、ぎこちないムードの中、家を出る準備をした……外で彼の車に向かうとき、私たちは腕を組んで歩いた……私は財布を持つのを忘れたことに気づいたが、取りに戻るのはやめた……というのもその時点でお金は必要なかったし、身分証も要らなかったからだ……その夜の〝キャラバン・イースト〟は騒がしい客は少なくて、比較的静かだった……でもうるさすぎない地元のオリジナルバンドが演奏する音楽はいい感じで、レイモンドと私は笑顔でバーボンをちびちびやりながら世間話をした……私たちは家の玄関の黄色いランプの下で激しく抱き合いながら〝おやすみ〟を言った　私はレイモンドの荒々しいキスを顔の骨で感じた……その後、ゆっくり入った熱いお風呂は、時刻は遅かったけれども、寛大で効果絶大だった――そして寝付いたときには深夜一時を過ぎていた……セックスにはまだ時期尚早だとレイモンドが理解してくれたのはありがたかった……二日後の夜八時に彼から電話がかかってきたとき、私には直ちに分かった……直ちに……まるで予想していたみたいに……でも私は受話器を置きたい衝動と戦わなければならなかった　そのまま電話を切ることはできなかった……私は耳を傾け、話を聞き続けた　彼はゆっくりと話しにくそうに話した　君の話には感動した、心を動かされた、こんなにすごい話を聞かせてもらえるなんて自分は幸運だと思った、と……これは名誉だ、自分は選ばれたんだと思ったと……でもよく考えると最近私は仕事がおろそかになっていたから、しばらくはもっと仕事に時間を割こうと思う、とその後、彼がより低い声で言ったとき、私には話を遮るように〝その気持ちはよく分かる〟と言うことしかできなかった……そして微妙な間《ま》の後、彼は一言、ありがとうと言った……そして私は再び落ち着いた声で、いいのと言った……そんな感じできつい言葉のやりとりはなかった……きついやりとりはまったくなし……喧嘩をする必要なんてあるだろうか？……だって私はその電話を善意に受け止めたのだから……実際それは一種の証明のようなものだった……私がレイモンドについてずっと考えていたことは間違いなかったという証明……私の直感は正しかった……彼も孤独な人間だと、初めて会ったときから感じていたのは正しかった　最初の瞬間、最初の会話から私が惹かれたのは彼の中のその部分だった……

だから私は理解した、今でもそれは変わらない　レイモンドの電話は実際、私たちを結び付けるための方策だったのだ……確実に結び付ける方策……というのも彼は明らかに、橋渡し不可能な距離を保つことでしか私たちを結び付けられないと理解していたからだ……私たちが共有しているのは孤独という境遇だと彼は理解していた……私たちを定義する相互性、私たちの接続不可能性……私たちに許されたただ一つの存在様式……だから私たちは一人でいることで一緒になれる……孤立者の共同体の中で、私たちは分離を通じて絆を作ることができる……私たちを隔てる断絶が、私たちの結束を証明する……さっきも言ったように、私は理解した……だから彼を引き留めないことで、彼を私の世界に招き入れた……私たちの連帯を確かめるために……

……私はその後三日間、週末の間ずっと、家を出なかった……チラシについていたクーポンを切り取り、外の明かりは点けず、冷蔵庫にずっと入っていた食料品、棚の奥に残っていたかび臭い食料品を片付けた　そうすれば誰にも会わずに済むし、電話をかける必要もないし、他者に触れなくていいから……そしてたくさんテレビを観た……でも彼がいなくて寂しいとは思わなかった……寂しいと思えるほど彼のことをよく知らなかった……それは予想通りだった……結局のところ、物語は何の役にも立たないわけじゃない……物語のせいで何かを失うとき、その喪失を慰める助けにはなる……そしてもちろん、家にこもりきりだったその三日間、気がつくと私は考えていた　予想通りと言えば予想通りだけど、父のことを繰り返し考えていた……父なんていたことがないと今でも思っているし、純粋にそう信じているけれども……だって実感としては私に父なんていたことがない……それが実感……結局のところ、母の話だと、妊娠に気づいたときには父はもう母のもとを離れていたらしい……だからある意味、父は母を捨てたとさえ言えない……だって捨てるような関係さえまだ生まれていなかったのだから……私の両親は当時まだとても若かった……父は冒険心が旺盛だった、と私はいつも自分に言い聞かせる……ていうか、彼はまだ子供だった……

何にでも挑戦していた……母に聞いた話では、両目の間隔が広い父の目はきらきら輝いていた……そして濃いコーヒーが好みだった……しゃべるときは両手を大きく振り回し、笑うときはありあまるエネルギーで両足を踏みならした……母の父親がたまたま家に来ていた彼を娘に紹介したらしい……母は後に、彼みたいな人には会ったことがなかったと言った……子犬のような彼の性格には伝染性があった、と母は言った……彼は何にでも興味を持った、と母は言った　そして少しでも興味のある人なら誰とでも話をした、と……それはつまりほぼ誰とでも話したってことだけど、と母は言った……あるとき彼は車を突然停めて車の屋根に上がり、夜の地平線にかかる大きな月を眺めた、と母は思い出話をした……そしてしばらくの間月の話を続けた、と母は言った　なぜ月があんなふうに大きく見えるのかというと、実は月が地上の風景に近いせいで起こる一種の錯覚なのだという話……そしていつか、アメリカのすべての州を見て回りたい、そしてすべての州で友達を作りたい、という夢の話……でもそんな旅をするお金はないので、彼は旅の写真を眺めるのが好きだった　たとえそれがくたびれた古本の間に挟まった個人的な写真でも……彼はエドワード・R・マロー[017]に手紙を書いて、その返事を何度かもらったことがあった　それはなかなかすごいことだった……父はまだ定職を見つけていなかったが夢を持っていた、と母は言った……そしていつもおしゃれな靴を履いていた、と母は言った……で……で、私は今もそれに惹かれる……いつもそれに魅力を感じる……そういう部分……つまり夢、永遠に回帰する夢、私を今の時代に引き戻してくれる絶望的な夢　不在の父という夢……

……でも、そのせいで私はどこに導かれたのか？……今の私はどこにいるのか？……どこでもない異郷の地、内なる異郷……異郷、そして新ピタゴラス主義の静寂……私の中には検閲官がいる……そして私自身の叛逆《はんぎゃく》を抑える……かわいそうなのは卵！……だって私は〝大洋的感情〟[018]についての文章を読んだことがあるから　でも、海の真ん中で渇きによって死ぬこともある……私は〝千の光の点〟[019]というフレーズも聞

いたことがある　でも、そこには温かみがない　それが天を覆う輝きとは違うのを私は知っている……でもそれが私たちの文化的プロジェクトになっている　それがデモクリトス／デカルト／ライプニッツ式の細切り・角切りカルテルによって定められた知覚的至上命令だ……私たちは分割と粉砕によって物事を理解する……原子と粒子をどこまでも小さくする、ひたすら小さく分解することで物事を知る……自分たちのこともそうだ……私たち一人一人が一つの実験……一人一人が解かれるべき問題……個々に焦点を当てられて、理解される……その話は『個人から個人へ』《ド・パルティキュリエ・ア・パルティキュリエ》の中で読むことができる……でも、まさか忘れてないだろうけど、しばらくするとどこかの段階で、それ以上の分割が不可能になる……やがてそこには何もなくなる……自発的に集合する力以外には何もなくなる……そしてそれも勝手に崩壊し、直ちに衰微する……腐敗し、衰える……要するに、分解を充分に繰り返せば、状況は自然と不安定になる……そして自己創造的になると**同時**に自己破壊的になる……それは果てしなく自分を消費する　そしてそれを固定し、落ち着かせることができるのは**外部**の観測者だけだ……忘れたのか？　相対性理論と量子力学の意見が一致する数少ないポイントの一つは、観測者の必要性……言葉を換えるなら、出来事には――出来事が**存在**するためには――二つの作用因が必要だということ……でももし存在自体が出会いなら、私はいかにして……

……だから私は探す……他の哀れな新ピタゴラス主義者の中で、果てしない私の溶解を止めるすべを探す……かくして私は自分に実体を与える視線、存在に確証を与える手を探して生涯を過ごす……超人生《メタ》に終止符を打つ確かな、真実の手を探す……埋め合わせとしての存在を終わらせる……かくして私は粒子を波に変える熱い手を探す……でも、ほら、私の探し方には欠陥がある……私の努力は明らかに的を外している……というのも、私はそんな出会いを成し遂げようと必死になっているけれども、そして真実を差し出すことで実体を与えてもらおうとしたけれども、結局うまくいかなかったからだ……だから明らかに、私が差し出したものは違ってい

た　あれは真実ではなかった……真実を差し出しても駄目だっただろうけれども……たとえ真実を差し出しても、私が手に入れるのは真実のまがい物だっただろう……だって私自身もインチキだから……**私はインチキだ**……理性と資源の無駄遣い――**共感という資源**さえ無駄遣い……だから私のインチキな企ては断絶を橋渡しできなかった……

……だから私はまた分厚い覆いの中に戻り、衝立の背後に隠れる……珍しく挑戦したけどやっぱり失敗……そして、きついけど慰めにもなることわざを自分に言い聞かせる　石が卵の上に落ちたらかわいそうなのは卵　卵が石の上に落ちたら――かわいそうなのはやっぱり卵……こうしてことわざに慰めを見つける……思った通りだという慰め……**畜生――こん畜生め！**と叫んだりはせず、やっぱりそんなものかと沈黙の中に引きこもる……パターンは**ある**という慰め……どれほど孤立したものであっても、出来事はより大きな流れに合致している……その流れはダーウィンが大事な点を勘違いしていたと証明している……偉大なる競争主義者、ダーウィンとスペンサーの二人は逆さまに物事を見ていた……私たちは彼らを帝国の代弁者として頻繁に引き合いに出すけれども、二人はビクトリア朝の征服者にありがちな楽観主義に陥っていたせいで、思想もすっかりそれに毒されていた……早い話、統計を見ればいい……自然淘汰、適者生存――そんなものが真実である**はずがない**……**ありえない**……そうした法則が語るような目的論は正しいはずが**ない**……**証拠を見るがいい**……生命の過程を突き動かすのは唯一者の生存じゃない、唯一群の生存でもない……だって万一そうなら、唯一群はその後、変化のない世界、無価値で無限に孤独な世界に取り残されることになるからだ……そしてその仲間は耐えがたい退屈と和らぐことのない罪悪感と残された闘争本能のせいで自らを滅ぼすことに取りかかるだろう……そして最後に本当に唯一者になる……哀れで悲しい、完全な孤独……そんなのはおかしい　それは数字を見るだけで明らかだ……証拠の重みを見るべきだ……逆の観点から見ること……途中で脱落する無数の生物たちの果てしなく苦しい闘争に比べれば、何をどう考えても、唯一者の生存は目的論的には無価値だ……唯一者の生存だけが重要でそれが全体を突き動かしている、無数の生物の膨大で果てしない試練は無意味だ、などと断じるのはただの盲目的な楽観主義……そんな見方はとても支持できない……つまり目的はそもそも、そうした**試練を生み出す**ことだった……それが**目的**だった……世界の構造はそのために作り上げられた……かくして一つのことが明らかになる　やむことのない闘争と避けられない死にまみれたこの世界では、生命の究極の目的——生物が存在する目的——は**可能な限り最大の苦しみ**を生むことなのだ……生命という実験はそのためにある……もとからそういう計画だったのだ……私たちはそんな世界に生きている……実際、そう考えれば私たちの行動のすべてが理解可能になる……完璧に意味を持つようになる……その観点に立てば、世界そして人間の営みのすべてが輝かしく贅沢で、豊かな成功を収めているように見える……そうだ　私たちの価値は苦しみの量に応じて決まる……苦しみが私たちを測る……それが最終的に私たちを裁く……私たちの価値……議論の余地のない私たちの存在理由……

でも違う　進化なんてない　あるのは連続的な生態学だけ……ダーウィンはただの宣伝マン、病的なエゴイストだった……でも、我《エゴ》の強くないエゴイストにしかあの発想はできない……だからよしとしよう……でも私たちは今も何かを作るとき、進化というモデルを用いる……そこからひらめき《インスピレーション》や動機を得る……そう　創造主としての人間……誰もが創造に対して可能な貢献をしなければならない……私のように不器用な人間でも……だらだらとリビングに座って、かろうじて息くらいしかしていない私のような人間でも……私はそういうところでなら頑張れる……私にも意味のある貢献ができる……というのも私には想像力がありあまっているから……ありあまる理想……私はシナリオも作る……私は架空の、しかし避けがたい運命を頭の中でいじくり回す……私は場面や劇に取り憑かれている……灰色の色調で描かれた劇……そして硬い表面……タイル張りのオフィスの床に並べられた灰色の人々の劇……エアコンで冷えた灰色の部屋……冷たく硬い床が腹と膝を押す感触　冷たい床が広げた肘と顎に当たる……心臓の鼓動、疲れ果てた汗、喉に詰まる涙……あえぐような、不規則な息……硬い床の上に一列に並ばされたおびえる人々……見えるのはテーブルの脚と埃の粒、ごみ箱の底と机の下……汗をかき、しくしくと泣きながら……するとそこにブーツが現れる　立派なブーツだ……リノリウムの床を踏みつけるブーツは――片方じゃなく、左右ともに見える――ハイカットの編み上げで色は黒……そのブーツが大きな音を立てて大股で部屋を歩き回る……大きなブーツが激しい音とともにリノリウムを叩き、埃を舞い上げ、金属製のテーブルの長い脚とずんぐりしたデスクの短い脚の間でペーパークリップを蹴飛ばす……その後、何かを突き飛ばしたり、倒したりする音が頭上から聞こえ、ペンやホチキスや丸まった紙がリノリウムの上に散らばる……そして冷たく硬いリノリウムの上に広がる……その後さらに、大きな靴音……そして引き出しを乱暴に閉め、椅子を押し、椅子を床に倒す音……そして叩く音と押さえる音……金属製の棚を押したり引いたりする音、そしてファイルの引き出しを蹴る音……さらに突き飛ばし、さらに散らかす……そして、どうしてサイレンがまだ聞こえないのかと不思議に思う……大きな音とともに蹴飛ばされたごみ箱が金属製のデスクに激しくぶつかる……デスクランプが床に落ち、ペンとメモ帳とペーパークリップがさらに散らばる……その一部が腕や頬、腰の上に落ちる――でも払い落とすことはできない――誰もそれを**払い落とす勇気がない**……それから激しい音　さらに蹴飛ばす音、さらに歩き回る音、靴音は徐々に速く大きくなり、やがて静かになる　それから泣き声と悲鳴、そして泣き声、そして静寂、それからカチッという恐ろしい音がして――

――頼む、なあ、頼む、なあ、頼む、なあ、頼む、なあ、頼む、**なあ**、頼む、**なあ**、頼む、**なあ**、**頼む**、**なあ**、**頼む**、**なあ**、**なあ**――

――お願い、お願いだからやめて、**やめて**、やめて、お願いだから、やめて――

――私が植えたもの、私の苗床、私の鉢植え、窓からの眺め、ポーチ脇の窓、それにヘレン、ヘレン、私は決して、私は決して、**私は決して**——

——でもこんなのは嫌、**これは嫌**、動物みたいに床に腹這いになって、毛皮みたい、動物みたいに**床に**腹這い——

——私を連れて行けばいい、私、私をレイプすればいい、私を連れて行って、みんなには手を出さないで、とにかく**手を出さないで**——

——ああ、神様、ああ、レン、レン、おしまいだ、ああ、神様、ああ、神様、かわいそうなレン、でもレン、でもレン、ひょっとして、私には無理、ひょっとして、レン、**神様**——

——ひょっとしたら神も憐れんでくださる　哀れみを　哀れな憐れみ、反吐《へど》の中で、神様、反吐、見て、見て、哀れな、何て哀れな姿、見て、**この姿**——

——つかむんだ、素早く足首を早くつかむ、体当たりして倒れたら馬乗りになって殴りまくる、そしたら全員、全員で襲いかかる、だから**行け**、だから最初に行け、**そうすれば**——

——私の頭の中で、私の頭蓋骨の中で、この手で、**私の頭蓋骨の中で**、この手で、いや、無理、私には無理、これは無理、**こんなのはとても**——

——**任せろ**、俺がやつをコテンパンにする、俺に**任せろ、俺がやつをボコボコにする**——

——建前は終わり、緊急事態も終わり　統治権を、光を取り戻す　しなやかな音が盛り上がり、まるで編み合わせるように——

——でも彼らは溝の脇に立ってひたすら待っていた　ただ立って考えていた　黙って上から溝を覗き込み、おびえながら待っていた　逃げることもなく、戦うこともなく　彼らは逃げなかった　**だって一人でどこへ逃げるというのか、どこに逃げられるだろうか**——

——だから教えてほしい、私は待っていたのだから教えてほしい、生涯待ち続けていたのだから教えてくれ　埠頭《ふとう》の脇に留められたバーク型帆船を眺める行列を眺め、荷物が積み込まれるのを待っていたのだから教えてほしい　私に教えてくれ　さあ、**教えて**——

あ、もしもし――

――ひょっとしたらあなたも興味あるかも　ちょうど今、一羽のズアオアトリが窓辺でさえずってる――太い枝の上の方に止まってチーチーというトリリングとチュッチュッというカデンツを繰り返してる……

――けどそのさえずりは、よく聞けば分かるけど、実際にはキーキーという音に近くて……

――ひょっとしたらあなたも興味があるかもしれない……

――要するに、これも手紙だと思ってね、そう、つまり、私のことなんて忘れてたかもしれないけど、残念でした、私は消えたわけじゃありません――てわけで手紙がスタート――手紙に身を任せて――そう、手紙が止まるまで――でも、本当の話、こうしてまた私はあなたの熱い手の中に戻ってきた――私は幸せ、またこうして手紙が書けたのはとても幸せ、またこうしてあなたと〝触れ合える〟のは……

――けど、ズアオアトリの話が私らしくない、嘘くさいと思っているのなら、早速言っておくけど、鳥がそこにいるというのは本当の話――というのも私はなぜかまた引っ越しをしたから――そう、気がついたら**ちゃんと**住む場所を見つけてました――実際、私は今、家を借りて暮らしています（これもまた嘘くさいと思っているのなら、私が借りているのは二階部分だけということも言い添えておくわ）　横柄な人のいないエンポリアの町――そう、そこ――この町ではいまだに郵便配達も薬局の人も笑顔　ついこの前は自転車に乗る子供が速度違反の切符を切られた　時間自体が眠りに就いたような町――要するに、この町なら誰でもいろいろ好きなものを見つけられる――たとえば、せっかくだから言わせてもらうと、メヘリン川のそばには大きくて鬱蒼とした柳の木がある　まるでアーサー・ラッカム[020]が自然と協力して作ったような、ぽつんと立つ木……

――でも、どうしてこんなふうに何度も何度も引っ越しを繰り返すのか、とあなたは思っているかもしれない――うん、すべての始まりは二、三か月前のこと　一人のいい友達――ちなみにその人も名前はロビン、びっくりした？――が電話をかけてきて、のんびり近況を話してたら、こっちにある小さいけど面白そうな会社が経営管理のできる人を探してるっていう話が出てきた――会社の名前はアペイロン、すごく小さな会社だけど、毒性のない絵画用品を売っていて、急成長してるってことだった――当然それだけでも、私が会社に連絡を取って、新たな自分になるのに充分だった――ちなみに〝新たな自分になる〟っていう言い方は矛盾じゃないからね――結局のところ、ため息ばかりついてたって仕方がない――で、私は今、以前より大きい新たな私になった――ちなみに最新の私は割と付き合いやすい相手だと思う、私でも少し知り合いになりたいと思う感じの人――だからしばらくはこれでいこうと思う　静けさがあふれるこのエンポリアの町なら、猛烈な無活動に存分に参加できるから――もちろん女は一つの島だけど、今のところ自分の時間が持ててる――というか、時間という暴君と交渉する方法を学びつつある

……

――けどもちろん、チョムスキーと過ごした時間が最高ではなかったってことじゃない――だって、あれは最高、間違いなく最高の時間だったから――そして私の中にそれを表現する形態素が存在する限り、そのことは変わらない――結局のところ、彼はアメリカが持つ国宝の一つだから――純粋な正義を求める凶暴な戦士――彼が擁護している人々の大半は決してそれを知ることがないけれど――でも今、私の中に残っているチョムスキーの印象は、最も啓蒙された理想の情熱的な擁護者という側面よりも、彼の優しさ、筋の通った断固たる落ち着き――どこまでも謙虚さを保つ立派な姿勢――実際、彼自身がかつてそんな発言をしてる　たしか四か月ほど前に、マサチューセッツ工科大学で開かれた討論集会で――週に一度の小さな集会――いつものように私を含めて八人ほどの参加者が、奥まったゼミ室の丸テーブルを囲んでた――たばこの煙に満ちた部屋で、みんなが開いたノートに走り書きをしながら、彼の言葉の一つ一つに耳を傾けていた――あの日、私たちはナンシー・ドリアンの書いた『言語の死』という本について話してたんだけど、途中で、教養を感じさせるチョムスキーの低くて音楽的な声がこんなことを言ったのを私は覚えてる　自明でない現象に関するわれわれの理解は非常に限られているということを私たちは認識しなければならないって――そう、私たちは彼がそう言うのを聞いた――そして彼はこう続けた　私たちは現実の一部しか理解していないし、興味深い理論や有意義な理論はどれもせいぜい部分的に正しいにすぎないことは確かだと考えていいって――ね、私はちゃんとその言葉を暗記してる――傲慢に対して彼はいつも自らにそう言い聞かせてるわけ――私はその部屋で彼の話を聞きながら、その強烈なまでに謙虚な態度に畏怖を覚えた――そしてひらめいた　自慢に思う価値のある唯一の性質は完全なる謙虚さにつながるものだけじゃないかと考えたの――チョムスキーみたいに筋の通った人の言葉は、シューベルトの後期作品を演奏するジュリアード弦楽四重奏団みたいに私を感動させた――今ちょっと待っててくれたら、さっきの言葉に間違いがなかったかどうか、チョムスキーに失礼なことをしなかったかどうかを確かめるためにノートを探しに行ってくる……

——オーケー——で——持ってきた——ノートは奥の部屋のランプの下にあった——で——これは自分が書いた字だけど読めるかしら　それから話は別の興味深い話題に移った——その場にふさわしくて興味深い話題——チョムスキーが〝反対証拠《カウンターエビデンス》〟と呼ぶものについての議論　何かの研究や実験が行っていることに合わない事実や発見のことを彼はそう呼んでた——つまり、自分の理論と合致しないものは全部そう——ほぼ常にそういう状況は生じる——そこで次にチョムスキーはこんなことを言った　私のメモによるとこんな感じ　本当の研究を行う際には、一見反対証拠に見えるものをどういう態度で扱うかという深刻な問題がいつも生じる——どの時点でそれを深刻に取り上げるかという問題だ、と彼は続けた——それからこう言った　自然科学においては、反対証拠に見えるものは後に何らかの形で扱うという前提でしばしば無視される——そこまで話したところで教室の中はかなりの議論になった——事実性や信頼性などといった問題をめぐる議論だ——例のトマス・クーンならこれについてどう言うだろうか、とか——でも、このメモに書いてあることが正しければ、チョムスキーはその後にこう続けた　反対証拠をめぐるそのような姿勢は極めて当然であり、合理的思考の範囲内だ、と　というのも、それはあらゆる有意義な進歩の前提条件だからだ——つまり、私のチョムスキー理解が正しければ、私たちは多少の反対証拠を受け入れなければならない、時にはそれをきれいさっぱり忘れなければ**そもそも**進歩など不可能だ、ということ——だって多少の例外は常にあるのだし、それにずっとこだわっていても仕方がないから——でも残念ながら、その日のメモはそこで終わっている——ノートのそのページの下端にあるのは悲しい余白——

——ついでに言っておくと、そんなふうにチョムスキーが反対証拠に対して**あまり**敵対的でない態度を取るのはいろいろ都合がよかったんだと思う　というのもその考えは、自身のもっと思索的な言語学研究の一部を正当化するのにも使えたから――おかげで彼の理論体系の中に、少しだけ息をする余地が与えられた――でもチョムスキーはその考えを別の場所にも当てはめた　科学の領域の外側、あらゆる状況にまで応用した――チョムスキーに関していちばん当てになるのは、彼の考えがいつでも一貫しているということ――そして実際、その討論会からしばらくして、チョムスキーはまさにこの問題を扱う論考を「フェニックス」紙[021]（残念でした、「ボストン・グローブ」紙は彼の文章を決して取り上げません）に投稿した――それは予想通り、イラン＝コントラ事件を激しく非難する内容だった　その犯罪としての訴追手続きがいかにことごとくずさんだったか――というのも、チョムスキーが言うように、イラン＝コントラ事件の背後で行われた取引は明らかに正義と民主主義と国民の信頼を裏切る危険なものだった一方で、大量の反対証拠によってその印象が薄められてしまったから――ちなみにいずれの反対証拠もそれなりに正しいものだった――俗悪な愛国心を振り回す、写真写りのいい犯罪者――官僚主義という神秘的な無責任体制――愛想はいいが手を触れられないキザ野郎――失礼――その文章を読んだ私の血は沸騰した――はっきり言ってそれは効果的な記事だった、すごく痛烈だった　そして記事が掲載された後、私たちはみんなお決まりのやり方でチョムスキーを祝福した――つまり、はっきり口を動かさずに無表情で〝あれはよかったです、教授〟みたいなお決まりの短い賛辞を言った――チョムスキーは賛辞なんて望んでいなかった――今では賛辞なんて、彼のアイデンティティーの反対証拠みたいなものね……

――でも、偶然にも記事をきっかけにしてあることが起きた　実際、ちょっと面白い展開だった――だってＣＢＳの地元支局の誰かがそれを読んで興味を持ったから――それで数日後に電話がかかってきた――すごいでしょ　電話よ！――もしも教授さえよければ、他でもない『フェイス・ザ・ネイション』[022]に出演して、新聞にお書きになった問題を論じてみませんかっていう電話――ねえ、いい、これがどういうことか考えてみて――北ベトナムの問題以来二十年、チョムスキーは主流メディアからずっと出禁《できん》を食らわされてきた――ルーマニアのテレビにチャウシェスクが出ずっぱりなのと正反対に、チョムスキーはアメリカのテレビから完全に排除されてきた――つまり、チョムスキーの声は事実上完全に封じられてきた　この国で重要と見なされているチャンネルから拒絶された　本人はその状況を、何て言うか、どうにか変えようとする努力を辛抱強く継続的に続けてきたけれども――彼は否定された選択肢だった――マイクを完全に支配する人々が行使する言論の自由とやらによって否定されてきた――だからその電話は、はっきり言って珍事件という以上の出来事だった――だって何と言っても、キー局が全国放送に彼を招くというんだから――しかも誰もが一目置いている全国放送、日曜の朝のみんなが観る時間帯――だからチョムスキーは電話を受けてから研究室にこもりきりでメモをまとめた――だって『フェイス・ザ・ネイション』に呼ばれたからには、ちゃんと準備をしないわけにはいかないから――そして番組出演の噂はあっという間に学内に広まったけど、チョムスキーはあくまでも冷静で、私たちに知らせるときもさりげないというか、話の流れで言ってしまった、みたいな感じだった――実際、私が話を聞いたのも、たまたま彼と学内の階段ですれ違って、ワルピリ語の語順の自由度について私が書いた論文に関するコメントをくれたついでだった……

――でもその二、三日後にサプライズがあった――ほんとのサプライズ――というのも何と、チョムスキーが私を研究室に呼んでこう訊いたの――そう、私に――そのインタビューに同行してくれませんかって――おかげでアドレナリン全開――**えっと**って私は思った――でもそのとき彼が説明した――彼はデスクに向かって座って言った　インタビューは次の日曜に予定されているんですが、豆の町《ボストン》からの生中継という形じゃなくて、私がワシントンまで行こうと思っているんです、って――番組のホストと並んで座りたい、同じ空間にいたいと思ってね、と彼はとても静かに言った――なぜか、そうすることに意味がある気がするんです――それとも

う一つ　旅には仲間がいてくれたらありがたい、何かが起こったときに助けてくれる人がいてほしいと思ったんです、って彼は言った――私は話を聞いてなるほどと思った――なるほどと思わなくても彼の頼みを断ることはなかったと思うけど――でももちろん、私はその場でイエスと返事をした……

――CBSは私たちが土曜日の午後にワシントンに行く飛行機のチケットと、アンバサダーホテルの部屋を手配してくれた――もちろん部屋は別々――**この**従属節には埋め込みなし――気がついたら私は瀟洒《しょうしゃ》で控えめな部屋の雰囲気が気に入っていた――特にその素敵なシャワー――**んんん**……

――その夜、私たちはホテルのすぐそばにあったまあまあのイタリアンレストランで食事をした――チョムスキーはフージーで予約を取るようなタイプじゃない――そして音韻論の話をしながらトマス・サークルまで歩いた――でもその後は早めに寝た　翌朝は八時に迎えのリムジンが来る予定だったから――そして当日　ロビーで待ち合わせをした私たちの前に奇跡的なほど時間に正確な運転手が現れた――チョムスキーは普段と同じ上着とネクタイを身に着けていた　どちらもベージュっぽい色合いで、色の取り合わせとしては不合格　私は目立たない格好をした――まばらに走るタクシー以外、通りはほとんどガラガラで、スタジオまではあっという間だった――それにしても、リムジンの足元があれほど広いとは驚き

――M通り二〇〇〇番地というにぎやかな場所にあるCBSに着くと、運転手が私たちをロビーに案内した　そこで私たちを出迎えたのは満面の笑みを浮かべてうれしそうに握手をするチャックという男だった――チャックは次に私たちを大きな扉の先にある、廊下の長い建物に案内して、そのまま来客用待合室まで連れて行った――するとチャックは〝しばらくここでくつろいでください〟って言って、どこかへ去った……

――部屋は大きくもなく小さくもない四角形で、クッションのある椅子が壁に沿って並べられていた――一つの壁際に置かれたテーブルにはマフィン、ベーグル、コーヒーポット、発泡スチロール製のカップなどが並べられて、反対の隅

に置かれたもう一つのテーブルには「サンデーポスト」紙、「ニューヨークタイムズ」紙、そして側面にたくさんのボタンが付いた電話機があった――そして長い壁の高いところから飛び出している黒くて大きな金属製アームに取り付けられた大型テレビではCBSの放送が生で流れていた――私たちはその部屋で腰を落ち着けて出番を待った――私の横でチョムスキーは「ニューヨークタイムズ」紙のあちこちに目を通していた――彼はほぼずっと黙っていた――でも私は一応十分ほどおとなしくした後立ち上がり、ためらいがちにブルーベリーマフィンを取りに行った――上に何かサクサクした感じのものが載っていた――それ以外、部屋は静かだった 外の廊下では時々人の行き来があったけれども――しばらくして私は立ち上がり、部屋から出て、周りの様子を見に行った――驚いたことに、誰も私に構う様子がなかった――廊下と暗いスタジオ以外、たぶん何も見るほどのものはないのだろう――だから私は部屋に戻って待った――そして私たちは読んだ――そして待った――そしてさらにまた読んだ――一度、チョムスキーが腕時計に目をやるのを私は見た――実際、時計を見るのも当然だ――放送時間が迫りつつあった――というか、かなり迫っていた――でも、この種のインタビューはあまり準備のようなものは必要としないのだろうって私は考えた――だから私はのんびり構え、他にすることもないのでテレビ画面を見た――チョムスキーは新聞を読み続けた それか遠くに目をやって考え事をしていた――そのとき若い男が部屋に飛び込んできた それは私たちを案内したチャックとは違う人だった――手にクリップボードを持ったその男はいい感じに筋肉質だったけど、少し顔色が悪かった――彼が最初に口にしたのは、えっと、チョムスキーさん？だった――すみません、チョムスキーさん？――それから一つ咳払いをして言った ちょっと変更があったんです――上が決めたことなんですけど、と彼は言って視線を下げた――別のゲストをお呼びすることになりました、その方が急に、ぎりぎりのタイミングで出演できることになったんです――そのゲストの方が番組的にはタイムリーだという判断で、と彼は言って咳をした――ニュース価値があるとかで、と彼は言った――そして彼はついに口にした、そう、決定的な言葉を言った――申し訳ありません、と彼は言った――私は椅子から飛び上がったけれど、本格的に文句を言いだす前にチョムスキーが咳払いをして、完璧に冷静な口調で、ああ、全然構いませんよ、と言った――彼はほとんど身じろぎしなかった――膝に手を置いたままじっと座っていた　すると非チャックが大きく息を吐いて礼を言った　ご理解いただきありがとうございます、って――本当にありがとうございますって――感謝します、って彼は言った――大変お手数をおかけして申し訳ありませんでしたって彼は言った　でも、よくあることなんです――ニュース関係の仕事ってそういうものなんですって彼は言った――分かりましたってチョムスキーは言った――よくあることなんですって反チャックが繰り返した――分かりましたってチョムスキーは言った――そしてようやく立ち上がった……

――不チャックはカーペットを見ながら、あなた方の準備さえできれば車はもう待たせてありますって言った　それからまた、〝ご不便〟をおかけして申し訳ありませんでした、と言った――チョムスキーはまた、問題ありません、全然問題ない、って言った――それから、出発前にトイレをお借りしたいと頼んだ――そして男に付いて部屋を出て行った――テレビがつけっぱなしの部屋に取り残されて震える私の中で、いくつもの感情がぶつかり合った――怒りの感情とやっぱりという感情に加え、悲しみ混じりの恥辱も――ていうか、私には信じられなかった、目の前で起きたことが信じられなかった――その厚かましさ、恥知らずな展開――軽食が置かれた待合室のテーブルに片手をついて、私は震えていた　ひたすら震えていた――私が自分に言わせないことを私の体は表現していた――だからしばらくすると、私もトイレに行きたくなった――つまり、その場にじっとしてはいられなくなった――だから私は廊下を進んでどこか他の行ける場所を探し、眠ったように暗いスタジオが並ぶ脇を通り過ぎた――歩を緩めて、その灰色がかった分厚い防音ガラスの奥を覗くと、電源の入っていない操作盤の金属とパネルに光が反射するのが見えた――さまざまなつまみとケーブルと画面――何もかもが神秘的でコンピュータっぽく、好奇心をそそり、誘惑的で強力に見えた――要するにそのスタジオはまさに昔から入りたいと思っていたような場所だった――でも私は立ち止まらずにトイレを探した――扉の前を過ぎ、壁の前を歩き、郵便物投入口《メールシュート》を通り過ぎた――そしてさらに先に進んだ――でもトイレはなかなか見つからなかった――トイレがありそうな一角も見つからない――だから廊下を曲がることにした　それは静かなエリアにつながっていた――そっちの方が可能性が高そうだと私は思った――するとそこは建物の中でやや暗めの一角になっていたが、私はトイレのマークがある扉を探し続けた――でも見つかった掲示は〝ダビング室〟、〝ポストプロダクション室〟などばかり――そのとき何の前触れもなく、壁際の暗がりに立っているチョムスキーの姿が見えた――彼は廊下側に背を向けて、山のように積まれた段ボール箱の方を向いてじっと立っていた――箱は全部空っぽで、捨てられるのを待っているようだった――でもチョムスキーはその陰になった暗がりにぽつんと立って、左手に眼鏡を持っていた――背中は少し丸まっていた――私が袖に手を触れると、彼はさっと振り返り、ああって言った――その後、暗がりから出てきて、眼鏡をかけ直した――そしてすぐに気を取り直し、いつもの彼に戻った――そこだよ、と彼は廊下の先を見ながら言った――そこ　君が探しているものはたぶんそこだ――微妙に震える彼の声を聞いたとき、私の中で何かが融けた――私は黙って彼が指差す方へ歩いた――彼は扉を指差していた――とても上品に――そして私が中に入ると彼は後ろを向いた――そして私が用を済ますと、手洗い場のペーパータオルはなくなっていたので、手を乾かすことができなかった……

――私たちはホテルに戻って、次の飛行機に飛び乗った――私たちはずっと、必要以上の言葉は交わさず、いくぶん他人行儀に振る舞った――私はもちろん、彼ともっと本格的に話をしたかったけれども、彼の沈黙を尊重したい気持ちもあった――だって今だから言えるけど、私はカンカンに怒っていたから――私は一連のことについて怒っていた、カンカンだった――彼に対する扱いなんて話にならない、と私は思った――**考えられない**ほど失礼――おそらく私たちはそこまで予見すべきだったのだろうけど――でも一瞬だけ、ほんの一瞬、敵の隙を見た気がしていた――チャンスを与えられたと思った――わずかなチャンスを――でもシステムは常に自己修正する――それは何層もの補助的な防御機構で守られている――戦略防衛機構にはいくつもバックアップがある――脅威となる生物多様性を阻むノイズゲート[023]――辣腕プロデューサーの中には、再生不能性貧血にかかった息子にいい格好をするだけのためにゴールデンタイムに三日連続のミニシリーズドラマを企画する人もいる――この前そんな話を聞いたばかりだ――なのにチョムスキーには少しも……――いや、一度さえ、**一単語**さえ許されない――いや、**摩擦音**の一つも――くずメディアめ――マス・コミュニケーションなんてどこがコミュニケーションなのか――でも、もうたくさん――もうたくさんだ――うん、**もういい**……

――実際、そのときはまさにそんなことを考えていた　**もういい**――私の中でその言葉が何度もこだました　ボストンに戻った後何日間も――その言葉が私に取り憑き、容赦なく私を包囲し、逃げ道は見えなかった――図書館でいつもの席に座っていても、その言葉が頭から離れなかった――スーパーマーケットでレジの列に並んでいるときも――サマーヴィルにあった二間から成るアパートで、クロスの掛かっていないキッチンテーブルにじっと座っている間も――**もういい**、と私は考え続けた――**もういい**――心の中のそんな矛盾は**もういい**――チョムスキー的状況に通底する心の中の矛盾は**もういい**――**そして**私の中でもつれ合う矛盾ももういい――こんなことは**もういい**――もう**充分だ**――正義を求める本能が無視され、拒絶されるのを黙って見ているなんて耐えられない――だって自分は正しいのに相手にされないという恐ろしい緊張の中で生きていると体が弱るし、心がむしばまれる――だって民主主義の保証する自由が民主主義を潰す戦争の許可証《ライセンス》として使われるのを目にするなんてひどすぎる――おかげで私は怒りで**爆発**し、**ばらばら**になった……

――でも、それでも――それでもチョムスキーは自分の研究室に戻ってまた仕事を始めるだけだって私には分かっていた――翌日にはデスクの前に戻り、筋の通った議論をまた勤勉に次から次に記すのだろう、と私は知っていた――それでも何かが意味を持つ可能性が残されているかのようにひたすら仕事を続ける――それを望む者のために大事な思考を生み出し続ける――いつかそれを見つける能力を持った者のために――というのも、チョムスキーはそれが正しいことだ、誰かがしなければならないことだと知っているから――ひたすら辛抱し、続けること――正しいこと、正義がいつかは認められるというかすかな、そして恐ろしく時代遅れの希望に賭けて――認められなければ**ならない**という希望――そして彼の情熱、彼の偉大な情熱は私よりもはるかに徹底しているように感じられた――徹底していて、ブレがなかった――道徳的そして知的な土台に深く根を下ろしていた――他方で私の関わり方は主に感情から生まれていることが明らかになりつつあった――その分、軽く感じられた――そしてその分もろく、恐ろしく壊れやすいものなのではないかと私は不安になり始めた――クモの糸のように頼りないもの――あるいは言葉を換えると、その仕事には不充分ではないか、と――なされるべきことにふさわしくない――だから傑出した彼の美徳によって私の弱さが浮き彫りになって、私の力不足がはっきりとした――彼が放つ猛烈な光が私の薄っぺらさといい加減さを照らし出した――彼という規範によって、疑いようもないはっきりした形で、ありのままの私の姿が明らかになった――あらゆる欠点とともに――というのも、彼が中核文だとするなら、私はその変形にすぎなかったから[024]――すると私の規範となっていた人物が突然、自分の不充分さ、自分の派生性をこれでもかと見せつけるものに変わり、私にとっては耐えがたい状況になった――だって彼を見ていると、自分が光源ではないこと、反射板にすぎないことが分かるから――反射板――光の戯れ――私がチョムスキーを敬愛する、この上なく敬愛する気持ちは変わらなかったけど、同時に彼をねたむ気持ちが湧いてきて、自分が彼ではないというだけのことで怒りさえ覚えるようになった――彼みたいな人間にはとてもなれないから――この違い、この距離に耐えられるかどうか、それを維持できるかどうか、私は自信が持てなかった――そんなくだらない考えに悩まされた結果、私はチョムスキーを乗り越えないといけないと悟った――彼を過去のものに変えないといけない、と――新たな距離を作らなければならない――言葉を換えるなら、近接性という病を振り払わないといけない――だって彼の規律ある卓越性はあまりにも重荷に感じられたから――彼が存在するという事実によって突きつけられる要求はとにかく応えるのがとても大変だったから……

――だから十一日後、私は姿を消した――荷造りをして、おしゃべりをして、必要な話をして、未完成の仕事を引き上げて、その土地を去った――二部屋分の持ち物をいくつかの段ボール箱に詰め込んでテープで封をした　その横では、それまで自分のアイデンティティーに欠かせないと思っていたものがごみの山になっていた――でも私はそこを去らなければならなかった――どうしても――ケンブリッジもサマーヴィルももう私が暮らせる場所ではなくなっていた――私は外を歩きながら、街路に腹を立てた――町の名前の音にさえ、腹が立った――だって私は無益な存在になってしまったから――そう　役立たず――チョムスキーの役に立てないというだけでなく、自分自身の役にも立たない人間――理由は単純私は疑いはじめていたからだ――そう　疑っていた――それは許されないことだった――だってその闘争には勝利が見込めないと思った途端、あるいは勝っても仕方がないと思った瞬間に、もう闘争に参加する資格はなくなるから――実際私はすでに落伍していた――一度でも疑えばそれでおしまい――つまり、チャンスは一度しかない――たった一度きり――要するに、もう分かっているだろうけど、向こうの勝ちってこと――連中は私に勝った――**向こうの勝ち**――私は疲れすぎて、反論する気になれなかった――というか、疲れすぎて何もする気になれなかった……――じゃあ、何をするか？――どこへ行くか？――どこに向かって撤退するか？――だって私に選択肢は残されていなかったから　どこへ行くことができるというのか？――長いものに巻かれるか、遠心力で遠くに飛んでいくか、そのいずれか――私にはそのどちらも無理だった――そう、全然無理――どちらも私には合わない――だからこうしてここにいる……――ここに――ズアオアトリと一緒にいる――木製の窓から外を眺めて――外の木々――部屋の中で立ったまま――ただじっと耳を傾けている――辛抱強く聴いている――まるで一人で椅子取りゲームをしているみたいに――座った途端に負けが決まるみたいに……

――まあ、人はよく言うけど、それはそれ――とはいえ、問題は私――私は私なのに、自分で自分を苦しめている――けど、それはそれ――とにかく次はどうするかが大事、さて、どうしましょう？――この先、何を、いつ、どんな理由でするか？――さあ、今のところはよく分からない――さしあたっては　いつも便利なこの〝さしあたっては〟――私がこのエンポリアに滞在するのは、このアペイロンにとどまるのは一時的なこと　キャビネットに収められたファイルをいじるのがどれだけ楽しくても――だから私は常にアンテナを立て、レールに耳を付けて近づく列車の音に耳をそばだてている――一つ考えている可能性をあなたに教えてあげるなら、ラブレーには失礼ながら、ベネディクト会の僧院か女子修道院に入るかもしれない――というのも、あそこには私が魅力的と思うような伝統がいくつかあるから――謙遜、沈黙、土地の管理みたいな――そう、どう？――聖なる三位一体――もう一つ今魅力を感じている可能性も教えてあげる　これもすごく刺激的な可能性　どこかの大学に行って、最も著名なユングの弟子の業績を勉強して再考すること――つまり、かのピアジェを研究する――人類の不器用さの起源について学ぶために……――けど今、その起源を考えるのはやめておきましょう――州境を越える**今回の**手紙では、卑猥《ひわい》な話はなしってことで……

——でも、ピアジェの話はぜひ続きを聞いてほしい　始まりはちゃんとした学問的興味というわけでもなくて、それもケンブリッジを飛び出す数か月前のことだった——でもはっきり言って、エンポリアでまともな研究者を探すのは難しい——でも、だんだん興味が募ってきて調べずにはいられなくなった——実際、数週間前、この田舎町への栄誉ある引っ越しを終えてからすぐに、私がまだ読んだことのないピアジェの本を探しに出かけた——新しい本を手に取ること自体が久しぶりだった——だから町にただ一軒ある書店に行った　そこは繁華街にあって、ランチタイムには二時間休業　ポストカードやパーティー用品も置いているような店だ——でも残念なことにピアジェは一冊も置いてなかった——そこで次の土曜日、その日はもっとたっぷり時間があったので、本探しを続けるためにグリザードまで足を伸ばしたけど、そこには雑貨屋みたいな書店しかなくて、地方の空港で売られている程度の本しか置かれていなかった——次に行ったキャプロンは文字以前の町らしく、本を扱う店は一つもなかった——はっきり言って、私はそのへんでいらいらが募ってきた——というか、いらいらは頂点に達していた——次の水曜日にローレンスヴィルに行って、ようやく心理学のコーナーがある書店を見つけたときにも状況はたいして変わらなかった　二つしかない棚は八割が自己啓発本だったからだ——次に行ったロアノーク・ラピッズではクリスチャン向けの書店が見つかって、そこは品揃えがましだった——ただし世界文学は小さな棚一つに追いやられていて、作品が題名のアルファベット順に並べられている有様だった……

——結局、こうしてピアジェ探究を始めたときから躊躇《ちゅうちょ》していたことをせざるをえないと気がついた　ピーターズバーグのモールまで遠征するという選択肢——そう、分かってる——よく分かってる——でも、きっと大手の本屋チェーンが出店しているだろうと信じて行ってみることにした——天気のいい火曜の夜、アペイロンでの仕事を終えた直後にモールに向かい、比較的建物に近い場所に駐車スペースを見つけることができた——実際、建物に近すぎて、車を降りたときには巨大な二階建て建物の東西の両端が見えないくらいだった――とにかく突撃――Cの14、Cの14と駐車スペースの番号を念仏のように繰り返しながら――そして建物に入るといつものように、何かが切り替わるような直覚的なスリルを覚えた　不規則から規則へ、無計画から有目的へ、風の吹きすさぶぬくもりから静かでひんやりした呼吸向きのすがすがしさへと切り替わったときの無意識の身体的興奮――有線放送《ミューザック》という補足的な安心毛布に全身をくるまれる感覚――入り口からまっすぐに進むと、すぐに宝石屋、葉巻屋、ナッツ屋、その他明るいショーウィンドウに囲まれた店の前を通り過ぎた――そして通路が交わる場所にはプラスチック製のベンチ、丈夫な灌木が植わったプランター、水の流れない噴水、金属製のものに当たってレーザーのような光に化けない限りは柔らかい光を拡散するだけの照明などがあって、そこから二階の店が見えた――他方、この調和的空間では、数百の人々が和声的に集ってウィンドウショッピングしたり、ベビーカーを押したり、ソーダの缶を保冷用のクッションョン容器に入れて持ち歩いたり、大きなスニーカーを履いたたくさんの子供がうろうろしたり、親からはぐれたりしている――そしてコレステロール高めの弦楽アンサンブルが演奏する有線放送《ミューザック》バージョンの〝レット・イット・ビー〟が流れると、その光景が無感情なニジンスキー的振り付けに変わる――広場《コート》の反対側へ進むと、そこにはモールの地図があった　それは背景が黒の回路基板のようで、お菓子の国みたいな色彩の四角形と参照用の番号から、モールには書店が二つ入っていることが読み取れた――そしてご想像通り、その二つは怪物みたいに巨大な建物の両端に位置していた――でもありがたいことに、どちらも一階にあった――よし！――で、私は勇んで歩きだした……

――最初に靴屋の前を通り過ぎ、次にヨーグルト屋、J・C・ペニーズ、そこから女性服のアウトレットがたくさん並んで、また靴屋、面白いカードとエッチなポスターの店、いくつもマネキンが置かれた男性用服飾品店、ノッテボームのペットショップ、名前入れサービスをする屋台風の小さな店、そしてまたたくさんの靴屋――それからそのすべてが溶け合って灰色の染みに変わる――にもかかわらず、人々は漠然と何かを探すように店に出入りし、すべてが滑らかに機能する――明らかに、一部の人は目的の場所を見つけている――そしてその微妙に方向感覚を見失わせる広大さと雑多性の中で、識閾下でずっと聞こえている有線放送《ミューザック》の音楽は私に、神はあらゆる場所にいるので決して人が迷子になることはないというイスラム教的な教えを思い起こさせる――私はひたすら前に進みながら、いい香りを漂わせるカリフォルニア・クッキー・カンパニーの試食には手を出さないと決め、店員がどう見ても子供ばかりという屋台から差し出されたベークドポテトは軽くパスした――それから少ししてウォールデンブックスが見つかった――マニキュアを塗ったような清潔感、柔らかい雰囲気に飾られたパステルカラーの店内はテーブルランプと柔らかいスリッパをイメージさせた――手前の壁沿いに置かれたラックからは雑誌があふれそうになっていて、ディスプレーテーブルにはベストセラーが何冊も、ページを広げて立てられていた――しかも見渡す限りすべての本にしおりの形をした〝特売！〟のシールが貼られている――それに加えて店先には、さらに広いテーブルの上に何かのテーマか有名人を取り上げたカレンダーが十五部ほど積まれ、装飾的な文字の書かれた販売促進用品が並べられた長いカウンターの向こう側には若い女のレジ係が無表情で座っていた――中に入ると、店の奥の壁沿いに心理学のコーナーがあった――いくつかの棚はフロイトやロロ・メイがそこそこ揃っていて悪くなかった――でも残念、ピアジェ関連の本は少なかった――定番のピアジェ入門はさておき、『子どもの因果関係の認識』があったのはよかった――というわけで、次にすべきことは明らかだった　私には分かりすぎるほど分かっていた　建物の反対側にあるもう一つの本屋にも行かなければならない、と――そして、そう、ウォールデンブックスを出るとき、一つの壁全体がテレビゲームのソフトで埋め尽くされているのが見えた……

――そして、シューッ、私はまた店の外に出て、神聖なるもののただ中で満ち足りた表情を浮かべるモール客を見た――流れの外にいる私の目から見ると、そぞろ歩く雑多な漂泊者たちは落ち着きの悪い組み合わせを体現しているように見えた　なじみがあると同時に**とても異質**な人々――でもそうして再び通路に戻った私は人と人の間をかいくぐり、また同じ段取りが始まった　靴屋、カメラ屋、額入り写真、〝スヌークス〟、女性服、菓子とドライフルーツの店、〝おいしいタコス〟、〝七三一部隊〟という名の家電量販店――逆向きに歩いていたときに見たのと同じ店は一つもなかった――でもそのとき、どことなく面白そうなフロアランプを売っている照明屋を見つけた――それは背の高いブロンズ製のランプで、すごくかっこよかった――たまたま私は居間用にそんな感じのランプを探していた――だから買い物客の流れから外れて、その店を覗こうとした、とそのとき、バーン、私は何かに思い切りぶつかった――実際なかなかの衝撃だった　それは私の肩と顎にぶつかり、耳元で衝撃音が響いた気がして、私はひどく驚いた――私がぶつかった相手は格子縞のシャツを着た三十歳くらいの男で、向こうのダメージも大きかった　男は後ろ向きにプラスチック製のベンチに倒れ込み、そのままそばにあったプランターの灌木の上で大の字になった――どうやら向こうも前を見ていなかったらしい――だから私はそばまで行って横にかがんだ――そして慌てて謝罪し、自分の方の痛みも忘れて、許してくださいと言った――でも彼はいい人で、紳士だった――彼は首を横に振って、とんでもないと言うように手を振り、ぼそぼそとこちらをなだめるようなことを言った――でも私はそんなふうに突き飛ばしてしまったことを申し訳なく思ったので、男が起き上がって体に付いたごみを払ったとき、私はぶつかったときの勢いで彼が落としたウォークマンを拾ってあげた――幸運にも、壊れた様子はなかった――でも、本当にちゃんと動いていることを確かめるために私はヘッドセットを耳に当てて聴いてみた――そして驚いた――というか、**本気で**びっくりした――というのも、ウォークマンから流れているのがモールの有線放送《ミューザック》で流れているのと同じ曲、まったく同じ曲だったからだ――まったく同じ録音の曲が、まったく同じタイミングで流れていた——二つは同じ——私はとにかく驚いていた——だからヘッドセットを耳に当て、また耳から離し、それを何度か繰り返した　でも中も外も、聞こえてくるのは同じ曲だった——音楽は完全に連続していた　同じ管楽器と弦楽器がぴったりリズムを揃えて奏でる、シロップのように甘い有名な曲——つまり、同一の添加糖液——外部が内部と混ざり合っていた——完璧な交感——速度抑止帯《スピード・バンプ》は消えていた——それは確かだ——だから私の中で何かが〝やば！〟と声を上げた　私はその後、男にウォークマンを渡し、さらに二言三言詫《わ》びた——それからありがたいことに私はその場を離れた——人混みに紛れてほっとした——肩をさすりつつ、少しめまいを覚えながら歩いた——そしてその前に目に入ったフロアランプのことはすっかり忘れていた——でも、そんなのは知ったことじゃない　本当にあんなことが起きたのかもしれないのだから……

——とはいえ、よく言われることだが、**それ以外は何事もなかったかのように**世界は動いていた——私は何の自覚もなしに大げさに語る——ここでも、そこでも、どこでも——私は今でも木の声を聞き、歌を見る——そして実際今も、すぐ外から聞こえるズアオアトリのアリアは現実以上に甘い歌声に聞こえる——ああ、ブラボー、くちばしを持った歌姫よ——でも私については、何とかその場をしのいでいくだけ——どうやってしのぐのかは分からないけど——でも実際、私のことはもういい——というか、はっきり言って、私の話はしたくない——けどほんとに、もうたくさん——もう充分——**その点**についてはあなたも同意してくれると思う——だって、こうして電話したついでだから言っておくと……——ていうか、話のついでで言うと、これっていい機会よね——そう、そうよ、めったにない特別な機会——だってせっかくの電話だから訊くけど、あなたは最近どうしてた？——最近はどんな感じ？——ありきたりな言い方だけど、調子はどう？——ねえ、教えてよ……——最近どうしてたか……——ほんとに聞かせて——何、黙り込んじゃって？……——何も話したくないってわけ?――何も隠さなくていいじゃないの――ほんとに、何も隠す必要なんて――いえ、そんなのは昔の話――そんなのは**過ぎたこと**――**本当に**昔の話は水に流しましょうよ――うん　あなた――そうよ、**あなた**――せっかく今こうして話してるんだから――さあ、私に聞かせて――ほんとに、久しぶりなんだから話を聞きたい――ていうか、そんな心配は要らない　そんな話はいいから――さあ、ほら、話して、教えてよ……――ねえ**早く**……

――ああ……うん……大丈夫……

――ほんと?……ほんとに大丈夫かい?……

――うん……ほんと……

――だって……あの、こんな言い方はあれだけど、その様子だといまいち……

――うん……だいぶよくなってきた……

――それならよかった……よかった……そう聞いて安心した

――うん、だいぶよくなってきた……うん……

どこからともなく小型のセダンが現れて右側から私たちの車を抜いた　明らかに向こうは先を急いでいた　すでにセダンの後部バンパーが見えていたが、私は反射的に車を左に寄せた

――言いたいことは分かる、とアーチーは言った

私たちが走る州間高速道路五八号線は、東へ向かう車線が西へ向かう車線より少なくとも七メートル半高くなっていた　二つの車線を隔てる分離帯は草の茂った斜面になっていて、シロイワヤギ《マウンテン・ゴート》でもしっかり立てそうにないくらい切り立っていた　その頃には黄昏《たそがれ》が迫り、ハイウェイを縁取る林は霧のかかった闇と溶け合い、前方の視界が悪くなり始めていた　ヘッドライトをともすと、フロントガラスで潰れた虫が染みになって浮かび上がり、まだらに視界を遮った　そこで私はウォッシャー液を噴射して――しっかり三回レバーを引かないと液が充分に出なかったが――ワイパーをかけた　やがて虫の残骸はフロントガラスの上で平らになり、開いた本の形に変わった　暖かないい夜だった

――で、祭り《フェアー》はどうでした？とアーチーは言いながら、ダッシュボードに両手を置いて、ゆっくりと両腕を伸ばした　そして伸びをするように息を吐いた

――ああ、まあまあかな、と私は言った　実はいろいろ見たわけじゃないんだけど、まあまあだったと思う　元々あんまり祭りは好きじゃない

――そっか、とアーチーは言った

――バスコ・ダ・ガマのガレオン船ってのがあったけどあれはいい、と私は言った　赤とかオレンジ色に塗ってあるやつ　あの揺れ方がいい、すんごい上の方まで行って、行ったり来たりするのが最高……

――うん、とアーチーは言ってあくびをした　あれって変だよね　先にソーセージロールを客に食べさせておきながら、次に絶叫系で吐かせようとするとか

実際、私はちょっと足を伸ばしたついでに祭り《フェアー》に立ち寄っただけだった　その日は長い一日だった――起きたのが朝の六時十五分で、一時間もしないうちに外に出ていた――そこからは延々車で走った　例外は昼食を取った二十分間だけだからハイウェイの脇に置かれた祭り《フェアー》の看板――サンドイッチマン用のボードだけど、人間はいなかった――を見たときには赤い字で書かれた〝八十を超えるアトラクション〟を覗いてみようと思った　ハイウェイの出口は十分後に現れたそこから六キロほど低地を走り、ますますくたびれた感じで熱がなくなっていく案内板に従って進んだ（最初は〝びっくりするほど楽しいよ！〟とあったのが、〝楽しい経験はこちら〟に変わり、最後は〝このまま直進〟になった）　芝生の駐車場にはトラック、車、ＲＶがずらりと停められていて、私が車に鍵を掛けたときにはもう、風船の割れる音、おもちゃの銃を撃つ音、支離滅裂な音楽などが木々の向こうから聞こえていた　音の聞こえる方角に向かってしばらく歩いていると、派手なオレンジ色に包まれたゲームのブースが並ぶ一角が見えてきた　住人に包囲されたシュールな西部の町のように、祭り《フェアー》の四方八方では、人々がライフルを撃っていたり、物を投げていたり、無意味な音を発していたりした　別の場

所では人々が〝恐怖《ホラー》ホテル〟に入ったり、小さなガラス製の檻に殺到してそれらに餌をやるように硬貨を入れたりしていた　私は人工的な音響——笛、サイレン、鐘《ベル》——の間を縫うように歩いた　元は緑色だった通路が、たくさんの客が歩くせいで砂利道に変わっていた　私は結局、列ができていない屋台を見つけて、綿菓子を買った　そしてまた、あたりを歩いた　あるとき、破れた黒の服とブーツというヘビメタファッションで決めた男がふらっと現れ、一つ一つのアトラクションにケチを付けた　でも仲間の三人がいきなり店に並べられていたピストルを手に取って銃撃戦を始め、目に見えない銃弾で互いを狙った　彼らは笑いながらそうしていたが、すぐに飽きてゲームをやめ、また陰気でつまらなそうな顔に変わった　私は立ち止まることなく歩き続けた　バンパーカーにはさほど魅力を感じなかったが、高さが約一二メートルはありそうな巨大な回転滑り台の魅力には危うく負けそうだった　でも結局、今日はドライブだけを楽しむことにして、車に戻った　で、車に乗る前に地面に手をついて足を曲げ伸ばししていたら、そこに木々の間からアーチーが現れて、サフォークの方に行く予定はないかと訊いた　いつもなら断っていたかもしれないが、声の調子に乱暴なところはなかったし、着ているのはロニー・ギルバートのTシャツだったので、気がついたら車に招き入れていた

——ところで、と私はふと思いついて言った　車がないのならあそこまでどうやって行ったわけ？　つまり、祭り《フェアー》の会場までってことだけど

大型のトレーラーが轟音《ごうおん》とともに対向車線を走り去った

——ヒッチハイク、とアーチーは背中を丸めたまま言った　面白かったよ　二人目が会場のすぐそばまで乗せてくれたから、そこからは歩いた

——へえ、と私は言った

——ああ、とアーチーは言って少し背中をまっすぐにした　ヒッチハイクをしてるといろいろといいことがある

——へえ、と私は言った

——マジで、とアーチーは言った　ガソリン代も要らない

し、いろんな人に会える　人間って、二度と会わない相手だと思うと心を開くみたいなんだ
私は笑った
――いや、マジな話、とアーチーは言った　ヒッチハイクをしているとすごくシリアスな話になることがある
――へえ、と私は言った
――そうなんだ、と彼は言った　だってほら、みんな、〝隠す必要ないよな？〟てな気分さ　いつもと違うぞって　はっきり言って、みんなそれが好きみたいなんだよな
――へえ、と私は言った
――マジで、と彼は言った　前にこんなことがあった　このへんでフォードの古いエコノラインに乗ってるやつに拾ってもらったときのことだけど　色は白、七五年型だって言ってた　そのバンの後ろ側はマットレスやテーブルなんかを置いて寝室みたいに改造されて、寝れるようになってた　で、俺はその車に乗せてもらったんだけど、車が走りだしたらすぐにそいつは父親について話し始めた　父親に理由もなくしょっちゅう殴られたとか、髪の毛をつかまれてボコボコにされたとか、おまえは十万ドルのオタクだってなじられたとか、そんな話　十万ドルっていうのは子供一人を育てるのにかかる金額らしい――
――なるほど、と私は言った
――うん、とアーチーは言った　面白い話でしょ　男が言うには、その父親はタコス屋のフランチャイズをやってて、その経営がうまくいかなくなると同時に家の方もぐちゃぐちゃになったらしい　それからは、馬鹿みたいなことを理由にして父親が暴力を振るうようになった　丸いバター容器の蓋をフリスビーに使った、とか、そんな理由で――そのときは信じられないほど殴られたんだって　そして学校のテストの成績が悪いと毎回ボコボコ
――へえ、と私は言った
――うん、マジで、とアーチーは言いながら、ジーンズを穿《は》いた脚を落ち着きが悪そうに動かした　でもそいつの話だと、妹の方がもっとひどい目に遭ったっていうんだ　想像で

きるかな　娘まで虐待だよ

——うん、と私は言った

——けど、娘はそれを乗り越えた、とアーチーは言った

少なくとも乗り越えたように見えた　妹はイエス様を見つけたんだって男は言ってた　電話ボックスでイエス様を見つけたんだって

——電話ボックスで？と私は言って思わず笑ったが、すぐに自重した

——まあ、それがヒッチハイクってもんです、とアーチーは言った

私たちはコートランド出口という標識の下をそのまま進んだ　その後すぐに、もっと地面に近い位置に近辺の情報を記した看板が現れた　病院、食堂、宿、観光案内　車の数は少なくなっていたが、星はまだまばらだった　でも暗闇は染み出すようにして徐々に濃くなり、いつものように広大さと親密さを混ぜ合わせたものを少しずつ注ぎ込んでいた　残念なことに、月明かりは少ししかなかった　私は車の窓を少し開けた

——そう、俺が車を運転するとしたら目的はそれくらいかな、とアーチーは窓の外を見ながら言った　ヒッチハイカーを拾いたい　そのためだけにいつも車でそこらをうろついてみたい

——でも、自分で運転できる年にはなってるだろ？と私は言った　彼は二十四か二十五くらいに見えた

——ああ、うん、とアーチーは言った

——じゃあ……

——でも、あきらめた、と彼は言って大きく息を吸った　たしか、そう、二年前　車を運転するとどうにも落ち着かなくて

——へえ、と私は言った

——うん、とアーチーは言って窓の外を見た　つまりほら、ここみたいに車線が三つあったりするでしょ——さて、どうする？　どの車線を走ったらいい……？

——うん、と私は言った

――ていうか、右の車線には次々に車が合流してくる　時には完全に止まってる状態からこのハイウェイに入ってくる　そして左の車線じゃみんなが思いきりアクセルを踏んでビュンビュン飛ばしてる　で真ん中の車線を走ってたら両側に車がいて、当然それが右に行ったり左に行ったりする　てわけで、どこを走ればいい？　まともな車線はどれ？　だから俺は思ったんだ、そんなことを考えてたらきっと俺自身が事故を起こす　それなら運転なんてあきらめた方がいいって

――へえ、と私は言った

道は空《す》いていたが私は同じ車線の内側を走りながら車を少し左に寄せ、それから右に寄せた　それからまた元の位置、車線の真ん中に戻ると、なぜか少し気持ちが落ち着いた　でも、そろそろトイレに行きたい感じだったので、次の機会に車を停めようと思った　でもそのとき、最後の出口の手前で〝この先三〇キロはトイレがありません〟と書かれた看板を見たことを思い出した　だから私は座ったまま体を前に倒し、太もものあたりを締め付けていた左のズボンを直して座り直した

――で、どうだった？と私は言った

――どうって何が？とアーチーは言った

――祭り《フェアー》、と私は言った　楽しかった……？

――ああ、そうね、とアーチーは言った　俺もあんまり好きじゃない

――へえ、と私は言った

ヘッドライトが数分ぶりにバックミラーの中に現れた

――それで、何をしに行ったのか訊いてもいいかな？と私は言った　つまりその――

――俺が何をしに行ったか？とアーチーは言った

――うん、と私は言った

――うん、とアーチーは言って座り直した　アーウィンが死んだからかな

――へえ、と私は言った

ヘッドライトが私たちの横に並び、しばらくうるさい音を響かせてからテールライトに変わった

――アーウィンって誰？と私は言った

――アレチネズミ、とアーチーは言った　飼ってたアレチネズミが死んだ

――ああ、と私は言った

――ジステンパーみたいな病気にかかったんだ、八日ほど前かな、とアーチーは言った　空気感染ってやつさ

――ああ、と私は言った　それは気の毒に

――うん、とアーチーは言った　つらかったね　七年飼ってた

――うん

――大昔から飼ってた、とアーチーは言った　子供の頃から　昔は〝アレチナズミ〟って呼んでた

――へえ、と私は言った

――そいつはすごくクールだったんだ、とアーチーは言った　マジで頭がよかった　載せてた手をひっくり返したら、ちゃんと手のひらから手の甲に移動したし、オレンジペコの紅茶の葉を食べてた

――へえ、と私は言った　面白そうだ

――うん、とアーチーは言って座り直した　あいつがいなくなってすごく寂しい　俺にとっては大事な存在だった　ていうか、やつが死んだときにはすごく取り乱した　びっくりするくらい　だって家に帰ったときには死んでたんだ……

――へえ、と私は言った

――ていうか、俺は**完全に**やられた　眠れずに一晩中泣き明かして、翌日は仕事にも行けなかった　だって、死んだのはアーウィンだよ、分かる？　土に埋めた後も俺は立ち直れなかった　チョコの入ってた缶に入れて近所の小川まで持っていったんだけど、とても忘れることなんてできなかった　忘れるなんて無理　ていうか、**アーウィンがもういない**なんて……

――うん、と私は言った

――その状態が**何日も**続いた、とアーチーは言った　俺は胸が痛くて痛くて、それがどうにも収まらなかった　それからさらに二日間仕事を休んだけど、仕事に戻っても全然集中

できなかったし、夜になるとアーウィンのことばかり思い出した……あれはどうしようもなかった……

——大変だ、と私は言った

——ところがほら、二、三日前のこと——木曜日だったかな——急に思ったんだ、ちょっと待てよって……いや、ちょっと待て　だって、それってアレチネズミじゃないかって　たかがアレチネズミじゃん、よく考えてみろって……

——うん、と私は言った

——それだけじゃない　たかが一匹のアレチネズミ　たかが一匹のアレチネズミ、たかが一匹の動物のことで何を大騒ぎしてるんだ？　だって、生き物はどうせ全部死ななきゃならない　毎日無数の生き物が死んでるっていうのに、その中のたった一匹のためにどうしてそこまで苦しむ必要がある？　いや、マジで……

——なるほど、でも——

——だってアーウィンは他のアレチネズミと大した違いはなかったのに、どうして大騒ぎしなくちゃならない？とアーチーは言った　その後こんなふうに思った　実は俺はあいつのために心を痛めてるんじゃないって——つまり、アーウィンのために心を痛めてるんじゃない——そうじゃなくて自分のためなんだって　つまりはうぬぼれ　それからこう思った　俺はあまりにも自分を大きく見せようとしてたって　俺は自分の置かれた状況が特別だと思ったから、ペットに対して自分の一部を捧げたから、つらいと感じた　そう考えたら、何て言うか、すごく自己中心的な気がして、序列的っていうか……

——うん

——うん、と彼は言った　ていうか何もかも、自分中心でしか考えていない気がした——どんなことでも俺が勝手に特別な意味を与えてるっていうか　マジな話、ぞっとしたね、マジでぞっとした　そう思ったら何もかもがすっかり色あせて見えた……

——分かるよ、その気持ち　でも——

——でもさあ、俺は最近相対性理論とか勉強してて——一九〇五年の特殊相対性理論の方――アインシュタインがちょっといいことを言ってるんだけど、特殊相対性理論の肝の一つは、絶対的な中心が存在しないってことなんだよね、どれかの点が他の点を決定しているとは決して言えないってこと

――へえ

――けどよく考えてみたら、それって、**すべての**点が中心だと主張する権利を持ってるってことにもなる　つまり、どの点もより大きな構造から自由ってことになれば、それぞれがすべての中心だと言えることになる　少なくとも、他の点と比べて根拠が弱いことにはならない　だから特殊相対性理論を文字通りに解釈すれば、たとえば、天動説みたいな考えに戻ってくるわけ――つまり、宇宙の方が地球の周りを回ってるって主張することもできる　完璧に正当化可能になる　話はそれだけにとどまらない　全宇宙が実は**自分**を中心に回ってるって言うことだってできる――

――それはうれしくないな――

――うん、そうだね、とアーチーは笑った　けど、理論的にはそれでもオーケーってことになる　計算上っていうか、何ていうか　でも次に思ったんだ　ちょっと待てよって　これは絶対におかしい　ていうか、そんなのまずいじゃん　そんなふうに考えたら世の中とんでもないことになる――たとえば、そうなったら選挙なんて意味ある？　つまり、何て言うか、**俺**はそんな世界に住みたくないわけ――

――うん

――ていうか、そういう話は理論や理屈で分かった気になるのは嫌なんだよね　だからこの前、実際に試してみようと思ったんだ――確かめるにはそれしかないって　科学的な手法、経験的な証拠　実際に自分で試すのがいちばんだってね　それで思いついたのがこの祭り《フェアー》のこと

――祭り《フェアー》？と私は言った

――うん、とアーチーは言った　何か役に立つかもしれないと思った　それで今日の午後、ヒッチハイクで出かけたわけ　あっちに着いたのは四時半くらいだったかな　それから少しあちこちを覗いてみた　あっちのブース、こっちのブー

スって感じで　それである一つの乗り物を見つけて、これだと思った　観覧車のそばにある〝傾くスピン〟っていうやつ――きっとあなたも見たはず　とにかく列に並んでチケットを買って、金属の階段を上って乗り込んだ　巨大な皿回しって感じの乗り物で、直径は二五メートルくらい　円周は全部壁になってた　で、そのでかい円盤に乗るんだけど、中心から放射状にスポークみたいな黒い線が描かれていて、俺は案内されるがままに外側の壁に沿ってマークのある場所に立たされた　みんなが壁沿いの位置に付いて、マークの位置が人間で埋め尽くされると、係員は出ていって、ライドが始まるどこかで何かの音がし始めて、巨大な円盤が回りだす　最初は平らなまま、速度もすごくゆっくりなんだけど、徐々にスピードが上がる――でね、その、俺も壁と一緒に回転するわけ　ぐるぐる、ぐるぐる　アントワーヌ・ドワネルみたいにスピードを上げながらぐるぐる回る[025]　でも特殊相対性理論によると、実は**俺**が静止してて世界の方が回ってるって考えても完璧に正しいわけ　不動の**俺**の周りをすべてが回ってるって考えても構わない――だから本当にそんなことありえるのかって確かめたくなったんだ　で円盤は回り続けて、スピードは上がってきて、周りの遊園地の風景は色がにじんで光が筋みたいに溶け合って、体が金属製の壁にどんどん押し付けられるのを感じた　その頃には少し心も緊張してきて、喉のあたりが変な感じになった　すでに相当なスピードになってたからね　それから突然、乗り物が**マジで**浮き上がる――つまり、スピードがさらに上がって、信じられないほどの速さになって、目の前にはまだら模様と染みしか見えなくなって、猛烈なエンジンの音しか聞こえなくなった　あんまりすごいから思わず目を閉じたよ――そのとき気づいたんだけど、体を動かすのも難しくなってた　そう思ったらすぐに全然動けなくなった――ていうか、筋肉一つ動かすのも無理　ほとんど体が動かせないまま壁に張りつけ状態　ていうか、頭もコントロールできない　何もかもが鉛のように重かった――それから乗り物が傾き始めて、回転する円盤全体が斜めになって、俺たちは回転しながら空に向かって上昇していくんだ

かなりの高さまで　体をベルトで固定したりしてないんだけど、すごい力で体がその位置に張りつけになってた　顎にもそれを感じた　何もかもが信じられない速度で、もう何がどうなってるかさっぱり分からない状態――そこで俺は頑張った　頑張って頑張って目を開けたんだ　そして涙でにじんだような光の筋、そしてカラフルで小さな泡が見えるのを確認してからは、目を閉じずにはいられなかった、すべてをシャットアウトせずにはいられなかった　てわけで、ありえないってのが結論　ありえない　すべてが俺の周りを回っているなんてことはありえない　アインシュタインは間違ってた――

彼は黙り込んだ　そして片方の腕をダッシュボードに伸ばして体を支えた　私は少しの間彼を放っておくのがよさそうだと思って、前方に視線を戻した　そして少しでも彼を慰めるつもりでアクセルを踏む足を緩めた　でもあたりはさらに暗くなり、闇が私たちを包んだ　先の方に目をやると、もうすぐ小さな吊り橋を渡ることが分かったので、私はそれに備えた　カーラジオを切っていたので、車内は静かで落ち着いていた

――それで、とアーチーがようやく気を取り直して言った　悪いね……さっきは思い出して話をするだけで少し吐き気がしちゃって

――いいよ、と私は言った

――俺は昔から、びっくりするくらい自己共感力が高いんだ　言ってる意味、分かんないだろうけど……

――ああ、と私は言った　私も時々同じことを考えるよ……

――へえ、とアーチーは言った

――言ってる意味、分かんないだろうけど……

私たちは二人とも笑った

――まあ、そんなわけで俺の証明は終わった、とアーチーは言った　おかげで危うく死にかけたけど、とにかく証明できた　けど、話してたのはアーウィンのことだったよね

――うん、と私は言った

そして少し速度を上げた
——で、自分はどうなの？とアーチーは言って咳払いをした
——え……？
——あなたは何をしに行ってたわけ？と彼は言った　つまり、祭《フェアー》りに立ち寄った目的は……
——ああ、と私は言った　まあ、その　息抜きかな
——へえ、とアーチーは言った
——二日ほど前から車を乗り回してて、今日はさらに足を伸ばしてみようと思ったんだ　祭《フェアー》りで売ってるものも食べてみたかったし
——やば、とアーチーは言った　またちょっと吐きそうになってきた
——ああ、と私は言って微笑んだ　ごめん……
——ねえ、とそれからアーチーは言って、片方の足を尻の下に敷いた　祭《フェアー》り会場にいたカップルを見た？　松葉杖のカップル　老夫婦って感じの……？
——見てないと思う、と私は言った
——そっか、とアーチーは言った　会場で見たものではあれがいちばんだったな　あれはまさに人間アトラクション……
——へえ、と私は言った
——うん、とアーチーは言って、足を戻した　本当に面白い二人だった　さっき言った〝傾くスピン〟を下りたところでたまたま見つけたんだけど
——へえ、と私は言った
——うん、とアーチーは言った　さっきも言ったようにそのときは気分が最悪だったから、立ち直るのに少し時間が必要だった　それで閉鎖されてるスキー・ボール〔ゴムのボールを転がして的の溝に入れる室内ゲーム〕のブースがあったから、その前の階段で休んでた……知ってるかな、あのブースって意外にいい匂いがするんだぜ？……とにかくそこに座って内臓が落ち着くのを待ってるときに中道《なかみち》の様子が目に入って、さっき話したカップルがすげえ面白いことしてるのが見えた　二人とも小柄でずんぐり

してた　たぶん六十歳くらい　男の方は昔風のソフト帽《フェドーラ》をかぶって、女の方は毛皮のコートを着てた　そして二人とも体に障碍があった　二人とも脚が悪いみたいでね　そこでそのカップルは片方の腕を相手と組んで、松葉杖二本を使ってうまい具合に前に進んでた――ブランコみたいに一つの動きで一緒に前進するのさ　松葉杖二本の間にカップルがいる状態なんだけど、それがちゃんとできてて、本当に見事だった二人は大きく体を前に傾けながら、かなりの速度でちゃんと行きたい方向に進んでた　マジですごかった……

――へえ、と私は言った

――うん、とアーチーは言った　マジであれは見ものだったな

速度計に目をやると、一一〇キロを超えそうになっていたので少しアクセルを緩めた――警官はいつも一〇キロくらい大目に見てくれるので、取り締まられる危険性はあまりなかったのだが、あまり飛ばしたい気分ではなかった　いい夜だった

――それであなたは今からどこへ?とアーチーは言った

――ああ、と私は言った　ヴァージニア・ビーチへ

――そうなんだ?とアーチーは言った　俺もあっちに親戚がいる　いとこが何人か　みんなミュージシャンをやってるんだ　もしもしばらく向こうにいるようなら、そいつらの電話番号とか教えておこうか

――いいや、と私は言った　ありがたいけど、あまり長居する予定もないし　でも心遣いをありがとう

――いいよ、とアーチーは言った

――うん、と私は言った

――で、向こうには何の用事で?とアーチーは言った

――ああ、と私は言った　少しの間だけね

――へえ、とアーチーは言った

――向こうにはアート・センターっていう施設がある、と私は言った　そこに行くんだ

――へえ、とアーチーは言った　聞いたことないな

――うん、と私は言った　そこの学芸員《キュレーター》と話をしたくて

ねいろいろ詳しいだろうから　それで……

――何かの調査をしてるってわけ、とアーチーは言った

――まあね、と私は言った　ある意味

――面白そう

――それはどうかな、と私は言った　かなり個人的なことを調べてて、確かめたいことがあるのさ

――へえ、とアーチーは言った

――うん、と私は言って、速度計に目をやった　うちの母親が二、三か月前に死んだんだけど――

――え、とアーチーは言った　それはお気の毒さま

――ああ、うん、ありがとう、と私は言った　けど、それはいいんだ　悪い死に方じゃなかったから

――うん、とアーチーは言った

――とにかく、母が三月に死んだときに、町役場から電話がかかってきたんだ　そんな電話がかかってくるのは、分かると思うけど、少し珍しい

――うん、とアーチーは言った

――それで母が暮らしていた町に行って、書類を提出したり、いろいろやった　あまり楽しいことじゃなかったけど住んでいたアパートの片付けもしなくちゃならなかった　そこには、まあ言えば、六十年分の人生みたいなものが詰め込まれてた　だから業者を呼んで、ガレージセールで売れるものは売った――週末の間にね　その二日以上持っていたくなかったんだ

――分かる、とアーチーは言った

――それでほとんどすべてが片付いた、と私は言ったベッドも、古いナイロンストッキングも　それから清掃業者を呼んで他は全部捨ててもらった

――へえ、とアーチーは言った

――それでおしまい、と私は言った

――うん、とアーチーは言った

――一つの人生が売り払われたってわけ、と私は言った何とも言えない気分だった

――うん、とアーチーは言った

――何とも言えなかった、と私は言った

――うん、とアーチーは言った

――けど、それから二、三日経って、ふと思ったんだ、と私は言った　片付けをしている間もずっと何かが頭に引っかかってたんだけど、ようやくある夜、自分の家のリビングでくつろいでいるときにふと思い出した　母は昔から、何て言うかな、写真アルバムみたいなものを持ってて、それは元々母の父親のもので――

――へえ、マジで？とアーチーは言った　すごい――

――うん、と私は言った　でもそれから、その父親が死んだ後、アルバムは母が持ってた　それでそのとき、アルバムを見かけなかったことに気づいたんだ　まったく見かけなかった――

――それって――

――つまり、部屋を片付けるときに見逃すってことは絶対ありえない　だって一つ一つ少なくとも二回は確認したからね　母がどこかにへそくりとか何かを隠してるかもしれないから念入りにチェックした　だから単純に見逃すってことはありえない……

――なるほど、とアーチーは言った

――でも、母があれを捨てるってことも想像できないし、まさか――たとえばほら――燃えてなくなるとかいう可能性も考えられない　そんなのありえない　とても考えられない……

――うん、とアーチーは言って、いらだち混じりに息を吐いた　むかつくよな、こういう状況……

――うん、と私は言った　で、さて、どうしよう……？って

――うん、とアーチーは言った　他に家族はいるの？　兄弟姉妹とか、家に来て、アルバムを持っていくような――

――いや、と私は言った　一人もいない　私以外にはいない

――じゃあ、誰かに貸したとか、ひょっとしたら――

――いや、と私は言った　そういうのはない　そういう可

能性はない　母はあまり人付き合いがなかったから……

——へえ、とアーチーは言った

——うん、と私は言った

——じゃあ——その、それがヴァージニア・ビーチにあるかもしれないって思ってるわけ?とアーチーは言った

——そういうわけでもない、と私は言った　ていうか、向こうにないことは間違いない　でも、その、手がかりとか情報とかが見つけられるかもしれない、あるいは……よく分からないけど……

——ふうん、とアーチーは言って窓の外に目をやった　てことは、これでまたお決まりのパターンに突入ってことだねどうして長らく何もしてこなかったわけ……

——うん、と私は言った　その通りだ……君の言う通り……

——だよね、とアーチーは言ってあくびをした　何でもかんでもそんな感じ……

私たちは黒っぽいステーションワゴンを追い抜いたが、それは二台の自転車を逆さまにして、トナカイの角のようにトランクの上に積んでいた　その後、私たちは重そうに走る巨大なスヌークスの宅配バンの後ろについた　私は怪物を追い越そうとアクセルを踏んだが、バンが次の出口で下りようと方向指示器を出すのが見えたのでアクセルを緩めた　そしてすぐにバンは消えた　私の横でアーチーは片方の足を座席に上げた　それから大きく伸びをして、ヘッドレストを越えて体を反らした

——でも、ほら、と私はヘッドライトの筋に目を戻して言った　この前またふと思ったんだけど、**実は**私はその写真アルバムを探してたんだ……

——え?とアーチーは言った

——うん、と私は言った　自分でも気づいてなかったんだけど、実は昔から探してたんだよね……

アーチーは何も言わなかった

——でもなぜか、その、探そうと思ってたのに、何て言うか、いつもそれを忘れちゃうんだ、と私は言った　なぜか忘

れちゃう……他のことで注意が逸れたり、別の用事が舞い込んだりして……

――うん、とアーチーは言った

――本当に、と私は言った

――うん、とアーチーは言って再びあくびをした　あなたが言うならそうなのかな……

――**私にも**よくは分からないけど、と私は言った

――だから、そこを乗り越える必要があるってことです、と彼は言った　あれはただ、追いつ追われつしてるだけのことだと思っちゃいけない　果てしない追跡とは違うんです

――そうかな？と私は言った

――ええ、違います、と彼は言った　問題は**全然**そういうことじゃない

――じゃあ、どういうことなのかな、と私は言った

――つまり、単なる暴力と苦痛の問題じゃないんです　ただしもちろん、そういう側面もちゃんとあって、視聴者はそれで喜ぶわけですけど……

――なるほど……と私は言った

――つまり、お客さんにはまた観てもらわないといけないわけですから……

――**なるほど**、と私は言った

――実際には生き延びるってところがポイントです、と彼は言った　つまり、死なない能力

――ほお……？

――それは間違いありません、と彼は言った　考えてみてください、どの映画もさらに小さなばらばらの映画が連続するものにすぎませんし、そのばらばらの映画は本質的に同じ物語を語っているんです

――なるほど……

――つまり、コヨーテ[026]が何かをやろうとして死んじゃうという物語ですけど

――うん――

――ああいうのはすべて、強迫的な自己破壊という同じミニドラマを繰り返してるんです、果てしなく反復してる

――そうだね

――あのアニメ映画は間違いなく、もっといろいろなことが起きる可能性をはらんでいるのに、あらゆる滑稽な物語の可能性の中で、コヨーテはたった一つのパターンに固執しています

――それがコヨーテのコヨーテたるゆえんだね

――おっしゃる通りです　それだけじゃなくて、コヨーテは暗転から暗転までの間に何も学ばない　一つの場面が終わっても、また同じことを繰り返す　また新たに必死になって自分を死に追い込むんです　あいつはどうかしてる、頭のネジ、カメラのネジが外れてます　一コマ後にはすべてを忘れてるんですから

――面白い

――あいつは経験から何も学びません

――うん

――というわけで、はい、そういうところがあるんです、と彼は言った　でも僕にとってもっと大事なのは、コヨーテが毎回生き返ってくるってこと　あの世界ではコヨーテが生き返ることが**許される**んです　常に新たなチャンスが与えられる　まるでさっき死んだという事実をなかったことにするみたいに　あのシリーズで大事なのは**そこのところ**なんです

――ふむ

――土埃が舞い上がるのが見える、ところがコヨーテはまたよみがえって同じ物語を繰り返す、そしてまた一から同じことが始まる　僕があのシリーズを文字通り奇跡的だと思うのはそういうところです　いわば病的に反復される奇跡劇[027]そこではすべての暴力や破壊が中心的前提とほとんど何の関係も持たない――生き返るという奇跡的な能力の方が圧倒的に重要なんです

――なるほど

――だから、コヨーテが頑固なまでに自己破壊に突き進むとか、シーシュポスみたいに失敗を繰り返すとかいうのはどうでもよくて、本当はあの映画は彼の再生を物語っている

――何をやってもよみがえるというあの能力　だからあれは

本当は再生の物語なんです……
——連続性の寓話《アレゴリー》かな
——それも含めて　私たちが知ることのできない、でも私たちが仮定している連続性　キリスト教的な奇跡劇を生んだのと同じ類《たぐ》いの幻想あるいは否認です
——ふむ
——ついでに言うと、ヴィーコ的な神話もそうだし、歴史が繰り返し回帰するというタイプの理論も全部そうです　トインビーであれサンシモンであれ、テルトゥリアヌスであれニーチェであれ、そういうのは**全部**……
——じゃああのアニメ映画は、コヨーテがあらゆる苦痛や挫折にさらされるにもかかわらず、実際には楽観的だということだね、と私は言う
——当然です
——あるいは未来志向ということか
——そこで言う未来は過去とまったく同じなわけですけどね　どうせまた頭の上に石が落ちてくるんですから
——うん、と私は言った　でも生き返らないのと比べれば、そっちの方がずっとましな気がする
——ええ、と彼は言った　でも同じコヨーテのアニメ映画でももっと後になると、先生も覚えていらっしゃるかもしれませんが、以前はワーナー・ブラザーズのオーケストラを使っていたのがものすごく安っぽい低級な音楽に変わってしまいます　あれはさすがにいただけません
——たしかにそうだ、と私は言った
——ですよね、と彼は言った　そう言えば、有線放送業者のミューザックっていう社名は音楽《ミュージック》とコダックという二つの単語を組み合わせたものなんですよね
——え——？
——ミューザックの語源の話です、と彼は言った
——うん、と私は言った　ところで世間では、あの映画はコヨーテのアニメじゃなくてロード・ランナーのアニメって呼ばれてるんじゃないかな……
——一般には、と彼は言った　でも、僕が思うに……

——だから——

——でもそれは宣伝用の呼び名で、実際には明らかにコヨーテのアニメです、どう考えてもそうです、と彼は言った

——うん、と私は言った　明らかに……

——ちなみに、と彼は言った　生き返るって話で思い出したんですけど……イエスがユダヤ人だってどうして分かるんでしょうか……？

——え、何？と私は言った　あ　ええと……どうしてかな……？

——彼は三十歳になるまで家で暮らしていて、法科大学院《ロー・スクール》に行かなかったのも、そんなことをしないよう周囲に〝釘《くぎ》を刺された〟というのがただ一つの理由だったから……

——ああ、と私は言って笑った　それは聞いたことがある

——そうなんですか、失礼しました、と彼は言った

——いや、いいよ、と私は言った　何度聞いてもいい

——はい、と彼は言った　じゃあ、反再生のジョークはどうですか　ホンダ・シビックが勝手に壊れるっていう話はしましたっけ……

——うん、と私は言った　大変だったね……

——ていうか、**そうだ**——僕は明日の朝七時半前にキャンパスに戻らないといけないんですよ、そうしないと車をレッカー移動されちゃうので……

——おやおや……と私は言った

——学内の警備員は全然融通が利かないんです、と彼は言った　十分寝過ごしただけで車のタイヤにロックを掛けられた友達を知ってます……

——学内の警備員ほど怖い人はいない……

——大学に勤めているとあんなふうに杓子定規になるんでしょうかね……

——それで車の調子が悪くなった原因は見当が付いてるの？と私は言った

——いや、さっぱり、と彼は言った　他のみんなと同じように映画を観終わって、他のみんなと同じように車に乗って、アクセルを踏みながらイグニションキーを回したんですけど、

他のみんなはどんどん出ていくのに僕一人が駐車場に取り残されちゃって　なんか恥ずかしかったですね……
——うん、と私は言った　じゃあ、明日の朝は——
——はい、とにかく最悪でした　いきなり動かなくなって、何しても駄目なんです　家からキャンパスに来るまでは普通に走ってたのに
——なるほど、と私は言った　たまにある……
——ひょっとしたら車が突然多文化論者になって、一歩も動かないって形で抵抗することを決めたのかも　ひょっとしたら〝死せるブルーのホンダ〟の歴史がキャンパスで抑圧されていると考えたのかも　ホンダの文化、伝統、主流社会に対する貢献を訴えようとして……
——そうかもしれない
——特に、どの車種が正統かを決める連中は何かにつけてアジア系を煙たがっているせいで……
——分かった、分かった、と私は言った
——はい、と彼は言った　すみません……
——ところで、ちょっと訊きたいんだけど、と私は言った　私は明日グランドジャンクションに戻る予定があるから、もし君さえよければ……
——ほんとですか？と彼は言った
——うん、と私は言った
——それはすごく助かります、と彼は言った
——いいよ、と私は言った　君のために少しだけ早起きしよう……
——あ、助かります、ありがとうございます、と彼は言った　そうしてもらえるとすごく手間が省ける
——よかった
——じゃあ、この後ハイウェイ沿いで降ろしてもらうのと同じ場所で拾ってもらえますか
——オーケー
——うわ、助かります、と彼は言った　めっちゃうれしい
——問題ないよ、と私は言った　ちゃんと迎えに来る
——で、あなたはコロラド・メサ大学の先生なんですよ

ね、と彼は言った
――私のこと?と私は言った　いや、違う違う
――え
――あそことは関係ないよ
――別にいいんですけど、と彼は言った　友達が前に言ってた心理学の先生じゃないかなと思ってたんです　友達が言ってたのと雰囲気が――見た目が――似てたんで
――いや、と私は言った　関係ない
――その方がいいですけどね、と彼は言った　彼女の口ぶりだと、あんまり好きな先生じゃないみたいだったから　ていうか、その友達っていうのは素敵な女の子なんです――偶然ですけどシンディー・シャーマンそっくりで――でも彼女の話では、その教授は共和党支持の白人至上主義者で、教壇でスタン・ローレルのものまねをするのが趣味らしい
――面白い人だ
――で、あなたは
――私は図書館を使わせてもらってるだけ、と私は言った　調査みたいなことをしてる
――隣町のローマの人?と彼は言った
――いや、家はミネアポリス〔グランドジャンクションのあるコロラド州から少し離れたミネソタ州にある大都市〕の近くにある、と私は言った　ローマに宿を取ったのは、グランドジャンクションのホテルが全部満室になっていたからさ　防風用補助窓《ストーム・ウィンドウ》業界の会議か何かが開かれているらしくてね
――ああ、と彼は言った　何かそんなこと言ってましたね　キャンパスの周りにあるレストランはどこもいっぱいらしいです
――君はどうなんだい?と私は言った
――何ですか?と彼は言った
――君は学生さん?と私は言った
――はい、と彼は言った　三回生です　去年は半年休学したんで、ちょっとずれてますけど
――で、何を研究してるの?と私は言った
――その質問にはいろんな答え方ができます、と彼は言っ

た

——どういうこと？と私は言った

——その、僕は専攻を決めるのがちょっと遅れてるんです、と彼は言った　僕が決断したときのためにホットラインを準備してくれるって学部の相談員は言ってました……

——ああ、と私は言った　そう言えば学部相談員って大学にいたね……

——でも実は、今夜そのブレークスルーがあったかもしれない

——え、そうなの？と私は言った

——ええ

——どういうことか話してくれないかな、と私は言った

——その、今夜もまた映画の上映会があったんです——前回がコヨーテのアニメだったから、しばらく顔を出し続けようと思ってて——それで今夜は昔のレゲエ映画〝ハーダー・ゼイ・カム〟でした

——覚えてるよ、と私は言った　映画館で上映されたときのことを覚えてる

——はい、と彼は言った　こんな歌

　　来るなら来い
　　片付けてやる
　　片っ端から

——ああ、と私は言った　いい歌だ

——映画もいいんです、監督はペリー・ヘンゼルってやつですけど、この映画の後は誰も名前を聞いたことがない　とにかく、あの映画ときたらね、旦那《マーン》——あ、すいません　あのびっくりするようなジャマイカ訛りはいっぺん聞いたら頭を離れないですよね——とにかく映画はキングストンのスラムが舞台になってて、それはまあ、**見ていられない**ような掘っ立て小屋がどこまでもどこまでも並んでるんです　つまり**果てしなく**並ぶ差し掛け小屋や掘っ立て小屋がスクリーンに映し出される　見た感じだとどれも木の板と波形のブリキ板を

貼り合わせただけで、扉の代わりに布切れが掛けてある　そしていたるところにごみの山、山――まさに地球の表面にできた湿疹みたいな感じです　それはもう悪夢の未来都市みたいで、誰かの大便を寄せ集めて作ったと言ってもいい　でも、そんなとんでもないごみの中に暮らす人々の言葉は**びっくり**するほど音楽的に聞こえるんです　まさに歌みたいな感じで――

――分かる

――ええ　抑揚があって、声が**すごく**高くなったり低くなったりする　実際、ヘンゼル監督はプロの役者を使わなかったんだと思います――もちろんジミー・クリフだけは例外ですけど――映画をそれっぽく見せるためにね

――うん、と私は言った

――でもですね、あまりに訛りが強いから、実は映画には字幕が添えられているんです、役者が何て言ってるかちゃんと分かるように――少なくとも今夜観たフィルムではそうでした　つまり、みんな英語をしゃべってるのに、同時に英語の字幕が出てるんです

――変な感じ……

――そして映画が終わったとき、外に出て駐車場を歩いているときにひらめいたんですよ……僕はふとこう思った　**よし**ってね　**よし**　これだ　**これ**が答えだ　学部相談員に、この夏はもうお好きな洞窟探検に出かけてもらって大丈夫ですって言ってやろうと思いました　僕は一生やりたい仕事を見つけた　英語を英語に翻訳する仕事がしたい

――ハハハ、と私は言った

――笑えるでしょ、と彼は言った

――じゃあどうして――

――あ、あそこのカーブ、気を付けて、と彼は言った

――どういうこと？と私は言った

――あそこのカーブは気を付けた方がいいですよ

――カーブって――？

――あそこ、と彼は言って前方を指差した　すぐそこちょっと危なそうに見えます

——うん、と私は言った

——うわ、見て、と彼は言った

——うん、と私は言った　あれって——

——あれ見て……

——うわ、このへんずっとあれをやってるみたいです……

——でもたぶんまた回ってくる……

——ああ　どこかでUターンするんだろうなあ

——きっとUターンする——

——ていうか——あれ、見て——

——うん　**うわ**——

——でも彼女が髪の毛をすっかりきれいに整えて、シフォンの白いドレスを着た姿でマール・ノーマン化粧品宣伝用のオープンカーに乗ってチェストナット通りの角から現れたときには、俺もさすがに我慢できなくなった　だから前に出た、自然に脚が動いて、もっとよく見ようと一歩前に出た、彼女をよく見るために車道との際に近づいた——そのときフルーツアイスを食べている女の人にぶつかったんだ　割と年配の人　で、かわいそうに彼女はアイスを落として、申し訳ないけどアイスは歩道の上にボトリ　ちゃんと弁償するって言ったんだけど、それでも気持ちは収まらなかった　結構乱暴に体が当たっちゃったからね——

——その後、第四十四小学校区の楽団で演奏する小柄でやせっぽちな少年の姿が見えた　その子はなぜか大きなバスドラムを与えられて、それが胸の前にストラップで固定されてた　周りでトランペットが大きな音を鳴らす中、少年はでっかい頭の付いたスティックでドラムを叩いてた　その後、楽団はストーン通りの近くで少しの間止まったんだけど、少年は体をかがめてドラムを道路に降ろして、前のめりになったまま一息ついた　すっかり疲れてたんだろうな　それでドラムを下に置いて、シェルの部分に肘を置いてドラムに抱きつくように休憩してた　ところが楽団がまた動きだしたとき、彼は動けなかった　バスドラムを持ち上げるだけの背筋力がなかったんだな　それで動けなくなって、彼は地面に大きなドラムを置いたままスティックを振り回してた——

――その後ろから来たのは消防車だった　何台も何台もどれもぴかぴかで、指紋一つ付いてなくてきれいに磨かれてたから、車体やノズルに太陽の光が当たるとまぶしいくらいきらきら光って、見ていると涙が出た　でも太陽はすごく高くまで昇ってた、お昼に近かったから、マーチに加わっている人たちの足元にはほとんど影ができていなかった、影はほとんどなかった――

――イーストメイン通りはどこも人でごった返してて、ミッドタウン・プラザもたくさんの人が歩き回ってアイスクリームやソーダを買ってた　そこら中に人があふれてたミッドタウン・プラザのトーテムポールに刻まれた顔の一つ一つに蝶ネクタイが添えられてた　全員が蝶ネクタイ姿　それもかわいらしかった――

――でもそのとき、シュライン会員[028]の集まりが横を通り過ぎた　自分たちが準備したトラックの荷台に載って、気の抜けた笛や管楽器の演奏をしてた　リーダーは大きく反った剣を振り回して宙に8の字を描いていた　次に見えたのは大きな掘削機《バックホー》が取り付けられたトラック　オーク育成協会の旗を掲げてた　その次はフロントグリルの前に〝クローフォード郡都市計画委員会〟と掲げた車　それから――それからさらに次々といろんな団体が通った――

――でももちろん、オザーク社の山車《だし》は立派だった　とにかく堂々としてた　平台が全面、ヒヤシンスやノボロギクやタチアオイの花で飾り付けられて、きれいな家の玄関先みたいになってて、ノコギリソウの花で飾られたロッキングチェアーにアンダーズ・コズビーと彼の奥さんが座ってニコニコしながら椅子を揺らしてうれしそうに手を振ってた　上には〝八八年も絶好調〟と書かれた黄色と赤の派手な横断幕が掲げられてた　あれはすごかったな　いちばんきれいな山車はあれだと言っていいかも　たぶんあれがナンバーワン――

――次はポニー速達便[029]のコスプレ　つばの反った帽子をかぶり、郵便を入れた袋を積んでた　俺はその配達人に付いていった　その山車に付いて歩いていった　山車が進むのはのろのろだから配達人はいらいらしている様子だったけど彼と一緒に角を曲がってエクスチェンジ通りを進んでいくと、戦争記念碑のところに花輪を置いているのが見えた　黒いスーツ姿の男がたくさんその前に立ってた――

――次は〝間抜けのウィルソン〟[030]を屋根に乗せた車が通っていった　間抜けのウィルソンがニコニコしながら俺に手を振った　満面の笑みだった　車が通り過ぎると、エクスチェンジ通りの向かい側でパレードに逆らうように歩いていく男の子が見えた――

――次に見えたのはジェシー・ジェイムズと仲間のギャングたち　拳銃やライフルを構えてエクスチェンジ通りを歩いていく彼らはみんなあくどい顔をしてて、保安官が現れやしないかと目を光らせていたけど、どこか微笑んでいるのが分かった　そのときまた、その向こう側で反対向きに歩いている少年が見えた――

――俺と反対側の歩道にいる見物人の前を横切るように歩いてた　みんなのことには全然お構いなしに　彼を見ていると、自分の一部が彼になってパレードに逆行しているみたいな気がした――

――濃い緑のズボンを穿いた少年はトム・ソーヤーの乗る山車に目もくれず、その脇を通り過ぎた　彼が歩きながら激しく泣いているのが見えた――

――いや、泣き叫んでいた、というか、肩を揺らして泣いていた　見ているだけでこっちまでもらい泣きしそうなくらい　俺は彼に共感してた――

――みぞおちのところで両手を握り締めてた　まるで本当に誰かの死を悼んでいるみたいだと俺は思った　それか、必死に何かをこらえているみたいな感じで――

――その泣き声が第三十八小学校区の楽団に掻き消されたときも、トロンボーンとグロッケンシュピールの音が高らかに響いたときも、泣いているのが見えた、彼の姿が見えた――

――腹の奥からこみ上げるような泣き方、喉に何かがつかえて、体全体から悲しみがあふれて、全身がよじれるような姿、俺は彼から目が離せなかった――

——きっと痛みも覚えてたんじゃないかと思う、きっと間違いない——

——でも、彼はどこに向かってるんだろうって俺は思った　一体どこに——

——だって、スヌークスの山車が通った後、彼の姿が急に見えなくなって——

——いえ、土の温度がそれほど重要な変数ってわけじゃない　でも、ぼんやりした相関みたいなものは考えられないわけじゃない　とはいえ——よくは分からない　けど今でも、こういうことをやってると自分でもちょっと笑える　だって、ほら、みんなが言うかもしれないでしょ　あの女は何——裏庭の土の温度を測るって頭おかしいの?とか　でも私は好き　作業全体が大好き　膝の下にある土の感触とか、花壇から立ち上る壌土《ローム》の匂いとか、挿し木の脇にある白くて四角いデータカードとか——大好き、ああいうのは全部大好き　裏庭っていうのはまさにこのためにあるって私は思う　だから私のことは放っておいてほしい　だって私がライラックに入れ込んでるのは誰が見たって明らかなんだから　ミッドタウン・プラザにある〝フラワー・ボックス〟の店長のグレッグとも話をしたんだけど、彼の意見も同じ　彼にもいくつか苗を渡して植物栽培箱《グロース・チェンバー》で育ててもらった　栽培箱の中は温度も湿度もコントロールされてて、照明はキセノンランプ　グレッグの話だと、店には鉢植え栽培で使ってる金属キレートの特殊な混合物があるから、それがあれば植物の生長が促されるみたい　だから紫がもっといい色になるかも　けど今のままでも、こんなに濃い色、こんなに豊かな色のライラックは近所では誰も見たことがない　とにかく豪華な色　実際、こんなに濃い紫色は初めてかもしれない　でも新品種とはたぶん言えないってグレッグは言う　まあ、それでもいい　今度の五月のライラックフェスティバルにはあれも加えてもらえるんじゃないかと私は期待してる——**ぜひ**そうなりますように　ほんとにそうなってほしい　ここに来るまで、この色を生み出すまで八世代かかったんだから、私はすごく興奮してる　でも、受粉に当たっては注意深く、几帳面な配慮をし

た　顕性形質を取り除き、潜性形質を伸ばす　結局はそれに尽きる——次世代の花に現れやすい傾向に逆らって、あとの繊細な作業は時間に任せてやってもらう　それは美しさへとつながる生きた交流　百年近く前にジョン・ダンバーがこの町に初めてライラックを持ち込んだ時代までルーツを遡る作業　彼がここに来たとき持ち込んだのは、かの有名な二十品種　その一部は初期の植民者がバルカン半島の山間から持ってきたもの　それが今、こんなに風変わりな紫色に変わった……トマス・ハント・モーガン[031]やメンデル修道院長も私の育種作業を誇りに思ってくれるのではないかと思いたい　エンドウ豆、ショウジョウバエ——そして今度はライラック　この研究はどこへ向かうのか誰にも分からない　この二つの偉大な流れ、ライラックと遺伝学がここで合流し、伝統が伝統と絡み合う……はっきり言って、この流れは人の気分を愉快にさせる——

——私が彼のところに行って、さりげなく誘ってみる　私が行って訊いてみる　彼は二時半にギャラリー・カフェの仕事が終わって、プリンストン通りを走ってメイグズに行くはずだから、私がそこに先回りする　落ち着いて話はするけど、私がそれほど冷静**じゃない**って雰囲気は漂わせるつもり　ほんとに緊張しているのをうまく**利用**する　話は簡単　完璧に自然なストーリーを作っておいた　友達のリーナと一緒にコンサートに行こうと思ってチケットを買ったんだけど、リーナのお兄ちゃんが入院しちゃって、リーナは家でおじいちゃんの世話をしなくちゃならなくなった　おじいちゃんはトイレに行きたくなったら舌打ちして合図する状態だから　彼は私が誘えば喜んでくれると思う——そういう人だから**絶対**喜ぶと思う——今からもう、あの片えくぼが目に浮かぶ　これで私があの人の視野に入るかも　黄色いTシャツを着ていって、努めてゆっくりしゃべるようにする　プリンス通りのあの交差点まで行ったら、自分にこう言い聞かせる　さて、よし、忘れないで　あなたはいつものあなたじゃない　今は別人　いつもと違う自分になりきって**頑張れ**って——

——けど万一〝しゃべる犬《スピーキング・ドッグ》〟を売るってことになったら、

代わりに〝カラミティ仕掛け貯金箱〟を置けばいい　カラミティをそっちに移したらマントルピースの上が寂しくなるけど、空いたところには写真か何かを置こう　おかしくはない　問題ない　状態のいい〝しゃべる犬《スピーキング・ドッグ》〟なら今時六百ドルで売れるし、私があれを手放しても世界の誰も何とも思わない、ていうか、誰も気づかない　でももちろん、**私**は気づかないわけじゃないし、何とも思わないわけじゃない　私の〝しゃべる犬《スピーキング・ドッグ》〟がここからなくなれば部屋の一部が空っぽになる　目には見えない空白が生まれて、まるで重力が働いているみたいに元々あったサイドボードの方へ常に視線が引っ張られる　部屋に入ったらすぐにそれを感じる　何かがなくなったって感じて、その不在の吸引力によってそっちに体が引っ張られる……そうは言っても、地下室を修繕しなくちゃならないっていう単純な事実は変わらない　修繕はもう待ったなしだ　ていうか、今までがそもそも先延ばしにしすぎた　ほんとにもう修理が必要で、見積もりによれば六百ドルでも費用はぎりぎり　けど、コインを入れたときにあの犬が尻尾を振ったり、口をパクパクしたりする姿ときたら——シェパード・ハードウェア社の製品ではあれがいちばんのお気に入り　それは間違いない　私にとってはJ&E・スティーヴンズ社のいちばんいい製品と肩を並べるものだ〝パグ・フロッグ教授の曲芸自転車〟も含めて　あれは単に手を使って上の開いた籠《かご》にコインを入れるだけの仕掛け——派手だけどシンプルだ　私が思うに、シェパード社は仕掛け貯金箱製造業者としてはまだまだ評価が低すぎる　でも、〝ハンプティ・ダンプティ〟は最近、ようやく注目されだした（とはいえ、私も正直に言えば、スティーヴンズ社の製品が好きだ　特に、そう、〝子供椅子に座ったブタ〟とか〝大事故〟とかを作っていた時代は）　私みたいな昔からのコレクターは、最近の価格高騰を見ているとどうしても複雑な気持ちになる　私が持っている貯金箱は確かに値上がりしたけれども、他のものを買う余裕がほぼなくなってしまったからだ　それに今では、貯金箱に実際にお金を入れる人はいない　あまりにも貴重すぎて使うわけにはいかないのだ　せいぜいやるとすれば、プラスチック製のポーカー用チップか軽い座金《ワッシャー》を使って動作を実演して見せるくらい　せいぜいその程度　今やああいう貯金箱は中身よりも価値がある　ていうか、そんなことは昔から私の目には明らかだったんだけど、実際に貯金箱が作られていた一八八〇年代の人たちにそう言ったら、面と向かって笑われただろう　貯金箱は当然ながら、中身を守るために作られた　それが貯金箱の目的――お金を守る箱　ところが今では事情が違う　今では容器の方に価値がある　人はどんな貯金箱にも詰め込めないほどのお金を出して貯金箱を買う（けど当然、今ではほとんどの人が投資として貯金箱を買っているので、結局、またその貯金箱をお金に換えて別の貯金箱に入れることはありえる）　でも、まあ、市場《しじょう》というのはそんなものだろう　少なくとも、貯金箱の価値はある意味、認められた　貯金箱はもう、単に何かの形をした、硬くて震える入れ物ではない　もちろん大事なのは希少性だ〝寝転がる中国人〟が今のビデオカメラみたいに大量生産されていた時代に人があれに二千ドルを払うわけがない　でも今では残されている〝寝転がる中国人〟は数少ない、非常に数が限られている　この百年の間に何も考えずに捨てられたものがどれだけたくさんあったのかと、考えるだけでちょっとたじろいでしまう　大変な喪失だ――一つの産業が丸ごと消えた　いちばん盛んだった時代には評価が低かった　今ではもう、手の届かない値段　こんな事態を誰が予想しただろう？容器が中身より貴重　これは奇跡であると同時にちょっとした知恵でもある　はっきり言って、地下室の修理がそこに介入してくるなんて許せない　その奇跡を一つでも手放すなんて考えられない　とりわけ、地下室修理みたいなつまらないことのために　それに私は今でも地下室なんてめったに行かないし、きれいにしたからといって地下室に行くことが増えるわけでもない　地下室は全然魅力的じゃないけど、別にそれで不都合があるわけじゃない　別に不都合はない――

――いいや、違う、そういうことじゃない、ってあたしはアリシンに言った　望みのものを手に入れたいとか、客が出してくれるお金を有意義なものに使いたいとか、そういう理由で欲しいものリストを登録《レジストリ》したわけじゃない[032] **全然**そういうのじゃない（それにもちろん、あたしのおばさんがあの店で働いてるからでもない——まあ、おばさんにとっては悪い話じゃないけど） 結婚祝い登録《ウエディング・レジストリ》なんてちょっと間抜けだって言う人がいるのは知ってるけど、あたしがラーナーズ百貨店で登録したのには別の理由がある（でも、あの店は素敵なウェッジウッドも**実際**扱ってる 分かる？——あれはいかしてる） あたしが登録することに決めたのは、そうした方が素敵だと思ったから——そういうのが結婚のいいところだと思ったから つまり、結婚って式を挙げたりいろんな儀式があったりするだけじゃなくて、国にそれを認めてもらわなくちゃならない、それが合法的なものだって公的機関に認めてもらわなくちゃならないわけで、それって世間とかみんなを結婚に巻き込むようなものでしょ それか、みんなに見てもらうために宣言文を掲げるっていうか、より大きな共同体に参加するって宣言して回ってる感じで、それがいいところ それで共同体があたしたちに居場所を与えてくれて、あたしたちは公にそこに加わることで共同体を維持する手助けをする で、結婚祝い登録《ウエディング・レジストリ》もそれと同じだと思ったわけ 公的にビジネス共同体に参加する、あたしたちもその一員だってことを公に宣言する——だって生活の中で売ったり買ったりっていうのも大事でしょ ね、まあ、しょうがないじゃない こういう時期は感傷的な気分になることがあるの……それにラーナーズ百貨店が扱ってるウェッジウッドは、うん、本当に素敵だし——

——で、タイニーって、ほら、ああいうやつだろ バスはプリマス通りの交差点で止まって、めちゃくちゃ年を取った婆さんがバスに乗ろうとしたんだ そうしたらタイニーは婆さんに手を貸すために運転席を立った いつものようにな 婆さんは腕からポリ袋をぶら下げてて、首はハゲタカみたいに曲がってて、動きは信じられないくらいのろかったけど、タイニーは辛抱よく肘を支えて、婆さんを手伝った そんなことをしてる最中に後ろの車がクラクションを鳴らしたのさ 振り返って見たら、赤ワイン色のでっかいリンカーンだっ

た　でもタイニーは婆さんを急がせたりしなかった　ようやく婆さんがバスに乗って料金を払うと——そこまでに永遠の時間がかかったけど——タイニーは運転席に戻った　ちょうどそのとき、また後ろの車がクラクションを鳴らした　でもタイニーは普通の顔でクラクションを鳴らし返したのさ　で、バスのバックミラーを笑顔で覗きながら、独り言みたいにこう言った　こっちにだってクラクションはあるんだよ、ってね——

——**早速かぁ**、と私は外に出た途端、誰もいない店に向かって言った　だって、看板は月曜日に掲げたばかりなのに、早速いたずらされてたからだ　でも新しいことをやろうと思えば、そういうのは覚悟しないといけないのかもしれない　ていうか、ニューヨーク風のベーグルなんて言ったって、このあたりの人はどうせ何も知らない　まずはみんなに知ってもらわないといけない——それは当然の話　その次に、運がよければ市場の隙間《ニッチ》に入り込める　そしてうまくして名前が知られて、隙間《ニッチ》を**自分のもの**にできれば、チャンスが生まれる　二つ目の店、ひょっとしたら三つ目の店を出す　それで一気に有名店　でも奇跡を期待しちゃいけない　逆に抵抗がいくらかあるのを覚悟しなくちゃならない　でも、こんなことは思ってもなかった——片付けのために店の奥に行っている間にやられたに違いない　でもはっきりとはしない——二日前からこうなっていたかも　私が看板に書いたのは〝ベーグルは全部手作り〟　誰かがマジックペンを持ってきて、〝手〟を〝毛〟に変えた　笑わせる……でも仕方がない——よくあることだ　仕方ない　でもよく考えたら、今後はもっとひどいことがあるかもしれない……そうだ——先のことは分からない　でも、次は看板をもっと高い位置に掲げることにしよう　冷蔵庫の上くらいなら大丈夫かも——

——**マジか**、と私は手紙を開けて思った　**よし**——**ついに**けちんぼが金を出した！　私はうれしさのあまり、用水路のところまで飛び出した　十四か月にわたる交渉と企画書の書き直しと学部間の同意書の取り付け、そして——そしてようやく連中が金を出した！　マジか！——ていうか、すぐには信じられなかった！　ミズーリ大学ローラ校の人類学科はたしかに無名だ――予算は化学科の五分の一、コンピュータセンターに出してる予算の**十二**分の一――だから二千ドルっていうだけで**大**成功　でも、当然と言えば当然の結果だ　艤装師〔舟に必要な装備を取り付ける人〕やその先祖は何世紀も前からこのあたりで仕事をしてきた――彼らを研究することにはちゃんとした意味がある　彼らは今までほぼ研究対象になってこなかったから、口述歴史《オーラル・ヒストリー》の完璧な宝庫だ　人類が最初にアメリカ大陸に来た時代からずっと、このあたりでは人を舟に乗せることが仕事になってきた　それは深く伝統に根ざしていて、電波の中継基地や駅馬車なんかと起源は似ているけど、最近では主に観光客を相手にしている　植え付け用の種子を売るオセージ川〔ミズーリ州西部を流れる川〕の商人から、いくつもつなげたタイヤチューブに乗って旅をする現代人まで　そんな乗り物を管理する商売――最近だと主に、カヌーや手こぎボート――艤《ぎ》装《そう》師はいろんなものをつなげる　陸と川、過去と現在、よそから来た人と地元の人間、移動と定住、商売と娯楽、永遠と無常――きっと他にもいろいろある　艤装師研究の可能性についてダシエルノ教授と話したとき、彼らは高連続性職業グループとしての基準をほぼすべて満たしていると先生は言ってくれた――水辺における彼らの伝統や実践は、ずっとわれわれの目の前にあったにもかかわらず、まったく注目されてこなかった、と　実質、彼らについては記録が完全に欠けている　で、教授と研究室で話しながら私は自分がすごいことをやってのけたんだと思った（ついでに言うと、今でもその思いは変わらない　私が国立芸術基金の口述歴史《オーラル・ヒストリー》プロジェクトに申請した提案は採択されなかったけれど）　尋ねる相手によって数が多少違うけど、ミズーリ州南部には本格的河川が約三十五本ある　でも私は研究を明確に地元密着型なものにするために、対象をオザーク＝ウォシト高地の河川に絞る　カーティス川、メラマク川、ハザー川、ついでにミネラルフォーク川とリトルパイニー川も含めるかも　こういう細くて小さい川の方が伝統がたくさん残されていて、考察の余地も大きいから、都合がいい　スティールヴィルのミスティ渓谷でカヌーの貸し出しをしている男とはもう話がしてあるし、リーズバーグでカヌーの貸し出しをしているジョー・シラーも知り合いだ　二人とも乗り気だから万事うまくいくと思う　今書いている別の論文を仕上げた後、二、三週間のうちにこの研究に取りかかれるはず　そのとき大事なのはできるだけ自然に、そして正直にしゃべってもらって、それを録音に収めること――普段の生活、仕事、自分自身について　自分自身をロールシャッハ検査のインクの染みだと思って予断なしに読み取ってもらうこと　私はマリノフスキーを見習って、できる限り非侵入的なアプローチを試みるつもりだ　研究対象にハイゼンベルク的影響を及ぼして妙な振る舞いをさせたくはない[033]　でもそれは確かで、避けることができない　調査の場にテープレコーダーを持ち込む行為そのものによって相手の態度が変わってしまう　彼らはどうしても、テープレコーダーが**ない**ときと同じように行動したりしゃべったりできなくなる　この問題には民族学者や人類学者が昔からずっと取り組んできたけれど、回避する方法は見つかっていない　人が研究しようとしている対象に影響を及ぼすことは避けられない　現地に着いた途端、本当に捕らえたかった対象は消えてしまう　時にはそのせいでくじけそうになるけど、情報はそんなふうに形を変えてしまうものだ　この状況は専門家の間で当然の前提として徐々に受け入れられつつあるし、どれだけ解釈の余地を与えても事態をただすことはできないと多くの人が悟っている　でも、考えてみると妙な話だ　ミズーリ大学ローラ校に通う私の友達は、父親がセントルイスの貴金属会社に勤めている　その父親は金塊の詰まったブリーフケースを持って年に二度ほど日本に行くんだけど、次に出張に行くときに向こうで売っているデジタルテープレコーダーを買って帰るように父親に頼んでみようかってその友達が申し出てくれた　国内産業保護を訴える連中からの圧力があって、それをアメリカに持ち込むのはまだ法律で認められていないんだけど、民族学者にとってそれは喉から手が出るほど欲しい機材だ　それがあれば研究用の録音データを永遠に、しかも私が耳にするところでは、信じられないほどの精度で残すことができる　CDみたいなとんでもない信号対雑音比で、雑音はほぼゼロ　うん、当然私もぜひ欲しい――汚れのない永続性　でも変だ　記録と転写におけるこの二つの洗練は正反対の方向に向かっているように思える　完璧に正確な録音が手に入るようになった今、そこに録音されているものが全然正確ではないことが広く認められ始めている　言葉を換えるなら、進歩とは間違いに注目し、実験的なブレを前景化することだ　私たちは今、ずっと見逃していたものに気づき始めた　私たちは自分らがどうしようもなく的を外していたという事実をますます明確に突きつけられている　傲慢なまでの科学技術が認識論的な謙虚さの必要性を証明している　そう、ご想像通り、私と同じ分野の研究者の中には、そのせいで少し居心地悪く感じる人もいる　以前の私たちは不正確性を愚直さで覆い隠すことができたが、もうそれは無理だ　今では私たちの失敗が誰の目にも明らかで、しかも**永遠**のものとなった――それに対して私たちはうなることしかできない……でもここで立ち止まるわけにはいかない　手に入る情報、可能な手段で精いっぱい努力を続けるしかない　後は祈るだけ　これは自己否定なのか、それとも消極的能力《ネガティブ・ケイパビリティ》なのか？――私には何とも言えない　とりあえず先に進むだけ　情報の受信者である私たちにはおかしなデータを補正するための生物学的な解読装置が備え付けられているかもしれないから、ただそうであることを祈りつつ先に進む　あらゆる歪曲――不注意に基づくものであれ、避けられないものであれ、それ以外であれ――にもかかわらず、私たちは何が起きているのかを認識できるかもしれない、何か純粋なものが伝わることはあるかもしれない　だって実際時々そんなことが起こるから　今世紀初めのバルトークとコダーイのことを考えてみたらいい　二人は大きな角型マイクの付いたエジソン蓄音機を持ってハンガリーとルーマニアの山間に足を運び、中央ヨーロッパの民謡を録音した　バルトークはそうして集めた民謡を二千近く公開したが、西洋の楽譜に強引に写し取ってもなお、曲の本質の一部はたとえ薄まった形であれちゃんと伝わった　本質は充分に聞き取れると思うし、雰囲気はつかめる――これもまた統計学の創始者ハイゼンベルク的な問題だ　計画不可能、証明不可能かもしれないけれども、何かが伝わることを人は願う　だからポパー教授は間違っていたということになる　というわけで、ポケットに地図を入れ、デジタルオーディオテープレコーダーを背中に担いで、颯爽《さっそう》とフィールドワークに出かけよう　理由なんて考えなくていいし、困難や問題についてくよくよ思い悩まなくていい　ただ実行するだけ――

――明日は違ったのがいいかな、でも今日は二人とも同じにしよう　今日は同じ弁当っていうのがいい――私の手間が少なくて済むってことじゃなくて、その方がいいと思うから今日はまだ始まりで、これがずっと続くんだからとりあえず祝わなくちゃ駄目　今日は初日だからきっと一緒に食べるだろう――トムには他に行くところがあるわけじゃないから、父親のところに行くはず　だから今晩家に帰ってきたら、二人とも手抜きだとか気が利かないとか言うだろう　でも放っておけばいい　説明すれば二人ともちゃんと分かってくれる説明すればなるほどと思ってくれる　だって理由はあるんだし、それに説得力もあるから　私がトムの弁当を作るのはあの子が中学校に通ってたとき以来、すごく久しぶり　紙袋の上のところ、パリッとした茶色い紙袋を折るのは何だか誇らしい気分、以前と同じことをしているだけだけどいい気分以前やってきたことはちゃんと喜んでもらえてた、だからまたこうして頼んでくれたんだと思う　私はそれが誇らしい、だってそこには継続性があるから　私の存在が肯定されているというより、私を含めた歴史が肯定されてるという感じがする　今日、トムは一族の家業を継ぐ四代目になる　グレッグと私は昔から、トムが跡を継いでくれると思っていた、そしてそう願っていた　グレッグの跡、その父親の跡、祖父の跡を　その願いがようやくかなった　だからそれが誇らしい私たちは大きくなっていくトムが、この世界には自分にも居場所があると思ってくれること、そう感じてくれることを願った――自分にもすべきことがある、自分にも居場所があると思って、それを心の支えにしてもらいたかった　その結果こうして彼は私たちの信頼に応えてくれた、だから本当によかった　正しさが正しさを生んだ　私たちは彼が自分より大きなもの、私たちより大きな何かに貢献できる、それは間違いなくいいことだと感じながら成長してもらいたかった　何年も前の夏、私はぼんやりとそんなことを考えながら、トムにフランスのボーヴェの大聖堂を見せた　ヴェリテ広場で強い日差しを浴びながら私は彼と手をつないで、荘厳な内陣を見上げた　弧を描く控え壁《バットレス》とステンドグラス、彫刻の施された塔と北側入り口にある立派なティンパヌム[034]　信仰と野心に支えられた建物は今でも私たちの心を震わせる　数あるゴシック様式の大聖堂の中で最も背の高い建物——それが世代を超えて、世紀を超える　背景に追いやられても、黙らされることはない　迫力があって優雅で荘厳、飛び抜けた存在感と時間が私たちに呼びかけていた　こうして飛び抜けた存在感と時代によって灰色の石と虹色のガラスが地面から浮き上がるように見えた　地面につながれた部分から切り離されて、純粋な概念と化したみたいに　だから私は何も言わずに彼に見させた、そのまま彼を見守った、おかげでほら、今日、それが報われた——

——第一ポジションは当然ながら、たぶん問題ない　トロンボーン自体に**ある程度**の正確さが埋め込まれていることは信じていい　でもそこから先が急に難しくなる　たとえばちょうどベルのところに手が来る第三ポジションになると、音の整調法が少し厄介で、第七ポジションで微妙な調節なんてこだわっていられないところまで腕を伸ばすと——まあ、**無理**、あの楽器は絶対にこっちの言うことを聞いてくれない　スライド自体に欠陥や癖がある（どれだけバルブオイルを差しても）し、マウスピースと唇の具合もあるし、結局、実際に手の位置を決めるには原始的な筋肉記憶に頼るしかない　事実、トロンボーンで人に聞いてもらえるような音を出すのは私にとっても驚くべきこと　しかもうちの楽団にはトロンボーンが**二人**もいる……まったく、トロンボーンときたら完璧ということがありえない楽器——でも私はそんな考えを口にしない方がよさそうだ　だって今夜はオザークホールでノネット・マイナス・ワンの演奏会があるから[035]　恒例となってる戦没将兵記念日〔五月の最終月曜日で一般に公休日〕の祝賀演奏会――だからそんなことを考えてトロンボーンの演奏に影響が出たりしたら困る　そんなことになったら恥ずかしい　ノネット・マイナス・ワンっていう楽団の名前を人が聞いたら、誰かのレコードでバックバンドをやっている風変わりな集団だと思われそうだ　でも実際には結構腕のいい、正統派のディキシーランドバンドで、バーボン通りの街角とか葬列なんかで演奏したりしてる　元気の出る曲を　私たちはプロじゃないけど、聴衆を盛り上げる自信はある　今だって、みんなの音が静まる中、私のトロンボーンがクラリネットより響き始めて、ジェイクのトランペットとリズムセクションを乗り越えていく――いや、これがいい　まさにこれって感じ　もう自分がビル・ワトラス[036]になった気分で、すっかり曲に酔いしれる……うん、私はたぶん少し音を外してる、いや、少しじゃなくてひどく外しているかも――けど、そんなことを言いだしたら他のみんなだって同じだ　音楽をやってる人間ならみんなそう言うはず　指板にフレットのないヴァイオリンでも、天気に敏感なダブルリードを使ってるオーボエでも、しばらく前から八十八本の弦を激しく叩かれてるピアノだってそうだ――どれも正確なＡ４４０を出すわけじゃない　どれも少し外れてる　正確な楽器はない　すべての合奏曲《アンサンブル》は不正確さの練習曲《エチュード》だ　でもミュージシャンであれそうでない人であれ、誰でもいいから尋ねてみるといい　みんなはそれでも聴いてくれる　そしてみんなが立ち上がる　それでも曲は本当に甘く響くんだ――

――でもはっきり言って、あの建物を利用するならもっといい方法がいくらでもある　そうすれば町に何か新しい、ちょっと変わったものをもたらすことができる　実際、私自身もずいぶん昔から温めてきたアイデアを持っている　あそこを国際デザート協会にするというアイデア　心地よいサロン・ド・テ〔ケーキを食べながらお茶をする店〕のスタイルで、ありとあらゆるスイーツを集め、研究し、提供する　それがすべて本物の研究協議団体の活動の一環となる　スローガンはずばり――〝絶頂コース〟　それか、もっといいのは――トゥナイト・ショー博物館[037]、純粋な資料保管所とアーカイブ　あの建物は大きいからそれをちゃんと収められるし、地元局のＫＳＤＫと全国放送のＮＢＣの両方から容易に支援を得られる　ついでにひょっとしたらエド・マクマホン[038]やジャック・パール[039]からも支援してもらえるかも　ジョニー・カーソン[040]はたぶん当てにしても大丈夫――あの人はあまり先が長くないから、おそらく目に見える記念碑的なもの、長く残る記録に飢えてるはず（まあ、それは当然の気持ちだ　エド・マクマホン・ラウンジもあっていい）　こういう魅力的なものがあれば何百キロも離れた場所から――旅行の経路としてたとえ遠回りになっても――シュレーダー・ハウスに観光客が何千人と押し寄せる　あ、うん……結局、私はこの二つのアイデアを送った　一つは去年の秋、もう一つはついこの前の四月に　けどどっちもオザーク社の広報部から同じ丁寧な返事が来た　ありがとうございます、感謝しております、検討させていただきますって……まあ、そのうち決断してくればいい　社内新聞の「アパチャー」[041]最新号には、シュレーダー・ハウスをホーム・ビデオ資料センターとかいうものに変える可能性があるという記事が載ってた　展示室や上映施設、コンテストや協議会を開くとか――そんな話　ずいぶんピントの外れた話だって気がしたけど、会社はあの建物の扱いについて何でも提案を受け付けるって書いてあった　だから、〝よし〟って思ったわけ――私はさらに案を練るつもり　他に何がいいかな　どうなるかは分からない――ひょっとしたらいけるかも　もしも私の案のどれかが採用されたら面白いでしょ　ていうか、ほんとにそうなったらびっくりだけど――

――おっと……ちょっと待って……あと少しだけ待って……よし、と……これでよし……よし　うん　ありがとう……ここのところだけちょっと修復する必要があった、ほら、窓枠のすぐ下　エナメル入りのこのペンキの方が雨風に強いって聞いたんだ　普通のペンキよりはるかに長持ちするって　せっかくだから試してみようと思ってね、今まで使ってた普通のやつに比べると二ドルほど高くつくけど　でもほら、いい感じだよね、淡い青のいい色　売り文句の通りに長持ちするなら二ドルなんて安いもんさ、それに〝この家は皮膚病みたい〟なんてうちの子に言われるよりいい……さて――オーケー、今日はこれでおしまい、俺の仕事は終わり、もうすぐカージナルス対アストロズの試合が始まる　オニールがダーウィン[042]にどう挑むか　さっさと家に入ってテレビを観ないと――

――でも私は店の中を見てびっくりした　中に入ると左手に新しく小さなカウンターが作り付けてあって、そこにマフィンやキャンディー、ソーダや何かがほんとにきれいに置かれてる　清潔感があって、整然と並べられてる　映画なんかで観るみたいに、従業員カードを見せるだけで値段は少なくとも三割引　ね、それを見てたら、私は結構そそられた　ていうか、あなただってそうでしょ　あそこの他に世界のどこでダイエットコーラを三十五セントで飲めるわけ――

――で、いくつかの部署で新しく導入されたこの〝休日を稼ごう〟プログラム――ドリの話だと会計係は導入したみたいだし、いくつかの研究部門も導入したって噂を聞いた――あれって、いいと思うんだな　考え方がいい　九日間、朝でも夕方五時以降でもいいから四十五分ずつ余分に働いたら新たに丸一日休みが取れる――そうすると二週間に一度は週末が三連休になる　すごいじゃん　仕事の量としては前と一緒で、車を動かす日が減るし、ガソリンの節約になるし、次の休みの金曜とか休みの月曜がちょっと楽しみになる――実際には週の**真ん中**で休みを取る人もいるって話（まあ、中には変わり者もいる）だけど　それはともかく――私は大賛成　うちの部署でも〝休日を稼ごう〟プログラムを導入する予定があるかってフランクに訊いたら、実はもうそういうメモが回ってきてるらしくて、今検討してるって言ってた――

――けどもう、あいつをどこに連れていったらいいか分からなくなった　どこに連れていけばいい、てか、どうしたらいい……もう何年も、いや七年も、プルマン通りを進んでそこからアスター通りに入って、ステコ通りを戻ってくる経路で散歩させてきて、問題なかった、ちゃんと問題なく用を足してた、毎回同じ七箇所か八箇所のどこかで済ませてた　ところが今ではどうかしちゃった、はっきり言っておかしくなっちゃった　散歩に連れていっても反応はゼロ　ずっと外に出したまま、どれだけ待っても駄目　外に連れ出す時間は長くなる一方で、火曜日には同じ散歩コースを二周した　でも駄目、それでいて夜になって、ダイニングのドアのそばで粗相した　一度はリビングの隅でやらかしたこともある　けどスプリンガースパニエルは基本的にきれい好き　とっても清潔な犬種　特にジェレミーはそう　昔からとってもきれい好き　しかも私が気分を変えようと思って、散歩コースを変えて別の地区に連れて行こうとしたときはすごく嫌がった……けど、あの子を一晩中庭に出しておくのは私が嫌なの、そんなことはできない、あの子もきっと泣く、きっと悲しむ、そんなことはしたくない、あの子は一晩中泣く——

——てわけで最低限、三分の一エーカー〔約一三五〇平方メートル〕が必要、それは間違いない　私もそれに賛成、大賛成、そのくらいの敷地があればこの地区がずっと守ってきた雰囲気、私たちが望む雰囲気を維持できる　新しい家を建てるときはその地区の個性を尊重すべき　街の中心部は黄褐色の集合住宅が重なり合うみたいにごちゃごちゃ建ってるけど、あんなのはごめん　最低でも三分の一エーカー、それは絶対に守ってもらわないとね、条例ではっきりそう定めるべき——

——理論的にはいいアイデアだと思う　その点は私も同意できる　近所には子供とか若い人とかがいて、やっぱりそういう人たちは何かをすることが必要　放課後の遊び場や安全な行き場所が——それは当然　どう考えてもテレビより運動の方がいいし、記事によれば公園は五六エーカーらしいから相当広い　最新の計画を「リパブリカン&クロニクル」紙で読んだけど、公園には野球場やジャングルジムに加えて、よじ登ったり懸垂したりぶらさがったりする遊具を設置するらしい　他にもバスケットボールのコート何面かと、私の記憶が正しければサッカーのゴールもいくつか置いたり、どんな遊びにも使える草地も作るって話　気前のいい大規模な計画で、設計にも配慮が行き届いてると思う　実際、たしかアイロンデコイト・モール[043]を設計したのと同じ建築会社がまとめた計画だったんじゃないかな　あそこはもちろん、すごくおしゃれな建物でしょ　その上、たしか同じ新聞記事に書いてあったけど、あの計画は今でも幅広く支持されてるみたい――一般人のアンケートでそんな結果が出てた　そりゃそうかもしれない　何と言っても場所が大事――ちょうどリッジウェイ通りとマウントリード通りの交わるところ――会社はその土地を寄付するってだけじゃなくて、公園建設費用を援助するって申し出てて、普段の公園管理費用も出すってことらしい　けどそれも当然かも　オザーク社の人は昔からこういうことをうまくやる　でも、これだけはやめておいた方がいい　私としてはやめてほしい　うん、会社はそこまでしない方がいい――

――だって会社はそういうのがうまいから　いつだって信頼できる　いつだって任せられる　会社は何でもやってくれるし、従業員のことを考えてくれる　このへんの人は〝母なる《マザー》オザーク〟って呼んだりしているし、私もそれと同じ気持ちだ　私には後見人がいる、保護者がいる、私のことを気に懸けてくれる人がいるって感じ　夜中に目が覚めたときにも、そう思うと安心してまた眠りに就くことができる　心が温まる　私は別に、睡眠薬を買って使わないとやっていけないタイプの人間じゃない　でもそうして私は安心感を覚える　友達のジュリーにもそんな話をした　よそでこういう安心感を得られるとは思えないって――だって何かあったとき、問題が起きたときには会社がちゃんと対応してくれるっていう確信があるから　そこは信じることができる　当てにできる　ジュリーも私の言うことを聞いていればよかったのに――

――でも店にはジュークボックスが置いてあって、雰囲気もよさそうだった　言ってる意味、分かるかな　つまり客も入ってて、くつろいでる感じ　だから入ってみることにした　ていうか、木曜の夜のステート・ストリート・バーは大体悪くない　十時まではダイキリが濃いめなのに半額で、俺が行く頃にはいい雰囲気になってるから　とにかく店に入って、ロンの代わりにバーテンダーを務めてたビリー・ヴェラーディにビールをもらってから煙の中をジュークボックスまで進んだ　そこで**ほんとに**びっくりしたんだけど、ジュークボックスの中にはレコードじゃなくてCDが入ってたおお、って俺は思った　何だこれって　世の中変われば変わるもの　ていうか、ジュークボックスには**アルバム**が丸ごと入ってた　曲のタイトルがカードに清書してあって、CDはまるでピッカピカの銀の板みたいに光ってた　それで俺は二十五セント硬貨を二枚入れてヘンドリックスのボタンを押して、ジュークボックスの側面をなでながらカウンターまで戻って、かかっていた曲が終わるのを待った　でも次にかかったのは俺がリクエストした「パープル・ヘイズ」じゃなかったから、とりあえずカウンターの端に近いスツールに腰を下ろした　そしたら隣に座っているのがカート・ホワイトだったわけさ　頭の上から琥珀色の光に照らされた彼がカウンターの向こうにある鏡をボーッと見てた　言ってる意味、分かるかな　俺はカートと知り合いで、彼は誰と何を話すべきか知ってる　**正確に**知ってる　それで彼は、元気だ、絶好調だって言うんだけど、妹さんのジニーが子供のことで悩んでらしい――子供がマルボロを吸い始めて、それに手を焼いてるんだそうだ　だからジニーもお手本を示すために禁煙する羽目になって、それが思ったより大変だって話　じゃあ、禁煙してる間、俺がジニーのところに行って励ましてやるって言ってやった――当然それと引き換えに、ジニーが禁煙で浮かせている分のたばこは俺がもらうってことで　そしたらカートは笑顔で、うんって言った　それから向こうを向いて、背の高いグラスから酒を一口飲んだ　でもそのとき、ほら、俺が横で見てる前でやつは目をこすり始めた　カウンターに肘をついたまま、手首に近いところの手のひらでこねるみたいにぐいぐいこすった　俺はしばらく様子を見てから、大丈夫か？って訊いてみた　けどカートはうんって言って手を振るだけ　でもまた目をこすり始めたから俺は、おい、ちょっとカート、って言った――大丈夫だ、って彼は俺を遮るように言った　煙が目に入っただけだ、って　そっか、って俺は言ってしばらく待った　でもその後、カートがこっちを向いて笑顔を見せたとき、その両方の目が涙で潤んで真っ赤になってるのが分かった　本当に涙目でまずい感じ　おい、ちょっと、大丈夫じゃないじゃん、って俺は言った　でもその後、カートはよそを向いて返事もしなかった　だから俺は、おいおい、カート、**ちょっと**、って言った　それでも返事をしないから俺は言った　おい、聞け　俺はちょうど目薬を持ってる　ミュリンの目薬、って　でも彼は次にこっちを向いたとき、俺をじっと見てこう言った　いいか、大丈夫と言ったら大丈夫だ……それからしばらくじっと見つめ合ってから彼は言った　ほんとに、うん――目がちょっとかゆいだけさ　今日は家に帰った後、車にワックスがけしたからそのせい、それだけのことだ……それから彼は俺の肩のところに軽くパンチを当てて、な?と言った　俺もうなずいて少し黙っていると、カートは微笑んだ　そしてこう言った　さあ、何を飲んでるんだ?――

――だから俺は言ったんだ　何、てか、それはどういう意味だ?って　それからこう言った　違うだろ、おい、そうじゃない、**違う**、**全然**そういうことじゃない――

――じゃあ、こう考えてみろ　餌をくれる飼い主の手を咬む必要なんてどこにある　そこのところをはっきりさせてほしいもんだ　おまえには生活がある　おまえは自分で稼いで生きていかなくちゃならない　話はそれに尽きる　じゃあな　話はこれで終わりだ――

――でもはっきりしてるのは、あの会社がなくなったらイソーラ市もなくなっちゃうってこと　あの会社が私たちの生活基盤なんだから　ここに暮らしている人はほとんど全員、あの会社の存在から利益を得てる　私たちの生活と密接に結び付いてる――

――あの工場が止まったら、この町は腹を空かせた連中であふれることになる　今は暮らしやすい町だけどな　てか、あの工場のおかげで町は経済的に潤ってる　給料日は火曜と水曜と木曜にばらけさせてある　そうしないと、一日でそれだけたくさんの金を会社に運べないって話だ――

――よく聞け　ありがたいと思わないか　体重八百ポンドのゴリラが横に立っててくれるようなものだぞ　そんなありがたいことはめったにあるもんじゃない――

――んで、言っとくけど、あの会社が扱ってるものは俺らが普段接してるいろんなものと比べてちょっとでも危険ってわけじゃないからな　今時何したって大体健康に悪いって言われるだろ　どう考えたってオザークはめっちゃいい会社だ　俺らは仕事中、防護服を着るように言われてる　会社はすごく厳しい安全講習をやってる　考えてみろ――町に産業がなかったら困るだろ、多少のことは我慢しないとな――

――あら、くだらない　あそこの会社はとってもきれい隅から隅まできれいにしてある　オザークパークの裏には野球場もあって、一般の人にも使わせてくれる　ボーイスカウトがピクニックに使わせてもらったこともある　だって何かあったら会社がちゃんとしてくれるはずだって信頼してるもの　今までだってずっとそうだったんだから当然、今後も変なものがあれば取り除いてきれいにしてくれる　あたしは今までと同じように買い物したり、車に乗ったり、庭に水をまいたりしてる　別に何の問題もないと思う――

――わしは七十八歳、四十六年前からランド通り八〇八番地に住んどる　ここで五人の子供を育てた　娘三人に息子が二人　もうすぐ九人目の孫も生まれる　みんな元気さ、オザーク社には感謝しとるし、ランド通りにも大いに感謝しとる――

――それなら私を伝統主義者って呼べばいい　けど要は、証拠を見せてってこと　私はずっとこの町に暮らしてきたプラット通りで大きくなって、その後、エマソンに引っ越しただけはっきり言っとくけど私は何も見てない　引っ越しの前も後も　私はずっとここで暮らしてきて、今まで何の問題もない　八年前から一日だって仕事を休んだことがないだから今何が起きてるんだとしても、それは誰か他の人の話で、私には関係ない　ていうか、まあ、いろいろ騒いでる連中がいるけど、時にはひとまず伝統を重んじるのがいいと思うってわけだから　さあ、証拠を見せて――

──ああ、私は毎朝笑顔で出勤するよ──うん、当然さあの会社にいられるのはありがたい、あの仕事ができるのはうれしいことだ　毎日あそこで何が起きてると思う？　いろんな製品、いろんなサービス、みんなが必要としてるちょっとしたものがアメリカの隅々まで、そして外国まで届けられる──そういうすべてのことが日々、こんなに大きな規模で行われるっていう事実だけでも驚きだ　しかも当然、いろんな問題が起きたり、機械が故障したりってことは避けられないはずなのに──いやはや、これは自慢してもいいいんじゃないかな、この工場の徹底した効率性とか　だって本当にお手頃な、競争力のある価格でこれだけ細々《こまごま》した工程をこなしてるわけだから──この効率の良さは感動ものだと思う　もしもいちいち安全性の確認とやらを待ってたらこの効率性が失われてしまう、いや、何もできなくなってしまうんじゃないかな──

──だって何をするにもリスクは付きもの　家を一歩出るのにだってリスクはある　でもそんなのは受け入れるしかない　この分野の仕事をしてりゃ当然リスクは付いてくる　それで給料をもらってるようなもんだ──おかげで毎週ちゃんと小切手がもらえる　そうじゃなけりゃどうして会社が俺みたいなのに金を払うってんだ──

──うん、こういうことをするのに他に理由はない　それ以外にどんな展開がある？　彼は口数が少ないけど私を大事にしてくれる　先を続ける理由はそれで充分　だって彼は私が嫌がることはしないって最初に約束してくれたから　実際、彼はためらった、一歩進むたびに立ち止まってくれた　それは私への敬意、信頼だと思うから私も彼を信じる、全面的に信じる、そして信頼に対しては報いるべき　だってあの硬い胸板の奥、あの波打つあばら骨の内側に信頼があるから　弓のようなあの首のぬくもりには嘘がない、そして美しい　首の筋の温かな張り具合には驚くべき安定感がある　初めて私に体を寄せてきたとき彼は静かで、温かく、優しかった　ゆっくり時間をかけ、それを味わってた　ただそれだけ、ただ抱き合うことだけを　私の手は彼の背中に沿って下へと行き、また上へ戻り、また、下の方にあるより柔らかな力強さへと戻った　彼の体は波を打ち、そっといたわるように私の上になった　愛の込められた私たちのキスは互いの気持ちを高め、絡まる舌は甘く、汗の浮かんだ私の手は彼の硬い脇腹を行き来する　その感触はさざ波をなでているようだ　ぬくもりに輝く彼の体が愛おしかったので、両方の脚を彼の脚に絡めて体を引き寄せると、硬くて熱い彼のあそこをお腹に感じた　だから私は彼に分からせた、彼が分かるようにした、彼の体を上の方へ押し上げた　すると彼が体を滑らせた、ゆっくりと、まるで何も気づいていないみたいに、そして彼はいつの間にかひざまずいた格好になって、股のところが私の顔の前に来ていた　私がそれをくわえると、彼はひざまずいたまま少し体を起こし、引き締まったお腹が私の目の前でアーチを描き、私は彼の背中に手を回して体を引き寄せた　イースト菌のにおいと塩水の味　私は彼の熱と一体になった　そして一緒に戯れた　離れては戻り、離れては戻り、私の舌は下側をこすり、ぐるっと回って今度は彼を頬の内側に押し付けると、急に彼が温かくなったのが感じられて、次はその焼けつくような熱を口の天井に押し付けた　気持ちよくて甘い感覚　彼の体は私の上で森のように動いていた　感謝している気配はあるが、押しつけがましくはない　そのとき私たちは一緒だ　互いと一つになっている　私たちは相互性　私は彼に安心感をもらう　彼は信頼以外には何も求めない、だから私は彼を放す、私は彼を放す、そしてその体を下へと押し、さらに押し、その腰をつかんで体を下げると彼の顔が見える、そして彼も私の顔を見ていることを確かめてから、彼に分からせる、彼に知らせる、何もないけど、避妊具は用意してないけど、私たちは今理解している　そして私は体を起こす、少し体を弓なりにして彼を導き入れる、すると彼が入る、彼が腰を下げ、私を抱き締め、私の上に乗る、そして私と一つになる、彼は今、そう、私に入っている――

――だってこうでなくちゃ駄目だから　うちにはお得意さんがいて、お客さんがいて、みんながこれを望んでるから　世界はこうやって前に進む　私はみんなに礼儀正しく接しな

いといけない　快い印象を与えないといけない　私はみんなにいろんな味を少しずつ与えることができる――みんなはそれを**期待**してる　私のシナモンロールやアップルターンオーバーを人が気に入ってくれたら私はそれに感謝しないといけない　セサミブレッドをスライスしてほしいって言われたら、喜んで塊をスライスマシンにセットして、機械音がやむのを待って、スライスし終わった塊をワックスペーパーの袋に収める　ショーケースにある私のストロベリーショートケーキを見て微笑んでいる人や期待混じりに悩んでいる人がいたら、私も一緒に微笑まないといけない　人生はそうやって生きるものだし、私はそれを喜ばないと駄目――そういうことのすべてを　他の感情を抱く余地なんてない　他の感情を抱くべき理由なんて考えられない――

――だってそうだろ、畜生め、あの会社は**むっかし**からここにあったんだぞ、イソーラの町とおんなじだけ昔からな　イソーラはあの会社と一緒に**大きくなった**、会社のおかげで**地図**にも載った　会社がいつできたか、いつ始まったか――**俺は**知らねえ、百年前か？……そうか、そうだな　一八八〇年　この百八年間、俺たちは魚であの会社が海だったってこと　会社は町で、町は会社だった　つまり会社は俺たち**そのもの**なんだから俺たちを必要としてるわけさ　だから俺たちのことを気遣うのは会社にとっても得なんだ　その関係を変えるなんてのはとんでもない話――

――すべての証拠はそうだと言ってる　私が五三号棟の階段を下りようとして転倒したときもそうだった　けがはないって私は何度も言ったんだけど結局、診療所に運ばれて、看護師はコーヒーを一杯ごちそうしてくれて別にどうってことなかったのに足首近くの腫れたところに冷たい湿布を貼ってくれた――それからレイにも電話をかけて、彼の迎えがあれば家に帰っていいって言ってくれた　それに学校でうちの子の頭にソフトボールが当たったときには、会社は面倒なことは訊かずに早退させてくれた　体調が悪くてめまいがした日もそうだった　会社は社員を気に懸けてくれてる、社員のことを考えてくれてる　私たちはいつも会社に支えられてるって感じてる――

――意味がないっていうのは分かってる、でもやっぱり習慣は変えられれない　時間も結構かかるし、切ったりちぎったりするのも大変で、それでどれだけ節約できるかっていうと――一年ずっとそれを続けて三十ドルとか、それくらい？　頑張ってそんなことやる意味はほとんどないんだけどやめられない　理由は訊かないでくれ　どう考えても意味はないのにやらずにはいられないって感じ　実際しばらく前に、ウェグマンの店で〝何でも五十セント引き〟のクーポンを手に握り締めてたことがある　私はそれをジャイアントエコノミーサイズに使うことに決めていた、重さが十四ポンド近くあるやつ　カートのいちばん上にその巨大な箱を載せると、右腕の肘のすぐ上に変な痛みを感じた　結構な痛みだったけど、私は自分にこう言い聞かせた　**ほら、しっかりしろ**　これで**五十セント**の節約になるんだぞって（本当はそのとき漂白剤なんて必要なかったんだが）　そしてレジまで行ってから、定価が六十五セント値上がりしてたことに気づいた！

やられた　でも念のため言っとくと、結局はそのまま買ったすでにカートに入ってたし、それをレジまで持っていったんだから、もういいやってなった　でも自動ドアをくぐって店を出るとき、自分がしていることを振り返って少し笑いがこみ上げてきた　だってとても滑稽だから　あまりにもあからさま　でもそのとき、店に入ってくるベッキーと会った　うちの近所に住んでいるベッキー　で当然、何があったのってベッキーに訊かれた　当時はたしか彼女と別れた直後だったんだけど、彼女は人の笑い声を聞くのは楽しいと言った　そこで私はさっき起きたことを説明したんだが、よく分からないけど、それを面白いと思うのは私一人だったのかもしれない　だってベッキーはぽかんと私を見つめたまま、自分はクーポンを使うのはやめた、ていうか、集めてたクーポンを今週まとめて捨てたばかりだって言った　だから私は彼女を見て、じっと顔を見つめてほんとにきつい口調で言ったなあ、ほら、やめてくれ……終わったことだ　過去の話　もう終わったこと――

——そこら中だ、昨日の夜はそこら中にあった　友達のエディーがリバービュー・カフェのシフトに入ってるのを知ってたからそこに立ち寄って、厨房で一緒にマリファナ《ドゥービー》をやった　その後、ビッグ・ボッパーズでビルと会って、一緒に外の駐車場でまた一本吸った　店はガラガラだったからビルはイブリル通りにある友達の家に連れて行ってくれた　そこに感じのいいエロールっていうやつがいて、お試し用のエクスタシーを持ってたから、しばらくしたらみんなでお試しさせてもらったけど、これがかなりの上物《じょうもの》で、次はビルの友達のジミーっていう、ユニバーシティ通りに住んでるやつのところに行ったら、本人がちょうどコカインをやろうとしてるところだった　ジミーは面白いやつ、マジで面白いやつで、ヘロインをやった後にウォッカをちびちび飲んでたんだが、ソファーに横になったまま満面の笑顔で俺らを見上げた　そして大きな目をきらきらさせて、大きな歯をむき出しにして、笑いをこらえながらスローな口調でこう言ったんだ　化学物質《ケミカル》のない人生なんて考えられないって——

——逆だ、って私は思う——今だけじゃない、あの頃だってそう、あの当時も　会社の力がなかったら私たちはどうなってたことか、って私は言いたい　この問題は**そういうふう**に考えるべき　会社は状況を見て、すぐにそれを認めて、冷静に評価して、誠実に対応した　会社はその間ずっと純粋に関心を持って、隠し立てすることもなくて、状況に対処し、義務を果たしてきた　そう、あらゆる意味で責任を果たしてきた——

——実際、ご記憶かと存じますが、この状況を発見したのは会社の人間、オザークの社員なんです　クリスマス直後のある日、社員が退勤時に何か変なにおいが漂っていることに気づいたという話だったのを私は覚えています——

——たしか空気中に漂う溶剤のにおいに気づいたということだったと——

——それですぐににおいのもとをたどっていくと、ウエストリッジ通りの下を通っているパイプラインが原因だと分かって——

――たしかそのパイプは、オザークパークの西端にある蒸留工場と、オートマン通りにあるフィルム基材《ベース》工場とを結ぶものだったと――

――でもほら、ね　そこには第四十一小学校から六〇メートルほどしか離れていない場所だった――

――たった六〇メートルよ、わずか六〇メートル――

――ていうかすぐそこに小学校――小学校がある――

――しかもそれは同じ場所に設置されてる**二十二本**のパイプのうちの一本にすぎない　ていうか、パイプは**二十二本**もある――

――すると会社はほぼすぐにいろいろな対策を打ち出した　あっちにもこっちにもお金を配って、必要と思われる手を打った　住民に手紙を出して、状況の詳細を説明した　そこまでする必要はなかったのに　そして会社が子供たち全員にリンゴ飴を配ったのを私は覚えてる　学校が再開されて子供たちが登校したら、真っ赤なセロハンでくるんでリボンでくくったリンゴ飴が一人一人の机の上に置いてあった――

――六十人、そう書いてあった、六十人で清掃作業をしたんだそうだ　二十四時間、昼も夜もずっと清掃作業　午前四時とかになるとおそらく残業代は二倍、ひょっとしたら三倍になるだろう　それに学校が閉まってる間、会社は家で子供の世話をする子守り代《シッター》を払うと申し出た　それというのも子供たちの親にはあの会社は面倒見がいいと思ってもらいたいから――

――塩化メチルは放っておけば無害になるって分かった段階でも――たしか密閉空間では散逸するとかって言ってたと思う――それでも学校は閉鎖されたまま、子供たちは三日目も登校が禁止された　危ない橋は渡らないってやつ　たしかそこから授業が再開された後も、念には念を入れてさらに三週間検査を続けた――

――会社はそれ以外のこともやった　たしか試掘井《しくつせい》と呼ばれるものも掘った　地下水検査のために現場で十二本の井戸を掘った――

――それにパイプの交換もした　あそこを通ってる二十二

本のパイプのうち、たしか六本を直ちに交換したんだったと思う――

――うん、会社がずいぶん事態を深刻に受け止めていたのは間違いない　あの化学物質はフィルムを作る際に工場で用いられているものだから、会社も当然真剣に受け止めざるをえない　実際、今も真剣に考えてる　だからクローフォード郡全体を管理してる専門家の人を呼んできた　どこかの役所の人を　そしてその人がたしかこんな宣言をした　イソーラに暮らす皆さんに申し上げたいのですが、今回のことで健康不安を抱く理由はまったくありません、と「リパブリカン&クロニクル」紙にそう書いてあったのを私は覚えてる　そして同じ記事の中に、その人がにおいについても何も心配は要らないと言ったと書いてあったから、私はそれにもほっとした――

――その後、ジョージ・フォベル、ジョージ・フォベル本人がカメラの前に現れて、今回の件で心配や迷惑をおかけしたことは認識しており、それは遺憾に存じますが、これによってオザーク社の社員および近隣住民が何かのリスクにさらされることはないと確信していますって言った　「リパブリカン&クロニクル」紙にそう書いてあった――

――その後、第四十一小学校の近くに住む人たちに対してオザーク社が驚くほどの低金利で――あれって何パーセントだったっけ、二パーセント？　まあ、無利息みたいなものね――家の改装費用の貸付を申し出たけど、実際にはあまり借りた人はいなかったと思う　みんなそんなのは不要だと思ったんじゃないかな　ああいうのはよくあることだって誰もが理解してたんだと思う――たまにはいろんなことがあるってオザーク社はもう充分な対策をした、いや、充分以上のことをした――

――実際、自由なパラメータを組み込んだこのようなシステムは、否応なく周期的なストレスに直面せざるをえません　私に言わせるならそれはシステム自体がはらむリスクということになります　人的なものも機械的なものも含め、無数の構成要素を結び付けるそうした動的なシステムが設計上予期されざる事態に直面することは避けられず、そのような不確定要素に対しては不適応反応を示すことになります　そうした事態が生じるのは、システムに組み込まれた相互的〝緊密性〟と呼ばれるものが主な原因です――つまり、システムに自己修正や段階的補正みたいな〝遊び〟が充分に組み込まれていないのが原因ということです　結果として生じる反応は偶発的事故として特徴づけられ、それは不可避ではありますが、実際にはある意味、予測可能な事態でもあります――

――もちろん会社はすぐにこう言った――**しつこく**こう言った――事態の核心を突き止める、問題の根源的な部分に対処するって　会社はすべてをきれいにするためにたくさんのお金を払うと約束したし、一時解雇《レイオフ》とかは極力数を抑えると言ってたと思う　会社は本当にてきぱきと対応した――

――その後、例の計画、例の開発プロジェクト――そう、町の人たちがあの開発プロジェクトにストップをかけたって聞いたとき私は感動した、心を動かされた　たとえばメラメック洞窟の方は今でもたくさんの観光客を集めてる――あれは世界最大級の洞窟で、かの有名な無法者ジェシー・ジェイムズが隠れ家に使ってた一八七〇年代の状態を再現してあったりするから他の人も観光に来る　公園内にはキャンプ場やピクニックサイトなんかもあってみんなが楽しめる　だからはっきり言って、新たに別のものを作る必要なんてない　けどオザーク社は、新しい公園を作りたい、あそこを本格的な観光地かアミューズメントパークにしたい、そうすれば郡の住民みんなが潤うって言いだした　中にはそれがいいと思う人もいたと思う　特にスタントンの住民とか　でも、あれは騒ぎの直後だったから、会社のお金はもっと大事に使った方がいい、ってイソーラの人間は大半が思ってた　お金は自分のために使いなさい　会社は今、町の再建以外に考えるべきことがいろいろあるはずだ、って　イソーラの住民はいい人ばかり、親切な人ばかりだ　そういう趣旨の請願書が出回ってるっていう記事を私は読んだ　町に対する補償はもう充分だということをオザーク社の幹部に伝える手紙　私がそれに署名をする機会がなかったのは残念だけど　だって機会があれば私

も署名してたはず　ぜひとも署名をしたかった――
――会社がそんな要望を受け入れるはずないってことは分かってたけど、みんなが最初にそのアイデアについて話し始めた頃、私は実際にそんな提案をしたし、今でも同じことを提案したいと思う　会社はあの問題に良心的に対処して、それがうまくいったんだから、区切りがついたものとして満足して構わない　シュレーダー・ハウスはオザーク社の本部建物からステート通りに沿って進んだすぐ先にあって、場所としては完璧だ　オザーク社の博物館あるいは記念館としてあれ以上の場所は考えられない　今はまだあそこには、エグゼクティブタワーの待合スペースにディスプレーパネルがいくつか置かれているだけで、明らかに全然物足りない　アメリカ人の生活に対するオザーク社の貢献度とか、アメリカ文化におけるその位置とかにふさわしい施設があった方がいい　そういうときにどうすべきかをあの会社はよく知ってるから、出来上がりは間違いなくすごく、すごく立派なものになるはず　いろんな意味でそれは当然でもある　私は最近、夜に家でくつろぎながら知り合いと相談しようかと考えている　改めて勇気を奮い起こし、会社にそんな提案をしてみようか、と――

――じゃあまず、変更不能《ハード・ワイアド》、押し売り《ハード・セル》、真剣勝負《ハード・ボール》　それから百戦錬磨《ハード・ビトゥン》、硬派記事《ハード・ニュース》、艱難辛苦《ハード・ノック》　それとハード・データ、鼻っ柱《ハード・ノーズ》、鋳造貨幣《ハード・カレンシー》、それから――このセットが終わるまで続けるぞ　それで気が紛れる、それで疲労の限界を超えられる――それから、そう、重要問題《ハード・コア》と効果絶大《ハード・ヒッティング》……それから……そう……努力の成果《ハード・ワン》！……ふぅー！――できたぞ　しっかり十二回　さあ――リラックス……ほら、ここにいる連中は全員、そこでノーチラス（ジムなどで筋トレに用いられるマシンの有名ブランド）を引いたり曲げたり、ぐいぐいやってる連中は最低限の負荷しか望めない　あの椅子やプーリーは緩すぎるし、柔らかすぎる　彼らがもし本気なら、フリーウェイトに代わるものはないってことに遠からず気づくはずだ――答えはシンプルではっきりしてる　結果が出るのはフリーウェイト　俺が若かった頃、「マッスル・ビルダー」をはじめとする雑誌ではよく怪物みたいな男たちが取り上げられてた――パッドを着けてるわけじゃないのにラインバッカー（アメリカンフットボールで防御ラインの直後を守る選手）みたいにでかいやつら　肉体だけでそれくらいでかい　板金よろいか彫刻みたいなその体はまさに無敵　でも初めて俺がジムに行ったときは――あれは八一年、リッジ通りにあるゴールド・ジムだった――何もかも自分とは無縁に思えた　改めて自分の体を見たら小さくて締まりがなくて、泣きたくなった　だから時間がかかった、すごい時間がかかった　毎日毎日、毎月毎月、毎年毎年、筋肉を一つずつ鍛え、抵抗を増やし、輪郭をはっきりさせて、食事を制限した――その結果がこれだ　胸回りが一二二センチ、腕周りが五二センチ、太ももが六一センチどんなもんだ、鏡さん　**俺の勝ち**　ここまで来たぜ　ここまで来るのに必要だったのは、地道な努力《ハード・ワーク》、頑固な性格《ハード・ヘッド》、困難な時期《ハード・タイム》、そして――

――そして今は私もほとんど眠れない　いえ、手の熱でぬくもったクルボアジェをグラスで一杯やって、最後にはうとうとするんだけど　コニャックが徐々に顔の表面に広がる感じがしたかと思うと、いつの間にか寝てる　でも少しでも物音がすると目が覚めて体を起こす　そしておびえたように神経を尖らせる　本当に物音がしたのか、夢の中のことだったのか、分からないこともある　いずれにしても結果は同じ目が冴えてしまって、あの子が苦しんでいる声が聞こえやしないかと不安になる　それか寝付かれないときにはベッドに横になったまま、静寂の中から聞こえる音を紡ぎ、うつろな夜から響く音の撚《よ》り糸をピンセットでつまむ　そして当然のことながら結局何かが聞こえると、私はおびえ、耳元の枕をぴくりとも動かすことなく体を完全に硬直させ、あの子のところまで走っていく必要があるかどうか、全神経を集中して確証を求める　私はベッドの中でしばしば動くのをためらう少しでも身動きすると夜泣きの始まりを聞き逃すかもしれないから　そうでなくともとても静かな夜で遅い時刻だと、心臓がやかましく鳴っても私はすぐには動きださない　あの子は飛行機の翼が燃え上がり、勢いよく墜落する夢を見ると言っていた　あるいは時々、壁が伸びたり、歩くと足元で床が曲がったり、家具が移動したり、建物が壊れたりする夢を見ると言っていた　でも私はそんな事件が起こる場所、そんな恐ろしいことが起こる場所には行けない　だからあの子が暴れる音で私が寝室に駆けつけても、できることはただ彼をしっかり肩に抱き寄せて、他の音声を動員することで泣き止ませるしかない――たとえば、大丈夫よという声……大丈夫よ……もう終わったから……もう終わった……ただの夢だから――

――おい、何様のつもりでそんなふうに言ってるんだ、って俺はやつに言ってやった　けどやつは聞いちゃいねえ　ひったすらおんなじ話を続けてやがる――まったく、あの野郎、キャンキャンうるせえんだよ　おい、さっきも同じ話をしてただろ、って俺は言った　おまえの言いたいことは**分かった**――学校の近くでパイプが破裂したってんだろ、それが何だって？　破裂したときに現場にいなくてよかったと思え――それにやつには子供がいるわけでもねえ　俺がポーチに出てるとき、やつが窓を開けてると電話で誰かと話してるのが聞こえることがある――はっきり言って、あいつは自分を悲劇の主人公にしたがってるだけさ　何かに**取り憑かれてる**　挙げ句にアルバカーキに引っ越すとか抜かしやがって　この前までグランドラピッズに引っ越したいって言ってたじゃねえかって俺が訊いたら、あそこは寒すぎる、だってさ　あきれたもんだ――来週には月に行くって言いだすに決まってる　いいか、あいつのことは放っておけ　そういや、昨日あいつがうちに来るのが見えたから、俺は呼び鈴が鳴っても出なかった　居留守だってばれたって構うもんか――何だってんだ？　忙しかったかもしれねえじゃねえか　テレビの前で寝てたかもしれねえんだし　そうだろ？――

――だから何か別のことを見つけないといけない　うん、これはもう決めたことで、それは変えない　もう決めたことそれが私のやり方だ　たしかにこの数年、ジョギングのおかげで調子がよかったし、楽しかった――それは間違いない　長年そうしてきたけど、今は膝とか体の他の部分の負担のことを考えないといけない　ジョギングはたぶん、私より若い人向けのスポーツなんだろう　とりあえず私はやめないと駄目だ　でも明日、エクササイズバイクを買おうと思う　私の好みに合うといいんだが　少なくともそれで運動を続けることにはなるし、五時半に帰宅した後にすることがなくて困ることもない　実際私としては、ジョギングのときと同じようにトレーニングが進むことを楽しみにしている――自分では〝短縮〟と名づけていた面白い現象をまた体験できるといいなと思う　というのは、ジョギングを始めたとき、リリー通りからクレー通りに入って、そこからマギー通りを走ったのだけど、そのコース全体の距離は約八〇〇メートルほどだった　最初の数回は家に戻ったときにはバテバテで、息も上がって汗はだらだら、キッチンの椅子に倒れ込むような状態だった　でも毎日ジョギングを続けているうちに、距離が短くなっていく気がした――物理的にそうなっている感じがした　そして二、三週間もするとほとんど、というか全然、疲れを感じなくなった　そこでもう少し距離を伸ばしてもよさそうだぞってなって、最初は一キロにして、それから一・五キロに伸ばした　さらにその次は一足飛びに三キロにした――ある日ふと試してみようと思っただけだったんだけど、やってみたら大丈夫だった――それからさらに四キロ、そして四・五キロ――毎回、今の距離が短すぎると感じられだすと、そろそろ距離を伸ばす頃合いだと思った　どの段階でも同じことが起きた　いつも距離が徐々に短くなって、最後には物足りなくなる　普段と同じことを考えながら何も意識することなく、家の前や交差点をすっと通り過ぎる　と同時に、新しい距離を走っていてもそれをもっと短く感じて、四・五キロ走った後でも、頭からシャワーを浴びながら足踏みをしてたくらいだ……でも最後は、四・五キロ以上には伸ばさなかった　やりすぎはよくないから　何事もやりすぎはよくないだからジョギング自体もやりすぎないことにした　どうしてもジョギングをやめたくないというほどの思い入れはないし、たぶん、いろんなことを考えたらそろそろ潮時だろうと思う要は自分の限界を認めるってことなんだろう――何事もそうだけど、潮時を知ることも大事だ――

――まさにそういうこと　もう充分だ　もうたくさん　そういう話は聞いたことがある、私だって知ってる、もうそれでいいじゃん　今はもうそうなってて、それ以上に何を望むわけ？　もうそうなってるんだから　いいかな――状況を知ってる私から見ると、もう忘れてしまうのがいちばんだと思う――

――ああ――時間だ　九時半　マーヴ　マーヴの時間　プリングルズを用意した方がいい？　まずはキッチンへ　ついでに飲み物も　おいしい飲み物　クランアップルジュース〈クランベリーとリンゴから作られるジュース〉　よし、タルトも　でもグラスとチェイサーも――そして部屋に戻る　戻る　さあ……レコードの準備はオーケー　よし、オーケー　さあ、ああ、**今晩は**――

――これでどれだけ経ったっけ、九か月？　ずいぶん経った、もう頭を冷やしてもいい頃だ　結局、何もなかった、何もひどいことは起きなかった　そうじゃないと言うならその証拠を見せてもらいたいけど、そんなものはないと思う、何の証拠もありはしない――

――けど、あの人たちに何が分かるの？　あの人たちは専門家とは違う　彼らの言うことをどうして聞く必要があるの　聞く必要なんてない　モナは専門家じゃない　モナには何も分かってない　どんなものだって調子が狂うことはあるんだから、彼女は結論に飛びつくべきじゃない　信頼できる話をしたかったらあらゆることを考慮に入れてからじゃないと駄目　そうしないと〝私は憶測でものを言ってますよ〟って自分で言ってるのと同じこと――〝私はものを知りません〟って言ってるのと同じ　だから問題ははっきりしてる　あの人たちは騒ぎ立てるばかりで何も分かってない――

――いいですか　検査機関の方でもその検査結果は認めてない　私はそんなふうな話を聞いた　だからその検査結果には微妙なところがある　検査機関は出て来た数字とか量とかが現実的じゃないことを認めないといけないし、何もはっきりしたことは言えないはず　それが科学――それが義務、何かを証明するっていうのはそういうこと　証拠がなければ何も言えない　民間の検査機関としての評判は確かな結果を出すかどうかにかかってるから、証拠がないってあそこが言うってことは検査結果には説得力がないという意味　そうじゃなければ、検査機関なんて二十分で潰れてしまう――

――でも地下水というのはたしか、地上に湧き出るまでに漉《こ》されるはず　天然の障壁となる火成岩とか堆積岩とかの層が自然の濾過装置の役割を果たす　水がそういう自然の濾過地層を通ってくるのに時には何年もかかるし、そうやっていろいろな要因で浄化された結果、よくない粒子は取り除かれて無害になる　自然の持つ防御力ってすごいと思う――

――それに途中では、つまりここに来るまでには何度も処理の手が加えられる、きっと何十回というレベルで　何も問題が起こらないようにあらゆる可能性が考えられているんだと思う　そのためにあの人たちはいる　それがあの人たちの**仕事**なんだから　途中で変なガスが水に溶け込んだりしないようにして、水をきれいにして、歯のためにフッ素を混ぜて、殺菌して、他にもあいう大きな施設ではいろんなことをやってる　そういうことを全部やる大きな機械がある　蛇口をひねったら鳥や小枝が出てきたなんて経験したことないでしょう？　でも貯水池の大きさを考えてみて　それでも歯を磨いた後に口の中に羽毛が残ってた、なんて話は一度も聞いたことがない――

――こういう検査は政府がすべき、州政府であれ連邦政府であれ、ふさわしい役所がやるべき　じゃないと無責任　役人はそういう検査をするための装置を持ってる、それで**ちゃんと**できてるかどうかを確かめられる、それが済んだ段階で終わったことにすればいい　それがあの人たちの**仕事**でしょ、そのために私は税金を払ってる、そういう安心感のための税金でしょう　じゃないと不確定要因が多すぎる　最終的な判断を誰かが下す必要がある　政府の参加なしに、少なくとも政府が認めてない形でそんな検査をしようと**考える**だけでも無責任　こんなことをやろうとしているのは明らかに、結果をちゃんと考えてない人たち――

――うん、そう、工場のすぐそばでサンプルを採取すれば、実際そうしたって話を聞いたけど、その中にはどうしても塩化メチルが混じる――それは当然のこと　工場ではそれを使ってるって**実際**言ってたんだから　すぐそばに行けばその痕跡が見つかるのは当たり前　従業員の靴に付いたり、ズボンの折り返しに入ったりして運ばれるのは予想できるし、そうならないわけがない　絶対に触れるのが許されない核物質なんかとはわけが違う　核物質なら特別な防護服を着たり、肺に吸い込まないようにして密閉容器に入れたりするけどこの塩化メチルは普通の材料の一部でしかないから、蓋のない容器に普通に入ってるわけで――

――それは考えすぎ　塩化メチルは自然な状態の中でも地下水に入ってる　この地域の水には元々入ってる物質で、普段使ってる水の一滴一滴の中に微量だけど必ず入ってる　水に少しだけ混じっている物質は無数にあって、そのうちの一つということ　だから私たちは今までも摂取してきたし、今後も摂取し続けるってことで何も変化はなくてその量も体に影響を及ぼすようなものじゃない　こう考えてみて　今までずっとその物質はあなたとともにあった――コーヒーを飲むたびにその中にも入ってたし、洗った鶏肉にも入ってたし、インスタント朝食[044]の中にも、ナイトテーブルに置きっ放しにしたグラスの水にも入ってた――でも何も起こらなかったし、それでどうにかなった人は一人もいない　昔学校で聞いた話と同じこと　紅茶を一杯飲むたび、そこには聖ペテロの体がほんの少しだけど入ってるっていう話　誰にも分からないそういうわずかな成分によって水道の水がほんのり甘くなって、人はそれを好きになり、それに慣れるんだって――

――私はオレンジとかバナナとかが好き　皮が厚いからそれに殻から出したナッツも大体何でも好き　けど野菜はあんまり　だってたいていの野菜は、アボカドなんかを除けば、めっちゃ**むき出し**でしょ　だからできるだけ有機栽培のものを買うようにしてるけど、このへんだと有機野菜として売られてるものはかなり種類が限られてる　パーク通りのナチュラル・アプローチって店がほぼ唯一有機野菜を扱っているところだけど、中にはすごく貧相な商品もあるし　でもとりあえず、生きていかなくちゃならない、食べなきゃならないから、私は保存料や着色料、膨張剤や変なものが入ってない食べ物を選ぶようにしてる　私はそんな感じ　自分の目で見て、よく調べる　買い物に行っても、ラベルを読むのに時間をかける――

――うん、あれはよかった、いいニュースだった　イソーラ市議会が全会一致で決議したという記事をさっき読んだところだ　結局、塩化メチルは体に悪くないっていう決議　人間の健康にとって脅威ではないっていう言い方だったかなだから安心していい、安全だっていう結論　要するに、もう忘れて構わないってこと　だって正直言って、私としては最近少し不安があったから　手のここ、関節のすぐ下のところに、ほら、普通とはちょっと違うしわみたいなものができて、何だろうなって気になってた　クリームでも塗った方がいいのか、それとも、何もせずに放っておけばいいのか、どうなんだろうって――

――だって俺が聞いた話じゃ、問題のブツは地面のずっと下の帯水層とかいうところにあるそうだし、塩化メチルの影響を受けた水は地下六メートルとか九メートルとかにとどまるって、この前、オザーク社の人がカメラの前でしゃべってたらしい――

――それに会社によれば、ていうか会社が公式な声明を出したらしくて、それによると、地下六メートルとかに住んでいる人間はいないんだから被害を受けることはありえないって――

――結局は問題ないってことね、それは分かった　塩化メチルはかなり高い濃度じゃない限り心配しなくていい　何でもそうだけど、どれだけその物質にさらされるかという程度問題　塩だって摂りすぎたら人間は死ぬ　酸素だって吸いすぎたらやっぱり死ぬ――

――そういうこと、**まさに**そういうこと　水が駄目だからどうだって言うのさ　今時、何だって駄目じゃん――

――だからもう、冷静に今の状況を受け入れるだけ　ただ、油断はしちゃ駄目　実際私は、つい昨日のことだけど、勝手口の外にある階段を修理しようと思い立った　勝手口の階段と言ってもたった一段だけど、長年のうちに何度も踏まれたせいでコンクリートが崩れ始めてる　だから昨日、ぼろぼろになっててちょっと見てくれが悪いなあと思って、そろそろ修理しようという気になった　ちなみに私はそういう修理が全然得意じゃないんだけど、必要な道具を買いにホームセンターに行った――特に大事なのはこて――ところがそこで、水源から新たに二種類の化学物質が見つかったって話を耳にした　会社が今まで気づいていなかった二種類の物質　私は袋からはみ出たこての持ち手を握ったままその場に突っ立って、私はここで何をしてるんだろうって考えた――

――そういうものがどうしてそこにあるのかが、よく分かっていないらしい　私が聞いた噂の一つによると、ひょっとすると車から出たものかもしれない　エンジンから出てるんだって　でも、道路の舗装に使われてるタールとか砕石《マカダム》から染み出してるっていう話も聞いたことがある　けど元がどこから来たものであれ、そういうのが見つかるのは当たり前なわけで、だって――

――それがどれだけ危険だと言いたいんですか、って私は訊きたい　高校の化学で勉強したような物質と似たようなものじゃないですか　アセトンとメタノール、単純な物質ですよ、ごく単純な有機化合物、ただそれだけのものです　本当に命を危険にさらすような、信じられないほど長くて発音できない名前を持った化学物質じゃなくてよかったんじゃないですか――

――いいですか　答えはもうはっきりしてます　知る必要のある事実はすべて明白になっています　今日の新聞、特集記事になっていたから読んでみるといいですよ　ほら、これです――ここから始まる記事　必要なことはここに書いてある……いかなる表現や言い回しであれ、過度に騒ぎ立てることにはまったく根拠がない　逆に、共同体内に広がる恐怖によって、望ましくない破壊的な結果が生まれる生む可能性さえある　実際、噂に対する過剰反応が起きれば、必要な労力と注意の一部がその対応に向けられることで、現在行われている本質的な調査作業が妨げられるだろう　未知のものが多くある世界においては、共同体の反応――一時的なものにすぎないと分かっている懸念に対する反応――は未知であってはならない　われわれを代表して調査を行っている科学者や専門家と同様、私たちも責任ある行動をすべきである　したがって私たちとしては、彼らの助言に注意を払い、過度の心配とは戦わなければならない　さもなければ、イソーラの運命は――社会的にも経済的にも――まったく先が読めないものになってしまうだろう……――そう、記事はこれでおしまい　分かりましたか、これが結論です　私は記事を見た後、ちゃんと切り抜いて、磁石で冷蔵庫に貼り付けておいたんです　いつでも読み返せるように――

――私は時々、自分が水の神様だと考える　インカのパリアカカ、ギリシアのアナーポス、エジプトのテフヌト、北欧神話のオンディーヌ、フランスのメリュジーヌ　凝結、降雨、そして蒸発という循環をなぞるように、私は自分の体を養い支えるシステム、統合されたシステムを通じて水と交感《チャネリング》をする　完全に自然なリズムに従って水が体に入り、浸透し、出ていく中で、私――物理的な意味の私――がその自然のリズムを展開させる舞台となる　私が水に水としての本質的な価値を与えることで、水がようやく水になる　私はこの水を二十年前から飲んできた　その間ずっと、水は私の体の中を巡り、循環してきた　でも一度も問題が起きたことはない　今後もきっとそうだ　私の水が私に害を及ぼすことはない――

――でも、それはどう考えてもおかしな話だ　会社がこんなことを引き起こすなんて馬鹿げてる　そんなことしたらどうなると思う、影響を考えてみろ――会社の言い分ははっきりしてるし、俺はマジソン通りに住むただの一市民にすぎない　オザークは安全性ってことに携わる人間を何百人も雇ってて、それがみんな訓練を受けて、資格を持ってて、普段からそういう問題ばかりを考えてる　だからそんなのはありえない　会社が気づかないわけがない　そんなことは絶対に起こらない――

――だけどもっと基本的なところで言うと、会社がそんな

ことを許すはずがないと私は思う　絶対に許すはずがない

――

――いや、ちょっと**待って**……いや、どう考えても大した量があるわけじゃないでしょ？　大量に存在していたものが突然出てきた、なんてわけがない　**元から**ずっとそこにあったはず　それがいきなり他のものと分離する形で取り上げられたせいで、当然のようにみんなが怖がり始めたわけよ　文脈から切り離されたことが問題なの　それだけを取り出して個別にクローズアップして見るから怖い――アイスクリームだって顕微鏡を通して見たら悪夢の光景が見える　でも肉眼で見ればそれはパッケージの一部でしかない　あの化学物質が置かれている文脈では、物質は封じ込められて、望ましくない可能性は当然中和されることになっている　もちろんそういう安全策が存在している　世界が滅びていないのは自然界にそういうメカニズムがあるからよ　混乱を収拾する平衡機能が働いて、さらにその延長で――

――モナは昔からすぐにカッカする女なんだ、それは覚えておくといい　ベリーマン通りのあたりで八号線を拡幅したときも彼女は、松の木立に近すぎるから反対だって大騒ぎした　ある冬はずっと帽子の帯に羽毛を挿していたのを俺は覚えてる　だから、あれはそういう女だってことを忘れちゃいけない――彼女の性格を考慮に入れる必要がある　その彼女が〝もう黙ってはいられない〟って言うわけさ　ああ、上等だ、言いたいことを言えばいい　誰も止めやしない　けど今回は、昔の測量士のダイヤグラムだか何だかを調べたら、町の下にある岩盤は鞍《くら》みたいな形になってるって言いだした　これはジミーから聞いた話だけどな　俺は笑っちゃったよ　笑いが収まったらこう言わずにはいられなかったね　何を言いだすかと思ったらそんな話か？　そんなことが言いたかったのかってね――

――でももっと大事なのは結局、政府がそれを許さなかったっていう事実　市だけじゃない、ミズーリ州政府もね　会社には特権もあるけど、義務だってあるわけだから　それに何と言っても、そう、何と言っても――

——僕は一人でチャーチ通りにあるコインランドリーに座ってたんです　そして家族分の二籠の洗濯物を機械に入れて、折りたたみ式テーブルに置かれてたヴォーグ誌をパラパラめくろうとしてた——少なくともヴォーグ誌に見えました　でも最近の雑誌は予告なしに誌面が変わるから分かりませんけど　とにかく誰かが雑誌を一冊置きっ放しにしてたか、店主が置いてた——どっちなのかは分からないけど　そこに載ってた記事というのが——素敵な写真を何枚も使ったいい記事だった——ヴェネツィアのことを扱ってたんだけど、僕はあんまり集中して読まなかった　それでエリート・ランドリーでいつもと変わらない心地よい不快さに浸っていた　乾燥機から漂う埃っぽいにおいと、そこに混じる漂白剤の生き生きした刺激臭　洗濯機の丸い窓から見える水が減るにつれ、洗濯物が揺れ、石鹸液の滴が飛び、回転する光景が現れてくること　靴跡の付いた灰色の床に落ちている、分解する昆虫の死骸みたいな黒い綿埃の塊　機械を動かすのに必要な手順がすべて書かれているのに、なぜか大事な疑問には決して答えてくれない操作説明のパネル　染みだらけの壁に汚いセロハンテープで貼られている物々交換市《いち》や引っ越し前処分市のチラシ　会社は今回、塩化メチルが発がん性物質だって言いだした、つまりがんを引き起こすってこと　今回はそんな言葉を使った　発がん性物質　塩化メチルは発がん性物質　その言葉を聞いただけで胸が苦しくなる　その言葉がぎゅっと胸を締め付けながらずっと体の奥に落ちていくみたいな感じ　でもその言葉の**意味**は実際にはよく分からない、だって意味をつかもうとするたびにその言葉は、トマトの種が指の間をすり抜けるみたいにどこかに行ってしまうから　そしてその代わりに一つの映像が目に浮かぶ　一枚のティッシュペーパーが丸まっていく姿　それが見える　だから何かが体の奥へ落ちていく感覚とその映像はいつも私とともにある　それが常に私の身近にある　私はそれらをもとにして、別の言葉を考える　今考えるのはこんな言葉　ずっと身近にあるもので私の家族全員が死ぬかもしれないことが判明した、と　私の家族全員がそのせいで死ぬかもしれないと判明した

――

　――けど、たとえそうだとしても、その可能性がどれだけあるのかって俺は訊きたいね　実際には何人がその影響を受けるのかって　一万人に一人？　二万人に一人？　そういう数についてちょっと考えてみろ――現実的に、客観的に考えてみたらいい――

　――それでよく考えてもらいたいんだけど、基本的には問題はどれだけその物質にさらされるかってことだよね　サイズや重さや他の変数に対して摂取する量がどれだけかってことで、その変数の大半は判明していなくて、私たちにも分からない　だから俺は全然慌てない　DDTやら何やらをたっぷり与えられたネズミだって、全部が全部病気になるわけじゃない　ていうか、実際に死んだりするのはごく少数で

　――要は生まれ持った体質　それが決定的な要因　何かの病気にかかる確率はすべて遺伝で決まる　結局はいい遺伝子を持っているか持っていないかっていう問題で、それ以外の

　ことはどうでもいいって言うか――

　――でもはっきり言わせてもらうと、結論は何も出てないってこと　どれが事実？　とりあえず確かな情報を見せてもらいたい　私が今までに耳にしているのは全部勝手な推測ばかり、全部が未確認情報、私はそんな噂話にいちいち一喜一憂するつもりはない――じゃないと、私は頭をきれいに剃ってハイランド・パークで〝カホテック歓迎〟って書いた看板を掲げないといけなくなる　みんながいろいろ騒いでるけど、具体的な証拠は何も挙がってない――何か具体的な証拠が出て来たとしても、それはそれで事態を落ち着かせることになるんじゃないかと思う　その点、「リパブリカン＆クロニクル」紙はうまくまとめている　客観性に基づいた理性的な記事――みんなもあれを見習うべきだ　当然のことながら「リパブリカン＆クロニクル」紙は、騒ぎの原因となった調査結果を公表しないと宣言した　だって、その検査機関は機関名の公表を拒んでいるわけだから　それは一体どういうことか？　事実はあるのかないのかのどちらかだ　科学の領

域でその中間はない　検査機関がビジネス上の駆け引きのためにに、あるいは売名のために仕組んだことなのかもしれないし、実体は不明だ　少なくともそういう可能性だってあるでも落ち着いて考えれば、確かな証拠なんて何もありはしない――

――いや、違う、違う――**そんなの馬鹿げてる**　それは考えすぎ　私は生まれたときからずっとこの町に暮らしているけど、がんなんかにかかってない――

――それに昔はヘキサクロロフェンとか、マイクロ波とか、DC‐10[045]とかの話もあったし、ラジアルタイヤやチクロ[046]、カラーテレビの画面から出る光やサッカリン、塗料片、インゲン豆、赤色二号が悪いって噂もあったし、今度はタンポンだとか、ストレスだとか――だから気にしないのがいちばん、気にしないことだ、言ってること分かる？　全部同じこと　そういうものは次から次に出てきて、いつの間にか丸く収まってる――

――でももう終わりだと思う　たぶん今後はもう無理だと思わなくちゃならない　カードと一緒に、五ドル分余計に小切手を入れようかな　それ以上の金額の方が彼女を驚かせて、注意を逸らすのにいいかもしれない――いや、何かを感づいたとしても、大して気に留めることはないだろう　とは言っても、カードを封筒に入れるとき、その左側を見るのは私にとってつらい――左側はとても〝裸〟に見える！　けど彼女にはそれを悲しんでほしくない――私がそこに文章を書き忘れたのだと思ってもらいたくはない！　ああ、そう思われるのはつらい　彼女はそう思ったら悲しむだろう　でも彼女は私が書いた文字を見たら――少なくとも私は名前を書かなければならない、それくらいのことはしなくちゃならない――分かってくれるはずだ　これ以上手紙を書くのが容易ではないことを分かってくれると思う　きっとそれは伝わる　今年は面白い歌を思いついたから、実際に会えないのはとても残念だ　今年の歌は上出来なのに

十かける十は五十

二かける二は五十一
そして四十九は八十
プラス二、あれ、おかしい

算数は散々だけど
大好きな計算だけは
正しい答えを知ってるよ
キャサリンは八歳

電話で直接彼女に聞かせてもいいかもしれない――電話代なんかサプライズのためならこの際どうでもいい――電話をかけて、マリリンがキャサリンを電話口まで連れてきて、私が〝もしもし〟と言ったら声に気づいたキャサリンがきっと小さな歓声を上げる――私の手は興奮に震えるだろう　ああ、あの子は喜ぶに違いない――あの子はその声で私がそれほど年を取った人間ではないことが分かるだろう　少なくともカードの手書き文字から予想されるほどの年齢ではないと思うはずとはいえ、あの子の年齢だと声や筆跡で年齢を想像するのは難しいだろう　でも、電話で話して、私の声を聞けば、あの子は少なくとも私の意識がはっきりしていることを理解してくれるはず　私に取り憑いているものは私の中にある何かだけれども、私とは違うものだ、と分かってくれる　私と私の体とは別物だと、あの子はきっと理解してくれる　実際、私の体は私ではないと分かってくれる　きっと分かる　分かってくれると思う　そうして、私がそれほど年寄りでないことも分かってくれる――

――昔の彼は、私の作ったショートブレッドよりもレモンサブレの方が好きそうだった――それを受け取るときに大きな木のデスクから立ち上がる彼の笑顔がそう言っていた　でも今は、何も持っていかない方がいいような気がしている　長年おやつを差し入れしてきたのに、今さら手ぶらで会いに行くのはたしかに変だけど、もう何が正しいのか分からなくなってきたから　でも、彼の顔を見ずにはいられないし、明日は午後四時半に来てもいいと言ってくれた　彼をがっかりさせるのは嫌だけど、カーティン神父のおかげで余計なことはもう考えなくなった――

――けどそれは間違ってる、それは間違いだって私は彼に言った　最初からそのことははっきりと彼に言った　モナは**本当に**地下水の検査を州に要求した　州都の保健省まで出かけていった　直接交渉するためにわざわざ役所まで行ったんだけど、個人の要望では検査を行えないとはっきり言われたというのが本当の話――

――でもしばらく前から、割と前からそうなってた　とは言ってももちろん、買ってからずっとってわけじゃない　買ってすぐはきれいな黄色だった　グラスや皿はちゃんときれいになってたし、何の問題もなかった　けど、人が周りにいるときに引き出すのはちょっとためらう　ていうか、ちょっと恥ずかしい　食器洗浄機の内側があんなに黒ずんで、紫っぽく汚れた感じになっているのを人に見られたら何だか変な気分になる――

――私は今、秘密の部署で働いている　電話で広告を受け付けて、それを植字室に送るのが仕事　料金の説明をしたり、料金請求のために依頼人の情報を聞いたりするのも仕事のうち　でも同じ部屋で他に二人が働いていて、実際、毎日たくさんの広告出稿依頼が入ってくるからどんな広告を受け付けたかなんてすぐに忘れちゃう　だからミルトに呼ばれて顧客に連絡を取ってくれって言われたときも完全に機械的にそうしただけ　私は席に戻ってその顧客に電話をかけて、ミルトに言われた通り、私たちのところではご依頼の内容では広告を出せませんって説明した――該当するセクションがないって　すると、それはどういう意味ですかって訊かれたから、私は説明を繰り返して、今回みたいに分類できない広告っていうのが時々あって、それは受け付けられないんだって言った　それから請求書の方は、支払いは不要なので破り捨ててくださいって言った　するとその客は丁寧に礼を言って電話を切った　その後、該当データを削除しようとしてシステムを調べたら、その広告っていうのが小児白血病に関するものだったって分かった　お子さんが小児白血病と診断されたらこちらの番号にお電話をという内容の広告で――

――それでリッジウェイ通りから三九〇号線に入る交差点のあたりでちょっと買い物したり食料を仕入れたり、それか仕事帰りにあそこを通ったりするときに、オザークパーク周辺で煙突がいくつも見えるだろ　周囲何キロにも広がる工場の建物とか配管とかコンベアとかから延びる煙突　風景の一部としてすごく見慣れた煙突のたたずまい　先細りする煙突は見慣れた姿で静かにいつもそこにあって、空に向かって延び、空にキスをしている　風景に溶け込み日常と一体になったそれが私たちに持続感を与えてくれる　インダストリー[047]の感覚と言ってもいい〝産業〟というより〝勤勉〟の方の意味で――そこで仕事がなされているという感覚　たくさんの人がそこに集まり、高度に組織された形で働いているという感覚　煙突から静かに上る煙を車の窓から見ながら、その下で行われていることを想像する　あそこでたくさんの人がいつものように働き、力を合わせているんだ、と　煙突から出る煙は、万事が順調だという印《しるし》、繁栄の印だ――

――この前、クリーニング屋で誰かがしゃべってるのを聞いたんだが、その話によると、町の水道の八〇パーセント、これはイソーラの住人が使っている水の八八パーセントにあたるんだが、それは完全に井戸から汲んだ地下水に依存しているらしくて――

――いいえ、普段は読みません　あれに載っているのは、用務員さんが結婚しただとか、どこの部署が目標を達成しただとか、集会の通知だとか、技師の子供が奨学金を取っただとか、そんな話ばかりですからね　「アパチャー」に載っているのは八五パーセントがそんな話で、すぐに古びてしまうような記事　でも一応、毎号、手には取る――駐車場につながる扉の脇に新しいのが積まれているのを見たら、習慣の力で思わず手に取らずにはいられない　でも、七月号に例の噂に関する記事が載ってたことは言っておくわ　そこにははっきり書いてあった　工場で使われている化学物質とあれこれ噂になっている問題とは無関係だって　私はその記事を間違いなく読んだ　ちゃんと読んだ――

――マカーストンとかいう名前の専門家にインタビューした記事も見た　彼はオザーク社とは関係のない人なんだけど、彼によると、町の人は今心配のしすぎで、塩化メチルに対する反応も根拠に欠けているって――

――オザークとは別の大きな化学薬品会社で環境問題部門の責任者をしているって人の発言を「アパチャー」で読んだけど、長期的で深刻な健康被害と塩化メチルとを結び付ける科学的な証拠は存在しないってはっきり言ってた　塩化メチルにさらされた人とそうでない人の間に健康面での違いは全然ないとも言ってた――

――でその先も読んだんだけど、記事の最後近くにこういうことも書いてあった　ほら、これ　オザーク社は環境問題に対する責任として、政府による規制のすべてに一〇〇パーセント従うのみならず、地域共同体の懸念にもしっかり応えていくことを考えている、ですって　ね？――会社はちゃんとそう言ってるわけ――

――けど、それがあまりにもひどくなってきたから、もうブラッシングはしてない　以前は週に一度は必ずブラッシングをしてた　ラサアプソ〔チベット産の小型犬〕は当然毛が長くて、ブラッシングが必要だってお手入れマニュアルに書いてあったから　犬にとっては毎日の運動みたいなものだって　ところがブラッシングをするたびに櫛《くし》が毛だらけになるし、茶色い革のソファーの周辺に白い毛がくっつくし、パシャを抱いているときによく見たら足全体から毛がなくなって、皮膚の柔らかい、生々しいピンク色の部分がむき出しになってた　犬は何も言えないし何もできないからおとなしく普通に息をしてたけど、私はそれを見て、そんな状態になっているのを見て、どうしたらいいのかさっぱり分からなくて思わず犬を抱き締めた――

――私は「リパブリカン&クロニクル」紙を通してこの問題を考えてる　この前も紙面をパラパラ見ていたら、会社がリッジウェイ通りとマウントリード通りの交わるところに公園を作ろうとしてるって記事を読んだ　オザーク社は今回もその話に協力的で、新しい提案もいくつか出してきてるらし

い　ハーバードだかどこだかの社会学の教授からの推薦もあるんだとか　地域にそういう施設があると子供の教育にいいみたい　学校での成績も上がるし、薬物なんかにも手を出さなくなるっていう話　私としても、ええ、文句はない　マーサー通りに住んでいる私にとっても、近くにバスケットのコートがあるとうれしい　時々自分もそこに行って遊べるし　で、記事を読んでた、じっと読んでたわけだけど――何だろう、気がついたら別のことを考えてて、また記事に意識を戻したら、フォベルの発言がそこに書かれてた　皆さんはいろいろな噂を耳にしているでしょうが、私どもは環境に対して大いに関心を持っています、って　私はそれを見てふと考えた　そこで記事を読むのをやめて、こんなふうに考えた　なるほど、ジョージ、うん　あなたが何を言っても――

――だってはっきり言っとくけど、この問題には別の側面がある　昨日、ラジオを聴いてたら、それは独立系のラジオ局でスポンサーの縛りもないし誰かに恨みを持ってるわけでもないんだけど、その番組の中で、パニックを起こさなくちゃならないような証拠はないってストックトン市長が言ってた

――

――でも少なくとも、ありがたいことにそういう組織が存在してる　だって、頼りになる人が全然いなかったら、それこそ悲劇だと思うから　今だから言えるけど、先週はちょっと〝もう駄目かも〟っていう気分になってた　私は我慢ができなくなって、ついに行動に出た　情報を集めて、方々に電話をして、最終的に郡保健局の人から長い説明を聞かせてもらった　それによると、今回の件は最悪でも〝迷惑な状況〟という程度で、決して〝危険〟ではないという話だった　おかげで安心　私は少し気持ちが落ち着いた　もしもそういう説明をしてくれる人がいなかったらどうなってたと思う？　**それこそ**悲劇だと――

――カフェテリアでリッチーと一緒に並んでいたとき、カウンターの向こうの女がリッチーに注文品を手渡した　ポットローストと豆とマッシュポテトの載った皿なんだけど、何だか全体に灰色の雨がかかったみたいになってた

するとリッチーが前に並んでたトニーと目配せをして、変な笑顔を浮かべて〝お・は・みん・し〟って言ったんだ　それで意味はよく分からなかったけど二人が笑うと俺も調子を合わせて笑った　だって、ほら、何となく面白そうじゃん　でもその後、三一号棟の地下でジーンに会った　あいつはエグゼクティブタワーに机を移動する途中だったんだけど、トラックを停めて、来週からベントリーにオフィスのペンキ塗りを手伝わされそうだって話をしだした　それでジーンは、ほら、面白いやつだからさ、ベントリーのものまねを始めたんだ　すごく低くて粘っこい声で――**それでちょっと、うーん、ジーン、ちょっと頼みたいんだけど**――それからジーンは普段の声に戻って肩をすくめ、リッチーと同じことを言ったんだ、〝お・は・みん・し〟って　だから俺は訊いたよなあ、今の言葉ってどういう意味？　前にも聞いたことがあるんだけど、って　そしたらやつは言った　知らないのか？

――遅かれ早かれみんな死ぬってことさって――

――私はクラムケーキとショートブレッドを用意した　コーヒーテーブルの上には雑誌と一緒に、カップとソーサーと小さなお皿をきれいに並べた　スーザンに会うのはうれしかったし、彼女にはユーモアのセンスがすごくあって、親戚の近況もよく知ってたから　いとこの全員と連絡を取り合っているのは彼女くらいじゃないかしら　彼女は昔私にこんなことを言ってた　おしゃべりする時間がなかなかないってみんな言ってるけど、こっちから電話すると必ず長話になるのよ、って　電話をかけるのなんて二秒しかかからないのにいかにもスーザンでしょ、彼女はいつもそんなことを言ってる　とにかくスーザンがサリヴァンから来るときは楽しいのそれで彼女が家に来て、リビングに座っておしゃべりをして、コーヒーを飲みながらいとこたちのことを話してたわけ　ジミーは今法科大学院に通ってるだとか、エイミーはまた独身生活に戻っただとか　そのときスーザンの娘のサンディーがキッチンで蛇口をひねるのが聞こえた　喉が渇いたって言って、グラスに水を入れてた　それで私は凍りついた　身動きが取れなくなった　おしゃべりが止まって、筋肉に力が入って、どうしたらいいのか分からなかった　慌てて立ち上がるべきなのか、大声を上げて止めるべきなのか、キッチンまで走るべきなのか、余計な心配をかけないために黙ったまま大丈夫であることを祈るべきなのか——本当に分からない　どうしたらいいのか分からない　だってサンディーはまだ六歳　まだ六歳になったばかりで——

——けど、ありがたや、「リパブリカン&クロニクル」紙はその報道をちゃんと続けてくれてる　そういう記事をずっと載せているのを見ると私はうれしい　今日もまたそれがトップニュースになってた　ロナルドソンっていうオザーク社の代表に関する記事、ほら、これ　社としては共同体への健康被害や健康リスクは存在していないと考えています　害のない物質について住民に説明することで必要のない不安を抱かせることになってはいけないと考えたのです、だって　とりあえずよかった　そういうふうに説明してくれたのはよかった——

——そして今日はオザーク社が呼びかけたシンポジウムに関する記事　塩化メチルを研究する十六人の科学者を集めた会議　その一人はデイトンにあるライト＝パターソン空軍基地に勤める毒物学者のマーヴィン・アンダーソンで、彼の発言がここに書いてある　塩化メチルについては危険性が大げさに語られているって——

——そう　空軍勤めのその学者がみんなの前でようやく当たり前のことをはっきりと言った　環境保護局《EPA》は生物学の知見を無視しているって——

——塩化メチルは試験動物のすべてでがんを引き起こすわけではないので発がん性物質とは考えられていないんだって　それでシンポジウムの結論としては、マウスやラットに見られるがんや腫瘍はヒトの腫瘍とはあまり関係がないってことみたい——

——きれいな窓なんだ　裏の扉にある小さな窓　ちょっと小さいせいでいつも掃除を怠けてたからやっと窓拭きができるのがうれしかった　ダイヤモンド形になった四枚のガラスを磨くことができた　そこでついでに、同じように汚れてた網扉も掃除しようと思った　だから指先で雑巾《ぞうきん》を押さえるみたいにしたら、網扉がぐにゃりとしなって、ムンスターチーズみたいにニュルッと指が中に入って――

――ああ、彼女がどうやって生計を立ててると思ってるんだ、分からないか、彼女はいつも生意気な野郎と付き合ってる　扉を押さえてくれたり、腰に手を回したり、たばこを出したらすぐに火を点けたりする男　彼女がこういうことをやってるのも当然そのせいさ　それが本当の理由　だって彼女はあの会社の重役の一人と付き合ってたんだから　オザーク社の偉いさんとな　彼女はそいつに夢中になって、のぼせ上がったせいで逆に迷惑がられて、振られて、近寄るなとまで言われた　彼女は頭がおかしいし図々しいって男の方は言ってた　だから彼女は今こんなことをしてる、それが本当の理由、男に復讐してる　頭がおかしいから結局、復讐に専念するために会社も辞めたってわけ　これでモナがどれだけ狂ってるかが分かっただろ――

――私が大きな金属製の秤《はかり》に洗濯物袋を置くと、その人が袋を少し揺すって真ん中に置き直した　男は針が落ち着くのを待って重量を読み取った　それからカウンターの向こうに戻って伝票に記入した　ところが私が住所を言うと、彼は受け取りを拒否した　私の洗濯物を受け付けてくれなかった　ただ私の目をじっと見て、悪いねって言った　駄目だって――

――そう、駄目だって　イソーラ住宅所有者組合の会長としてはこの問題を放っておくことはできない　だってこういうクレーマーたちのせいで、存在してもいない物質をめぐって町の平和と調和が乱されているんだから――

――その話はもう全部聞いた、ついこの前もダグ・ハズブロが同じことを言っているのを聞いた　ラジオでも公式な代表か誰かが言ってた　法的基準を超える汚染物質が地表の水あるいは地下水に混じる形でオザーク社の敷地から流れ出た証拠は一つもないって　だから私は――

――いいや、俺は続けるべきだ　絶対に　絶対に、何事もなかったかのように続けるべきなんだと思う　また庭に出て、順に外板をはめていかなくちゃならない　造船台の上にあのままいつまでも放っておくわけにはいかないから　三年間夢に見て、二年間作業して、やっと形が見えてきて、完成が近づいてきたんだ——板を一枚一枚また一枚と組み立てて作った、川を自由に進む全長一三メートルの舟　この舟のことだけを考えて何時間もベッドに寝転んでいたことを覚えている——あの舟で川に出て、川の流れや風を感じながら、通り過ぎる岸辺の建物を眺める　それが今では、あの舟のそばで地面に寝転がるのもためらってしまう——舵針《ラダーピントル》を船尾の底に固定しないといけないし、その後はチーク材の甲板をはめる必要があって、それには何日もかかるんだが——家の裏に回って、骨組みだけの状態で地面から一〇センチほど浮いた状態で庭に放置されている舟を見ても、作業に取りかかることができない　無理なんだ　心が落ち着かなくなって、腹と手先に抵抗を感じる　手が震えて何もできない　舟に近づくこともできない　無理だ　だから私は扉を閉じて、家にこもる——

——ちなみに、はっきり言って暑いときは最悪、もっとひどい——**マジで**ひどい　シャワーを浴びてたら蒸気が上がって独特なにおいがする　ひどいにおい　吐き気がするにおいそれを体中に浴びてるわけ　でもそんなことは忘れて、同じ水で氷を作って——

——何かをしなくちゃならないっていう感覚、何かの対策が求められてるっていう感覚——それは常に感じられる　それは何をしたって徐々に染み出してきて、止めることはできない　新築の家は敷地が最低でも五分の二エーカーはなければならないという条例を作るべきだっていう考えも同じこと私もそれには大賛成　諸手を挙げて賛成する——だってそれは正しいから　常識に照らしても正しいし、私たちの要望を考えても——

——最近は時々、ホースや自転車や折り畳み椅子を放り出したままの裏のポーチに座って静かにボーッとしながら目を閉じたり、汚れたポーチの隅に積まれた泥まみれのプランターをじっと見たりしながら、〝信じられない〟という感情に圧倒されて動けなくなることがある――どんな状況であれ住民に対してこんなことをするなんて信じられないという感情　仮に一企業がそんなことをしようとしたとしても、州や市がそれを許すなんてとても信じられない――

――でも時々、車を降りて、無意識に鍵を家のものに持ち替えながら玄関まで歩くんだけど、家に一歩入る前に足が止まることがある　私はそこに立ったまま考える　今から何時間も動いたり座ったり寝たりして、十四時間近くこの家の中で過ごすことになる、と　それは化学工場で働く人よりも長い時間だ――しかも何の防護もなく　ゴーグルもないし、ガスマスクもない　そう思うと怖くなる　とても怖くなって

――

――でもってこのロナルドソンってやつ　こいつが新聞でこんなことを言ってるのを読んだよ　地域住民は会社の評判を傷つけている、これは見過ごすことができないって――

――で、私は両親に会うためにフロリダに行った　何年も前からずっと会ってなかったから　けどいったん向こうに行くと頭の中は、〝留守の間にあの家が火事になればいいのに〟ってそんなことばかり――

――最近聞いたのは、ロイス・リッグズが何かを見つけたって話　オザーク社は例の化学物質について一九七三年から知ってたことを証明する書類か何かを見つけたらしい――

――つまり、会社はあの三つの物質について元から知っていたはずなんだ　塩化メチルとアセトンとメタノール――

――**一九七三年から**らしい　彼女の話によると、オザーク社はその三つについて元から知ってた　それはオザークパークにある三二九号棟下の地下水と土壌で見つかっていて、三二九号棟でパイプ破損事故が起きたときにそれが漏れ出したことをオザーク社は認めた――つまり、パイプ破損事故は**何回**も起きていたってこと――

――つまり、会社は**八年前から**状況を完璧に知っていて、**それにもかかわらず**何の手も打っていなかったってこと　ロイスがそんな事情をモナに説明したらしい――

――手紙を目にしたとき、郵便受けから手紙を出した瞬間

から、私の心臓はドキドキして、とにかく激しく鼓動を打った　だってそこに何が書かれているか、まったく予想がつかなかったから　はっきり言って私は怖かった　開封するのが怖かったけど、よく考えたら大事な手紙かもしれない、知らなくちゃならないことが書いてある手紙かもしれない　だって手紙の差出人はクローフォード郡保健局ってなっていたし、どうして保健局が私の名前を知っているのかも分からなかったから　とにかく私は家に戻って机に向かい、心臓を落ち着かせるために喉元に手を当てて、手紙の封を開けて読んだ　自宅地下室で見つかった出所不明の化学物質を下水に流したイソーラの住民は郡によって法的に処罰されます、一回の違反につき二十五ドルの罰金が科せられます、とそこには書かれていた――

――あいつは俺の頭がおかしいって言った！――デイヴィスヴィルに診療所を持ついい精神科医の名前を教えてもいいって言った！　でも俺は言ってやったんだ　マズリン先生、違います　俺の頭の中だけの話じゃないんです！　って　俺はそ

のときマズリン先生の診察室で下着だけの格好になって検査台に縛り付けられてたわけだけど、腕や足の内側には発疹が広がってて、足の甲も赤くなって――なのに精神科の治療が必要だって言いやがるんだ！　耳の中にまで膿疱ができてる――

だから俺は先生の目を見て言ってやったよ　ねえ、先生　俺はたしかに専門家じゃありません　でも頭がおかしいわけでもない！　ちゃんとこっちを見てしゃべってください――

――よくお考えください　イソーラの環境と経済についてオザーク社ほど親身になって考えている人が他にいるかと訊かれたら、皆さんは答えに窮するはずです（広告）――

――でも遺伝学がさらに進歩して、表現型逆転とか組み替えDNAの技術が前進すれば、遺伝子改変されたエージェントみたいなものを帯水層に送り込んで、何かをすることができるかも――

――私は必ず封筒を開けて中を確かめる　毎週金額は一セントも違わず、ぴったり同じなのに　でも確かめずにはいられない　ちゃんと小切手がそこに入っているのを確かめるの

は悪い気分じゃない　私の名前と魅力的な数字が書かれた小切手を見て、今週もちゃんと届いたことを確かめる　それか、小切手に何の問題もないことを確かめたいだけなのかもしれない　向こうが金額を間違えていないことを確認したいのかも　だから私は封筒を開けた　すると小切手と一緒に、それと同じ大きさの緑色の紙が入っていた　そこには営業部のボブ・ロスからのメッセージとして、〝オザーク社が他の何よりも望んでいるのは正しい行動です〟って書いてあった——

——だからとにかく煮沸　蛇口から出てくるものは基本的に問題ないと思ってるけど、何が紛れ込んでるか分かったもんじゃないから、体に入れる水はすべて煮沸することにしてる　料理に使う水も飲む水も　皿を洗うのに使う水も、歯磨きに使う水も　シャワーを浴びるときも口は必ず閉じるようにしてる　口はしっかり閉じて、息は鼻——**鼻だけ**——でする——

——それで第一ピリオドが終わると売店に行ったんだけど、値段を見たら何も買う気がなくなった——だって、はっきりとは分からないけど、前のシーズンと比べたらホットドッグの値段が少なくとも二十セントは高くなってた　ていうか、別にホットドッグが特に食べたかったわけでもないし、お腹が空いてたわけでもなくて、何となくその場の雰囲気で売店を覗いただけだったから、その足でトイレに行ってそれでおしまい　席に戻ったらみんなが立ち上がったり、伸びをしたり、ちょっとそこらへんを歩いたりして、リンクの方では整氷車が輪を描いてゆっくりとカタツムリみたいに踊りながら氷を平らにしてた　とそのとき、私の席の二、三列後ろで騒ぎが起きた　パーカを着た、私の知らない女の人がおびえた顔で立ち上がって、トニアとかいう名前の若い女性に向かって大声を上げてた　トニアはイソーラが嫌いなんだ、彼女はモナとグルだか何だかになって明らかにイソーラを**貶めよう**としてる、イソーラの悪口ばかり言ってる、とか何とか　みんなの視線が彼女に集まって嫌な感じで、その場に緊張感が走った……で、そのトニアとかいう女性は、かわいそうに

——

――オザーク社はいつでも皆さんのよき隣人としてお力になるとともに、法律で必要とされる以上のことを行います（広告）――

――だって他に何ができるの――ひたすらゴシゴシやるしかないでしょ　一階の廊下を全部ゴシゴシやって、その後、地下室の床も　エージャックスの洗剤をバケツに何杯も使って、ブラシを何回も洗ってゆすいで　四つん這いになって床をゴシゴシやってると吐き気がしてきた　後で横になったときには両手が潰されるみたいな感じがしてきて、その痛みが両足や背骨にまで広がった――炎と圧力でぎゅっと潰されるみたいな、文字通り潰される感じ　だからお医者さんに行って、ステロイド剤をもらったんだけど、全然効かなかっただから次は専門医のところに行ったんだけど、原因が分からなくて、何も薬を出してくれず、痛みは左のお尻に広がったそれでも、役に立たない医者の連中はみんな医師免許を取り上げられるのを恐れて何も言いたがらなかった――

――近所の人たちは、俺が保健局に電話かけたってだけでカンカンになってる　俺は訊きたいことがいくつかあったから電話しただけ、ちょっと情報をもらおうと思っただけなのに　けど保健局は大した情報を持ってなかったし、近所の連中は俺と口を利いてくれなくなった――外で会ったらそっぽを向きやがる　そんな態度を見てたら**こっち**だって腹が立つじゃねえか、そもそも訊きたいんだが、近所のやつらは俺が保健局に電話したのを何で知ってるんだよ、どこで聞いたんだ――

――だから私は今何も言わない　ていうか、みんなもそう　誰も何も言わない　ひたすらいつものように仕事をするだけ　たとえば私はケルダール法でペプチドの窒素量を測定して、それはうまくいった　元々難しい作業じゃないんだけど　そして先週は塩化物の重量測定をして物質は塩化銀だと判明した　急ぎの注文だったけど、締め切りには余裕で間に合ってほっとした　けどジムの言う通り、私たちの会社は小さい　小さな検査機関だ　常連と呼べる依頼人は多くないし、あの会社がうちを選んでくれたことには感謝しないといけない――私たちを信頼してくれたことに対して　だからこっちもあの会社を信頼しないといけない　実際、マイケルから口頭で聞いた話では、うちの収益の六割から七割はあの会社から来てる――私たちはいつもメッセンジャーを使って、町の反対にあるあの会社とサンプルや検査結果のやりとりをしてる　だからやっぱりジムの言う通り　あのお得意さんを失うわけにはいかない　あそこに逆らうようなそぶりさえ見せるべきじゃない　ジムはそういう正直なところがいい、私は本当にそう思う――

――大きな化学会社は往々にしてみんなに嫌われるものです（広告）――

――テレビを観てたらテキサスの町で起きた事件をニュースでやってた　石油精製工場から出た廃棄物を運ぶ列車が衝突事故を起こして車両が燃え上がり、町全体が煙に覆われたっていう話　ニュースキャスターの話じゃ、日食みたいなことになってるらしい　町の一部は真っ暗で、家に向かう車とか、町を出て西に六キロほど行ったところにあるボーイスカウトのキャンプ場に避難する車はヘッドライトを点けてるんだそうだ　地元の病院は人であふれて、救急患者も四時間待ち　そのニュースを伝えるキャスターの背景には髑髏《どくろ》マークがいくつも映し出されて、それがあらゆる角度から漂ってきて、一部は少しぼやけたりピントが外れたりして、ちょうどテレビの前にいたビリーが、まだ八歳の息子のビリーが身じろぎもせず、身動き一つせずにその画面をじっと見てた――

――やっとだ、やっと連中が重い腰を上げて仕事をした、俺のフォードにガソリンを入れてるときにそんな話を聞いた　やっと州が環境保護局を送り込んで水の検査をやらせたらしい　な、やっとだよ、やっと仕事をしてくれた――

――だから私は罪の意識を感じる、本当に、罪の意識で死んでしまいそうなくらい　だって元は私なんだから　ここに家を買おうって夫を説得したのは私だった　私のせい、私が言いだしたせい　私がしつこく言ったせいで子供たちをここに連れてきて、毒を飲ませることになった――

――三〇グラムの歯磨き粉には湖の水三〇万リットルの中

にあるのよりもはるかにたくさんのクロロフォルムが含まれていますて（広告）――

――しかし問題は州の方、ミズーリ州の言い分が新聞に書いてあったけど――

――はっきりしたことは分からないって言うんだ、化学物質がどれだけ散らばっているかも分からないし、それを恐れる理由があるかどうかも分からないって　でも、オザーク社の方はあんなふうに新聞にバンバン広告を出してるから、はっきりしたことを知りたいんだ、ちゃんとした**事実**を、だから――

――私は市役所に電話をかけた、あそこに電話をかけたんだけど、用件を言ったらそれだけで向こうの男の人が怒りだしちゃった　いらついて切れたみたいな感じでろくに質問もさせてくれずに話を遮って、この話はとても専門的だからきっとご理解いただけないでしょうとか言って――

――でも大事なのは、私の頭に常にあるのは、私の子供は普通の子供を産めるのかってこと　子供たちはどうなるの？　子供の体の中には今何があるの？　だって元はといえば私のせいだから――私が子供たちを毎日外に送り出したんだから誰も知らなかった、誰も私たちに教えてくれなかった、だから私は――

――孫が生まれるのが怖い　どんな子が生まれてくるのか？　あなたなら自分の子供に子供を生むなって言いますか？　それとも正直に話しますか、私は、いや、あなたたちは――

――私たちは永遠に何かに汚されていて、その恐ろしい結果がすぐに現れるかもしれないし、八世代後になって現れるかもしれないって？――私はこの問題について考えようと思って、何とかこの問題を私の頭で扱える形にしようと思って――

――環境保護局のカンザスシティー支局に電話をかけたら、ちゃんと話ができる人につながった　その人の話では、私が説明しているイソーラの状況よりももっとひどいケースが他にもたくさん手元にあるらしい　でも環境保護局としては**そ**

のどれ一つとして調査をする計画はないんだって　いかなる形の行動も取る予定がない、全然何の計画もないって

――ジャガイモの中には百五十種類もの化学物質が含まれており、その一つはヒ素という猛毒です（広告）――

――しかも彼は、私の友達の間ではがんにかかった人がとても多いって言った　本当にそう言ったの、郡保険局長の彼、トップにいる彼がそう言った「リパブリカン＆クロニクル」紙でその言葉が引用されてた　でも続けて彼はこう言った、郡保険局長の彼がこう言ってた　そんなデータには意味がないって、友達ががんにかかったなんてことにはまったく何の意味もないって――

――よく仕事してたのにおかしな話　だって彼女は優秀だった　事務補佐員としてもよくやってたし、ジムもいつもその仕事ぶりに満足してた　ロイスは町の書記官をお手伝いしていることを誇りに思ってて、彼女が好きで仕事をしているのは明らかだった　彼女はいつも楽しそうにしてて、誰とでももうまくやってたし、こんな結果になったことを悔やんでい

るみたいだった　けどとにかく、彼女はモナに頼まれてセントルイスのKMOVに電話をかけたらしい　義理のお兄さんがKMOVのニュースセンターでカメラマンの仕事をしてるんだって　それでロイスは頼まれた電話をした　本人もそれは認めてる　だけどそんなのは理由にならない――そんなことで〝はい、さよなら〟なんて、クビにするなんて筋が通らない――

――悪いのは私、もう取り返しがつかない、私はそんなつもりじゃなかった、母乳を与えるのが素敵だし自然だと思ってた　そうすることで母子の間に確かな絆が、他の方法では得られない絆ができると思ってたし、私が想像していた授乳っていうのは美しくて、優しくて、感動的、あの子の小ささ、私のお乳、私はあの子をしっかり胸に抱き寄せて、小さな赤ん坊が乳を吸い、私が大事な栄養を与える――ところが実際、私は何を与えていたの？　私が与えていたものは何？　私が与えていたのは何？　私が与えていたもの　私は二十二年間この水を飲んできた、じゃあ、私があの子に与えていたのは何――

――ところが今度は話が変わってきた　オザーク社の話が変わってきて、今度は数字が――

――私が聞いた話では、その数字は修正せざるをえなかったらしい――誰かが何かを発見して、会社は仕方なく数字を変更したって――

――だって最初のときはたしか、わずか二三〇〇リットルって言ってたはず――

――最初は七五〇リットルから二三〇〇リットルの間だって言ってたはず――

――ところが翌日の会見では、第四十一小学校付近で漏れた化学物質の総量が修正されて――

――その通り　翌日の会見では、実際の量は五〇〇〇リットルだってことになってて――

――その通り――あっという間に数字が変わった　会社がパイプから漏れた塩化メチルの量を修正したのを私は覚えてる――

――それからまたすぐに、会社の会見で四万リットルだと言った――

――最初は五〇〇〇リットルだって言ったのが四万リットルになった――

――だって、**四万リットル**だぞ――第四十一小学校の地下に四万リットルの塩化メチル――

――こんなふうに数字を変えるなんて、こんなに**ころころ**数字を変えるなんて――

――しかも今度は二〇万リットルだそうだ、会社はまた数字を修正して、実は二〇万リットルも漏れ出してたって言ってる――

――その上、その漏洩は見つかるまでに二十七時間かかったそうだ　これって――

――**二十七時間だぞ**、これって――

――そのせいで学校周辺の土壌では高濃度の毒性溶媒が見つかった　検査の結果、土壌が毒物で汚染されていることが分かった――

――しかも五〇〇〇リットルの化学物質がジェネシー川に

流れ込んだらしい　未処理の化学物質が直接川に流れ込んだ――

――物質の処理にあたっていた作業員の一人はパーク・リッジ病院に担ぎ込まれた　肺が焼けたみたいになってたって聞いた――

――オザークパークの一角で蒸気を吸い込んだだけなのに、それで肺が焼けただれたって――

――その後、モナが男の見舞いに行ったらしい――

――入院している男に会いに行ったらしい――

――男が作業をしていたのは彼女が近づけない場所だったモナはオザークパークには入れてもらえなかったみたいで――

――彼女は検査の範囲を広げようとしてた　オザークパークを囲む地域はほぼすべて調べていたようだけど――

――彼女は数街区《ブロック》ごとに検査をしていて――

――ちゃんとした検査器具を持ち歩いて、彼女を手伝っている人もいるみたいで――

――あちこちでいろいろな検査をしているんだけど、噂によるとメリル通りとレイク通りの交差点では――

――メリル通りとレイク通りの交差点では空気中から塩化メチルが見つかったらしい――

――空気中の塩化メチル濃度がいちばん高いのはあのあたりだったらしい――

――彼女の測定によれば、州のガイドラインが許容する塩化メチル濃度の五百倍があそこで検出された――

――**五百倍よ、**だから私――

――**五百倍だぞ、**だから俺――

――**しかも私が住んでいるのはすぐその先、ロス通り**――

――ところがそこで州が割り込んできたらしい――

――その通り、そこで州が割り込んできた――

――州都での発表によると――

――空気中の塩化メチル濃度の法律的上限を引き上げることに決めたと州が発表した――

――たしか元は一ｐｐｂ〔ｐｐｂは十億分率〕だったのを一六ｐｐｂま

で引き上げても問題ないという話——

——だから噂によると州は今、許容レベルを**引き上げ**たがってる——

——そう、**引き上げ**たがってる——

一六ppbまで引き上げたがってるっていうから——

——でもオザーク社、ほら、オザーク社の方はその変更に反対してる、州の方針に反対していて、上限は二〇〇ppbにすべきだって主張しているっていうから——

——**オザーク社は許容上限を二〇〇ppbに変更したがっているっていうから**——

——でもこれって切りがない、そんな話には**切りがない、**だから——

——私の周囲にはいたるところに何かがあって、どっちを向いても、何に触れても——

——過去のことは分からない、どこまでいっても終わりは見えない、ただそこにあるのは——

——いつまでも続くこの状態といつまでも残る物質、そして私は、そしてその物質は——

——決して消えたなくなったりはしない、隠れた形で、ひっそりと必ず戻ってくる、でも私はそれに消え去ってもらいたいし、**忘れたいし、勝手に消えてもらいたいし**——

——**勝手に消えてもらいたいし、私は**——

——眠ることなんてできない——いろんな情報がぐるぐるぐるぐる錯綜して、目が覚めたときにはもう体がどこかに飛んでいきそうなくらい　毎晩そんなふうだから——

——アイロンデコイト湾にボートで漕ぎだしたみたいな気分だ　強風に逆らってメーンスルをたぐるんだけど、風が顔に当たって、服を引っ張って、索具に手を伸ばそうとしても拳の中でそれが暴れ回る感じ——

——聞こえるのは木材のきしむ音と金属がうなる音、そして突風が口笛のような音とともにそこら中を鞭打つ——

——**そしてそれは止まることがない、それは休むことがない、だから私は**——

——手が**引っ張られて**熱くなって、私の体も**引っ張られ**

て、体ごと持っていかれそうになって——

——それってまるで、それってまるで誰かに銃で撃たれて、でも相手のやつはとどめを刺すだけの礼儀も知らないみたいな——

——友よ　隣人よ　善良なるイソーラの皆さん、と彼は言った　私たちの共同体に属する皆さん　それから原稿を見ていた彼が顔を上げて、ゆっくりと聴衆を端から端まで眺め渡したのを私ははっきりと覚えている　その表情は喜びに満ちていると言ってもいいくらいだった——

——なるほど、今夜ここにいらした中にはなじみの顔がいくつも見えます、と彼が言ったのを私は覚えている　三十年以上にわたって私が一緒に暮らし、一緒に働き、一緒に祈ってきた人々の顔です　市の会議で顔を合わせたことのある人たち　鏡に映った自分の顔と同じくらいなじみのある人がお揃いだ——

——長い間《ま》の後、彼が〝ようこそ〟と言ったとき、ようやく私は一つ息を吐いた　ようこそ、皆さん——

——今夜皆さんをここにお招きしたのは、他でもありません、私が皆さんのお力添えを必要としているからです、と彼が言ったのを私は覚えている　この共同体を襲った試練に立ち向かうため、皆さんのお力が必要なのです　そう、私たちは今一つの試練と向き合っているわけですが、最初に申し上げておくと、この試練はすぐに去ることになるでしょう——

——しかしこの試練には、私たちが一緒になって取り組まなければなりません、と彼が言うのを私は聞いた　すると舞台のすぐ前にいる写真家が別の角度から写真を撮り始めたというのも、違う意見の方もいらっしゃるかもしれませんが、これは私たち全員に課せられた試練なのですから——

——私の横では緑のコーデュロイのズボンを穿いた男が自分の膝を見つめて、その長い脚をさすっていた　二列前にいる別の男は絵描きっぽい雰囲気の白い帽子を脱いだ　でも私は動いちゃいけないと感じた　講堂入り口の扉脇にはペプシとハイシーオレンジが置かれていて、私はそこで手に取った小さな紙コップを潰したかったんだけど、それもためらわれ

た　私にとってはこのタイミングはまだ、静かにしていないといけない時間だった――

――でも、皆さん、この試練に立ち向かうにあたって私たちが共有している基盤の豊かさについて考えてみてください、と彼が言うのを私は聞いた　私たちが持てる力を集めればどれだけのことができるか　私たちには伝統がある　私たちには継続の力がある　私たちには一致団結した目的意識がある　私たちが何かを成し遂げようとすれば、それは必ずできるのです――

――皆さんもよくご存じのように、イソーラ市一帯の全労働人口の約五分の一をオザーク社が雇い入れています、と彼が言うのを私は聞いた　わが社はこの市でいちばん大きな雇用主であり、最も多くの税金を払っている存在でもあり、イソーラにある全不動産のおよそ三六パーセントを保有していいます　私どもは平均して、年に一千四百万ドルを超える金額を地元の教育機関に寄付し、それとは別に五百万ドルを慈善団体、地元団体、文化団体に寄付しています　私どもは世界で二番目に大きな、フィルム、写真、現像製品の製造元、加工会社でもあります――

――とはいえ、皆さんもご存じのようにこれらは単なる統計、単なる数字にすぎません、と彼が言うのを私は聞いた　私たちを互いに結び付けているのは、私たちを結ぶ絆は、こうした数字を生み出す忠誠心と思い入れ、その基盤を形作る忠誠心と思い入れなのです　そうした忠誠心と思い入れに比べれば数字など重要ではない、そうした気持ちは数字では測れない、ということに皆様も同意してくださるはずです――

――ですから今夜はこうして皆さんに第四十一小学校に集まっていただいたのです　ここは約十か月前にその試練が始まった場所でした、と彼が言うのを私は聞いた　というのもここであれば、私たちは今の状況を必ずしも試練と見なす必要はなくて、チャンスだと考えることができるからです　そうです　私たちの間にある絆の豊かさと強さを再確認するチャンスなのです――

――すると、まるでピンと張ったサランラップの上を指でなぞるように、講堂の中にざわめきが走った　しかしざわめきが落ち着く前に、彼がそれを上回る大きな声でまた先を続けるのが聞こえた　ですから友よ、隣人よ、私は皆さんにこう呼びかけたい　私たちの間にある絆を私と一緒に再確認しようではありませんか――

――私たちはある問題に直面しました、とフォベルが大きな声で切りだした　その声はマイクを通じてばかりでなく、直接聴衆に届いた　それから彼がこう言うのが私には聞こえた、彼ははっきりとこう言った　しかしそれは本当は問題ではないのです――

――というのも私たちの問題は突き詰めて言えば恐怖心なのですから、と彼が言うのを私は聞いた　私たちが戦うべき相手は恐怖心なのです――私たちは平和裏に繁栄している共同体を破壊しそうになっている不合理な力と戦わなければなりません　今夜、皆さんの力をお借りして私がやり遂げたいことはたった一つです　私は皆さんが抱いている恐怖心、不合理で厄介な恐怖心を事実と置き換えたいのです――

――次に彼が両腕を大きく広げるようにしてこう言うのを私は聞いた　そのためにまず、オザーク社の八項目完全安心プランを紹介させてください――これはまさに、私たちの共同体をトラウマ的な恐怖心から救い出す計画です――

――その後舞台上で、彼の背後から黒っぽいスーツを着たアシスタントが画架を持って現れ、それを舞台袖の近くに置いた　画架にはクリーム色の大きなカードが何枚か重ねられていた　いちばん上のカードにはオザーク社のエンブレムが描かれ、私の記憶が確かなら、大きな黒い文字で〝八項目完全安心プラン〟と記されていた――

――次にフォベルが説明したのは、事態の後始末と、共同体に不安を与えかねない事態防止のために今後五年間で一億ドルもの金額を投じるとオザーク社が約束したという話だった――

――次のカードに〝私たちの約束〟と書かれているのが私には見えた――

――その次のカードには〝＄一〇〇、〇〇〇、〇〇〇・〇

○″と書かれているのが私には見えた――

――次に彼が説明したのは、オザーク・ラボはすでに地下にある千基の化学物質貯蔵タンクのすべてを取り替え、除去し、あるいは改良する計画に着手したという話だった　現在の施設のままでもすでに工場の安全基準を満たしていて、耐久性の面でも問題ないにもかかわらずそうするという話――

――そしてそれと同時に、処理施設のすべてを掩蔽・隔離し直すために特殊な硬化コンクリートと粘土を使うだけでなく、そのような目的のために日本の廃棄物専門家が特別に作った新素材の合金も用いる、とカードには書いてあったと思う――

――オザーク社は煙突のシステムを全部取り替えるだけでなく、レイク通りとオートマン通りのあたりにまったく新たな煙突を建設するらしい　その話を聞いて私はすごくうれしかった――

――そういう計画によって次の三年間で予期せぬ気体排出を三分の一減らせる、さらにその後の三年でまた三分の一減らせる、と彼が言うのを私は聞いた

――オザーク社はさらに地下移動障壁なるものを作って、一一五号棟近くのタンク群エリアから地下水が他に流れ出ることのないようにする――

――会社はオザークパークを囲む地域に新たな総合モニタリング装置を設置する、と彼が言うのを私は聞いた――

――オザーク社はさらにスムースに、さらにクリーンに、さらに効率的に操業するためにすでに最新技術を導入しつつある、と彼が言うのを私は聞いた――

――その一つはフィルム基材《ベース》加工過程で排出されるすべての気体を処理する炭素ベースの濾過システムだと彼が言うのを私は聞いた――

――そしてすべての使用済み塩化メチルの九七パーセントを回収する閉回路リサイクルシステムも導入する、と彼が言うのを私は聞いた――

――究極の目標は塩化メチル排出を五年以内に丸八〇パーセント減らすことだと彼が言うのを私は聞いた――

──実際、オザーク社は今、溶媒として塩化メチルを必要としない写真フィルムの画期的基材を開発するために八人の技師をフルタイムで雇い入れている、と彼が言うのを私は聞いた──

──開発に成功すれば塩化メチルは完全に不要になる、と彼が言うのを私は聞いた──

──聴衆は話に耳を傾け、理解し、黙ったままほとんど、いや、まったく身動きもしなかった　私の隣に座っていた男はずっと膝の上でウィンドブレーカーを握り締めていたが、その手が緩むのを私は見た──

──そして私の後ろにいた女がこう言うのが聞こえた　へえ、ありがたいじゃないの──

──要するに、私は今、あらゆる心配の種となっているものを減らす、あるいはなくすためにできる努力をすべて行うと皆さんにお約束しているのです、とフォベルが言うのを私は聞いた　必要最低限のことをするというのではありません、この場を乗り切るために必要なことだけをするというのではなく、共同体の懸念を払拭するためにできる最大限のことを行うと申し上げているのです──

──それだけではありません、と彼が言うのを私は聞いた　完全安心プランの一環として、私どもはオザークパークに最も近いエリアに家をお持ちの皆さんに五千ドルの改築資金も提供いたします　具体的にはリッジ通りと三一号線に囲まれた地域にお住まいの方が対象となります──

──同地域の方にすでに貸し付けているローンについては、一般よりも低い利率での組み替えも行います、と彼が言うのを私は聞いた──

──さらに、一定の基準を満たすご家庭には無利子のローンも提供します、と彼が言うのを私は聞いた──

──どうして私どもがそこまでするのかとお考えになる方もいらっしゃるでしょうが、理由ははっきりしていて、まったく後ろ暗いところはありません、と彼が言うのを私は聞いた──

──オザーク社にとってこれはすべて間違いのない投資だ

からです、と彼が言うのを私は聞いた　共同体を長期的に安定させるための投資なのです――

――というのも、私たちは皆さんとともにこの件に取り組んでいるからです、と彼が言うのを私は聞いた　私たちは皆さんとともにある――

――というか、私たちと皆さんは**一心同体**です、と彼が言うのを私は聞いた　そこに境界線はないのです――

――そうです、友よ、隣人よ、本日の私たちのメッセージは今までになく強い、と彼が言うのを私は聞いた　環境に対する責任はオザーク社の基本的価値なのです　ですから私たちは皆さんと足並みを揃えてその信条を守っていきます――

――オザーク社は地球環境のよき管理人になることを目指しています、と彼が言うのを私は聞いた――

――すると次のカードにこう書いてあるのが私には見えた

〝あらゆる問題で一歩先を行くために〟――

――そこでフォベルが間《ま》を置くのが見えた　彼は手を伸ばして演台横に置いてあったカップを手に取り、水を飲んだ――

――私は彼の話を聞いて悪くないと思った　責任感もあるし、やっていることも正しい、と――

――その場の緊張感を解きほぐすために拍手をしてもいいかもしれないと私は思った――

――そして実際そうした　他の何人かが拍手を始めたのを聞いて、私も拍手を始めた――

――でもやめた　すぐにやめた　周りの拍手もすぐにやんだからだ――

――しかし次にフォベルが郡保険局から来た男を紹介したとき、私は塗り絵帳をいじっていた息子の手を止めさせた　息子の膝に手を伸ばし、ページをめくるのをやめさせて、ちゃんと話を聞けるように姿勢を正させた――

――でもスティールヴィルから来たその保健局の男はとても気が小さかった　舞台中央にある演台まで行くのにももたつき、話を始めても声は聞き取りにくく、マイク越しに息遣いが聞こえる有様だった――

――私の記憶では、男は最初に名前を言ってからいきなり書類を読み始めた　でもすぐに、フォベルに紹介のお礼を言い忘れたことに気づいて話をストップした　でも、フォベルに礼を言ってからまた書類を読む前に、もう一度自分の名前を言った――

――たしか名前はドクター・ジョー・ニッツァーだったと思う　立場は郡保険局長　皆が小心者の声を聞こうとして、講堂は静まり返った――

――私には彼がこう言うのが聞こえた　皆さんご存じのように、州はイソーラの状況を調べるために数か月前から空気、水、土壌の専門家を派遣しており――

――そのチームが総合的な評価をまとめておりまして、私も先日、その結果に目を通す機会がございました、と彼が言うのを私は聞いた――

――それでまず最初に申し上げておかなければならないのは次の点でございます、と彼が言うのを私は聞いた　一般に受け入れられている数値および基準の下では、イソーラで見いだされたレベルの曝露から病気が生じる統計上の可能性は――

――実質的にゼロだと申し上げて構わない低さであります、と彼が言うのを私は聞いた――

――実質的にゼロ、彼は間違いなくそう言った――

――言葉を換えるなら、と彼が書類を読み上げながらこう続けるのを私は聞いた　ほとんどの市民にとって本質的に何の問題もありません――

――何も心配は要りません、と彼が言うのを私は聞いた――

――私はそう聞いて、彼がはっきりそう言うのを聞いて、思わず泣きそうになった――

――でも泣かなかった　馬鹿みたいに見えたら嫌なので、涙はグッとこらえた――

――それから彼がこう言うのが聞こえた　特に予備検査で判明したところでは、イソーラの帯水層に等間隔に掘られた十六の試掘井の加重平均に基づくと、サンプルの水には四九

ppbの塩化メチルが含まれていました——

——これは州が生涯許容被曝量としているガイドラインをわずかに上回っているということは申し上げておかなければなりません、と彼が言うのを私は聞いた——

——しかし同時にそれは連邦が工場の基準として定めているレベルの三千分の一であります、と彼が言うのを私は聞いた——

——それから彼がこう続けるのを私は聞いた　加えて、今回の検査は非定型的な下方上昇流《プルーム》の存在を示しているようにも思われますので——

——そうだとすると一時的に数値が高くなった可能性もございます、と彼が言うのを私は聞いた——

——私はじっと座ったまま、こいつは一体何を言ってるんだろうと考えていた——

——言葉を換えるなら、彼は予想以上にひどい結果が見つかったと言っているのだと思った——

——もしも私の理解が正しければの話だが——

——それから男はさらに書類を読み続け、ほとんど聞き取れない声で、他の数字や留保を付け加えた——

——それからいきなり顔を上げたので、おしまいかと私は思った——

——つまり、話は終わったのかなと私は思った　実際、どうやら話は終わったようだった——

——するとジョージ・フォベルが後ろまで近づいていって男と握手をし、わざわざ足を運んでくれたことに礼を言って、そこにまた写真屋を呼んだ　でもその小男が後ろを向く前に、フォベルが男にこんなことを頼んだ——正確にはこう言った

——一般の人にも分かる言葉で、率直に今回の結果を説明してほしい、と　私はフォベルがそう言ってくれたことを喜び、ありがたいと思った——

——すると郡保険局長がこう言った　分かりました　分かりました、もちろんです、と——

——それからこう言った　これらの数字がはっきりと示しているのは、不特定の誰かに重要なリスクが生じる統計的な

可能性は無視できるということです　私は彼がそう言うのを聞いた――

――すべての数字は無視できると彼は言った　彼が言うのを私は聞いた――

――それで、その、私は思った――

――私は思った　どうして彼はそんなことが言えるのか、と――

――するとジョージ・フォベルが男に礼を言って、席に戻らせるのが私には見えた――

――そしてフォベルは次の登壇者を紹介した　今度の男ははるかに大柄で、髪はふさふさした白髪　この男はメモも持たずに演台に進んだので、私はそれを見て驚いた――

――彼は大柄でたくましく、蝶ネクタイをしていた　フォベルは男を州の医療専門家だと紹介した　州の保健調査の責任者だと彼は言ったと思う　州都のジェファーソンシティーからはるばる今日のために来てくれました、と――

――州の保健調査……？　何それ――

――しかも医師、そう言ったと思う　リンカーン大学の医学部に勤めていて、向こうにあるどこかの病院にも所属しているとか――

――彼は身構えることなくしゃべった　マイクの前まで行ってメモなどは見ずにしゃべった　眼鏡を持った右手で大きなジェスチャーをしながら　彼は自分が話していることを理解しているようだと私は思った　自分の話をちゃんと理解しながらしゃべっている、と――

――実際、男にはすごく親近感を覚えた　まるで二人で会話をしているみたいに感じられた　本当に私に向かってしゃべっているみたいだった――

――すごく低いいい声で彼は言った　イソーラの皆さん同じミズーリ州に暮らす皆さん　私が今日ここに来たのは、〝何も心配は要りません〟ということを申し上げるためですしゃべり方はとても上品で、率直だという印象を私は持った――

――それから彼はこう言った　私は数か月前にミズーリ州

保健局の疫学部門から相談役になってほしいと依頼されました　現在、その疫学部門が抱えている調査対象の一つがイソーラだったのです、と彼が言うのを私は聞いた——

——私は数週間かけて、非常に多くのところから集められたデータを評価しました、と彼が言うのを私は聞いた　地元の病院や診療所から体系的に集められた膨大な量の情報です

——

——医者、老人ホーム、その他の医療従事者からも情報は集められました、と彼が言うのを私は聞いた——

——そしてオザーク社医療部門の支援を受けた血液検査プログラムの結果についても網羅的に分析しました、と彼が言うのを私は聞いた——

——会社は実に手際よく血液検査を実施していました、と彼が言うのを私は聞いた——

——それから彼がこう続けるのを私は聞いた　そうした情報、そのすべてが非常に高度な疫学的基準を満たしていたわけですが、それを厳密に審査した結果、私は自信を持って申し上げることができます　すべての結果は否定的であった、と——

——**否定的**？、と私は両手で椅子の手すりをつかんだ　いや、どうなってるんだ——**じゃあ、どうしてそんなにのんきに**——

——どうしてみんなそんなに落ち着いて話をしてやがるんだ、って私は思っていた——

——ところが、ところがそのときようやく私は気づいた

——

——この町で異常な健康問題が生じているという証拠は一つも見つかりませんでした、と彼が言うのを私は聞いた——

——疫学的調査で従来用いられる数値に代表される、入手可能なあらゆる情報に基づくなら、周辺の町を含むイソーラ近郊の死亡率は統計的限度内に収まっています、と彼が言うのを私は聞いた——

——病気の総合的発生率についても同様の結果です、と彼が言うのを私は聞いた——

――すなわち疫学的標準に従うと、イソーラくらいの人口規模の町であれば小児がんの発生は平均で二件となります、と彼が言うのを私は聞いた――

――しかし時にはがんの発生が集中することもある、と彼が言うのを私は聞いた――

――ですから、局所的に少し数値が高くてもそれはおそらく偶然の結果だと思われます、と彼が言うのを私は聞いた――

――実際、それはほぼ間違いないでしょう、と彼が言うのを私は聞いた――

――というわけで、結論としては、と彼が言うのを私は聞いた――

――これを簡単にまとめると、皆さんにも安心していただけると思うのですが、と彼が言うのを私は聞いた――

――私たちが用いることのできる最も強力な疫学モデルをすべて駆使した結果、と彼が言うのを私は聞いた――

――健康上の問題は何も見つかりませんでした、と彼が言うのを私は聞いた――

――私はそう聞いた　そして――

――私はそう聞いた　それで――

――それで私は思った　よかった、と――

――私は思った　やれやれ、**よかった**――

――私は思った　**助かった**――

――検査結果も数値もまったく普通です、と彼が言うのを私は聞いた――

――私が保証いたします、と彼が言うのを私は聞いた――

――イソーラについて私がまとめた報告書、そこには重要な結果とそれに関する分析がすべて書かれていますが、皆さんにはそちらをお見せいたします、と彼が言うのを私は聞いた――

――実は今夜、その報告書をお配りする予定でした、と彼が言うのを私は聞いた――

――ところが残念なことに、ジェファーソンで印刷室に行く時間がなかったのです、と彼が言うのを私は聞いた――

――ですから私の手元にある写しをご覧になりたい方は集会が終わり次第、こちらにいらしてください、と彼が言うのを私は聞いた　あるいは紙切れにお名前とご住所をお書きいただければ後日、報告書をお送りいたします――

――そのときにはもうジョージ・フォベルが隣に立ち、握手をしながら男に礼を言っていた　それからさらに男に何かを言ったが、それは聞き取れなかった――

――それからもう一つ、と感じのいい男が言うのが聞こえた　最後に一つだけ――

――ミズーリ州を代表して、今回の件でオザーク社の方々がお示しになった気前の良さと誠実さに感謝いたします、と彼が言うのを私は聞いた――

――地域住民と地元経済の要望に対してしっかりと責任を果たされたことは誠に立派でした、と彼が言うのを私は聞いた――

――オザーク社は今、地域に根ざした模範的法人として振る舞っています、と彼が言うのを私は聞いた　この会社は環境面で最先端に立っていると言ってもいい――

――そのとき私は演台の脇にまた写真屋がいるのを見た　予備のレンズをいくつも首からぶら下げて、拍手の音などまったく気にかけていなかった――

――そのときジョージ・フォベルが州の代表に付き添ってテーブルの端に近い席まで行くのを私は見た――

――二人が笑顔で会話するのを私は見た――

――フォベルはその後、舞台中央のマイクのところまで戻った　そして紙コップから何かを飲むのを私は見た――

――その紙コップは私たちのためにテーブルに並べられていたものよりサイズが大きかった――

――おそらくその紙コップは最初からずっと演台の上に置いてあったんだろう――

――彼が演台の左右に手をつくのを私は見た――

――皆さんの方からも質問なさりたいことがいくつかあると思います、と彼が言うのを私は聞いた――

――ですのでこのすぐ後に、皆さんの質問を受けたいと思います、と彼が言うのを私は聞いた　ご質問のある方、懸念をお持ちの方はぜひご発言ください　理解の前提として言論の自由とオープンな議論が必要だと私どもは考えておりますので、皆さんの積極的なご参加をお待ちしています——

——そもそも私たちがこうして集まっているのはお互いを理解するためです、と彼が言うのを私は聞いた　お互いに理解を深めるため——

——もしもまだ不明なことやご心配が残っているとするなら、それを取り払うためにこうして集まったのですから、と彼が言うのを私は聞いた——

——ここに来ている私と私の同僚、それからドクター・ニッツマンとドクター・タロウ、この誰に対する質問でも構いません、と彼が言うのを私は聞いた　私どもで分からないことについては、正直にそう申し上げます——

——というのも、皆さんと力を合わせれば今回の事態は乗り越えられると私どもが考えているのみならず、と彼が言うのを私は聞いた——

——同時に私たち——私たちの関係、私たちの共同体——は皆さんの協力と参加があればさらに発展できると確信しているからです　実際それは、ワシントン州立公園の岩肌に刻まれた線画よりも長続きするでしょう——

——そのとき舞台左手から二人の男が現れて、高い演台を客席中央通路の前まで運んだ　二人はそれを優しく床に下ろし、がたつきがなくなるまで脚を調節した　片方の男は六八号棟の新しい管理人だ、などと私はぼんやりと考えていた——

——するともう片方の男が小走りで舞台袖に戻ってから、演台の上にあるホルダーにマイクを取り付けた　男はコードをホルダーに何回か巻き付けてから舞台正面にあるジャックにプラグを差し込んだ——

——でもみんなは躊躇していた　誰もが席に着いたまま待っていた　それからようやく二、三人が立ち上がり、通路に進んだ　すると私の二つ右の席にいた女性も立ち上がり、〝失礼〟と言って私の前をすり抜けた　振り返ると講堂の後方に立っていた人の一部が同様に前に進むのが見えた――

――そして周囲を見渡すと講堂は満席で、壁際の通路にもぎっしり人が立ち、柱の陰にも人が見え、後方にも人があふれ、二重にも三重にも重なるように立っていた――

――みんなはどこにいるんだろう、と私は思った　**町の人**全員が来ていないのはどうしてなのか、どうしてここに来ずにいられるのか、と――

――演台でしゃべるために並んでいる人たちに目をやると、何人かが手に紙切れを持っているのが見えた　自分用のメモみたいな紙――

――ジョージ・フォベルは舞台で演台の前に立って、皆に笑顔を振りまきながらじっと待っていた　そのとき彼の声が聞こえた　さあどうぞ皆さん、大丈夫です　どなたにも発言の機会はあります、どなたでも発言していただけます――

――するとまだ列に加わろうとする人がいたが、彼は〝そろそろ〟と言った　私が視線を前方に戻すと、彼が言ったオーケー、では始めましょう　誰に対する質問でも結構です――

――最初の質問者の姿は私には見えなかった　その人の後ろに立っているのがピーコートを着た大柄な男で、その陰になっていたからだ　でもスピーカーを通じて女性の声が聞こえた　声は小さくて震えていた　その声はこう言った　ええと、私が質問したいのは、今後事態が悪化するのか、そうではないのかという――

――するとジョージ・フォベルが笑顔を見せてから少し声を上げて笑ってこう言った　その質問には私が答えましょう　そして彼が言うのを私は聞いた　まず申し上げておきたいのですが、ご質問の前提が少し間違っています　先ほどのご質問にはそもそも今の状況がよろしくないというニュアンスがあるようですが、その認識は間違っています――

――今日、皆さんの前でお話をしたこの専門家の皆さんはその点を確かめてくれました、と彼が言うのを私は聞いた――

――それだけでなく、先ほど私の方からも説明したように、会社は廃棄物管理にかかわるほぼすべての施設を刷新ないし交換し、最新技術による廃棄物処理装置を導入する予定です、と彼が言うのを私は聞いた——

——三重補強締め固め粘土穴を掘り、その一つ一つを二つの浸出水集ゾーンで囲み、集塵機、酸素除去剤、高圧加熱分解、そんなものを全部取り入れます、と彼が言うのを私は聞いた　廃棄物中和システムとしては驚くほどの設備です　ですからご心配の余地はまったくないということを、ここにいる全員を代表して、自信を持って申し上げます——

——その点は間違いありません、と彼が言うのを私は聞いた　町の安全性についてはもうそれ以上申し上げることはございません——

——ありがとうございました、と女が言うのが私には聞こえた——

——こちらこそありがとうございます、とフォベルが言うのが私には聞こえた　彼はいつも襟のボタン穴に挿している小さな花の位置を直した　では次の方——

——あの、フォベル社長、私からも質問があります、と次の男が言うのが聞こえた　先ほど社長から家の改築資金補助の話が出ました　オザークパークとリッジ通りの間に住んでいる人には五千ドルを提供するという話です　しかし今回の件はあの二街区《ブロック》だけのことではなくて……その、うちのアルミ製の壁板も実は——

——なるほど、とフォベルが話を遮るのが聞こえた　なるほど、ご質問ありがとうございます　いい質問をいただきました　ええ、それはとても重要な質問です——

——つまりですね、と彼が言うのを私は聞いた　私どもが何らかの施策を出す際にはどこを境界にするかという難問が付きまとうことは常に意識しているところです　というのもその境界は時に、恣意的に見えたり、排他的に感じられたりするからです——

——しかし充分に時間をかけて慎重に検討した結果、やはり一定の状況においては境界線を引く以外の選択肢は考えられませんでした　ですのでその線を引く際には常に余裕を見て設定するように努めてまいりました、と彼が言うのを私は聞いた　とはいえ、個別的な例外があって配慮が必要なことも私たちは知っております　ですから何か簡単なメモ、ご懸念の内容を簡単に記したメモをください、私のオフィスにご提出ください、そうすればこちらでしっかりと検討させていただきます――

――ありがとうございます、と男が言うのが私には聞こえた　ありがとうございます――

――男が列の先頭から離れていくとき、その手が帽子をぎゅっと握り締めているのが私には見えた――

――そしてその質問の後、他にも二人が列を離れるのが見えた――

――しかしそのとき、次に並んでいた男が次の質問をした　彼はたしか郡保険局長に質問があるとはっきり言った――

――すると長テーブルに座っていた小声でしゃべる例の小男が顔を上げ、〝はぁ、いいですよ〟と言ったのを私は覚えている――

――そして彼がすぐ前に置かれていた小さなマイクに手をやるのを私は見た――

――すると列の先頭にいた男が言った　最初に口にしたのは〝ありがとうございます〟という言葉だったと思う　それからこう続けた　先ほどのお話は塩化メチルの件でしたが、ここに来ている人の多くはそれと一緒に見つかった他の物質についてはどうなのかと考えていると思います――

――それらについて少しお話いただけませんか、とたしか彼は言った――

――他のいろいろな物質について、と彼は言ったと思う――

――すると声の小さな男、ボソボソ男が〝はい、もちろん、お話ししましょう〟と言うのが私には聞こえた――

――それから彼はノートをパラパラとめくり、探していた情報を見つけると、こう言った　試掘井のすべてから合計十二種類の化学物質と五種類の金属が見つかっています――

――しかしいずれも微量です、と彼が言うのを私は聞いた

——

——その後彼がこう言うのを私は聞いた　すなわち、これ

らの化学物質は検出可能なレベルに凝縮し、存在してはいる

ものの——

——ともかく申し上げておきます、私からはっきり申し上

げておきます、とジョージ・フォベルが言うのを私は聞いた

——

——私から説明させてください、とフォベルが言うのを私

は聞いた——

——つまりその、これらの化学物質はこの程度の量であれ

ば、私たちのところのような固結岩石帯水層には必ず存在し

ています、と彼が言うのを私は聞いた——

——特にここのような石灰岩と苦灰岩（ドロマイト）から成る炭酸塩岩の

場合は、と彼が言うのを私は聞いた——

——そのあたりの話になると少し専門的になってしまいま

すが、と彼が言うのを私は聞いた——

——しかし結局どうなのかと言えば、問題ないということ

です、と彼が言うのを私は聞いた——

——つまり、あらゆる証拠と専門家の意見に基づいて判断

するなら、これらの元素による健康面でのリスクは存在しま

せんし、町に健康被害を及ぼす可能性はありません、と彼が

言うのを私は聞いた——

——はい、とそのときボソボソ男が言うのが聞こえた

おっしゃる通りです——

——しかし会社側はこの問題を八年かそれくらい前から知っ

ていたという話がありますよね、と列の次に並んでいた男が

言うのを私は聞いた——

——八年ってずいぶん長いじゃないですか、と男が言うの

が聞こえた——

——ええ、たしかに短いとは言えません、とジョージ・

フォベルが言うのを私は聞いた　これもまた、いい質問を

いただきました——

——しかしその間はですね、たしかにそうした化学物質の

存在を私どもは把握していたわけですが、と彼が言うのを私

は聞いた――

――会社の敷地の外にまでそれが広がっているとは思っていなかったわけです、と彼が言うのを私は聞いた――

――相当な量が広がっていると考える理由も、兆候もありませんでした、と彼が言うのを私は聞いた――

――つまり、工場には隔離システムや再処理システムが備え付けられていますから、私どもとしては当然、と彼が言うのを私は聞いた――

――いや、ちょっと、ちょっと言わせてください、とフォベルの左側に座っていた男が口を開いた　男がマイクを握るのを私は見た――

――その、私の考えを一言付け加えてもいいでしょうか、と男が言うのを私は聞いた――

――そこで男は自己紹介をした　たしか名前を名乗り、オザーク社の副社長か何かだと言った――

――私の印象では、男の話しぶりはとても穏やかでしかも自信たっぷりだった――

――男は言った　ええ、以前はそうした廃棄物の危険性について多くの企業がまったく気づいていませんでした、と男が言うのを私は聞いた――

――つまりですね、と男が言うのを私は聞いた　そうした化学物質の存在についてはもちろん知っていました――工場ではそれらを使ったり、作ったりしているわけですから――しかし私どもとしては決して――

――すまない、ジョン、私から一言だけ言わせてもらおう、とそのときジョージ・フォベルが言って一つ咳払いをするのが聞こえた――

――悪いね、ジョン、私が思うに、現状はこんなふうに見るのがいいんじゃないでしょうか、と彼が言うのを私は聞いた――

――一九七〇年代から今日《こんにち》まで有効となっている州と連邦の規制の下では、私たちの工場の操業に関連して州に何かを届け出る義務はありません、と彼が言うのを私は聞いた――

――それを要求する法律は存在しませんでした、と彼が言うのを私は聞いた――

――私どもは州および連邦の既存の情報公開基準に完全に則って操業してきました、と彼が言うのを私は聞いた　この点についてはドクター・タロウもそう証言してくださると思います――

――社長のおっしゃる通りです、と州を代表する男が言うのを私は聞いた　テーブルの端にいた、白髪に蝶ネクタイの大柄な男だ　記録と通知に関しては州に明確な規定があります――

――そして実際、この問題について徹底的な調査を行った結果、法的に情報公開の義務があるような活動事実は見つかりませんでした、と彼が言うのを私は聞いた――

――企業の敷地内で生じたことですから、と彼が言うのを私は聞いた――

――事実、このような情報について州が検証するような仕組みは今までありませんでしたから、と彼が言うのを私は聞いた――

――これに関して司法の対応が取られることはありません、と彼が言うのを私は聞いた――

――実際、皆さんにも知っておいていただきたいのですが、オザーク社は創業以来、法的義務が存在しない場合でも積極的に環境に配慮した実践に取り組んできました、とフォベルが言うのを私は聞いた――

――私どもは六十年以上前から大がかりな廃棄物削減とリサイクルに取り組んでいます、と彼が言うのを私は聞いた　このプログラムは現在まで続いていて、年に一九億キログラムを超える資源をリサイクルしています――

――実際今日《こんにち》、私たちが行っている投資や決断はすべて、環境に対する責任を果たすという意図をますます明確に示すものになっています、とフォベルが言うのを私は聞いた　ですから私たちは年々、問題の切迫性を意識するとともに、環境保護、環境改善にさらなる力を注いできました――

――そのとき次に並んでいた女、すごく太った女がマイクの前まで進んだ　幅広のジーンズを穿いて、パラシュートみたいにだぶついたシャツを着た女　でも背丈は低かったので後ろの男がマイクをホルダーから外して手渡してやらないといけなかった　私のいる場所からは、女がメモを読み上げているのも見えた――

――女がこう言うのが聞こえた　こんばんは　私の名前はアルマ・ウォーカーです　夫と四人の息子と一緒に二十四年前からオールドウェル通りに暮らしています　その前も八歳のときからイソーラに住んでいます　それでぜひ社長に伺いたいのですが、どうしてこんなことになったのですか――

――するとジョージ・フォベル、あのジョージ・フォベルが急に神妙な顔になった　演台に手をついて大きく身を乗り出したせいで演台が音を立てて動いたほどだった　そして彼が口を挟むのが聞こえた　失礼、ウォーカーさん？　申し訳ありませんが、今のご発言はフェアではないと思います……

――つまりその、私どもの側に非があるとお考えのようですが、それは端的に事実と異なりますし、まるで既定事実のようにおっしゃっているものはそもそも存在していません、と彼が言うのを私は聞いた――

――私どもは完全に法律の範囲内で操業してまいりましたが、あなたは会社が何か間違ったことをしたという噂に固執していらっしゃる、と彼が言うのを私は聞いた――

――言葉を換えると、あなたは事実ではなく恐怖に反応するという危険な道筋を進み続けておられる、と彼が言うのを私は聞いた――

――それから彼がこう続けるのを私は聞いた　あなたにも、ここにいらっしゃるすべての方にもご理解いただかなければならないのですが、化学物質というのは現代の産業社会から切り離すことのできない副産物であって、この社会に生きる全市民の日常生活を代表する副産物なのです――

――要するに、皆さん一人一人の生活に欠かせないものです、と彼が言うのを私は聞いた――

――皆さんが手を触れるすべてのもの、皆さんの目の前にあるすべてのものの大元には、必ず化学物質があります、と彼が言うのを私は聞いた――

——私どもが作るもの、皆さんが買うものすべてです、と彼が言うのを私は聞いた——

——ですから現在の状況は社会的な視野から考えるべきであって、それに対処する方法としては現代社会がどのようなものであるかを考慮に入れなければなりません、と彼が言うのを私は聞いた——

——というわけで、この件に関しては私たち全員が——社会のすべての人が——当事者だという事実を避けて通ることはできないのです、と彼が言うのを私は聞いた——

——私どもオザーク社が今起きている事態に賢明かつ適切に対処するためには、皆さんの賢明かつ適切な支援も必要となります、と彼が言うのを私は聞いた——

——しかしそのとき、太った女のすぐ後ろに並んでいた男が彼女からマイクを奪うのが見えた　そして男はこう言った

でもラブ運河《キャナル》048では——

——これはラブ運河《キャナル》事件とは**違います**、とフォベルが言って演台の天板を叩いた　ここの状況とあれとは**全然**違います、と彼が言うのを私は聞いた——

——ラブ運河の事件ではフッカー化学会社が**途方もない**違法行為をしていたことが明らかになりました、と彼が言うのを私は聞いた——

——何年間、何**十**年間もです——あの会社は公衆衛生を著しく脅かす行為をしたことが判明しています、と彼が言うのを私は聞いた——

——化学物質をほぼ無差別に投棄していたのです、公衆衛生や住民の安全についてはまったく考慮せずに、と彼が言うのを私は聞いた——

——しかも大量、何百万リットルもの有害物質です、と彼が言うのを私は聞いた——

——それがあの会社のビジネスだったんです、と彼が言うのを私は聞いた——

——あの会社は化学物質を製造するのが仕事、それは誰の目にもはっきりしています、と彼が言うのを私は聞いた——

——しかもフッカー社は非常に毒性が強い化学物質の製造

に関わっていました、と彼が言うのを私は聞いた——

——本物の既知の有毒物質です、と彼が言うのを私は聞い
た——

——私たちがここで扱っているような物質とはまったく異
なる化学物質です、と彼が言うのを私は聞いた——

——イソーラの町の皆さんは塩化メチルと聞いた途端に取
り乱すわけですが、と彼が言うのを私は聞いた——

——あるいはパニックを起こすわけですが、と彼が言うの
を私は聞いた——

——しかし実際には——ドクター・ニッツマンもこの意見
に賛成してくれると思いますが——塩化メチルが人間の健康
に影響を及ぼすなどということは現在までに立証されていま
せん、と彼が言うのを私は聞いた——

——つまり、長期にわたって繰り返し行われた研究の結
果、ヒトの発がん性物質だという明確な証拠は示されません
でした、と彼が言うのを私は聞いた——

——実際、皆さんの中にもこういう話に関心をお持ちにな

る方がいらっしゃるかもしれませんが、塩化メチル、先ほど
からお話ししているこの塩化メチルという物質は、と彼が言
うのを私は聞いた——

——噴霧式ヘアスプレーの主成分でもあるのです、と彼が
言うのを私は聞いた　そしてそんな形で日常生活に入り込ん
だ塩化メチルは、オザークパークやその近辺で発見された量
と比べると三十一倍の濃度です——

——そしてこちらの情報にも皆さんがさらに関心をお持ち
になるかもしれないのですが、塩化メチル、先ほどからお話
ししている塩化メチルがですよ、と彼が言うのを私は聞いた
——

——とてもよく売れているノレルコ社の浄水器のフィルター
を作るときにも用いられているのです、と彼が言うのを私は
聞いた——

——つまり塩化メチルは水を**きれいにする**器具の製造にも
使われているわけです、と彼が言うのを私は聞いた　水をき
れいにして——

――飲み水から不純物を**取り除き**、そうすることで人を汚染から**守る**、と彼が言うのを私は聞いた――

――その浄水器とフィルターは大変よく売れています、と彼が言うのを私は聞いた　実際、非常に人気が高い――

――数十万単位で売れているのです、と彼が言うのを私は聞いた――

――なあ、ジョージ、ジョージ、ちょっとすまない、とそのとき別の声が言うのが聞こえた――

――するとテーブルの反対側の端にいる男が見えた　ずっと黙っていた一人の男がそこで口を開いた　ジョージ、私からも一言言わせてもらおう――

――男はオザーク社の人間だと自己紹介した　役員の一人らしい　男にはたしかにそれらしい雰囲気があった　カフスボタンから濃紺の高級スーツまで――

――男がこう言うのを私は聞いた　皆さん、今夜の議論に意義ある貢献をできそうなものを私はたまたまここに持ってきています――

――私は耳をそばだて、注目した　しかし男はそこでテーブルに肘をついたまま動かなかった　両腕の間には書類でできた小さな山があった――

――つまりこれです、とそのとき彼が言うのを私は聞いた　男はゆっくりと手を伸ばし、そばにあった紙コップをつかんだ――

――そう、これです、と彼が言うのを私は聞いた　コップに入った水　ここの男子トイレの蛇口で四十分ほど前に入れた水です――

――つまりイソーラの普通の水道水です、と彼が言うのを私は聞いた　皆さんの家にあるとの同じ、蛇口から出て来たばかりの水です――

――それから男はコップを光にかざすようにしてたっぷり数秒間それを見ていた　そして彼がゆっくりとそれを口元に近づけ、一口で飲み干すのを私は見た――

――飲み終えた彼がこう言うのを私は聞いた　ええ、純粋な水です　中には何も入っていない――

――さて、彼がそうした後、講堂の中は一瞬静まり返った　そう、私はそのとき何となく、彼の行動を見てうれしい気持ちになっていた――

――でもそのとき、比較的若い一人の女性がマイクの前まで行って、身を乗り出すようにしてこう言った――

――女が手にメモを持っているのが私には見えた――

――彼女がこう言うのを私は聞いた　ドクター・ニッツァー、あなたは先ほど、ミズーリ州が法律上、飲用水として許容している塩化メチルの量は四〇ppbだとおっしゃいました――

――するとぶつぶつ男、並んでテーブルに座っている小柄な男がこう言うのを私は聞いた　はい、その通りです――

――しかしそのとき若い女がこう言うのを私は聞いた　でも、ヴァーモント州やワシントン州では法的上限は二〇ppbと定められています――

――そのとき講堂の後方にいた誰か、男の声がこう叫んだ

黙ってろ、モナ　私の周りにいる人の大半が男の顔を見ようと一斉に振り返るのを私は見た――

――そのとき別の男が叫ぶのが聞こえた　**定職に就け**――

――しかし若い女はひるまなかった　というのはつまり、みんなが後ろを振り返ったり、ざわついたり、野次が飛んだりしたにもかかわらず、彼女がジョージ・フォベルの目を見つめたままだったのを私は見た――

――彼がどうして彼女の発言を大目に見たのかは分からない　彼女が集会の秩序を乱したせいでみんなが勝手にしゃべったり、言い合いを始めたりしたのに　でもフォベルは演台のところに静かに立ったままでこう言った　ええ、その通りです――

――するとあのいまいましいモナ、真っ黒ないでたちのモナはそんなストレートな返事が来るとは思っていなかったらしい――

――それで彼のことをじっと見ていた、ただじっと彼を見ていた――

――するとジョージ・フォベルが先を続けた　彼が少しも

落ち着きを失わなかったのを私は見た――

――彼がこう言うのを私は聞いた　そうです、各州の基準にはばらつきがあります――

――しかしミズーリ州保健局が定めた上限は厳しすぎる、その六倍でも問題ないという意見もあります、と彼が言うのを私は聞いた――

――実際、ミズーリ州保健局の基準をざっと眺めてみると、大体の場合、どちらかというと厳しめの数値が多いことが分かります、と彼が言うのを私は聞いた――

――**その通りだ、ジョージ**、と誰かが大きな声を上げるのが聞こえた――

――たとえばお手持ちのリストで他の州のこともご覧になっていれば、ニューメキシコ州の定める上限値は六五ppbだということにもお気づきになったでしょう、とフォベルが言うのを私は聞いた――

――ですから、モナ、基準にこうしてばらつきがある場合はどうしたらいいんでしょうね、と彼がざわつく聴衆を無視して言うのを私は聞いた――

――私たちが目指すべきは――私たちの絶対的基準と言ってもいい――私たちのために私たちの州が作った規則に従うことじゃないんでしょうか、と彼が言うのを私は聞いた　私たちは州の基準に従うべきだ――

――けど、それは馬鹿げてます、と女が言うのを私は聞いた　それはお分かりですよね　法律に違反してないのと、安全だというのは同じことじゃありません　法律に違反していなければ人を殺しても罰を受けることがない――

――その通りだ……**言ってやれ！**、と誰かが言うのが聞こえた――

――それからさらにたくさんの嘲笑と野次、講堂のあちこちで口笛が吹かれた　みんなを落ち着かせようと両手を上げていたフォベルは、州都から来た役人が立ち上がるとようやく引き下がった――

――すみません……すみません……よろしいでしょうか、と蝶ネクタイの男が言うのを私は聞いた　少し前にしゃべった長身の男だ――

――それから講堂の中が静まり始めると、長身の男がこう言うのを私は聞いた　ミズーリ州が定めた基準は全米のガイドラインに沿ったもので、医療の専門家集団による非常に厳しい検証と精査を経ています――

――これらの数値は恣意的なものではありませんし、政治的な意図で左右されるものでもありません、と彼が言うのを私は聞いた　数値はあくまでも、私たちの社会が機能し続けられる境界線を引く必然性によって定められています――

――そしてその目的、基準値の**絶対的**目的は市民の安寧であります、と彼が言うのを私は聞いた　ガイドラインはそのためにあるのです――

――まさに、まさにそれです、とジョージ・フォベルが言うのを私は聞いた　ガイドラインの数字は**安全性**のためにある、勝手気ままな行動の限度を示しているわけではありません――

――ですから、私たちはその数字をしっかり守っているのです、とフォベルが言うのを私は聞いた　それが**私たちの**法律です　そういうわけですから、私どもは数字を守ることを通じて**定義上**責任ある企業として振る舞っているのです――

――すると若い女がこう言うのを私は聞いた　でも私は思うんですが――

――でも私は思うんですが、そろそろ次の方にマイクを渡すべきじゃないでしょうか？とフォベルが言うのを私は聞いた――

――でも私はまだ――と若い女が言うのを私は聞いた――

――もう一度列の後ろに並んでくだされば別の質問を伺います、とフォベルが言うのを私は聞いた――

――ええ、と次の女が言うのを私は聞いた　水に化学物質が混じってるとか、それはごく微量だとか、何ppbだとか、そんな話は何度もあなたの口から聞きました　それで私が訊きたいのは、結局それって危険なんですか、それとも危険じゃないんですか？――

――そうだ……**そうだ**！と言う声が聞こえた――

――その**通り!**と言う声が聞こえた――

――**すみません**、皆さん、**すみません**、とフォベルが言うのを私は聞いた　**お願いですから**文明的な情報交換をするためにまず落ち着いてください――

――あぁ――、と言う声が聞こえた――

――さて、とフォベルが言うのを私は聞いた　ご質問にお答えする前に、現代人の生活がどういうものかをはっきりさせておくのが重要だと思います――

――聞かせてもらおうじゃないか、ジョージ、と言う声が聞こえた――

――それはつまり、リスクという概念を意味のある形で文脈に取り入れるということです、と彼が言うのを私は聞いた――

――というのもほぼすべてのものに一定のリスクが伴うということを頭に置いておくことが重要だからです、と彼が言うのを私は聞いた――

――たとえば何だ、ジョージ、と言う声が聞こえた――

――たとえば、とフォベルが言うのを私は聞いた　私どもは最近、リスク計算を外部に委託しました　この町の帯水層で見つかった化学物質が今のレベルですべて混じった状態で存在し続けたとすると、一日二リットルの水を飲んで七十年の生涯ずっとそれにさらされた人間が十万人いたとして、がんで死亡するのは一・六人になると予想されます――

――じゃあそれをどうしてくれる!と誰かが叫ぶのを私は聞いた――

――しかし忘れてはならないことがあります、**このことを**忘れてはいけません、とそこでフォベルが言うのを私は聞いた　同じ七十年の間に、自動車事故で亡くなる方は十万人中約千八百人もいて、一日一箱のたばこを吸えば呼吸器系のがんで亡くなる人だけでも十万人中**四千人にものぼるのです**――

――話を逸らすな、ジョージ!と言う声が聞こえた――

――だけどそれは**俺たち**が**自分**で選んだリスクだろ、と言う声が聞こえた――

――おい――**おかしいぞ**、と言う声が聞こえた――

――**すみません**、皆さん、**すみません**、とフォベルが言うのを私は聞いた――

――**すみません**、とフォベルが一段階大きな声で言うのを私は聞いた　とにかく、こうした数字を見れば、痕跡レベルの化合物によってもたらされる絶対的にわずかで些細なリスクを適切にとらえることができます――

――ですから、先ほどのご質問に戻りますが、とフォベルが言うのを私は聞いた　リスクはたしかに存在しますが、それはどんなものについても言えることです　しかし他のリスクに比べれば、誰もがすでに受け入れているリスクに比べれば、痕跡レベルの物質によるリスクは実質的に存在していないとも言えるわけで――

――**へえ**、と言う声が聞こえた　だけどそれは**おたく**が**俺たち**に押し付けてるリスクだろ――

――いいですか、**聞いてください**、と州の役人が口を挟むのを私は聞いた　実際問題として、人が本当に健康リスクを減らそうと思うのでしたら、企業の役員会や議会に頼るより自分でできることがたくさんあります――

――はぁ、**くだらない**、と言う声が聞こえた――

――たとえば、と男が言うのを私は聞いた　全国的な保険統計によると、循環器系の疾患による年間死者数は悪性腫瘍によるものと比べて二二〇パーセントも多いのです――つまり**二倍**以上です　しかし循環器系の疾患は直接的に食事と結び付いていることがはっきりしています――

――ですからそのことをお考えいただきたい、と彼が言うのを私は聞いた　今度、ポテトチップスに手を伸ばすときにも改めてそのことをお考えいただきたい――

――**馬鹿言うな！**、と誰かが叫ぶのを私は聞いた――

――なるほど、はい、それには我慢できないとおっしゃるわけですね、と州の役人が言うのを私は聞いた　それはリスクとして**受け入れられる**と判断なさったわけだ　イソーラの水によって課されたよりも何千倍も大きなリスクなのに――

――ですから問題は、**本当の**問題は、あなたがご自分の感覚や判断に反応していて、実際に**存在**している**事実**に反応しているのではないということです、と彼が言うのを私は聞いた――

――**その通りです**、と舞台の反対側に座っていた男が言うのを私は聞いた　しかしリスクは感覚の中にではなく、現実世界の中に存在しているのです――

――**あなた**は感覚的なことばかりを気にしていらっしゃるけれども、**私たち**は現実に目を向けなければなりません、とこの男が先を続けるのを私は聞いた――

――たとえばですね、と彼が続けるのを私は聞いた　今現在の条件下で考えると、おたくの水の汚染源としては、オザーク社の廃棄物処理システムから出てくるものよりも、おたくの下水タンクの方が可能性が高いわけです――

――ところがあなたはその事実を**決して**認めようとはなさらない、と彼が言うのを私は聞いた――

――**屁理屈**、と誰かが言うのが聞こえた　それは**屁理屈**だ――

――狂ってる！と誰かが言うのが聞こえた**狂ってるぞ**――

――自由の反対は**権力だ**！と誰かが言うのが聞こえた――

――**向こうの言い分を聞いてやろうじゃないか**と誰かが言うのが聞こえた――

――するとフォベル、ジョージ・フォベルが再び立ち上がり、両腕を挙げて皆を静かにさせようとした　そしてざわめきの残る中で彼がこう言うのを私は聞いた　皆さん……皆さん……**お願いです**……――

――秩序と節度を持って話し合いを続けさせてください、と彼が言うのを私は聞いた　そうしないと、それができないのであれば――

――講堂のいたるところからしゃべり声や言い合いやざわめきが聞こえ、中には笑い声さえ混じっていた　私は席に座ったまま周囲を見回した――

――するとずっと後ろの方から一つの声がこう叫ぶのが聞こえた　**私たちの話を聞きたいって言ったのはおたくの方でしょう**――

――**そうだ**、という声が聞こえた**そうだ！　そう言ったは**
ずだ――

――**こっちの話を聞け**、と言う声が聞こえた　こっちの言い分をちゃんと――

――そのとき聞こえたのは、**皆さん**、という声――

――そして舞台の方からこんな声が聞こえた**皆さん**、**お願いですから**――

――すると舞台にいた男の一人がマイクを手に取り、口の前に構えて、大きく目を見開くのが見えた――

――そしてすごく強い口調の大きな声で言った　皆さん……**皆さん**……と男が言うのを私は聞いた　ここには民主主義が**足りない**どころか、民主主義が**あふれすぎてる**のが問題なんじゃありませんか――

――そのとき――

――ところがそのとき、列に並んでいた次の女がようやく演台のところまで進んだ　私はスピーカーを通して彼女の声を聞いた　それは静かな声だったので、彼女が話し始めると講堂の中も少し静かになった――

――そして彼女がこう言うのが聞こえた　私の名前はジャネット・ベイログと言います　リガ通りに住んでいます――

――え、リガ？　いや、リガ通りのどこ――ていうか、どの家――

――ひょっとしたらあの黄色い家――うちからすぐの、袋小路にあるあの小さな家――

――私はミズーリ州ワイン醸造協会オザーク支部に所属しているのですが、舞台にいらっしゃる皆さんに次の質問をするように仲間から依頼されました、と女が言うのを私は聞いた　ワイン用ブドウ栽培を支える繊細な化学反応のことを考えたとき、ポトシとヴィバーナムの鉛鉱山の開発によってただでさえよくない影響が出ている今、私たちのブドウ農園がおたくのせいでさらに悪い影響を受けたりすることはないと、皆さんは私たちに保証できますか――

――あのですね、とジョージ・フォベルが言うのを私は聞いた　彼が唇を何度もすぼめるのを私は見た　これは繰り返しになりますし、できればこれを最後にしていただけると助かるのですが――

――ちょっと、ジョージ、とテーブルの中ほどにいた別の男が言うのを私は聞いた　ジョージ、先ほどからずっと話を聞いていてそろそろ限界だと言わざるをえないんだが――

――男は自分はオザーク社の製品研究開発部門の責任者だと言った　そして彼がこう言うのを私は聞いた　いいですか、今ここで起きていることは化学物質を標的にした一種の赤狩り《マツカーシイズム》だという気がしてきました――これは赤狩りと同じ精神への回帰なのではないでしょうか――

――続けてオザーク社の男がこう言うのが聞こえた　私の立場から見ていると、今問題になっている化学物質が何の見境もなしに攻撃されているということは明らかです　誰も事実に訴えることなく、闇雲にその評判を**傷つけている**だけです――

――へえ、そうかい？と誰かが言うのが聞こえた　**へえ、そうかい？**――

――**あの、すみません、**と舞台で誰かが言うのが聞こえた　**皆さん、お願いです、**ご静粛に願います――

――でもこれだけははっきりさせておきましょう、と男が言うのを私は聞いた　これだけははっきりさせておきます　私たちは塩化メチルが非常に重要な象徴だと考えています　もしも私たちがこのせめぎ合いに負ければ、アメリカは二百年前の魔女狩りの時代へと引き戻されることになる　今回の標的になっているのはたまたま人間ではなく、化学物質だけれども――

――ですから**その意味で**この件は重要なのです、と男が言うのを私は聞いた　この問題はオザーク社とは何の関係もない、塩化メチルとも無関係だ――

――しかしそこで聴衆のざわめきが一気に膨れ上がり、誰もが声を上げ、文句を言い、野次を飛ばした　私はみんながこう叫ぶのを聞いた　**屁理屈！　嘘つき！　意味が分かってしゃべってるのか**――

――すると私の隣に座っている女が口を両手で囲うように

して何かを叫んだ　彼女はグレーの髪に美容院できれいにウェーブをかけ、格子縞のシャツにウィンドブレーカーを羽織っていた――

――そして誰かがこう叫ぶのが私には聞こえた　**へえ――それであんたたちが暮らしている場所はどうなってるんだ――**

――するとテーブルに並んでいる中で今まで一言もしゃべっていなかった男が口を挟むのが聞こえた　いいですか、皆さんだってこの件では**ただの被害者じゃないい**んですよ――

――頭**おかしい**いんじゃないのか？と誰かが言うのが聞こえた――

――そうです、**ただの被害者じゃない**、と彼が言うのを私は聞いた――

――つまり、私たちがこのような事業を行っているのは消費者からの需要があるからです、と彼が言うのを私は聞いた

私たちはただ、皆さんが積極的に**欲しがる**ものを作っているだけだ――

――屁理屈！、と誰かが言うのが聞こえた――

――みんなが毒を欲しがってるって？と誰かが言うのが聞こえた――

――そう、その通り、と彼が言うのを私は聞いた　全国民が私たちの製品を欲しがっている、いや、全**世界**です　あなた方からの需要でもある――企業間での競争は熾烈《しれつ》で規制は厳しい、そんな中で競争力のある給与を従業員に払う必要だってある――

――**頭おかしいいんじゃないのか**？と誰かが言うのが聞こえた　そして――

――私たちを誰だと思ってるの？と誰かが言うのが聞こえた　誰に向かってしゃべってるわけ？――

――俺は関係者だ！と誰かが言うのが聞こえた――

――もういい、マイク、とフォベルが言うのを私は聞いた　マイク、もういい――

――さあ、マイク、そのくらいにしておこう、と彼が言うのを私は聞いた――

――そのとき、そう、講堂にいた警官の一人、扉の脇にいた警官の一人が組んでいた腕をほどくのが私には見えた――

――すると州に雇われた医師、眼鏡をかけた大柄な男が拳で二度ほどテーブルを叩いて大きな音を立て、眼鏡を外した私が彼を見ていると、講堂内のざわつきが少し静まり、彼がマイクに向かってしゃべり始めた――

――いいですか、皆さん、と彼が言うのを私は聞いた　いいですか、今の皆さんはまるで駄々っ子ですよ――相手の答えが気に入らないってだけで駄々をこねている**子供**みたいだ――

――**そうです**、と青いスーツの男が言うのを私は聞いた　こちらは責任ある行動を取って、事実をお話ししようとしているのに、皆さんはシンプルな慰めの言葉や解決策が聞けなかったものだから――

――**まともな説明をしてないじゃないか**！と誰かが言うのが聞こえた――

――**いつもと同じたわごとを繰り返してるだけだろ**！と誰かが言うのが聞こえた――

――**こっちが話を聞いてないんじゃなくて、そっちが何も言ってないんだろ**！と誰かが言うのが聞こえた――

――**分かりました、はい**――**よく分かりました**！とジョージ・フォベルが言うのを私は聞いた**よく分かりました**！――

――私どもが申し上げていないこと、それを皆さんはお聞きになりたい、でしたらそれをお話しいたしましょう、と彼が言うのを私は聞いた――

――フォベルの顔に汗が光っているのが私には見えた　彼は片方の手でマイクを握り、反対の手を演台について立っていた　その顔には汗が光っていた――

――はい、ではお話しさせていただきます、と彼が言うのを私は聞いた――

――わが社には規制に伴う書類仕事にフルタイムで携わっている社員が十六名いると申し上げておきましょう、と彼が言うのを私は聞いた――

──**そいつらなんてくそ食らえ**、と誰かが言うのが聞こえた──

──市の条例、州の規制、連邦の規制、と彼が言うのを私は聞いた　貯蔵に関する規制と輸送に関する規制　漏洩、安全な封じ込め、耐熱性、粘着性に関する規制──

──それからさらに、私たちが規制に従っていることを示さなければならないという規制、と彼が言うのを私は聞いた──

──そして次に、マーシャル・フォト社についてもお話ししましょうか、と彼が言うのを私は聞いた　皆さん、覚えてらっしゃいますか？　ミシガン州のランシングにあった会社？　うちの大きな競争相手の一つでした──あそこが創業三十四年で潰れてしまった原因は、あの会社自身の言い方を借りるなら、〝行きすぎた規制〟のせいでした──

──会社が一つ書類を作成するたびに規制適合の報告書を六通書かなくちゃならなかったからです、と彼が言うのを私は聞いた──

──もう一つお話ししましょうか　今回の件によって、わが社が持つ百一年の歴史において初めて、総収益が減り始めました、と彼が言うのを私は聞いた　今年の第三四半期の収益は一九八〇年第三四半期に比べて一八・八パーセント減となっています──

──ついでについ先日、ダン&ブラッドストリート[049]が発表したデータをご紹介しましょう、と彼が言うのを私は聞いた　今年八月半ばまでに全米で一万十件以上の企業が倒産していて、これは昨年同期と比べて四一パーセントの増加となっています──

──そして今、ローン金利は一七パーセントに上がる見込みとなっています、と彼が言うのを私は聞いた　おかげで全米の住宅着工件数は激減し、ここまで低い水準に達したのは一九四八年以来でまだ三度しかありません──

──そして今年の四月から九月半ばまででダウ・ジョーンズ平均株価は一七パーセント以上下落しました、と彼が言うのを私は聞いた　**一六〇**ポイント以上の下落です──その半分以上は、大統領が新税と予算削減を発表した後の月に下落したのです――

――最優遇貸付金利《プライムレート》は今、二〇・五パーセントという記録的な数字になっています、と彼が言うのを私は聞いた――

――それに二桁の**インフレ**が再び起こることを心配している経済の専門家もたくさんいます、と彼が言うのを私は聞いた――

――いいですか？ **いいですか**？と彼が言うのを私は聞いた**これ**がまさしく、私どもが申し上げていなかったことですよ――

――では今の話を、皆さんにお話ししてきたことと合わせて考えてみてください、と彼は言った　こういう状況のまっただ中で私たちは廃棄物処理システムと**空前の規模**の地域住民支援計画を打ち出しているわけです　その結果、**皆さん**のために数百万ドルを投じようとしている――

――こうした計画は本来なら**不必要**なものです、それはどのコンサルタントや専門家に訊いていただいても構いません、と彼は言った――

――法的な必要はまったく**ない**措置なんです、と彼は言った――

――考えてみてください！と彼は言った　皆さんが安心して夜に眠ることができるよう、ただそれだけのために**一億ドル以上**のお金を費やそうとしているのです――

――一大計画です、と彼は言った　総合的で大規模な計画です――

――それというのも私どもは皆さんに対して**責任**ある行動をしなければならないと感じているからです、皆さんの要望に応えなければならない、皆さんの**心理的な**要望にもです　それがいかに根拠のない、不合理な要望であっても――

――それでも私どもは皆さんの要望を考慮に入れなければならないと感じています――それが私どもの責任の一部である、と――

――たとえそれが法的に必要とされていないことであっても、と彼は言った――

——しかし皆さんはその費用が相当なものだとお思いになりませんか——会社にとって大きな**打撃**だろう、と？——

——このことによって会社は現在よりもさらに厳しい状況に置かれることになるだろうとお思いになりませんか？と彼は言った——

——つまりたとえば、私どもは今コンピュータの出力用紙をメモ用紙として再利用するようにと社内で新しい指示を出していますが皆さんにはそのようなお話はしていません　だからといって私どもが**可能な限り**のコストカットを行っていないということになるのでしょうか？——

——社内食堂では使うコップを紙製のものから発泡スチロールのものに切り替えることにしました、その方がわずかですけれども費用が抑えられるからです、しかしそれを公に発表して皆さんを黙らせるようなことはしていません　しかしだからといって、**今現在**会社が真の財政的危機に直面していないということになるでしょうか？——

——というのも実際に会社は厳しい状況に置かれているのです　大変厳しい状況にある——

——にもかかわらず、会社は**皆さん**の安全をさらに守るために**一億ドルを超える**お金を使おうとしている——

——もちろん会社はこれで**倒産してもいい**と思っているわけじゃありません——

——**倒産**したくはありません——

——さすがに会社の**倒産**を願っている人はこの会場に一人もいらっしゃらないだろうと思います——

——ええ、**皆さんだって**そんなことは望んでいないはずです——

——それがどういうことを意味するか、想像することもできません——

——ですから、現在の危機によって——

——私どもが安全性にこだわることによって——

——そして現在の不況によって——

——加えて、いきすぎた規制という重荷によって、否応なくもたらされる失業件数を最小限にとどめようとするなら

――

――**皆さんの**ご支持に頼らざるをえないのです――

――皆さんの**ご理解**――

――皆さんの参加と協力に頼らざるをえない――

――私たち**みんな**のために――

――というのもそうしなければ、会社は労働力を削減するしかないからです――

――それ以外に方法はない――

――それは**避けられない**――

――そしてそれがどれほどの規模になるかはまったく分かりません――

――だってそうしなければオザーク社は、ここで長い歴史を築いてきたにもかかわらず、よそに移るしかないからです

――

――会社を移転するしかなくなるのです――

――本社と会社の主要な機能をよそに移すしかなくなる

――

――この町から出て行くということです！――

――ひょっとすると少しだけ経営上の機能を残すかもしれませんけれども――

――この町から撤退することになるのです！――

――ここにいられないなら、出ていくしかないからです

――

――ここで百一年の歴史を築いてきたにもかかわらず――

――この地域で事業を続けられないとなれば、この地域で事業を続けることはできません――

――極めて簡単な話です――

――事実すでに、中西部にあるいくつかの町と協議を始めています　どの町も喜んでうちの会社を受け入れてくれると言っています――

――実際どこも**大歓迎**だと言ってくれています――

――本当にそう言ってくれているのです――

――その言葉通りに――

――税の軽減の他にも魅力的な申し出をしている町もあり

ます――

――デモインは町の予算で二〇平方キロメートルの工業団地を造成すると申し出ています――

――こちらにいらっしゃるドクター・タロウは首都の役人と一緒に仕事をなさる機会が多いので、きっと今の話が嘘ではないということを証言してくださると思います――

――ええ、今の話は本当です――

――オザーク社はビジネス拠点として他の土地を調査する目的で商務省に連絡を取っています――

――そのことを確かめたければ――

――結構です、はい、それで結構、とフォベルは言った

――

――そういうことです――

――今お聞きいただいた通り――

――今申し上げたのは、私どもが皆さんにお話ししたくなかったことのごく一部にすぎません――

――ほんの一例です――

――ほんの手始め――

――これで皆さんにもお分かりいただけたのではないでしょうか――

――どうして私たちが一部のことを言わないのか――

――一部の重要な話を皆さんにしないのか――

――要するに私たちは皆さんを混乱させたくないのです

――

――不必要な動揺を与えたくないのです――

――それこそまさに、私たちが望まないことです――

――というのも私たちはこの件で一丸とならなければなりませんから――

――私たち全員が手を組まなければなりません――

――ですからともに努力をしなければならない――

――一生懸命努力する必要があるのです――

――今あるものを守るために――

――成長を続けるために――

――伝統を維持するために――

――今あるものが崩れ去るのを防ぐために――

――というのも、今そこにリスクがあるからです――

――先の見えない危険が私たちの目の前にある――

――そうした予見できない危険に屈服するかどうか、その重い選択を担うのは**皆さん**なのです――

――そして住民の足並みが揃わないことの結果として被害を受けるのは**皆さん**の生命と**皆さん**の生計なのです――

――そうした危険を**遠ざけて**おくには、ますます慎重に警戒の目を光らせるしかないのです――

――そういうことです――

――つまりはそういうこと！――

――**そういうことなんです！**――

……それを留めようとしてしばらくそのまま押さえる　でも少し経つと――何の予兆もなしに、何の音も立てずに――それは外れる　そして何の予兆もなしに私の喉は冷たくなり、冷たい空気がみぞおちのところまで肌を伝って滴るのを感じる　最後にそのスナップボタンが勝手に外れたのはアスター通りでだった　私はそのとき歩道脇の雪山を越えてエイヴィス通りに渡ろうとしていた　そして黒ずんだ雪山に足をかけて伸び上がったとき突然、まるで冷たい電気が喉と首と胸に流れたみたいに首元が一気に冷たくなった　私は慌てて歩道に戻った　そしてスナップをまた合わせるために手袋を脱いだ――手袋をしたままでするには細かすぎる作業だったから　それでスナップを留めるとまた外れ、また留めるとまた外れ、その間ずっと指は凍え、首元は開いたまま冷たくなった　その後ようやくうまく留められたらしく、スナップは外れなかったけど、動くことはためらわれた　というのも少しでも動くと何が起きるか分かっていたからだ　だから動きたくないスナップの何がおかしいのかは当然分かる　首元のフラップを曲げて目の前に持ってくるとよく見える　スナップのオス側、小さな球根みたいになっている側は問題なくて元と同じ形だ　でもメス側、縁の付いた円が摩耗していた　円弧の一つが小さな波形に変わっていた　だから少し動いただけでスナップは簡単に外れる　勝手に外れる　ただそれだけ　スナップは簡単に外れる　パチンと外れるのではなく、ただ取れる　留める力がもうそこにはないからだ――

――ケーブルボックスから出る出力《アウトプット》の線をビデオデッキの入力《インプット》のジャックにつなげて、ビデオデッキの出力《アウトプット》の線をテレビにつなげる　配線図に書いてあるのはたぶんそうしろっていうことだ　でもよく分からない――このビデオデッキ、マグナヴォックス８００Ｙは、テレビで何かの番組を観ている間に別番組を録画できるはず　俺がこれを買ったのはそういう柔軟性があるからだ　けど、このケーブルのつなぎ方だと、どうしてそれができるのか分からない　ケーブルボックスが信号を分けるとは思えないから、ビデオデッキのチャンネルを替えてみて、線が切り替わるのか、入力が二つに分かれるのかを試してみようと思った　ところが今、リモコンが手元に三つもあるものだから、間違えてテレビのチャンネルを切り替えることになってしまった　その結果、テレビの画面は変わったんだけど、それは望んでいた二つのチャンネルのどちらでもなかったので、手でビデオデッキ本体のチャンネルを切り替えようとしたのに、画面に映る番組は全然変わらなかった――ずっと同じチャンネルのまま　でもそのとき、自分が何をしたのかが分かったので、手でテレビのチャンネルを変えると、画面が砂嵐になってザーッという音が聞こえ始めた　俺は仕方なく三つのコンポすべてのスイッチを切って、部屋をうろつきながらビニール袋と発泡スチロールを集め、そのまま捨てられるよう、ビデオデッキの入っていた段ボール箱に戻した　ところがその箱には、他のたくさんの売り文句と一緒にちゃんと書いてあった――裏番組を録画できます　使い方、設置手順、配線図などと一緒に取扱説明書にもそう書いてあった　でも分からない――俺にはできない、どうなってるのかさっぱり分からない　この入力と出力でちゃんとそんなふうに機能するようになってるんだろう　それが入力と出力を結ぶどこかにあるのか、あるいは違う入力が並行して流れるようになっているのか　だってこんなのは嫌だ俺にはこれを正しく設定することができない　原理的にどうなっているのかさえ分からない　入力ジャックと出力ジャックがいくつもあって、リモコンも三つあってちょっとややこしいし、配線図が装置と合致していないようにも見える――

――少しやり方を変えなくちゃならない　今回は絶対にそうしないといけない　ミスター・アーチャーは理解してくれるはず　必要とあらば説得しないといけない　でもどうやって？　ただ勝手に変更をして、彼が何かを言うのを待つ？それとも先にお伺いを立てるべき？――伏し目がちに声をかけてから視線を合わせて、私としても難しい決断だと伝える？　どちらの方法にもリスクはある　それは確かだ　私がやり方を変えようとした最初のときミセス・カルへインはすぐに怪訝《けげん》な表情を浮かべたので、私はぎょっとした　この前の水曜日の午後、彼女はいつものようにオレンジ・ペコを求めて店に来た　私としてはもう先延ばしにはできなかったので、素直に新しい方針を適用した　秤の針を厳密に確認しながら紅茶を半ポンド〔一ポンドは約四五〇グラム〕ほぼ正確に測って袋に入れ、秤から袋を取って封をした頃には、彼女は不満げな顔で私を見ていた　笑顔ではなく、目の端からこちらを覗くような表情だった　でもどうしろと言うのか？　店としてはいつまでも気前よくはできない　この数年間私はお客さんたちに充分なサービスをしてきた　こちらとしてできる限りのことをして、お客さんも理解してくれてたはず　私はお客さんがずっとうちを贔屓《ひいき》にしてくれたことに感謝してきたけれども、今の状況では、どこかでコストカットする方法を探さないといけない　問題はもちろん、客が私のサービスに慣れてしまったこと　私のサービスを当たり前だと思ってしまっていることだ　でも、水曜にミセス・カルへインが来たときにも言おうと思っていたことだけど、私は別にズルをしようとしているわけじゃない　ただ**正しい**分量を渡しているだけだ　実際、お客さんたちには分かってもらいたいんだけど、店は木曜の夜は遅くまで営業するようにしたし、レナードの勤務は午後と土曜日だけにしてもらった　でもこの商売では他に変更できる部分は多くない　コーヒーを売ることはしたくない　だって紅茶ににおいが移るから　だからうちのような店は貴重なのだ　コペンハーゲンのパーチの店やアムステルダムにあるもう一つの店などと並んで、うちは数少ない紅茶専門店少なくとも西欧ではそうだ　景気の悪い時代にこういう店が弱いことは誰もが知っている　いつもなら冬はやや商売が持ち直すのだけど、今年の冬はいまいちだった　だから他に選択の余地はほとんどない　私は少し強気に出ないといけないのかもしれない　でもミスター・アーチャーはどうしよう――ほぼ開店以来十八年近くずっと金曜の夕方ちょうど六時十五分くらいに店に来て、ラプサンスーチョンを一ポンド買ってくれていて、これほど古くからのお客さんは他にいないミスター・アーチャーは鋭い観察眼の持ち主だ――私はそれを知っている　とても鋭い　ミスター・アーチャーの観察眼はとても鋭い――

――まあ、今日は外食にしてもいい　ていうか、そうした方がいい　今日は一日家に閉じこもっていたから　でもロイ・ロジャーズの店はチーズ入りのローストビーフ・サンドイッチを三ドル四十九セントに値上げした　たしかにあのソースは味が濃くておいしい　けどそこまでの値打ちがある？　ペプシを付けて税金を足したら五ドル近い　ならその金は洗濯に回すことにして外食はやめておくか　今夜はデートレイプ関連の特番があるから、あれでも観よう　でも家には何がある――分からない　昨日の残りのチキン　残っていたハンバーガー用ロールパンを硬くなる前に片付けるか　いや、やっぱり外出した方がいい　少し気分転換が必要だ――でもそのためには服を着替えないと　この格好では外に行けないしかし映画に行くのなら、『ビートルジュース』がまだ上映中だった気がするけど、今の格好のままで大丈夫かもしれない　車を降りたらすぐにまた映画館の暗闇に入るんだから、ブラウスがしわだらけでも誰も気づかない　襟のしわも　週の半ばは大体列が短いから、チケット売り場でしかしわに気づかれることはなさそうだ　でも映画はロイ・ロジャーズの店よりも高いし、今夜は少し寒いし、デートレイプ関連の特番を見逃すことにもなる　でもやっぱり、チキンを食べる気は起きないから外に出た方がいいかも　気分転換に服を着替えるのも悪くない　テレビはただだけど、テレビのために着替えようという気持ちにはならない　洗濯を明日に回せば、このブラウスはあと一日着られるし、明日でも『ビートルジュース』は上映しているし、デートレイプの特番を見逃さずに済む　明日の方が暖かいかもしれないけど、ハンバーガー用のロールパンは明日まではもたないだろう　チキンもそうだ　明日には傷んで、捨てないといけないかもしれない　でも、もうこれ以上チキンを食べたいとは思わないから捨てても惜しくない　とはいえ外出したらロイ・ロジャーズは高いし、映画だってもっと高い――

――僕が家に着いたとき、母はクルーラー〈ねじった形のドーナツ〉を焼いていた　キッチンでカウンターの前に立っていて、僕が部屋に入っても後ろを振り向かなかった　彼女はアルミ製のボウルに水をスプーンで測りながら入れ続けた　それからコンロの上にあるタイマーをセットした　母さん、と僕は言った　ねえ――そろそろ行かなきゃ　でも母は淡々とボウルをいじり続け、次にはマーガリンの箱を開け、まな板に小麦粉を振った　母さん、と僕は言った　母さん　すると母は食器棚を開けて中を覗き、小さな瓶を取り出した　母さん、と僕は言った　もう予定の時間だよ　このままじゃ遅刻してしまう　そのとき僕はコンロからの熱を感じてその前まで行き、火を消した　母さん、と僕は言った　さあ、遅刻するよ　これは初めてのレシピなの、と母は言った　オートブラン入り　その間ずっと僕は母の顔を見ていなかった　でも母さん、と僕は言った　予約は十一時半だよ　母が深めのボウルを一つ手に取り、それをお腹に当ててスプーンで中身を掻き混ぜ始めると、金属と金属がこすれる音がくぐもって聞こえた　それから母は蛇口をひねり、また戻した　それでもまだ僕は母の顔を見ていなかった　母さん、と僕は言った　ただの普通の健康診断だよ　母はボウルをカウンターに置いて、食器棚を開けてからまた閉め、がたがた音のする引き出しからスプーンをもう一本取り出した

——でもおたくが誰なんだかよく分かりませんから、と女は言った　あなたが誰を名乗ろうと簡単に信じるわけにはいきません　だから私は、分かったと言った　じゃあお互いにいったん電話を切りましょう　その後そちらから電話をかけてください　そうすればインチキな電話番号じゃないことが分かっていただけると思います　そこに表示されているのは私の家の番号で、私は家にいますからすぐに電話に出ます　でも女は言った　いいえ、そうではありません　電話番号が正しいものだと分かったとしても、あなたの正体は分かりませんよね　こういう反応は想定通りで最初から予想していたので、私は分かりましたと言った　申し訳ありません、馬鹿みたいな話なんです　私は自宅の電話番号を知りたいだけなんです　すると女は言った　申し訳ありませんが、電話帳に載っていない番号をお教えするわけにはいきません　絶対にただしちゃんとした身分証明書を持ってこちらにいらっしゃれば別です　私はそれを当然の反応だと思って言った　そうですよね　しかしこう続けた　でも先ほどお話ししたように、新しい番号の通知をなくしたか、変なところに置いたか、捨ててしまったらしくて、こうでもしないと自宅の電話番号が分からないんです　すると女が言った　先ほどお話ししたように、ちゃんとした身分証明書を持ってこちらへいらっしゃれば番号をお教えすることができます　それか、料金請求書には番号が印刷されますので、一回目の請求書が届くのをお待ちになってはどうでしょうか　でも、電話会社に行くなんて**金輪際**ごめんだ、と私は思った　ああいう場所は苦手　果てしのない列には常に人が割り込んでくるし、待合スペースの椅子は汚いし　とにかくあんな場所には行けない、と私は思った　電話口にいる女の口調は、彼女の上司に電話を代わってくれと頼んでも無駄だと言っていた　上司もきっと彼女と同じことを言うだけだろう　こっちの話に耳を傾けてもくれないだろうし、相手にしてもらえないだろう　向こうにとっ

ては私なんてどうでもいい存在だ　電話会社はこういう問題を気に懸けていない　ただそれだけのこと　だから最初の請求書が届くのを待つのがいいかもしれないと私は思った　きっとそれがいちばんだ　それしかない　ちょうどそのとき、玄関に女が来た――

――んでもってロイが、いっつもあれしろこれしろって偉そうなロイが、四時にゲートのところに箱を出しとけって言うわけさ　その時間、俺が広場の芝を敷き直してるのを知ってるくせにだぞ　だってそれはやつが言いつけた仕事で、丸一日かかるのは分かってて、実際五時までに仕上げろって本人が言ってたんだから　しかも靴のことで俺をからかいやがる　その靴はあんたが生まれたときからずっと履いてるみたいな年季の入り方だな、って　あいつはいつも、あんたも年だなって言いやがる　あんたも年だって、からかってるつもりかもしれないが　一度はジャックがそれを横で聞いてて、そうだな、爺さんって大きな声で言ってニヤニヤしながら去って行ったことがある　でも何だってんだ、俺にどうしろっていうんだよ、年は取ったかもしれない、たしかに年は取った　それでロイから電話があって、いつになったら仕事に戻るんだって訊いてくるから、調子がよくなったらね、調子がよくなったら戻りますって言ってやった　すると二、三週間してからまたロイが電話をかけてくるわけさ　そろそろ肥料をまかなくちゃならない、家の前の芝生に肥料が必要だってな、あんたが肥料をまくのを芝生が待ってるぞ、とか言って　けど俺はあいつの声を聞いてると行きたくなくなる　とても行けない　他の誰かを雇えばいいのさ　向こうだってそれを分かってる　それは知ってる　俺が行けばそこでクビを言い渡される　だから俺は行けない　行きたくない　絶対に――

――だって考えてみて　薄明かりの中、テレビで六時のニュースを観ながらソファーに腰を下ろして、リラックスして体を伸ばすためにエスパドリーユを脱ごうとしていたら、何かを感じた　チクッという鋭い痛み　まるで〝チクッ〟って音が聞こえたみたいな気がして、顔に手を当てて鼻を押さえたら、拳のところに血が付いた　薄暗がりの中でもそれが見えた　拳に付いた黒っぽい血が光っていた　だから私はすぐに顔を上に向けて、コーヒーテーブルを回り込むようにしてバスルームに行き、明かりを点けた　鏡を見ると鼻血が出ていた　鼻のところに赤黒い血が付いて、鼻の穴から少しずつ滴っていた　どうしてそうなったのか、なぜ鼻血が出ているのか、さっぱり分からなかった　とりあえず鼻に綿球を詰めて、洗面台の血を流したけど、医者に電話するべきなのか、マリオンに電話すべきか、どうしたらいいのか分からなかった　だって血は勝手に出始めた　何もしてないのに、鼻には指一本触ってないのに勝手に鼻血が出始めたから、原因も理由も分からないし、意味も分からない　ひょっとして何かの兆候なのか、念のため病院に行った方がいいのか　私は壁にもたれて考えていたけど、どうしたらいいのか分からなかった　そんなとき突然、何かの物音がして、バスルームを出たら、玄関先に女の人が来ているのが見えた——

——しかし子供は最も幼い頃、自己と外界とをはっきりと違う存在として認識していない、と彼は書いた　幼児はさまざまな感情・刺激・知覚を連続した混合物、境目なく常に変化する**存在**の場としてのみ、経験する　知覚的連続体は時間も境界も持たずに変容する一つの塊で、自／他の区別を完全に欠いている　とはいえ彼が感覚運動期と呼ぶ時期の第四段階——すなわち生後八か月から十二か月——において徐々に差異化が進行する　同時に子供は外的現実がだんだんと客体化される遠心的な過程と、自意識の芽生えという求心的な過程を経験する　そして**自己**と**それ以外**が生まれ、子供は自分が外の環境とは異なる存在だと知る　さらに、そのときまでは幼児自身の体が世界の中心にあるように思われていたところにコペルニクス的な革命が起こる　幼児自身の体はもはや中心ではなく、他にいくつも存在する物体の一つになる　こうして子供は自己と世界との区別のない幼児的な一体性の時期を経た後、自己が世界とは別の存在だと学ぶ　これは古代ギリシア人が精神を自然とは別個の存在として発見した歴史的経緯に似ている　自己は他のすべての自己とは別の存在で、他の自己たちとはいずれも同じだけ離れている　こうして、まず生じるのは距離だ　普遍的な距離　自己と世界との間の距離　自己と他の自己たちとの間にある距離　区別のない一体性のみを知っていた時期、何かはるかに深い融合が存在していた時期の後で、子供は〝ここ〟と〝ここ以外〟という感覚を確立する〝ここ〟と〝よそ〟　しかし〝物体の恒久性〟とピアジェが呼ぶものを子供が学ぶのはもっと後になってから、すなわち感覚運動期の第五段階、生後十二か月から十八か月の間だ　言葉を換えるなら、その段階にいたってようやく子供は、ものが見える範囲から消えても存在し続けることを知る　そのとき子供は、ピアジェの用語を借りるなら〝保持者〟になる　というわけで結局これは順序の問題だ　子供はまず〝よそ〟という感覚を習得し、その後、目に見えなくなった物体も存在し続けるという理解にいたる　分離が持続性に先立つ　だから子供は短い間――ほんの一時期とはいえ――恐ろしい時期を経験する　物体の永続性を知る直前に短い間、理解不可能な絶望の淵を　というのもその間、距離は否定として経験されるからだ　物体が〝よそ〟へ行くとき、それはもはや存在しない　距離は存在するが、そこに連続性はない　持続性を理解する前に否定のメカニズムがある　言い方を換えるなら、〝よそ〟という幻が説得力を持って現実的になる、そんな時期がつかの間あった後、〝よそ〟が消える　だから子供は一時期、わけも分からずに泣くのだ――私は泣く　泣かずにいられるだろうか　だって距離を否定としてしか理解できない子供の身になれば――

――でも女は入ってきた　ていうか、私は女を家に入れた　女は比較的若かったけれどもとても礼儀正しくて感じがよくて、親しみが持てたので、ほとんどためらうことなく家に入れた　ラベンダー色のブラウスにはところどころ円の模様が入っていて、スカートは濃い色で質素、髪にはおしゃれなウェーブがかかり、低めの声は愛らしかった――

――女は訥々《とつとつ》としゃべった　とても思慮深いしゃべり方だったから、私は彼女を家に入れて、ソファーに座らせた　もちろん知り合いなんかじゃない　前に会ったことは一度も

ない　実際、本人もこの町には来たばかりだって言ってた
四か月前の二月、冬の間にイソーラに引っ越してきたんだっ
て――

――私はここが気に入ってるんです、と彼女は言った　このののんびりした雰囲気が好きなんです、と　それに私が家賃を払える範囲内で、息子との二人暮らしに充分な大きさの家があるから助かります　同じ家にいても自分だけの縄張りが必要なときには互いと距離が取れるくらいの大きさの家、と彼女は言った　彼女は〝縄張り〟という言い方をした　それは奇妙な言い回しだった　それから私は大胆な質問をしただってそこは何だかんだ言っても自分の家だし、彼女だってくつろいで話している様子だったから　結婚してるんですかって私が訊いたら、彼女はいいえと言った　もうそういうのは卒業しましたって――

――そして二、三日前から時間を見つけては近所の住宅街を回ってるんです、と彼女は言った　ブライトンとかグリースとかオザークパークのあたりを　家に明かりが点いているのを見つけたら勇気を出してチャイムを鳴らすんです、と彼女は言った　そしてまた私に礼を言った　最初の礼は家の中に通してくれたことに対してだったが、今回は私が話相手になったことに対してだった　だって話をしてくれない人も、中にはいますから、と彼女は言った　だから私はこちらこそと礼を言った――

――でも私がコーヒーを出そうとすると彼女は断った　作りたてのスパイスケーキも断った　図々しいと思われると嫌なので、と彼女は言った　いいえ、いいんですよ、と私は言ったが、彼女は重ねて礼を言い、本当にお話しするだけで充分なんですと付け加えた――

――挨拶状をポストに入れて済ませるのじゃなくて、ただお話がしたかったんです、と彼女が言うのを私は聞いた　皆さんのお話も聞いてみたかったし、と――

――だって一か月ほど前のある日、スーパー〝ウェグマン〟の前でカートが見つからなくて、店の裏まで探しに行ったことがあるんです、と彼女は言った　そうしたら白と灰色

が混じった猫がエアコン室外機の脇に倒れているのを見つけたんです、と彼女は言った　室外機脇の地面で体が硬くなってました　そんなことは珍しいのだと彼女は言ったが、私もそれはそうだと思う　だって猫というのは概して、弱ったときには身を隠し、最期は人目に付かない場所で静かに寂しく死んでいくものだからだ――

――でも当然、私はそれをあまり気に留めませんでした、と彼女は言った　その光景は悲しかったですけどね　そして彼女は言った　その後、一週間ほどしてから、私が勤めてる〝スプリングハウス〟レストランである話を耳にしたときも、あまり気にしませんでした　テーブルに案内されるのをバーのところで待っているカップルのお客さんが二組いて、その人たちがおしゃべりしてたんです　一人の男がこんな話を始めました　うちの娘が学校から帰ってきて、農業をやってるクラスメートが家で飼ってる豚をみんなに見せるために連れてきたって言うんだ、って　それは耳が三つある豚なんだが、ちゃんと息をして生きてる豚だった、とその客が言うのを私は聞いた　でも私はお客さんを席に案内したり、予約の確認をしたりするのに忙しくて、そこから先の話をちゃんと聞けませんでした――

――そしてつい二、三週間ほど前のことですが、うちの息子が飼っているアレチネズミが死んだんです　息子はすごく大事にしてました、大親友みたいに、とたしか彼女は言った　それは何年か前、ちょうど私が結婚から卒業した頃に息子に買ってやったペットだったんです　アレチネズミはずっと元気で、二月にスプリングフィールドから引っ越してきたときも全然大丈夫でした　ちなみに元の旦那はスプリングフィールドでソーダの卸売りをしてます、と彼女は言った　ところが突然、そのアレチネズミが息子の手の中で死んじゃった、と彼女は言った　息子はそれですごいショックを受けたみたいでした　心に大きなダメージを受けて、それから三日間ずっと泣いてました、と彼女は言った――

――そして息子はアレチネズミの死骸を始末するのを嫌がりました、と彼女は言った　死んだアレチネズミをケージに戻して、水と餌を毎日交換するんです　しばらくは黙ってそれを見てたんですけど、私はもう耐えられなくなりました、と彼女は言った　だから別のアレチネズミを買ってあげるって息子に言ったんです　それでその死骸をキャンベルのチキンスープの缶に綿と一緒に入れて、裏庭に持っていって埋めました　戦没将兵記念日の三日後のことでした、とたしか彼女は言った　その日も息子はひどく泣いてました　でも埋葬の翌日にはすっかり落ち着いて、代わりのアレチネズミは要らないって言いました　アーウィンはあの一匹しかいないからって――

――もちろん、と彼女は言った　私は職場でも息子とアレチネズミの話をするようになりました　店が暇な時間に、バーの前にいるお客さん相手に　その出来事は私が思っていた以上に心にこたえました、と彼女が言うのを聞いて私は感銘を受けた　でも人に話すと少し楽になったんです　私はいろんな人にその話をしました、と彼女は言った　それから二、三日の間何度も同じ話を繰り返すうちに、息子が飼っていたアレチネズミとその前に見たり聞いたりしていた動物の話との間に何か関連があるんじゃないかという気がしてきたんです　そしてある夜、店が暇な時間に、黒い上着を着た男にまた同じ話をしました　その人はラウンジの隅にあるカクテルテーブルに座っていたんです　注文したのはトム・コリンズ〈ジンベースのカクテル〉でした　ついでに三人目と待ち合わせをしていた二人組とも少しおしゃべりしました――

――ところがその夜、遅い時間になってからボスに、もっと仕事に集中しろって言われて、最初は素直にはいって答えたんです、と彼女は言った　まあ、それはボスの言う通りだろうと私は思った　仕事中なんだから当然だ――

――だから私は彼女にもそう言った――

――今のご時世、あなたは仕事があるだけ幸せだ、と私は言った――

――私はそう彼女に言った――

――でも彼女は私に何と言ってもらいたいのか、何をしてほしいのか、私にはよく分からなかった　私は彼女を家に招き入れ、居間で話を聞いていたが、彼女は私から何を望んでいるのだろう、と私は考え続けた　何のために私にそんな話を聞かせているのか、と私はそのときずっと考えていた──

──それから俺は私室に入った　ソファーの端には父が座ってテレビを観ていた　KTGEの何かだ　テレビの音声はスタジオの笑い声も含めてはっきり聞こえた　それで俺は部屋の明かりを点けようかって父に訊いた　いいや、と父は言った　要らない　じゃあ、テーブルランプはって訊いた　でも父は返事もせずに画面を観ていたから、俺はどうしていいか分からなかった　だからこう言った　暗いところでテレビを観ると目に悪いって何かで読んだことがあるけど、って　でも父は返事をせずにテレビをじっと観ていた　粉っぽい黄色とオレンジ色の光が父の顔を照らしているのが見えた　そのせいで顔がより湿っぽく、たくさんのしわが寄っているように見えた　そのとき突然、父が立ち上がり、俺の脇を通って居間を抜けていった　その間、明かりは居間の窓を通して外から入ってくる街灯の光しかなく、それが父の体を片側だけ照らしていた　父はそのままキッチンまで進んだが、そこには明かりが冷蔵庫の庫内灯しかなく、それがかがみ込んだ父の正面を照らしていた　そして父はまた外の街灯に照らされながら居間を通って私室に戻り、ソファーの端に座って、腰を落ち着けた　そしてまたテレビの画面に目を戻すと、その額がまた画面の光に照らされた　その暗がりの中でも、父が冷蔵庫から何も持ってこなかったことははっきり見て取れた──

──俺は気づいてた　俺たちはみんな気づいていた　ノリがいまいち　バンドはしょっぱなから少しノリが悪く、おぼつかない感じだった　とにかくみんなツボを見つけられず、俺がスネアドラムでどれだけバックビートに気合いを入れても、他のメンバーは誰一人ノッてこなかった　とはいえ、客は特に気に留めている様子はなかった──まるで今日で世界が終わるみたいに踊り狂っていた──けど**俺たち**は気づいていた　音を鳴らしてはいたけど、それは音楽になってなかった　一体感というか、全員が一つの生き物みたいに息をしている感じがそこにはなかった　全員がそれをまずいと思っていることも明らかだった　休憩時間にはみんな少しずつ離れたところに座って、それぞれに何かを食べたり飲んだりした　俺は休憩時間の大半は一人でバーの前にいたけど、はっきり言ってそれは普段じゃ考えられない行動だった　そして演奏がすべて終わった後、俺たちのお決まりかつお気に入りの〝ドント・ゴー・ウェイ、ノーバディー〟で最後を締めた後、何とあのジェイクが――メンバーの中でいちばん能天気な男が――みんなの方に来て口を開いた　僕は高音をいくつか出し損なって、入るところもしくじった、と彼は言った　そうやってどうでもいいミスの話をすれば場の雰囲気を和らげられると思ったらしい　俺だって〝スケルトン・ジャングル〟のときにバスドラムのペダルが壊れて参ったよ、と俺は言って彼を慰めた　ついてない夜もたまにはあるさ、と俺たちは互いに言った　この夏は滑り出しがいまいちだった　でもそのとき、ジェイクが話を続けた　何か今のバンドには錨《いかり》みたいなものが感じられないっていうか、中心が定まらないっていうか――彼の言葉を借りるなら――薄っぺらい気がするんだよね　そして彼はさらに驚きの一言を発した　ホールから出て行く最後の客にちらっと目をやった後、彼が言ったのは、バンドにギタリストを加えたら状況がよくなるんじゃないかな、ということだった　ちょっといいギターの音が入ったら見違えるようになる、と彼は言った　バンドに中心ができる、いや、中心が戻ってくる、と　だから俺は言った　いや、ちょっと**待て**　するとジェイクは言った　え、いいと思うんだけど　だから俺は言った　なあ、ジェイクよ　そんなこととしてもここのみんなはあんまり喜ばないと思うぜ　するとジェイクは元気をなくして言った　けどさあ、もう充分に長い時間が経ったと思うんだよね……俺は彼を見た　彼は茶色の革ジャンを着ていた　それから言った　そもそも一つの印を残すっていうのがポイントだったわけだろ　それが欠員という形だったとしても　するとジェイクは視線を落として言った　ああ……そうだけど……それからあいつはケースをひっくり返してその上に座った　そんな提案をしたことをすでに後悔している様子だった　だから俺は少しあいつの気分を楽にしてやろうと思った　ついでに俺自身の気分も　だからこう言った　それにな、バンドの名前だってどうする？　考えたことあるか？　今じゃ俺たちはノネット・マイナス・ワンってことで通ってるのに、そこに誰かを足したりすれば、オザーク・ノネット・マイナス・ワン・プラス・ワンって名前に変えなきゃならなくなるだろ　最低だと思わないか　ジェイクは笑って、〝よせよ〟と言いたげに手を振り、だよなと言った　そして立ち上がった　話は終わった　やつはトランペットケースを持ち上げ、そこから出ていった　俺はそれで話が終わってほっとしていた　はっきり言って、ほっとしていた――

――それでそんな話を聞いたわけ　ジェネシー薬局で列に並んでるときに、周りの人がそんな話をしてるのを聞いて、とても信じられなかった　**信じられない**、と思いながら列に並んでた　もちろん話に割り込むつもりもなかったし、口を挟みたいとも思わなかったけど、とにかく信じられなかったあまりにも動転してたせいで、いざレジの順番が回ってきたときにまだ財布の準備もしていなかった――

――信じられないっていう気持ちに私は圧倒されてた　電話を切った途端、不信が私を取り囲んで、そのせいで周りの空気がピリピリして、重くなった　私は立っていられなくて、観葉植物とサイドテーブル、ピアノとランプが置かれた居間で、ソファーに腰を下ろした　だってその不信感はまるで雷のように重苦しくて――

――まさか、まだそこにあるなんて、まだ残ってるなんて　要するに問題は終わってなかった　何度もその事実が私の頭に浮かんだ　まだ終わってない　**いまだに**……ついさっきまではもちろん、他のみんなと同じように――

――あの事件には片が付いたと思ってた　処理は終わった、同じことはもう起こらない、と　私はすっかり――

――思い込んでた　あれはもう過去の話、二度と起きない、と　ところが今では――

――信じられない　とにかく信じられない　まったく信じ

がたいことに――
――何かが見つかったみたいだって噂になってる――
――何かが見つかった　みんながそう噂してる　「リパブリカン&クロニクル」紙にはまだ何も載ってないけど――
――私は噂を聞いた　それはちょうど――
――自転車のチェーンを交換しようとする息子の手伝いをしているときのことだった　その前の日、息子はセネカ公園まで自転車で行って、帰りは坂越えなのにほとんどずっと歩いて戻ってきた　だから今自転車――去年の夏に買ってやったラレーの三段変速――はサドルとハンドルで地面に立つ格好で逆立ちしていた　ペダルとキックスタンドは昆虫の脚みたいに飛び出していた　雑巾代わりの新聞も用意してあったジェイソンが前側のギアに油を差す間、私は横にひざまずいて右手でペダルを回しながら、左手でチェーンを戻していた前側のギアにチェーンを戻す作業が終わりかけたところで私は手を止め、指が油だらけだったことなどお構いなしにジェイソンの体を引き寄せてハグした　七年前突然、息子は慢性の耳管カタルという病気にかかった　耳が長い間詰まる病気だ　息子はそのときまだ三歳　症状は良くならなかった　それは何か月も続き、夏が終わっても、秋が過ぎても治らなくて、耳鼻咽喉科の医者には、ジェイソンの聴力が失われる可能性があると言われた　少なくとも六人の医者に診てもらったが、原因は不明　特に両耳に症状が出ているのは謎だったたまたまですね、と彼らは言った　ジェイソンはまだ子供で抵抗力がないので、抗ヒスタミン薬を飲ませるくらいしか方法はなかった　私はそのときこう考えたのを覚えている　もしもジェイソンがこれを乗り越えたら、もしもすっかり病気が治ったら、物事の優先順位を一生忘れないようにしよう、と　そして今、私はそれをちゃんと覚えている　物事の優先順位を覚えている――
――だから私は今そこにいるけどそこにいない　私はオフィスで席に着いて会話をしている　私はそこにいていつもと同じに見えるけれども、心はそこにない　だって今頃誰かが大事な話をしているのなら――

――今さらとはいえ、もしも言わなければならないことがあるのなら、もしも本当に何かが出てきたのなら、私たちには知る権利がある――

――ある書類が存在する　私はそんな話を聞いた　誰かが何かの書類を見つけた　どこからかそんなものが出てきた　突然現れた――

――私の理解が正しければ、手紙みたいな文書　手紙か社内メモ　私はそこまでしか知らない　社内メモみたいなものが存在するらしい――

――そう聞いて頭の中でいろいろな考えが巡った　お腹の子供はどう思ってるだろう?と　今回初めて、私は子供が何を考えているかを知りたいと思った　お腹の子が考えていることはまさに私自身の考えでもある――それはより純粋で、余計な部分が省かれている　私にとってはそれが子供を生む理由の一つだった　もう一度新たに、一から、別の観点からものを考えること　受胎《コンセプション》という単語には概念という意味もある　私は今まで、言葉に近いものを用いて子供と意思疎通をしたいと思ったことはなかった　妊娠初期はずっと言葉など不要で、言葉の意味みたいな制約がないことが喜びだった　当時はただ耳を傾けて、お腹の子供が言葉を使わずに伝えていることを聞いた　そしていろいろなことが聞き取れた　でも、もう駄目だ　今は子供が何を言いたいかが知りたい――子供が私に**伝えたい**ことを知りたい　私は意味の過剰の中で五年間待ってから妊娠に同意した　その間ずっとカリフォルニア有機栽培農家協会の土壌改良ガイドラインに従ってきた　私は愚かだった　それは最初から分かっていたけど、何かの客観的基準が欲しかったのだ　そして今再び、客観的基準が欲しいと思う　私は子供が考えていることを知りたい　意味の不在にはもう頼れない　沈黙と解釈には何度も裏切られた　私は今子供が何を考えているか知りたい　意味の欠如が怖い――

――とにかく俺はそれをすごく楽しみにしてたんだ――しばらくここから脱出できる機会だから　つまり六月のキーウエストは沸騰する釜みたいだってことは分かってるけど、とにかく一息つきたくて、それ以上は待てなかった　だから季節にふさわしい服――Tシャツ数枚と短パンだけ――を荷物に詰めてさっさと出発することにした　実際、向こうは景色がきれいで、天気もいいし、何もかも光ってるし、あらゆる花が咲き乱れてた　暑さは大して気にならず、好きなことを存分にやった　大物釣りとかシュノーケリングとか――ある日の午後はシュノーケリングでロブスターも獲った――そしてマナティーを見るためにベイカーキーにも行った　向こうに行って一週間が経った頃、俺はキーウエストでドリフトボート――尻《けつ》のでかい大きなボート――に乗って、沖の珊瑚礁とか岩の隙間にいるハタを狙った　そしてボートに座って海を見ながらワイオミング州ララミーから来た気のいい連中とおしゃべりしてたら、ビールを飲まずにはいられなくなってきた　で、ビールを一本取ろうと立ち上がったとき、俺の赤いカージナルスの野球帽がふわっと飛んで海に落ちた　ビール欲求がちょっと大きすぎたみたいで、変な立ち上がり方をしたらしい　俺はそこに立ったまま、帽子が波間に沈んでいくのを見ていた　そしてその後、船室でビールを飲みながら野球帽に別れを告げた　でも一時間もしないうちに外に出ると、太陽の照りつけが厳しかったので、ボートが港に戻ると、頭にかぶるものを探しにレンタカーでオールドタウンへ向かった　できれば緑のプラスチックのバイザーみたいなものがあればありがたいと思っていた　そしてデュヴァル通りとシモントン通りが交わる交差点で信号待ちをしているときに、いきなりあのジョージ・フォベルの乗る車が真横に来た　赤ワイン色の大きなメルセデスのオープンカー　彼は元気そうに見えた　それは間違いない　くつろいだ様子で日焼けもしていた　それで思い出したんだが、彼はあの土地に引退後の家を持っている　彼は俺の車を見て笑顔を見せたが、俺のことは分かってなかった　ていうか、こっちを見て愛想よく会釈をしてはいたけど、俺のことは分かってなかった

――

――その通り　その話は私も聞いた　同じ話を、みんなと同じように　でも話を全部聞けば、何をみんな騒いでるんだ

ろうってなるはず　たしかに何かがあったんだろうと思う、私もそんな話を聞いた　けど今回もどうせ前回と一緒　大したことはない、会社がすぐに対応する　水道管が破裂したときに修理するのと同じこと——

——それが何なのか私は知らないし、それがどこから来たのか、誰が印刷してるのかも知らない——市民再生委員会なんて聞いたことがないし、住所も資格も、自分たちの組織について何の説明も書いてない　いつからこの団体が存在しているのかも知らない——

——でもとにかく今日これが郵便受けに入ってた　他のごみみたいなチラシと一緒に　宛名は〝住民の皆様〟——私はそれが正しいのかどうか、私が受け取っていいのかどうかよく分からなかった——

——だってほら、〝住民の皆様〟って書いてあるチラシは大体ごみばかりだから、読もうとも思わなかった——

——ところが何か虫の知らせみたいな感じで胸がドクンと鳴った　ここぞとばかりに大きな音でドクンと鳴った　それで——

——読んでみた　結局、読むことにしたんだけど、すると——

——オザーク社は有毒な化学物質を保有してる、ってそこには書いてあった　有毒な化学物質を会社が持ってるって——

——六十六種類の有毒な化学物質って書いてあった　毒性があることが知られている化学物質が——

——会社の敷地にあるって書いてあった　実際、オザーク社の敷地に置かれてるって——

——それもかなり前から保有していたって書いてあった　少なくとも数年前から——

——しかもそれはよそから持ち込んだものだって書いてあった　オザーク社が外から持ち込んだ化学物質だって——

——そして会社はそれを貯蔵してるって書いてあった　どうやらオザーク社はそれを貯蔵しているみたいだって——

——私はそこに書いてあることが信じられなかった　てい

うか、それを信じていいのかどうか分からなかった——

——そしてそれがどういう意味なのかよく分からなかった
どうしてオザーク社は自分のところが使いもしない化学物質を扱ったりするのか？　そんなものが何のために必要なのか？　私には分からなかったし、他に分かっている人もいなさそうだった——

——スティールヴィルにいる郡保健局長でさえ、不明な要素がいくつもあると言っていた　彼らは保健局長のところまで取材に行ったと書いてあった——

——ドクター・リプキンとかいう名前の、クローフォード郡保健局長　見つかったメモを保険局長にも見せて、コピーも手渡したけれども、それ以上のコメントは得られなかったらしい　だからまたいろいろ考えてビュイックに幌を掛けるようにした方がいいのか、それとも全然気にしないでも大丈夫なのか私には分からない——

——彼らはオザーク社の幹部にメモのコピーを手渡した
社用箋に書かれた公式文書を見せたけれども、オザーク社の代表者はこう言ったらしい〝われわれは何も間違ったことはしていないのですが、それを皆さんにご理解いただけなかったことは大変遺憾に思います〟と——

——〝皆さん〟、とニュースレターには引用符付きで書かれていた　私たちはただの〝皆さん〟以上の存在になることができます、と書かれていた　それに続けて、市民再生委員会がイソーラの住民に一つの声、存在を与えてくれると書かれていた——

——まあ、よくあるタイプの文章だ　つまり、**彼ら**はこの先これこれのことをする、**われわれ**はこの先これこれのことをする、みたいな話　しばらくすると、前に聞いたのと同じ話だという感じがしてくる——

——彼らは努力を続けると言っていた　今後も調査を続けて、分かったことを皆さんに伝え続ける、と　それで私は思った　え、このグループってどれほど大きな集団なんだろう——

——チラシには電話番号も添えられていた　協力していた

だけるならこの番号にご連絡を、と　お手伝いはいつでも、どんな形でも構いません、とそこには書かれていた――

――でも、そう、そのときは鉛筆を持っていなかったし、机の前にいたわけでもなかったから、メモすることはできなかった――

――とはいえ、本部を置く場所はまだ決まっていない、とそこには書かれていた　それで私はふと思った　シュレーダー・ハウスが使えれば完璧なんじゃないか、そうできればいいのに、と――

――というわけで、会社は改めていろんな検査を行うらしい　いろんな場所に行って検査をする　よく分からないけど、ある種の調査を実施するようだ――

――少なくとも、そうしてくれるのは**ありがたい**　検査は必要だ　再調査はしないといけない　きっとちゃんとやってくれる　とはいえ、前回は検査をしている場面を目にすることはなかったけれど――

――でもよく分からない　今回も同じことなのか　前回と同じなのか　すでに対応は終わっているはずじゃなかったのか――

――だって会社はあれだけたくさんのお金を使ったんだから　私は今でも覚えてる　何百万ドルという大金　会社はあれだけのお金をかけた――

――おかげで問題はすべて解決　トラブルみたいなものは全部消えてなくなったはず――

――会社は問題に対応して、それはうまくいったはず　すべては解決したはず――

――すべては解決したはずだ　だから今度のはきっと別の問題だ　何か新しい問題――

――で、今回も会社がきっと処理してくれる――

――だってそれが**当たり前**だから　会社が対応するのは当たり前――

――だって息子に専門的な治療が必要なことはもうはっきりしていたから　ていうか、家でできることはいろいろやったけど、もうそれ以上はどうしようもなかった　だからその朝、数年前、四歳のときにおたふく風邪を診てもらった研修医のところに彼を連れていった　私はマシューに、頭が痛いということを自分の口で研修医に説明させた　頭のてっぺんとおでこの内側がふわふわした感じがして、時にはそれがひどくなって吐き気もするし、焼けるような目の痛みもある、と　するとドクター・バロンが息子を検査室に案内して、紙で覆われたベッドに寝かせていくつかの検査をした　目の中を光で照らしたり、反射の検査をしたり、腕を前に伸ばして指先をくっつけさせたり　その後、マシューが服を着る間に、ドクターは私を診察室に呼んだ　不調の原因は見つからなかったので、神経学の専門医に紹介状を書きます、と彼は言った　だから私はその場ですぐに言った　あの、先生、噂はご存じですよね　これって例の水の件と関係があると思いますか？　するとドクターは自分の診察室で椅子に座ったまま言った　それはよく分かりません　だから私は言った　あの、何か〝こうなんじゃないか〟という意見や感想はないんですか？　するとドクターは自分の診察室で椅子に座ったまま、つまり医師の資格を持つ人間が誰にも気を遣う必要のない場所で、こう言った　訴訟になる可能性のあることは申し上げられません　ですから仮に原因に**見当が付いたとしても、**お話しすることはできないんです――

――だから私はすぐに市役所に電話をした――

――私は市役所に電話をかけた――

――すると女の人に電話がつながった　その女は名前を教えてくれなかった――

――こっちが名前を尋ねても教えてくれなかった――

――失礼のないように尋ねても――

――そしてこっちが用件を話し終わる前に――

――というか、まだろくに本題に入ってもいないのに――

――現時点ではこちらからお話しすることは何もありません、と言われた――

――そしてようやく電話がつながって、やっと向こうが受話器を取って、女の人が出たとき――

――その声の雰囲気から――

——その口調から伝わってくるものがあった——

——ニュースレターは見たことがあります、って向こうが言うから、私は——

——ニュースレターは見ました、って言うから、私は——

——しかしながら皆さんが心配なさる理由は何もないと思います、と向こうは言った　だから私はお礼を言って——

——だから私はベリーマン通りにある市役所に電話をかけた　あそこは現場に近いから、何かを知っているかもしれないと思って——

——あそこならちゃんと話が通じるかと思って——

——それは思った通りだった、市役所は事態を把握してた、すでにニュースレターのことを知ってた——

——それでベリーマン通りにある市役所に電話をかけたら、今分かっている範囲では、皆さんが心配なさる理由は何もありません、って言われた——

——あそこの女の人から聞いた話だと、彼女も今日の午前中はイソーラの市役所にずっと電話をかけてたらしいけど、全然つながらなかったんですって　だから私は彼女にお礼を言って——

——それから私は警察に電話をかけた——

——イーストメイン通りにあるイソーラ警察署に電話をかけた——

——どうしたらいいか分からなかったから、とりあえず警察に電話した——

——私はこのキッチンに座って、考え事をしてた　私の目……私の視界……**私の目**……——カリグラフィーの練習をしている間ずっと、文字がぼやけて見にくくなった気がしたし、夜になるとバスルーム前の明かりを点けても扉の取っ手が見えない——

——先週、仕事からの帰りにオーガスティン通りを歩いていたら途中で激しいめまいがして、縁石に座り込んでしまった　後ろから来た自転車の女の子に邪魔だって言われても、何も言い訳できなかった——

——それにこの無力感、うんざりするようなこの無力感

――私はテーブルの前で考える　もう終わったと思っていたのに、**とっくの昔に終わったことだと思っていたのに**――

――そうして私は夫に突っかかる　夫に厳しいことを言う　本当にどうでもいいことで夫に文句を言う　マーティーの店で遅くまで飲んでいることに文句を言う　別に怒るようなことじゃないって分かっているのに――

――そしてまた、オザークパークの近くに住んでいる人はお金がもらえる　きっとそうなる　家の修繕代とかいってまた何千ドルのお金……**どうせそうなる**――

――だってずっと前から、とっくの昔から私は考えてたずっと不思議だったた**ぜんそく**……ジェリーは一体どうしてぜんそくになったのか――

――家の改築にはお金がかかる　きっと**俺は**延々とそれに金を払い続けることになる　だってそれが他から来てるとは考えられないだろ？――どこかから来てることは間違いないんだから――

――家に帰ると、仕事が終わって家まで帰ると、ようやくそこで気を緩めることができる　玄関を入ったところで靴を脱ぎ捨てて、なじみ深い、ふわっとしたカーペットの感触を味わう　二階に続く階段が見えて、キッチンへ続く廊下が見える　そういうものを黙って確認した後、私の中の声なき声がため息をつくようにこう言う　**例のものは今でもここにある**　それから廊下に足を踏み入れるとリビングの家具が見え、そこで私の骨が急に縮こまる　暗い廊下の先に目をやると、奥にあるキッチンに向かって額入りの絵が壁に並んでいるのが見え、私は緊張する　私はそこから先に行きたくない　本当なら上着を脱いでそれを椅子に掛けるところだが、そうしたくない　買い物袋を下に置くことを考えただけでひるんでしまう　だから買い物袋も置けない　冷蔵庫の中にも、その棚の上にも、明るく冷たいその空間にも、買い物してきたものを入れたくない――

――でもひょっとすると今回は範囲が広げられるかもしれない　それは当然だ　拡張するのが当然　前回よりも広めにしなければならない　だってあのあたりの家は前回補償対象

になって、それなりの分け前を受け取ったんだから、私は――

――ここから動くことなく、ずっと時間を過ごす――ずっと――どうやったらここを脱出できるかを考えながら　ここは私の家だ　ここにあるのは私の部屋と私の壁　でも今はとにかくここを出たい　昨日は一晩中、ここを出て行く可能性ばかりを考えた　出ていくための方法をひたすらあれこれ考えた　リビングに座って、テレビも点けたままで　ビュイックを売ってよそに行き、そのお金で暮らしてもいい――たとえばシカゴとか　シカゴには昔から行ってみたかった　それかオークランドにいる妹のもとに転がり込んで、ジョナサンの部屋を使わせてもらうとか　ジョナサンがノースウェスタン大学に通っている間だけでも　それかタオスにレストランを持ってるって言ってた男の居場所を調べて、ウェイトレスとして働かせてくださいって言ってもいい　それか……私は自分の内なる声に耳を傾ける　私はそこに座ったまま、自分の声に耳を傾ける　すると自分が実際にそんなことをしている姿が見えてきて、自由奔放な行動の背後にある切迫性を感じ、自分にはこれしかできないのだと改めて悟る　私にできるのは自分の声に耳を傾けることだけ　それしかできない　私にできるのはただここにじっと座って、自分の声に耳を傾けることだけ――そして全部ができてから、そのときになってようやく頭に浮かんだ　お湯が完全に滴らなくなるまでしっかり振ったざるを流しから上げて、ゆであがったスパゲティをトングで皿に移し、同じサイズのつるつるした山を三つ作った後のこと　そして手前のコンロに置かれた鍋にあるプッタネスカソースをスプーンですくってそこにかけ、パセリを振り、皿を手に持って食卓に運ぼうとしたとき――そのとき初めて、キッチンで盛り付けの終わった皿を手にしたとき初めて、私の頭に思い浮かんだ――

――私は三番通路――シリアル、香辛料、料理用油――に行って、探していたクレッチマー小麦麦芽二十オンス〔約五七〇グラム〕瓶を手に取った　それが見つかって私は喜んだ――というのもそのサイズは売り切れていることがよくあるから

だ　それからまたカートを押しながら店の奥の、鶏肉各部位が並べられた冷蔵庫の前を通って六番通路——クッキーとクラッカー——に入って、ローナ・ドゥーンのショートブレッドを探した　ついでに近くにあったウィーン・クリームも一つ取った——当然だ　そして最後の通路に進んだ　そこは生鮮野菜が積まれた大きな台がある広々としたスペースだ　角を曲がって周りを見た私は急に足が止まった　カートのハンドルを握ったまま動けなくなった　ピラミッドのように積まれたリンゴとグレープフルーツ、きれいに整列したラディッシュとニンジン、色とりどりの野菜のあるだだっ広い空間で動けなくなった　それはまるで低くて力強いピアノの和音が鳴り響いたかのようで、すべての速度がゆっくりになったように感じられた　何もかもが粘り気のある液体の中にあるせいですべてがゆっくりとだるそうに動き、人々の足取りも重くなり、機械の音もくぐもり、ぼんやりした障壁ができ、超えられない距離が生まれたかのようだった　そしてその間、私がずっと考えていたのは、すべての見かけは何も変わっていないということ——

——ところがそのとき気づいた——

——同じじゃないと気づいた　同じじゃない——

——雰囲気は変わらないけど同じじゃないことに気づいた

——

——それは別のものだ——

——すでに！と私は思った　すでに別物——

——そして私は正直、それを見るのが怖かった　できればそれを見たくないという気持ちだった——

——それがそこにあってほしくなかった——

——同じ字体とレイアウト、同じ二つ折りのチラシを私は見た——

——私はそれを広げたくなかった——

——でも広げてみると、最初のページに載っていた——

——見間違いようがない　議論の余地もない　たしかにそこに載っていた　私はそれを自分の目で見た　社用箋に記されたメモのコピー——

――われわれが廃棄物を濾過していることに水質管理当局が気づいたら、それが工場の操業を差し止める口実となりうる、とそこには書かれていた――

――私は当然それを読んだ　そして直ちに感じた　私は感じた――

――目にも頭の中にも感じた、そしてよく分からないけど、指先にいたるまで全身に感じた――

――私はそれを感じた　どう言えばいいのか分からないけど、私は感じた――

――でも、それをどう理解すればいいのか分からなかった――

――これはどういう意味だろう、と私は思った　これって実際どういうことなのか――

――取材班は上院議員のところにも行った、と書かれていた　州都にいる上院議員のところだ――

――州都にいるロイド・マスターソンにも話を聞いた、とそこには書かれていた――

――そういうことを公表すると住民がパニックを起こす可能性がある、と彼が言った、と記事には書かれていた――

――人々が町の中で大声を上げるような事態は望ましくない、と彼が言った、と記事には書かれていた――

――彼はそれ以上のことは言わなかった、と書かれていた　それ以上のコメントは得られなかった、とニュースレターには書かれていた――

――そしてさらに質問をされた際には次の会議があると言って、後ほど電話で回答すると述べた、と記事には書かれていた――

――しかしその後は電話でも二度と連絡が取れなかった、と書かれていた　取材班が電話をかけると、議員はただいま席を外しています、と毎回、秘書が答えた――

――しかし最後に取材班が自宅を訪れてようやく議員をつかまえたときには、〝オザーク社は終始この問題について責任ある行動をしてきたと思う〟と発言した、と記事には書かれていた――

――そのとき彼は怒った、と記事には書かれていた　オザーク社の代表を務める彼は、取材班が自宅に電話をかけてきたことに対して非常に腹を立て、大声で怒鳴り始めた、と――

――そこで取材班はこう返事をしたそうだ　どうしてです、同じことじゃないですか?と記事には書かれていた　オザーク社も同じことをしてますよね、私たちの自宅に攻撃を仕掛けてるでしょう――

――すると彼はこう怒鳴り返したと記事には書かれていた　いいですか、私だってここに住んでるんですよ――

――さらにこう怒鳴ったと記事には書かれていた　もしも今すぐコメントが欲しいのなら経営幹部の誰かに電話をかけてくれ　私は職場でしか声明を出さない――

――そしてこう叫んだ、と記事には書かれていた　**家は私の職場じゃない**――

――そして電話を切った、とそこには書かれていた　カチッと音を立てて電話が切れた――

――**これが私たちの隣人です**、とそこには書かれていた――

――〝善いサマリア人の会社〟に勤める模範的社員、とそこには書かれていた[050]――

――しかし神のご加護がなければ私たち誰もが同じことです、とそこには書かれていた――

――そしてニュースレターの裏には、また彼らの要望が書かれていた――

――ニュースレターを発行している人たちがまた要望を記していた――

――市民再生委員会は今いろいろなものを必要としています――

――ボランティアの方、備品、小テーブル、照明器具、コルクボード、携帯ラジオ、コピー機、ＩＢＭ互換のパソコン、ファイル棚、複数回線電話、気合い、アイデア、助言、装飾、サンマイクロシステムズ社のレーザープリンタを修理できる人などを市民再生委員会は必要としています、とそこには書かれていた——

——委員会は小さなグループだと書かれていた——

——でも今いちばん必要としているのは活動の拠点として使える場所です、と書かれていた——

——そして普段のミーティングに使える場所、とそこには書かれていた——

——ぜひご連絡ください、と書かれていた——

——ここにいらっしゃるたくさんの方からの連絡をお待ちしております、と書かれていた——

——この連帯に加わっていただけるとありがたい、とそこには書かれていた——

——というのも皆さんのお力添えがなければ私たちは無力だからです、と書かれていた——

——そして最後に大文字で、今の言葉をもう一度繰り返しているのを私は見た——

——私はそれを読んだ　そう　私は記事全体を二度読んだ

——

——そして取っておいた　普段は手紙を入れている机の引き出しにしまった——

——私はちゃんと保存することにした——

——でも私は疑問に思った　この人たちは何を騒いでいるんだろう——

——ていうか、オザークは一つの会社で、当然お金を稼がないといけない　簡単な話だ　なのにこの人たちは何を期待しているのか——

——ていうか、彼らはここで何をしようとしているのか？

——

——ていうか、この人たちは一体何者なのか？——

——ていうか、誰が彼らを必要としているのか？——

——私には必要ない　誰が彼らを必要としているのか？

——

——ていうか、あの人たちは**私には**必要ない——

——だから私は、うん、もう今後はあんなニュースレターを送ってもらいたくない——

——ああいうのは本気でもう見たくない——

——だってほら、明日、明日も郵便受けまで行きたくない　郵便受けを開けると思うと嫌な気分になる——

——ここに住所があるというだけで気持ちが落ち着かない——

——ていうか、彼らは何のつもりであんなことをしてるんだろう、みんなの気持ちが分からないのかしら——

——こんなことをしたらどうなるか、その影響について考えたことがあるのは私一人なのか？——

——てか、俺は古い車の修理ができるからローラの町のクラシックカー博物館に行って、デモ走行の前と後とかメンテナンスの仕事をしてるんだけど、向こうに行くと、俺がイソーラから来てることはみんな知ってるから——

——それで握手を嫌がられることがあったりして——

——それどころか、俺に近づきたがらないやつもいて——

——ジェニーの家に行ったときも、そう、私が持ってったアップルソースケーキを誰も食べようとしなかった——

——だってあの隅、あの隅っこのところ、あそこはいつも汚れが溜まってる——

——だってそこの網扉を開けるたびに隅の汚れが目に付く　何かが外から入ってきているみたいに見える——

——ちょっとした泥の塊か何か　葉っぱか、葉っぱの切れ端　いつもあそこにそれが見える——

——だからゴム手袋をはめて掃除をする——

——ゴム手袋は普通のもので、皿洗いとかに使うごく普通の——

——スポンジも使う　スポンジも使って掃除する——

——ゴム手袋をしてスポンジを使う——

——けど、掃除の後はどうするか？　スポンジは捨てる？——

——スポンジは再利用できる？——

——再利用したければちゃんと洗わないといけない　忘れずしっかり洗わないといけない——

——でもそうやって洗えばいいのか——最後にゆすぐとき

何を使えばいい？　安心して使える水はどこに――

――ゆすぎに使える水はどこにある――

――だからスポンジを洗う間も手袋は外せない　最後まで着けたまま　全部、用事が全部片付くまで――

――私は確実に手袋を着けて、全部の用事が片付くまで外しちゃいけない――

――でもあるとき手袋を外したら、廊下を歩きながら手袋を外したら――

――掃除が終わって、掃除でへとへとになって、玄関で手袋を外したら――

――キッチンで何も考えずに手袋を脱いだら――

――手に血が付いてた　両方の手の、ちょうど力のかかる手首に近いところ――

――**血が出ていた**――

――**両手に血が付いていた**――

――そしてチクチクと、チクチクとした痛み――

――でも手を洗うわけにはいかなかった　家の水では洗えない　じゃあどこで手を洗えばいい――

――でもシャワーは浴びる――

――他には何もしないけど、シャワーは浴びないわけにはいかない――

――でも短時間　手早く湯を浴びるだけ――

――でも今は風呂に浸かる――

――以前はシャワーが大好きだったけど今はもうやめた　以前は朝、目を覚ますために熱いお湯と湯気に包まれるのが好きだったけど――

――今は風呂に浸かる――

――いいえ、私は今もシャワー　でも子供たちは風呂に入れる――

――子供たちはシャワーじゃなく、お風呂に入れるようにしてる――

――短時間のお風呂――

――私の場合、前回風呂に入ったときは落ち着かず、じっとしていられなかった　だってどうしてそんな、どうしたらのんびりと風呂に――

――だから私は煮沸する　何でも一回煮沸する――

――自分の分はいいけど、子供の分は煮沸――

――私は何でも煮沸する　必ず何でも煮沸してから――

――でも仮に、仮に煮沸してもどうなんだろう、大丈夫かどうかは知りようがない――

――私なんかがあれこれ考えて何になるんだろう――

――くよくよ考えて何になる――

――ていうか、あれこれ考えたって無駄じゃない？――

――ていうか、私には何もできない　あれこれ考えたって何にもならない――

――何も変わらない　私が考えたって何もよくならない
――

――私が考えたって何もきれいにならない――

――ただし恐怖は別　それは別　あれこれ考えるときには恐怖が生まれる――

――ていうか、思考が恐怖に変わった――

――私は恐怖を生む――

――私はただの恐怖――

――私の周りには恐怖しかない――

――夫のこと　私は――

――夫のことが心配――

――体の弱い夫はこれに耐えられるのか？　だから私は不安――

――夫は毎日外に出ないといけない――私は心配――

――夫は外に行って、いろんな人と話をして、取引をしないといけない　**たくさんの**人と　本人も分かっていると思う彼も常に意識していると思うけど――

――彼の仕事場からは窓越しに一一五号棟が見える　溶剤の入ったタンク群がある建物だ　彼はそのすぐ隣にいる　同じオザーク社の敷地内で、三〇メートルくらいしか離れてない――その同じ場所に十八年前からずっといる！　そのことを彼がどう受け止めているか、私は知ってる　彼は家に帰ってくると、何も言わないけど――

——彼は毎日そんな場所で仕事をして、しかも誰にも何も言えない　でも私には彼の気持ちが分かる　私には彼の気持ちが分かる——

——だって家に帰ってきたときの彼の顔を見れば分かる

——

——でも彼に向かっては何も言えない　当たり障りのないことしか言えない——

——私はずっと家にいて、一日中彼の帰りを待っていたんだけど——

——彼が家に入ってきて、二階に着替えに上がって、何も言わないのを見ていると——

——やっぱり私には何も言えない——

——だって彼に何て言ったらいいのか私には分からない

——

——**私に何が言える？**　あなたのことを一日中待ってたっていう以外に——

——そう、私は家で一日中待ってた　その間、彼はここから逃げてたのに——

——仕事の間はここから逃げてたも同然　その間私は——

——私は**一日中**ここに釘付け——

——ここで息をして、用事を片付けて、あれの中で動き回って、あれの中でいらついて、ここから逃げ出すことなんてできないのに——

——彼の方は朝、玄関から出て行くことができる　そしてあれから逃れられる　たとえ数時間でも　なのに私は——

——**私は決して逃げられない**——

——そしてついに昨日の夜、夕食の後、二人でリビングにいるとき、私は言った——

——言わずにいられなかった——

——私は不意に、思わず、ふと口を開いた——

——私は彼に突っかかった　飛びかかった　腹立ち紛れにキレた——

——そしてすぐに後悔した　自分が何をしたかを悟って直ちに後悔した　ていうか、後で自分を蹴りたいと思った——

でも、私に分かるわけがない……それは先週の水曜、妹のところに行ったときのことだ　二階の工事をしてやったときのこと　私は何年か前に地下にある自分の私室にかなり手の込んだトラック照明を取り付けたことがある　減衰器、回転ブラケット、その他にも派手な装飾の付いた照明だ　それはバーカウンターの上部から水槽を置いている場所まで続いていて、途中に八つのランプが使われている　妹――名前はニーナ――がそれを見たときにずいぶん褒めてくれたのを私は覚えている　実際、彼女がそれに気づいただけでも私としてはうれしかったので、優しい言葉には特に心を動かされた　それで二週間ほど前のこと、妹から電話があって、旦那のダリルが二階にエクササイズ器具を全部移動することにしたから、トラック照明があれば素敵な雰囲気作りができるんじゃないかと思うと言った　妹の説明によると、部屋は比較的狭くて、窓は隅の方に小さなものが一つしかない　トラック照明があれば部屋を優しく間接的に照らすことができるし、四面の壁にダリルが取り付けた床から天井まである鏡に照明が乱反射しないように、電球の角度を微妙に調節することもできる　なるほど　それなら頼むまでもない　喜んで手伝うと私は言って、作業を引き受けた　私は妹夫婦とそれほど頻繁に会ってはいないので、少し長い時間、堅苦しくない形で二人の家に行く機会はありがたかった――結婚式なんかのタイミングに人と会うのとはちょっと違う　少なくとも私にとっては　それで結局、先週の木曜に妹夫婦の家に行き、中庭でおいしい昼食――イタリア風のパンで作ったサンドイッチ――をとった後、私は作業に取りかかった　トラック照明を取り付ける場所はすぐに決まって、うちの地下室にある大がかりなものよりずっと小規模だったので、作業はシンプルだった　でもしばらく後に、脚立に登って電線を天井に固定しているときに気づいたのだが、エクササイズのためにダリルが整えた部屋はなかなかすごいものだった　部屋にはベンチプレスのためにデザインされたと思われる低くて長いベンチがあって、それが鏡張りの壁から飛び出していた　その横にはおそらくある種のカールのために使う、背もたれのない革張りの椅子

があった　バーベルの長い棒をたくさん引っ掛けておくための幅広のラックもあった　重そうな円盤がいくつも積まれ、フリーウェイトが引っ掛けられた別のラックもあった　滑り止めの畝模様のある真っ黒なフロアマットが部屋の周囲に敷かれ、一つの隅には罫線の入った紙を挟んだ小さなクリップボードが置かれていた　ダリルはベンチプレスのベンチに腰を下ろし、おもりがバーベルから滑り落ちないようにする締め金を直していた　しばらくして私は脚立を移動しなければならなくなった　電線を固定するのに最初の位置からだと手が届かなくなって、垂れた電線の下でより壁に近いところに移動しなければならなかった（壁と天井が交わる部分で電線を目立たないように固定するのは少し難しそうだと私はそのとき思っていた　鏡が壁の上端まできっちり張られていたからだ　でもその懸念は口には出さなかった）　だから私は脚立から下りて場所を移動した　ちょうどそこにニーナが地下からフリーウェイトを手に入ってきた――片方の手に一つずつ、一度に二つ持つのが精いっぱいだった　彼女はフリーウェイトをダリルのところまで運び、彼に指示されたラックに置いた　そのとき彼女は作業をしている私のところに来た　私は最初のステープルを打ってから下に目をやると、彼女はストッキングしか穿いていない足でカーペットの上をこすっていた　どうしたんだ、と私が訊くと、何かを踏んだような気がする、と彼女は答えた　実際、そうだった　彼女はその場にしゃがんで、画鋲《がびょう》を拾った　その平べったい部分は白く塗られていた　私はそれに見覚えがあった　あ、と私は言った　ごめん　さっきトラック照明を取り付けているとき、天井に画鋲が刺さっているのを見つけて、抜いたんだった、と私は説明した　脚立のてっぺんに置いてたのが、きっと移動したときに落ちたんだと思う、と私は言った　でもそのとき、ニーナは黙って画鋲を見つめたまま、手の上でそれを転がし、人差し指の先でつついていた　じっと画鋲を見たまま、顔にかかった髪を耳にかけた　これはあの子のモビールを天井に留めていた画鋲、と彼女は画鋲を見ながらゆっくりとした口調で言った　きっとジェレミーのモビールを留めていた画鋲

——その瞬間、ダリルが急にベンチから立ち上がり、直そうとしていた締め金を手から落とした——それは部屋の真ん中で跳ねた——そしてその場から出ていった　彼が横を通るとき、ニーナは彼のことを目で追った　彼女は一瞬あせった表情を見せてから駆けだし、彼を追って廊下に出た　**ダリル**、と言う声がそのとき聞こえた　**ねえ、ダリル**……ねえ、お願い……しかしその後聞こえたのは扉が乱暴に閉じられる音で、静寂がそれに続いた　十秒ほどしてニーナがエクササイズ部屋に戻ってきた——うなだれ、ゆっくりとした足取りで——そして途切れ途切れに私に詫びを言った　夫が失礼なことをした、と　彼女はまだうつむいたままだった　脚立の上にいる私からは彼女の後ろにある鏡が見えたのだが、そこには彼女が背中の後ろで右手を拳にしているのが映っていた　私は脚立から下りて彼女の体を引き寄せた　彼女は私の肩に頭を預けた　私は彼女の体に腕を回した　彼女が必死に涙をこらえているのを私は体と耳で感じた　**ああ、あの子**、と彼女は言った　**あの子**……大丈夫だよ、ニーナ、大丈夫だ、と私は言った……私はその頭をなでた　すると彼女が言った　ごめんなさい——本当にごめんなさい　それから顔を上げて、潤んだ目で私を見た　それから目を逸らし、こめかみを押さえた　許してね、と彼女は言った　**私たちのことを**許して　ダリルからは言われてるの　何度も言われてる　この家の中でジェレミーの名前は二度と聞きたくないんだって——

——そして私はふと思った——

——そして私はふと思った、**あなたって**……——

——あなたは何も考えてないろくでなし、と私は思った

——

——あなたは自分勝手な豚野郎、と私は思った——

——あなたは頑固なろくでなし、と私は思った——

——あなたは頑固、しつこく同じことを言い続けた、私はその姿を今も覚えてる——

——あなたはずるいからさりげなく話がそっちに行くように仕向けた、さりげなく仕向けた、私はその口調を今も覚えてる——

――あなたはぶっきらぼうに話を持ち出した、私はあのときのことを今も覚えてる――

――この町に引っ越そうって　そもそも最初に言いだしたのはあなた　あなたがそう言ったときのことを私は今も覚えてる――

――私が向こうでやってた仕事は辞めればいいって――

――あなたの言う通りにすればいいって――

――一緒にこの町に来ればいいって――

――この家に　そして私は――

――このくそみたいな呪われた家　ここにいる私は――

――絶対にあなたを許さない　言い出しっぺのあなたを私が何を言おうと、どんな顔をしようと、どう反応しようと――

――私は絶対にあなたを許さない――

――私は夜この家で横になる　朝方の三時とか四時まで眠れずにいると、あなたが言ったことを思い出す――

――そしてあなたがしたことを思い出す――

――そしてあなたのことを考える――

――廊下を挟んだところにあるあなたの部屋は扉が閉まっている　あなたは寝てるの？　それとも私と同じで眠れない？　でも私は――

――でも私は絶対にあなたを許さない――

――だって私は今ここにいて、あなたはよそにいるから――

――それはあまりに近すぎると同時に遠すぎる　そして私は怖い――

――私は怖い――

――怖い――

――私はそれを見たから――

――私はそれを理解したから――

――だって私はそれを見て、初めて問題を理解したと思ったから――

――これではっきりした　間違いない　私は目の前にあるものを見るだけでいい――

——私はそれを郵便受けから取り出して、畳んであるそれを広げ、見るだけで充分だった——

——だって取材班は証拠それ自体に語らせていたから　そして私は見た——

——会社のロゴを見た——

——社用箋の模様を見た——

——ページの中央に大きな文字でこう書かれているのを私は見た　最近、廃棄物貯留池の水が近隣民家の庭に染み出した、と——

——そのすぐ下にはこう書かれていた　飼い犬がその中に入り、濡れた体を舐めた後、死んだ——

——その後にはこう書かれていた　われわれの検査記録によると、汚染は一帯にあるすべての井戸にゆっくりと広がりつつある——

——そのすぐ後にはこう書かれていた　社が所有する井戸の二本も汚染が進み、動物と人間に影響を及ぼすレベルに達している——

——その下にはこう書かれていた　**われわれはこの時限爆弾を早く解除しなければならない**——

——その下にはエリソンとかいう人物の署名があった　エンジニアか何か——

——そして同じページの下に、違う字体で別の名前が四つ記されていた——

——市民再生委員会、とそこには書かれていた——

——キャロル・ダレン、世話役、とそこには書かれていた——

——皆さんのお力添えがなければ私たちは無力だからです、とその次の行に大文字で記されているのを私は見た——

——そして電話番号が添えられているのを私は見た——

——ニュースレターはそれだけだった　たった一ページ——

——たった一ページのニュースレターにはスタンプが押されていた——

——今回送られてきたのはそれだけだった——

――でも次の日――早くも！――「リパブリカン&クロニクル」紙に記事が出ているのを私は見た――

――このニュースレターについての記事を見た　かなり大きな扱いの記事――

――私はすぐに記事を読んだ　コーヒーを飲む前に、八ページに載ったこの記事を――

――にわか仕立ての活動団体が入手したオザーク社の社内メモに関する記事を私は読んだ　イソーラ市の中でもオザークパークに最も近い地域で回覧されていたメモ――

――そのメモにはオザーク社の廃棄物処理プログラムの失態と思われる出来事が記されていた、と記事には書かれていた――

――しかし事実は違う、と記事には書かれていた――

――オザーク社の副社長の一人がインタビューに応じて、状況の説明を行った、とそこには書かれていた――

――オザーク社はニュースレターに記された懸念について数か月前に調査を行い、記事が書かれた時点ですでに対応が完了していた、とそこには書かれていた　調査の結果、ニュースレターに書かれていたことは事実とは異なり、話がかなり大げさであることが判明した、と――

――ニュースレターに書かれているのは過去に短期間、局所的に生じていた事態だ、とそこには書かれていた――

――したがって現在は懸念を抱くべき理由は皆無である、とそこには書かれていた――

――〝時限爆弾〟とかいうのはまったくのデマだと彼は述べた、とそこには書かれていた――

――でもこの女、活動団体を率いているこの女はそう思っていない、と私は思った――

――彼女はメモの入手方法については何も言わなかったけれども　記者は彼女に尋ねたが彼女は何も言わなかった、とそこには書かれていた――

――しかしオザーク社の人間は人前に出て来てちゃんと認めた　オザーク社のように大きな組織になると、些細な一時的問題は折に触れて必ず起こる、と記事には書かれていた

――

――そのようなちょっとした事象は避けることができないと言っても過言ではない、とそこには書かれていた――

――われわれが設置した最先端の廃棄物処理プログラムをもってしても完璧を期すのは難しい、とオザーク社の男が言ったとそこには書かれていた――

――オザーク社は現在、廃棄物への不安に対処するために年間約千八百万ドルを費やしているとも彼は述べた、と記事には書かれていた――

――ともあれ、あの女性はメモのコピーをクローフォード郡保健省とミズーリ州公衆衛生省と地元の環境保護局に送ったと述べた、とそこには書かれていた――

――そして今は返事待ちの状態、と記事には書かれていた

――

――その後、商務省の誰かがコメントを出した、と記事には書かれていた　商務省はその文書によって懸念を抱いている、と代表は語っていた――

――大きな懸念を抱いている、と記事には書かれていた

――

――危機感をあおるような形でこのような文書が出回っていることには懸念を抱いている、と書かれていた　本来ならば適切な調査、確証、それがもたらしうる結果への考慮などが必要な事案だ、と――

――オザーク社は企業として私たち全員に対してずっと親身な対応をしてきた、とそこには書かれていた――

――オザーク社なしには、私たちの大半は現在の生活をしていないだろう、と書かれていた――

――地域経済に対するこのような無責任な行動がもたらしうる結果を考えると非常に深刻なものがある、とそこには書かれていた――

――特に雇用に関して、と書かれていた――

――この町の人間で、これ以上の失業が生まれることを望む者はいない、と書かれていた――

――そして記事はその続きでたしか、市民再生委員会につ

いて書いていた　例の女が率いる集団のことだ――

――委員会は今、切手代を捻出する計画を練っている、とそこには書かれていた――

――それを読んでいると、信じられないという気持ちになった　信じられない　この連中は一体何をやろうとしてるんだ――

――ていうか、連中は一体何のつもりだ？――

――てか、あいつらは今何が起きているか分からないのか？――

――**みんなが**頑張ってるっていうのに、どうして足を引っ張るようなことをする？――

――でも結局、うん、何とか落ち着いた、すべては落ち着いて、私はリビングに戻って腰を下ろした　ところがまたすぐ、それはいきなり来た　ほぼ間《ま》を置かずに　走ったけど、今回は間に合わず、流し台の一面に吐いた　一部は床と奥の壁にも飛び散った――

――私は手すりにしがみついた　肘と肩と膝、体中が震えていた　私は両手で手すりにしがみついて震えていた――

――そしてそのとき気づいた　テレビの音量を下げるとあれが戻ってきた――だって私はもう忘れかけていたからだ　六年か七年前のことで、その感覚をほぼ忘れかけていた　でも昔と同じ　昔と同じようにまた、耳の奥で金属的な音が響いていた――

――そしてキッチンに戻ったとき――

――そして車で職場に向かう途中、アトキンソン通りに入ったとき――

――そして一階に下りてきたとき――

――私はラジオを点けた――

――するとＫＴＧＥ局の放送が聞こえてきた――

――環境保護局が乗り出すことになった、とラジオは言っていた――

――環境保護局の地元支所が市内全域の水質調査とやらを実施する、とラジオは言っていた――

――例の書類が見つかったことを受けた対応だ、とラジオは言っていた――

――調査は市内全域に及ぶ、と言っていた――

――**州政府が調査に乗り出す、とラジオは言っていた**――

――気づくと私は考えていた　こんなことはいつまでも続かない　こんなことはいつまでもやってられない――

――気づくと私は考えていた　今回は何が見つかるのだろう――

――今回は一体何が見つかるんだ、と私は考えていた――

――私はこんなことを考えていた　そろそろどうにかすべきだ　何か具体的な手を打つべき　ちゃんと調査をしてもらえばいい　しっかりとした調査をしてもらいたい――

――でもとにかく、何も見つからないでほしい――

――見つかってほしくない――

――私は神に願う　お願いです、神様――

――だってもう、今までだって充分に大変だったんだから――

――ずいぶん大変な思いをしてきたんだから　それに私は――

――今まで何か月も、何年もそんな思いをしてきたんだから　それに私は――

――すでに**何年も**　だから私は――

――たぶんこれで不可能になる　きっとこれで不可能になる――

――今だって全然見つからない――

――二年前からずっと見つかってない――

――**何年も前から**見つかってない――

――こっちとしては喜んで交渉に応じる　もう高望みはしない――

――喜んで妥協する――

――あらゆる点で妥協する――

――というか、今ならほぼいくらでもオーケーだ――

――現状でもすでに三五パーセント下げた――

――四年前は八万四千九百ドルで売りに出した――

――その後、七万九千ドルまで値段を下げた――

――そして今は五万九千ドル――

――こうなったら**いくら**でもいい　メイデン通りに建つちゃんとした一戸建てなのに――

――だって私は、この町からふらっと出ていくことなんてできない――

――ていうか、そう簡単に出ていきたくはない――

――そんな喪失には耐えられない――

――とても無理だ――

――**簡単には離れられない**――

――私には昔から夢があった　この家を売ったお金で息子を大学に通わせるという夢――

――私は退職後にここを終《つい》の住処にするつもりだった――

――でも今、家を売ろうにも不動産屋が相手にしてくれない　笑われるだけ　前回、不動産屋に行ったときも――

――よその町ではどんどん物価が上がってるから、よそに家を買うことなんてとても無理――

――よそに家を借りるのだって無理――

――でも、そもそもどうしてよそに引っ越さなきゃならないのか？　それに次の町に行っても同じことだ　問題はそこら中にある　よそに行っても同じ悪夢にまた巻き込まれるかもしれない　どこの町も似たようなもの――

――たとえそうだとしても、私には何もできない　去年できた例の条例があるから――

――〝売り家〟と書いた看板を庭に出してはいけないという条例　つまり――

――個人で行動を起こすこともできない　自分の声を聞いてもらうことができない　自分一人で行動することも許されない　つまり――

――五百ドルの罰金を払わされるなんてごめんだ――

――売り家がたくさんあるのはみっともないと市役所が考えたとしても私には関係ない　〝売り家〟という看板が幸福の白旗に見えたとしても私の知ったことじゃない　私は平等なチャンスが欲しいだけ――

――ただそれだけ――

——いいですか　私は税金を払ってるんです　何のために税金を払ってるかというと——

——そしてやっと、やっと保健省が乗り出してくるという噂を私は聞いた——

——ラジオで聞いた話では、ミズーリ州の保健省が——

——州の保健省が調査に来る、と私は聞いた　調査に来てくれる、と——

——病院の記録を確認して、医師からも聞き取り調査をする、と私は聞いた——

——保健省はきっと何かの情報をつかんでる、それか何かを知ってる、それか私には分からないけど——

——ああ、**畜生**、**こん畜生め**、**もううんざりだ**——

——信じられない、とにかくもう信じられない——

——ぱっとそれを見た瞬間から、もう信じられないっていう気分——

——新聞、「リパブリカン&クロニクル」紙　そのページをめくってみたら——

——私は息を呑んだ——

——丸一面を使った広告　それを見て私は——

——「リパブリカン&クロニクル」紙の丸一面だ　それを見て私は——

——こんなことに商務省はお金を使ってるんだ、と私は思った——

——紙面の半分を使って**でっかい**活字で〝私たちはオザーク社を応援しています〟と書かれていた——

——〝頑張れ！〟とそのすぐ下には書かれていた——

——われわれはイソーラの全事業者を代表してオザーク社を応援します、とその下にさらに小さな文字で書かれていた——

——オザーク社がこれまでにもたらした功労に感謝して、とその後に書かれているのを私は見た——

——〝頑張れ、オザーク！〟と広告が締めくくられているのを私は見た——

——そしてその下には、広告主となったイソーラの大きな銀行、デパート、大企業の名前のリストがあった　当然すべて、私の知っている名前だった――

――それを見て私は思った　そうだそうだ　そろそろ――

――**そうだ**　オザークは世界規模の大企業、大会社　私たちはそれを忘れちゃいけないし、自分がそれに関わっていることを喜ぶべきだ　いいか　人生ってのはスチームローラーの側になるか、そうでなけりゃ舗道の側になるかしかないだからぐだぐだ言うのはやめた方がいい――

――私はそれを見て、それを読んで、もう、信じられないって思った――

――私は勢いよく椅子から立ち上がり、新聞をそのまま放り出した――

――ていうか、それを見てたら、どんだけあたしたちのことを馬鹿にしてるのって思って――

――ていうか、あの人たちは本当に私たちには分からないとでも思ってるのか――

――**連中は私たちが何も知らないと思ってるのか**――

――私には目もあれば耳もある――

――ていうか、やつらは一体何を考えてるのか――

――ていうか、今まで一体何を考えてきたのか――

――だってほら、例の女が言っていたこと――

――私は女の話を聞いた――

――彼女は社内メモを手に入れたって、それで私は――

――彼女は言ってた、それは本物だって彼女が言うのを私は聞いた――

――出所はインタビュアーに訊かれても答えなかったけど、それが本物だと確信してることは声の調子で分かった――

――絶対に本物です、と彼女が言うのを私は聞いた　疑う余地はありません――

――でもインタビュアーは落ち着いていた　私はその声を聞いた　彼は気楽なトーンで話を続けた　あれこそ本当のプロだ――

――これがどういうことを意味しているのか分かりますか、

と彼が尋ねるのを私は聞いた――

――するとその女、理性的な口調のその女がこう言うのを私は聞いた　これが何を意味すると**思われる**かなら分かります――

――それがここに書いてある　私はその音声も聞いた　三つ目の段落のところ――

――メモは第二四半期における収益の減少について延々と記しています、と彼女が言うのを私は聞いた――

――そして繊維の供給元であるブラジルの会社が輸出許可手続きに不備があって罰金を科せられたと書かれています、と彼女が言うのを私は聞いた――

――ちょうど会社が新しい廃棄物処理システムに多大な金額を注ぎ込み始めていたのと同時期に、こんな事態が起きていたことにも注目してください、と彼女が言うのを私は聞いた――

――当時は雇用と給料に大きな負の影響が出ていました、と彼女が言うのを私は聞いた――

――そこで出てきたのがこれです、と彼女が言うのを私は聞いた――

――出てきたのがこれ、と彼女は言った――

――それゆえ、新しい廃棄物処理システムを生産的に用いるというのが一つの選択肢になりうる、と彼女が読み上げるのを私は聞いた――

――そしてメモはそこから別の議論に移ります、と彼女が言うのを私は聞いた――

――さてさっきの文、さっきの文章を覚えておいてください、と彼女が言うのを私は聞いた――

――それと一緒に考えるべきは、私たちが数週間前に入手した別の文書です、と彼女が言うのを私は聞いた――

――そこには私たちが知る限りオザーク社が使いそうもない化学物質がリストアップされていました、と彼女が言うのを私は聞いた――

――すると非常に恐ろしい全体像が見えてきます、と彼女が言うのを私は聞いた――

——具体的にはどういうことでしょう、とインタビュアーが言うのを私は聞いた——

——つまり、そこから一つの推測が成り立つのです、と彼女が言うのを私は聞いた——

——どのような推測かというと、オザーク社はよそからの廃棄物を受け入れているのではないかということです、と彼女が言うのを私は聞いた——

——オザーク社は実は、よその会社が出した廃棄物を受け入れているのではないでしょうか、と彼女が言うのを私は聞いた——

——それはつまり、とインタビュアーが言うのを私は聞いた——

——それはつまり、と女が口を挟んだ　オザーク社は廃棄物処理システムに注ぎ込んだ投資の一部を、よその会社が出した有毒物質を処理することで回収しようとしている可能性があるということです——

——ここに書かれている〝生産的に用いる〟という言葉はそういう意味なのではないでしょうか、と彼女が言うのを私は聞いた——

——このメモに記された日付からお分かりになると思いますが、ひょっとすると会社は一九八二年の八月からずっとそれを行ってきた可能性があります、と彼女が言うのを私は聞いた——

——つまり、前回の有毒物質騒ぎが収まってから一年もしないうちにそんなことを始めたかもしれないということです、と彼女が言うのを私は聞いた——

——つまりあなたがおっしゃっているのは、下手をすると六年前からずっとそんなことが行われてきた可能性があるということですか、とＫＴＵＩのインタビュアーが言うのを私は聞いた——

——私たちは六年近く、何も知らされずに、毒だらけのゴミ捨て場に暮らしてきたんです、と女が言うのを私は聞いた——

——私はそんな話を聞きながら、モンロー通りのＹＭＣＡ

の前を車で通り過ぎた――

――私は乾燥棚にきれいに並べられた皿を見た――

――私は上から垂れ下がったブラインドの紐が放熱暖房機に引っかかっているのを見た――

――私は冷蔵庫の上にある棚にしまってある南京錠と鍵のことを考えた――

――私はきれいな芝生の敷かれた〝おもちゃの殿堂〟の前を通り過ぎた――

――私はガレージの梁《はり》からぶら下げられたキャッチャーミットと外野手用グローブを見た――

――そしてアレクサンダー通りで、〝止まれ〟の標識を見た――

――そしてリビングのソファーに積まれたクッションを見た――

――では私たちはこれをどう考えたらいいのでしょう、とアナウンサーが言うのを私は聞いた――

――あなたがおっしゃる状況が仮に真実だとして、どのようにに対処するのが適切でしょうか、とアナウンサーが言うのを私は聞いた　私たちとしてはどうすれば――

――それは一つしかありません、と女が言うのを私は聞いた――

――実際一つだけです、と彼女は言った――

――私たちは団結しなければなりません、と彼女が言うのを私は聞いた――

――私たちは団結しなければなりません、と彼女が言うのを私は聞いた――

――最近わけの分からない人騒がせな集団や日和見主義者が現れて、いわれのない誹謗中傷を私たちに投げかけていますが、そんなものを相手にするつもりはありません、と記事には書かれていた――

――というのも彼らの主張は空っぽで、事実に基づいた根拠を欠いているからです、と記事には書かれていた――

――私たちとしては今まで通りの協力関係を維持するとだけ申し上げておきます　われわれの目的を果たすために社員

の皆さん、住民の方々、その他の方と協力してまいります、と記事には書かれていた――

――会社が成長を続けられるように、と記事には書かれていた――

――これまで百八年間そうしてきたように、と記事には書かれていた――

――環境保護に関連して社が現在行っている強力な活動は今後も維持していくということを改めてお約束します、と記事には書かれていた――

――さらに記事にはこう書かれていた　オザークは社内に設置された環境保護・安全プログラムの一部を紹介するビデオを最近制作した、と――

――そして、そう、私は新聞を畳んで片付けた――

――私は新聞をテーブルの隅に追いやった――

――私は新聞を畳まずくしゃくしゃのまま、乱暴にテーブルの向こうに押しやった――

――でも私たちは何をすればいいわけ？　ていうか、どうしたらいいの？――

――その、環境保護局、環境保護局がさらなる検査を実施したいと言っている　環境保護局がもう一度町に来て、さらなる検査をする――

――改めてまた水の検査をしたいらしい、すべての検査を一からやり直さないといけないという考えだそうだ――

――一度目の検査では決着がつかなかったから　一度目の検査では求めている結果が出なかったらしい――

――サンプルは十六箇所で取った、と彼らが説明するのを私は聞いた　土壌と水のサンプルを取ったのはランド通りとマルデン通り、ジョーンズ公園とアライアンス公園とストローブ通り、そして――

――検査結果には瑕疵があったと彼らは言いだした、という噂を私は聞いた　サンプルを研究所に持ち込む段階で瑕疵があった、と――

――途中でサンプルが汚染されたらしい、という噂を私は聞いた　サンプルが研究所に運ばれる途中、移送の段階で汚染があったと彼らは考えている――

――**もう一度**　彼らは**もう一度**と言っている　**もう一度**検査をしなければならない、と　でも一体いつ、一度目の検査があったのか　元の検査はいつ行われたのか？――

――そして今回はクローフォード郡保健省が乗り出してくる、と私は聞いた　今回は**郡**の人が調査に来る――

――**保健省が乗り出してくる**……だから私は――

――それを聞いて私は――

――鳥肌が立った　全身に鳥肌が立った――

――州は自分の手に余ると判断したようだ　州の役所はただでさえたくさんの仕事を抱えているから、郡の協力が必要だと考えたらしい――

――州と郡は情報と調査資源を共有する　そして作業が円滑に進むよう、費用負担の決定手続きを簡略化して不要な書類のやりとりを省く、とラジオで私は聞いた――

――それでようやく私の医療記録に調査の手が入ることになった　病院にある私の医療記録　私は腎臓の調子が悪くて二度ジェネシー病院に入院した　今回は記録が全部、細かいところまで調べられる　役所がすべてを調べる　私の知らないこと、ドクター・フェルドマンが私に教えてくれなかったこと、病院が患者に言わないことまで調査する　役所が私の検査結果を全部見る　**役所が私の検査結果をすべて知る**――

――アンケートも実施される　アンケートはたぶん郵便で届けられる　質問に答えてくださいっていう形　質問に答えなければなりませんっていう形　でもどう答えたらいいのか分からない　何が期待されているのか分からない　アンケートは戸別訪問で行われるっていう話もある　それだと誰かが質問票を持って家に来るんだろうけど、私はどう答えたらいいのか分からない　だから呼び鈴が鳴っても、誰かが家に来ても、玄関には出たくない　でも本当はそんなのは嫌　呼び鈴が鳴っているのに出ないなんて嫌　今もそうだった　今もそうした　本当は嫌　朝　毎朝　郵便物を取りに出るのも嫌――

――私がどんな地獄を体内に取り込んでいるか誰も知らな

い　会社が排出して、私が必然的に体内に取り込んでいるものが何なのか　だって何も不安材料がないのなら、州の環境保全局が調査に乗り出すってことはありえないから　すでに何かの情報を握っているはずだから――

――オザーク社に関して**増大する懸念**、とラジオでニュースのアナウンサーが言うのを私は聞いた　ＫＭＯＸ局のラジオ　六時のニュースではいちばん最初にオザークの話が扱われた　国内ニュースや選挙の話よりも先に――

――でもこのアンケートは誰の権限でやるのかを知りたい　調査をするいくつもの団体を調整して連携させるのは誰　そしていつから調査をするのか、何を調査するのか、誰に対して調査をするのかという問題　だって私たちに協力しろって言うのなら、何のために誰のために協力するのかを知っておきたい　そしてそれが意味のある行為になるのかどうか、また私が答えた結果を誰が見るのか――

――そしていつ結果が出るのか、結果はいつ教えてもらえるのか、調査はいつから始まるのか　だって私は今、昔みたいに外でポーチに座れないから　今は風の入らない暗くてむっとしたリビングに座っているばかりで、どうしたらいいのか分からない　調査が始まってから結果が出るまでの間、どうしていればいいのか、何をしちゃいけないのかが分からない――

――でももう、環境保護局の報告書ができたらしい　オザーク社と化学物質漏洩に関する環境保護局の報告書がもうできた、という噂を私は聞いた　漏洩事件は**六年前まで遡る**――

――ラジオで言っていた話だと、環境保護局はすでにオザーク社による化学物質漏洩事件の全貌を把握しているらしい　その件についてはもうファイルが作成されていて、漏洩は一九八二年からずっと続いていたようだ――

――じゃあその間、会社は何をしてた――？　ていうか、**一体どうしてちゃんと手を打たなかった**――

――オザーク社の人間はこう言った　こうした事例は些細な出来事にすぎません　こうした些細な過ちは避けられない

のです　ちょっとした漏洩や事故があればその都度迅速に対応しています――

――しかし侵入者が違法に化学物質を敷地内に投棄する事件も何度かあった、と会社は言っていた　つまりオザーク社はこれが侵入者の仕業で、自分たちは知らなかったと言うんだ――

会社はこれが侵入者の仕業だと言った　それってつまり――

――しかしそんなときでも物質が見つかり次第会社が処理をした、とオザーク社の人間が言うのを私は聞いた――

――そして環境保護局に報告書を提出したのはオザーク社自身だということを忘れてはいけない　報告書は会社が自分で用意して、環境保護局に提出したものだ　だからたぶん、オザーク社として何が言いたいのかと言えば――

――会社は自分たちには隠し事など一つもありませんというポーズを取った　そして男がはっきりとこう言うのを私は聞いた　法令遵守に関しまして私どもは何も隠さず正直に申しております、と――

――でもその後、アナウンサーが言った　オザーク社の言う報告書、自ら提出したとされている報告書は〝大衆の知る権利〟を定めた一九八六年成立の連邦法の求めに応じて作成されたものでした、とアナウンサーは言った――だから、ほら、やっぱり、やっぱり信じられない、だから**あいつらのことは絶対に**――

――最近は一日三箱、三箱くらいはすぐ、時にはもっと、困ったもんだ　たまに夜遅く、緑色のコンピュータ画面をじっと観てたら目がかすんで痛くなってきて、背骨のてっぺんの首のあたりが悲鳴を上げることがある　そんなときにはフィルターのところをちぎって直接吸うんだ　好きでやってるわけじゃない――喉は痛くなるし、指先ににおいが付くし、朝になると部屋が臭くて、痰《たん》の混じった咳が出る――

――分かってる、分かってるけどやめられない、お腹が空いてなくても自分を止めることができない――ていうか逆にお腹が空いてないときにそうなる　体が震える感じ、体の奥

底から何かが鳴り響く感じがする　胸から、喉から湧き上がってきたもの、体の中から湧いてきたものに私はのみ込まれる

——それに逆らおうとしても、理性で対抗しようとしても無駄、無力　何が起きているかを理解しても駄目　食べずにはいられない、何かを口に入れずにいられない、どこかで〝駄目〟——〝**絶対駄目**〟——って言ってる自分がいるけど、そんな声に耳を傾ける余裕はない　すぐにそこから立ち上がってキッチンへと駆け込んで何でもいいから口に入れる——

——だって私は車軸みたいなものだから　それが私の実感　私は車軸　空中に延びる車軸はぐるぐると回ってでこぼこ道に転がる小石の一つ一つで跳びはねる——

——だって私は知っているから　でも本当は知らない——

——だって私には分かっているから　でも本当は分かっていない——

——だって彼らが何をしているかが私には分かるから　でも彼らのしていることを私は信じられない——

——だってこんなこざかしいやり方には耐えられない　もううんざりだし、次から次にこざかしい策略を繰り出してくるのには耐えられない——

——結局こんなことになるなんてとても信じられない——

——私は信じられない——

——見出しだってそう　この見出し　私はこれを見て思った　これを見て信じられないと思うのは私だけだろうか——

——〝オークの木対オザーク社訴訟〟[051]と新聞のトップにでかでかと書かれていた——

——六面に大きな文字でそう書かれていた——

——〝組織は会社を訴えるために木を利用〟とそこには書かれていた——

——だから私は思った　本当にそんなことをやってるの?

——

——そして私は思った　**今度は何?**——今度はどんなインチキを考え出したんだ——

——この女、ホイートランド通りに住むこの女は、裏庭に生えているオークの木の権利を守るために会社を相手取って

訴訟を起こす、って記事には書かれていた――

――そして女はすでに木の後見人としての地位確認を求めて裁判所に書類を提出した、と記事には書かれていた――

――女は法的後見人としての地位確認を求めている、と記事にはあった　自分自身か、あるいは彼女がボランティア活動をしている市民再生委員会を後見人として認めてほしい、と――

――というのも女の理屈だと、その木が危険にさらされているってことらしい　記事には書かれていた――

――いや、木の安全性だけじゃなく、木の命が危険にさらされてる、って女が主張したって記事には書かれていた――

――私が子供だった頃、その木のせいでうちにはプールが作れなかったんです、と女が言ったと記事にはあった　木は裏庭の真ん中に生えているので、プールを作ろうとすれば切らないわけにはいきません――

――でも父にはそんなことはできませんでした、と女が言ったと記事にはあった――

――これって――

――**こんなことしたら自分たちが馬鹿に見えるって分からないのか**――

――だってオザーク社の弁護士によれば、連中の主張しているような話には何の法的根拠もないんだから　記事にはそう書かれていた――

――いや、一体連中は何をしてるつもりなんだ？――

――樹木のような物体が法的後見人を持つことはできません、と弁護士は語ったと記事には書かれていた　またそのような物体は、今回言われているような権利を主張することもできません――

――私どもはこの状況に対して適切に対処する所存です、とオザーク社の代表が言ったと記事にはあった――

――つまり無視します、と彼が言ったと記事にはあった――

――当然だ、うん、それは**当然だ**――

――詰まるところ私どもは今回のことを、人々の耳目を集めようとするいささか哀れな悪あがきだと考えています、とオザーク社の代表が言ったと記事には書かれていた　彼らはほぼ誰にとっても明らかに非生産的な計画に基づいて行動していて、今回の件もまた同じ人たちによる果てしない側面攻撃の一環にすぎません――

――もちろんこれは注目を集めるための行動です――それ以外の何ものでもありません、と市民再生委員会の別の女が言ったと記事には書かれていた――

――要するに私たちとしては、何らかの形で大衆の注意を集めなくてはなりません、と女が言うのを私は聞いた　全国的な注目をある程度集める必要があるので、地元での支持を獲得するために何でもいいから**何か**をしなくちゃならない――

――それにね、いいじゃないですか、と女が言うのを私は聞いた　私たちが提起している問題は現代の法律的思考の最前線でもあるんです　木や小川が法的権利を持ってはいけない理由って何なのでしょう――

――自然物はただその存在のみによって保護を与えられるべきだと考えるのはどこがおかしいのでしょうか、と女が言うのを私は聞いた――

――こうした考え方は少なくとも十五年前から存在しています、と女が言うのを私は聞いた　何ら新しいものではありません　木や森が声を持っていないからといって、口を利くことができないからといって、私たちが好きなように扱っていいということにはなりませんし、木や森が何かの犯罪や攻撃の被害に遭ったとき法的補償を得られる仕組みがなくてもいいということにもなりません――

――抽象的存在、人間以外のもの、あるいは生きてさえいないものが法的権利を付与されている事例はたくさんあります、と女が言うのを私は聞いた　信託、財団、いわゆる法人――これらはすべて権利を持っていて、必ずそれを代表する弁護士が付いています――

――あるいは一般の会社も、と彼女が言うのを私は聞いた　町もそう、国もそう――

——私たちはこうしたものすべてに法的権利を与えてきました、と彼女が言うのを私は聞いた　私たちはそれらを〝それ〟と呼び、多くの法律上の目的のためにそれが〝人々〟あるいは〝市民〟だと考えています——

——そうした権利が与えられる前には、法律家はそんな考え方は従来の制度と相容《い》れず馬鹿げていると考えていました、と女が言うのを私は聞いた——

——それだけじゃありません　そう遠くない過去にはある種の人々が基本的な権利を持たないと見なされていました、と彼女が言うのを私は聞いた　奴隷は明らかにその一例ですが、さらに時代を遡れば、女性、子供、精神病患者、アメリカ先住民などが法律的に人というより物として扱われていました——

——当時の人にとってみれば、そうした〝下等な存在〟に権利を付与するなんてやはり馬鹿げていて、考えられないことだったわけです、と女が言うのを私は聞いた　それというのも、権利を持たない物が権利を手に入れるまでは、私たちはそれを〝物〟としてしか認識できないからです——すでに権利を持っている人が利用したり、扱ったりすべきものにしか見えないのです——

——ですから今は最前線にいる私たちにとってチャンスなんです、何か新しい形で応答するチャンス、とキャロルが言うのを私は聞いた　私たちが提起したのは当然とも言える次の段階　私たちの思考が必然的に進むべき次の一歩なのです——

——しかしこの戦いはかなり厳しいのではないですかとＫＴＵＩのインタビュアーが言ったとき、女がこう答えるのを私は聞いた　それはそれでいいんです　私たちに必要なのは目立つこと、そして議論を巻き起こすことなんですから——

——私たちはこの訴訟のことを広く知ってもらいたい、と女が言うのを私は聞いた　だってイソーラなんて外の人にとってみれば〝それどこ？〟って感じですから　私たちは何としても人目を集めないといけない　と同時に私たちはよくある形の集団訴訟《クラス・アクション》を起こすつもりです――

――同じような状況はあちこちでたくさん起きていて、国中がどんどんそれに慣らされようとしていますから、私たちはその流れと戦わないといけません、と女が言うのを私は聞いた　人々は同じ話を何度も聞かされることにうんざりしています　ですから私たちが奇抜な手段を取っても損にはなりません　率直に言ってすっかり無力感に陥っている地元の雰囲気をがらりと変えるには、ちょっと信じられないくらいの策が必要なんです――

――そして私は思った――

――つまり、地元は今、一種のストックホルム症候群に陥っているのです、と彼女が言うのを私は聞いた　分かりますか　自分は被害者なのに誘拐犯のことが好きになっちゃった、誘拐犯に依存するような愛着を抱いている、みたいな状態にある――

――だから私は思った――

――だから私はふと思った――

――だから私は思った　**あなたは**――

――だから私たちはこうして番組に招いてくださったあなた方に大変感謝しています、と女が言うのを私は聞いた　私たちが今やろうとしていることにはこうしたコミュニケーションが欠かせませんから――

――当然私たちは「リパブリカン&クロニクル」紙の編集部に手紙を書きました――何通もです――〝読者の意見〟も送りました、と彼女が言うのを私は聞いた　でも「リパブリカン&クロニクル」紙は今まで一つも掲載してくれていません――

――私たちは二週間前の日曜にクロスロード公園で展示会を開きましたけど、そのときも同じ扱いでした、と彼女が言うのを私は聞いた――

――プラカード、病気になった動物の写真、三つのテーブルに並べたパンフレットとチラシ、と彼女が言うのを私は聞いた――

――市民再生委員会から六人が現場に行って八時間活動し

ました、と彼女が言うのを私は聞いた――

――でも「リパブリカン&クロニクル」紙には一言もなし、と彼女は言った――

――足を止めた人はたくさんいたんですよ、と彼女が言うのを私は聞いた　何百人も――

――なのに一言もなし、と彼女は言った――

――当ったり前だろ、と俺は思う――

――載るわけないだろ、と私は思う――

――そんな話をあの新聞が取り上げるわけがない、と私は思う――

――そんなことをしても何にもならない、と私は思う　そんなことをしたって無駄だ――

――そんなことをしても何にもならない、むしろ害になるだけ、と私は思う――

――こんなことをすれば私たちが馬鹿に見える、こんな変なことをしたら私たちが馬鹿みたいだ――

――ていうか、木の権利とかって何を言ってるんだ――

――ていうか、**木**なんてどうするつもり――

――ていうか、そんなものはどうでもいいじゃないか――

――ていうか、**木のことを心配してるやつなんているのか？**――

――ただの木だろ、**ただの木じゃないか**――

――ていうか、例の木とは話が違う――

――毒でやられたというあの木、つまり――

――テキサス州の例の木、つまり――

――あっちは、そう、たしかテキサス州でいちばん古い木だった、つまり――

――あっちは例の男がわざわざ毒をかけに来たんだった、たしかあいつは最初から木を枯らすつもりだった――

――やつはテキサス州でいちばん古い木に毒をかけた　たしかテキサス州オースチンにある巨大な老木――

――目的はたしか、好きな女の子の気を引くためだった――

――あれはたしか、女の子に対する仕返しみたいなものだった——

——彼はたしか浮浪者で、テキサス州オースチンにあるいちばん古い木に除草剤みたいなものをかけたんだった——

——あの男はたしかテキサス州でいちばん古い木を枯らそうとした！——

——でもこっちの木、そう、この**女**の木は違う——

——こっちは女の家の**裏庭**に生えている木だ、そう——

——だから一体誰が——

——だから一体誰が気に懸ける——

——だから一体誰が心配する——

——だから一体誰が気にする——

——誰も相手にしない、そう——

——そう、誰も相手にしないし——

——向こうはこっちの意見なんて聞いてくれない、そう——

——そう、こっちから電話をしたって向こうは全然——

——そう、**私**は電話をしたけど——

——私は思い切って電話をかけた——

——私は怖くなって、電話をしてみた——

——環境保護局の地元支部に電話をかけた——

——私が情報を持ってるって言ったら、カンザス州カンザスシティーにある環境保護局の支部に電話するように言われた——

——だから電話をかけた——

——環境保全省に電話をかけた——

——ジェファーソンシティーにある環境保全省に電話をかけた——

——私はすごく動転したものだから、慌てて保健省に電話をかけた——

——私は椅子に腰を下ろして、ジェファーソンシティーにある保健省に電話をかけた——

——スティールヴィル、私はスティールヴィルにある郡保健局の番号を知っている——

——私はクローフォード郡保健局に電話をかけた——

——だから私はちゃんと話が通じる人間に直接電話をかけた　ワシントンに電話をした——

——私はワシントンの疾病管理センターに電話をかけた——

——私はワシントンの環境保護局に電話をかけた——

——私はワシントンの国立環境衛生科学研究所に電話をするように言われた——

——そしてやっとつながった——

——やっと電話がつながった——

——つまりやっと、やっと電話がつながった——

——すると男がその問題については把握していないと言った　つまり——

——彼の部署では問題を把握していないと言った　つまり——

——その問題については現在調査中ですとその女は言った　つまり——

——状況については今も調査が行われていますとその男は言った　つまり——

——詳しいことは申し上げられませんと男は言った　つまり——

——私からは言えないんですと男は言った　つまり——

——何も言えませんと男は言った　つまり——

——私からは何も申し上げられませんと女は言った　だから私は——

——しかしパニックを起こすような状況ではないと理解していますと男は言った　だから私は——

——保健情報局に電話なさってはいかがでしょうか、と女は言った　だから私は——

——環境保全省に電話することをお薦めします、と男は言った——

——だから私は電話をかけた　すぐに電話してみた——

——私は市役所に電話をかけた——

——市役所に電話をかけると、やっと情報がもらえた——

——そう、ようやく市役所から情報がもらえた——

――そう、市役所は検査が終わったことをようやく認めた――

――私が質問するとイエスという答えが返ってきた　検査は終わった、と――

――水に細菌がいないか検査をして見つかりませんでした、だから水は大丈夫です、と市役所の人は言った　だから私は、そう――

――それを聞いて、その話を聞かされて私は、そう――

――信じられなかった――

――信じることができなかった――

――連中は何を言っているのか　そう、とても信じられない――

――哀れな役人、そう、哀れなお役人――

――ありえない、そう、ありえない――

――とても信じられない――

――信じられない、そう、とても信じられない――

――でもついに出た　とても信じられなかったけど、ついに出た――

――表のページに丸ごと書類がコピーされているのを私は見た　オザーク社の発行した代金請求書だ――

――署名の入った請求書には一九八四年八月にある化学物質を受領したと書かれていました、と記事にはあった――

――約三六〇〇キログラムの化学物質、とそこには書かれていた――

――C－56あるいは略称でヘキサと呼ばれる化学物質、と記事にはあった――

――フルネームはヘキサクロロシクロペンタジエン、とそこには書かれていた――

――請求書にもそう記されていました、とそこには書かれていた――

――私たちが調べた限りではオザーク社の生産過程でヘキサが用いられる段階はどこにも存在しません、とそこには書かれていた――

――信頼できる調査によれば、オザーク社はこの化学物質

をまったく必要としていません、とそこには書かれていた

——しかしそれは人類史上最も毒性の高い化合物だと言わ
れています、とそこには書かれていた——

——体のあらゆる器官に害を及ぼしうる物質です、とそこ
には書かれていた——

——気体の場合、曝露限界閾値は神経ガスのホスゲンの十
倍にもなります、とそこには書かれていた——

——ヘキサは経口摂取、吸入、皮膚からの吸収などの形で
急性毒性を持ちます、とそこには書かれていた——

——ヘキサに四時間さらされたラットは二日以内にすべて
死にました、とそこには書かれていた——

——死亡前には肺での大量出血と水胸の症状が見られまし
た、とそこには書かれていた——

——具体的には、ヘキサは有機塩素化合物の一種です、と
そこには書かれていた——

——染料、プラスチック、殺菌剤、殺虫剤などの製造過程

で反応中間体として用いられます、とそこには書かれていた
——

——殺虫剤のマイレックスや農薬のケポンの製造にも用い
られていました、とそこには書かれていた——

——しかしその二つはすでに製造が禁止されています、と
そこには書かれていた——

——われわれの調査によると、アメリカ合衆国陸軍は第二
次世界大戦中、ヘキサを神経ガスとして用いた場合にはその
危険性が制御できなくなる可能性があるということでその使
用を禁じていました、とそこには書かれていた——

——しかしオザーク社はどうやらこの物質を私たちの町に
持ち込んでいたらしい、とそこには書かれていた——

——会社はヘキサを町に持ち込んでいた、とそこには書か
れていた——

——その理由ははっきりしません しかし少なくとも不可
解で非常に危険を伴うものであることは間違いありません、
とそこには書かれていた——

――いつもと同様に私たちは会社の幹部に連絡を取ろうと試みました、とそこには書かれていた――

――そしていつもと同様に、会社に連絡を取ることはできました、とそこには書かれていた――

――しかし幹部から折り返しの電話がかかってくることはありませんでした、とそこには書かれていた――

――会社は私たちの公開質問状を正式に受け取ったものの、返事はまだありません、とそこには書かれていた――

――最終的に私たちはオザーク社の倉庫管理責任者、つまり請求書に署名をした人物の自宅に電話をかけました、とそこには書かれていた――

――しかし留守番電話が応答しただけでした、とそこには書かれていた――

――続けて六回の電話、とそこには書かれていた――

――ヘキサを送ってきた側、すなわちヴェッシコ化成社の方は、とそこには書かれていた――

――われわれが調べた限りでは約二年前に廃業していました、とそこには書かれていた――

――にもかかわらず、私たちは請求書の写しを所管する郡、州、連邦の規制官庁に送りました、とそこには書かれていた――

――しかし私たちはやめません、とそこには書かれていた――

――私たちは戦い続けます、とそこには書かれていた――

――**皆さん**のために戦い続けます、とそこには書かれていた――

――というのも、この点ははっきりさせておかなければなりません、とそこには書かれていた――

――私たちの会社、私たちの恩人、私たちのよき父が地上で知られる最も毒性の高い化学物質の一つを勝手に町に持ち込んで私たちを危険にさらしたからです、とそこには書かれていた――

――会社としてはそれでお金が稼げるという理屈なのです、とそこには書かれていた――

——皆さんもよくお考えください、とそこには書かれていた——

——**これが何を意味するのか、皆さんにもお考えいただきたい**、とそこには書かれていた——

——そして仲間になってください、とそこには書かれていた——

——七月八日金曜日の夜八時、オートマン講堂にいらしてください、とそこには書かれていた——

——そこで計画を練りましょう、とそこには書かれていた——

——私たちに何ができるかを考え、計画を練りましょう、とそこには書かれていた——

——私たちが**一緒になって**何ができるか、とそこには書かれていた——

——**私たちの集会に参加してください**、とそこには書かれていた——

——私たちは皆さんの支持がなければ何もできないからです、とそこには書かれていた——

——説得術、計略、派手な言葉などを使って皆さんを引き込むようなことはしたくありません、とそこには書かれていた——

——だってそんなことは必要ないと私たちは考えているからです、そんなことをするのは身勝手で、不誠実で、皆さんを馬鹿にしていることにもなります、とそこには書かれていた——

——ですから私たちは率直に申し上げるだけです、とそこには書かれていた——

——ぜひ集会に参加してください、とそこには書かれていた——

——皆さんは集会に来なければなりません、とそこには書かれていた——

——私たちに加わらなければなりません、とそこには書かれていた——

——その理由を知りたければ、とそこには書かれていた

――皆さんがそこに加わらなければならない理由、とそこには書かれていた――

――ヘキサのことを頭に思い浮かべていただければそれで充分です、とそこには書かれていた――

――科学的研究によれば、たとえ一ppbでも考えられないほど危険な物質です、とそこには書かれていた――

――誰でもそれを想像することならできる！とそこには書かれていた――

――友よ、隣人よ――目を覚ましてください！とそこには書かれていた――

――私はそこに座ったまま動けなかった――

――そう、動けなかった――

――そして思った――

――私は思った　何だこいつら――

――くだらないやつらめ、と私は思った――

――みじめなろくでなしども、と私は思った――

――畜生め！と私は思った　畜生――

――畜生ども、あいつらは畜生だ――

――あいつらは地獄に落ちればいい、と私は思った　ひど

いことをあれこれやりやがって、地獄に落ちろ――

――そう、全員だ、全員地獄に落ちろ、あいつら全員死刑になればいい――

――畜生――畜生、キャロルのやつめ――

集めやがって――

――ワシントンからニュースが届きました　連邦議会下院商業委員会の調査員がこれまで明らかにされていなかった環境保護局のデータを見つけました、とテレビで言っているのを私は聞いた――

――六週間前にミズーリ州保健省に伝えられた環境保護局のデータです、とKTGEで言っているのを私は見た――

――ヘキサあるいはC－56の名でも知られる化学物質ヘキサクロロシクロペンタジエンがイソーラのエジャートン公園で掘られた試掘井で発見されたというデータ、と私はニュー

スで聞いた――

――濃度は最高で四八〇〇ppb、と私はチャンネル5で聞いた――

――これは環境保護局が定めるリスク判定基準の約五千倍に当たります、とテレビで言うのを私は聞いた――

――環境保護局カンザスシティー支部に所属する化学者がこの調査結果を認め、KMOVニュース取材班に対して〝この結果には大きな衝撃を受けた〟と述べました、とニュースで言っていた――

――ジェファーソンシティーでは、ミズーリ州医療局副総監のデヴィッド・P・アランソン氏が自分自身も関係する州の責任者もこのような結果を以前に見たことはないと語りました、と私はチャンネル4で聞いた――

――伝達が遅れた理由については今後、個人的に調べます、と言っているのを私は聞いた――

――私としてはわが社の敷地から流れ出たものではないと考えています、とオザーク社の工場長が言うのを私はチャンネル2で聞いた――

――うちのものとは考えられません　うちではC－56は使っていませんし、今までに使ったこともありません、とオザーク社の男が言うのを私は聞いた――

――データの開示があってから数時間後にクローフォード郡保健局局長のドクター・カレン・N・ボールと州の環境衛生評価部部長のナンシー・J・ピムの二人が共同で発表した声明によると、現在までに集められたデータは限られていて、何らかの明らかな影響や健康不安を裏付ける要素は認められないとのことです、と私はチャンネル4で聞いた――

――現在、直ちに行動をとるべき特別な健康リスクはありません、と私はチャンネル4で聞いた――

――オザーク社の危険廃棄物処理施設との直接的な関係はまだ見つかっていないようだ、と環境保護局の危険廃棄物評価プログラムを率いるジョン・ラーメンは述べた、と私はテレビで聞いた――

――健康上の問題はない、健康リスクもない、それは私たちが最初から言っていることだ——オザーク社会長アンダース・H・コズビー、という発言を私はチャンネル4で見た——

——わが社の廃棄物封じ込め手続きは現在のあらゆる廃棄物処理基準に合致し、あるいはそれを上回っている——オザーク社幹部ロブ・ロースト、という発言を私は見た——

——おびえたり慌てたりする必要はない　その点ははっきりさせておきたい——ミズーリ州環境保全省アルバート・ブッツェン、という発言を私はチャンネル5で見た——

——ミズーリ州環境保全省のアルバート・ブッツェン氏からKTVI報道局に、〝事実を追求する医師団〟という名のグループがまとめたという手紙が届けられました　そこには〝どんな化学物質も消化してしまえば危険性はないし、少量であれば触れても問題ない〟と記されていました、という報道を私はチャンネル2で見た——

——私たちは持っている情報を包み隠さず一般の皆さんと共有する義務があると考えている——オザーク社副会長フィル・センパー、という発言を私は見た——

——私たちは情報を百パーセント公開することが正しいと信じている——オザーク社副会長フィリップ・センパー、という発言を私はKMOVで見た——

——もしも健康リスクが存在するとしてもそれは非常にわずかで些細だ——クローフォード郡保健局局長ドクター・ジェイソン・リプキン、という発言を私は見た——

——オザーク社は模範的な会社だ——ミズーリ州環境保全省理事トマス・C・ホーリング、という発言を私は見た——

——最近、一帯の水のにおいと味がおかしいと苦情が出ていることについて、それはもっぱらイソーラの井戸水に含まれる少量のマンガンと鉄と硫化物の影響であって、飲んでもまったく問題ない、とオザーク社の代表は述べました、という報道を私は聞いた——

——私たちは毒を飲まされていないことを確かめる必要がある——州司法長官ロバート・アイザックス、という発言を私はKTGEで見た——

――子供たちが毒を飲まされていないことを私たちは確かめる必要がある――ミズーリ州司法長官ロバート・アイザックス、という発言を私はSDKで見た――

――今までのところ、オザーク社の化学物質による健康被害を確かに示す証拠はない、と翌朝、そのすぐ次の日の「リパブリカン&クロニクル」紙で私は読んだ――

――腹八分目がいちばんのごちそうだ、と私は息子に教えようとした　食欲旺盛な息子に向かって私は何度もそう繰り返した　息子が食べすぎないように私は食卓で毎回そう言い聞かせなければならなかった　腹八分目がいちばんのごちそう　リリアンおばさんの家に行くといつも特別な食事を出してくれる――表面がとてもきれいにカラメルっぽく焼き上がったチェダーチーズタルトは小さなアルミの器から簡単に外れた――けどそんなときでもタルトは一つと半分でストップ　腹八分目がいちばんのごちそう、と私は言って息子に釘を刺す　でも今日、キッチンでカウンターに座って食器棚の扉を開けている息子を見たときにはうるさいことは言わなかった　息子はやましそうな表情を見せていたが、私は何も言わなかった　私はただそばまで行って息子を抱え上げ、背中をなでながらテーブルのところまで戻って椅子に座らせた　それから食器棚の前まで戻って、息子が狙っていたものを取った　彼の大好物、〝グッド&プレンティ〟のリコリスキャンディーだ　私はそれをテーブルまで持っていって箱を開け、息子の横に座り、彼が砂糖と甘草《かんぞう》で味付けされた菓子を食べるのを最後まで見守った　息子がキャンディーを食べ終わると、私は食器棚のところに戻り、次の箱を取った――

――当然私が最初にやったのは電話をかけること　電話帳を調べてから番号調べセンターに電話をかけて、環境保護局の番号を教えてもらった　早速電話をかけてみたら人が出たので訊きたいことを説明すると、別の人に電話を回されて、そこからもう一度説明をした　幸いにもその人は話を最後まで聞いてくれた　するとその女性は、今起きていることについては理解しているという以上のことは何も言うなと指示されているんですと言った――

――そして私がドライクリーニング屋からビニールに覆われたシャツを抱えて出てきてマーケットプレイスの駐車場を歩いていると、何かの物音が聞こえてきた　すると駐車場の先、大きな青いステーションワゴンの隣で喧嘩が起きているのが見えた　二人の男が互いに押し合い、つかみ合い、実際に殴り合って喧嘩をしていた――

――イソーラ市の消費者問題対策室によって招集された特別調査団、団長はウィルソン医療センターのがん専門医ビヴァリー・プラーガー氏、が千百人を超える住民に対して電話調査を行い、その結果を公表した、という報道を私はチャンネル4で見た――

――対象者の中で一九八三年から今年の六月までに生まれた十六人の子供のうち九人に先天的な障碍があったと報告書には記されています　一人は生まれつき耳が聞こえず、三人は心臓に深刻な欠陥を抱えていて、五人は知的な障碍、六人は深刻な腎臓障害を持っています、という報道を私はKTGEで聞いた――

――イソーラの女性は三六パーセントの確率で奇形児を産んでいると報告書は結論していて、同地域の女性は妊娠を避けた方がよいと助言しています、という報道を私は聞いた――

――調査は家族と一緒にイソーラに引っ越してくる前に通常の妊娠をして二人の健康な子供を産んだことのある一人の女性に注目しています　女性はその後、続けて六回の流産を経験し、体に大きな形成不全を抱えた子供を一人産みました、という報道を私はTVIで聞いた――

――クローフォード郡保健局局長補佐官のドクター・N・ボールはスティールヴィルのオフィスで次のように語りました　調査はあくまでも〝限定的性質のもの〟であって、発見された物質の出所あるいはその原因が地元企業であると確実に断定することはできません、という報道を私は聞いた――

――クローフォード郡保健局局長補佐官のドクター・N・ボールは調査の価値に疑義を唱え、さらなる調査が必要だと発言した、という報道を私は見た――

――州の保健関係者は報告書を批判し、それは〝奥行きに欠けて決定的とは言えず、さらなる検査と分析が必要だ〟とする文書を公表した、という報道を私はチャンネル5で見た――

――この種《しゅ》の統計や数字を扱う際には解釈と説明の余地が大いにある　今私たちの目の前にある要素を強めたり、弱めたりする他のリスク要因がいくつも存在する――たとえばアルコールの摂取、肝炎の経験、喫煙、他の化学物質への曝露、胆嚢の病歴など――ニュージャージー州エングルウッド、ハンサム化成環境衛生安全研究所所長シャロン・C・エデルマン、という報道を私は見た――

――環境保護局が新たに公表した報告書によると、イソーラ市内にある井戸では、最近一帯の水源で見つかっている化学物質C－56すなわちヘキサの他、危険性の高い有機汚染物質が高濃度で存在することが判明した、という報道を私は見た――

――発がん性を持つ工業用の溶剤テトラクロロエチレンがイソーラ市のグライド通りにある家庭用井戸で見つかり、環境保護局によるとその濃度は二四〇〇ppb、これは当局が受容上限としている量の一万倍にものぼります、という報道を私は聞いた――

――有毒な汚染物質クロロベンゼンも四一ppb見つかったが、これも全米汚染物質確認最優先リストに挙げられているものだ、という報道を私は見た――

――州の保健関係者は環境保護局の報告書が明らかになった数時間後にジェファーソンシティーで出された声明の中で、これらの異常な量の化学物質については〝家庭で用いられている商品の存在が関与しているようだ〟と述べた、という報道を私は見た――

――今日ステート通りにあるオザーク社本部で開かれた記者会見で、オザークパーク現地対策本部長ロブ・ロースト氏が語ったところによると、例の化学物質について漏洩あるいは流出と呼ぶのは〝誤称〟だとのこと、という報道を私はチャンネル2で見た――

――地下にある物質は五十年以上前からそこに存在していたものであり、われわれはそれを漏洩とは考えていない――オザークパーク現地対策本部長ロブ・ロースト、という報道を私は見た――

――オザーク社幹部が今日語ったところによると、同社はこの数年で地下水の水質検査と監視のためオザークパーク周辺に数百本の井戸を掘っており、現在その分析結果とコンサルタントによる報告書が精査されている段階だ、という報道を私は見た――

――水文地質学的環境によって現在は汚染物質の移動が減じられているため、健康や環境への影響は最低限にとどまる――オザーク社幹部ヴァーノン・デューク、という報道を私は聞いた――

――会社としては現在話題になっている問題が健康面で影響することはないと判断している――オザークパーク現地対策本部長ロブ・ロースト、という報道を私は見た――

――本日ワシントンからの生中継にお越しいただいたのは、国立環境衛生科学研究所所長のデイヴィッド・ウォールさんです　ようこそ、ウォールさん、という報道を私はＫＭＯＶで見た――

――われわれは今回の問題を評価するのに充分な道具を持ち合わせていませんし、充分な科学的背景知識も持っていません、と彼が語るのを私は見た――

――住宅地域の水道で見つかった化学物質それぞれの量が仮に半分から三分の一だったとしても、それが実験室の動物にどのような短期的影響を及ぼすかさえ、おそらく科学者には分かっていないのです、と彼がチャンネル９で語るのを私は聞いた――

――そのような基本的知識がなければ、それが人間に直ちにどのような影響を及ぼすかはほぼ予測不可能です、という報道を私は見た――

――ましてやそれらの化学物質が長期的にどのような影響を持つかなど知りようがありません、という発言を私はＫＥＴＣで聞いた――

――オザーク社が州の環境規制を守るよう監督する立場にあるミズーリ州環境保全省のアルバート・ブッツェンは、環境保護局のデータ開示についてコメントすることを拒み、州、郡、市による裏付け調査を約束しなかった、という報道を私は見た――

――そう、今は会社に逆風が吹いている　今回の問題でわが社の評判と風格が疑義にさらされているからだ――オザーク社会長アンダース・H・コズビー、という報道を私は見た――

――現在私たちが最も望んでいるのは、この件が解決し、過去のものになることだ――オザーク社代表ジェイムズ・ブラスファー、という報道を私はKTGEで見た――

――私は窓の外から灌木越しにまだらに差す午後の光を浴びて朝食用スペースに座っていた　いいにおいのする紅茶を一人で味わう静かなひととき　私は贅沢な静けさに包まれながら、朝食用テーブルの縁に指先で触れた　そしてすぐにそのどっしりとした四角い塊に圧倒された　きれいにかんなをかけられた黒っぽい材の冷たい表面にはラッカーが塗られ、完璧に平らな面がしっかりと四本の脚に支えられ、四つの角は見事な丸みを帯びていた　それには妙に**存在感がある**と私は思った――それなのにその深遠なる存在感の醸し出し方には見事なまでに自己主張が感じられない　実際、このテーブルに価値を与えているのは、純粋な存在感と巧妙なまでの自己主張の欠如だった　私がもう一度手を伸ばし、先細りになっているテーブルの脚をなぞっていると、そこに娘のジャッキー――娘はさっきまで私室で遊んでいたのだが――が近づいてきて私の膝に手を置き、子供をもう一人産んでほしいと言った――

――ジェファーソンシティーのミズーリ州公衆衛生省が最近イソーラ市民二百十一人を対象にして実施された疫病学的検査の結果を発表した、という報道を私は見た――

――ミズーリ州公衆衛生省が公表した検査結果によると、その二百十一人全員が化学物質へキサすなわちC‐56に直接触れており、化学物質が血中に残留している、という報道を私は見た——

しかし公衆衛生省の代表が語ったところでは、"C—56に結び付けられるような兆候あるいは症候群は見せていない"とのこと、という報道を私はチャンネル2で見た——

——被験者の血中で見つかったC—56の残留量は臨床的な意味を持たない——公衆衛生省ハーモン・アーモンド、という報道を私は見た——

——現在までのところ、化学物質に触れた人と触れていない人の健康状態の間に実質的な違いは見つかっておらず、今後違いが見つかると考える理由もない——ミズーリ州公衆衛生省ハーモン・アーモンド、という報道を私はSDKで見た——

——健康リスクはあくまでも推論——健康リスクと健康面での影響との間には大きな違いがあり、それについてはまだはっきりしていない——クローフォード郡保健局局長補佐官、医学博士カレン・ボール、という報道を私はチャンネル11で見た——

——オザーク社は今日、同社に勤務する労働者の徹底的かつ厳密な健康調査と呼ばれるものの結果を発表した、という報道を私はチャンネル9で見た——

——オザーク社の産業医と研究者から成るチームが率いた調査の結果、"オザークパークで働く労働者の間でがんや循環器関連の病気による有意義な超過死亡は認められなかった"、という報道を私はチャンネル5で見た——

——一見、その研究は正しく見えるものの、それは動物のデータについて何も述べていない——食品医薬品局食品安全栄養管理センター副所長リチャード・J・シュウィンガー、という報道を私はチャンネル4で見た——

——また本日、オザーク社はオザークパーク周辺に住む女性の間で膵臓がんが増えているというミズーリ州公衆衛生省の調査結果の確認作業を行っていることを認めました、という報道を私はチャンネル2で聞いた——

——環境保護局が行った新たな調査によって初めて、イソーラ市民の遺伝物質がどのような状態にあるかが分かってきた、という報道を私はＫＴＧＥで見た――
――調査の結果は本日、環境保護局副局長バーバラ・ブルームが開催した記者会見で明らかにされた、という報道を私は見た――
――ヒューストンにあるバイオジェネティックス社に勤務する細胞遺伝学者のドクター・ダンテ・プッチアーニが行った研究によると、検査の対象となった三十六人の住民のうち十二人の細胞で〝異常な頻度での染色体の断裂〟が見られた、という報道を私は見た――
――細胞遺伝学的異常が多く観察された原因はイソーラで化学物質に触れたことかもしれず、住民は悪性新生物、流産、先天性の欠陥を持つ子供の出産など各種のリスクが高い――調査団長ドクター・ダンテ・プッチアーニ、という報道を私は見た――
――しかし本日午後、ストックトン知事によって組織されたミズーリ州の科学調査団はプッチアーニの調査は〝文字通り理解不能であり、堅実な疫病学的調査として真面目に受け取ることはできない〟と宣言した、という報道を私は見た――
――そのようないい加減な疫病学的調査はそもそも実施されるべきではなかった、と調査団員は述べた、という報道を私は見た――
――住民に非常に大きな影響を及ぼすことが分かっているのに、第三者立場の科学者による調査手法のチェックをあらかじめ行うことなしにこれほどインパクトのある結論につながる調査を実施し、結果発表前に有能な科学者による独立した事後的チェックも受けなかったことは、最も深く関わる住民に対する裏切りだと調査団員は述べた、という報道を私は見た――
――調査結果は完全に、絶対的に、何から何まで間違っている――ミズーリ州公衆衛生省ドクター・ジェフ・バロン、という報道を私は見た――
――環境保護局は今日、イソーラ住民を対象として最近実施された遺伝子調査、いわゆるプッチアーニ調査に対する自らの意見を一八〇度変えた、という報道を私は見た――

――それは環境保護局自身が委託した調査だった、という報道を私は見た――

――国立環境衛生科学研究所所長ドクター・デイヴィッド・ウォール率いる環境保護局の再審査団はプッチアーニ調査を批判した　あの調査には対照群が存在せず、取り上げられたサンプルは統計学的な意味を持つには数が少なすぎ、他にいくつも欠陥を抱えているので、あの調査に環境保護局としてお墨付きを与えるべきではなかった、と彼は述べた、という報道を私は見た――

――環境保護局は自らの調査が〝イソーラの住民が突然変異誘発性物質にさらされたかどうかについて科学的・医学的推論を行うには基本的なデータが不充分であったと認めた〟、という報道を私は見た――

――当局の失態についてお詫び申し上げる――環境保護局トマス・C・ホーリング、という報道を私はKTGEで見た――

――ミズーリ州公衆衛生省が行った新たな調査が今日公表された　それによると、三十歳から三十四歳の間にある女性で、イソーラ市のオザークパーク地区から半径八〇〇メートル以内に住んでいる人が胎児を流産する確率は通常と比べて約四倍だ、という報道を私はテレビで見た――

――ただし〝オザークパーク周辺在住者の発がん率がセントルイスを除くミズーリ州全体と比較して高いという証拠は認められなかった〟と調査は結論している、という報道を私は見た――

――私はそこに立っていた　リビングに突っ立ってテレビを見つめて考えていた　何だか知らないけどそれはもう私たちの中にある――

――くだらない　私に言わせればこういう〝環境保護活動家〟とかって連中はたちの悪いエリートで、キッチンの窓から見える風景をいじられたくないと思ってるだけのやつらだ――

――イソーラで新たに行われた調査の結果、住宅地域に水を供給している水源においてヘキサあるいはC－56の名でも知られるおそらく発がん性のある有毒な化学物質ヘキサクロロシクロペンタジエンが一万二〇〇〇ppbの濃度で検出された、という報道を私は見た――

――それは環境保護局を含めた州および連邦の環境衛生調査チームをミズーリ州のこの小さな町に最近呼び寄せることになった濃度の三倍近い数値だ、という報道を私は見た――

――その結果は環境保護局アトランタ分室で働く化学者によって確認された　その一人は〝この結果に驚いている〟と述べた、という報道を私は見た――

――ミズーリ州医療サービス副長官デイヴィッド・P・アランにコメントを求めたところ、同氏はその結果を信じられないと語った、という報道を私は見た――

――きっと小数点の位置を間違えたのだろう――ミズーリ州医療サービス副長官デイヴィッド・P・アラン、という報道を私は見た――

――イソーラに拠点を持ち、写真を扱う企業であるオザーク社はこれまでと立場を変え、本日の声明の中で、現像および製版の段階で化学物質C－56を使用することを認めた、という報道を私は見た――

――そうだ、私たちの会社ではC－56を使っている　それ自体はいろいろな工場で広く用いられている化合物だ――渉外担当上席副社長ドクター・ウィリアム・H・ラフトン、という報道を私は見た――

――そうだ、私たちはC－56を使っているが、その理由は企業秘密なので言えない――オザーク社会長アンダース・H・コズビー、という報道を私は見た――

――しかし言うまでもないが、純粋に廃棄物処理の目的のために会社がそれを受け入れたということは決してない、という報道を私は見た――

――帯水層と岩盤に化学物質が存在しているからといって健康に影響が出ることはないと私たちは今でも信じている――オザーク社廃水廃物技術班長リック・ポリート、という報道を私は見た――

――耐えがたい　むちゃくちゃだ　これは洪水や竜巻にも匹敵する災害だ　私たちは連邦政府の支援を必要としている――地元活動家キャロル・ダレン、という報道を私は見た――

――まあ落ち着け　何が起こるっていうんだ？　ここはオザークパークから三キロも離れてる　何も起こりっこないさ――

――ワシントンでは合衆国地質調査所水資源部の代表がイソーラのオザークパーク周辺における水質について警告を発した、という報道を私はＫＴＧＥで見た――

――合衆国地質調査所の主任水文学者ドクター・Ｊ・Ｅ・ケネディーは〝イソーラ市域の上水には明白かつ差し迫った脅威が存在する〟との声明を発表した、という報道を私は見た――

――合衆国地質調査所の警告を受けて、クローフォード郡保健局局長補佐官ドクター・カレン・Ｎ・ボールは〝調査はまだ予備段階にあり、検査は終わっていない〟と述べ、慎重な対応を促した、という報道を私は見た――

――現在までの情報では、危険なレベルの汚染が存在するのかしないのかを確実に示すことはできない　イソーラ市内の影響を受けている地域が現在安全であって長期的に人が居住しても問題ないということをさらに明確に示す必要がある――ワシントン技術評価室、という報道を私は見た――

――私たちが今何を目にしているのか、よく分からない――クローフォード郡保健局局長補佐官ドクター・カレン・Ｎ・ボール――

――環境保護局水管理プログラム補佐官トマス・ホーリングは今日、イソーラの汚染騒ぎに関連して一貫しない情報が市民に提供されていることを批判した、という報道を私は見た――

――この件に関するわれわれの振る舞いは批判に値する――ワシントンの環境保護局ドクター・トマス・ホーリング、という報道を私は見た――

――本日、すでに化学物質による地元水源の度重なる汚染という脅威に揺れているイソーラで十四歳の少女が自殺し、町は大きく動揺している、という報道を私は見た――

――今日、中学生のジョリー・ネヴェルソンが睡眠薬の大量摂取によって自ら命を絶った　彼女は以前から繰り返し、自分ががんにかかるのではないかという不安を口にしていたとのこと、という報道を私は見た――

――同じ街区に暮らす十二家族のうち八名がすでにがんにかかっていることがきっかけで、彼女は不安を抱くようになった、という報道を私は見た――

――パークリッジ病院で取材に応じた母親は動揺した様子で、ジョリーは乳がんになることを恐れていましたし、何かのがんで子供を産めなくなるのではないかと心配していましたと語った、という報道を私は見た――

――娘は普通の結婚ができなくなることを恐れていた――母親のルース・ネヴェルソン、という報道を私は見た――

――本日　致死性の有毒物質ヘキサが危機に瀕するイソーラ市住宅街の井戸で一万九〇〇〇ppbに達した、という報道を私はKTGEで見た――

――本日午後、ジェファーソンシティーで、ミズーリ州保健長官ドクター・ロバート・マーレンは記者会見を開き、イソーラの状況について州としての立場を説明した、という報道を私は見た――

――州保健省の調査によると、イソーラの全住民に関して流産のリスクがわずかに高くなっている――保健長官ドクター・ロバート・マーレン、という報道を私は見た――

――しかしそれに続く彼の発言はさらなる衝撃をもたらした、という報道を私は見た――

――オザークパークの工場から放出される物質は有害かつ非常に深刻な脅威であり、工場で働く人、近隣住民、あるいはそれから派生する諸条件にさらされる人々の健康に危険を及ぼすものだ――保健長官ドクター・ロバート・マーレン、という報道を私はKTGEで見た――

――オザーク社幹部はこの発言に対して慎重な反応をしている、という報道を私は見た――

――私たちは問題を抱えている　それを否定はしないが、現在非常に責任ある態度で各方面と協力してそれに対処している――渉外担当上席副社長ドクター・ウィリアム・H・ラフトン、という報道を私は見た――

――われわれは正しいことを行いたいし、実際そうするだろう――オザーク社会長アンダース・H・コズビー、という報道を私は見た――

――そこにはいろいろなものがあるのかもしれない　われわれは知らない――副社長ジョン・L・リーマン、という報道を私は見た――

――しかしさまざまな組織、たくさんの人物が複雑に関与している現在の状況を考えると、弊社は精いっぱい誠実な努力をしていると言える――オザーク社代表ロブ・ロナルズ、という報道を私は見た――

――本日ジェファーソンシティーでは、イソーラ市にある工場からこれ以上化学物質を排出することのないよう、ミズーリ州最高裁判所がオザーク社に差止命令を下した、という報道を私は見た――

――裁判所の命令はまた、同社が五か月にわたるスケジュールに従って地元の汚染状況を調査した上で正確に州と連邦に報告するよう定めている、という報道を私は見た――

――工場自体の汚染状況も徹底的に調査し、汚染された土壌はすべて安全な場所に廃棄することという報道を私は見た――

――オザーク社はこれ以上の地下水汚染を防ぐために化学物質処理エリアと貯蔵エリアを完全に閉鎖し、地下水汚染状況の詳細な調査報告を提出し、大規模な損害賠償プログラムを提示することも求められる、という報道を私は見た――

――大衆が危険な廃棄物に対してこれほど感情的かつ強烈に反応しながら、他方で大気汚染のようなものを無視しているのは残念だ　しばしば同じ化学物質が関わっているにもかかわらず　セントルイスの空気に対して大衆はもっと大きな叫び声を上げるべきだ　ヘキサと比べてもさらに大きな声を――ミズーリ州天然資源省レン・ラフソン、という報道を私は見た——

——今日ワシントンで、合衆国司法省がミズーリ州と一緒に民事訴訟を起こした　被告は写真を扱う会社で、イソーラ市にあるオザーク社　連邦および州の衛生・安全基準に従わなかったという訴えで、罰金として三千万ドル、応急対策と除染のために千五百万ドルを求めている、という報道を私は見た——

——それに加え、オザーク社が州境をまたぐ危険物の運搬に関して法令に違反している可能性について捜査に着手すると司法省は発表した、という報道を私はＫＴＧＥで見た——

——私はまたしても——

——私はまたしても——

——まただ、まただ、こんなことって、こんなことはとても——

——こんなことは信じられない——

——ていうか悪夢だ　でもこの悪夢は現実で、舞台は私たちの土地　私たちの土地が永久に破壊された——

——いや、こんなのは考えられない——

——ていうか臨時休職《レイオフ》って言ってるけど——

——ついに公式な発表です　本日正午、ワシントンで、環境保護局が記者の前で声明を発表し、問題のイソーラ市にあるオザーク社の写真工場から半径三キロ以内に居住するすべての個人と家族が恒久的に自宅から避難するよう退去命令を出しました　関係する市民は直ちに、あるいはできる限り早く、しかし、遅くとも八月十六日火曜までには必ず退去するように求めるとのことです　連邦災害援助局は避難者が必要とする一時的宿泊施設の費用をすべて負担すると表明しました　一方、連邦緊急事態管理庁をトップとし、連邦およびミズーリ州の関係部局から成る合同組織は、影響を受ける市民の移動を監督し、放棄された家屋を公正な市場価格で買い取ることを保証しています、という報道を私はＫＴＧＥで見た——

——環境保護局はその後、イソーラの汚染三キロ圏に暮ら

す住民に対してガイドラインを示し、強制退去期限までの八日間は例外なく指示に従うよう呼び掛けました　井戸水が人間の肌に触れないようにすること　庭で育てた野菜や果物は決して食べないこと　地下室や地下の貯蔵庫には決して立ち入らないこと、という報道を私はKTGEで見た——

——ミズーリ州公衆衛生省は今日、汚染されていない水を載せた十八台のトラックをイソーラの汚染区域に送り、また、州の費用で八十台以上のバスを借り上げ、緊急事態に備えてイソーラの市街地に待機させました　それに加えて、カーディガン、それとカーディガン、まだ終わってないけど、終わらせなくちゃ、もちろん、何とか、何とか終わらせなくちゃ、たくさんある、やることはたくさんある、それに音響調整卓《ミキシング・コンソール》も、僕の音響調整卓、それに忘れちゃいけないブローチ、私のブローチ、お母さんのカメオ、お母さんがずっと、長年、長年長年首に掛けていたカメオ、祝日のたび、結婚式のたび、お客さんが来るたび、誰かが来るたびに首に掛けていたカメオ、手放せない、手放せない、それから俺の探偵バッジ、バッジ、親父がくれたあのバッジ、あの探偵バッジは絶対に持って行く、ブルクハルト・フリッツのCD、もちろんブルクハルト、それに当然、少なくとも新聞も、少なくとも新聞、私の誕生日のやつ、その日に発行された新聞の現物、僕、彼が、僕が、父さんが、僕の父さんが、僕の、とにかく僕が、それから私の賃貸契約書、どうしたって、持っておかなきゃ、持って行かなきゃ、それなのに一体どこに行っちゃったの、あのくそ契約書、それに一茶の句集、一茶、あの本、道草紙《ライスペーパー》を綴じたかわいい本、あれは、あれは絶対に、それにあの子のセーター、あれはどこ、とても、とても、とても小さくて、とてもちっぽけで、思わず私は、私は、それにあたしのスカーフ、長くて、ふわっとして、素敵なスカーフ、淡いピンク色で、長くて、薄手のやつ、てか、あたし、あたし、無理、あたし無理、もちろん無理、駄目、ありえない、無理、**無理**、それから、あの鋸《のこ》、俺の丸鋸、大事にしてたブラック&デッカーの電動鋸、大事にしてた、あれを取りに行けないなんて、でも行けない、取りに行こうと思っちゃいけない、それにケンウッド、僕のケンウッドのラジカセ、あれはどうすれば、でも、でも、どうやって、それにあの四十四口径、あれも、でも俺は、でも俺、後期弦楽四重奏曲、ジュリアード弦楽四重奏団のＣＤ、後期四重奏、後期、あれがないと、ＣＤを一枚だけ、エンゼルパイを一個だけ、でも俺、駄目だ、駄目、俺、駄目だ、あのテープ、オープンリールのテープ、大事にしてきたテープ、いや、駄目、いけない、もちろん駄目、とにかく駄目、服も駄目、自分の服、いい服、私の、ポロの服、仕方ない、置いていくしかない、ここに置いていく、スニーカーも、あれ、まだ新しいのに、駄目、駄目、シェナイ[052]も持って行けない、大事なシェナイ、私の、息を吹き込むと、空気が通ると、あれにもう二度と触れない、別れを告げるために箱から取り出すこともできない、あれにはもう二度と触れない、それに私が購読してきた雑誌フィジカ、それに僕の愛車、どうして、ていうか、どうして、ただこのまま、自分の車を持って行くことさえできない、**シビックを持って行くことさえできない**、それに私のハンドバッグ、何年も、何年も使ってきたのに、**自分のハンドバッグも持って行けない**、触ったら駄目、持ってったら駄目、禁止、考えるのも禁止、持ってくのも駄目、じゃあ何を、じゃあ何を、じゃあ何をすればいい、私は何を、私はただ、ただ放っていく、そのまま放り出す、このまま立ち去って、このまま立ち去って、放っていく、全部このままで去る、すべてを捨てる、このまますべてを捨てる、自分の何もかもを放り出す、文字通り放り出す、すべてを放る、物理的にそれを持ち出して、じゃあ、どこに放る？　どこに置く？　どこに置ける？　放り出すってどこに**出す**？　そんなことをして意味がある？　ない、手間を掛ける意味はない、同じことだ、わざわざ持ち出す意味はない、もうすでに、もうすでに捨てられているのだから、すべてはすでに、すべてはすでに出されてる、すでて、細々《こまごま》したものまで何もかも、完全に、そして永遠に、すべて完全に、そして永遠に、そして**永遠**に、そして**永遠**に、だからさっさといけ、さっさと出て行け、早く去れ、早く隠れろ、出て行って、別人になれ、別の生活があるかのように振る舞え、戻るのは無理、二度と戻れないけれど、また帰れると希望を持て、そして、絶対にさようならは言わない、だってこれでさようならなんてありえない、これでさようならなんて納得できない、でも、私はこう言いながらも、これでさようならだと知っている、これが最後、これが永遠の別れだと、それ以外の可能性はない、回帰の可能性があるとしたら、それはもう戻れないという結論の回帰、だから、あるのは堂々巡りだけ、残るのは彷徨と堂々巡り、さっさと立ち去り、堂々巡り、さっさと堂々巡り、堂々巡りをして立ち去る、ホームズ通りを曲がり、サマーワース街道、リッジ通りを抜け、三九〇号線に入り、ホールヨーク通り、ボーンスティール通り、一〇四号線を通って、三九〇号線に入り、エマーソン通りからリー通り、そして三一号線で西に向かい、マーゴールド通りで曲がって、フラワーシティー通り、レイク通り、ゴースライン通りから一〇四号線で東に向かう車の流れ、たくさんの流れ、容赦のない流れ、不可逆の流れ、ゆっくりとした、むらのある、悲しみを帯び、ためらいがちな流れ、でも流れている、留めようもなく流れている、ノーバート通り、ハモンド通り、ブライアント通りから流れ出す、カーティス通り、セントマーチンズ通り、ジョンソン通り、コリン通りから流れ出し、ミルフォード通り、アルベマール通り、チェスタートン通り、オーバーン通り、タウンゲート通り、エスクワイア通りを抜け、バー通り、キャッスルフォード通り、ステート通りを抜け、さらに、ああ、かわいそうに、かわいそうなステファニーちゃん、哀れなステファニーちゃん、かわいそうに、辛かっただろうに、不自由に生まれた、障碍を持って生まれた、口蓋裂と変形した耳、そして、ああ、かわいそうに、聞いた話だと、鼓膜もすぐに潰れたって、鼓膜が崩れたって、心臓も悪くて、歯も変形していた、私は絶対、ああ神様、私は絶対、かわいそうなステファニー・シュロダーを忘れない、リッジクレスト通り、セネカパークウェー、ロデッサ通りを抜け、ブリトン通り、エルムグローブ通りを過ぎ、波のように、車が、人が、家族が、波のように散り散りになり、バラバラに、四方八方に伝播する、経路は違うが波だ、ついに波になる、車、人、家族が波になる、間違いなく波になる、外へ向かう波、遠ざかる波、砕け、散り、ばらける波、曲がり、くねり、流れる波、入ってくる流れをかわす波、戻ってくる流れ、入ってくる流れ、流れ込む波は政府のトラックと政府の備品と借り上げた備品、補強装置、除去装置、輸送用装置、防護用品、低リスクの専門家と高リスクの作業員、そしてついに現れる、ちょっとした人物が現れる、やっと、ようやくちょっとした人物が現れる、副大統領候補の男が来る、ようやくお運びになる、けれども彼は、男はただ防護服に身を包んでそこに立ち、歩き、五分間見物をするだけ、後方地域に入り、壁の手前に立っただけ、それでおしまい、車で五分立ち寄っただけ、車列と護衛を引き連れて来て、それでおしまい、写真を撮るのだけが目的、それだけ、無意味、何の意味もない、でも、間もなく他のものが来始める、時間が経つにつれ他のものが届き始める、届く、どんどんと届く、流れ込むように届く、数えきれない場所、聞いたことのない場所、聞いたことのある場所から届く、手紙、封筒に入った手紙が流れ込む、大量に運ばれる、トラックで運び込まれる、皆からの手紙、州のあちこち、国のあちこち、大陸のあちこち、散り散りになる人々から届く手紙、流れ込み、舞い込み、運び込まれる手紙の宛先は一つ、特定の住所、ホイートランド通りにある住所だ、手紙が届く、最初は数十通単位、その後、数百通、その後は数えきれなくなる、途切れることのない無数の弧を描いて白く羽ばたく手紙の群れ、弧を描いて舞い込む手紙、四方八方から流れ込む手紙、途切れることのない白い羽ばたきが空中に弧を描き、ホイートランド通りの住所に届く、ホイートランド通りの住所にある一本の木に届く、発送元がどこであれ、宛先はホイートランド通りの一本の木だ、手紙を開けてみると、手紙の一部を開封すると、中身は全部、どれも告白みたいな内容、中身は告白だ、果てしなくあふれ出す告白、届き続ける吐露、流れ、流れ込み続ける手紙、流れは止まない、だから悲鳴が上がる、手紙を送らないでくださいと悲鳴が上がる、ホイートランド通りの木に手紙を送るのはやめてくださいと、でも手紙は届く、それでも届く、続々と、羽ばたくように、弧を描いて届く、大きな弧、途切れることのない不連続な弧を描く手紙、だから結局、手紙は返送される、送り返される、送り主に戻される、手紙の扱いに困るので返送するという発表がなされる、手紙の配達はできないという発表、だから手紙は返送される、すべて返送、でも手紙はひたすら届き続ける、果てしなく届く、弧を描き、羽ばたくように届く、でもその後は、群れになって弧を描く手紙には住所が一つしか書かれていない、宛先の住所だけで差出人の住所はない、ホイートランド通りの住所だけが書かれている、だから届く手紙が溜まり、山になり、あふれる、羽ばたくように届き、流れ込み、積もり、山になる、宛先と切手と消印、それだけの手紙が流れ込む、一通一通がかすむほど流れ込む、切手と宛先だけ、さまざまな消印に刻まれているのは外傷《トラウマ》的な同族都市の名前、レホボスとイエロークリークとインスティテュート、ウィリアムズタウンとアクトンとミッドランドとウォーターフォード、フレンドリーヒルズ、ピッツフィールド、グレンコーヴとレースロップとコベントリーとオーロラ、ヒックスヴィル、テキサスシティーとミードとダローとグラナイトとナッシュとポイントプレザント、コリガン、モンタギュー、ヤングズヴィルとバイロンとアガニアとアルシーとホープウェルとアンブラーとピッツトンとカントンとバイユーソーレル、モデルシティー、エリザベスとモスコミルズとピチェンズとアルバカーキとカーナーズヴィルとメドンとベルモントとレバノンとウィネベーゴ、ホワイトスプリングズとチェスターとデニー、カムデン、シャコピー、ダンドーク、トゥーン、ストリングフェロー、オーリアンズ、アレンデール、グレー、マウントバーノン、ウィルソンヴィルとベッドフォーフとタフト、ビーティー、アーリントン、ヘムロック、サジントンとフィラデルフィアとホジェンヴィル、ウェーンズバラ、アトルバラとリトルエルクヴァレーとエディソンとシェパーズヴィルとコロンビアとシェフィールドとハウエルとフレンズウッドとディアフィールドとニューアークとブリッグ

ズとオールドブリッジとヤリントンとチャールズシティーと
ソルトヴィルとフォークスオヴサーモン、シラキュースとア
レンタウンとボーモントとキンブルとエメルとコアダレンと
キングズポートとリバーサイドとリンカーンとジュネーブと
リマとグローブとグリーンヴィルとヤングズタウンとポンカ
シティー、セラーズバーグ、ベイツヴィル、バーンウェル、
マウイ、ブリッジポート、ニューベッドフォード、エスコン
ディード、マイオ、ハリマン、ランズデール、ベスページ、
ハンフォード、ジャクソンタウンシップ、クライナー、ワワ
ヤンダ、エリー、シーモアとリビングストン、セントルイス
パークとパターソン、ランチョコルドバとウェイバリーとサ
マーヴィルとジョリエットとバジルとトリアーナとデトロイ
トとカバゾンとローエルとペラムとモンテベロとファーミン
トンとショセットとリッチランドとパースアンボイとニュー
ベッドフォードとドナラとサウスブランズウィックとピュア
ラップ、プレインフィールドとウェストブランズウィックと
トミード、スタテンアイランド、ウェストコビーナ、ベロー

ナとマイアミとウェストバレーとココモとアイズリップとホ
ルツヴィルとタスカルーサとウォールキルとゴシェンとカー
ニーとプレザントプレーンズとエディーストーンとウマカオ
とウォリックとセントレーリアとローズベルト、でも、その
頃にはもう、手紙に手紙は入っていない、もはや手紙に手紙
は入っておらず、中身は空、空っぽで、封筒だけ、薄くて軽
い、白い紙の封筒だけで、中身は空気と空虚、空気だけ、で
も、封はしてあって、切手も貼られ、いまだに送られる、そ
して単なる封筒として続々と届く、手紙はただの封筒、中に
収められていない手紙には、怪力サムソンの一族のことが書
かれている、怪力サムソンの一族、これ以外に終わりようが
あるだろうか? ここ以外、どこにたどり着けるだろう——
決まり文句に決まり文句を積み重ねた陳腐な語り、新たに語
られる決まり文句、それでもやはり決まり文句、ここで終わ
る以外に終わりようがあるだろうか——よそという場所、決
定的な離脱、最終的な離脱、というのも、これが私たちの古
典的形式だから、現代的な古典的形式、これは私たちが望ん

だ決定論、自ら望んだ構造、フラクタルな意識を切り売りする懐旧的《ノスタルジック》なダイナミズム、類似する運動を一つにすることで包囲を越えるダイナミズム、分散記憶の領域を越え、拡張的共感の実践さえも乗り越え、満足に生まれた赤ん坊さえも突然死に追いやり、西暦二〇〇〇年《ミレニアム》をめぐる見当違いの騒ぎを静める、そして他の手紙、そこに入っていなかった他のすべての手紙に書いてあったのは数々の疑問、新たなる十字軍はどこにいるのか？　こんな裏切りを誰が想像できただろう？　新たなる十字軍はどこにいるのか？　そして共犯者は誰か、裏切り者は誰かを教えろ、おまえの死ぬところで俺も死ぬ、そして**新たなる十字軍はどこにいるのか**？　しかし、その頃には信号は弱まっていた、音と信号は弱まり、そう、信号は途切れだし、それと同時に大きなまとまりに変わり、最終的な再結集が起き、物理学が数学に変わり、それが心理学、生物学になり、そう、途切れつつ、決定的な再結集の中に姿を消し、心安まる連続性の中に結集し、一塊《ひとかたまり》、豊穣と化し、静かに、目に見えないところであらゆる変種に働きかける、充溢した包摂的な豊穣、極限的な沈黙の豊穣、そう、潤いに満ちた豊穣、潤沢で甘美なる一体感、最終的な再結集を通じて自ら望んだ豊穣へいたる、甘美なる沈黙の豊穣、一体性と沈黙、そう、この決定的再吸収、大規模で究極の再結集と再吸収は沈黙に向かう、なぜなら沈黙以外、どこに向かう場所があるだろうか、そう沈黙、沈黙。沈

註

001——タンザニア北部にある峡谷で、人類学者のリーキー夫妻が初期人類と思われる化石と石器類を発見した場所。

002——米国第三十九代大統領ジミー・カーターの弟で実業家。マスコミや公衆の前で立ち小便をするなどの奇行で知られた。

003——フィリップ・グラスの曲（一九八二）。

004——アメリカの画家アンドリュー・ワイエス（一九一七–二〇〇九）の代表作「クリスティーナの世界」への言及。

005——「ルシファー」から名前を取った発光酵素「ルシフェラーゼ」のこと。

006——一九八八年の米国大統領選挙でジョージ・H・W・ブッシュに敗れたマイケル・デュカキスのこと。

007——元映画俳優の米国第四十代大統領ロナルド・レーガンのこと。

008——カントリーミュージック用のアコースティックギター。

009——ロバート・ウィルソンはアメリカの演出家。一九七六年に公演された作品《浜辺のアインシュタイン》（作曲はフィリップ・グラス）は、オペラの芸術形態の既成概念を大きく変革させた話題作で、世界で大きな評価を得た。

010——この台詞から発話者が代わることに注意。

011——米国のロックシンガー・ソングライター（一九五一– ）。

012——日本の鉛筆では、Bに近いHBの硬さに当たる。

013——古代ギリシアの詩人、音楽家。

014——小学校入学から数えて十二年ということなので、日本の高校三年生に相当する。

015——米国の文明批評家・歴史家。

016——ロケットなどが重力圏から抜け出すのに必要な最低速度

017——米国の有名なジャーナリストで、赤狩りの終焉に貢献した人物（一九〇八–六五）。

018——ロマン・ロランは一九二七年にジークムント・フロイトに宛てた手紙の中で、「永遠の感覚」「外界と一体である」という感覚を表すこのフレーズを用いた。

019——一九八八年の共和党全国大会でジョージ・H・W・ブッシュ大統領候補が使用したフレーズ。米国市民社会の強さと個人の行動力を象徴している。

020——ファンタジーなどの挿画で知られる英国の画家（一八六七–一九三九）。

021——ペンシルベニア州にあるスワースモア大学の学内新聞。

022――時の人にインタビューする人気番組。

023――大きな音声信号だけを通し小さな信号を除去するエフェクター。

024――チョムスキーの変形生成文法では中核文（基本的な文型）から変形を経て現実に発話されるさまざまな文が生成されると考える。

025――フランソワ・トリュフォー監督『大人は判ってくれない』で主人公のドワネルが同じ乗り物に乗る場面がある。

026――このあたりはアメリカのアニメ、ルーニー・テューンズに登場する架空のキャラクター〝ワイリー・コヨーテ〟と〝ロードランナー〟の話。

027――イエスや聖人の生涯を描いた中世の劇。

028――フリーメーソン系の友愛結社。

029――一八六〇‐六一年の短期間、ミズーリ州とカリフォルニア州の間で郵便物を運んだ早馬便。

030――マーク・トウェインの同題の小説（一八九四年）の主人公。

031――米国の遺伝学者（一八六六‐一九四五）。

032――日本では結婚式で「ご祝儀」を贈るが、米国では新郎新婦が新婚生活に欲しいものを百貨店等に登録し、友人らがそのリストから選んだ品物を贈る習慣がある。

033――ヴェルナー・ハイゼンベルクが確立した量子力学においては、粒子の位置と運動量を同時に正確には測定できない。これを観察者効果（観察者が対象に及ぼす影響）と同一視する考え方もある。

034――扉の上のまぐさとアーチの間のスペース。

035――ノネットは九種の楽器から成る楽団。

036――米国のジャズミュージシャンでトロンボーン奏者（一九三九‐二〇一八）。

037――『トゥナイト・ショー』は米国ＮＢＣで放送されている深夜トーク番組。

038――後出の司会者ジョニー・カーソンのアシスタントを務めた。

039――『トゥナイト・ショー』司会（一九五七‐六二）。

040――『トゥナイト・ショー』の最長司会（一九六二‐九二）。

041――「隙間」を意味する単語。

042――ランディ・オニールはカージナルスの主力打者。ダニー・ダーウィンはアストロズの投手。

043――一九九〇年にニューヨーク州モンロー郡に作られたモールで、ガラス屋根などのデザインが話題になった。

044――朝食代わりに飲む栄養飲料。牛乳に溶く粉末タイプもある。

045――運用初期に設計ミスによる事故が多かった、ダグラス社製の航空機。

046――人工甘味料。

047――「産業」と「勤勉」という両義がある単語。

048——一九七八年に米国ニューヨーク州で起きた有害化学物質による汚染事件。建設が中止された運河を購入した化学品製造業者が一九四〇年代から五〇年代にかけて大量の化学物質を投棄、その後、運河が埋め立てられた跡地に住宅や小学校が建設されるが、周辺で降雨のたびに汚水の流出や健康被害が起きた。

049——企業情報を提供する会社。

050——「善いサマリア人」についてはルカによる福音書十章二十五－三十七節を参照。

051——アメリカの訴訟は〝(原告名) 対 (被告名)〟という形で記述される。

052——インドの民族楽器でオーボエに似た笛。

エヴァン・ダーラ年譜

▼——世界史の事項　●——文化史・文学史を中心とする事項　太字ゴチの作家『タイトル』——〈ルリユール叢書〉の既刊・続刊予定の書籍です

一九八一年　▼元俳優のロナルド・レーガンがアメリカ合衆国大統領に就任〔米〕▼皇太子チャールズとダイアナ結婚〔英〕▼フランス国民議会が死刑廃止を可決〔仏〕▼「四人組」裁判で江青らに有罪判決〔中〕●カーヴァー『愛について語るときぼくらが語ること』〔米〕●T・モリソン『タール・ベイビー』〔米〕●A・ウォーカー『いい女を抑えつけることはできない』〔米〕●J・アーヴィング『ホテル・ニューハンプシャー』〔米〕●ディック『ヴァリス』『聖なる侵入』〔米〕●オーツ『対立物』〔米〕●T・モリソン『タール・ベイビー』〔米〕●ロス『束縛を解かれたズッカーマン』〔米〕●アシュベリー『影の列車』〔米〕●ナボコフ『ロシア文学講義』〔米〕●サイード『イスラーム報道』〔米〕●ジェイムソン『政治的無意識』〔米〕●アトウッド『肉体的な危害』〔カナダ〕●クローネンバーグ『スキャナーズ』〔カナダ〕●マキューアン『異邦人たちの慰め』〔英〕●ラシュディ『真夜中の子供たち』〔ブッカー賞受賞〕〔英〕●レッシング『シリウスの実験』〔英〕●シリトー『第二のチャンス』〔英〕●ジャーハーディ『神の第五列』〔英〕●〈ウリポ〉『ポテンシャル文学図鑑』〔仏〕●シモン『農耕詩』〔仏〕●ロブ゠グリエ『ジン』〔仏〕●デュラス『アガタ』〔仏〕●グラック『読みつつ、書きつつ』〔仏〕●ソレルス『楽園』〔仏〕●ユルスナール『三島あるいは空虚のヴィジョン』〔仏〕●サガン『厚化粧の女』〔仏〕●レリス『オランピアの頸のリボン』〔仏〕●タブッキ『逆さまゲーム』〔伊〕●ガッダ『退役大尉の憤激』〔伊〕●グエッラ『月を見る人たち』〔伊〕●マンガネッリ『愛』〔伊〕●ゲルベンス『月の川』〔西〕●アントゥーネス『小鳥たちの説明』〔ポルトガル〕●ウォルケルス『燃える愛』〔蘭〕●ハントケ

『村々を越えて』〔墺〕●シュヌレ『事故』〔独〕●クローロ『歩行中』〔独〕●B・シュトラウス『カップルズ、行きずりの人たち』〔独〕●ファスビンダー『ヴェロニカ・フォスの憧れ』『ローラ』〔独〕●フラバル『ハーレクィンの何百万』〔チェコ〕●アンジェイエフスキ『どろどろ』〔ポーランド〕●カネッティ、ノーベル文学賞受賞〔ルーマニア〕●エミネスク『書簡一～五』〔ルーマニア〕●チュルカ『旅人』〔ハンガリー〕●ウグレシッチ『人生の顛で』〔クロアチア〕●シェノア『ブランカ』〔クロアチア〕●カダレ『夢宮殿』〔アルバニア〕●エンクヴィスト『雨蛇の生活から』〔スウェーデン〕●アデーリウス『行商人』〔スウェーデン〕●ベケット『見ちがい言いちがい』〔愛〕●アクショーノフ『クリミア島』〔露〕●アルブーゾフ『残酷な遊び』『想い出』〔露〕●デルブラング『サミュエルの書』〔露〕●フエンテス『焼けた水』〔メキシコ〕●パチェーコ『砂漠の戦い』〔メキシコ〕●イバルグエンゴイティア『ロペスの足跡』〔メキシコ〕●カブレラ＝インファンテ『ヒゲのはえた鰐に噛まれて』〔キューバ〕●ガルシア＝マルケス『予告された殺人の記録』〔コロンビア〕●ドノソ『隣の庭』〔チリ〕●バルガス＝リョサ『世界終末戦争』〔ペルー〕●コルタサル『愛しのグレンダ』〔アルゼンチン〕●グリッサン『アンティル論』〔マルティニーク〕●グギ『拘禁　一作家の獄中記』〔ケニア〕●チュツオーラ『薬草まじない』〔ナイジェリア〕●ゴーディマ『ジュライの一族たち』〔南アフリカ〕●P・ケアリー『至福』〔オーストラリア〕

一九八五年

▼ゴルバチョフ政権誕生、ペレストロイカ開始〔露〕▼メキシコ大地震〔メキシコ〕▼八月十二日、日本航空123便墜落事故〔日〕

●P・オースター『ガラスの街』〔米〕●R・パワーズ『舞踏会へ向かう三人の農夫』〔米〕●ギャディス『カーペンターズ・ゴシック』〔米〕●アクロイド『ホークスムア』〔英〕●トゥーサン『浴室』〔白〕●C・シモン、ノーベル文学賞受賞〔仏〕●ハーバーマス『近代の哲学的ディスクルス』〔独〕●ジュースキント『香水』〔独〕●H・ベル『川の風景に立つ女たち』〔独〕●B・シュトラウス『一日だけお客に来た男の思い出』〔独〕●ガルシア＝マルケス『コレラの時代の愛』〔コロンビア〕●村上春樹『世界の終わりとハードボイルド・

ワンダーランド』〔日〕●山田詠美『ベッドタイムアイズ』〔日〕●伊丹十三『タンポポ』〔日〕

一九八七年　▼大韓航空機爆破事件〔韓国・北朝鮮〕●デヴィッド・フォスター・ウォレス『ヴィトゲンシュタインの箒』〔米〕●トム・ウルフ『虚栄のかがり火』〔米〕●トニ・モリスン『ビラブド』〔米〕●バーホーベン『ロボコップ』〔米〕●キューブリック『フルメタル・ジャケット』〔米〕●ソレルス『ゆるぎなき心』〔仏〕●ジュネット『スイユ』〔仏〕●ダミッシュ『遠近法の起源』〔仏〕●ベルトルッチ『ラストエンペラー』〔伊・中・英・仏・米〕●サングイネーティ『ビスビディス』〔伊〕●B・シュトラウス『ほかならぬ人』〔独〕●シメリョーフ『パシコフ館』〔露〕●アクショーノフ『悲しきベビーを求めて』〔露〕●アフマドゥーリナ『庭』〔露〕●F・デル・パソ『帝国の動向』〔メキシコ〕●池澤夏樹『スティル・ライフ』〔日〕●俵万智『サラダ記念日』〔日〕●伊丹十三『マルサの女』〔日〕●髙山宏『メデューサの知』〔日〕

一九八九年　▼天皇崩御、平成に改元〔日〕▼東京・埼玉幼女連続殺人事件、宮崎勤容疑者逮捕〔日〕▼天安門事件〔中〕▼ベルリンの壁撤廃〔欧〕▼チャウシェスク政権崩壊、チャウシェスク処刑に〔ルーマニア〕▼マルタ会談、東西冷戦終結へ〔米・ソ〕▼ダライ・ラマ十四世、ノーベル平和賞受賞〔チベット〕●S・J・グールド『ワンダフル・ライフ』〔米〕●カズオ・イシグロ『日の名残り』（ブッカー賞受賞）〔英〕●ニコリス、プリゴジーヌ『複雑性の探究』〔白〕●C・オステール『バレーボール』〔仏〕●カミーロ・ホセ・セラ、ノーベル文学賞受賞〔西〕●宮崎駿監督『魔女の宅急便』〔日〕●長野まゆみ『少年アリス』〔日〕

一九九三年　▼ビル・クリントン大統領就任〔米〕▼チェコスロバキア連邦、チェコ共和国とスロバキア共和国に分離〔中欧〕●トニ・モリスン、ノーベル文学賞受賞〔米〕●ギブソン『ヴァーチャル・ライト』〔米〕●A・グレイ『ほら話と本当の話、ほんの十ほど』〔英〕●ピンター『月の光』〔英〕●フォーサイス『神の拳』〔英〕●キニャール『舌の先まで出かかった名前』〔仏〕●ビュトール『ミシェル・

ビュトールをめぐる即興演奏』〔仏〕●ゴイティソロ『マルクス家の系譜』、『サラエヴォ・ノート』〔西〕●B・シュトラウス『バランス』〔独〕●ケップフ『ヘミングウェイのスーツケース』〔独〕●M・ヴァルザー『みんなばらばら』〔独〕●パーラル『至福と笑いと喜びの書』〔チェコ〕●カプシチンスキ『帝国』〔ポーランド〕●シンボルスカ『終わりと始まり』〔ポーランド〕●ストルィコフスキ『沈黙』〔ポーランド〕●トカルチュク『本の人々の旅』〔ポーランド〕●ヘルタ・ミュラー『櫛を取る監視人』〔ルーマニア〕●エミネスク『不毛の天才』、『チェザーラ』〔ルーマニア〕●ドラクリッチ『バルカン・エクスプレス』〔クロアチア〕●トランストレーメル『記憶が私を眺める』〔スウェーデン〕●アレクシエーヴィチ『死に魅入られた人びと』〔露〕●オクジャワ『閉鎖された劇場』〔露〕●カサル『胸像と詩』〔キューバ〕●オネッティ『もはや意味のなくなる時』〔ウルグアイ〕●ジャルディネッリ『神罰』〔アルゼンチン〕●B・オクリ『恍惚の歌』〔ナイジェリア〕

一九九五年

ダーラのデビュー作『**失われたスクラップブック**』*The Lost Scrapbook* が第十二回FC2イリノイ州立大学全米小説コンペティションで最優秀賞受賞。

▼WTO発足▼WTジャック・シラク、仏大統領に当選〔仏〕▼ポーランドの公式通貨、デノミネーション実施により、一万旧ズウォティ（PLZ）が一新ズウォティ（PLN）に変更〔ポーランド〕▼エボラ出血熱、ザイールで流行〔アフリカ〕▼一月十七日、阪神・淡路大震災発生。三月二十日、地下鉄サリン事件。五月十六日、オウム真理教代表麻原彰晃、山梨県上九一色村で逮捕〔日〕●B・シンガー『ユージュアル・サスペクツ』〔米〕●カズオ・イシグロ『充たされざる者』〔英〕●C・クラハト『ファーザー

ラント』〔スイス〕●C・ランズマン『ショアー』〔仏〕●M・ラドフォード『イル・ポスティーノ』〔伊〕●詩人シェイマス・ヒーニー、ノーベル文学賞受賞〔アイルランド〕●フエンテス『ガラスの国境』〔メキシコ〕●島田雅彦『忘れられた帝国』〔日〕●近藤喜文『耳をすませば』〔日〕●庵野秀明『新世紀エヴァンゲリオン』（～九六）〔日〕

一九九六年

▼アトランタオリンピック開幕〔米〕▼ニューデリー空中衝突事故〔印〕▼十二月十七日、ペルー日本大使公邸占拠事件（～九七年四月二十二日）〔日〕●デヴィッド・フォスター・ウォレス『インフィニット・ジェスト』〔米〕●R・フランション監修『スイス・ロマンド文学史』（～九九）〔スイス〕●ビュトール『ジャイロスコープ』〔仏〕●モンターレ『没後の日記』〔伊〕●ジンフェレル『ある作家の道程』〔西〕●ガラ『自分の手で』〔西〕●マルティン＝ガイテ『凧の糸』〔西〕●B・シュトラウス『イタカ』〔独〕●C・ヴォルフ『メディア』〔独〕●シンボルスカ、ノーベル文学賞受賞〔ポーランド〕●トカルチュク『プラヴィエク村とそのほかの時代』〔ポーランド〕●ペレーヴィン『チャパーエフと空虚』〔露〕●ガルシア＝マルケス『ある誘拐のニュース』〔コロンビア〕●柳美里『家族シネマ』〔日〕●周防正行『Shall we ダンス?』〔日〕●北野武『キッズ・リターン』〔日〕●北川悦吏子『ロング・バケーション』〔日〕

一九九七年

▼ダイアナ元イギリス王太子妃、パリで交通事故死〔英〕▼大韓航空八〇一便墜落事故〔韓〕▼神戸連続児童殺傷事件（酒鬼薔薇聖斗事件）〔日〕●ドン・デリーロ『アンダーワールド』〔米〕●ピンチョン『メイスン＆ディクスン』〔米〕●P・ロス『アメリカン・パストラル』（ピュリツァー賞受賞）〔米〕●W・ギブソン『パターン・レコグニション』〔米〕●S・キング『カーラの狼（ダーク・ワールド）』〔米〕●J・グリシャム『甘い薬害』〔米〕●ティム・バートン『オイスターボーイの憂鬱な死』〔米〕●J・クレイス『四十日』〔英〕●I・マキューアン『愛の続き』〔英〕●J＝C・グランジェ『狼の帝国』〔仏〕●ダリオ・フォ、ノーベル文学賞受賞〔伊〕●タブッキ『ダマセーノ・モンテイロの失われた首』〔伊〕●バルガス＝リョサ『官能の夢――ドン・リゴベルトの手帖』〔ペルー〕●ロベルト・

ボラーニョ『通話』〔チリ〕●J・M・クッツェー『少年時代』〔南アフリカ〕●ルル・ワン『睡蓮の教室』〔中〕

二〇〇八年

ダーラの長編第二作『イージー・チェーン *The Easy Chain*』刊行（オーロラ社）。

▼リーマンショック▼大統領選挙で民主党のバラク・オバマが勝利。初の黒人大統領に〔米〕▼秋葉原無差別殺傷事件〔日〕●P・オースター『闇の中の男』〔米〕●T・チャン『あなたの人生の物語』〔米〕●ストラウト『オリーヴ・キタリッジの生活』〔米〕●H・ボーショー『外環状高速道路』〔白〕●E・ギベール『アランの戦争』〔仏〕●J・スファール『星の王子さま』〔仏〕●ヴィンシュルス『ピノキオ』〔仏〕●ヴィヴェス『塩素の味』〔仏〕●ボラーニョ『2666』〔チリ〕●ショーン・タン『遠い町から来た話』〔豪〕●A・ラヒーミー『悲しみを聴く石』〔アフガニスタン〕●劉慈欣『三体』〔中〕●川上未映子『乳と卵』〔日〕●水村美苗『日本語が亡びるとき』〔日〕

二〇一三年

第三作『逃げる *Flee*』刊行（オーロラ社）。

▼エドワード・スノーデン、ロシアに亡命〔米〕▼鳥インフルエンザ感染拡大、甘粛地震発生〔中〕●ジャレド・ダイアモンド『昨日までの世界』〔米〕●リサ・ランドール『ヒッグスの発見』〔米〕●ピンチョン『ブリーディング・エッジ』〔米〕●ダン・ブラウン『インフェルノ』〔米〕●S・キング『ドクター・スリープ』〔米〕●アリス・マンロー、ノーベル文学賞受賞〔カナダ〕●M・グラッド

ウェル『ダビデとゴリアテ』〔カナダ〕●K・アトキンソン『ライフ・アフター・ライフ』〔英〕●F・フォーサイス『キル・リスト』〔英〕●P・ルメートル『天国でまた会おう』〔ゴンクール賞受賞〕〔仏〕●アントニオ・ムニョス・モリーナ、エルサレム賞、アストゥリアス皇太子賞を受賞〔西〕●J・M・クッツェー『イエスの幼子時代』〔南アフリカ〕●R・フラナガン『奥のほそ道』〔豪〕●村上春樹『色彩を持たない多崎つくると、彼の巡礼の年』〔日〕

二〇一五年

『失われたスクラップブック』スペイン語訳刊行。

▼パリ同時多発テロ〔仏〕●M・ジュライ『最初の悪い男』〔米〕●L・ベルリン『掃除婦のための手引き書』〔米〕●ダニエレブスキー『ザ・ファミリアー』〔米〕●シャナハン『シンギュラリティ』〔英〕●ガーランド『エクス・マキナ』〔英〕●カズオ・イシグロ『忘れられた巨人』〔英〕●スヴェトラーナ・アレクシエーヴィチ、ノーベル文学賞受賞〔ベラルーシ〕●G・ミラー『マッドマックス怒りのデス・ロード』〔濠〕●ユヴァル・ノア・ハラリ『ホモ・デウス』〔イスラエル〕●濱口竜介『ハッピーアワー』〔日〕

二〇一八年

戯曲『モーゼ・イーキンズの暫定的伝記 *Provisional Biography of Mose Eakins*』刊行（オーロラ社）。

▼米朝首脳会談〔米・朝〕●D・ジョンソン『海の乙女の惜しみなさ』〔米〕●R・パワーズ『オーバーストーリー』〔米〕●T・チャン『息吹』〔米〕●オンダーチェ『戦下の淡き光』〔カナダ〕●ロスリング『FACTFULNESS』〔スウェー

デン〕

二〇一九年

『イージー・チェーン』スペイン語訳刊行。

▼グレタ・トゥーンベリ、国連の気候変動サミットで演説▼ボリス・ジョンソン、首相就任〔英〕▼五月一日より、元号が令和に〔日〕▼京都アニメーション放火殺人事件〔日〕●T・フィリップス『ジョーカー』〔米〕●E・クリプキ、E・ゴールドバーグ、S・ローゲン『ザ・ボーイズ』〔米〕●ウェルベック『セロトニン』〔仏〕●ポン・ジュノ『パラサイト　半地下の家族』〔韓〕●ブレイディみかこ『ぼくはイエローでホワイトで、ちょっとブルー』〔日〕

二〇二一年

第四作『永続する地震 *Permanent Earthquake*』刊行（オーロラ社）。

▼ミャンマー軍、軍事クーデターで政権を掌握〔ミャンマー〕●C・ホワイトヘッド『ハーレムシャッフル』〔米〕●ビル・ゲイツ『地球の未来のため僕が決断したこと——気候大災害は防げる』〔米〕●カズオ・イシグロ『クララとお日さま』〔英〕●濱口竜介『ドライブ・マイ・カー』〔日〕

二〇二二年

『失われたスクラップブック』ポルトガル語訳刊行。

▼二月二十四日、ロシア軍、ウクライナ侵攻〔ウクライナ・露〕▼イーロン・マスク、Twitterを買収〔米〕▼安倍晋三銃撃事件〔日〕

●I・マキューアン『レッスン』〔英〕●**セリーヌ『戦争』**〔仏〕●アニー・エルノー、ノーベル文学賞受賞〔白〕●モーシン・ハミド『最後の白人』〔パキスタン〕●シェハン・カルナティラカ『マーリ・アルメイダの七つの月』(ブッカー賞受賞)〔スリランカ〕

訳者解題

ポスト・ギャディスと目される謎の作家

アメリカ合衆国の現代作家の動向を追っていると、時折、傑出した新人作家に出会うことがある。彼（彼女）らはしばしば〝○○の再来〟とか〝新たな△△〟とか〝ポスト△△〟と呼ばれる。スティーヴ・エリクソンやリチャード・パワーズが〝ポスト・ピンチョン〟という触れ込みでデビューし、多くの読者を得たのは一九八〇年代半ばで、既に四十年近く前のことになる。重厚長大で難解とされる、いわゆるポストモダン小説の流行が衰えを見せる中、その後も、ピンチョン的と称される作家として、ウィリアム・T・ヴォルマン、デヴィッド・フォスター・ウォレスらが登場した。

しかし、文学的な評価という面でも、独創性という点でもピンチョンに決して引けを取らないウィリアム・ギャディスという大作家を引き合いに出して、有望な新人作家が〝新たなギャディス〟〝ポスト・ギャディス〟と呼ばれることは長い間、ほとんどなかったように思われる（ちなみにピンチョンは一九三七年生まれ、ギャディスは一九二二年生まれ）。そのため、あるときたまたま〝ギャディス風（Gaddisesque）〟というキーワードでインターネット検索をした際、ある個性的な新人作家の手になる作品がそう評されているのを見つけて私は驚いた。

それがエヴァン・ダーラの『失われたスクラップブック』である。この作品は元々一九九五年に、実験的な作家たちが集う団体〝フィクション・コレクティブ2（FC2）〟が主催した新人作家コンテストで最優秀と評価され（審査委員長はウィリアム・T・ヴォルマン）、出版された。そして当時、大手メディアとしては唯一、「ワシントンポスト」紙が書評に取り上げ、次のように絶賛した。

この処女作は、ジョゼフ・マッケルロイ（『密輸人の聖書』）とトマス・ピンチョン（『V.』）といった野心的デビュー作を思い起こさせるが、エヴァン・ダーラは比較のハードルをさらに、ウィリアム・ギャディスの『認識』の高みにまで引き上げさせる……『失われたスクラップブック』を振り返って、「ああ、あの部分部分は全体としてあんなふうに組み合わさるんだな」と言い、次に、満足あるいは畏怖を表す「おお」という感嘆を漏らすには、いささかの努力が必要だ。

ピンチョンやマッケルロイのデビュー作をしのぎ、ギャディスの『認識』（一九五五年）に並ぶ衝撃デビューというのは大変な高評価である。

興味深いのは、独特なスタイルで綴られたその作品だけではない。「エヴァン・ダーラ」というのは筆名で本名は非公開、性別は筆名から推測すれば男性のようだが、その点もはっきりせず、フランス在住ということだけが、本の扉に記された短いプロフィールで明らかにされている（二〇二四年現在の生活拠点は不明）。現代アメリカの謎めいた作家といえばまずトマス・ピンチョンの名が挙がるだろうが、彼でさえ若い頃の写真は出回っており、時にはパパラッチされてその姿がメディアで伝えられ、妻子の存在も知られているのだから、ダーラはそれをしのぐ謎の作家だと言えるだろう。彼（便宜上、ここでは仮に「彼」とする）は第一作の出版から十三年後の二〇〇八年に知人とともにオーロラ社という出版社を立ち上げ、絶版となっていた第一作と新作『イージー・チェーン』を出版、二〇一三年に第三作『逃げる』、二〇一八年には初めての戯曲『モーゼ・イーキンズの暫定的伝記』、さらに二〇二一年には、来日時に経験した地震にインスパイアされた『永続する地震』を出版しているが、相変わらずまったく正体を明かしてはいない。デビューの時期が近い作家のヴォルマンとパワーズがともに一九五七年生まれ、ウォレスが一九六二年生まれであることを考えると、一九六〇年代の生まれである可能性が高いが、これも単なる推測に過ぎない。

『失われたスクラップブック』は折に触れて雑誌や新聞で〝読まれざる傑作〟として取り上げられ続け、二〇〇〇年代に入ってからは一九九〇年代を代表する小説の一つとしていくつもの研究書・

批評書で取り上げられている。

リチャード・パワーズとエヴァン・ダーラ

一部でエヴァン・ダーラの正体と噂されたのが、現代アメリカ作家を代表する一人のリチャード・パワーズである。当時指摘されたダーラとパワーズの類似点としては、①両者ともにアメリカ中西部を思わせる町を舞台に設定している、②作品中の描写から、両者ともに一時期、オランダに居住していたと思われる、③『失われたスクラップブック』もパワーズの『ゲイン』（一九九八年、未訳）も化学企業による環境汚染を取り上げている、④両者ともに実験的な現代音楽に非常に詳しい、⑤両者ともに非常に博識で百科全書的な書き方が共通している、などがある。とはいえ、パワーズが一九八五年のデビュー作からほぼ二、三年に一冊のペースで重厚な作品を執筆し続けていることを考えると、その合間に別名で作品を書いているとはとても考えられない。

しかしながら、パワーズとダーラの間に親交があるのは事実だ。きっかけは、何の予告もなくパワーズのもとにダーラから原稿が送られてきたことだったらしい。パワーズはあるインタビューで、その際のことを次のように語っている（小説がオーロラ社から復刊された際にこの発言の一部が惹句として引用された）。

前もって何の知らせもなしに、ある日、大西洋の向こう側から何キログラムもある原稿が船便で送られてきたのだが、私は今でもその出来事に感謝している。実験的でありながら道徳的、破格だが感動的、ポストヒューマン的だが心底人間的な小説が可能であることをダーラは示した。このスクラップブックはどこまでも広がり、ついには上空から眺めた警察管内事件日誌兼家族アルバムといった趣を見せる。記念碑的で巧妙、情緒豊かで容赦がないこの作品はすべての読者をとらえてはなさない。とてつもない偉業だ。

一つだけ個人的に得た情報を付け加えておこう。二〇一二年、私は『幸福の遺伝子』を翻訳する際、作者であるパワーズに質問を送ったのだが、そのメールに「あなたが賛辞を寄せていたエヴァン・ダーラの『失われたスクラップブック』はとても素晴らしかった」という一言を添えたところ、彼からの返事の中に「本人にそう伝えておきます」という言葉があった。そして実際にその後、いろいろな経緯があって私がこの日本語訳刊行についてダーラと直接やりとりするようになったときには、彼のメールに「私たちの共通の友人であるリチャード・パワーズが……」と書かれていたので、パワーズとダーラの親交が続いていることは間違いなさそうだ。

ポストモダン小説から次の世代へ

アメリカでは一九六〇年代以降、高度資本主義、消費社会、情報化社会といった状況が生まれたことを受けて、文学の世界では「ポストモダン小説」と呼ばれる作品群が次々に発表された。代表的な作品としては、ジョン・バース『酔いどれ草の仲買人』(一九六〇年)、リチャード・ブローティガン『アメリカの鱒釣り』(一九六七年)、ドナルド・バーセルミ『雪白姫』(一九六七年)、カート・ヴォネガット『スローターハウス5』(一九六九年)、トマス・ピンチョン『重力の虹』(一九七三年)などがある。それらに共通する特徴としてしばしば指摘されるのは、①「意識の流れ」のようなモダニズム的技法の発展、②ジャンルの境界の曖昧化、③語りの断片化、④メタ的構造を用いた再帰性などで、作品のボリュームはしばしば膨れ上がり、全体の印象としては難解なことが多い。

一九八〇年代になるとポストモダン小説は減ってくる。極端な例を挙げるなら、レイモンド・カーヴァー『大聖堂』(一九八三年)のようなミニマリズム作品はある意味、重厚長大なポストモダン小説への反動と言えるかもしれない。

そうした中、ポストモダン小説に見られた斬新な実験性をまた新たな形で受け継ぐ作品が時折現れることになる。ポール・オースター『ガラスの街』(一九八五年)において描かれているのはカフカを想起させる不条理な世界だが、語りは非常に素直である。パワーズ『舞踏会に向かう三人の農夫』(一九八五年)にはピンチョンを思わせる博識な語りが見られるものの、物語は非常に情緒的で、ポストモダン的な語り口(遊びに満ちた、あるいは斜に構えたような語り口)とは異なる。マーク・Z・ダニエレブスキー『紙葉の家』(二〇〇〇年)では多層の語りと複雑なタイポグラフィーが読者を圧倒するものの、主筋を追う限りにおいては決して〝難解〟ということはなく、むしろエンタメ的と形容してもよい物語となっている。これらの〝ポスト・ポストモダン〟と呼べそうな一群の小説たちにおいては、作家の独創性と読みやすさ《リーダビリティー》がしばしば見事に共存しているのである。

そして『失われたスクラップブック』を書いたダーラも、一連のポストモダン小説が切り開いた地平で軽やかに舞う作家の一人だと言えるだろう。

ピリオドなしに四百七十六ページ続く独り言

この小説の最大の特徴は、その語り口にある。というのも、作品は全編、匿名の（そしてしばしば身元のはっきりしない）人物の発話と内的独白から成っていて、しかも、その語り手が数行から十数ページごとに（しばしば段落や文の途中で）突然切り替わるという奇妙かつ独特な仕方で綴られているからだ。たとえるなら、まるでラジオのチャンネル探しをしているかのような感触である。ジェイムズ・ジョイス『ユリシーズ』なら、「この章の内的独白はブルームの心の中、あちらの章はスティーヴンの意識」などと分かるわけだが、『失われたスクラップブック』では、名もなき語り手の内的独白をしばらく聞かされることになる。また、小説ほぼ全編が会話から成り立っている（地の文がほとんどない）ウィリアム・ギャディス『ＪＲ』なら、誰がしゃべっているのかを見極めることで徐々に全体の人間関係が浮かび上がるが、『失われたスクラップブック』を読むときには〝全体の人間関係〟

みたいなものは問題にならない。語り手たちはどうやら、アメリカ中西部の同じ町に住む市民のようだが、互いにはほとんど結び付かない。むしろ、そんなふうにほぼ結び付きを持たない人々の声が時にはテーマ的連関を通じて、あるいは一つの事件をきっかけとして合流し、最終的に怒濤のような流れを作っていくのがこの作品の主筋と言っていいかもしれない。

ちなみにダーラはある研究者との私信の中で、「『失われたスクラップブック』を執筆しているときに、会話ばかりで成り立っているギャディス『JR』という作品の存在を知り、パリの図書館で借りたのだが、自作が影響を受けることが心配になって、すぐに読むのをやめた」と告白している。

では、試しに『失われたスクラップブック』の冒頭部を振り返ってみよう。

——そうです、はい、もちろん

——では、医学に関してはどうですか……？

——あのですね、はい、そうです、それも当然……

——では法学は——？

——もちろん

——では林学は　そちらの方面は——？

——それも大いに

——では——？

——それもとても……

——ひょっとして——？

——言うまでもなく——！

それ以外にも海洋音響学、量子伝記文学、心理地理学、さらにそれらの下位分野も　でも僕が興味を持っていないのはですね、筆記板《クリップボード》先生——いえ、潰瘍《キャンカー》先生、いえ、ぼやき《マーマー》先生、いえ、キャロルと呼んで《コール・ミー・キャロル》先生、皆さん——皆さんの質問なんです　僕を型にはめようとする皆さん、皆さんが手にお持ちの鉛筆だって六面あるでしょう　手元をよく見てください！　僕が興味あるのは、ほぼ唯一興味あるのは、興味を抱くこと、それ自体なんです、だから、皆さんがそうやって還元主義的に探りを入れようとするのは僕という屋敷に備わっているいくつもの部屋を立ち入り禁止にする試みとしか思えない

——最も感銘を受けた本を教えてください——職業適性相談員が自殺する物語です、括約筋《スフィンクター》先生、奇妙な作業ですよ、何に〝なる〟かを決めるなんて　どちらかというと、何にならないかを決めているようなものじゃないですか

（本書、七頁）

まず読者が驚くのは、ピリオドを用いないその特異な文体だろう。ダッシュと省略符号、セミコ

ロンとコロン（翻訳ではそれらの代わりに空き「　」を入れた）でつながれた文は、冒頭から最終ページ、最後の単語の直前で一度だけピリオドが用いられるところまでずっと続く。つまり考えようによっては、全四百七十六ページにわたる作品のほぼ全体が一つのセンテンスから出来上がっているとも言える。

全編あるいは一章全体にわたる文など、極端に長いセンテンスを用いるその手法自体は、ジョイスの『ユリシーズ』を締めくくるモリー・ブルームの内的独白など、実験的な散文ではたまに試みられるものだ。ダーラの場合は、文法面で工夫をするというより、ピリオドの代わりにコロンやセミコロンを用いるという、ややトリッキーな手法だが、それでもなお、作品の結末で初めてピリオドが用いられるというのは、読者にかなりのインパクトを与える。

先の引用箇所は、状況から考えると、ハイスクールの学生が就職に関するカウンセリングを受けている場面での問答のようだが、相談員に対する呼び掛け方が乱暴すぎることや、学問領域の名前があまりにも奇妙であること（海洋音響学はありそうだが、量子伝記文学や心理地理学はかなり怪しい）から、あくまでもこれは「カウンセリング場面をパロディーにした一種の妄想」であると推察される。

さて、冒頭の語り手が初めて明らかに別の人物と交代するのは二一頁においてである（それまでにも交代している可能性はある）。

しかしそんなことは起こりそうもない、きっとそうはならない、だから僕はウォークマンを耳に掛け、暗い公園のベンチから立ち上がり、歩く、ひたすら歩く、一歩一歩、さらに深い闇に足を蹴り出し、一歩、また一歩と歩く、ひたすら歩く、永遠に歩き、歩き続け、歩き、続け、ずっと、ずっと、ひたすら続け、果てしない車の往来が一台、また一台と、俺の遅刻にお構いなしに、俺を無視して途切れなく続く　でも、そのとき俺は、面白いと思った　何かを待っているとき――たとえば、郵便局の列に並んだり、そのときの俺と同様に州間高速道路の合流待ちをしたりするとき――そして、本当に急いでいるとき、というか、本当に焦っているときは、どれだけ苛《いら》ついても状況はまったく変わらないし、どれだけ体に力を入れても無駄だし、頭の中で**ほら、頼むよ！　俺が遅刻してるのが分からないのか**？といくら大きな声で叫んでも意味がないし、要するに、どうあがいてもまったく事態は改善しないということだ　悲しいことに、世界は沈黙の訴えに無関心だ　どれだけ困っていようと、悩んでいようと、窮地に陥っていようと、それを口に出さない限りは誰も構ってくれない　そんなはずはない、と時々希望を持つこともあるが、それが現実だ　そして、その現実が目の前にあった　車は一台、また一台と途切れなしに走っていた――無垢で無関心な、猛烈で果てしないラッシュ　（本書、二〇―二一頁）

最初は家出した青年が夜、公園のベンチに座り、ウォークマンで音楽を聴く孤独な風景が描かれている。青年が立ち上がり、歩きだしたかと思うと、いつの間にか目の前を何台もの車が通り過ぎる風景につながる。これは同じ場所の風景ではない。先を読み進めると徐々に分かってくるが、ここからは、人と会う約束に遅刻した別の語り手が、いらいらしながらハイウェイで車の合流のタイミングを見計らっている場面だ。以後、語り手の交代はほとんどいつも、同様の滑らかさをもって行われる。

テーマの響き合う連作短編？

『失われたスクラップブック』では、こうして次々にまったく別のエピソードが――まるで連作短編集のように――語られるが、当然ながら、それぞれまったく無関係のエピソードということではない。最初の挿話には、突然家出をした青年が一週間ほどしてこっそり自宅に帰り、夜勤ですれ違いの多かった母親がいまだに息子の家出（不在）に気づいていない様子で普段通りの生活を送っているのを発見する場面がある。彼はそこで自分の〝不可視性〟を痛感する。滑らかに交代した次の語り手は別の男たちと一緒に、森に乱舞するホタルの群れを見に行き、その明滅する光を見ながら、〝可視性／不可視性〟、〝存在／不在〟について思索を巡らせる。ダーラがこの作品の縦糸として何度も繰り返すのは、孤独とコミュニケーション、不可視の個人と政治、反覆と前進という問題だ。時にはちょっとした単語がきっかけとなって語りがスイッチする箇所もある。

他にも、ドラムを欲しがる息子に安物を買い与えたのがきっかけで親子が決別する話、選挙で投票に行かない人の家を訪れて話を聞こうとする女性の物語、アニメの作画をする男の話、廃品で芸術作品を作る男の話、反体制的な発言で知られる思想家・言語学者のノーム・チョムスキーがCBSで全国放送に出演しかけて直前にキャンセルされる話など、次々に語られる挿話は興味深いものばかりだ。

作中で登場人物の一人、チョムスキーが「私たちは現実の一部しか理解していないし、興味深い理論や有意義な理論はどれもせいぜい部分的に正しいにすぎない」と語るが、それが見事に作品全体の解説となっている。また別の部分に、晩年のベートーベンがなぜあれほど多くの変奏曲を書いたのかという問題に関する考察があるが、これもまた、本書が同様に変奏曲的な構造を持っていることを示している。

変化するスタイル

ここで再び、語りのスタイルに注目してみよう。本書ではただ単に、無名の語り手がいくつかのテーマに沿ったエピソードを独り言のように語り連ねるわけではない。例えば、八一頁から始まる、ウォークマンを利用した海賊放送の内容は次のように、韻文的な断章の形で綴られる。

……しかしあなたはここにいるのか？……

……いるのか？……

……あなたは聞いているのか？……

……あなたはそこにいるのか？……

（本書、八三頁）

これはいかにも、孤独な人のヘッドフォンから途切れ途切れに聞こえる謎の声を表象するのにふさわしい活字の組み方《タイポグラフィー》だ。

次の例は、タバコとがんの因果関係に関してある裁判の判決が出た後、タバコ会社の弁護士が記者会見を開く場面。

――では、もしも質問がありましたら……

――いいえ、考えておりません

――いいえ、まったく

――われわれは今回の判決によって、原告の主張できる内容がかなり限定されることになると考えます

――もちろんです　判決後、直ちに見られた株式市場の反応は当然、たばこ会社の財政的健全性に対する脅威がなくなったという確信の広まりを反映しています

――いいえ、まったく

――いいえ、もちろんそのようなことはありません　喫煙が病気を引き起こすと結論づけている研究はいずれも、その逆を示す重要な証拠を無視しています

――

――公衆衛生局長官が署名した報告書に関わった研究者たちは都合のよい証拠ばかりを選び、自分たちの結論に反する研究の成果を無視しています

――

――そのような実験の持つ意味については、著名な医師および研究者が疑義を差し挟んでいます

（本書、二一七―二一八頁）

ここには、質問者の言葉が書かれておらず、それに対する応答だけが描かれている。立て板に水を流すような、と同時に、この上なく鉄面皮なその弁舌を描写するのに、これほど効果的な方法が他にあるだろうか。

無数・無名の一人称の声の波

本書のクライマックスは、終盤百ページほどで急に焦点が当たる物語、ミズーリ州イソーラとい

う一つの町が写真関連の大企業オザーク社に滅ぼされる物語だ。それゆえにこの小説は現代における環境問題を扱った最重要作品の一つとされることもある。

そこでクローズアップされる事件は現代において、いつ何時起きてもおかしくないカタストロフィーだと言える（それは日本で三・一一後を生きる私たちにとってあまりにもリアルな、現在進行形の出来事だ）。イソーラでは地下水の汚染が起き、原因がオザーク社ではないかと疑われるが、会社も環境保護局も疑惑を否定する。徐々に、否定しきれない証拠が集まり始めると、塩化メチルの漏出があったと会社は認め、その後、大がかりな化学物質処理設備を導入するが、今度はその設備投資を回収するために有毒物質処理業者として密かに州外・国外から有毒物を輸入し始め、しまいにはそうして受け入れていたヘキサクロロシクロペンタジエンという強毒性の物質が大量に漏れていたことが判明し、町全体が立ち退きすることになる。この劇的な展開が、多数の人の発言と独白、会社の重役やスポークスマンの発言などを通して重層的に物語られていく。

工夫の凝らされた語り口は、内容のクライマックスに合わせて終盤で盛り上がりを見せる。それまでてんでばらばらの出来事を語っていた無名の声たちが、ここにいたって大音量のコーラスを響かせる、といった風情の結末だ。次に引用するのは、町からの強制退去が命じられた直後の混乱を描く一節。

――ミズーリ州公衆衛生省は今日、汚染されていない水を載せた十八台のトラックをイソーラの汚染区域に送り、また、州の費用で八十台以上のバスを借り上げ、緊急事態に備えてイソーラの市街地に待機させました　それに加えて、カーディガン、それとカーディガン、まだ終わってないけど、終わらせなくちゃ、もちろん、何とか、何とか終わらせなくちゃ、たくさんある、やることはたくさんある、それに音響調整卓《ミキシング・コンソール》も、僕の音響調整卓、それに忘れちゃいけないブローチ、私のブローチ、お母さんのカメオ、お母さんがずっと、長年、長年長年首に掛けていたカメオ、祝日のたび、結婚式のたび、お客さんが来るたび、誰かが来るたびに首に掛けていたカメオ、手放せない、手放せない、それから俺の探偵バッジ、バッジ、親父がくれたあのバッジ、あの探偵バッジは絶対に持って行く、ブルクハルト・フリッツのCD、もちろんブルクハルト、それに当然、少なくとも新聞も、少なくとも新聞、私の誕生日のやつ、その日に発行された新聞の現物、僕、彼が、僕が、父さんが、僕の父さんが、僕の、とにかく僕が、それから私の賃貸契約書、どうしたって、持っておかなきゃ、持って行かなきゃ（本書、五四一頁）

最初の太字部分は報道の引用らしき文章だが、そこから突如、町を脱出するために慌てて大事なものを掻き集めている人々の断片的な内的独白が始まる。不完全なセンテンスから成る、息せき切ったようなその口調が印象的だ。

そしてここからは新しい段落の区切りもなしに、作品はここまでに何度か繰り返されてきたモチーフの数々を回収しながら一気に結末に向かう。締めくくりはこうだ。

> しかし、その頃には信号は弱まっていた、音と信号は弱まり、そう、信号は途切れだし、それと同時に大きなまとまりに変わり、最終的な再結集が起き、物理学が数学に変わり、それが心理学、生物学になり、そう、途切れつつ、決定的な再結集の中に姿を消し、心安まる連続性の中に結集し、一塊《ひとかたまり》、豊穣と化し、静かに、目に見えないところであらゆる変種に働きかける、充溢した包摂的な豊穣、極限的な沈黙の豊穣、そう、潤いに満ちた豊穣、潤沢で甘美なる一体感、最終的な再結集を通じて自ら望んだ豊穣へいたる、甘美なる沈黙の豊穣、一体性と沈黙、そう、この決定的再吸収、大規模で究極の再結集と再吸収は沈黙に向かう、なぜなら沈黙以外、どこに向かう場所があるだろうか、そう沈黙、沈黙。沈
>
> （本書、五四七頁）

冗長にも見える反復が頂点に達するこの結末は、「沈黙（Silence）」という一語、いや、より正確には「沈黙」という語の後半が沈黙によって遮られた“Silen”という語で突然に終わる。その直前で作品内唯一のピリオドが用いられていることも、その衝撃を強めている。

さまざまなテーマの積み重ねと語り口に見られる絶妙の技巧。そこには、「ワシントン・ポスト」

紙が最初期の書評で指摘した通りの、とてつもない才能が感じられる。そして、匿名の人物が一人称で語り継ぐというその独創的なスタイルは、リチャード・パワーズが次のように断じた現代――〝一人称の時代〟――を象徴すると言えるだろう。

しかし、彼が日記から尻込みしようとも、世界は容赦なく一人称へと突き進む。ブログ、マッシュアップ、リアリティー番組、法廷テレビ、トークショー、チャットルーム、チャットカフェ、募金キャンペーン、カタログ冊子、戦場取材などの全てが告白形式に変わる。感情が新たな事実となる。回想が新たな歴史となる。暴露本が新たなニュースとなる。

（パワーズ『幸福の遺伝子』〔木原訳、新潮社〕、一二三頁）

※この「訳者解題」は拙著『実験する小説たち――物語るとは別の仕方で』（彩流社、二〇一七年）第十二章をもとに、大幅に加筆・修正を加えたものである。

❖
❖
❖

ポストモダニズム以後の現代アメリカ小説史において最も注目すべき作品の一つである本書をつ

いに日本語で刊行することができたのは、幻戯《げんき》書房の中村健太郎さんのおかげです。中村さんには、デイヴィッド・マークソン『これは小説ではない』（木原訳、水声社、二〇一三年）というこれまた実験的な〝小説〟でお世話になって以来のご縁でした。誠にありがとうございました。著者のエヴァン・ダーラ氏とは翻訳作業の前後で直接いろいろとやりとりすることができ、訳者の疑問に答えてもらったり、訳に関する助言や励ましをいただいたり、他では明かされていない情報も少し聞かせてもらったりしました。ありがとうございました。この独創的作品を日本語で紹介する最初の機会をくださった京大英文学会の雑誌『アルビオン』と彩流社（拙著『実験する小説たち』の版元）にも感謝します。ありがとうございました。そしていつものように、訳者の日常を支えてくれるＦさん、Ｉさん、Ｓ君にも感謝します。ありがとう。

〔著者略歴〕

エヴァン・ダーラ〔Evan Dara ?–〕

本名、年齢ともに不詳。フランス在住か。一九九五年、デビュー作『失われたスクラップブック』が、ポストモダン作家ウィリアム・T・ヴォルマンによってFC2賞に選ばれる。「ワシントン・ポスト」紙の書評にて「ジョゼフ・マッケルロイの『密輸人の聖書』、トマス・ピンチョンの『V.』などの野心作を思い起こさせるが、エヴァン・ダーラは比較のハードルをさらに、ウィリアム・ギャディスの『認識』の高みにまで引き上げさせる」と絶賛される。その後、いくつかの雑誌や新聞で「読まれざる傑作」として話題となる。

〔訳者略歴〕

木原善彦〔きはら・よしひこ〕

一九六七年、鳥取県生まれ。京都大学文学部卒業、同大学院文学研究科修士課程・博士後期課程修了。博士（文学）。大阪大学大学院人文学研究科教授。専門は現代英語圏文学。著書に『実験する小説たち——物語るとは別の仕方で』（彩流社）、『アイロニーはなぜ伝わるのか？』（光文社新書）など。訳書にウィリアム・ギャディス『JR』（国書刊行会、第五回日本翻訳大賞受賞）、リチャード・パワーズ『オーバーストーリー』、アリ・スミス『両方になる』（以上、新潮社）、ベン・ラーナー『10:04』（白水社）などがある。

〈ルリユール叢書〉

失《うしな》われたスクラップブック

二〇二四年一二月八日　第一刷発行
二〇二五年五月七日　第二刷発行

著者　エヴァン・ダーラ
訳者　木原善彦
発行者　田尻　勉
発行所　幻戯書房
郵便番号一〇一－〇〇五二
東京都千代田区神田小川町三－十二　岩崎ビル二階
電話　〇三（五二八三）三九三四
FAX　〇三（五二八三）三九三五
URL　http://www.genki-shobou.co.jp/
印刷・製本　中央精版印刷

ISBN978-4-86488-310-8 C0397

〈ルリユール叢書〉発刊の言

厖大な情報が、目にもとまらぬ速さで時々刻々と世界中を駆けめぐる今日、かえって〈遅い文化〉の意義が目に入りやすくなってきました。例えば、読書はその最たるものです。それというのも読書とは、それぞれの人が自分のリズムで本を読み、日々の生活や仕事、世界が変化する速さとは異なる時間を味わう営みでもあります。人間に深く根ざした文化と言えましょう。

本はまた、ページを開かないときでも、そこにあって固有の時間を生みだすものです。試しに時代や言語など、出自を異にする本が棚に並ぶのを眺めてみましょう。ときには数冊の本のなかに、数百年、あるいは千年といった時間の幅が見いだされるかもしれません。そうした本の背や表紙を目にすることから、すでに読書は始まっています。

気になった本を手にとり、一冊また一冊と読んでいくと、目には見えない書物同士の結び目として「古典」と呼ばれる作品があることに気づきます。先人の知を尊重し、これを古典として保存、継承していくなかで書物の世界は築かれているのです。かつて盛んに翻訳刊行された「世界文学全集」も、各国文学の古典を次代の読者へと手渡し、共有する試みでした。

古今東西の古典文学は、書物という形をまとって、時代や言語を越えて移動します。〈ルリユール叢書〉は、どこかの書棚でよき隣人として一所に集う――私たち人間が希望しながらも容易に実現しえない、異文化・異言語・異人同士が寛容と友愛で結びあうユートピアのような――〈文芸の共和国〉を目指します。

また、それぞれの読者にとって古典もいろいろです。私たちは、そのつど本を読みながら、時間をかけた読書の積み重ねのなかで、自分だけの古典を発見していくのです。〈ルリユール叢書〉は、新たな古典のかたちをみなさんとともに探り、育んでいく試みとして出発します。

Reliure〈ルリユール〉は「製本、装丁」を意味する言葉です。
ルリユール叢書は、全集として閉じることのない
世界文学叢書を目指し、多種多様な作品を綴じながら、
文学の精神を紐解いていきます。
一冊一冊を読むことで、読者みずからが〈世界文学〉を
作り上げていくことを願って――

［**本叢書の特色**］

❖名作の古典新訳から異端の知られざる未発表・未邦訳まで、世界各国の小説・詩・戯曲・エッセイ・伝記・評論などジャンルを問わず紹介していきます（刊行ラインナップをご覧ください）。

❖巻末には、外国文学者ならではの精緻、詳細な作家・作品分析がなされた「訳者解題」と、世界文学史・文化史が見えてくる「作家年譜」が付きます。

❖カバー・帯・表紙の三つが多色多彩に織りなされた、ユニークな装幀。